KB052246

로켓 컴퍼니

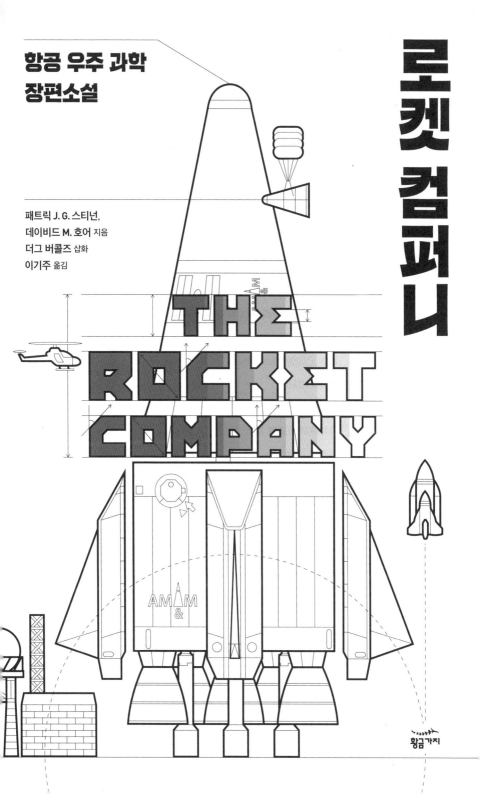

항공 우주 과학
장편소설

로 켓 컴 퍼 니

패트릭 J. G. 스티넌,
데이비드 M. 호어 지음
더그 버콜즈 삽화
이기주 옮김

THE
ROCKET
COMPANY

황금가지

차례

THE ROCKET COMPANY

by Patrick J. G. Stiennon, David M. Hoerr

Illustrated by Doug Birkholz

자신의 돈을 들여서라도 우주여행을 가겠다는 사람들이 넘쳐난다. 최신 표본조사를 보면 60퍼센트가 넘는 미국인들이 우주여행의 기회를 기꺼이 받아들이고 있는 것으로 나타났으며, 1만 3,000명에 달하는 예비 관광객들이 단 한 차례의 비행에 1억 원 이상을 지불할 의사가 있다고 대답했다. 정부라는 고객을 제외하고도 1조 원이 넘는 유인 우주비행 관련 시장이 사상 처음으로 생겨난 것이다. 여객기와 컴퓨터의 대중화를 맛본 대중들이 혁명적으로 비용이 낮고 안전한 우주여행을 꿈꾸기 시작한 것이다. 이제 민간기업이 로켓과 우주선을 보유하고 우주 취항노선을 운용해서 잠재된 시장을 만족시킬 일만 남아 있다.

1996년 5월 18일, 나는 세인트루이스 아치 아래에서 민간기업이 주도적으로 우주선을 개발하려는 우주산업계의 이러한 움직임에 박차를 가할 아이디어 하나를 공표했다. 세인트루이스의 대표적인 기업인들, NASA 국장 댄 골든, 은퇴한 우주비행사 20여 명으로 출발한, 엑스프라이즈(X-PRIZE) 재단은 세 명의 성인을 고도 100킬로미터에 2주 동안 두 번 데려갈 수 있는 우주선을 제작해서 비행하는 데 성공한 참가 팀에게 100억 원을 주겠노라고 선언했다. 우리의 의도는 미래의 창업주, 모험가, 혁신가를 독려해서 우주여행을 가능하게 할 비용상의 혁신을 모색하도록 만들자는 것이었다. 우리는 전형적인 고비용 우주 사업에 사로잡혀 상상력이라고는 전혀 없는 장년기의 권태감에 빠져 버린 듯한 항공우주 설계자들이 아니라, 새로운 세대의 우주선 설계자들이 나타나기를 간절히 원했다. 우리의 이런 의도는 실제로 효과가 있었다. 안사리[01] 엑스프라이즈 대회에서 경쟁하려는 7개국 26개 팀이 1~2년 내에 참가 신청을 해 온 것이다.

2004년 10월 4일. 폴 앨런이 개인 자격으로 후원한, 버트 루탄[02]과 그의 모하비 항공우주 팀원들은 안사리 엑스프라이즈 대회의 우승을 거머쥐었다. 이들이 엑스프라이즈를 획득하자 우주비행에 대한 대중들의 문의가 놀랄 만큼 증가했으며, 민간 자금으로 우주비행체를 개발하려는 움직임이 한 단계 전진하는 모습을 보여 줬다. 상금으로 내건 돈은 100억 원에 불과했으나, 각 참가팀들은 연구와 개발 그리고 시험에 500억 원 이상을 투입했다. 이들은 수십 개의 우주선을 실제로 제작해서 시험해 냈다. 엑스프라이즈가 가져온 이 결과는 수많은 정부조달 사업들이 100억 원을 투입해서 서류상으로만 존재하는 한두 개의 설계 방안을 도출해 냈던 과거의 기록들과 정말 다른 것이다.

이는 마치 다윈의 진화론을 우주선에 처음 적용한 것과 같았다. 검토 위원회를 조직하고 문서상의 결과를 두고 순위를 매기기보다 실제로 엔진을 점화시켜 인간을 우주로 보내는 일 자체로 우승자를 결정한 것이다. 심지어 엑스프라이즈 재단은 참가자들이 이러한 결과를 이룰 때까지 단 한 푼의 비용도 지불하지 않았다. 요컨대 상금을 내건 시합이 효과적이었다는 뜻이다. 이처럼 기업가들은 대규모 관료제도로도 해결이 불가한 문제들을 종종 해결해 낸다. 상금이 걸린 대회는 고정된 비용 내에서 과학 활동과 엔지니어링 작업을 완수해야 함을 의

---

01 Ansari. 엑스프라이즈 대회에 수백만 달러를 기부한 기업인 아미르 안사리(Amir Ansari)의 이름을 땄다.

02 Burt Rutan. 미국의 전설적인 항공기 디자이너.

미한다. 우승상이라는 아이디어 하나가 대가를 지불하고도 좀처럼 얻을 수 없었던 참여 기업의 열정과 헌신을 이끌어 낸 것이다.

안사리 엑스프라이즈 대회의 결과로, 《포브스》, 《인베스터 비즈니스 데일리》, 《월스트리트 저널》, 《와이어드》, 《워싱턴 포스트》, 《뉴욕 타임스》 등은 이들 새로운 부류의 우주 기업인들을 커버스토리로 다루기 시작했다. 엑스프라이즈 참가팀을 대표하는 엑스코어(XCOR), 스페이스 엑스, 제로그래비티(Zero Gravity), 스페이스 어드벤처(Space Adventures)와 같은 기업들은 대중적인 관심과 투자자들의 관심을 손에 쥐게 되었다. 이 회사들이 우주 분야의 초석이 될 애플, 마이크로소프트, 넷스케이프인 것이다. 이 미국 기업들은 '할 수 있다'는 기업가 정신을 잘 보여 줬다.

새로 등장한 우주 기업들은 우주여행이라는 한 가지 시장으로 대부분 몰려들었다. 많은 이들이 우주여행이 가까운 미래에 상업적으로 운용 가능한 유일한 상품이라고 믿었다. 이를 우주여행이라고 부르든 곡예비행으로 보든 간에, 사람들이 우주로 비행할 기회에 돈을 지불하려 든다는 것만은 사실인 셈이다. 우주여행은 대중을 상대로 하는 시장이기에 발사 운용 측면에서도 획기적인 도약을 이뤄 내고 수익도 창출해 낼 것이다. 이 두 부분이야말로 먹을거리가 있는 산업분야를 키우는 핵심 요소이기 때문이다.

우주비행이 역사적으로도 그리고 지금도 비싼 이유는 사실 단순하다. 우주비행을 충분히 빈번하게 제공하지 못했기 때문인 것이다. 세계적으로 1년에 15~25회를 발사하는 민간 위성발사 서비스 시장의 규모는 가히 우스꽝스러운 수준이다. 유인우주선의 발사는 심지어 이보다 더 적은데, 가장 많을 때조차 우주 왕복선이 단 네 차례 비행하고 소유스 발사체가 단 네 차례 비행할 뿐이었다.

우리는 1년에 수십 번이 아니라 수천 번의 우주비행을 목표로 해야 한다. 발사 운용을 충분히 학습할 기회가 그만큼 절실한 것이다. 예를 들어, 재사용이 가능한 우주비행체에 어떻게 연료를 재충전하고 관련 설비를 개조해서 바로 재발사할 수 있을지를 배워야 한다.

물론 엑스프라이즈의 우승을 거머쥔 우주비행체가 지구 궤도로 가는 데 필요한 에너지의 40분의 1밖에 못 내는 준궤도 우주선이라는 점은 인정한다. 그러나 이 준궤도 우주선의 운용으로부터 우주여행 사업의 결정타가 될 교훈을 얻게 될 것이며, 현재 몹시 뒤떨어져 있는 발사 운용을 개선할 수 있을 것이다.

모두가 잘 알고 있겠지만, 연료가 비싸서 우주 왕복선의 운용비용이 그토록 높았던 것은 결코 아니다. 그보다는 1만 명이 넘는 기술 전문가 집단에 들어가는 고정비용 때문이었다. 말하자면 안전 여유를 높게 유지하려고 사람들을 감독하는 사람들을 다시 감독하는 사람들을 고용하고 있었던 것이다.

보잉737의 다음번 비행을 여섯 명의 직원들이 20분 만에 준비할 수 있는 이유는 항공산업이 첫 50년 동안 수백만 번의 시행착오를 거쳐 운용상의 강건성을 확보했기 때문으로, 우주비행의 경우와 현저한 차이를 보인다. 10분 정도 개인 소유의 농장을 가로지르던 것에 불과했던 동력 비행이 세월이 흘러 대서양을 횡단하는 수준으로 성장한 것이다.

우주산업은 근본적으로 이러한 10분간의 비행과 같은 학습과정을 생략한 채 궤도 비행으로 곧바로 직행한 꼴이다. 학습을 거쳐 운용을 개선할 수야 있겠지만 우주 왕복선이든 유인탐사선이든 정부가 주도하는 사업만으로는 요구되는 비행 빈도와 경험을 달성할 수 없는 노릇이다.

로켓 추진 비행체와 미래의 우주선을 대상으로 해마다 경쟁을 펼치는 엑스프라이즈 우승컵 대회에서, 지난번 엑스프라이즈에 출전했던 우주비행체의 다음 세대들이 곧 데뷔할 예정이다. 엑스프라이즈 우승컵 대회는 뉴멕시코 주의 주지사인 빌 리처드슨의 지원 아래 엑스프라이즈 재단과 뉴멕시코 주정부가 협력해서 차세대 우주 기업가들을 후원하려는 의도로 만들어졌다.

마지막으로, 우주비행의 위험에 관해 얘기해 보려고 한다. 위험요소를 줄이는 방향을 강조하는 사람들과는 달리, 나는 오히려 좀 더 위험을 무릅쓰자고 제안하고 싶다. 안사리 엑스프라이즈가 위험을 동반한 대회였음을 부인할 생각은 없으며, 달이나 화성에 가려는 프로젝트를 포함해서 우주 프런티어를 여는 활동은 위험을 동반할 수밖에 없다. 그러나 그만한 위험을 무릅쓸 가치는 충분하다! 많은 미국인들은 우리가 초기 탐험가들에게 진 엄청난 빚을 잊고 지낸다. 수만 명의 사람들이 목숨을 걸고 신대륙과 서부 개척에 나섰다. 그중 수천 명이 대양과 평원을 건너는 과정에서 목숨을 잃었으며, 우리는 그들의 용기 덕에 오늘 이곳에 살고 있다고 해도 과언은 아닌 것이다.

우주는 아직까지 미개척의 영역이며 미지의 영역에 가는 일은 본질적으로 위험할 수밖에 없다! 탐험가의 후손인 우리는 가치가 있다고 믿는 일에 위험을 무릅쓸 권리를 가져야 한다. 우리는 우리 자신과 미래 세대를 위해 이런 일들을 벌일 의무가 있는 것이다. 기술 개발 과정에서 위험을 무릅쓰는 것도 우리의 운명을 바꾸는 결정적인 계기가 될 수 있다. 그만큼 실패를 용인하는 문화가 중요한 법이다. 위험 부담을 전혀 지지 않고, 실패를 하나도 겪지 않고 우주라는 미개척 영역을 열어 줄 혁신을 제안하고 실현해 낼 수는 없기 때문이다.

혁신이란 말의 정의 자체가 혁신으로 인정받기 전날까지 '미친 아이디어'로 여겨지는 무언가를 의미한다. 미친 생각으로 보이지 않는다면, 그것은 진정한 혁신이 아니고 점증적인 개선에 불과하다. 진 크랜즈[03]가 남긴 불멸의 명언을 기억해 보자. "실패라는 놈은 피하기로 선택할 수 있는 대상이 아니다." 여러분이 실패가 용인되지 않는 환경에서 살며 일하고 있다면 혁신을 이뤄 낼 수 없다.

난 무엇보다 독자들 여러분이 나서서 우주 탐험이란 꿈을 실현시킬 기업가들의 이런 도전을 지지해 줄 것을 호소한다. 기술적인 혁신을 장려하고 위험을 기꺼이 감수하도록 장려할, 가장 효율적인 수단의 하나로 상금이 걸린 대회들을 후원해 주시기를 부탁한다. 우주 탐험이 위험한 일이지만 그만한 위험을 감수할 만한 가치가 있는 일임을 주변 사람들이 이해하도록 도와주시라. 다시 한 번 우주 탐험가들이 영웅이 되는 세상을 만들어 보자.

눈앞의 경제적인 이득만을 추구하는 미래 전략을 기업의 귀중한 자산으로 여기는 이 시대에, 소설 『로켓 컴퍼니』는 우주산업이 진정으로 필요로 하는 대책을 내놓고 있다. 이 소설은 지구 준궤도 우주여행과 화성 식민지 건설 사이의 격차를 이어 주는 엔지니어링 계획과 사업 모델을 매우 상세하게 기술하고 있다. 이 책은 일견 저비용 우주수송에 관한 교과서나 비지니스 케이스 스터디에 가까워 보일 수 있지만, 사실감이 묻어나고 믿을 만한 시나리오를 이해하기 쉽게 풀어 가고 있어 일반 독자들의 마음을 사로잡는 매력이 있다. 엑스프라이즈 이후 등장한 민간 우주 기업들이 한 번은 거쳐 냈을 질문들을 소설의 형식을 빌려 이해하기 쉽고, 즐거움을 주는 가운데 철저하게 검토해 냄으로써, 더 낮은 비용으로 우주에 접근해서 새로운 우주시장을 개발하고자 하는 이들의 필독서가 될 것이다. 기술 혁신에 대한 동기를 매우 효과적으로 불어넣었던 엑스프라이즈는 민간기업 주도의 우주 개발이라는 아이디어를 처음으로 만들어 냈다고 생각한다. 이제 소설 『로켓 컴퍼니』가 민간기업 주도의 우주 개발이라는 이 공감대를 지속적으로

03 Gene Kranz. 산소 탱크 폭발 사고를 당해 위기에 빠진 아폴로 13호를 무사 귀환시킨 NASA의 선임 비행 관리자.

이어갈 출발점이 되리라 믿는다.

피터 디아만디스(Peter H. Diamandis, MD)

엑스프라이즈 설립자

이 책을 인류의 마지막 미개척 영역에

자신의 삶과 재산을 쏟아부었던

20세기 초의 로켓 선구자들,

리액션 모터스[04]와 같은 태동기 기업의 설립자들,

지난 25년간 등장한 로켓 기업가들,

엑스프라이즈 참가자들,

그리고

준궤도와 궤도용 수송 시스템을 제작하고 있는 현업 종사자들

모두에게 바칩니다.

---

[04] Reaction Motors, Inc. 미국의 초창기 액체 로켓 엔진 제조사.

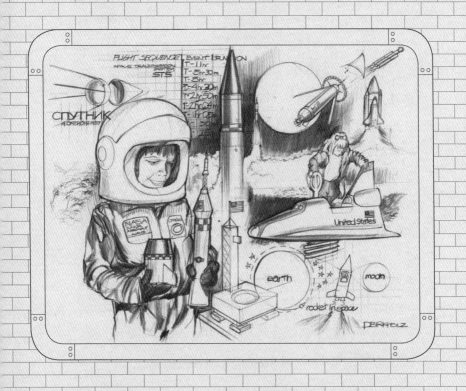

① 장

슈퍼리치 7인방의
도전

존 포사이스는 1조 원대의 자산가이다. 20세기 말, 많은 이들이 그랬던 것처럼, 그 역시 소프트웨어 분야에서 부를 이뤘다. 이데올로기적인 이유였는지 포사이스는 1990년대 말 우주로 가는 비용을 10분의 1로 낮출 수 있다고 주장하는 벤처기업에 투자하기도 했다. 그는 우주수송비용이 대폭 줄어들면 흥미진진해 보이는 우주 비전들이 현실화될 것으로 믿었으며 많은 사람들과 이런 믿음을 공유해 왔다. 당시 포사이스가 보유한 자산은 지금보다 훨씬 적은 수준이었기에, 자산의 대부분을 로켓 개발에 쏟아붓고 나서도 프로젝트를 완성하기에 턱없이 부족했다. 얼마 후, 추가 자금을 댈 만한 월가의 큰손들이 이들의 프로젝트에 투자하지 않기로 결정한 데다, 이즈음 설계상의 기술적인 문제까지 겹치면서 상황이 악화되고 말았다. 결국, 문을 닫게 될 때까지 이 우주벤처는 저비용 우주수송이라는 비전을 실현할 기술적 방법을 또렷이 그려 내지 못했다. 흥미진진한 기술적 실험과 시뮬레이션을 수없이 반복했음에도 성공으로 가는 청사진을 제시하지 못한 것이다.

첫 도전이 실패로 돌아간 후, 포사이스는 우주로켓 개발에 재도전하기 전에 반드시 두 가지를 갖춰야겠다고 다짐했다. 우선 돈을 벌어들일 분명한 계획이 있어야만 대대적인 투자금을 끌어올 수 있다는 생각이었다. 또한 성공을 보장할 로켓 제작 기술을 계획하고 확보하겠다는 것이었다.

기술적인 계획이 확고하지 않은 상황에서 수조 원에 이르는 거대한 예산을 확보한들 누구나 공감할 만한 경제적인 우주수송 방법을 만들어 낼 수 있는 것이 아님을 NASA와 타국의 우주기관들이 여실히 보여 줬다. 포사이스는 1970년대 중반에 등장했던 OTRAG[05]와 같은 독일 기업들의 도전과, 실패로 돌아간 자신의 우주로켓 개발 시도를 꼼꼼히 살펴보았다. 그 결과 정부주도로 줄이지 못했던 우주수송비용을 민간이 주도하면 대폭 낮출 수 있다고 확신하게 됐지만, 동시에 이와 같은 시도가 한 개인의 의지로는 이룰 수 없는 종류의 일임도 인정하게 됐다.

내가 포사이스를 처음 만난 것은 1984년 샌프란시스코에서 열린 L5 클럽의 학회에서였다. 그 후로도 종종, '사람(이 시절 '사람'은 여전히 인류를 의미했다)은 언젠가 우주로 나아가 태양계를 정복하게 되어 있다'라고 믿는 우주 신봉자들의 모임에서 그와 마주치곤 했다. 몇몇 창업주들과 마찬가지로, 포사이스에게는 우주에서의 성공이 본인에게 큰 이윤을 가져다줄 것이라는 확신이 있었다. 20세기가 배출한 가장 부유한 사람은 아니었지만, 그는 상당한 재산을 가진 사람에 속했다. 게다가 포사이스는 자신의 부에 크게 집착하는 편이 아니었다.

그는 우주로 가는 새 지평을 열어 줄 기회를 정말로 찾아낼 수만 있다면 당장이라도 모든 걸 걸겠다고 호언해 오고 있었다. 당시 나는 과학기자였으며 각종 벤처기업의 흥망을 다룬 책을 몇 권 집필하기도 했다. 이런 배경 때문인지 포사이스는 모험담으로 가득 찬 이 이야기를 나에게 관찰하고 기록하도록 했다. 난 신기술이 시장에 도입되는 과정에 늘 있기 마련인 모험담을 조명해 왔고

---

05 1970년대 저렴한 비용으로 위성을 발사하려 시도했으나 미국, 프랑스 등의 방해로 좌절한 로켓 제조사.

때로는 평범한 분야에서도 신기술 도입의 감흥을 전달하곤 했다. 그런데 로켓 제작이란 분야가 지루한 대상으로 여겨진 적은 단 한 번도 없었다. 다른 것은 차치하고라도, 우주시대로 접어든 지 50년이 넘었지만 로켓은 여전히 종종 폭발했고, 이런 유쾌하지 않은 일들이 반복되면서 로켓 분야에는 하나의 오명이 씌워졌다. 사람들이 흔히 사용하는 "It's not rocket science"라는 구절은, "아직도 로켓 분야는 동원할 수 있는 모든 브레인 파워를 필요로 하는 기술 영역이다"라는 뜻이며, 모두들 이 사실에 일종의 경외감을 표하고 있는 것이다.

그러나 포사이스의 설명에 의하면, 로켓 발사의 기술적 어려움을 극복하지 못해서 우주수송비용을 낮추지 못한 것은 아니었다. 사실 정부는 우주개발 사업에 수조 원을 투입했고 기술적인 난제를 많은 부분 해결했다. 지구 궤도상의 유용한 공간들은 인공위성들로 이미 포화된 상태이며, 위성 분야에서는 이제 오래된 위성을 교체하고 개량하는 상황에 이르렀기에, 새로운 인공우주시스템이나 신사업에 의한 성장 동력이 거의 나타나지 않는 상황인 것이다. 이처럼 정지궤도 통신위성 분야를 위시로 하는 위성 사업이 많은 이윤을 가져다주는 것으로 입증되었다. 심지어 지구 저궤도로 쏘아 올린 군집위성조차 돈을 벌기 시작하는 형국인 것이다.

반면 우주수송 분야의 판세는 이와 확연하게 다르다. 유럽, 일본, 러시아, 중국에서 제작한 우주발사체와 미국의 보잉과 록히드마틴에서 제작한 일회용 우주발사체는 최고 수준의 신뢰도를 확보했으며, 통신위성을 정기적으로 쏘아 올리거나 이따금씩 과학위성을 올리는 데 사용되고 있다. 그러나 대다수 우주수송업체들은 국가가 제공하는 보조금이나 국가 소유의 발사장이라는 기반시설 덕택에 가까스로 적자를 면하고 있다. 러시아의 경우, 매우 뛰어난 로켓엔진 기술을 갖고 있음에도 그들의 기술에 자본을 댈 적절한 자금원이 없다. 미국의 여러 회사가 러시아 기술을 구매해 사용해 왔으며 지금도 협력관계를 유지하고 있다. 주로 기술료를 지불하는 방식이지만, 가끔은 조인트로 로켓을 제작하기도 했다. 그러는 동안, 기술이 어느 정도 발달한 국가는 예외 없이, 하나 이상의 일회용 우주발사체를 개발했으며 이러한 사실을 적극적으로 선전해 오고 있다.

포사이스는 정치적으로 자유주의자였다. 또한 미국의 프런티어를 주창하는 터너 이론을 지지하기도 했다. 프레더릭 잭슨 터너는 20세기가 끝날 무렵 위스콘신 주에서 태어난 역사가인데, 미국이 자유로운 사회가 된 것은 경계가 없는 문화 때문이라는 논문을 썼다. 최근 들어 미국이 훨씬 자유롭지 못한 사회가 되고 말았다는 것이 포사이스의 의견이기도 했다. 만약 터너의 논문이 사실이라면, 신세계는 본토에 남은 이들까지 훨씬 더 자유롭게 만들어 준다. 포사이스는 냉전시대가 성공적으로 종식된 이후, 인터넷이 일종의 가상세계에서의 프런티어로 작동해서 민주주의의 부활을 주도했다고 믿는 사람들 중 하나였다. 인터넷은 경제 분야에서 프런티어 역할을 해냈는데, 이러한 수준의 경제적 활황은 기차 선로를 깔았던 19세기 말 이후로는 찾아볼 수 없었다. 한동안 인터넷에 의한 경제성장은 연방 정부의 재정 규모와 그 예산의 지속적인 성장조차 뛰어넘는 듯했으나, 1990년대의 오랜 활황이 엄청난 충격을 남기고 끝나 버렸고 지금까지도 그 여파를 느낄 수 있을 정도이다. 인터넷은 결국 가상 세계의 프런티어에 불과했으며, 이 분야의 개척자들과 '정착민들'은 여전히 '구세계'라는 물리적 구속조건에 묶여 있었다.

포사이스는 미국 내의 각종 문제에도 불구하고 세계에서 가장 살기 좋은 곳이 미국이라고 여전히 생각했으며, 애국심도 매우 높은 편이었다. 그러나 최근에 돌아가는 미국 내 상황은 심각해 보였다. 예산이 부족한 상황이 악화되고 있었으며 이에 따라 세금 부담이 증가될 것으로 예상되었고, 신종 부가가치세까지 등장할 것으로 보였다. 이뿐만 아니라 미국 내 정부의 끝없는 규제 강화, 늘어 가는 사회복지 비용, 높은 실업률, 관료주의와 인구고령화 등 유럽이 이미 거쳐 간 길을 미국도 되풀이하고 있었다. 이 중에서도 빠르게 고령화되어 가는 인구구조는 사회발전에 필요한 노동력과 브레인의 부족을 낳을 뿐만 아니라, 사회발전의 자극제 역할을 하는 젊은 층이 줄어든다는 점에서 분명 문제였다. 미국의 인구구조는 이미 고령화되었으나, 불법이든 합법이든 이민자들 덕에 아직까지 위기 수준에 달하지는 않았다. 그러나 실업률의 증가와 사회복지 비용의 증가로 인해 이민에 반대하는 정치적 분위기가 형성되고 있었다.

포사이스는 미국을 다시 살려 내려면 새로운 프런티어가 필요하다고 생각했다. 새로운 프런티어는 미국 본토의 상황이 정체되었을 때 야심 찬 기업인들과 그들 소유의 자본이 맘껏 달릴 수 있는 장소여야 했다.

20세기 말, 많은 자산을 모은 슈퍼리치들 가운데 우주 탐사를 갈망해 온 이들이 있었다. 포사이스가 이들을 모아서 모임을 만들었는데, 이 모임의 참석자들은 상당한 자산을 보유한 사람들이었다. 회원들이 우주에 관심을 갖게 된 배경은 그 인원수만큼이나 다양했고 대다수는 한 가지 이상의 동기를 지니고 있어, 모임에 동참한 계기는 회원 수를 훌쩍 뛰어넘었다. 포사이스가 우주에 관심이 많은 부자들을 모아 투자 모임을 결성해 낸 것이다. 이들의 동기는 우스꽝스러운 것부터 숭고한 것까지, 지구 밖의 지성적 존재와 접촉하고픈 욕구로부터 달의 남극에 베네딕트회 수도원을 세우려는 시도까지 그 스펙트럼이 다양했다. 회원 중 몇몇은 기술을 근본으로 하는 프런티어에 달려들어야 돈을 벌 수 있다는 본인들의 신념을 증명하고 싶어 했다. 이 소모임의 회원들은 하나같이 스푸트니크 인공위성으로 시작해서 스카이랩[06]으로 막을 내린 1975년까지의 초창기 우주 시대에 깊은 감명을 받은 사람들이었다.

회원들은 아폴로호의 달 착륙에 감격했으며, 1970~1990년대에 제작된 우주 탐사선들이 지구로 전송해 오는 우주 사진들을 경이로운 눈으로 바라보고 있었다. 그러나 아폴로 계획이 종료되고 미국의 유인 우주 탐사가 우주 왕복선 하나로 제한되면서부터, 남들과 다른 방식으로 우주에 가 보려는 시도가 사그라지고 말았다. 그러나 우주 왕복선이 자극제가 되어 새로운 우주 탐사 프로그램을 촉진시키고 기존에 없던 우주개발에 시동을 걸지는 못했다. 과거의 흥분이 사라지자 모험정신도 함께 죽어 버렸다. 그래도 이들

---

06 Skylab. 미국 최초의 우주 정거장.

의 열정만은 아직 살아 있었다. 모임에 참여한 여섯 명의 신사와 한 명의 숙녀는 화려했던 우주시대의 초창기 시절, 달까지는 아닐지언정 적어도 지구 저궤도 우주여행은 해 봐야겠다고 다짐했다. 이들은 진정한 의미에서 그 다짐을 지키고자 했는데, 이는 정부를 구워삶아 우주선 캡슐에 움츠려 올라탄 후 우주에서 며칠을 불편하게 보내다 오는 것을 의미하지 않았다. 그런 우주여행이 아니라, 영화 「2001 스페이스 오디세이」에 등장했던 관광객들처럼 폼 나는 우주여행을 하길 원했다.

이들이 날카로운 현실감 없이 지금의 위치와 부를 이룬 것은 절대 아니었다. 저비용 우주수송에 도전하느라 이미 날아가 버린, 개인과 국가의 투자금에 자신들의 수조 원을 추가할 생각은 추호도 없었다. 이들은 지난 30년간 우주수송 벤처기업에 투자했던 백만장자와 억만장자에 대해서 잘 알고 있었고, 몇몇 회원들은 본인이 그런 사람이기도 했다. 화려했던 아폴로호 시절에 빗대서 '지는 해'라고 불렸던 전문가 집단으로부터 도움을 받았음에도 이들의 시도는 실질적인 성과로 이어지지 못했다. 우주수송은 여전히 비용이 많이 드는 일이었으며, 우주여행은 일상적인 것과는 거리가 먼 일이었다. 정부가 보낸 우주인들의 수는 손으로 꼽을 만한 수준이었으며, 아주 가끔 미국의 우주 왕복선과 러시아가 만든 걸작 소유스 로켓을 타고, 지구 저궤도나 국제 우주 정거장에 잠깐 다녀온 극소수의 부유층을 제외한다면, 인류는 여전히 지구라는 행성에 묶여 있었다. 떠오르는 새로운 시장인 준궤도 우주여행의 경우, 몇몇 성공 케이스가 있긴 했지만, 저 멀리 지구 주변의 궤도와 태양계를 일상적으로 방문하는 것은 아직까지 요원한 일로 보였다.

어째서 우주비행은 여전히 높은 비용이 드는 일로 남아 있는 걸까? 시간을 한참 되돌려 1952년으로 가면, 베르너 폰 브라운이 이미 이때 야심차게 화성 프로젝트를 제안했다. 물류에 관한 요구사항으로만 따져 보면 우주선 10대에 70명의 지원자들과 600톤에 이르는 화물을 싣고 3년에 걸쳐 화성 주변의 궤도로 간다는 내용인데, 폰 브라운은 이러한 계획이 여느 전장에서 보급작전을 펼치는 군사운용보다 더 대단한 것도 아니라고 했다. 폰 브라운은 상당히 정확하게 예측할 수 있는 추진제량을 고려해 화성 프로젝트의 총비용을 산정했다. 그의 예측에 따르면, 추진제에 들어갈 비용이 약 5,000억 원 또는 톤당 10만 원 수준이었으므로, 이 값을 화성 프로그램의 총비용으로 가정했다. 화성에 가는 여정을 시작하기 전에, 지금의 여객기에 버금가는 신뢰성을 갖춘 우주선의 개발을 완료할 수 있다는 것이 이러한 계산을 뒷받침하는 가정이었다. 이후에 드러났지만 이 마지막 가정이 속임수였다!

에너지 레벨이 가장 높은 추진제인 액체산소와 액체수소의 비용은 요즘 톤당 40만 원이고, 에너지 레벨이 그보다 조금 낮은 추진제인 액체메탄과 액체산소는 톤당 10만 원 이하이다. 물가 상승률을 고려하면, 현시점에서의 추진제 비용은 폰 브라운이 가정했던 비용의 3분의 1에서 10분의 1 수준일 것이다. 폰 브라운이 아폴로 계획을 위해서 개발했던 새턴 5호 발사체는 1킬로그램의 페이로드[07]를 지구 궤도에 올리기 위해서 22킬로그램의 추진제를 필요로 했다. 새턴 5호 발사체는 상단 로켓용으로 액체산소와 액체수소를 사

---

07 로켓에 탑재되는 위성 또는 우주선.

용했으며, 1단에는 더 낮은 에너지 레벨의 추진제인 케로신[08]과 액체산소를 사용했다. 추진제 비용이 톤당 40만 원이라고 해도, 1킬로그램의 페이로드를 궤도에 올리기 위한 추진제의 비용은 페이로드 1톤에 1,000만 원 이하가 되거나 페이로드 1킬로그램에 1만 원 수준인 것이다. 그러나 포사이스는 1킬로그램의 페이로드를 궤도에 올리는 비용이 현재 600만 원이 넘으며 만일 사람의 무게를 기준으로 하면 훨씬 더 비싸진다는 것을 아주 잘 알고 있었다.

최근 미국 내 우주 사업의 역사는 우주수송비용을 10분의 1, 8분의 1, 4분의 1, 심지어는 2분의 1로 낮출 것이라는 차세대 로켓개발 사업이 내건 약속들로 가득 차 있으나, 이 중 어떤 사업도 그 약속을 지켜 내지 못했다. 여객기의 신뢰성과 운용비용에 버금가는 우주발사체를 개발할 수 있다던 폰 브라운의 주장을 증명할 방법이 현재까지는 없어 보였다. 폰 브라운이 이러한 주장을 하고 나서 50년 정도가 흘렀고 수백조 원에 달하는 돈을 쏟아부었지만 우주수송비용을 현저하게 낮추지는 못했다. 구소련과 중국이 일회용 발사체를 대량생산해서 규모의 경제를 일부 달성했다고 주장하는 사람도 있으나, 사실 사회주의 계획경제라는 틀 안에서 실비용을 계산하기는 어려운 법이다. 구소련과 중국처럼 시장가격보다 현저히 낮은 수준에서 발사 서비스를 제공하는 곳은 없다. 발사 서비스 시장은 이미 공급 과잉인 상태고, 대부분의 발사 운용업체에게는 페이로드 1킬로그램당 600만 원의 가격이 운용에 들어가는 실제 비용보다 오히려 적은 수준이거나 이에 가까운 수준인 것으로

---

[08] Kerosene. 석유를 증류한 탄화수소 액체.

보였다.

　포사이스는 오랫동안 로스앤젤리스를 무대로 하는 사교 모임에 참석했는데, 이곳 회원들은 거의 20년 동안 우주 프런티어를 열 방법과 수단을 모색하기 위해서 분기에 한 번꼴로 모였다. 이들은 우주 프런티어를 개척하는 작업이 궤도로 올라가는 우주수송 비용을 극적으로 낮출 수 있는지에 달려 있다고 절대적으로 믿고 있었다. 그러므로 설립 이후 몇 년 만에 망하는 신규 우주발사체 회사들을 다각도로 연구하고 논의함으로써 이들의 실패사례로부터 배우고자 했다. 이들 우주발사체 개발벤처들 중 적지 않은 수가 사교 모임의 회원들에 의해서 설립되었거나 회원들의 투자를 받았는데, 이 회사들은 적게는 200억 원에서 많게는 1,000억 원 정도까지 지출한 후 사업을 포기했다. 이들 중 한두 곳은 페이로드를 궤도에 올리고 승객을 준궤도 비행에 수송하는 등 기술적인 성공을 이뤄서 항공우주 산업분야의 대표적인 중소기업이 되기도 했다. 하지만 그 어떤 누구도 우주수송의 고비용 구조를 바꿀 만큼 변화를 일으키지는 못했다. 로켓 개발 자체가 엄청난 속도로 현찰을 태우는 것과 같기 때문에, 유용할 자금이 부족해지면 우주발사체의 비용을 혁신적으로 낮출 수 없음을 이 사례들이 분명하게 보여 준 것이다.

　포사이스는 로스앤젤리스 사교 모임에서 만난 사람들 가운데 비슷한 부류의 일곱 명을 모아 소그룹을 구성했는데, 이들의 총자산은 10조 원에 이르렀다. 이 10조 원 가운데 2~5조 원을 새로운 벤처에 투입할 가능성이 있는 것이었다. 물론 이들이 현실성 없는 우주 기업에 수조 원을 낭비할 의사는 전혀 없어 보였다. 이들은 하나같이 우주수송비용을 낮추고 새로운 우주 프런티어를 열겠다는 강한 의지를 갖고 있었고, 기술적, 재정적 측면을 모두 고려한 사업계획을 제대로 짠 후, 다시 한 번 본격적인 도전에 나서자는 아이디어에 동조하고 있었다. 이는 일곱 명 모두가 상당량의 자금을 약속하기에 앞서 반드시 갖춰야 할 조건이었다.

포사이스도 아직까지 구체적인 계획이 있는 건 아니었다. 그러나 우주수송비용을 낮출 수 있다고 자신했다. 물리적으로 가능할 뿐만 아니라 기술적으로도 구현 가능하다고 확신했다. 이제 우주 프런티어를 개척할 금전적인 동기를 이끌어 낼 적절한 동력원이 필요할 따름이었다. 빌 게이츠는 신제품이나 서비스가 상승 나선형 경제모델을 만들어 내야 함을 항상 강조해 왔다. 그는 정보를 저장하는 매체인 시디롬을 종종 예시로 들었다. 많은 수의 유용한 제품을 시디롬에 담아 내면, 소비자들은 시디롬 드라이브를 더 원하게 될 것이고 모든 컴퓨터에 설치할 것이다. 또 다른 관점으로 보자면, 모든 컴퓨터에 시디롬 드라이브를 설치하면 소프트웨어 개발자들이 새로운 어플리케이션에 투자하게 될 것이다. 이러한 과정을 시작하기 위해서 마이크로소프트는 엔카르타 백과사전을 비롯해서 많은 시디롬 제품의 제작에 투자했다. 일단 이 과정이 시작되자 시장이 스스로 성장하기 시작했다. 시디롬의 판매가 늘어나자 하드웨어 가격이 떨어졌고, 시장이 커지자 어플리케이션 개발자들이 호응하면서 소프트웨어 가격도 내려갔다.

포사이스는 이러한 과정을 우주수송에도 적용할 수 있다

고 확신했다. 수송비용을 낮추면 궤도로 가는 우주수송의 수요가 늘어날 것이고, 우주수송에 대한 수요가 늘어나면 수송비용이 떨어지고 운용 효율이 개선될 것이며, 이는 다시 수송비용을 더 낮춰 주기 때문에, 발사수요는 수요를 계속 성장시키는 수송비용의 나선형 곡선을 따라 더욱더 증가하게 될 것이다. 국가 우주기관은 말할 것도 없고 그 누구도 비용 절감에 따라 수요가 스스로 성장하는 나선형 모델을 우주수송 분야에서 이끌어 내지 못했다.

우주 왕복선의 운용 초창기에 NASA는 특별 우주여행과 소규모 페이로드 비행이라는 옵션을 포함하는 저비용 우주수송을 제공하려 했으나, 이는 우주수송의 수요를 자극하려는 의도보다는 정치적 이유로 감행한 일이었다. 그 밖에도 소규모 페이로드를 우주 왕복선이라는 수조 원대의 국가자산에 연결하는 데 들어가는 비용과 페이로드의 발사까지 수년이 지체될 수 있음을 고려하면, 실제로는 비용이 증가되고 마는 것이다.

비용에 영향을 주는 또 다른 측면으로 수요가 있다. 지상 기반시설을 제외하면, NASA와 미 공군이 우주수송비용에 배정한 예산은 매년 6~7조 원 규모다. 상업적인 수요는 겨우 4~5조 원 수준이고 미국을 제외한 다른 나라의 우주 사업이 여기에 5조 원의 수요를 보탠다. 결과적으로 발사 서비스 시장은 1년에 15~17조 원을 받아서 750만 톤에 조금 못 미치는 화물을 지구 저궤도에 올리고 있는 것이다. 만일 우주수송비용이 산업 분야의 단기 목표인 1킬로그램당 100만 원 이하로 떨어진다면, 새로운 시장의 규모를 2조 원으로 유지하기 위해서는 상업적인 수요를 통한 궤도투입 중량이 200만 톤 정도 더 늘어나야 한다. 포사이스는 이 2조 원가량의 추가 수요를, 투자를 결정짓는 최소 수준으로 보고 있었다. 연간 궤도투입 중량을 200만 톤, 400만 톤, 심지어 500만 톤으로 계속해서 성장시키는 데는 시간이 걸릴 것이고, 대규모 자본을 투입해서 합리적인 투자수익을 올리려면 이와 같은 단계적 성장은 반드시 필요한 법이었다. 그래서 페이로드와 위성을 궤도에 올리는 서비스를 가까스로 해내고 있는, 몇 안 되는 신생 업체들은 자금이 떨어지지 않도록 시장 가격과 유사한 수준으로 수송비용을 매겨야 했고, 이 때문에 새로운 수요를 그다지 많이 만들어 내지 못했다.

포사이스가 보기에, 우주수송 수요가 나선형 성장곡선을 타기 시작하려면, 먼저 그 비용이 매우 가파른 하강 나선형 모델을 따른다는 사실을 모두가 받아들일 필요가 있었다. '무어의 법칙'[09]이 18개월마다 반으로 떨어지는 비용을 강조하는 것처럼, 가까운 시일에 나타날 만한 효과를 보여 줘야 하는 것이다. 포사이스는 풍부한 지식을 갖춘 전문가들에게 컨설팅을 받아 가며 이 문제를 고민해 왔다. 그는 우주수송비용을 현재의 100분의 1 수준으로 낮추기 위해서 적어도 자연법칙을 뒤집어야 하는 상황은 아니며, 새로운 과학영역을 개척해야 하는 것도 아니라고 확신했다. 최고의 엔지니어링 작업을 거쳐 적절한 사업계획을 실행에 옮기면 될 뿐이었다. 즉, 필요한 비용이 얼마이며 해당 자원을 마련할 수 있는지가 관건인 것이다.

---

[09] 마이크로칩의 성능이 2년마다 두 배로 증가한다는 경험적 예측. 실제로는 18개월 주기라고 보는 견해도 있다.

포사이스는 스스로를 7인방이라 부르는 투자 모임의 회원들과 1년 남짓 정기적인 모임을 가진 끝에 이들 모두의 뜻을 하나로 모을 수 있었다. 이제 실현 가능한 사업 전략과 기술적 계획만 내놓는다면 이들 7인방을 설득해 대규모 투자를 받을 수 있다고 확신했다. 그는 개발 자금을 받기 전에 AM&M이라는 유한책임회사와 유한책임 파트너십을 세워서 세금 공제와 손실로 인한 절세 혜택의 가능성을 열어 두었다. 곧이어 기술팀을 꾸리기 위해 500억 원이라는 투자금을 이 유한회사에 투입했다. 이제부터 그는 사업 계획을 잘 짜야 했다. 무엇보다 돈을 벌어들일 방법, 즉 영업 전략을 보여 줘야 했다. 영업 전략은 흡사 깨기 어려운 땅콩 껍질 같은 존재이다. 이익을 낼 방법을 제시하지 못하면 세상에 나와 있는 기술과 엔지니어링이 쓸모없어지고 만다.

영업 전략을 고안하는 작업을 가장 먼저 공략해야 하지만, 그에 앞서 엔지니어로 구성된 소규모 팀을 구성하고 7인방의 사업 아이디어와 영업 전략이 완전 얼토당토않은 것은 아닌지 기술적인 검토를 받기로 했다. 엔지니어를 고용했다고 자동으로 최고 수준의 기술적 검토를 받게 되지는 않으므로, 제대로 된 기술팀을 결성하는 데 집중해야 했다. 로켓 사업에 본격적으로 뛰어들어 개발비를 지출하기 이전에 함께 보낸 시간이 길수록 뒤따라올 개발 사업을 신속하게 진행할 수 있는 법이었다.

① 2장

과학에 앞선 공학

존 포사이스는 지난 10여 년 동안 도전적인 항공우주 사업을 주도해 온 인재들을 눈여겨봐 뒀다. 그리고 이번 프로젝트를 지휘할 사람으로 보잉의 엔지니어 톰 래빗을 지명했다. 톰은 최근까지 고등 발사 시스템(ALS), 델타 발사체의 파생 버전, 시론치(SeaLaunch) 시스템 등을 이끌어 온 인재였다. 보잉이 러시아와의 조인트 벤처기업 시론치를 설립한 것은 바다에서 쏘아 올릴 시스템을 구축하기 위해서였지만, 어쩌면 보잉과 톰이 발사체의 설계와 운용에 관한 실질적인 경험을 상당히 쌓을 수 있었다는 점이 더 중요한 결과인지도 모른다. 현재 45세인 톰은 경험이 많고 에너지가 넘쳤으며, 엔지니어링 팀을 성공적으로 이끈 실적도 있었다. 톰은 엔지니어 경력의 대부분을 발사체를 설계하거나 부분체를 제작하며 보낸 운 좋은 사람이었다. 게다가 기술적으론 세세한 방법론과 설계 접근법을 검증할 수 있을뿐더러, 어떻게 해야 발사체 설계 전체의 개연성을 보장할 수 있는지도 알고 있었다.

톰은 핵심 인력을 고용하는 작업에 곧장 착수했다. 항공우주 전 분야에서 네트워킹을 해 온 톰이기에 완성도 있는 결과를 내놓은 실무 경력과 전공분야에 대한 깊은 직관력을 갖춘 엔지니어들을 두루두루 파악하고 있었다. 구조 분야를 담당할 사람으로는 레스터 웰드라는 보잉 출신 직원을 선택했다. 열역학 분야를 담당할 사람으로는 록히드마틴 출신의 솔 메이어, 로켓 추진 엔지니어로는 프랫앤드휘트니 출신의 쳇 로벨, 유도 제어 엔지니어로는 맥도넬 더글러스 출신의 조지 포인덱스터, 10여 년 전에 항공우주 분야를 떠난 성능분석 전문가 폴 레스턴, 리퀴드 에어 출신의 극저온 엔지니어 제시카 더빈, 그리고 마지막 그룹원인 중량 담당 데이브 포먼은 마틴으로 병합되고 이어서 록히드와 합쳐진 제너럴 다이내믹스에서 일했는데, 각종 발사체와 우주선의 중량을 다룬 그의 경력은 아폴로 시절까지 거슬러 올라갔다. 이미 은퇴한 데이브와 35세인 조지를 제외하면 모두들 40대 중반으로 톰과 비슷한 연령대였다.

엔지니어링 팀의 1년 예산은 250억 원으로, 이들이 '양철 구부리기'로 불리는 발사체 하드웨어 제작에 너무 무리하지만 않으면 100명 정도의 엔지니어를 유지할 수 있었다. 신규 채용은 좀 더 젊은 엔지니어들을 대상으로 했는데, 그중 몇몇은 대학을 갓 졸업한 사람들이었다. 명석한 사람들을 선발한 것은 맞지만, 그렇다고 순전히 분석적인 타입의 인재들을 뽑은 것은 아니었다. 엔지니어링 팀은 설계와 제작 경험이 있는 사람을 원했고, 창의력을 발휘해서 온전한 설계 방안을 고안해 내고 이러한 설계가 작동하도록 만들 인재를 원했다. 그러기에 고용 과정이 그만큼 느리고 신중해질 수밖에 없었다. 톰은 사업에서 가장 값비싼 실수가 잘못된 사람을 기용하는 것이라는 빌 게이츠의 생각에 동의했다.

톰은 본인들을 실패한 과학자쯤으로 여기는 엔지니어들을 배출하는 것이 공대 교육의 문제라고 생각했다. 톰은 엔지니어링이 과학과 매우 다른 것이라 믿었다. 엔지니어링은 과학이 등장하기 이전부터 이미 존재했다. 로마인들이 2,000년 전에 세운 경이로운 엔지니어링 업적들은 지금까지도 건재한데, 실험을 기반으로 한 과학이 세상에 등장하기 1,500년 전에 공학기술을 적용한 것이다. 공학적인 이해만으로도 뭔가를 고안하고 만들어 낼 수 있으며, 공학이 과학에 앞서 이런 목적을 달성해 냈다는 의미였다. 예를 들면,

공학은 -1의 제곱근이 수학적으로 받아들여지기 훨씬 이전부터, 이미 복소수라는 개념을 도입해 전자공학 문제를 풀고 있었다.

톰은 리처드 프레스턴이 그의 책『여명』에서 소개한 헤일의 망원경 이야기를 무척 좋아했는데, 이 책에서 주인공 헤일은 팔로마 산에 직경 5미터짜리 망원경을 성공적으로 제작해 냈다. 이 이야기의 배경이 되는 1940년대의 기술로는 이런 규모의 망원경을 제작하는 일 자체가 불가능했다. 가상세계의 녹색 요정과 수없이 회의를 했다고 주장했던 헤일이란 인물은 이런 한계에도 불구하고 이 망원경을 만들어 낼 동기와 카리스마를 갖고 있었다. 이와 같은 대형 망원경은 특정 방향으로 움직이면 거울 자체의 무게로 인해서 변형되는 문제가 있었다. 변형이 너무 심해서 망원경 초점을 맞출 수 없는 정도였다. 그러나 창의력 넘치는, 캘리포니아공과대학 출신의 엔지니어가 망원경 거울 밑에 50개의 진자를 매달아 망원경의 변형을 조정할 수 있는 기계식 컴퓨터를 만들어 냈다. 천구의 다양한 위치를 향해 망원경을 회전시키면, 중력 방향으로 회전한 진자들이 거울 뒷면에 포물선 형태의 거울 모양을 유지하는 데 필요한 힘을 가하는 기계식 컴퓨터로 작동하는 것이었다. 이 기계식 컴퓨터는 당대의 기술을 훌쩍 뛰어넘는 것이었다. 이 컴퓨터는 유지 보수가 전혀 필요하지 않았으며 이후로도 50년 동안 아무 문제없이 그 기능을 다했다. 진자들끼리 엉키는 경우가 간혹 있었으나 망원경을 앞뒤 좌우로 몇 번 돌려 주기만 하면 이러한 문제는 해결되었다.

러시아는 1970년대에 6미터짜리 망원경을 제작했는데, 러시아에는 천재적인 엔지니어가 없었는지, 망원경이 똑바로 하늘을 향하는 경우를 제외하고는 망원경을 사용할 수조차 없었다. 그들은 1990년대에 접어들어서야 진자와 기계식 컴퓨터를 대체할 고속 디지털 컴퓨터라는 새로운 기술을 손에 넣을 수 있었다.

이와 같은 천재성은 다시 재현되기 어렵다. 그러나 과학 실험은 재현이 가능하다. 누구라도 같은 실험을 재현할 수 있다. 공학이 한 시대의 과학적 역량을 뛰어넘어 앞서가는 경우는 왕왕 있다. 특정 시대의 몇몇 엔지니어들이 한 곳에 모여 아무도 해내지 못한 일을 해내기도 한다. SR-71도 그러한 예에 속한다. 이 비행기의 개발 사업이 시작될 당시 SR-71은 기술적으로 불가능해 보였다. 그러나 켈리 존슨과 스컹크워크[10] 멤버들은 어찌 했는지는 알 수 없지만 결국 성공적으로 사업을 완수했다. SR-71의 초도 비행 이후 40년 동안 이 비행기의 적수가 될 만한 비행기를 누구도 만들지 못했다.

톰은 운용성이 뛰어난 저비용 발사체를 설계해 내는 작업이 SR-71의 경우처럼 현재의 기술을 뛰어넘어야만 가능한 일이라고 보지 않았다. 물론 현재의 기술로 이와 같은 발사체를 제작할 수 있다고 하더라도, 좋은 엔지니어링 작업을 넘어서는, 매우 뛰어난 엔지니어링 작업이 동반되어야 한다는 것쯤은 누구나 알 수 있었다. 톰은 보잉에서 근무한 경험을 통해 새로운 아이디어를 보유한 뛰어난 엔지니어가 극소수에 불과하다는 사실을 알고 있었다. 그래서 실제로 뭔가를 완성한 적이 있는 똑똑한 엔지니어들을 찾고 있었다. 명석한 두뇌 이상을 원한 것이다. 톰은 보트, 자동차, 권총, 공유 컴퓨터 프로그램, 특수목적 컴퓨터, 집에서 제작한 비행기 등 뭔

10 록히드마틴이 비밀리에 추진한 연구 개발 프로젝트 또는 비밀 개발조직을 가리킴.

가를 만들어 실제로 작동시켜 본 사람들을 찾고 있었으며, 대학 4학년 설계수업을 매우 진지하게 받아들여서 실제로 작동하는 작품을 만들어 낸 졸업생들과 뒤뜰에서 로켓을 제작해 본 사람들도 채용 대상에 포함시켰다. 그게 아니더라도 이력서에 적은 특허 목록이 길어서 나쁠 이유는 전혀 없었다.

톰이 가장 먼저 채용한 인원에는 엔지니어들 이외에도 사서가 한두 명 포함되어 있었다. 미국은 지난 50년간 로켓엔진과 발사체 기술에 최소 수백조 원을 쏟아부었으며, 그중 대부분을 미국 정부기관이 감당해 왔다. 그렇기에 이 기술들은 다양한 문서 보관실에 잘 정리되어 있다. 관련 기술 논문들을 잘 보관해 온 전문 단체로는 미국항공우주학회(AIAA)와 전기전자학회(IEEE)가 있고, 이 논문들은 시디롬에 담겨 있거나 인터넷으로 내려 받을 수 있었다. 유럽 국가들, 일본, 중국, 러시아의 우주 사업에서도 유용한 정보를 얻을 수 있었으나, 접근하기가 점점 어려워지고 있었다. 러시아인들은 여전히 현찰이 아쉬운 상황이어서 이들이 보유한 기술의 대부분을 구매할 수 있었다.

이들 가운데 가장 좋은 정보를 선별해 낸 후, 기존 발사체 시스템들이 AM&M(American Mining and Manufacturing)이 설계 과정에서 겪게 될 다양한 문제를 어떻게 해결했는지를 종합적으로 평가해 보자는 것이 톰의 의도였다. 하지만 기존 기술을 쉽게 찾을 수 있도록 만드는 것이 이 특화된 도서관의 주요 목적은 아니었다. 이미 효과가 입증된 기술을 원한다면야 시장에 그런 기술을 제공하는 업체와 접촉하면 그만인 것이다. 도서관의 진정한 목적은, 수천 명의 엔지니어들이 정부 우주기관과 협력업체에서 때로는 생명이나 팔다리를 잃어 가며, 말 그대로 목숨을 걸고 연구해서 얻어낸 경험과 지혜를 찾아내는 데 있었다. 정부기관의 엔지니어들은 새로운 사업을 시작할 재원이 부족해서 시간적 여유가 생기면 이전 과제들로부터 알게 된 사실과 엔지니어링 작업의 경험을 요약해 설계 매뉴얼과 핸드북을 작성했다. 이 중 대부분을 국립 기술정보 서비스로부터 얻을 수 있었다.

완성된 도서관은 마치 2단형 발사체처럼 구성되었다(톰은 2단형 발사체를 제작할 것이라고 확신했다). 예를 들어, 1단 엔진 관련 자료와 2단 엔진 자료 및 자세제어 추력기 자료를 추진분야 섹션에 한데 모아 두기보다는, 1단 엔진과 관련된 각 분야의 자료를 함께 정리해 두는 식의 구성이었다. 특정 부분체를 담당하는 한 명의 엔지니어를 기준으로, 이 부분체가 통합해야 할 각종 서브시스템들을 예상해서, 이들 서브시스템을 다룬 자료를 수집하고, 현재 작업 중인 부분체와 직접 관련된 정보 바로 옆에 앞서 수집한 자료들을 두게끔 도서관을 구축하자는 것이 기본적인 아이디어였다. 수년간 기술정보를 관리해 온 도서관 사서들은 이와 같은 배치의 실용성을 높이기 위해서, 도서관에 보관된 내용물의 대부분을 데이터베이스와 컴퓨터를 기반으로 정리해서 사용하기 편리한 카탈로그를 만들어 냈다.

아마존 회장 제프 베조스는 지금까지 발간된 모든 책과 잡지와 학위논문과 신문을 웹에서 검색하고 구매할 수 있게 만드는 사업을 추진해 왔다. 그러나 많은 수의 항공우주 자료를 아직까지 손에 넣지 못했으며, 참고문헌의 대다수가 다른 자료들에 비해서 명확하지 않은 까닭에 종합 도서관을 완성하려면 여러 해가 걸릴 것으로 보였다. 그러나 데이터베이스 가운데 일부는 아마존이라는 지속적으로 성장하는 복합 도서관에 연결되었고, 이 데이터베이스가 상세한 조사를 거친 검색 데이터로 구성되어 있는 것은 틀림없었다.

항공우주 기술문헌을 살펴보면 1963년 이후로 설계 편람을 발행한 사람이 없다는 사실이 흥미롭다. 사람들은 이때부터 컴퓨터 프로그램을 작성하기 시작했다. 그리고 록히드마틴, 보잉 등의 항공우주 대기업들은 몇몇 오래된 프로그램을 여전히 쓰고 있지만, 이 컴퓨터 프로그램에 숨어 있는 기술과 설계에 관한 통찰력을 제대로 파악하기란 여간 어려운 일이 아니다. 몇천 줄의 컴퓨터 코드 뒤에 숨어 있는 생각을 이해하기보다는 잘 작성된 설계 편람을 읽고 이해하는 게 훨씬 쉬운 법이다. 그리고 이러한 컴퓨터 코드는 제대로 문서화 작업이 되어 있지 않은 경우가 많다.

비단 항공우주업계만 그런 것은 아니겠으나, 톰은 이 분야에서 일하는 엔진니어들에게는 몇 가지 보편적 성향이 나타난다고 봤다. 기술적으로 광기에 가까운 번뜩임을 보이지만, 고집불통인 데다 종종 거만함에 가까운 자부심을 품고 있다는 것이다. 톰의 견해에 따르면, 극단적으로 어려운 일과 단순히 불가능한 일을 구분해내기가 종종 어려웠으므로, 항공우주 분야 종사자들은 특별히 이러한 병폐에 빠지는 경향이 있었다. 그래서인지 종종 어떤 개인이나 기관이 물리적 법칙으로는 전혀 터무니없어 보이는 기술적인 주장을 알 수 없는 이유로 옹호하곤 했다. 말하자면 '만약 이러한 기술이 실현될 수 있고, 실제로 그렇게 되기만 하면 근사하지 않겠는가?'라는 생각인 것이다. 게다가 누구누구가 그 길이 맞는 길이라고 주장한다면, 그는 본인이 뭘 하는지 알고 있을 것이다. 그렇지 않은가? 그리하여 수많은 자원이 기술적으로는 터무니없는 주장을 좇느라 소모되고 만다. 정부기관과 협력업체들은 또다시 새로운 사업본부를 만들어 내고 사람들을 고용하며, 새로운 사업에 돈이 투자되면 다들 이러한 시류에 편승하려 든다. 수년간 헛수고를 하고 나서야, 이러한 아이디어는 결국 조용히 사그라지고 만다. 오용된 자원들은 차치하더라도, 실현이 가능했을지도 모르는 다른 좋은 아이디어들을 밀어내 버렸다는 사실이야말로 어떤 의미에서 가장 나쁜 결과를 초래한 것이다. 이처럼 사람들이 '터무니없는' 해결책이 유일한 방법이라고 확신하는 동안, 믿을 만한 해결책을 오히려 믿지 못하게 되는 것이다! 물론 믿어 볼 만하지만 극단적으로 어려운 기술을 추구한 사업들이 자금이 떨어졌다거나 새로운 우선순위를 가진 행정부가 들어서는 등 기술과 관련 없는 이유로 종종 실패하기도 한다. 그러므로 이러한 노력들이 결실을 맺기 위해서는 적절한 접근법 이상의 무언가가 필요한 법이다.

켈리 존슨 같은 사람이 나서서 한 개인의 명성으로 정부계약 건을 따내야 하는 상황이 되면서, 거만함 또한 이 직업군의 위험요소가 되었다. 회의적인 고객들에게 설득력 있게 호소하려면, 기술적으로 미친 짓에 가까운지 아닌지를 떠나서, 제안자 스스로가 먼저 자신의 제안이 성공으로 가는 유일한 길임을 완전히 확신해야 한다. 하위 레벨의 엔지니어링에서조차도 이 거만함은 문제가 될 수 있다. 로켓 개발 사업을 포함한 대규모 정부 사업들은 대부분 수천 명의 엔지니어들을 고용하지만, 현실적으로는 그들 중 단 몇 명만 실제로 설계 입력 값을 결정한다. 항공우주 기업의 대다수 엔지니어들은 설계 프로세스에 필요한 실제 입력 값을 제공하기보다는, 제대로 된 질문을 할 줄 모르고 분석 작업이 끝날 무렵이면 이미 그 답에 관심조차 없는 관리자가 내놓은 우둔한 질문에 대답하느라 시간을 허비하는 데 익숙해져 버린다. 이러한 상황이 "내가 최고의 전문가이고 당연히 내 말이 옳아. 당신은 당신이기 때문에 틀렸어!"와 같은 약간의 오만함을 부추기게 되며, 어떤 이들은 이러한 태도를 권력을 행사하는 유일한 방식으로 여기기도 한다.

만일 주위 사람들이 당신 작업에 관심을 보이거나 말거나 크게 신경 쓰지 않는다면, 항공우주 분야는 최소한, 똑똑하고 흥미로운 동료들, 연구에 필요한 컴퓨터 자원, 괜찮은 임금, 상대적으로 스트레스가 낮은 일거리를 제공해 줄 수 있다. 그 결과 이 분야에는 좌절한 엔지니어가 매우 많으며 그중 일부는 매우 똑똑하기도 하다. 그러나 그들 중 많은 수가 실질적인 설계 경험이 없다. 실물 크기의 하드웨어를 개발할 만한 자금이 투입되는 사업이 점점 줄어들면서 이러한 상황은 더 악화되었다. 실제로 뭔가를 만들어 내는 일을 하는 엔지니어가 점점 더 줄어들게 된 것이다. 그 결과 무용지물에 가까운 엔지니어링 작업이 점점 늘어났다. 실무 경험이 없는 저자들이 작성한 수많은 논문과 모노그래프 들은 매우 무의미한 결과를 도출해 놓았으며, 전체를 조감하여 새로운 문제에 어떻게 접근할지를 다루는 설계 분야는 특별히 더 그러했다. 이와 마찬가지로, 많은 학회와 논문 들을 배출해 낸 기술적 유행들이 있었으나, 이들을 실질적으로 활용한 사례는 거의 찾아볼 수 없다. 예를 들어, 전산유체역학이 멋지다고 생각하는 사람들이 셀 수 없이 많은 논문을 써 댔지만 이들은 정작 전산유체역학이 어떻게 효과적으로 설계 프로세스를 개선할 수 있는지를 염두에 두지 않았다.

우주수송이란 문제를 분석하는 데 들어간 돈과 시간에 비하면, 명석한 해결책이 그리 많지 않은 편이다. 더 정확히 말하면, 명석한 해결책이 좀 있기는 하지만, 애매모호한 부분이 너무 많다는 얘기이다. 톰이 지시한 엔지니어링 팀의 첫 번째 임무는 도서관 구축을 위해, 발사체 설계 과정에서 직면하게 될 문제들을 다루고 있는 자료들과 실험으로 구한 명확한 데이터를 포함한 자료들을 손에 넣을 수 있는 한 최대한 많이 끌어모으는 작업이었다. 이 과정에서 다방면에 걸친 항공우주산업 기술의 개발 이력을 세밀히 조사하게 되었다. 톰은 발사체의 제작 임무를 맡은 엔지니어링 그룹 원들이 이러한 조사를 주관하도록 만들었다. 분야를 막론하고 한 기술 분야의 개발 이력에 숨어 있는 것은 기술에 대한 통찰이며 또한 어찌하여 현재와 같은 상태에 이르렀는지에 대한 이해이다. 흥미롭지만 선택받지 못한 혁신적인 기술들이 역사의 갓길을 가득 채우고 있는 것이다.

여느 새로운 분야처럼, 항공우주 분야도 그 초창기에 수백 가지의 새로운 아이디어를 시도했고, 그중 일부는 받아들여졌고 또 일부는 버려졌다. 시간이 지나자 특정 문제에 대한 최선의 해결책이 그 분야의 표준이 되었고, 그런 다음에는 '다들 그렇게 하니까'라는 상태에 이르게 되었다. 그렇지만 때로는 다시 처음으로 돌아가 왜 그런 기술적인 선택들을 했는지 검토하는 것이 유익할 수 있다. 가능하면 보편적으로 받아들여지는 방법들이 엔지니어들의 눈을 제대로 가려 버리기 전에, 맨 처음으로 돌아가야 하는 것이다. 우주수송 시스템이 그동안 발전해 온 방식을 고려해서, 아니면 개인의 취향에 따라서는, 우주수송 시스템이 발전해 오지 않은 방식을 생각해 보고, 혹여 그 과정에서 잘못된 방식을 선택했던 것은 아닌지, 더 나은 방법이 가능할지를 재검토하는 것이 좋은 태도이다.

톰은 미국의 특허 및 상표권 담당 기관이 유지하는 온라인 특허 데이터베이스를 뒤질 엔지니어도 고용했다. 그러나 발사체 분야는 기록이 남은 기술이 상대적으로 거의 없다는 사실이 곧 분명해졌다. 아마도 1990년대 초반까지는 로버트 고다드가 로켓공학 분야에서 실제로 미국 특허를 딴 미국의 마지막 인물일 것이다. 지난 60년간 우주 기술에 들어간 돈과 국가적인 관심을 생각했을 때, 특허 데이터베이스에 관련 기술이 거의 없다는 사실을 알게 된 톰은 크게 놀랐다. 그러나 NASA의 창설 법령에 따르면 아무리 작은 규모라도 일단 NASA 자금이 개발에 들어가면 NASA가 모든 특허의 소유권을 갖도록 되어 있었다. 그리고 당시에는 민간기업이 그들이 개발한 기술에 대한 권리를 가진다는 규정 자체가 없었다. 우주기술의 개발은 거의 NASA와 정부의 다른 우주 관련 기관들을 통해서 이루어졌으므로, 이러한 개발이 우주기술의 거의 대부분을 차지했다고 볼 수 있다. 사실, 이들 특허는 NASA 기관장의 이름으로 등록되어 있다. 특허의 관점에서 보면, 항공우주 관련 기술은 사업 경영 방법이나 컴퓨터 소프트웨어 분야와 유사성을 보였다. 특허청에 '관련 기술 리스트'가 거의 전무한 상황인 것이다. 발사체 개념과 관련해서는 한두 개 이상의 유효하지 못한 특허들이 지난 15년 또는 20년 동안 등록되었는데, 이는 단지 특허청이 발사체 기술의 이력에 접근하지 못해서 생긴 일이었다. 그래서 이 도서관은 설계에 필요한 정보를 제공하는 것을 주된 목적으로 했지만, 정말로 유효한 특허를 얻어 낼 토대를 제공하고, 이와 동시에 애초에 발행되지 말았어야 하는 기존 특허들을 끌어 내리는 데 필요한 '공격' 수단을 제공하는 기능도 추가로 감당하게 되었다.

톰은 비록 소규모이지만 사내 '대학'을 열었다. 상당한 자금이 발사체 개발 사업에 들어갈지 모른다는 소문이 퍼져 나가자 컨설턴트들이 회사 주변을 맴돌기 시작했다. 톰은 이들 가운데 적임자를 선발해 발사체 설계, 사업관리, 품질보증, 시뮬레이션 소프트웨어, 항공전자공학, 유도, 제어, 그 밖에 다양한 기술 분야에 대한 강의를 엮어서 매일매일 제공해 줄 것을 요청했다. 컨설턴트의 대다수는 아폴로호 시절을 거친 노병들이었으며, 이들은 실제로 무엇이 유효하고 무엇이 겉치레에 불과한지를 전하고자 했다.

사업을 성공적으로 운영하려면 많은 돈과 최고의 인재가 필요하며, 거기에 더해 이들이 방해받지 않는 상황을 만들어 줘야 한다는 것은 더 이상 비밀이 아니다. 즉, 실제로 일을 하는 바로 그 최고의 인재들이 방해받지 않도록 해야 한다는 말이다. 과거에도 이런 조건을 갖췄던 적이 있는데, 파나마 운하를 건설할 때는 단한 명의 병참부대 장군에게 전권을 부여했기 때문에 이런 상황이 가능했다. 잠수함 발사 탄도미사일 개발 사업 당시에는 최단 기간과 최소 경비 달성을 위한 작업 일정 분석, 시스템 공학, 주간 현황

보고서와 같은 새로운 관리 수단을 충분히 많이 고안해, 외부에서 사업의 운영에 관여할 필요가 없다고 미국 의회와 해군 장성들을 설득함으로써 이런 조건을 달성했다. 켈리 존슨처럼 고위 간부들조차 방해하기에 매우 까다로운 사람이 그런 역할을 해 주기도 했다. 때때로 빌 게이츠 같은 사람이 나타나 IBM도 따라가지 못할 정도로 빠르게 움직여 일을 해내기도 했다. 그러므로 톰과 존 포사이스는 이런 상황을 이해하고 있었다. 포사이스는 자금을 제공하고 톰은 최고의 인재를 등용하는 가운데, 투자자들이라도, 아니 그 누구라도 엔지니어링 팀을 방해하도록 놔두지 않을 작정이었다.

톰은 수집된 발사체 관련 데이터와 기존 자료를 하나하나 검토해서 분류하고, 컨설턴트들이 생각하기에 할 수 있는 일들이 뭐고, 꼭 해야만 하는 일이 무엇인지 주의 깊게 들었다. 그리고 엔지니어링 팀에게는 개념 설계 실습에 들어가라고 지시했다. 나무를 재료로 사용하는 발사체, 1936년의 기술 수준을 이용해 설계한 발사체, 핵폭발을 추진력으로 사용하는 발사체 등, 일부러 있을 법하지 않은 접근법에서부터 시작할 것을 주문했다. 이와 같은 설계 실습은 엔지니어링 팀이 제 속도를 내도록 도와주었고, 그룹원들이 함께 일하도록 만들었으며, 무엇보다 독창적으로 생각하도록 장려했다. 이 설계 실습은 2~4주간 진행되었고, 설계 데이터베이스, CAD 모델링 시스템, 발사체 궤적 시뮬레이션, 동시병행 엔지니어링 방법론을 개발하고 실습해 보자는 취지에서 진행되었다.

동시병행 엔지니어링은 요즘 널리 사용되고 있는데, 이 접근법은 다양한 분야의 엔지니어들이 하나의 제품을 동시에 설계하기 위해서 하나의 팀으로 일하도록 도와준다. 동시병행 엔지니어링은 사용자와의 상호작용을 통해서 입력 데이터를 받아들이는 컴퓨터 데이터베이스를 매개로 이루어지는데, 다양한 분야의 엔지니어들이 설계 상세 내역을 정기적으로 제출하고 개정하기 때문에, 이 데이터베이스가 설계 상세 내역의 저장고가 된다. 이런 식으로 성능, 중량, 추진, 제어성, 공기역학, 구조, 열보호라는 발사체와 시스템 설계의 단편적 요소들이 지상시설 개발, 양산 계획, 유지보수 엔지니어링, 비용 산출 작업 등과 동시에 진행될 수 있었다.

톰은 몇 명의 산업공학 심리학자들을 고용해서 발사체 개발과정의 사업적/공학적 시뮬레이션을 돌려 보도록 했다. 이들 시뮬레이션은 리아 디벨로 박사 팀의 기존 연구를 기본으로 하고 있는데, 이 연구는 제대로 돌아가지 않는 사업을 성공적으로 되돌릴 수 있음을 이미 증명한 바 있다. 톰이 직면한 문제에 맞게 디벨로 기법을 수정해서, 엔지니어링 개발, 비행시험, 발사체 로켓 양산의 시뮬레이션을 돌리는 데 적용했다. 엔지니어링 팀, 관리팀 그리고 지원팀은 이틀에서 일주일 동안 시뮬레이션 실습을 거쳤으며, 이 과정에서 하나의 집단으로서 더 효과적으로 일할 수 있는 실질적인 전략들을 경험할 수 있었다. 톰은 이와 같은 방법을 동원해서라도 수년간 함께 일해 온 집단처럼 협업하는 하나의 팀을 만들어 항공우주 시스템의 개발과 양산에 들어가기를 희망했다.

3장

프론티어의 법칙

톰이 엔지니어링 팀을 꾸리고 설계 실습을 진행하는 동안, 포사이스는 조직 운영의 기본 원칙을 정립하기 위한 회의를 열었다. 여러 산업 분야에서 경험을 쌓아 온 이사진들과 경영인들을 초대하고, 벤처 투자자들을 비롯해서 경영학, 역사학, 경제학 분야의 최고 석학들과 전문가들을 모셨다. 이들은 낮 동안 회의에 참석했고 밤에는 새로운 프론티어를 연다는 것의 진정한 의미와 더불어 어떻게 하면 그런 일을 성공시킬 수 있을지 연구했다.

어찌 보면 우주라는 '궁극의 프론티어'도 수송비용이 더 높고 여행 기간이 목재 범선을 타던 시절보다 더 길어질 수도 있다는 점을 제외하면, 과거 신대륙 발견과 크게 다르지 않았다. 엄청난 장벽을 극복해 낸 신대륙 진출은 유럽 본토에 막대한 경제적 이윤을 가져다주었고, 이 때문에 본토와 식민지라는 경제 모델은 거의 삽시간에 번져 나가게 되었다. 신대륙의 개척이 그랬던 것처럼, 달, 화성 그리고 수많은 소행성에 존재하는 자원의 경제적 가치는 구세계(지구)가 보유한 자원 가치에 충분히 근접하거나 이를 훌쩍 뛰어넘을 것이다.

그러나 근거리 행성과 소행성을 오가는 문제를 순전히 사업화 관점에서 접근해 사업 제안서를 내놓기란 정말 어려웠다. 그러나 이런 방향성이 이들 '7인방'을 한데 모이도록 만든 동기가 된 것만은 틀림없었다. 우주라는 프론티어는 열릴 수 있으며, 반드시 열어야만 한다는 신념을 붙들고 우주수송 사업에 매진할 수는 있겠지만, 그것만으로는 우주수송의 절대적 장벽인 고비용 문제를 극복할 분명한 청사진을 제시하지 못한다. 우주수송 시장이 수용력과 수요가 제한된 현재의 상황에서 완전히 벗어나, 우주수송비용이 하강 곡선을 타서 수요가 폭발적으로 증가하는 상황으로 탈바꿈해야만 가능한 일이다.

일주일 동안 신대륙의 개척 역사를 하나하나 뜯어 봤지만, 어쩌면 특정 신산업들을 살펴보고 이들이 어떻게 자리매김했는지를 이해하면 우주수송 분야를 전체적으로 작동하게 만들 해결책이 오히려 그 가운데 있을 것만 같았다. 7인방은 철도, 전기 공급 시스템, 소형 전기 모터, 1948년에서 1978년 사이의 컴퓨터, 1978년에서 1995년까지의 개인 컴퓨터와 하드디스크 시스템, 1993년에서 2005년까지의 인터넷 등 기술주도 산업분야를 각자 하나씩 골라 그 역사를 깊이 파고들었다.

두 번째 회의에서, 포사이스는 7인방이 융통할 3조 원 또는 4조 원이 태양계의 탐사와 개발을 시작하기에 결코 충분하지 않다는 본인의 생각을 피력했다. 더 많은 자금이 필요할 터였다. 수십조 원이 될지, 수백조 원이 될지, 1,000조 원이 될지는 알 수 없지만. 이들의 사업 모델은 이런 규모의 자금원이 마련되어 있음을 보여 줘야 했으나, 그렇다고 AM&M이 수십조 원 또는 수백조 원을 모두 내놓는 것을 의미하지는 않았고, 그러한 수준의 이윤을 가까운 시일에 달성해야 하는 것을 전제로 하는 것도 아니었다. 혹자는 마이크로소프트가 개인 컴퓨터용 소프트웨어와 하드웨어 시장의 3퍼센트만 차지한 것에 불과하다고 추정했지만, 어쨌든 이들이 이 분야를 주도하고 있음을 반박하기는 어렵다.

(포사이스는 내가 AM&M의 모든 회의에 참석해도 좋다고 동의했

지만, 7인방은 본인들 이름이 언론에 등장하는 것을 극도로 꺼려 숫자로 이름을 대신한다.)

이쯤 되자 넘버1이 흥분해 큰 소리로 말하기 시작했다. "말도 안 됩니다! 뭐라도 하려면 얼마인지 파악조차 되지 않는 자금부터 요구하는 NASA의 전철을 다시 한 번 밟자는 의도라면, 난 이 벤처에 참여할 의사가 조금도 없습니다. 이 모임이 존재하는 이유는 저비용 우주수송으로 돈을 벌어 보자는 데 있고, 우리가 보유한 자금으로 이룰 수 없다면 이 사업은 불가능합니다."

존 포사이스는 넘버1을 진정시켜려 했다. "무엇보다 내가 좀 전에 언급한 엄청난 자본금은 그저 그런 일을 하는 데 필요한 돈이 아닙니다. 태양계를 가로질러 새로운 프론티어를 여는 사업에 들어갈 자금을 말하는 것입니다. AM&M뿐만 아니라 많은 회사들이 그 정도 규모의 돈을 투자해야 할 것입니다. 그런 일이 가능하려면, 우주라는 대상이 차세대 대박 사업 아이템이라는 공감대를 형성할 수 있어야 합니다. 여기까지 가야 더 이상 사람들이 '어떻게 우주에 투자해서 돈을 벌 수 있지?'라는 의문을 품지 않게 될 것입니다. 오히려 '어떻게 해야 우주에 투자할 수 있지?'라고 묻기 시작할 것입니다. 우리가 동경하는 이러한 사업 환경이야말로 AM&M의 궁극적인 성공을 위해 반드시 필요합니다."

포사이스는 여기서 한 걸음 더 나아가, 과거로 돌아가 새로운 시장의 형성 과정을 살펴보면 어느 순간 신산업이 뜰 것이라는 공감대가 사람들 사이에 형성되어 있었던 사실을 내세웠다. 하지만 도대체 무엇이 그러한 공감대의 형성을 자극했다는 것인가? 어찌 보면 초보적인 수준의 인터넷은 마크 앤드리센이 모자이크라는 브라우저를 만든 후, 인텔의 CEO였던 짐 클라크와 한 팀으로 넷스케이프를 만들기 이전에도 이미 25년간이나 존재했다. 인터넷이란 한 산업 분야가 흥하도록 만든 것은 도대체 무엇이었을까? 클라크는 마침 상호작용이 가능한 새로운 텔레비전에 대한 투자를 포기한 상태였다. 컴퓨터 업계의 빌 게이츠와 같은 존재였던 컴퓨터 재벌들은 돈을 벌기 위해서 고속 인터넷이 필요하다는 데 모두 동의했다. 그리고 상호작용이 가능한 광대역 통신망상에서 텔레비전 프로그램, 유료 영화와 같은 것들을 상품으로 팔게 될 것이라 확신했다. 그래서 이미 인터넷이 존재해 왔고 사람들이 메시지, 소프트웨어 프로그램, 심지어 포르노를 교환하기 위해서 수년간 인터넷 게시판을 사용해 오고 있었는데도, 대학과 정부 무기 연구소 간 정보를 주고받기 위한 용도로 인터넷을 사용했던 정부를 제외하면 아무도 저속 인터넷망에 투자하는 데 흥미를 보이지 않았다.

포사이스는 다음과 같은 질문을 던졌다. "사람들이 정말로 인터넷에 흥분하게 되고 인터넷이 가장 유망한 투자 대상이라고 확신하게 된 것이 언제인지 기억합니까?"

넘버1이 그 질문에 바로 대답하지 못하자 포사이스가 대신 대답했다.

"사람들이 인터넷으로 돈을 벌 수 있다고 인식하게 되자마자요. 그때 사람들이 인터넷에 대한 엄청난 관심을 보이며 웅성거리기 시작했죠. 인터넷 시대가 도래하자, 엄청난 규모의 돈이 웹사이트의 개발과 창업에 들어갔고요. 물론 인터넷 업계는 과열되었고 결국 버블은 붕괴되었죠. 그러나 이러한 조정국면 이후에도, 인터넷이란 존재가 정보를 검색하고 전송하는 비용을 상당히 줄여 줬기 때문에 경제적 견인차로서 충분히 기능했고, 이것은 미국뿐만 아니라 전 세계 경제를 통해서 증명되었습니다."

다음 단계로의 기술적 도약 또는 진보라는 개념에는 본질적으로 인간다운, 어쩌면 특별히 서구적인 뭔가가 있다. 단계적 변화보다는 매우 혁명적인 변화에 해당하는 새로운 뭔가가 곧 등장할 것이라는 생각이 저변에 깔려 있었다. 그 대상이 컴퓨터이든 자동차이든지 간에, 기본 기술은 이미 상당 기간 존재해 왔지만, 이러한 혁명적 변화는 마치 하루아침에 일어난 것처럼 보였다. 처음 나온 개인 컴퓨터들은 실제로 덱[11]에서 수년간 팔아 오던 시스템과 크게 다르지 않았다. 덱의 가장 저렴한 PDP8 미니 컴퓨터와 DIY 알파 컴퓨터 키트의 가격 차이조차도 개인 컴퓨터의 혁명적 변화를 설명할 만큼 크지 않았다. 오히려 모두가 컴퓨터를 이용할 수 있게 된다는 사실이 사람들을 흥분시켰다. 애플과 마이크로소프트와 역사의 뒤안길로 오래전에 사라져 버린 수많은 다른 선구적인 컴퓨터 회사들의 창업주들은 이 기술이 세계를 바꾸어 놓을 것이라 확신했다. 그리고 실제로 그렇게 되었다. 물론 바뀐 세상이 PC 업계의 선구자들이 꿈꿨던 방향과 정확히 일치하지는 않지만 세상을 바꾼 것만은 틀림없었다. 그러나 이 혁명이 시작되고 20여 년이 지난 1990년대 초반이 되어서야 실제로 컴퓨터 사용자들이 업무 효율의 증가를 경험했다. 그러니까 우리는 특정 기술의 성공 이전에 관련

[11] DEC. 미국의 컴퓨터 제조사.

기술의 중요도에 대한 믿음이 먼저 있었다는 사실에 주목해야 한다. 과거를 돌아보면 성공을 확신하는 것이 너무나도 당연해 보이지만, 모든 것이 시작된 초창기에는 절대로 당연해 보이지 않았다. 스티브 잡스는, 제록스 PARC[12]의 컴퓨터 연구실을 방문하고 그들이 만들어 놓은 사용자 인터페이스 화면을 보고 난 후, "이것이 컴퓨터의 미래가 될 것임이 자명하다"라고 예지력 있는 전망을 내놓았다. 물론 이러한 전망은 제록스 경영진들에게 전혀 당연하게 여겨지지 않았고, 빌 게이츠가 윈도우95를 출시하고 나서야 컴퓨터와 사용자의 인터페이스를 사업화할 수 있다는 것이 분명해졌다. 그때도 잡스와 같은 사람들에게는 이러한 전망이 분명하게 보였던 것이다. 그리고 그것이 정말로 컴퓨터의 미래가 되었다.

포사이스는, 우주 프로그램과 우주 탐사가 새로운 프론티어 시대를 열고 나면 엄청난 규모의 새로운 부가 실현될 것이라는 공감대 또는 신념이 이미 널리 퍼져 있다고 주장했다. 이러한 열망이 지난 100여 년간 점점 뜨겁게 달아올랐으며 이제 끓어오를 일만 남았다는 것이다. 이러한 열망은 때로는 새로운 사상가나 작가에 의해서, 때로는 기술적 진보에 의해서 파도처럼 몰려왔으며, 수많은 후퇴와 좌절에도 불구하고 그때마다 점점 더 강렬해졌다. 미국인 로버트 고다드, 루마니아계 독일인 헤르만 오베르트, 러시아인 콘스탄틴 치올콥스키와 같은 19세기 말 우주 선구자들이 이러한 열망을 키우기 시작했다. 그 열망은 1930년대에 로켓 분야 종사자들과 그들의 실험을 통해 더한층 자극을 받았다. 1930년~1940년

---

12 Xerox Palo Alto Research Center. 수많은 혁신적인 제품 아이디어를 창출한 제록스의 첨단 기술 연구소. 2002년 제록스의 자회사로 독립했다.

대에는 과학소설이란 문학 장르를 통해서 나타났으며, 제2차 세계대전의 산물로 개발된 로켓과 미사일에서도, 폰 브라운과 그가 1950년대에《콜리어스》에 연재한 글에서도, 체슬리 본스텔의 우주 풍경을 그린 훌륭한 삽화에서도, 우주 관련 공상과학 영화를 상영할 공간을 제공한 영화 산업에서도 나타났다. 그리하여 1957년 우주 시대의 여명이 열렸다. 전 세계 수백만의 사람들이 저녁이 되면 밖으로 나가서 스푸트니크 인공위성이 머리 위로 솟구치는 것을 지켜봤던 것이다. 1960년대 들어서는 미국과 소련이 우주를 향한 경주를 시작했다. 첫 번째 위성이 우주에 도달하고 4년이 지나, 인류는 처음으로 우주에 도달했고, 그 후로 8년이 흐른 후에는 달에 도달했다. 1969년 처음으로 달에 착륙한 순간 곧 모든 인류에게 우주가 열릴 것이라는 생각에 사람들은 열광했다.

그리고 나서 현실적인 문제가 닥쳤다. 우주를 향한 경주에서 승리한 미국 정부는 이제는 천문학적 규모의 돈을 다른 더 중요한 정부 사업에 투입하기로 결정했다. 이 때문에 아폴로 시리즈 가운데 예정되어 있던 마지막 세 번의 달 탐사가 취소되었으며 화성 탐사 계획도 조용히 보류되었다. 이후로 사람들은 우주 왕복선에 기대를 걸기 시작했다. 한 번 쓰고 버리지 않아도 되는 데다 우주로 가는 비용도 낮춰 주고, 매년 60회의 비행을 약속함으로써 우주 수송을 일상적인 것으로 만들어 줄 재사용 발사체. 우주 왕복선으로는 이러한 숭고한 목표의 근처에도 도달할 수 없다는 것이 분명해지면서 사람들이 느낀 씁쓸함과 실망감은 몇몇 사람들 사이에서는 환멸과 냉소로 이어지기도 했으나, 그와 동시에 대안이 될 만한 민간 우주발사체 시스템에 관한 관심도 불러일으켰다. NASA의 다음번 대형 프로젝트였던 국제 우주 정거장도 모든 약속들을 지켜 내지는 못했지만, 그래도 우주가 중요하다는 굳건한 믿음은 많은 사람들 사이에 남아 있었다. 이들은 우주를 차세대 사업 아이템으로 만들어 줄 그 무언가를 여전히 기다리고 있었다. 이러한 믿음에는 진정한 의미의 진보가 결국에는 찾아올 것이며, 그리하여 우주에서 실제로 돈을 벌게 될 날이 올 것이라는 희망이 자리 잡고 있었다.

포사이스는 예전에 허버트 크뢰머라는 노벨 물리학상 수상자가 자주 사용하던 예측 적용의 무용성에 관한 명제에 대해 들어 본 적이 있었다. 그 명제는 다음과 같다. "충분히 새롭고 완성도가 높은 특정 기술의 주요 응용 분야는 항상 그 기술 자체가 만들어 낸 응용 분야였으며, 앞으로도 계속 그럴 것이다." 간단히 말하면, 어느 기술이 정말로 새롭다면, 그 기술이 실제로 실용화되기 전까지는 어디에 쓰이게 될지 미리 알 수 없다는 뜻이다. 포사이스는 저비용이 1킬로그램에 50만 원이 될지, 20만 원이 될지, 5만 원이 될지 아직까지는 확실히 알 수 없지만 저비용 우주수송 기술이 점진적 변화 이상의 결과를 낳을 것이라고 믿었다. 저비용 우주수송은 우리가 아는 한 엄청난 변화를 가져올 혁신 아이템 중 하나임이 분명했다. 얼마나 큰 변화가 있을지는 결코 단언할 수 없지만. 그리고 미래의 응용 분야가 최근 들어 인기를 얻고 있는 우주 관광이 될지, 태양전지 기반의 인공위성이 될지, 우주 식민지가 될지, 재료 가공이 될지, 소행성으로부터 자원을 추출하는 것이 될지, 아니면 그 누구도 꿈꿔 보지 못한 그 무엇이 될지 알 수 없었지만, 저비용 우주수송을 기반으로 무언가를 할 수 있게 되기 전에 먼저 저비용

수송을 이뤄 낼 방법을 찾는 것이 관건이었다.

우리는 지난 40년 동안, 진정한 의미에서 이윤을 창출하는 우주산업을 일으킬 마법과 같은 하나의 제품 또는 시장을 찾으려는 우주에 대한 열망을 품은 수많은 사람들의 노력이 수포로 돌아가는 것을 지켜봐야 했다. 그렇다. 아직 그런 제품이나 시장이 발견되지 못했다. 더 솔직히 말하면 포사이스는 기다리는 것이 지겨워졌다. 크뢰머의 명제를 받아들인다면 그런 방식으로 먼저 응용 분야를 찾아낼 수 없는 노릇이기 때문이다. 우주 발사 서비스의 수요를 대폭 성장시킬 방법을 제대로 생각해 낸다 치더라도, 비용이 정말로 내려갈 때까지는 그러한 수요가 생길 리가 없고, 생기더라도 유지할 수 없기 때문이었다. 우주 산업도 빌 게이츠가 매우 잘 알고 있었던 것처럼 스스로 성장해 가는 고전적인 나선형 상승곡선을 필요로 했다.

비행기처럼
날자!

7인방과의 모임을 마치고 나서, 나는 포사이스를 따라나섰다. 그는 톰을 만나 저비용 발사체를 만드는 전통적인 접근 방식을 논의하려고 했다. 톰은 이력서 더미를 훑어보며 똑똑하면서도 실제로 직접 뭔가를 만드는 것도 잘하는 몇 안 되는 엔지니어들을 찾아내려 애쓰고 있었다. 톰은 가능한 한 최고의 인재를 선발해야 한다는 사실을 잘 알고 있었다.

포사이스는 톰에게 세 가지 '표준' 방식에 따라 검토해 달라고 주문했다. 첫 번째는 '멍청한' 대형 부스터[13] 방식이고, 두 번째는 '항공우주 산업에서 군수품 조달 과정을 제거한' 방식이며(중국이 냉장고를 제조한 방식에 빗대어 흔히 '냉장고 이론'으로 부르기도 하는데, 이들은 발사체 로켓엔진을 이 방식으로 양산했다), 세 번째는 '비행기처럼 만드는' 방식인데, 재사용성을 높인 발사체를 제작해 비행기처럼 운용함으로써 비슷한 수준의 운송비를 달성하겠다는 것이다.

나는 중간에 끼어들어서 톰에게 각각의 방식에 대해서 자세히 설명해 줄 것을 부탁했다. 톰은 1960년대 초 에어로스페이스(the Aerospace Corporation)에서 아서 슈니트가 했던 일을 묘사하는 것으로 이야기를 시작했다. 슈니트는 상용 여객기의 설계에 보편적으로 쓰였던 설계 표준(design criteria)을 발사체에 적용하기 위한 수학적 이론을 정립했는데, 기본적으로 비행기의 다양한 위치에 1킬로그램의 중량을 추가할 때 발생하는 비용을 유도해 설계에 사용하는 방법이다. 비행기의 착륙장치, 구조체, 엔진부, 날개 중 어느 한 곳의 중량이 늘어나면, 중량이 처음으로 늘어난 위치에 따라서

---

13 일반적으로 보조 추진용 로켓을 의미하나 여기서는 1단을 의미.

다른 부분들에 추가로 요구되는 중량이 달라진다는 것이다. 이와 같은 설계 변경은 비행기의 경제성에 영향을 미치기 마련이며 늘어난 중량의 위치에 따라 그 파급효과가 달라진다. 예를 들면, 날개의 중량이 1킬로그램 늘어난 경우가 화물칸이 1킬로그램 늘어난 것보다 더 많은 비용을 초래한다. 슈니트의 이론이 약간 두리뭉실한 면은 있지만, 초창기 군용 부스터의 경우 이륙중량을 최소화하는 방향으로 로켓의 설계를 최적화하는 것이 관례인 상황에서, 슈니트 이론은 "발사체 설계는 이륙중량을 최소화하는 작업이 아니고 비용을 최적화하는 작업이다"라는 개념을 제시하는 역할을 했다. 이러한 개념을 처음에는 '최소비용 설계(design to minimum cost)'로 불렀다. 다단형 발사체의 최종단(또는 상단)의 중량이 1킬로그램 늘어나면 탑재 페이로드를 1킬로그램만큼 잃어버린다는 것은 발사 서비스 업계에 이미 잘 알려진 공식이다. 그러나 1단 중량이 1킬로그램 늘어날 경우에는 훨씬 적은 페이로드 탑재량을 잃게 된다. 기껏해야 10분의 1킬로그램 수준인 것이다. 슈니트는 각 단에 비용 표준(cost criteria)을 다르게 적용해야 한다고 봤으며, 상단을 더 가볍게 설계하면 비용이 올라갈 수밖에 없지만, 늘어난 탑재량으로 이와 같은 비용 증가를 정당화할 수 있었다.

아서 슈니트는 최소비용으로 발사체를 제작하기 위해 매우 단순한 기술을 적용했으며, 이를 통해서 효율성이 좀 떨어지는 대형 발사체 개념들을 고안해 냈다. 새턴 5호 발사체의 경우에는 대략 22킬로그램의 이륙중량이 1킬로그램의 페이로드를 궤도에 올렸던 반면, 슈니트의 설계는 40~50킬로그램의 이륙중량이 1킬로그램을 궤도에 올리는 수준이었다. 그래서 '멍청한' 대형 부스터라는 별명이 붙은 것이다. 크고 멍청할지는 몰라도, 이론적으로는 이들을 제작하고 쏘는 비용이 훨씬 줄어든다는 것이다.

슈니트의 대형 부스터 그리고 그의 개념을 바탕으로 이후에 등장한 각종 부스터들은 모두 단순하면서 무거운 고압 추진제 탱크를 사용했는데, 추진제 탱크를 연료나 산화제로 채운 후 그 내부에 불활성 기체를 주입하거나, 충전된 추진제를 가열해서 추진제의 증기압을 높이는 방식으로 탱크에 압력을 가했다. 이렇게 생성된 높은 압력이 추진제를 엔진으로 밀어내는 것이다. 이 방식을 사용하면, 기술적인 문제를 늘 일으키는 고비용 터보펌프로 추진제를 밀어 줄 필요가 없어지는 것이다. 부품 수가 상대적으로 줄어 엔진 설계도 단순해졌고 제작비용도 그만큼 낮아졌다. 1990년대에 등장한 빌 항공우주(Beal Aerospace)라는 기업이 실제로 경량, 복합재 탱크를 도입해서 대형 부스터를 제작했다. 이들은 추력이 400톤급인 로켓 엔진을 제작하고 연소 시험도 성공적으로 마쳤지만, 발사체를 쏴 보기도 전에 사업을 접고 말았는데, 이는 최소한 부분적으로 정치적인 이유 때문이었으며, 그들의 대표이사는 "NASA와의 경쟁은 불가능하다"라는 취지의 공개 성명서를 냈다.

'냉장고 이론'을 적용한 두 번째 접근 방식은 델타 발사체, 러시아산 또는 중국산 발사체와 같은 기존 발사체 가운데 하나를 골라서, 제작 라이선스를 구매하고 제작성을 향상시키는 방향으로 발사체를 재설계한 후, 국방 관련 협력업체들이 요구하는 과도한 비용의 엔지니어링 작업과 제작 방법론과 관념에서 벗어나, 중국인들이 냉장고 공장에 적용한 표준 산업 기술을 도입해서 발사체를 양산하는 것을 목표로 했다. 중국과 러시아는 분명 어느 정도까지 이러한 접근법을 이미 사용했다고 볼 수 있다. 이들이 보유한 설계 기술의 수준이 떨어지는 것은 분명 아니었으나, 이들이 제작한 발사체의 제작비용은 누가 보기에도 미국, 유럽 또는 일본이 제작한 유사한 사이즈의 부스터에 비해 훨씬 낮았다. '냉장고 이론' 방식은 사실 단순했다. "세계 최고 수준의 간결한 생산 라인을 설치하고 발사체 양산에 들어간다. 그리고 비용이 10분의 1 또는 그 이하로 떨어지는지 확인한다"는 것이다.

세 번째 접근 방식은 현재까지 산업 현장에서 제대로 입증되지는 못했지만 직관적으로는 매우 매력적인 아이디어였다. 이 접근법은 모두가 잘 아는 비행기의 특징을 기본으로 삼았다. 비행기는 항공운항을 가장 안전하고 가장 경제적인 장거리 교통수단으로 만들어 준, 탁월한 신뢰성과 효율성을 갖춘 매우 정밀한 기계이다. 그리고 비행기 제작사들은 이윤을 내고 있는 안정된 항공우주 기업들이다. 상용 여객기의 가격이 수천억 원에 이르기 때문에 비행기 자체가 저렴한 제품은 아니지만, 최소한 전 세계의 민간 항공사와 개인 소유주들이 비용을 감당하고 운행할 수 있는 수준이다. 보잉747처럼 정밀한 비행체로 일상적인 운행을 이뤄 냈는데, 이와 똑같이 운행할 수 있는 발사체는 왜 제작할 수 없겠는가? 세 번째 방식은 주로 이와 같은 '직감'에 의존해 왔는데, 때로는 날개와 바퀴가 달린 비행기와 유사한 형태를 갖는 재사용 우주비행체가 성공 가능성이 높다는 논리적 비약으로 치닫기도 했으며, 게다가 우주비행체가 비행기처럼 생겼으니 그 가격도 비행기와 유사해야 한다는 식의 논리로 이어졌다.

우주 왕복선 사업이 의도한 성능 목표를 달성하지 못했고, 소모성 발사체를 대체해 비용 절감을 이루겠다는 목표에는 전혀 다가가지 못한 기념비적인 실패였음에도, 이와 같은 접근법에 대한 사람들의 열망을 꺾지는 못했다. 1980년대 중반 이후로 NASA는 계속해서 비행기처럼 생긴 우주비행체의 설계 연구에 자금을 투입해 왔으며, 심지어 최근에는 새로 고안한 우주비행체가 우주 왕복선을 실제로 대체해 우주수송비용을 극적으로 낮출 것이라고 뻔뻔하게 선언했다. 요즘에는 최근 고안해 낸 이 우주비행체로 마지막 승부수를 띄우려는 모양새다.

포사이스는 톰이 생각하는 설계 방안이 대략 어느 쪽인지 물었다. 톰은 잠시 뒤로 기대어 생각을 정리하고 나서 대답했다.

"저는 비행기처럼 작동하고 완전한 재사용이 가능한 발사체에 해결책이 있다고 봅니다. 그렇지만 우주비행체의 모양이 비행기와 유사하게 될 것으로는 보지 않습니다."

그러면서 톰은 '멍청한' 대형 부스터의 설계를 분석하거나 기존 부스터의 고효율 대량 생산이라는 개념을 분석하는 것에 비해서 이와 같은 재사용 발사체의 개연성을 분석하는 문제가 훨씬 더 어렵다는 설명을 덧붙였다.

포사이스가 말했다. "음⋯⋯. 세 개의 설계팀을 꾸려 보는 건 어떨까요? 한 팀은 '멍청한' 대형 부스터 타입의 발사체를 선정해서, 이 발사체로 우주수송비용을 줄이려면 우리가 어떤 일을 해야 할지 들여다보면 되겠지요. 두 번째 팀을 꾸려서 기술에 대한 라이선스 비용은 잠시 접어 두고, 상용화된 최고의 제작 기술을 동원해서 비용을 얼마나 낮출 수 있는지를 예측해 보도록 하고요. 마지막으로, 설계 비교연구와 체계연구라는 끝도 없는 수렁에 빠지지 않도록 주의하면서, 완전한 재사용이 가능하고 비행기처럼 작동하는 발사체의 경제성을 나타낼 일반적인 매개변수들을 식별해 보도록 하지요. 다시 말하지만, 일부 지엽적인 기술적 문제점들의 해결 방안까지 모두 짜내려고 하지는 말고요. 최소한 당분간은 말입니다. 이러한 정보를 손에 넣게 되면, 가장 개연성이 높은 접근법이 어떤 형태이든 간에, 우리는 아마도 시장을 어떻게 형성할 수 있을지를 더 명확하게 바라볼 수 있을 것입니다."

세 개의 설계팀이 3~4주 내에 각각의 접근 방식에 대한 일반적인 매개변수들을 식별하는 데 유용한 뭔가를 정리할 수 있을 거라 생각하면서, 톰은 포사이스의 제안을 받아들였다. 톰은 당장 이 일에 착수했으며, 그동안 늘어난 엔지니어들을 배치해서 각각의 접근 방식에 대응할 세 개의 설계팀을 구성했다.

발사체 개념 연구에서 시간을 절약하려면 중량, 비용, 성능과 같은 매개변수 값들을 잘 이용하는 것이 중요한 문제였다. 그리고 어차피 세 팀이 발사체를 완벽하게 설계하려는 의도도 아니었다. 설계 내용의 신빙성을 유지하려면, 이미 제작되었던 시스템에서 나온 숫자들을 사용하는 것 또한 매우 중요한 일이었다. 톰의 경험에 따르면, 본인들의 경험에서 크게 벗어난 설계팀이 가장 무모한 설계(있을 법하지 않거나 아예 불가능한 설계)를 내놓기 마련이었다. 이들은 이미 실제로 유효한 것으로 알려진 하드웨어의 영역이나, 심지어는 이미 유효하지 않은 것으로 알려진 정보들을 묻어 둔 채로,

설계를 진행해 무모한 결과를 날조하기 시작한다. 또한 상상 속 비행을 설계의 시작점으로 사용하려는 것도 마찬가지로 무모하다. 전통적인 지식을 훌쩍 뛰어넘은 천재들이 종종 발전을 가져온 것은 틀림없는 사실이지만, 천재를 찾을 때까지는 천재가 어디에 있는지 알 수 없는 노릇이다. 천재성이 성공적인 설계 프로그램의 가장 중요한 요인이 되는 것은 아니라는 얘기다. 엔지니어들은 알려진 기술을 바탕으로 점진적으로 제작해 나갈 때 가장 성공적인 결과를 거두었다. 컴퓨터 화면에 등장하는 사용자 인터페이스는 제록스의 한 천재가 고안해 냈지만, 결국 이 제품으로부터 유용한 다른 제품을 만들어 낸 것은 스티브 잡스였다.

1996년으로 돌아가 보면, 존 화이트헤드는 세월이 흘렀지만 전형적인 발사체의 단 중량은 크게 변하지 않았다는 취지의 논문(AIAA-96-3108)을 발표했다. 탱크 중량이 지난 50년간 크게 개선되지 않았다면, 이러한 역사를 극적으로 바꿔 낼 수 있다고 가정하지 않는 편이 더 안전한 법이다. 또한 화이트헤드는 탱크 중량이 추진제 부피의 함수이며 이 함수의 계수가 20톤에서부터 2,000톤이 넘는 넓은 범위의 탱크 중량에 대해서 일정하게 나타난다고 기술했다. 그는 탱크 중량이 거의 전적으로 추진제 부피에 의존하므로, 주어진 추진제 부피를 담을 탱크의 중량은 추진제 밀도에 그대로 비례하게 됨을 강조했다.

화이트헤드는 발사체의 중량을 결정하는 또 하나의 주요 인자인 로켓엔진의 중량에 대해서도 언급했다. 액체산소(LOX)/케로신(Kerosene)과 같은 고밀도 추진제 조합의 경우, 엔진 중량이 보통 추력의 1퍼센트이며, 추력대중량비(TWR)로는 100 수준이다. 액체산소(LOX)/액체수소(LH2)와 같은 저밀도 추진제 조합의 경우, 이 수치가 2퍼센트 언저리이다(TWR은 50).

화이트헤드는 중량 기여도가 좀 더 낮은 추진제 가압 시스템의 중량을 세 번째 인자로 기술했다. 이 시스템은 공급배관을 통과해 엔진에 추진제를 공급하는 터보펌프로 추진제를 밀어낼 가스 압력을 제공한다. 마지막으로 엔진이 사용하지 않아서 탱크나 공급라인에 남게 되는 잔류 추진제[14] 중량이 있다.

하나의 단을 구성하는 그 밖의 구조적 요소로는, 충전된 추진제 탱크에 엔진추력을 전달하는 추력지지부와 페이로드와 상단을 지지하는 구조체가 있지만, 이들은 특정 발사체의 설계에 따른 변화의 폭이 큰 편이서인지 화이트헤드의 논문에는 고려되지 않았다. 화이트헤드 논문의 목적은, 전형적인 발사체 단을 구성하는 어떤 구조체가 요구 중량을 달성할 가능성이란 측면에서 대체로 성숙한 단계에 와 있는지, 구조체의 중량을 더 줄일 가능성이란 측면에서 어떤 구조체가 개선된 엔지니어링 작업의 혜택을 더 볼 수 있을지에 대해서 주의를 환기시키는 데 있었다. 화이트헤드의 주요 관심사는 1단형 발사체였다. 1단형 발사체의 경우, 로켓방정식 MR= exp (Velocity / (Isp×9.81))은, 주어진 엔진 비추력(Isp. 연소가스 배출 속도 나누기 중력가속도)과 필요한 속도 변화량(Velocity)에 대해서, 연소 시작 시점의 중량 중 얼마만큼이 이러한 속도 변화를 얻게 되는지를 질량비(MR)란 분수 값으로 나타낸다.

---

[14] 추진력을 내는 데 사용할 수 없어서 발사체에 남겨진 양.

질량비(MR)는 필요한 속도를 얻기 위해서 추진제를 모두 소모한 이후의 최종 질량에 대해서 발사체 단의 초기 질량이 갖는 비율이다. 만약 필요한 속도 변화량이 발사 지점에서의 속도 0에서 궤도속도에 도달하는 값이라면, 이륙중량의 몇 프로가 궤도에 도달하는지를 나타내게 된다. 화이트헤드는 추진제 탱크, 로켓엔진 및 추진공급계의 중량을 발사체 단의 충전 후 중량이나 건조 중량에 대한 비율로 기술해 넘으로써, 그 밖의 다른 구조체와 발사체 컴포넌트들에 얼마의 중량을 배정할 수 있는지를 추정하는 방법과 얼마의 페이로드를 궤도에 올릴 수 있는지를 산정하는 방법을 상당히 정확하게 제공할 수 있었다. 다른 말로 하면, 만일 탱크, 엔진, 가압 시스템에 배치해야만 하는 최종적인 중량 비율을 알고 있다면, 그 밖의 발사체 시스템들과 페이로드에 배정할 남은 중량이 얼마인지 결정할 수 있는 것이다.

가압식 설계가 터보펌프 방식에 비해서 더 낮은 성능을 유발하는 세 가지 요인들을 매개변수의 관점에서 반드시 고려해야 한다.

첫째, 멀리 떨어진 연소실까지 추진제를 밀어 넣으려면 탱크 내부압력을 더 높여야 하기에, 이 압력을 견뎌 내야 하는 탱크가 더 무거워질 수밖에 없다.

둘째, 탱크 가압압력이 펌프식 엔진이 요구하는 것보다 보통 5~10배 정도 되기 때문에, 탱크를 가압하는 가스의 중량 또한 비례해서 증가하게 된다.

마지막으로, 가압 시스템과 탱크의 중량이 늘어날 것에 대비해 연소실의 압력을 더 낮게 가져가려는 경향이 있기 때문에, 가압식 발사체의 엔진 비추력(Isp)은 보통 더 낮은 값을 보인다. 탱크 내부압력이 높으면 높을수록 탱크와 가압 시스템의 중량이 늘어나는 특성 때문에, 엔진을 낮은 압력에서 작동하도록 설정하는 쪽으로 설계가 결정되는 것이다. 그러므로 설계자는 개발과 생산이 복잡한 데다 비용이 높은 터보펌프를 제거한 대신, 늘어난 중량과 줄어든 비추력을 감수해야 하는 것이다.

가압식 발사체의 탱크 중량이 높은 편이기 때문에 대개는 고밀도 추진제와 가벼운 가압가스를 사용해 왔다. 펌프를 사용하는 전형적인 발사체 단의 경우, 추진제 탱크의 중량은 물과 유사한 밀도를 갖는 추진제 중량의 약 1퍼센트 수준이다. 탱크의 압력이 10배 증가하면, 탱크 중량이 추진제 중량의 10퍼센트에 해당하는 만큼 늘어날 것으로 예상할 수 있다. 이와 같이 중량이 증가하는 정도를 최소화하기 위해서 보통 비강도가 높은 재료를 사용하게 된다.

그러므로 비강도가 매우 높은 복합재를 활용하는 것이 합리적인 선택인 것으로 생각할 수 있다. 그러나 대략 물과 유사한 밀도를 갖는 2,000톤에 달하는 추진제를 수용해야 하는 발사체 단의 경우, 탱크 직경이 4.9미터, 길이는 24미터에 이른다. 이러한 크기의 탱크를 제작할 때는 복합재를 쌓아 올려 형상을 만들어 내거나 경화 과정 등을 거치면서 심각한 문제가 발생할 수 있다. 고강도 복합재는 고압솥(autoclave)에서 경화시키는 과정을 필요로 하는데, 이런 규모의 탱크는 매우 큰 고압솥을 필요로 하게 된다. 과거에는 극저온에서 강도 특성이 좋은 마레이징강(maraging steel)과 같은 고강도강이나 HY-180과 같은 고강도 저합금강이 제안된 적도 있다. 이들은 고체 로켓의 모터케이스에 사용되기도 했다. 가압식 발사체는 많은 부분 고체 로켓과 유사한 면을 보인다. 고체 로켓의 추진제는 전부 연소실 내부에 들어 있고, 연소실 압력이 보통 35~70바(bar)에 이른다. 많은 미사일과 로켓 부스터가 이러한 높은 압력을 견디도록 복합재를 감은 모터케이스를 사용해 왔다. 그러나 성능이 극단적으로 높아서 상단에 쓰인 시오콜스타48(Thiokol Star 48) 모터의 경우에는, 모터케이스를 얇은 티타늄 셸[15]로 제작했으며, 이 케이스의 중량은 충전된 추진제 중량의 3퍼센트 정도이다. 시오콜스타48에 쓰인 고체 추진제는 물에 비해서 1.6배의 밀도를 갖는다. 그래서 만일 사용할 추진제가 물과 유사한 밀도를 갖는다면, 고성능 탱크의 중량이 충전된 추진제 중량의 5퍼센트 수준이 되도록 티타늄 탱크를 얇게 제작하는 것이 이론적으로 가능하다.

설계 1팀이 고안해 낸 개념은 2단형 발사체였다. 가압식 엔진의 낮은 성능을 고려하면 3단형 발사체가 좀 더 높은 성능을 제공하기는 하겠지만, 비용을 예상해 보는 용도로는 2단형이면 충분하다는 것이 톰의 판단이었다. 3단형의 성능이 조금 높긴 하지만 단을 하나 더 추가하면 페이로드 중량당 비용이란 측면에서 불리하게 되므로, 2단형 발사체의 비용이 3단형 발사체에 비해 훨씬 높아질 것으로 보이지 않았다.

---

15 곡면을 지닌 얇은 판재.

1단의 총중량은 450톤, 항복 강도[16]가 1,800메가파스칼(MPa), 극한 강도[17]가 2,070메가파스칼, 파열 신장도[18]가 10퍼센트이며 압연 처리를 거친 고강도 에어멧100(AerMet100)을 써서 기체를 제작했다. 에어멧100은 새롭게 개발된 재료였으며, 인코넬718과 같은 다른 초합금에 비해 더 강하고 덜 비싼 마텐자이트[19] 계열의 초합금이다. 또 다른 재료 후보로는 HY180이 있었다. 이 재료는 고강도 저합금강인데 연성이 좋고 용접성도 좋다. '멍청한' 대형 부스터의 첫 연구에서는 이 재료의 사용을 제안했다. 실제로 1단은 하나의 압력용기인데, 공통 격벽을 써서 두 개의 탱크로 나눠 놓았다. 공통 격벽은 산화제 탱크와 연료 탱크 사이의 벽이며, 탱크의 다른 부위보다 낮은 응력을 받게 되므로, 다른 부위에 비해 더 얇은 재료로 만들 수 있다. 공통 격벽은 두 추진제 사이의 압력 차만 견디면 되는 것이다.

압력용기를 설계하려면 재료의 특성에 각별한 주의를 기울여야 하는데, 강도가 높은 재료를 사용하는 것이야 당연하지만, 균열의 생성을 잘 견디는 재료를 고르는 것이 무척 중요하다는 점은 흥미롭다. 유리는 강철만큼 강하긴 하지만, 유리로 만든 탱크가 내부에 207바(bar)로 압축된 가스를 저장하고 있으면 아무도 그 옆에 앉고 싶어 하지 않을 것이다. 이런 탱크에 균열이 가기 시작하면, 폭탄 옆에 앉아 있는 것이나 다름없기 때문이다. 금속재의 경우, 특

---

16 재료가 기계적 특성을 잃기 시작하는 응력 수준.

17 재료가 기계적 특성을 완전히 잃어버리는 응력 수준.

18 재료가 끊어지기 전까지 늘어나는 정도.

19 담금질을 거친 강철의 단단한 조직.

정 두께에서 인성[20]이 가장 높게 나타나서 그 두께에서 찢는 힘을 가장 잘 버텨 내는 것으로 알려져 있다. 얇은 재료는 쉽게 찢어진다. 예를 들어, 우리는 알루미늄 포일 조각을 손으로 쉽게 찢을 수 있다. 알루미늄 캔은 상대적으로 찢기 어려우며, 3.175밀리미터 두께의 알루미늄 판재는 훨씬 더 찢기 어렵다. 그런데 이런 경향이 반드시 두께에 비례해서 나타나지는 않는다. 포일로 쓰이는 부드러운 비합금 알루미늄조차도 67메가파스칼에 이르는 항복 강도를 갖고 있어 0.05~0.07밀리미터의 두께를 갖는 얇은 판을 손으로 눌러서 통과하려면 133~178뉴턴(N)의 힘이 필요하다. 그러나 우리 모두가 경험했듯이, 일단 찢어지기 시작하면 찢기가 꽤 수월해진다.

상단의 중량은 50톤 정도이고, 에스글라스(S-glass)로 감은 알루미늄 용기로 상단을 구성할 예정이었다. 이어서 알루미늄의 대부분을 수산화나트륨으로 용해시켜 제거한다. 이런 방법으로 생산 및 가공에 소요되는 장비와 용기에 들어가는 배관 공사도 단순화할 수 있다.

1단과 상단의 추진제로 NH_3와 N_2O_4의 조합을 선정했다. 탱크는 추진제를 각각 섭씨 63도와 111도로 가열함으로써 가압했는데, 이러한 방식은 바팩(VaPak)으로 알려져 있으며, 1960년대 초에 에어로젯[21]에 의해서 개발되었다. 버트 루탄은 스페이스십원(SpaceShipOne)에 사용된 하이브리드 엔진의 N_2O 산화제 탱크에 이와 같은 증발식 가압을 적용했다. 바팩을 써서 추진제의 압력을

---

20 靭性. 파괴나 균열에 저항하는 정도.

21 Aerojet. 미국의 로켓 제조사.

초기 압력인 28바(bar)로 올린다는 것이다. 탱크가 점점 비워지면서 추진제의 압력이 떨어질 것이고, 떨어진 압력은 온도가 이미 상승해 있는 추진제들을 끓어오르게 만들 것이며 이들이 가압가스를 추가로 제공하게 된다. 탱크를 가압하는 추진제가 분출되면서 액체 추진제의 온도가 떨어질 것이고, 모든 액체 추진제를 탱크에서 배출할 때쯤이면 탱크 내 압력이 처음의 20~30퍼센트 수준으로 떨어지게 된다. 모든 액체 추진제를 소모한 후에도 7~10퍼센트의 추진제가 기화 상태로 남게 된다.

증기압을 이용하는 가압 방식에는 몇 가지 단점이 있다. 추진제를 가열하면 밀도가 떨어지게 되고, 엔진이 한동안 기화된 추진제를 사용해서 작동해야만 잔류 추진제를 덜 남기게 된다. 그러나 바팩 방식은 장점도 많다. 한 추진제의 증기압이 다른 추진제의 증기압보다 빠르게 떨어지더라도, 엔진은 여전히 두 추진제를 연소시킬 수 있으므로 잔류 추진제가 적은 편이다. 두 추진제의 상대 비율에서 나타나는 오차는 단지 혼합비의 변화로만 나타날 뿐이지, 이들 추진제들을 사용하지 못하게 되는 것은 아니다. 증기압을 이용하는 가압 기술은 작동 과정에서 밸브, 압력 조절기, 또는 열교환기를 요구하지 않는 완전한 자동 시스템이라는 장점도 있다. 또한, 액체 추진제들은 공급 라인을 통해서 흘러가거나 분사장치를 지나는 동안 압력 저하를 겪으면서 증발되는 경향이 있다. 이러한 추진제들의 기화 작용은 추진제들 간의 혼합 효율을 높이기 때문에 결과적으로 덜 복잡한 분사기를 써서도 고효율을 달성할 수 있다.

마지막으로, 추진제의 압력이 떨어질 때마다 추가로 기화

가 발생하기 때문에, 추진제 공급 라인은 항상 약간의 가스를 포함하게 되고 추진제는 항상 압축성을 지니게 된다. 많은 로켓엔진, 그중에서도 특별히 가압식을 사용하는 단에 장착된 엔진들은 추력 발생용 연소실 내 압력 섭동들 사이의 상호작용에 의해서 발생하는 연소 불안정으로 그 역사가 얼룩져 있다. 이것이 잘 알려진 '포고 현상'이다. 엔진 내부의 압력 섭동이 연소실 내 압력을 높이면 추진제가 엔진으로 흘러드는 것을 방해하게 되며, 이는 다시 연소실의 압력을 저하시키는 원인이 되고, 이는 다시 더 많은 추진제가 엔진으로 흘러들도록 함으로써, 압력 펄스[22]가 더더욱 커지게 된다. 그 결과로 나타나는 것이 포고 현상과 같은 심각한 진동 현상이고 이는 발사체를 파괴시키기도 했다. 새턴 F1 엔진의 포고 현상을 제거하기 위해서 수행된 연구 중 일부는 적은 양의 기체 헬륨을 추진제 안으로 주입해서 추진제가 압축성을 갖도록 하면 포고 현상이 극복되는 것을 보여 주었다. 엔진 내에 나타난 압력 섭동이 압축성을 갖게 된 추진제들의 흐름에 상대적으로 영향을 덜 주게 되는 것이다. 압축성 유체의 경우 압력파동을 비압축성의 경우처럼 그렇게 쉽게 전달하지 않기 때문이다.

바팩의 접근 방식을 사용하면 28바(bar)의 탱크 압력을 14바(bar)의 연소실 압력에 맞춰 사용할 수 있었다. 더욱이, NH_3와 N_2O_4를 추진제로 사용해서 해수면 비추력 215초 그리고 진공 비추력 250초를 얻을 수 있는 것으로 보였다. 28바(bar)라는 명목상의 설계압력을 갖는 직경4.9미터의 추진제 탱크는 3.8밀리미터의 벽

---

22 Pulse. 매우 짧은 시간 동안 변화하는 양.

두께를 갖게 되었고, 이 두께는 합리적인 수준에서 재료의 인성을 충분히 보장할 만큼 얇았다. 탱크의 설계안전계수를 기본적으로 1.0으로 놓고 설계할 수 있었다. 추진제를 가열하는 단순한 방식으로 가압을 제공하기 때문에, 탱크에 일시에 과도한 압력을 걸 가능성을 제거한 것이다. 압력이 조금이라도 증가하면 그 즉시 가압가스 중 일부가 응축될 것이고, 스스로 압력을 조절하는 기능을 제공할 수 있는 것이다.

1단 탱크의 중량은 단 전체 중량의 10퍼센트 또는 45톤이었다. 진공 비추력이 250초이고 상단 중량이 50톤인 상황에서, 1단은 초속 4.08킬로미터의 진공등가 델타V(속도의 변화량)를 제공할 수 있었다. 상단 탱크의 중량은 1.8톤 또는 완전히 충전된 상단 중량의 3~4퍼센트 수준이었다. 상단의 총구조체 중량은 6퍼센트 또는 3톤이었다. 상단은 조금 더 높은 비추력(280초)과 약간 더 낮은 질량비를 갖게 되어서 5톤의 페이로드를 지구 저궤도에 올릴 수 있다. 1단 구조체의 비용은 페이로드 1킬로그램당 5만 원으로 예측되었고, 상단 구조체의 비용은 페이로드 1킬로그램당 50만 원으로 산정되었다. NH_3와 N_2O_4 추진제의 비용은 추진제 1킬로그램당 1,000원 또는 페이로드 1킬로그램당 10만 원이 될 것이므로, 발사체의 총비용이 페이로드 1킬로그램당 65만 원인 것으로 계산되었다.

설계 2팀은 기존의 발사체를 가져다 상용화 및 대량생산에 용이하도록 개량하려던 처음 접근 방식에서 좀 벗어나 버렸다. 2팀은 결국 일본의 LE-7 엔진을 사용한 1단형 소모성 발사체를 설계했다. 액체산소(LOX)와 액체수소(LH2)를 혼합비 6 대 1로 사용하는, 터보펌프식 이 엔진은 125톤의 해수면 추력을 내며, 진공 비추력이 440초이고 추력대중량비가 존경스러운 수준인 65에 가까웠다. LE-7은 이미 비행을 통해 증명된 엔진이었으며 H-ⅡA 발사체가 사용해 오고 있었다.

2팀이 설계한 발사체는 모든 팀에 설계 목표로 주어졌던 페이로드 성능 5톤에 미치지 못하는 결과를 도출했다. 그러나 이러한 설계가 기존의 고성능 엔진을 사용하는 방식이었으므로, 개념 설계를 계속 진행해도 좋다는 허락을 톰에게 받아 놓은 상태였다. 2팀은 발사체 중량의 12퍼센트를 궤도에 투입할 수 있을 것으로 예상했다. 이는 추력지지 구조와 페이로드 지지 시스템의 설계를 효율적이고 적절하게 구성하기만 하면, 발사체 이륙 중량의 3퍼센트를 페이로드용으로 확보할 수 있음을 의미했다. 즉, 이륙 중량이 100톤이면 페이로드 3톤을 확보할 수 있다는 뜻이다.

이번 설계 연구의 기본 규칙을 좀 벗어나기는 했지만, 일본인들에게 넌지시 물어보니 기술을 판매할 의사가 있는 것으로 보였다. 대량생산 모드로 매일 25개의 LE-7엔진을 생산한다고 가정하고 그 가격을 산정하면, 생산성이 가장 높은 제트 엔진과 견주어 봤을 때, 엔진의 가격을 1킬로그램에 50만 원 또는 엔진 1기에 10억 원 정도로 낮출 수 있을 것으로 보였다. 엔진의 가격을 페이로드 중량으로 나눈 숫자는, 페이로드 1킬로그램에 33.2만 원만큼의 발사비용이 엔진에 쓰임을 의미했다. 경량화를 거친 알루미늄 탱크의 생산 속도를 올리면, 페이로드 1킬로그램에 4만 원 정도의 비용을 탱크에 써야 하는 것으로 추정했다.

페이로드 1킬로그램에 3킬로그램의 동체 중량을 필요로 하므로, 동체의 비용은 궤도에 올릴 페이로드 1킬로그램당 12만 원인 것으로 추정했다. 페이로드 1킬로그램에 30킬로그램의 추진제를, 추진제 비용을 1킬로그램에 500원으로 계산하면 페이로드 1킬로그램에 1.5만 원의 비용이 추가된다. 그래서 총비용은 페이로드 1킬로그램을 기준으로 50만 원(33.2만 원+4만 원+12만 원+1.5만 원) 또는 페이로드 1톤당 5억 원이 될 것이 확실해 보였다. 25대의 발사체를 매일 생산한다고 보면 그 비용이 매일 375억 원(25대×페이로드 3톤×5억 원/톤)이 된다. 개발비는 3조 원의 자본금 이내에 들 것으로 보였다. 그래서 터보펌프를 사용하는 1단형 소모성 발사체를 개발해서, 페이로드 1킬로그램을 50만 원 이하의 비용으로 궤도에 올릴 수 있도록 대량생산 방식을 추진할 수 있을 것으로 보였다.

이번 설계 실습과 비용 산출에는 한정된 시간이 주어졌기 때문에, 완전한 재사용 발사체라는 세 번째 접근 방식의 연구는 필연적으로 매개변수를 사용할 수밖에 없었다.

서드 밀레니엄(The Third Millennium)의 렌 코미어가 20년 전에 강력하게 주장한 바에 따르면, 재사용 발사체의 비용을 결정하는 가장 중요한 매개변수는 개발비용이다. 이륙중량의 1~2퍼센트에 달하는 페이로드를 궤도에 올리는 2단형 발사체의 추진제 비용은 액체 산소, 수소, 케로신, 액체 프로판 또는 액체 메탄과 같은 광범위한 상용제품을 활용하면 1킬로그램에 1~2만 원 수준이다. 개발에 최대 3조 원을 소모하고, 대량생산을 준비하기 위해 2~5조 원의 비용을 추가하고, 100대 이상의 발사체를 제작해 봐야 새로운 발사체를 파악할 수 있으므로, 처음 생산한 100대의 평균 제조비용을 2,000억 원에 맞춘다고 보면, 첫 100대의 총제작비용이 28조 원에 이르는 셈이다. 페이로드 성능을 낮춰 잡아서 2.5톤으로 설정하고 1킬로그램에 100만 원이란 비용을 목표발사비용으로 지정하면, 총페이로드 중량에 목표발사비용을 곱한 값으로 개발 및 제작에 들어간 비용을 충당하기까지 총 28,000톤의 페이로드(11,200회 비행에 해당함)를 궤도로 올려야 하는 것이다. 운영비용과 자본금에 대한 비용까지 고려하면, 완전한 재사용 발사체의 경제성이 갖춰질 때까지 수만 번의 비행이 필요할 것임이 분명했다. 보잉737 이나 보잉727과 같은 여객기의 모든 기체(機體)가 매년 100만 회 이상을 비행한다는 사실을 감안하면 이러한 계산이 그리 놀라운 것도 아니다.

세 팀은 연구 결과를 7인방에게 제시했다. 발표가 끝난 후, 회원들은 다양한 접근 방식에 대해서 확실히 배울 수 있었고, 더 잘 알게 되었다고 느꼈으며, 세 가지 접근 방식을 저비용 우주수송이란 목적을 추구하는 방향으로 구현할 수 있다는 결과에 진심으로 고무된 것 같았다.

그러나 포사이스가 그들의 열정에 찬물을 끼얹는 발언을 했다.

"이건 말도 안 됩니다. 지금 우리는 매일 수십 회 비행을 하는 걸 가정하고 있는데, 전 세계를 대상으로 한다 쳐도 이 정도 규모의 발사체 시장은 발사 횟수가 매년 100회에도 훨씬 못 미쳐요. 그리고 이들 페이로드 중 3분의 2는 발사비용이 0원이라고 해도 우리 발사체를 쳐다보지도 않을 겁니다! 제 수중에 1조 원이 있고 우리끼리 3~5조 원을 쓸 수는 있겠죠. 그러나 만약 우리가 목표로 하는 발사에 매년 5~10조 원이 들어간다면, 우리의 자본금이 이런 시스템들을 만들기에 충분하지 않을 것은 확실합니다. 우리의 늘어난 발사 수용 능력에 걸맞은 발사비용을 지불할 만큼 많은 수의 페이로드를 갖고 있는 고객이 전혀 없다는 얘기입니다. 어쩌면 정부가 나서서 발사체의 대량생산에 매년 5~10조 원을 지출하고, 결국 저비용 우주수송 시스템을 활용할 새로운 용도, 즉 무언가 새로운 수요처를 발굴해 낼 수도 있겠지요. 그러나 여러분, 우리는 정부가 아닙니다. 그리고 솔직히, 매일같이 10대, 20대, 또는 30대의 발사체를 만들어서 쏴 버리는 것이 우리가 원하는 패러다임의 변화를 만들어 낼 거라고는 생각하지 않습니다. 또 다른 방법이 분명 있을 겁니다. 우리가 가진 3조 원은 이런 숫자들에 비하면 적은 돈에 불과하므로, '작은' 규모로 시작해서 저비용 우주수송 시장을 성장시켜 줄 무언가를 만들어 낼 방법이 반드시 있을 겁니다. 우리는 돈을 벌어야지 태워 버려서는 안 됩니다! 우주라는 프런티어를 전면적으로 열어 줄 자본시장에 노크라도 해 보려면, 우리가 돈을 버는 모습을 '먼저' 보여 줘야 할 것입니다."

설계 실습을 조금 더 해 보라고 엔지니어들을 작업장으로 돌려보낸 후, 포사이스를 포함한 7인방은 이 문제를 두고 여러모로 논의를 이어 나갔다.

넘버3가 말했다. "음…… 발사 서비스를 판매해서는 돈을 벌 수 없다는 점이 제게는 분명해졌습니다. 전 세계 시장 규모가

2조 원도 안 됩니다. 우리가 발사비용을 10분의 1로 낮추면, 그 시장이 2,000억 원 미만이 되는 겁니다. 게다가 대부분의 페이로드는 국영기업의 발사체를 이용할 테고, 고객들은 과거의 발사 경력과 발사 환경 그리고 대형 단일 페이로드에 더 관심을 보이고 있습니다. 1킬로그램당 100만 원에 발사 서비스를 제공한다면, 우선 연간 500억 원이나 벌어들일 수 있을지 의심스럽습니다. 물론 그런 가격으로 서비스를 제공하면 수요가 급격히 늘어날 것이고 매출도 올라갈 것입니다. 그러나 연매출 500억 원으로는, 우리가 이제 다 알다시피, 유용한 우주수송 시스템을 짓는 데 필요한 그런 종류의 투자를 이끌어 낼 정도로 큰 시장이 형성되기 훨씬 전에 파산하고 말 것입니다.”

넘버5가 말하기 시작했다. “비행기를 들여다봅시다. 대부분의 초창기 항공운항 업체들은 우편배달 노선에 대한 정부 보조금에도 불구하고 내내 손실을 봤어요. 대부분의 항공기 제작사들도 돈을 벌지 못했어요. 하지만 전부가 그렇지는 않았죠. 보잉만은 강제로 항공운항 업체를 매각하게 된 후에도 그럭저럭 괜찮았지요.”

포사이스가 이 아이디어를 이어받아 말했다. “그래요, 발사 서비스를 팔기보다는 오히려 발사체를 판매하는 것이 어떨까요?”

넘버6가 반대했다. “그건 말도 안 됩니다! 우리가 뭘 판다고요? 대량생산으로 만든 저비용 1단형 발사체나 가압식 2단형 발사체를 팔려고 해도, 이 발사체들이 요구하는 지상 기반시설에만도 발사 빈도가 낮은 현재의 발사체에 들어가는 만큼의 비용이 들어가야 합니다. 게다가 아무 짝에도 쓸모없어 보이는 발사체에 1~2조 원을 지불하려고 하지 않을 겁니다. 그런 시장은 전혀 없습니다!"

넘버6의 발언에 넘버3가 대답했다. "제 생각에는, 발사체를 재사용할 수 있어야 하고, 비행기처럼 운행할 수 있어야 합니다. 반드시 그렇게 되어야 합니다."

그러자 포사이스가 질문했다. "좋아요, 그렇게 된다고 해도 발사체의 용도가 정해지지 않으면, 누가 그런 발사체를 사려고 하겠어요?"

넘버7이 끼어들었다. "음, 잠시만요! 사람들이 그런 발사체를 기꺼이 사려 한다고 잠시 가정해 봅시다. 재사용이 가능하고, 상대적으로 비싸지 않으며, 아마도 비용이 1조 원의 4분의 1 수준이면 보잉747 한 대보다 싸죠. 이제 우리가 2,500억 원에 팔리는 그런 발사체를 갖게 된다면, 우리는 2조 원의 매출을 내기 위해서 연간 8대 정도를 팔기만 하면 되죠. 이미 의논된 것처럼, 이 2조 원의 매출은 우리가 사업을 유지하기 위한 최소 수입원이 될 테고요."

넘버5가 다그쳤다. "물론이죠, 그러나 누구에게 8대의 발사체를 팔 건가요?"

넘버3가 말했다. "음, 아마도…… 세상에는 발사체를 그냥 사려고 하는 미친 사람들이 충분히 있을 것입니다. 제 말은, 우리가 광섬유 기반시설을 만드는 아이디어에 설득당했을 때, 우리 가운데 몇몇은 미쳤던 것이지요. 으…… 세상이 그 아이디어에 100조 원이 훌쩍 넘는 돈을 써 버렸고, 우리는 모두 무일푼이 됐죠! 15년이 지나서야 수요가 드디어 생산 능력을 따라잡았잖아요."

포사이스가 말했다. "사실 맞아요, 결국에는 수요가 생산 능력을 쫓아가게 되었죠. 깔아 놓은 광섬유 케이블이 결국 모조리 다 사용되고 있고요. 그리고 이 케이블을 까는 동안 새로운 기술들을 얻게 되면서 전체적인 사업 분야가 사업 초창기에 우리가 상상했던 규모보다 훨씬 더 크다는 것이 밝혀졌죠."

포사이스는 잠시 멈췄다가 말했다. "여러분, 이제 뭔가가 되어 가는 것 같다는 생각이 듭니다. 제가 보기에 적절한 방법은, 아니 유일한 접근 방법은, 사람들이 당장 구매하도록 설득할 수 있을 만한 발사체를 만들어 내는 것입니다. 그러고 나면, 우리의 문제는 우선 매년 8대를 팔고, 다음 해에는 10대, 그다음 해에는 12대, 이처럼 단순히 산술적인 수열로 판매 대수를 늘리는 것으로 축소됩니다. 이래야 살아남을 수 있는 사업이 되는 것입니다. 그럼, 이런 상황에서 발사비용은 어떻게 될까요? 넘버5, 당신이 경제학자잖아요. 이를테면 우리에게서 매년 발사체를 구입할 8~15개의 대상 또는 누군가를 찾았다고 치고, 그들이 그것으로 뭘 할까요?"

넘버5가 대답했다. "음……. 그들은 발사체를 쏘려고 할 테죠. 그러나 그 정도 수용 능력으로는 손해를 보게 마련이죠."

포사이스가 말했다. "그 아이디어가 좋은 것 같아요! 손해를 보면서까지 운영한다는 것은 우주수송비용이 현재의 비용에 비해서 더 내려갈 것이라는 얘기가 됩니다. 이런 상황은 발사체의 사용을 더욱 장려해 틀림없이 수요를 확장해 줄 거고요."

이 아이디어를 논의하던 7인방 사이에 또 한 차례의 웅성거림이 있었다.

포사이스가 결국 입을 열었다. "오늘은 여기까지 하는 게 좋겠습니다. 처음으로 다시 돌아가서 좀 더 숙고해 봅시다. 그리고 내일 어떤 식으로 어떤 종류의 발사체를 팔 수 있을지 얘기해 보면 좋겠습니다. 그리고 개인이나 기관에 이 발사체를 구매할 이유를 어떻게 제시할 수 있을지에 대해서도요. 그러고 나서 엔지니어들을 여기로 다시 불러들여, 우리의 의견에 부합하는 무언가를 만들 수 있는지 알아볼 생각입니다."

5장

2,500억 원짜리
유인 재사용 발사체

다음 날 다시 모인 7인방은 이제 그들이 팔고자 하는 것이 정확히 무엇인지를 파악하는 데 집중했다. 논의의 시작점은 어제 넘버3가 긴 회의 끄트머리에 제안한 비행기였다. 이들의 우주수송 비행체가 실제로 비행기가 될 일은 없었다. 비행기와 유사한 모습을 갖게 되라는 뜻은 더더욱 아니었다. 그보다는 구매와 운용에 드는 비용이 비행기 수준이어야 하며 신뢰성도 그만큼 상당히 높아야 한다는 뜻이었다. 최소한, 사고로 비행체를 잃게 되더라도 운용비용에 영향이 가지는 않을 만큼 신뢰성을 확보할 필요가 있다는 뜻이었다.

논의를 본격적으로 시작하기 전에, 경제학자인 넘버5가 항공우주 비행체 시장을 요약했다.

"우리가 어제 여러모로 논의했던 2,500억 원이라는 가격을 계속해서 유지한 채로 매년 2조 원의 매출을 목표로 발사체를 판매한다고 가정했을 때, 2조 원이란 돈은 전 세계 상용 및 군용 항공우주 비행체 시장의 2퍼센트에 불과합니다. 물론 현시점에서 재사용 발사체 시장은 존재하지조차 않습니다만, 만일 우리가 이러한 시장을 만들어 낼 수만 있다면, 그 시장의 규모가 그리 크지 않기 때문에 현재 다른 항공우주 시스템에 들어가고 있는 자원을 재배치하는 것만으로도 우리 발사체를 구매할 수 있을 것입니다." 적어도 큰 그림에서는 현재 논의 중인 발사체 시장을 지원할 만한 자금이 이미 존재한다고 가정해도 큰 무리는 없는 얘기였다.

이어서 포사이스는 판매가 될 만한 발사체가 갖추어야 할 조건들을 본인 생각대로 나열했다.

"먼저 발사체의 운용비용이 낮아야 합니다. 적어도 운용에 관한 학습이 끝난 시점에는 그와 같은 비용을 달성해야 합니다. 무엇보다, 우리의 목표는 B-2 스텔스 폭격기처럼 적은 수만 팔릴 비싼 군용 장난감에 불과한 발사체를 새롭게 만들자는 게 아닙니다. 오히려 우리의 목적은, 우주수송에 들어가는 비용이 나선형 하강 곡선을 따라가기 시작하도록 만들 비행체를 판매하는 데 있습니다. 이는 다량의 발사체를 판매해야 함을 의미합니다."

다음 주제는 발사체의 크기였는데, 포사이스에 의하면 그 크기가 작을수록 유리했다.

"페이로드의 규모는 매우 작을 수 있지만, 비행체의 운용이 일주일에 1회에서 시작해서 하루 1회로 확대되어 우리가 비행체의 운용을 진정한 의미에서 일상화시키면, 이와 같은 발사체의 도입은 발사량을 전체적으로 대폭 증가시키게 될 것입니다."

포사이스는 현재 위성들의 절반 정도를 커버할 수 있는 2.5톤 규모의 페이로드가 적절하다고 생각했다. 무엇보다, 상업적인 측면에서 보면 페이로드가 이 정도 규모는 되어야 상당한 비용을 지불하는 화물(payload)에 해당되기 때문이었다. 포사이스는 발사체의 성능 미달이나 중량 증가와 같은 문제로 인해서 페이로드의 규모가 너무 낮아져 페이로드 1킬로그램의 발사비용이 그가 꿈꿨던 수준으로 떨어질 수 없는 상황만 아니라면, 페이로드 목표중량을 너무 낮게 잡고 싶어 하지 않았다. 페이로드 1킬로그램에 40만 원이고 페이로드가 2.5톤이면 한 번의 비행에 10억 원이 들고, 페이로드 1킬로그램에 10만 원이라면, 한 번의 비행에 2.5억 원이 드는 셈이다. 이 정도면 비싼 축에 드는 여객기의 운항비용 수준인 것이다.

포사이스는 잠시 멈췄다가 논란거리가 될 만한 한 가지를 선언했다. "그리고 우리 발사체는 유인 시스템이 되어야 합니다."

넘버5는 거의 소리를 지를 뻔했다. "하지만 그렇게 하면 지불할 수 없는 수준으로 비싸질 거예요! 언제나 유인 시스템에는 훨씬 더 많은 비용이 들어갑니다. 우주 왕복선만 봐도 그렇잖아요. 어떤 상용 소모성 발사체보다 최소한 5~6배의 비용이 든단 말입니다!"

포사이스는 차분히 답변했다. "우리 발사체가 재사용 발사체가 되려면, 그 신뢰성이 극단적으로 높아야 합니다. 그렇지 못하면 그 비용을 감당할 수조차 없게 됩니다. 조종사가 발사체에 탑승하면 그 신뢰도가 올라갈 것입니다. 무인 비행체의 사고와 유실 비율에 대해서 연구해 본 누구에게든 물어보세요. 이들의 유실은 어떤 유인 비행체보다 최소 10배는 높으며, 이 때문에 무인 비행체들의 높은 유실 비율이 허용되는 군용 또는 민간 분야의 극소수 특수용도를 제외하고는 무용지물이 된 것입니다. 둘째로, 우리 발사체는 세상의 화젯거리가 될 것입니다. 유인 발사체를 구매한다는 것은 페이로드를 궤도로 수송하는 수단을 사는 것 이상의 의미를 가집니다. 구매자가 국가이든 아니면 다른 주체이든, 누가 구매를 하더라도 소수의 특권층만 가입하는 우주클럽에 참여한다는 의미인 것입니다. 거기에 들어가기 위해 기존 회원들은 엄청난 돈을 지불해 왔죠. 미국과 러시아는 가까스로 회원 자격을 유지하고 있고, 중국인들은 이제 막 가입한 상태입니다."

포사이스는 이야기를 이어 나갔다. "그리고 사람들 사이에 계속 회자되는 우주여행이란 시장을 잊어서는 안 됩니다. 사람들이 새로운 산업에 참여하기를 희망하면서, 기회에 편승하는 식으로 우리 비행체를 구매할 것이라는 뜻입니다. 이들이 어디에 사용할지에 대한 확고한 계획도 없이 재사용 발사체를 구매하는 것을 정당화할 수 있도록, 우리는 되도록 많은 이유를 제공해야 합니다. 저는 우주로 사람을 보낼 수 있다는 특권의식과 흥분된 감정이 매우 결정적인 역할을 할 것으로 확신합니다. 물론……."

포사이스는 덧붙여 말했다. "승무원을 위해 안전하고 신뢰할 만한 탈출 시스템을 포함하도록 모든 노력을 기울여야 한다는 점을 당연히 인정합니다. 또한 이 발사체를 제작할 엔지니어들과 기술자들도 그들 손에 사람의 생명이 달려 있음을 알게 되면 더 한층 신뢰성과 안전성을 고려해 제작에 임할 것이라 생각합니다."

포사이스는 나머지 요구 사항들도 하나하나 짚어 나갔다. "우리는 이 발사체를 완전하게 재사용할 수 있어야 합니다. 단순히 영업의 포인트로 활용하기 위해서가 아니라, 중요도가 높은 부품 중 하나라도 재사용을 못하게 되면 비용을 낮추기 어려워지기 때문입니다. 전체 수송 시스템에 대해서 실질적인 학습효과를 제공할 수 있는 발사체를 설계하자는 것이 우리의 아이디어입니다. 또한 비행할 때마다 부분체들을 떨어뜨려야 하는 비행체에는 늘 있기 마련인 운영상의 제한조건들을 피하는 편이 좋겠습니다. 마지막으로, 우리 비행체는 하나의 발사 지점으로부터 발사되고 회수될 수 있어야 합니다. 발사장이 하나만 존재할 것이라는 얘기는 아니며, 한 고객이 발사, 회수, 비상사태 등등에 대비해서 두 개나 그 이상의 발사장을 갖출 필요 없이 그저 하나의 발사장만 갖추면 된다는 얘기입니다. 그리고 기왕이면 발사시설에 들어가는 비용이 발사체의 비용보다 상당히 낮을 정도로 발사시설이 매우 단순해야 할 것입니다. 예를 들면, 1,000억에서 1,500억 원 수준이 어떨까 합니다."

포사이스가 발사체에 대한 기본 요구조건들을 제시한 다음에는, 그런 발사체 시장이 과연 실제로 존재할지에 대한 열띤 토론이 한동안 진행되었다. 결국 결론이 내려졌는데, 완전한 재사용이 가능한 비행체를 제작해 2,500억 원 정도의 비용으로 2.5톤의 페이로드와 한 명 이상의 사람을 궤도에 올릴 수 있게 된다면, 이 발사체를 구매해야 할 이유쯤이야 발견될 것이라는 생각에 아무도 진심으로 반박하지 못했다. 합리적인 비행 횟수를 갖게 되느냐와 1회의 비행에 들어가는 운용비용을 10억 원 이하로 떨어뜨릴 수 있느냐가 장기적인 성공의 관건이라고 모두들 공감했다.

기술적인 질문에 대한 답을 듣고자 톰을 다시 불러들였다. 톰이 지적한 가장 흥미로운 관점 가운데 하나는 2.5톤의 페이로드를 궤도로 올리려면 50톤에서 200톤 정도의 추진제를 필요로 한다는 사실이었다. 가장 비싼 추진제인 액체수소와 액체산소의 조합을 쓴다고 해도 그 비용은 킬로그램당 600원 이하이다. 그러므로 추진제에 들어가는 비용은 비행당 10억 원이라는 비용목표의 10퍼센트 이하 또는 5퍼센트 이하가 될 것이다. 다른 비슷한 종류의 수송 시스템은 연료비용의 몇 배 수준에 해당하는 운행비용을 갖는 것이 일반적이며 항공운항 산업의 경우 2~3배 수준이다.

7인방은 한 달간 모임을 쉬기로 했다. 이 비행체의 영업 계획과 개연성에 대해서 각자 생각할 시간을 갖기 위해서 그리고 포사이스가 엔지니어링 팀과 모여 이 비행체가 어떤 모양을 갖게 될지를 검토할 기회를 주기 위해서였다. 포사이스는 엔지니어링 교육을 받은 것은 아니지만, 출판된 관련 문헌들을 꿰고 있었으며 1단형이 가능할지, 2단형이 최선의 선택인지, 흡기 방식이 더 저렴한지 등등을 포함해서 현재 진행 중인 다른 많은 논란거리들에 대해서 잘 파악하고 있었다. 그는 탄도 비행을 하는 1단형 발사체가 가장 합리적이라는 분명한 의견을 갖고 있었다. 이는 하나의 단으로 구성된, 날개 없는 발사체이며, 궤도로 날아오르고 DC-X, 피닉스(Phoenix) 발사체나 독일의 Beta 발사체처럼 발사장으로 돌아와 로켓추진을 사용해서 착륙하는 방식이다. 7인방의 다른 멤버들도 로켓공학의 전문가는 아니지만, 오랜 세월 우주에 열정적인 사람들이었으므로, 모두들 발사체의 설계에 열띤 관심을 보였다. 이제 발사체의 크기, 비용, 마케팅 접근법에 대한 기본적인 요구조건이 결정되었고, 7인방의 대부분은 각자 이 비행체가 어떤 식으로 생겨야 하는지에 대해서 확신에 찬 의견들을 갖고 있었다.

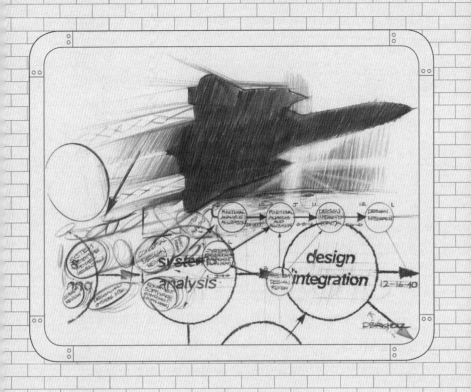

6장

한 마리의 말에
올라탈 것

존 포사이스는 완전한 재사용이 가능한 발사체의 생김새에 대해 자신의 의견을 갖고 있었지만, 본인이 이를 제작할 당사자가 아니라는 사실도 잘 알고 있었다. 그 일을 맡기려고 톰을 고용했으며, 여러 항공우주 엔지니어링 사업의 역사를 통해 알게 됐듯이, 적임자에게 비행체 제작을 맡긴 상황이라면 제작할 비행체의 생김새에 대한 결정도 같이 맡겨야 했다. 포사이스의 역할은 이 비행체가 가졌으면 하는 기능들을 제시하는 것이므로, 그 형상을 그리는 일은 엔지니어들에게 맡겨야 하는 법이었다. 포사이스는 은퇴한 로켓 전문가들과 수년간 어울려 왔다. 아울러 우주 사업의 역사에 관한 책들을 읽었고, 『어거스틴의 법칙』[23]을 읽었고, 명성이 자자한 록히드의 스컹크워크의 역사도 섭렵했다.

정말로 혁신적인 시스템은 단 한 명의 개인이 나서야 만들어졌다. 예를 들면, 사업을 완전히 장악하고 무엇을 해야 할지에 대한 종합적인 비전을 가졌던 리코버 장군, 켈리 존슨, 베르너 폰 브라운이 그러했다. 그래서 포사이스는 사업의 성공 확률을 조금이라도 확보하려면, 톰과 그의 엔지니어링 팀이 주어진 임무를 잘 이해하고 임무 달성에 매진하고 있다고 믿고, 톰과 그의 팀이라는 '한 마리의 말'에 올라타야 한다는 사실을 잘 알고 있었다.

포사이스는 이미 1년 이상 그의 수석 엔지니어를 지켜봐 왔으며, 톰이 발사체 시스템, 서브시스템, 상세 설계, 운용에 대해서 백과사전적인 지식을 갖고 있는 사람임을 알고 있었다. 톰의 리더십 아래 엔지니어링 팀이 하나가 되는 것을 보며 그는 톰에 대해

---

[23] 항공업계의 경영 원칙을 다룬 책.

더 큰 확신을 가지게 되었다. 포사이스는 설계 실습을 통해 도출된 결과들에 감탄했으며, 특별히 톰이 만들어 낸 조직 구조와 그 운영 방법에 감탄했다. 톰은 여기저기 돌아다니면서 엔지니어들과 이야기를 나누고 작업에 필요한 자원들을 지원하는 방식으로 조직을 관리하고 있었다. 그는 효과적인 행정 인프라를 만들어 냈는데, 이 인프라는 상당히 간결했지만 엔지니어들을 지원하는 기능을 잘해 냈다. 대형 항공우주 회사에 가 보면, 엔지니어들이 그들에게 도움을 줘야 할 계약 행정, 구매, 품질, 인사, IT 등의 지원 보조들을 오히려 보조하는 불행한 상황이 종종 연출된다. 톰에게는 엔지니어들이 팀의 주전 선수였으므로 그들을 주전 선수에 걸맞게 대했다. 행정 인력이 아니라, 엔지니어들이야말로 이 사업을 성공으로 이끌 사람들이었다. 결과적으로, 엔지니어들은 스스로의 가치를 인정받고 필요한 지원을 받고 있다고 느끼는 가운데 열심히 일하고 있었다. 포사이스는 씹어 먹을 진짜 고기가 있어야 사람들이 '숯을 쏟아붓는 법'이라고 생각했다.

정말 그랬다. 포사이스는 본인이 선택한 톰이라는 인물에 대해 상당히 만족했으며 톰이라는 '말'을 타고 전투에 나설 준비가 되어 있었다. 설계안을 선택하는 일에 대해서는, 7인방이 이미 기본적인 접근 방식을 정한 상태이므로, 설계 연구에 기약 없이 매달리기보다는 이 일을 맡은 톰이 생각해 낸 가장 적절한 접근 방식을 받아들여야 할 차례였다. 포사이스가 보기에, 엔지니어들을 비롯해서 많은 사람들은 주어진 문제에 대해서 공학적으로 올바른 답을 제시하는 작업을 의견을 내야 하는 과정이라기보다는 사실 관계를 따지는 과정으로 여기는 것 같았다. 이는 문제와 답에 적용되는 제한조건을 자연 물리법칙으로 보기 때문이었다. 그러나 포사이스는 이미 엔지니어들을 충분히 겪었기에 설계라는 작업이 거의 항상 의견을 내는 작업임을 잘 알고 있었다. 목표를 달성하는 방법은 한 가지 이상이 있기 마련이고, 어떤 방법이 시장에서 가장 우아하고 비용 면에서 합리적이며 궁극적으로 성공을 거두게 될지는 종종 끝에 가서야 분명해지는 법이다. 그래서 존 포사이스는 이 사업이야말로 전형적인 항공우주 개발 사업들과는 매우 다른 방식으로 진행해야 한다고 굳게 믿고 있었다.

최근에 전형적인 항공우주 개발 사업들이 지나온 과정들을 보면 한마디로 암울하다고 해도 지나치지 않았다. '보고서로만 존재하는 연구' 단계를 넘어서는 사업의 수는 점점 더 줄어들고 있었고, 이 단계를 통과한 사업들도 실제 제작까지 가는 경우는 더더욱 드물었다. 우주 왕복선을 대체할 비행체들에 대한 연구는 확실히 그런 단계에 이르지 못한 것으로 보였다. 포사이스는 윌리스 호킨스가 《미국의 항공우주 산업(Aerospace America)》 1982년 10월호에 기고한 글을 떠올렸다. 1960년대와 1970년대에 록히드의 미사일 및 우주 시스템 사업 부문에서 여러 차례 고위 경영직을 맡았던 호킨스는, 육해공군이 종종 제작단계로 넘어갈 준비가 되기 직전에 개발 사업을 취소시켰다고 지적했는데, 이는 사업의 예산 초과, 과도하게 늘어진 일정, 설계 목표보다 훨씬 높을 것으로 예측되는 비용 때문이었다. 그들은 탱크, 헬리콥터, 비행기 또는 군함의 개발 사업을 취소하고, 성능은 좀 떨어지지만 표면상으로 저렴해 보이는 시스템을 원점에서부터 다시 찾기 시작했다. 새롭게 설계하고 개발하느라 여러 해를 더 흘려보낸 후에야, 마침내 새로운 시스템을 제작할 준비가 되었다. 그래서 기존에 취소시킨 시스템에 비해 성능과 기능이 한참 떨어지는 시스템에 결과적으로 더 높은 비용을 지불하고 마는 상황이 되는 것이었다. 그러는 사이, 처음 시스템을 상당수 배치하고도 남을 만한 자금이 새로운 시스템의 연구개발에 소모되어 버리곤 했다.

사실 엔지니어링은 정밀한 학문이라고 보기 어렵다. 모든 복잡한 기계가 처음 계획했던 기능과 비용을 고스란히 갖추도록 만들 수는 없기 때문이다. 그때그때 주어진 상황을 평가해서, 가치가 있어 보이는 쪽으로 승부를 거는 것, 그것이 해결책이다. 항공산업의 역사는 실패를 목전에 둔 절박한 상황에서 가까스로 탈출에 성공한 신화들로 가득 차 있다. 제2차 세계대전의 명예의 전당에 든 P-38 라이트닝이 전형적인 예시이다. P-38 라이트닝은 폭격기 호위용 고고도 전투기로 설계되었으나, 고고도에서 성능이 충분히 나오지 않았다. 그럼에도 이 전투기 사업은 취소되지 않았고 제2차 세계대전이 끝날 무렵 오히려 P-38은 저고도 전투기, 정찰기, 야간용 전투기, 공격용 비행기로서 큰 명성을 얻게 되었는데, 애초의 설계는 이 중 어떤 임무도 포함하고 있지 않았다. 제2차 세계대전 중에만 수만 대의 P-38이 제작되었다.

실제로 특정 목적으로 개발된 비행기와 그 밖의 시스템들이 주변 상황의 변화와 필요성에 따라 다른 용도로 쓰여 탁월함을 발휘한 경우가 종종 있었다. 전설적인 비행기 더글러스 DC-3는 처음에는 하룻밤이 걸리는 대륙횡단 비행을 위한 침실 달린 여객기로 설계되었다. 결국 DC-3는 단거리용 여객기 및 화물 운송용 비행기가 되었고, 설계 후 70년이 지난 지금까지도 전 세계 곳곳에서 여전히 잘 쓰이고 있다. SR-71 블랙버드는 원래 고고도 영공 침투용으로 착안된 A-12였으나, 이후 영공을 침범하는 비행이 정치적 지지를 잃으면서 영공 침범이 필요 없는 측면 관찰용 레이다와 진보된 화상 카메라를 사용하도록 개조되었다. 액체산소(LOX)/액체수소(LH2)를 사용하는 최초의 고성능 로켓 엔진인 프랫앤드휘트니(Pratt & Whitney)의 RL10은 실제로는 수소연료 비행기용 수소펌프로 개발된 시스템이었다. 개발자로 선정되었던 스컹크워크의 켈리 존슨은 이 수소 비행기가 정말 형편없는 아이디어라고 판단해 이 사업을 스스로 취소해 버리고 개발 자금을 공군에 돌려보냈다.

요즘 대부분의 항공우주 사업은 일련의 공식 요구조건들을 정성 들여 도출하는 것으로 설계 작업을 시작한다. 이 요구조건들이 어디에서 나왔는지를 추적하려는 의도로 제안서 모집공고를 시작으로, 사업본부로, 육해공군으로, 국방부로, 의회의 위원회들로, 심지어는 워싱턴 D. C.에서 열렸던 칵테일파티로까지 거슬러 올라가 보아도, 종종 별 성과 없이 끝나고 만다. 어떤 누구도 이 요구조건들이 도대체 어디에서 왔는지 알 수가 없는 것이다. 이는 요구조건들이 어떤 설득력 있는 큰 비전의 일부가 아닌 경우가 일반적이다 보니, 항상 바뀌는 정치적 상황에 따라서 매년 그 방향이 변하고 변질되는 경향이 있다는 얘기다. 그러나 시스템 개발 프로세스를 몰고 가는 것은 이와 같은 요구조건들이지, 유능한 기술 경영자들의 통찰력이 아니다.

NASA와 공군의 접근 방식은 통상적으로 요구조건들을 시스템 개발 프로세스로 흘려보내서 수백 개의 비행체 개념안들을 작성해 내는 것이다. 그 후 이 개념안들은 철저하게 비교되고, 트레이드오프 작업을 통해 절대적인 최적 해법으로 좁혀진다. 설계 요구조건들의 목표가 늘 변하는 상황에서, 사람들은 보통 "무엇에 대한 최선의 후보안이지?"라는 질문에 봉착하고 만다. 유감스럽게도 이 시스템 개발 프로세스는 좋은 의도를 품은 계략에 의해서 만들어진 것에 불과하다.

톰은 1980년대 초반 항공우주 분야의 주요 협력업체에서 일하면서 이러한 접근 방식의 병폐가 어디서부터 시작되었는지를 직접 경험했다. 그가 근무했던 회사는 과거 1950년대에 탄도미사일이라는 도전적인 사업을 직면하고 있었다. 이 회사의 사업본부장들과 정부를 상대하는 계약 담당자들은 그들에게 닥친 가장 어려운 장애물 가운데 하나가 사업을 감독하는 정부기관과 의회가 그들을 지나치게 간섭하지 않도록 만들 수 있는가라는 점을 사전에 파악하고 있었다. 이들은 사업이 다음 세 버팀목 위에 설 때 성공했음을 경험으로 알고 있었다. 세 버팀목이란 충분한 자금, 최고의 인재 그리고 엔지니어링을 이해하지 못하는 사람들과 실제로 그 일을 하지 않는 사람들의 훼방으로부터의 자유였다. 기술적으로 도전적인 사업을 수행하려면 이와 같은 행동의 자유가 반드시 필요했다. 그래서 사업부장들은 협력업체들이 일을 제대로 파악하고 진행하는지 걱정할 필요가 없다고 감독 기관과 의회를 설득하기 위해서, 일련의 도구들을 정성 들여 고안해 냈다.

이와 같은 의도로 새로운 경영기법이 만들어졌고, 매우 진보적이고 혁신적이며 과학적인 방법을 적용했으니 그러한 의문들을 품을 필요가 없다는 점을 보여 주기 위해 사용되었다. 이 경영기법의 주요 구성요소로는 시스템 공학, PERT,[24] 진행상황 요약표 등이 있다.

시스템 공학은 군사작전을 연구하는 데에서 유래했으며 이러한 연구는 제2차 세계대전 중에 독일의 U보트에 대항해 대서양 전투를 승리로 이끄는 데 크게 기여했다. 군사작전의 연구는 수학적 기법들을 적용해서 전략적, 전술적인 문제들을 전장에서 해결한 것인데 나중에는 사업관리라는 영역에도 적용하게 되었다. 이러한 수학적 기법들은 문제를 새롭게 통찰하도록 도와줬으며 분석적인 해결책을 제공했다. 시스템 공학은 엔지니어링 과제들의 규모가 점점 더 커져 매우 다양한 분야들이 협력해서 일해야만 하는 복잡한 상황이 등장함에 따라서, 엔지니어링 과제들도 군사작전과 유사한 과학적 접근 방식을 필요로 한다는 아이디어에서 생겨났다. 이 새로운 방식을 실현하고자 새로 슈퍼엔지니어라는 계층이 생겨났는데, 이들이 바로 시스템 엔지니어이다. 시스템 엔지니어는 실제로 설계를 수행하지는 않는다. 이들은 사업 전체를 이해하고 관련된 기술적 분야를 모두 이해하고 있어야 하며 다양한 분야가 협력해서 일할 수 있도록 사업의 전반적인 관리를 맡는다.

이러한 접근 방식은 외견상 좋아 보이지만 실제로는 좀 잘못된 생각으로 이어지기도 했다. 가장 똑똑한 사람들이 시스템 엔지니어로 선발되기는 하지만, 시스템 엔지니어링의 대전제는 시스

---

[24] Program Evaluation Review Technique. 사업평가 및 재검토 기법.

템 엔지니어들이 그들이 관리하는 시스템의 세부 사항들까지 걱정할 필요는 없으며, 실제로도 그러지 말아야 한다는 것이다. 그들은 단지 프로세스만 관장해야 하는 것이다. 사실 정말로 훌륭한 시스템 엔지니어, 즉 최고의 시스템 설계자는 서브시스템의 세부 사항에 대한 백과사전적인 지식을 개인적인 경험을 통해서 갖추고, 매일 겪는 엔지니어링 문제를 해결해야 하는 담당자들에게 믿고 일을 맡길 수 있도록 스스로의 지식과 능력에 대해서 충분히 자신감을 갖고 있어야 한다. 그뿐만 아니라, 그의 밑에서 일하는 엔지니어들의 의견을 잘 듣고 그들과 밀착해서 일하며, 성공적으로 설계를 이끌도록 엔지니어들을 도와줌으로써 그들의 신뢰를 얻어야 하는 것이다. 그러나 엔지니어들도 인간일 뿐이며 틀릴 수 있다. 그리고 이런 점이야말로 시스템 공학이 솜씨 있게 처리해야 할 문제다. 틀릴 수 있는 존재가 사업을 관리한다면, 국방의 의무를 띠고 해당 사업을 감시하는 장군들, 해군 장성들, 국회의원들 그리고 이들의 참모들이 엔지니어링 본부장이 내린 모든 결정들을 의심하고 질문하고 다시 생각해 보는 것도 당연해진다. 시스템 공학은 이러한 인적 요인을 제거해 준다.

시스템 공학의 첫 단계는 최상위 단계인 시스템 요구조건들을 시작으로 모든 요구조건들을 설계해 나가는 것이다. 최상위 요구조건으로부터 차상위 요구조건이 파생되고, 점점 더 상세한 요구조건들을 담은 목록을 계속해서 확장해, 결국에는 설계의 가장 미세한 국면에 이르게 되는 것이다. 이러한 요구조건들이 사업에 참여한 모든 엔지니어의 설계 과정을 최상위부터 최하위 단계까지 조정하게 된다. 그리고 이러한 과정으로 도출된 설계는 모든 것을 아우르면서도 통합적이고, 최신 기술에 근거한 현대식(그리고 완벽하게 분석적인) 프로세스를 통해서 산출된 것이므로, 어떤 설계 단계에서든지 그 설계결과를 의심할 수가 없게 되는 것이다. 설계결과를 모두 빈틈없이 종합했고, 도출된 설계는 도출이 가능한 유일한 방식으로 얻어진 결과인 것이다. 최상위 요구조건에서 모든 것이 시작되었고, 모든 설계는 이 요구조건들을 따라서 아래 단계로 흘러 내려갔다. 시스템 공학을 사용해서, 판단상의 착오, 잘못된 결정, 맹목적으로 가야 하는 샛길들과 같은 불필요한 과정 또는 실패 등이 일어날 여지를 남기지 않았다. 그러므로 외부에서 사업 관리에 참견해야 할 필요는 전혀 없게 되는 것이다.

새로운 시스템을 창출하는 데 반드시 필요한 의사결정 과정에, 과학적 엄밀함이란 장식을 한 겹 달아 줄 특수한 도구들도 고안해 냈다. 사업 제안자들은 그들의 설계가 단지 경험과 연구, 실험에만 의존하는 것이 아님을 외부에서도 이해해 주기를 원했다. 만일 설계 과정이 사람의 판단력에 의존한다면, 그 설계에 대해서 의심을 품을 여지가 생긴다. 그러나 설계 과정이 과학을 바탕으로 한다면 의심할 여지가 없는 것이다. 이러한 도구들을 적절히 사용해서, 설계에 대해 최선의 결정을 내렸음을 정당화하고 동시에 이를 증명할 과학적 근거도 갖게 된 것이다.

이런 도구들 중 가장 설득력 있는 것이 비교연구(trade study)였다. 비교연구는 다음과 같이 진행되었다. 설계 담당 엔지니어들과 함께 일해 온 시스템 엔지니어들이 그들의 경험과 연구를 바탕으로 가장 유효해 보이는 접근 방식을 고안해 냈다. 그리고 나서 억지스러운 것들까지 포함해서 생각해 낼 수 있는 모든 가능한 설계방식을 목록으로 만드는 일에 착수했다. 그런 다음 요구조건들을 표현하는 수많은 매개변수 값들과 이들 간의 중점 계수들(weighting factors)로 구성된 복잡한 방정식을 사용해서, 선호하는 접근법과 그 밖의 모든 대안들을 분석했다. 이 분석은 각 옵션에 대해 소위 장점 지수라는 것을 내놓았다. 선호하는 설계방식이 다른 것들보다 분명 월등하다고 분석될 때까지, 이러한 매개변수 값들과 방정식을 만지작거렸다.

군 장성들이나 의회 위원회 앞에서 선정된 설계개념에 대해 발표할 때는 이것이 완벽하게 과학적 프로세스를 사용해서 얻은 모든 가능한 해결책들 가운데 최선책임을 강조했다. 근본적으로는 이러한 방법으로 결정된 설계안에 대해서 의문을 품을 수조차 없게 만들어 버리는 것이다. 누구라도 설계에 대해 의문을 제기하면, 사업 책임자는 그동안 고려한 수많은 개념안들과 장점 지수들, 그리고 비교연구 요약표를 제시하고 질문한 사람이 지칠 때까지 끝도 없이 설명하고 설득하는 일에 들어가는 식이었다. 그렇게 해서 엔지니어들이 내린 결정에 시비를 걸려는 시도들을 차단할 수 있었다.

다른 유사한 기법들도 도입되었다. 작업명세서 구조(Work Breakdown Structure)는 최상위 레벨의 소수 핵심 결정사항들이 하위 레벨의 모든 엔지니어들의 작업을 조정하도록 흘러 내려간다는 아이디어에 바탕을 두고 만들어졌는데, 이는 모든 의사결정들을 시스템 엔지니어가 얼마나 완벽하게 조정해 왔는지를 보여 주는 용도로 사용되었다. 이 작업명세서라는 기법이, 설계 책임자가 엔지니어링에 대한 판단을 내릴 때 초석이 된 하위 레벨의 창조적인 아이디어와 접근법이 어떻게 상위 레벨로 흘러 들어가서 설계가 진전되었는지, 어쩌면 좀 지저분하기까지 한 실제 프로세스를 감추어 버렸다. 물론 이 도구들 중 일부는 실제로 복잡한 문제를 처음부터 끝까지 생각해 보는 데 도움이 되는 것으로 밝혀졌다. 그러나 이런 도구들이 실력과 판단력과 신뢰를 대신할 수는 없는 법이었다.

일정 관리 기법인 PERT는 복잡한 사업의 걱정거리였던 종합 일정표를 작성하는 난제가 최신 과학적 경영원칙을 적용함으로써 해결되었음을 보여 주려는 의도로 개발되었지만 인간에 의한 판단과 관리 책임의 흔적을 제거하는 용도로도 사용되었다. 기존에 존재하지도 않았던 시스템을 개발하면서 불을 질러서라도 새로운 길을 열어 가야 하는 사업에는 엄청난 양의 돈이 투입되어야 함은 말할 것도 없고, 이런 사업에 대해서 미리 일정을 잡고 그 일정을 따라가려면 엔지니어링적인 판단이 많이 필요한 것은 당연한 일이었다. 그러나 관리자들은 PERT를 이용함으로써 피할 수 없는 일정 지연과 그에 따른 비용 증가에 대한 비난들과 과실에 대한 지적들을 비껴 갈 수 있었다.

결국에는 주간 현황보고를 시리즈로 자세하게 작성하게 되면서, 좋은 엔지니어링 관리자가 동료들과 신뢰 관계를 확립하고 효과적인 의사소통을 유지하는 데 사용했던 전통적인 프로세스를 자세히 들여다볼 기회가 사라져 버렸다. 이 보고서들은 사업 책임자가 사업의 모든 세세한 상황을 사업 책임자와 엔지니어들 간의 신뢰나 개인적인 관계에 의지하지 않고도 파악하고 있으며 사업의 진행 상황을 주의 깊게 추적하고 있음을 보여 주기 위한 용도로 사용되었다.

이 모든 술수들은 실제로 매우 효과적이었고 미사일 사업의 성공에 크게 기여했다고 환영받기도 했다. 그렇지만 진실에 자꾸 손을 대다 보면 나쁜 결과로 이어지는 법이다. 시간이 흐르면서 엔지니어와 경영자들은 자신들이 만들어 놓은 거짓된 허구를 믿기 시작했다. 이 시스템이 외부로부터의 간섭을 피하는 쇼윈도 장식과 같은 역할을 하는 한, 실제 엔지니어링 작업은 방해로부터 자유로울 수 있었다. 그리고 이러한 일이 모두 사업의 이력에 기록되어 있긴 했지만, 당연히 공공연하게 언급되지는 않았다. 1980년대 초 젊은 톰이 설계 담당 엔지니어로 입사했을 당시, 시스템 공학과 최신 사업관리라는 개념은 이미 잘못된 방향을 향해 가고 있었다. 톰은 약간의 조사만으로도 시스템 공학과 사업관리라는 개념이 근간으로 삼고 있는 허울들을 파악할 수 있었다.

당시 고위 사업단장들에게 물어봤다면, 그들은 비교연구를 위주로 설계안을 선정한 것이 아니라고 인정했을 것이다. 이들은 오히려 원래 그들이 내리고자 의도했던 결정을 정당화하고 방어하는 용도로 비교연구를 사용했다. 불행하게도, 좀 젊은 편에 속했던 엔지니어들, 그중 특히 시스템 엔지니어라는 타이틀이 붙은 이들은 이러한 타이틀을 얻고 나서는 자신들이 갑자기 시스템 설계의 전문가가 되었다는 착각에 푹 빠져 있었다. 원래 시스템 엔지니어라는 타이틀은 가장 경험과 지식이 풍부한 설계자에게만 주어졌으며, 이들은 과제에 참여한 서로 다른 분야들이 모여 하나의 기능을 해낼 것을 보장해 주는 실질적인 감독관들이었다. 그런데 어느 날 한 무리의 시스템 엔지니어들이 회사의 '발령'에 의해서 새롭게 탄생해 버린 것이다.

몇몇 시스템 엔지니어들은 설계 그룹에 배치되었고, 몇몇은 시스템 그룹에 배치되었고, 또 몇몇은 고객과 소통하는 역할을 담당할 사업 관리에 배치되었다. 이 세 그룹은 지휘권을 놓고 서로 다투었으며, 이는 당연하게도 엔지니어링 작업을 제대로 진행하는 데 방해가 되었다. 그러나 시스템 공학이란 사고방식이 남긴 가장 유해한 유산을 꼽는다면, 시스템 엔지니어가 세부 사항을 제대로 이해하지 못했음에도 불구하고, 버젓이 설계안을 전개하는 데 있어서 중요한 결정들을 책임져야 한다는 아이디어였다. 그리고 젊은 축에 속했던 시스템 엔지니어들은, 여러 개의 개념들을 비교 분석함으로써 훌륭한 설계안이 도출된다고 정말로 믿고 있었다.

시스템 공학의 각 구성 요소들은 세월을 거치면서 각기 제 살 길을 찾는 방향으로 전개되었다. 주간 현황보고라는 형태로 조심스럽게 선별한 작업만을 전면에 내놓고 실제 문제점들을 감추고 있거나 조용히 다른 한쪽에서 해결했다. 대규모 사업에서 핵심적인 관리 기능을 늘 해 왔던 일정표는 '구름에 궁궐을 지으려고 하는' 참견쟁이들에게 넘겨졌으며, 이들은 엔지니어 모두가 정확하게 무엇이 이루어질 필요가 있는지, 언제 이루어져야 하는지, 얼마나 시간이 걸릴지에 대해서 불가지의 정밀도로 예측할 것을 끈질기게 주문했다. 컴퓨터 프로그램이 필요로 하는 입력 데이터에 목말라 있던 일정 담당자는 15센티미터나 되는 일정표를 거의 매일같이 가져와 엔지니어들에게 확인하고 고쳐 달라고 요구했다. 어느 시점에선가 톰의 상관은 진짜 일이 조금이라도 진행되게 하려고, 일정표를 다루는 데 들어가는 시간을 하루에 두 시간 미만으로 제한하기까지 했다!

　　'과학적' 사업관리의 허울과 남용, 그리고 명백한 실패를 해결할 해독제는 신뢰와 권한 위임이었다. 포사이스는 톰처럼 항공우주 분야와 관련된 직접적인 경험은 없었지만, 훌륭한 사람들에게 충분한 자본을 주고 방해받지 않을 환경을 보장해 주고 제대로 된 방향을 잡아 주기만 하면, 이들이 최대의 성과를 만들어 낸다는 사실을 알고 있었다. 그의 역할은 자본을 공급하고 투자자들이 그들의 등 뒤에 서서 참견하지 못하도록 만들고, 그들이 고안해 낸 작품이 완성되었을 때, 이를 뒷받침할 시장이 조성되도록 사업의 생태계를 만드는 것이었다. 비행체 자체에 관한 한, 포사이스는 '비인간적인' 프로세스가 아니라, 한 사람에게 모든 것을 걸어야 하는 상황이었다. 포사이스는 톰을 신뢰해 그에게 일을 완성할 권한을 주려고 했다. 톰은 톰대로 함께 일하는 엔지니어들에게 신뢰를 받고 있었으며, 그 또한 그들을 신뢰했기에, 일에 대한 권한을 엔지니어들에게 주려고 했다.

　　포사이스는 이 점을 염두에 둔 채, 톰에게 그가 생각하는 최선의 안을 구상하도록 요청했다. 포사이스에게는 톰이 고른 최선의 안에 그가 가진 모든 자본을 쏟아붓거나, 아니면 톰을 해고하고 다른 사람을 알아보는 선택지밖에 없었다. 물론 포사이스는 톰이 생각하는 최선의 설계방식에 대해서 대충 감을 잡고 있었는데,

이는 톰이 풀어 본 설계 실습이 모두 현실과 동떨어진 개념은 아니었기 때문이다. 몇몇 실습 문제들은 그룹원들 사이에 설계가 나아가야 할 방향에 대한 공감대를 형성하려는 의도로 만든 것이었다. 이들은 날개가 발사체의 단 중량을 얼마나 증가시킬지, 날개가 달린 1단이 과도한 패널티 없이 비행해서 발사 지점으로 돌아오게 만드는 게 가능할지, 어떻게 하면 2단형 발사체의 궤적을 최적화해서 설계할 수 있을지 등등을 탐색했다. 설계팀은 톰이 선호하는 설계안을 이미 한두 차례 반복해서 설계해 보았다. 포사이스는 톰에게 한 달을 주고 이러한 내용을 정리해, 먼저 그에게 발표한 다음 이어서 7인방에게 발표하게 했다. 한 달이 지나, 톰이 제시한 개념안을 승인한 포사이스는 7인방에게 그의 설계안을 피력할 자리를 마련했다.

7장

톰이
프레젠테이션하다

포사이스는 톰을 불러 단독으로 설계안을 피력하게 했다. 7인방은 톰의 발표가 끝날 때까지는 질문을 하고 싶어도 참기로 합의했고, 포사이스를 제외한 나머지 여섯 명은 발표를 듣기 위해 의자에 기대앉았다. 일곱 번째 회원인 포사이스는 의자를 당겨 앉으며 톰의 발표를 들을 준비를 했다.

"수직이륙해서 탄도 비행을 하는 발사체는 일반적으로 양력을 제공할 날개를 갖고 있지 않으며, 이 비행체가 궤적을 그리며 지구 궤도에 도달하려면 이륙시점에 반드시 1보다 큰 추력대중량비를 가져야 하며 그렇지 못하면 발사대를 벗어나지 못합니다. 일반적으로는 이륙시점의 추력대중량비가 1.15~1.2 사이의 값을 갖습니다. 이륙한 발사체는 10~20초 동안 수직상승하고, 그 이후 수직 방향에서 1~2도 벗어나는 수준으로 동쪽을 향해 회전하게 됩니다.

그 후 발사체는 '중력 선회'라고 불리는 궤적을 따라가게 되는데, 이때 발사체의 받음각[25]은 0도로 유지됩니다. 받음각이 0도라는 뜻은 발사체가 현재의 속도 방향으로 비행하면서 상대 바람이 정확하게 정면으로 불어오는 것을 의미합니다. 그러나 지구 중심을 향하는 중력의 일부가 비행 방향에 수직으로 작용하는 것은 발사체가 그저 위를 향해서만 날아가고 있지는 않기 때문입니다. 이와 같은 중력 성분이 발사체를 천천히 회전시킵니다.

부연 설명을 위해 궤적을 초 단위로 살펴보면, 중력은 매 초 중력가속도(g)에 비행경로각[26]의 사인 값과 1초를 곱한 값만큼

[25] 공기 흐름의 방향과 기체가 이루는 각도.
[26] 비행 속도와 국부 수평면 사이의 각도.

발사체의 속도를 낮춥니다. 그리고 중력은 'g에 비행경로각의 코사인 값과 1초를 곱한 값'에 해당하는 속도 성분을 만들어 냅니다. 물론 로켓엔진이 제공하는 추력이 비행경로 방향으로 작용해서 발사체의 속도를 이 1초 동안 증가시킵니다. 중력과 엔진추력이 만들어 낸 속도의 변화를 1초의 시작 시점에서의 속도벡터와 합하면, 속도벡터의 절대값(즉 속력)의 변화량은 추력을 발사체의 중량으로 나눈 값에서 'g와 비행경로각의 사인 값을 곱한 값'을 뺀 것과 같습니다. 이때 1초라는 시간을 양쪽 모두에 곱해야 합니다. '비행경로각의 코사인 값에 g와 1초를 곱한' 성분은 비행경로에 수직으로 작용하므로 속도벡터의 크기가 아니라 방향을 바꾸게 되며, 결과적으로는 비행경로각을 줄이는 역할을 하게 됩니다.

원칙적으로는 대기권을 훌쩍 넘긴 100~180킬로미터의 고도에 도달하고 마지막 단의 연소 종료가 이루어지는 시점에, 발사체의 비행경로각이 0도가 되도록 (즉 궤적이 지표면과 평행하도록) 수직이륙 구간의 길이와 킥턴[27]을 시작할 타이밍을 결정하면 됩니다. 궤도에 이르는 가장 효율적인 궤적을 바로 제시해 주는 간단한 방정식 같은 것은 없으며, 어떤 수준의 추력을 얼마간 적용해야 하는지도 간단하게 계산하긴 어렵습니다. 추력의 적분 값 자체가 비행경로에 크게 의존하기 때문입니다. 로켓의 추진력이 과도하게 높을 경우, 발사체는 매우 낮은 고도에서 '궤도속도'를 달성할 수 있겠지만, 결과적으로 지구 대기로 인해서 과도한 열과 항력을 받게 됩니다. 또는 연소 종료 시점에 0도보다 큰 비행경로각을 갖게 될 수도 있

---

27 수직으로 이륙한 발사체의 방향을 날아갈 방향으로 회전시키는 기동.

는데, 이는 심하게 찌그러진 타원궤도에 진입한 발사체가 지표면으로 다시 떨어질 것임을 의미합니다. 궤도에 도달하기 위해서 발사체가 정확히 얼마만큼의 속도를 내야 하는지를 결정하는 것도 쉬운 일은 아닙니다.

우선 로켓 방정식, '델타V = Isp×9.8×ln(MR)'은 대기 저항과 중력을 벗어난 '자유공간'에서의 로켓의 성능을 나타냅니다. 이 방정식은 단지 질량비 MR(이륙시점 질량/연소 종료 시점의 질량)과 연소가스 배출 속도(Isp×9.8)가 주어지면 특정 발사체가 어느 수준의 속도변화(델타V)를 '자유공간'에서 제공할 수 있는지를 나타낼 뿐입니다. 그러므로 '자유공간'이 아닌 지표면에서 속도 0에서 출발한 것으로 가정하더라도, 이 분석식으로 궤도에 도달하기 위해 필요한 속도의 총변화량을 계산할 수 없습니다. 반면에 특정 고도가 요구하는 궤도속도는 손쉽게 계산할 수 있습니다. 예를 들어서, 고도 180킬로미터에서의 궤도 속도는 초속 7.77킬로미터라는 식으로 말입니다.

이제 다음 작업은 '자유공간'이 아닌 실제 환경을 고려해서, 발사체가 목표고도에서 궤도속도에 도달하기 위해서 대기저항에 의한 속도손실, 중력에 의한 손실, 자세조정에 의한 손실 등을 보상하는 데 어느 정도 속도를 더 추가해야 하는지를 알아내야 합니다. 이 손실들을 다 합해서 궤도속도에 더하면 여러분의 발사체가 제공해야 하는 총속도변화를 결정할 수 있게 됩니다. 일반적으로는 궤적 프로그램이라고 불리는 특별한 컴퓨터 소프트웨어를 사용해서 발사체의 궤적을 따라가면서 발생하는 손실들을 결정합니다.

궤적 프로그램은 측정이나 분석으로 구한 항력계수, 그 밖의 공력계수, 엔진운용 매개변수들, 대기모델 등과 같은 발사체의 특성을 적절하게 반영해서, 이륙 순간부터 궤도투입 순간까지 발사체에 작용하는 특정 시간구간에서의 모든 힘을 한 단계 한 단계 계산해 냅니다. 그리고 나서 발사체의 가속도를 구하기 위해서 힘의 총합을 발사체의 질량으로 나눕니다. 여기에 사용된 발사체의 질량은 추진제의 소모로 인해서 변하는 값입니다. 하나의 시간구간이 끝난 시점에서의 발사체의 속도와 위치를 구하기 위해서 이 가속도를 적분합니다. 발사체가 목표 고도에서 적절한 속도와 적절한 비행경로각을 보일 때까지 수직상승시간, 킥턴 각도, 엔진추력 프로파일 등등 각종 궤적 매개변수들을 프로그램 안에서 바꿔 주게 됩니다.

이 과정을 반복해서 수행해 보면, 요구되는 총속도변화('자유공간'에서의 값)는 궤도 속도인 초속 7.77킬로미터와 동일하지 않으며, 특정 발사체의 설계 특성에 따라 달라지긴 하겠지만, 대략 초속 9.14~9.45킬로미터 수준입니다.

지구 궤도로의 발사에 관심을 가져 본 사람이라면 1단형 발사체가 가장 매력적이라는 데 동의할 것입니다. 자동차, 비행기, 배 할 것 없이 거의 대부분의 수송수단은 '1단형'으로 구성되어 있습니다. 자동차를 운전하다가 현재 주행이 가능한 거리보다 더 멀리 가고 싶으면, 여러분은 잠시 멈춰 연료를 채워 넣을 것입니다. 여러 구간으로 나누어 수송수단을 운행하고, 수송수단의 성능이 각 구간의 길이를 결정하게 됩니다. 발사체는 궤도로 가는 중간에 연료를 다시 채울 수 없습니다. 끝까지 쭉 한 번에 가야지, 그렇지 못하면 어떤 궤도에도 도달할 수 없습니다. 그리고 안타깝지만, 초속 9.14킬로미터 또는 그 이상의 총속도변화를 필요로 하는 상황에서, 이륙 총중량(GLOW)의 3퍼센트가 넘는 페이로드를 궤도에 넣을 1단형 발사체를 제작하는 것은 사실상 불가능합니다. 적어도 현재 기술로는 그렇습니다.

　재사용이 가능한 상태로 발사체를 지상에 돌아오게 해 줄 서브시스템에 들어가는 중량은 대략 이륙 총중량의 3퍼센트 또는 건조 중량의 30퍼센트 수준입니다. 이 서브시스템은 발사체가 궤도를 벗어나 대기에 재진입하도록 속도를 늦춰 주는 레트로 로켓, 열 차폐물, 연착륙 시스템 등을 포함합니다. 수백 번의 비행에 적합한 구조체와 추진제 탱크를 제작하면, 한 번 쓰고 버리는 기존의 소모성 발사체보다 좀 더 무거워집니다.

　수많은 예비 설계자들은 1단형 발사체가 유일한 해결책이라고 생각해 왔습니다. 그래서 저비용으로 가려면 반드시 1단형을 사용해야 하는지, 만약 그렇다면 1단형 발사체를 제작할 수 있는지에 대한 결론 없는 논쟁이 반복되곤 했습니다. 대부분의 항공우주 주요기관들이 저비용을 달성하려면 1단형 발사체가 반드시 필요하다는 결론을 1990년대에 내놓았지만, 곧이어 당시 기술로는 제작할 수 없다는 결론도 함께 내놓았습니다. 그러자 사람들이 1단형 발사체를 가능하게 할 새롭고 특이한 기술을 끊임없이 추구하는 상황이 벌어졌습니다. 결국 모든 컴포넌트의 중량을 30퍼센트씩 줄이거나 엔진 비추력(Isp)을 20~25퍼센트 증가시키면 되는 것입니다.

　우리는 안타깝게도 지난 40년간 발사체 컴포넌트들의 중량이 현저하게 줄어드는 상황을 마주하지 못했습니다. 금속재로 만든 추진제 탱크의 중량은 이미 내려갈 수 있는 만큼 다 내려간 것으로 증명되었습니다. 기본적으로 추진제 탱크의 중량은 추진제 밀도의 함수입니다. 복합재 추진제 탱크가 답이라고 종종 거론되지만, 대형 복합재 탱크의 경우에는 제작상의 난제들을 섭사리 해결하지 못하고 있으며, 구조체 연결부, 배관 체결류, 점검창, 탱크의 작동을 돕는 세세한 부분들을 더하면 복합재 구조물의 중량이 전통적인 금속재 구조의 중량에 거의 가까워지고 맙니다. 다른 구성품들도 중량이 크게 개선될 여지가 보이지 않습니다. 전자부품들이 점점 더 작아지고 가벼워지고는 있습니다. 그러나 이 부품들은 전체 중량에서 큰 부분을 차지하지 않으므로, 감량 효과가 그리 크지 않아 보입니다.

비추력(Isp)을 개선하는 부분에 대해서 말씀드리면, 음……실용되고 있는 추진제 조합을 사용한 로켓엔진의 성능은 이론적 한계 값에 상당히 근접해 있습니다. 그래서 사람들이 로켓엔진을 대체할 적절한 대안을 찾는 일에 많은 노력을 기울여 왔습니다. 그중 흡기식 엔진이 가장 주목을 받았습니다. 흡기식 엔진에는 연료만 탑재하면 그만이므로 탑재된 추진제량을 기준으로 비교하면, 추력과 비추력이 로켓엔진보다 더 높은 편입니다. 공기 중의 산소가 엔진의 산화제로 쓰이는 것입니다. 비행 시 부딪치는 공기를 액화해서 로켓엔진에 쓰일 산화제를 모으는 방식 등 다양한 아이디어들이 제안되었습니다. 그러나 흡기식 엔진 시스템에는 근본적인 문제가 있습니다. 로켓엔진에 비해서 비추력이 매우 높은 것은 사실이지만, 전형적인 흡기식 엔진의 추력대중량비는 겨우 7~8 수준입니다. 물론 추력대중량비가 10에 달하는 특수 목적용 엔진이 있긴 합니다. 추력대중량비가 7~8 수준이면, 엔진 중량이 로켓엔진을 장착할 1단형 발사체의 기체 중량에 가깝게 됩니다. 흡기식 엔진이 갖는 또 하나의 문제는, 별로 놀라운 사실도 아니지만, 이 엔진이 공기가 있는 곳에서만 작동한다는 것입니다. 이는 발사체가 속도의 제곱에 비례하는 공력 저항과 속도의 세제곱에 비례하는 공력 가열을 겪어야 함을 의미합니다.

지난 10년간 너무나 많은 논의가 흡기식 엔진을 중심으로 이루어졌으므로, 본 주제를 벗어나긴 하지만, 운용까지 갔던 유일한 고속 비행체인 SR-71 블랙버드에 대해서 잠시 얘기해 보겠습니다. 이 놀라운 비행기는 흡기식 엔진 비행체가 높은 마하수에서 비행하는 것이 얼마나 어려운 일인지를 파악하는 데 유용합니다. 수소를 연료로 하는 제트기를 제작하려던 공군 프로젝트에서 SR-71은 만들어졌습니다. 공군은 이 비행기의 설계를 켈리 존슨과 록히드의 스컹크워크에 맡겼습니다. 밀도가 매우 낮은 액체수소를 연료로 사용하면 케로신 계열의 고밀도 연료를 사용하는 것보다 동일한 에너지를 내는 데 다섯 배 이상의 부피가 필요함을 알게 되기까지, 켈리 존슨과 그의 연구팀에게는 그리 많은 시간이 걸리지 않았습니다. (액체수소의 밀도는 기껏해야 $70kg/m^3$이며 JP-7과 같은 케로신 계열의 고밀도 제트연료의 밀도는 $950kg/m^3$ 수준입니다. 액체수소는 케로신에 비해 1킬로그램당 3배 정도의 에너지를 낼 수 있으므로, 케로신 중량의 1/3에 해당하는 액체수소의 체적은 5배가 됩니다.) 그런데 흡기식 제트엔진으로 연소된 액체수소는 20퍼센트 정도의 추력을 추가로 낼 수 있습니다. 결국 요구되는 연료 중량은 3분의 1 수준이면서도 20퍼센트의 추력을 더 내는 설계를 고안할 수 있으나, 이때 연료탱크의 체적이 5배가 되고 마는 겁니다. 이는 덩치가 훨씬 커져 버린 액체 수소 비행기가 고속의 비행조건에 돌입하면, 높은 공기저항으로 인해서 추력과 연료 중량에서의 장점을 곧 바로 잃게 됨을 의미합니다. 존슨은 이 사실을 깨닫고 공군에게 돈을 돌려주고 사업을 취소해 버렸습니다. 나중에 가서 이 사업이 JP-7을 사용하는 SR-71로 이어진 것입니다.

SR-71의 설계 목적은 마하수 4 또는 음속의 4배에 해당하는 시속 4,800킬로미터로 비행하는 것이었습니다. 그러나 실제 비행의 마하수는 3.2 수준이었던 것으로 알려져 있습니다. 우리는 SR-71의 사례를 통해, 비행기가 좀 더 빠른 속도로 비행하려고 하면 공기저항과 공력 가열 문제가 점점 더 심각해짐을 엿볼 수 있습니다. 이제 SR-71이 초도 비행을 한 후 40년 이상이 지났습니다. 그리고 공군이 비밀리에 더 빠른 비행체를 운용하고 있는지는 알 수 없지만, 마하수 4 이상을 유지하면서 비행할 수 있는 비행체를 만들어 낸 것 같지는 않습니다. NASA가 개발한 X-43A가 수소연료를 태워 마하수 10의 속도로 10초간 비행했으며, 스크램제트[28] 기술을 사용하는 미사일과 포탄도 개발 중에 있습니다. 그러나 스크램제트를 사용해 발사체를 만들 수 있다고 하는 항공우주인은 없습니다. 1980년대와 1990년대에는 NASP(National Aerospace Plane)란 우주비행기를 만들어서 초음속 풍동과 충격파 터널에서 끝도 없는 시험을 하느라 3조 원 이상 소모했지만, 실용기에 근접한 비행

---

[28] Scramjet. 흡입식 제트엔진으로 극초음속 유동을 압축해 초음속 상태에서 연소시켜 극초음속 연소가스를 배출함.

체를 만들어 내지 못했습니다.

마하수 6~10에서 운용할 수 있는 비행기를 제작하는 것이 가능하다는 주장을 뒷받침할 증거가 별로 없는 상황입니다. 게다가 궤도 비행에는 마하수 25의 속도가 필요합니다. 흡기식 엔진과 로켓 엔진을 조합하려는 시도는 안 그래도 어려운 상황을 더 어렵게 만들 수 있습니다. 로켓 엔진 쪽을 최적화하려면 대기를 최대한 빨리 벗어나야 하므로 흡기식 엔진이 작동할 기회를 잃게 됩니다. 그리고 앞서 말씀드렸다시피 기여하는 추력에 비해 흡기식 엔진의 중량이 훨씬 더 무거운 편입니다. 게다가 우주비행기의 날개로 인해 늘어난 중량이 궤도에 도달할 만큼 충분히 가벼운 1단형 발사체를 제작해야 하는 문제를 더욱 어렵게 만듭니다.

1단형 발사체는 우리의 예산과 일정 내에서 기술적으로 제작이 불가능합니다. 흡기식 극초음속 비행체는 더더욱 불가능해 보입니다. 그렇다면 신사 숙녀 여러분…… 이 상황에서 2단형 발사체에 관심을 갖는 것이 자연스러운 일입니다.

단을 추가하면 로켓의 중량비(MR)를 올리는 효과가 있습니다. 다시 한 번 로켓 방정식을 떠올리시면 이 효과로 인해서 델타V 값이 증가합니다. 저는 스테이징[29]을 구조체, 엔진, 페이로드를 제외한 그 밖의 중량들을 비행하는 동안 연속적으로 줄여 가는 과정으로 생각해 보곤 합니다. 추진제가 소모되면, 추진제 탱크는 당연히 처음만큼 클 필요가 없게 될 것이고 필요한 엔진 추력도 줄어들겠지요. 만약 추진제 탱크와 엔진의 중량이 페이로드를 제외한 중량

---

[29] 단 분리를 기준으로 로켓의 성능을 배분하는 작업을 가리킨다.

의 10퍼센트에 이르는 발사체를 만들 수 있다면, 그리고 이 발사체에서 구조체를 매우 작은 조각으로 나눠서 조금씩 버릴 수 있다면, 이러한 연속적인 무한 번의 스테이징은 발사체의 추진제를 연하게 희석하는 것과 동일한 효과를 갖게 됩니다. 그래서 스테이징을 통해서 중량비를 올릴 수는 있으나, 유효 비추력(Isp)이 발사체의 구조비와 동일한 비율로 감소하면서 성능상의 최대 이득이 제한됩니다.

그래서 10퍼센트의 구조비와 300초의 노미날 비추력에 '무한 번' 스테이징을 하는 발사체는 페이로드를 제외하면 구조중량이 없는 1단형 발사체가 270초의 비추력을 갖는 것과 성능상으로 등가인 것입니다. 1킬로그램의 페이로드와 발사체 상단을 궤도에 투입하는 데 필요한 추진제량은 (MR-1)이 되며, 여기서 MR은 중량비를 나타냅니다. 단의 수를 늘릴수록 발사체의 성능은 무한 번 스테이징을 한 값에 근접하게 됩니다. 스테이징을 잘 이해하지 못했던 로켓 개발의 초창기에는 많은 엔지니어들과 사업 책임자들이 기존 발사체에 단을 하나 더 얹음으로써 페이로드를 좀 더 올릴 수 있다는 사실에 놀라워했습니다. 우리가 잠시 후에 다시 논의할 발사체 궤적과 마찬가지로, 스테이징도 하나의 단을 추가하면 그와 관련된 비용과 중량이 점증적으로 늘어나기 때문에, 순전히 분석식만으로 최적화하기는 어렵습니다. 스테이징에는 한눈에 봐도 직관적이지 않은 부분이 있습니다. 예를 들면, 총중량의 4퍼센트밖에 되지 않는 구조체와 총중량의 8퍼센트를 차지하는 페이로드로 구성된 발사체를 상상해 본다면, 무한 번 스테이징을 해도 페이로드는 겨우 11퍼센트 늘어나거나 3분의 1 미만으로 증가합니다. 실제로 쓰이는 스테이징은 페이로드를 10퍼센트 정도 증가시킵니다. 그리고 지금 말씀드릴 내용은 특별히 좀 더 놀라울 수도 있는데요, 최적화된 3단형 발사체에 또 하나의 단을 추가하는 것은 1단에 동일한 중량의 추진제를 추가하는 것에 비해서 성능상의 이점이 거의 없습니다. 하나의 단을 추가하는 것만으로 항상 발사체의 성능을 더 쥐어짤 수 있는 것은 아닙니다.

이제 궤적 설계로 다시 돌아가 보겠습니다. 2단형의 궤적 설계는 완전히 새로운 문제이기 때문입니다. 궤도 속도의 일부만을 제공하는 1단은 필연적으로 발사 지점에서 80킬로미터에서 수백 킬로미터 떨어진 지점으로 내려오게 됩니다. 그리고 비행마다 궤도 경사각을 달리해서 발사하기 때문에 1단이 항상 같은 장소에 떨어지지 않습니다.

1단이 지상으로 돌아오기 때문에 다운레인지[30]의 인구 밀도가 높은 지역 위로 비행해야 하면 문제가 될 수 있습니다. 대양을 넘어서 로켓을 발사하는 것이 미국의 '해결책'이었습니다만, 이렇게 되면 발사장을 해안으로 제한할 수밖에 없습니다. 또한 재사용을 목적으로 1단을 회수하기 위해 바다에 착수(着水)시키면 발사체를 소금물로 오염시키게 됩니다. 침식 효과 때문에 설계가 훨씬 복잡해질 것이고, 운용 가능 시간과 신뢰성 또한 줄어들 것입니다. 좋은 날씨에서만 발사하도록 제한하지 않으면 1단 기체를 폭풍우로 잃게 될 가능성도 있습니다. 그리고 1단을 발사 지점으로 다시 가져오려면 배가 필요할 것입니다. 예상컨대 1단을 그 위에 착지시킬 목적으로 배를 다운레인지에 미리 대기시킬 수도 있을 것입

---

30 발사체가 날아가는 방향.

니다. 그러나 이 방법에는 훌륭한 유도기술(또는 비행기술)이 필요할 뿐만 아니라, 특수한 배를 제작할 비용이 추가로 들어가게 됩니다. 둘 중 어느 방법을 선택하든 1단이 돌아오는 것을 기다리는 대기시 간이 있게 됩니다. 우리는 이러한 이유 때문에 1단과 2단이 조종사 의 조종으로 직접 발사 지점으로 돌아오는 것을 설계의 기본 요구 조건으로 설정했습니다. 그렇게 하면 고객들은 전 세계 어느 지점 에서나 우리 발사체를 운용할 수 있게 될 것이고, 인구밀도가 높은 지역에 1단이 떨어지는 것을 걱정하지 않게 될 것입니다.

그러면 어떻게 1단을 발사 지점으로 다시 가져올까요? 가 장 명백한 방법은 1단에 날개를 달아서 날아오게 만드는 것입니다. 그러나 1단이 날도록 만드는 것은 어려운 일입니다. 단의 가장 무거 운 부분은 대부분 엔진들이 차지하고 있습니다. 그리고 이 엔진들 은 항상 아래쪽에 있습니다. 비행체의 안정성을 확보하려면, 비행체 의 무게중심이 전방 쪽에 있어야 합니다. 극초음속 글라이더를 다 루는 문제인데, 간단히 개념 설계만 해 봐도 날개에 의해서 설계 의 복잡도가 증가할 뿐만 아니라 무게도 상당히 늘어나게 됩니다. 극초음속 비행체는 엄청난 규모의 분석과 시험을 필요로 하며, 특 히 풍동 시험[31]에는 많은 비용이 들어갑니다. 우주 왕복선의 경우 99,000시간의 풍동 시험이 필요하며, 유럽에서 헤르메스 우주선을 개발하기로 선언했을 때, 유럽 내의 모든 주요 풍동을 수년간 독차 지할 것으로 예상했습니다. 그럼에도 아직까지 날아서 돌아오는 1단 을 만든 사람은 없으므로, 우리가 새로운 땅을 개척해야 하는 것입

---

[31] 극초음속의 유동을 구현해서 비행체의 공력특성을 측정하는 시험.

니다.

　또 다른 방법으로…… 키슬러 K-1[32]이 사용했던 방식이 있는데요, 이 방법은 우선 1단에 충분한 추진제를 탑재하고 날아가다가 2단을 분리한 후, 훨씬 가벼워진 1단을 탄도 비행을 그리며 발사지점으로 돌아오게 하는 방식입니다. 사실 이 방법이 제가 이제부터 제안하려고 하는 해결책 중 하나입니다. 그러나 이 방법을 쓰려면 1단에 훨씬 더 많은 추진제를 탑재해야 하므로 그만큼 탱크 체적이 늘어나야 하고, 하나 또는 그 이상의 엔진을 재점화할 수 있어야 합니다. 2단을 분리하는 동안 추력이 분리에 미치는 영향을 순간적으로 제거하기 위해서 발사체의 자세를 비행경로에 수직이 되도록 엔진을 회전시키면 엔진 재점화를 피할 수는 있습니다. 그리고 1단의 레트로 기동[33]을 위해 엔진을 다시 회전시켜 주면 됩니다. 2단형 발사체에는 다른 살펴볼 문제들도 있습니다. 대기권에서 스테이징을 하는 것은 각종 문제들을 야기할 수 있습니다. 그리고 2단 구간에 탈출 시스템을 사용하는 것이 기술적으로 더 어려울 수 있습니다. 그렇지만 이런 문제들은 엔지니어링 작업으로 해결이 가능합니다.

　이제부터 제안할 스테이징 방법을 설명하기에 앞서, 연소구간의 비행궤적에 관해서 다시 말씀드리겠습니다. 먼저 질문을 하나 하지요, 완전 수직으로 비행하는 1단이 2단에 유용한 속도를 얼마

---

[32] 미국의 로켓 제조사 로켓플레인 키슬러(Rocketplane Kistler)에서 만든 재사용이 가능한 로켓.

[33] 현재 날아가고 있는 방향의 반대 방향으로 추력을 제공하기 위해서 발사체의 자세를 회전시키는 것.

나 더해 줄 수 있을까요? 기억하시겠지만, 발사체의 전형적인 궤적은 짧은 수직상승 구간을 거치긴 하지만, 이륙 후 얼마 지나지 않아 중력 선회에 돌입합니다. 1단의 속도가 계속해서 수직 방향을 유지할 경우에는 1단이 기여할 수 있는 부분이 분명 제한될 것입니다. 보잉은 1970년대 초반 대형 발사체를 연구하면서 1단 회수라는 문제를 다양한 시각에서 들여다봤습니다. 그중 하나가 1단을 다운레인지에 착륙시키는 대신 발사 지점으로 회수하기 위해서 완전 수직으로 1단을 올리자는 아이디어였습니다. 보잉은 이륙중량이 최소가 되는 2단형 발사체를 설계하려고 했기 때문에, 1단이 완전 수직 비행을 하게 되면 페이로드가 70~80퍼센트나 줄어들 것으로 계산했습니다. 분명한 것은 1단을 수직으로 올리려면 그 궤적에 적절한 발사체 형상을 설계해야 한다는 것입니다.

주제를 잠시 전환해서, 1단이 어찌어찌해서 2단에 도움이 되는 쪽으로 수직 방향의 속도를 전부 제공했다고 가정하고, 이 경우에 2단이 궤도에 도달하기 위해서 필요로 하는 델타V를 들여다보겠습니다. 딱 봐도 2단이 수평 방향의 속도를 전부 제공해야 함을 알 수 있습니다. 이미 말씀드렸다시피, 고도 180킬로미터에서의 궤도 속도는 초속 7.77킬로미터이지만, 동쪽으로 발사할 경우에는 요구속도가 조금 줄어듭니다. 24시간마다 지축을 중심으로 자전하는 지구의 원주가 대략 38,400킬로미터이므로, 적도 지표면은 시속 1,600킬로미터의 속력으로 동쪽을 향해 움직이고 있는 겁니다. 그래서 발사 지점의 위도에 따라 달라지긴 하지만, 동쪽으로 발사할 경우 요구속도를 초속 366~427미터까지 줄일 수 있습니다. 그러므로 2단에 요구되는 총속도 증분은 초속 7.34킬로미터로 줄어듭니다.

로켓 방정식을 줄어든 속도요구조건에 대해서 적용하면, 2단 이륙총중량의 18퍼센트가 궤도에 도달할 수 있습니다. 만약 2단 이륙총중량의 5퍼센트가 페이로드에 해당하면, 12~13퍼센트는 구조와 엔진에 쓰일 수 있습니다. 12~13퍼센트의 구조비는 재사용 발사체의 제작이 가능한 범위 내에 있습니다. 기존 경험을 바탕으로 그렇다는 뜻이고, 전문가들도 동의할 만한 수준이라는 얘기입니다.

제안한 개념의 2단용 엔진은 항상 진공 환경에서 운용되기 때문에, 상대적으로 낮은 압력에서 작동하는 엔진을 사용해도 높은 비추력을 얻을 수 있습니다. 또한 2단은 공력 저항에 의한 손실을 거의 또는 전혀 받지 않습니다. 항력계수가 높은 궤도선을 설계해도 발사 성능을 거의 깎아먹지 않기 때문에 2단 설계를 단순화할 수 있습니다. 그리고 2단 비행 구간에서는 대기로 인한 하중이 전혀 없어 엔진 김발링[34]이 덜 필요해지기 때문에, 방향 조정에 따른 손실도 줄어듭니다. 마지막으로, 추진제 탱크들이 슬로시 배플[35]을 필요로 하지 않게 되어, 구조 중량을 줄일 수 있습니다.

그러므로 신사 숙녀 여러분…… 제가 제안하는 비행체는 수직으로 비행해서, 기본적으로 발사 지점 위에 머물다가 1단을 발

---

[34] 로켓엔진 전체를 기체에 고정된 회전축을 중심으로 움직여 추력의 방향을 바꾸는 기동. 1단 비행 구간에서는 대기로 인해서 발생하는 받음각을 최소화하는 방향으로 엔진 김발링을 수행할 필요가 있음.

[35] 탱크 내부에 탑재된 액체 추진제는 액체이기 때문에 외부 자극이 있으면 출렁거림(slosh. 슬로시)이 발생할 수 있음. 출렁거림을 감쇠시키도록 탱크 내부 벽면에 링 모양의 구조물을 설치하는데 이를 배플(baffle)이라고 부름. 1단 비행 구간에 비하면 대기로 인한 외부 자극이 줄어들기 때문에 2단 구간에는 상대적으로 슬로시 배플이 덜 중요해짐.

사 지점에 다시 착륙시키는 2단형 발사체입니다. 우리는 1단으로 수평 방향의 속도 성분을 일부 제공할 경우, 2단에 요구되는 총속도 증분을 좀 더 줄일 수 있습니다. 그러나 이 경우에는 1단이 다운레인지로 비행하게 되며, 우리는 좀 더 복잡한 비행체와 키슬러의 '비행 반대 방향으로 순간적으로 돌리는(pop-back)' 궤적[36]과 같은 좀 더 복잡한 궤적을 사용해서 1단을 발사 지점으로 회수해야 합니다. 다운레인지 방향 또는 수평 방향의 속도성분을 제공하는 문제는 1단 시스템이 좀 더 복잡해지고 좀 더 무거워진다는 점을 고려해서 신중하게 접근해야 합니다. 완전히 수직으로 상승하는 1단을 쓰고, 주어진 재료, 공학적 기술, 제작기법 내에서 2단을 제작할 수 있기 때문에, 1단의 운용을 더 복잡하게 만드는 방식을 정당화하기는 어려울 것 같습니다. 그러나 1단을 다운레인지 방향으로 발사하는 '특수' 임무에 대해서는 페이로드 용량을 늘린다는 옵션을 갖게 될 것입니다.

우리는 아직 연소 구간의 비행 궤적에 대한 논의를 끝내지 못했습니다. 이 발사체를 날리는 데 사용할 비행 궤적은 좀 특이한 편입니다. 이전에 말씀드렸지만, 동쪽 방향으로 발사하는 데 필요한 총속도 증분은 초속 9.14킬로미터이며, 이 값의 초속 7.35킬로미터가 2단의 최종 궤도 속도에 직접적으로 기여하게 됩니다. 나머지 초속 1.79킬로미터가 어디로 간 것일까요? 이 값은 이미 논의한 것처럼 손실을 보상하는 데 쓰입니다. 이러한 손실에는 네 가지 주요한 원인이 있습니다. 중요도 순서로 보면 중력 손실, 항력 손실 그리고

---

[36] 날아가는 1단의 머리 방향을 비행 방향의 반대 방향으로 돌리는 것을 의미한다.

방향조종 손실입니다. 네 번째 원인은 사실 손실은 아니며, 지표면에서 고도 180킬로미터 위로 올라가면서 발사체가 얻게 되는 포텐셜 에너지의 증가분입니다. 이 값은 초속 0.11킬로미터 수준입니다. 항력 손실은 발사체 외형의 공력 특성에 의해서 결정됩니다. 항력을 대기가 발사체를 저지하는 힘으로 생각해도 됩니다만, 더 정확하게는 대기를 통과하는 발사체의 운동에 의해서 발생한 상대 바람이 만든 힘입니다. 예를 들어, 새턴 5호는 초속 56미터에 해당하는 항력 손실을 겪은 반면, 우리가 논의하고 있는 이 소형 발사체는 초속 183~305미터 정도의 항력 손실을 겪게 될 것입니다.

방향조종 손실은, 발사체가 예정된 방향으로 나아가려고 엔진추력을 움직여서 자세를 조종하기 때문에 발생합니다. 이는 엔진추력 벡터가 발사체의 속도벡터와 항상 나란한 것이 아님을 의미합니다. 이처럼 추력벡터가 비정렬되는 상황에서는 비행경로 방향으로 더해지는 속도가 줄어들기 때문에 결과적으로 이 상황이 성능 손실로 이어지는 겁니다.

사실 가장 큰 손실은 중력에 의한 손실입니다. 앞서 말씀드렸다시피, 중력 손실은 '비행경로각의 사인 값에 중력과 엔진 연소시간'을 곱한 값으로 어림해 볼 수 있습니다. 바꿔 말하면, 엔진추력으로부터 얻게 되는 속도의 변화 또는 가속도가 이들 세 값의 곱만큼 감소한다는 뜻입니다. 물론 중력은…… 엔진이 작동하지 않는 동안에도 계속해서 발사체에 영향을 미칩니다. 그러나 지금 엔진이 작동하는 동안 엔진 추력에 의해서 실제로 얻게 될 델타V에 대해 이야기하고 있으므로, 중력 손실을 연소시간에 대해서만 계산한 것입니다. 중력은 지구 중심에서 멀어지면 멀어질수록 줄어듭니다. 그런데 이 발사체는 1단에 수직상승 궤적을 사용하기 때문에 중력 손실이 상대적으로 높은 편입니다.

추력대중량비(TWR)를 높여서 이와 같은 손실을 최소화하는 것이 일반적인 방법입니다. 발사체 이륙중량에 비해서 엔진추력을 높이면 엔진 연소가 일찍 종료되기 때문에 중력손실이 발생할 기회가 줄어드는 셈입니다. 저는 이러한 이유로 1단에 1.6의 추력대중량비를 적용할 것이며, 이는 일반적인 발사체들이 사용하는 값에 비해 꽤 높은 편에 속합니다. 그러므로 이륙 시점에는 엔진추력의 60퍼센트를 발사체를 가속하는 데 사용하게 됩니다. 추진제가 소모되고 발사체의 중량이 줄어들면, 추력대중량비가 증가할 것이고, 1단 주엔진의 연소 종료 직전에는 가속도가 최대 4g에 도달하게 됩니다. 아직까지 1단 엔진의 선정 작업을 끝내지는 않았지만, 기존 엔진을 기본으로 해서 새롭게 개량할 예정입니다. 보잉이 델타 발사체 1단에 사용한 엔진을 도입하거나, 새턴 1B 발사체가 사용한 구형 엔진 H-1을 사용하는 방안도 고려 중입니다. 우리는 재사용을 목적으로 액체산소와 액체메탄(천연가스)을 사용해서 상대적으로 높은 성능을 갖도록 이 엔진들을 개량할 작정입니다. 추진제의 시장 가격은 1킬로그램당 140원 언저리가 될 것으로 추정하고 있습니다.

높은 추력대중량비를 사용하면 안타깝게도 다른 문제가 발생합니다. 추력대중량비가 높기 때문에 30킬로미터라는 꽤 낮은 고도에서 1단이 연소를 종료하게 됩니다. 이는 고고도 비행기의 운항 고도보다 조금 더 높은 정도이기 때문에, 이 고도에서 초속 0.82킬로미터의 속도로 비행하는 발사체는 상당한 항력을 받게 됩니다. 항력이 높아서 단 분리 과정이 복잡해집니다. 분리된 2단도 이 고도에서는 상당한 공력 하중을 받으며 비행해야 합니다. 이러한 문제를 해결하기 위해서 주엔진에 비하면 소형 엔진인 비행 지속용 엔진 4기를 설치해서 1단에 탑재된 추진제의 마지막 5퍼센트를 태울 것입니다. 이 구간에서는 0.3의 추력대중량비를 유지할 작정입니다. 언뜻 보면 1.0보다 낮은 추력대중량비로 발사체를 수직 방향으로 밀어 올린들, 중력이 추진력보다 크므로 아무것도 이룰 수 없을 것으로 보입니다. 그러나 이와 같은 결론은 중력손실이란 개념을 잘못 이해한 데서 생긴 것입니다. 발사체가 수행한 일의 양을 반드시 고려해야 합니다. 추력이 작용하는 동안에는 추력과 이동거리의 곱이 일의 양을 결정합니다. 그래서 추력이 발사체의 속도가 중력에 의해서 늦춰지는 효과보다 적은 수준으로 1단의 속도를 증가시키려 해도, 수직방향의 속도성분이 있기 때문에 발사체는 이 마지막 1단 구간에서 상당량의 '물리적' 일을 수행하게 됩니다.

다음과 같은 사고실험을 해 보면 이것이 의미하는 바를 직관적으로 이해하는 데 도움이 될 것 입니다. 발사대 바로 위 0.3미터 지점에 떠 있는 로켓 하나를 상상하시고 추력대중량비를 정확하게 1로 고정시킨 상태에서 추진제를 모두 연소하면, 이 비행체는 아무 데도 가지 못할 것입니다. 모든 잠재된 로켓의 델타V가 중력에 의해서 사라져 버린 것입니다. 이제 또 다른 발사체를 발사대 위 0.3미터 지점에 놓고 추력대중량비를 1로 고정시키되, 이번에는 초속 0.3미터라는 수직 방향의 초기 속도를 인가합니다. 이 비행체가 충분히 오랫동안 추력을 발생시킬 수만 있다면, 결국 지구에서 엄청나게 멀리 갈 것이고 초속 0.3미터의 속도로 지구를 탈출하게 됩니다. 초기 속도가 있어서 어디론가 갈 수 있다는 얘기입니다! 그러므로 발사체를 가속할 '네트' 추력이 없어서 델타V를 전혀 제공할 수 없는 상황이긴 하지만, 비행 지속용 엔진이 발사체에 제공한 일은 발사체의 위치 에너지를 크게 증가시키는 것입니다.

완전히 수직으로 상승하는 1단 궤적으로 인해서, 1단에서 분리된 2단은 수직 방향의 속도성분만 갖게 되고 수평 방향의 속도성분은 갖지 않습니다. 이 수직 방향의 속도성분이 충분히 높기만 하면…… 여기서 충분하다는 얘기는 대략 초속 0.91미터면 된다는 의미입니다. 2단은 비행경로각을 0으로 놓고 수평 비행을 수행할 수 있습니다. 이렇게 되면 중력이 비행경로에 수직으로 작용하기 때문에, 2단 엔진의 연소 구간인 260초 동안 중력에 의한 가속도는 1단이 제공한 수직 방향의 상승속도를 깎아먹게 됩니다. 물론 분리된 1단도 분리 시점에 초속 0.91킬로미터의 상승속도를 갖게 됩니다. 이 속도로 인해서 분리된 1단은 지상으로 떨어지기 시작하기 전까지 약 100초간 상승을 지속하는 무추력 비행을 하게 됩니다.

그러므로 2단을 100초 이내에 궤도에 투입하려면 가능한 한 높은 추력대중량비를 확보하면 되지 않나 하고 생각하실 수 있습니다. 그러나 비행체의 속도가 궤도속도에 접근해 갈수록 원심력이 중력과 균형을 잡아가기 때문에, 중력이 비행체에 주는 영향이 점차 줄어들게 됩니다. 이미 아시겠지만, 중력은 지구 궤도에 놓인 물체를 끊임없이 지구를 향해 가속시키고, 물체가 지닌 수평 방향 속도성분이 물체가 지구 곡면을 따라서 전진하도록 만들어 줍니다.

이때 중력은, 중력이 없었더라면 직선이 되었을 궤적을 지구 주변을 둥글게 돌도록 만드는 효과로 작용할 뿐입니다. '자유낙하'라고 불리기는 하지만 궤도를 도는 위성도 중력의 영향에서 자유롭지는 않은 겁니다. 물체가 지닌 전진 속도와 중력에 의한 가속도 효과가 더해지면서 물체는 지구 주위를 원을 그리며 돌 수 있는 것입니다.

그래서 2단의 추력대중량비가 1.0이면, 비행경로각을 0보다 좀 크게 두지 않으면 궤도에 도달하지 못하게 되고 100초가 지난 후에 대기권으로 다시 떨어지기 시작할 것입니다. 초속 7.47킬로미터의 델타V 성능과 2.5톤의 페이로드를 탑재한 2단이 궤도에 도달하려면 그 추력대중량비가 1.4 정도는 되어야 합니다. 그렇다고 2단의 궤적이 추력대중량비에 매우 민감한 것은 아닙니다. 추력대중량비가 1.0이면 페이로드 중량이 20퍼센트 정도 감소할 뿐이며 결과적으로는 2톤의 페이로드를 궤도에 올릴 수 있습니다.

그런데 앞에서 말씀드린 것처럼…… 1단 주엔진의 연소를 고도 30킬로미터에서 종료시키고 나서, 남은 5퍼센트의 연료를 사용해서 저추력 비행 지속용 엔진 4기를 44초 동안 연소시킬 계획입니다. 이 경우 추력대중량비는 겨우 0.3에 불과하지만 저추력 비행구간에서 중력 손실을 낮추고 1단 분리를 수행할 고도 60킬로미터에 오르는 동안 발사체는 유효한 일을 쌓아 가는 겁니다. 이 고도에서는 대기가 워낙 희박해서 비행체에 작용하는 공력을 모두 무시할 수 있습니다. 또한 낮은 추력을 이용해서도 비행체의 자세를 안정화하는 제어력을 분리운동이 완료되는 시점까지 제공할 수 있습니다.

그러므로, 신사 그리고 숙녀분…… 우리가 2단형 발사체를 선택했지만, 이 발사체의 2단은 '1단형 발사체'와 매우 유사한 것입니다. 그리고 선정된 1단의 형상과 활용이 가능한 기술 수준을 고려해서 2단의 중량비 요구조건을 결정했고, 이를 만족하도록 2단의 델타V 값을 낮춰 잡았습니다. 이와 같은 2단을 제작할 수 없다고 말할 전문가는 없을 거라 생각합니다.

이렇게 말씀드리긴 했지만, 우리는 멋들어진 설계를 통해 중량 목표를 달성해 내기 위해 가능한 모든 수단을 동원할 작정입니다. 2단의 이륙 총중량은 49.5톤이고 연소 종료 시점이 8.5톤이니, 중량비는 5.8입니다. 1단의 중량비는 2 정도만 되어도 무방하나 정확한 값은 엔진 성능에 따라 달라질 겁니다. 경우에 따라서는 2.5까지 증가할 수도 있습니다. 그러나 1단은 중량비가 낮은 편이기 때문에, 1단의 구조체 중량이 15킬로그램 늘어도 궤도에 도달하는 페이로드는 0.5킬로그램밖에 줄지 않습니다. 그러므로 1단의 성능은 제작 단계에서 증가될 중량에 매우 둔감한 편입니다. 처음 도출한 설계의 경우에는 구조체의 중량비가 19퍼센트 수준이었는데, 이는 1단의 구조체 중량과 서브시스템 중량이 잘 설계된 소모형 발사체에 비해서 3~4배쯤 높아져도 괜찮은 상황임을 의미합니다. 이와 같은 설계 덕분에 우리는 충분한 중량마진을 확보한 셈입니다.

1단이 중량에 대해 그다지 민감하지 않기 때문에, 1단 회수장치로 사용할 옵션의 범위를 좁힐 수 있습니다. DC-X 발사체가 이미 보여 주기도 했는데요, 로켓 추진을 사용하는 수직 착륙은 상대적으로 덜 복잡한 방법입니다. 발사체가 지상에 도달하는 시점에서 재점화해 착륙용 추력을 낼 수 있는 엔진에는 비행 지속용 엔진이나 버니어 엔진[37]이 있습니다. 이들 대신에 수직 방향으로 추력을 내뿜는 제트엔진을 사용할 수도 있습니다. 우리는 이 두 방식을 검토할 생각입니다. 이들은 이미 증명된 기술이며 비교적 잘 확립되어 있는 최신 기술에 속합니다.

1단은 고도 107킬로미터로부터 지상으로 돌아오게 됩니다. 또한 대기를 떠날 때와 동일한 속도인 초속 0.91킬로미터로 대기권에 진입하게 됩니다. 이 조건에서는 공력 가열이 거의 발생하지 않아서, 공력 가열은 스페이스십원에 비해 그다지 심하지 않은 정도입니다. 그러므로 열보호 시스템의 경우에는 직접 열에 노출되는 부분이 단시간에 과도하게 가열되지 않도록 그 부분에 충분한 질량을 배정해서 구성해야 합니다. 그리고 '1단의 경우에는 중량이 아주 결정적인 것은 아니므로' 돌발적으로 발생할 수 있는 열 하중에 대처하기 위해서 구조체의 중량을 증가시켜 흡수용량을 키우거나, 과도하게 달궈지는 부분에 물을 분사하거나 통과시키는 것과 같은 단순한 해결책을 신속하게 내놓을 작정입니다.

이제 2단으로 넘어가겠습니다. 이 그림에서 볼 수 있듯이, 2단은 기본적으로 원뿔 형상으로 되어 있습니다. 산화제 탱크가 전방 끝에 있는데요, 이러한 배치는 중량의 대부분을 전방에 둠으로써 비행체의 안정성을 좀 더 높여 줍니다. 그리고 체적이 큰 수소탱크를 후방에 두고 있습니다. 큰 직경을 갖는 바닥 쪽 표면은

---

[37] 소형 로켓엔진으로 엔진 김발링을 사용하는 자세제어 기능을 보완하는 역할을 함. 메인 엔진이 꺼진 상태에서 발사체의 자세를 미세 조정하는 추력기 시스템으로 쓰이기도 함.

2단의 재진입 열차폐막을 지지하는 구조체 역할을 합니다. 수소탱크 안에 잠겨 있는 것은 추진 모듈인데요, 프랫앤드휘트니가 시장에서 판매 중인 RL10 엔진 6기로 구성했습니다. 이들 엔진은 실제로 RL10A-4-2 모델이며 각 엔진의 진공추력은 99.2킬로뉴턴(kN)에 이릅니다. 엔진의 가격은 1기에 35억 원이며 2단에 사용할 모듈은 210억 원입니다. 프랫앤드휘트니가 가진 엔진 중에 현재 양산 중에 있지는 않지만 우리의 용도에 적절해 보이고, 추력이 107킬로뉴턴(kN)인 RL10B-2라는 모델이 있습니다. RL10A-4-2이나 RL10B-2를 이용하면 우리 발사체는 2.5톤의 페이로드를 궤도에 올릴 수 있습니다. 성능이 좀 떨어지는 RL10A-3-3A를 사용하면 페이로드가 2톤으로 줄 것입니다.

그러므로 2단은 기본적으로 두 개의 추진제 탱크와 이들을 분리하는 인터탱크 섹션으로 구성됩니다. 인터탱크 섹션에 페이로드 탑재 공간과 조종사 탑승 공간을 마련할 계획입니다. 이와 같은 설계로 페이로드가 독립된 공간을 갖는 경우보다 100~200킬로그램의 중량을 줄일 수 있습니다. 단지 이 공간에 페이로드를 탑재하지 않는 경우에 요구되는 인터탱크보다 그 길이를 조금 더 늘려야 하기 때문에, 인터탱크 구조체가 좀 더 확장될 뿐입니다. 페이로드 탑재 공간의 모양이 일반적이지 않고, 특별히 편리한 점도 없는 것은 사실입니다. 2.5톤의 페이로드를 탑재할 공간으로 31.1세제곱미터의 체적을 확보한 것이므로 어떤 면에서는 넓다고까지 볼 수 있습니다. 그러나 조종사용 탈출 좌석, 자세제어 시스템, 유도계산기를 이 공간에 넣어야 합니다.

페이로드 탑재 공간을 전체적으로 가압하기 때문에, 페이로드를 전개하려면 탑재부를 배기(排氣)시켜야 합니다. 조종사는 뚜껑을 열고 페이로드를 수동으로 전개시킬 것입니다. 물론 우주복을 먼저 입어야 합니다. 저비용 우주수송을 유인 발사체로 제공하는 것이 우리의 목표이므로, 페이로드 운용 측면에서의 편리함을 일부 잃게 되는 것을 감수하려는 것입니다. 우리 발사체로 전형적인 페이로드들을 수송하려면, 분명 이들을 재설계해야 할 필요가 있을 것입니다. 이러한 재설계는 좀 더 복잡하고 규모가 큰 페이로드에 대해서는 궤도상에서의 조립을 고려해야 할 것입니다. 그러나 우리가 달성하려는 1킬로그램에 40만 원이라는 비용의 관점에서 보면, 이 비행체에 화물을 싣는 방식이 비행기와 훨씬 더 유사해질 것입니다. 여러분이 저비용 수송을 원한다면, 표준화된 화물 컨테이너에 페이로드를 넣는 것을 마다하지 않아야 합니다.

이 발사체는 꼬리 부분부터 지구 대기로 재진입해서 탄도 비행을 할 것입니다. 다시 말하면 비행기처럼 나는 것이 아니고 총알처럼 난다는 뜻입니다. 실제로 탄도 비행을 하는 비행체는 0.1 정도의 낮은 양항비[38]를 가질 수 있는데, 이는 재진입 하중을 8g에서 5g로 완화시키는 데 기여할 수 있으며, 적은 수준이기는 하지만, 재진입 시 대기 조건의 불확실성을 보상하는 데 도움이 될 크로스레인지[39] 방향으로의 비행 능력을 제공할 수도 있습니다. 러시아 우

[38] 양력대항력비의 줄임말로 비행체의 양력이 항력보다 높을 경우 효율적으로 대기 비행을 할 수 있어 우수한 비행체임. 일반적인 여객기의 양항비는 15 이상이므로 발사체의 양항비가 매우 낮은 값임을 알 수 있음.

[39] 비행 방향에 수직인 방향 또는 횡방향을 의미함. 외부 환경에 의해서 목표로 하는 궤적에서 횡방향으로 벗어나는 것을 의미함.

주선뿐만 아니라 아폴로 사령선도 이 기술을 사용했습니다.

우리는 열차폐막에 사용할 다양한 개념들을 살펴보고 있습니다. 커다란 직경을 갖는 구형체의 베이스 형상은 기체가 심각한 정도로 가열되는 것을 막아 줄 겁니다. 그리고 촉매 반응이 없도록 표면 처리를 하면, 최고 온도는 섭씨 1,430도에 이를 것입니다. 이 온도는 우주 왕복선에 사용된 타일 재료의 한계범위 내에 충분히 들어옵니다. 그러나 더 중요한 사실은 이 온도가 NASA 에임스 연구소에서 개발한 매우 매력적이고, 고성능 열 방어 재료의 제한범위 내에 든다는 점입니다. 기체 안쪽에 잠긴 엔진 모듈 또는 엔진 베이에는 냉각채널을 통해서 수소를 흘려보내 엔진을 직접 식히는 방법을 쓰거나 물 분사를 사용해서 냉각할 계획입니다. 그게 아니면, 전개가 가능한 열차폐막을 사용하는 쪽으로 갈 수도 있습니다. 빠른 시일 내에 이러한 방안들의 개연성을 판명할 수 없을 경우에는, 물이 끓어오르면서 열을 흡수하는 현상을 이용해서 열차폐막 전체를 물로 식힐 수도 있습니다. 그러나 이러한 방식을 선택하면 300킬로그램 정도였던 기본 열차폐막에 비해서 500킬로그램 이상이 중량 패널티로 추가될 것입니다.

다른 부분보다 설계가 좀 더 까다로워 아직까지 완전히 결정짓지 못한 부분에 대해서는…… 저희가 여러 대안을 마련해 두었음을 보여 드리기 위해서 다양한 방법들을 소개할 생각인데요. 일부 대안은 다소 위험한 아이디어로 보일 수도 있습니다. 더 멋지고 경량화된 해결책을 내놓을 생각이지만, 그렇게 할 수 없을 경우…… 다시 거점으로 삼을 수 있는 단순 무식한 해결책들도 고려해야 합니다.

　　발사체 설계 과정에서 가장 논란이 될 문제는 아마도 2단의 회수 방법을 결정하는 일이 될 겁니다. 그러나 이 문제를 다루기 전에, 잠시 설계철학에 대해서 이야기해 보겠습니다. 저비용 우주 수송이란 목표를 달성하기 위해서 발사체를 비행기처럼 몰아서 착륙시킬 조종사를 포함하는 접근법을 채택할 생각입니다. 언뜻 보기에 받아들일 수 없을 것 같은 운용상의 제한조건들을 감수하고라도, 저만의 '켈리 존슨 방식'을 사용해서, 발사체의 이러한 특징을 이뤄 내는 데 집중할 작정입니다. 켈리 존슨 방식이 적용된 비행체로는 U-2가 있습니다. 실질적인 기술적인 진보 없이 만들어 낸 비행체이지요. U-2는 제트엔진을 사용하는 고고도 글라이더였는데, 이 비행기는 소련 상공을 정찰할 때 필요한 고고도 장거리 비행 능력을 매우 성공적으로 보여 줬습니다. 그러나 이와 같은 비행 능력을 달성하려고, 대부분의 설계자들이 불안하게 느낄 정도로 최소한의 착륙장치를 설치했으며, 매우 숙련된 조종사도 비행을 유지하기 위해서 계속 주의를 기울여야 할 만큼 극도로 비행이 불안정했습니다. 이러한 제한 사항들 때문에 U-2를 다른 군용기처럼 운용하지는 못했습니다. 그럼에도 U-2는 요구되는 성능을 달성하기 위해서 제한된 운용 조건을 감수하기로 결정했기 때문에 그 시절 기준으로는 평범하지 않은 능력을 갖출 수 있었던 것입니다.

　　SR-71은 더욱더 그러했습니다. SR-71은 움직일 수 있는 조종면이 전혀 없는 상태로 설계되었는데요. 최소 이륙속도가 너무 높아 연료를 완전히 충전한 상태에서는 이륙조차 할 수 없었습니다.[40] SR-71은 이륙 시점에 하늘에 떠 있는 보급선으로부터 연료 재충전을 받을 접선 장소에 도달하기에 충분한 정도의 연료만 실었습니다. SR-71도 운용 측면에서 결코 편리하지 않았지만, 설계를 상당히 단순화시킨 덕분에 제작이 가능했습니다.

우리가 2단에 착륙용 패러글라이딩 날개를 사용하기로 결정한 것은 2단의 운용이 복잡해지는 것을 감수하기로 타협한 결과입니다. 이로 인해서 본질적으로 커다란 낙하산을 비행 시마다 포장하고 재포장해야 하며,[41] 땅과의 접촉이나 다른 물체들과의 접촉, 심지어는 착륙 후 가열된 2단부와의 접촉을 통해서 마찰 손실이 일어날 가능성도 있습니다. 그러나 패러글라이딩 날개는 착륙에 쓰이는 가장 가벼운 회수 장치입니다. 우리가 사용할 장치는 지금까지 비행체의 운용에 쓰였던 것들 중에 가장 큰 편에 속합니다. 다행스러운 것은, 1990년대 NASA의 X-38 사업이 9.5톤의 중량을 지지할 수 있는 데모 제품의 시험비행을 수행했다는 사실입니다. 9.5톤이면 우리 2단의 건조 중량과 페이로드 중량을 합한 값을 살짝 넘는 수준입니다. 패러글라이딩 날개는 착륙 직전에 플레어 모드[42]를 거치면서 착륙 시점의 수직 방향의 속도가 초속 4.5미터를 넘지 않도록 만들어 줄 수 있습니다. 상대적으로 단순하고 경량화된 착륙장치를 쓰고도 이러한 속도를 제공하기 때문에, 안전하고 신뢰할 수 있으며 안락하게 착륙할 수 있습니다. 이 착륙장치들은

---

40 이륙 중량을 줄여 이륙에 필요한 속도를 낮추기 위해 연료 탑재량을 줄이고 조종면을 없앤 대신 추력기로 조종하도록 설계했다는 뜻임.

41 포장하고 일정 기간 사용하지 않은 낙하산은 안전을 위해 꺼내서 다시 포장해야 함.

42 패러글라이딩의 날개를 100퍼센트 펼쳐서 양력을 순간적으로 증가시키는 기동.

2단 건조 중량의 1.5퍼센트밖에 되지 않습니다. 우리의 기준 설계는 두 개의 패러글라이딩 날개를 별도의 공간에 싣는 것입니다. 각각의 중량은 2단 건조 중량의 0.7퍼센트인 것으로 예상됩니다. 둘 중 하나가 제대로 펴지지 않을 경우 그 부분을 잘라 내고 백업 패러글라이딩 날개를 펼 생각입니다.

비행 중 재앙 수준의 위급한 상황을 만나더라도, 우리가 제안한 궤적 내에서 언제든 1~2단에 설치된 탈출장치를 사용할 수 있습니다. 이때의 탈출 환경이 고성능 군용기의 탈출 환경에 비해 더 혹독한 것도 아닙니다. 표준화된 탈출장치를 비교적 간단히 개량해서 사용할 예정이며, 발사 궤적의 어느 지점에서든 탈출이 가능하도록 만들 생각입니다. 추진제를 쏟아 버리는 기능을 설치할 것이기 때문에, 1단과 2단도 대부분의 비행 구간에서 회수할 수 있게 될 것입니다.

2단의 경우에는 시장에 판매되는 엔진을 210억 원에 구매할 예정입니다. 발사체 단 하나의 전체 비용이 엔진 비용의 3~5배인 것으로 가정하면, 2단의 양산 비용이 600~1,000억 원에 가까울 것입니다. 1단은 고추력 엔진을 필요로 하고 2단에 비해서 훨씬 무겁지만, 1단에 들어가는 비용은 2단 비용의 절반에 해당하는 300~500억 원 사이가 될 것으로 예상합니다. 이와 같은 계산에 의하면, 스무 번째로 양산될 발사체의 예상 비용은 900~1,500억 원이 될 것입니다.

요약해서 다시 말씀드리겠습니다. 제가 제안하는 개념은 2단형 발사체이며, 로켓 분야 전문가들도 이 발사체를 제작해 궤도에 올리는 것이 가능하다는 점에 동의하리라 생각합니다. 정확히 무슨 페이로드를 쏘겠다는 얘기냐고 불평할 수는 있겠지만요. 구조체에는 기본적으로 금속재를 사용할 작정입니다. 이 발사체는 날개가 없는 공력[43]적으로 단순한 형상을 하고 있기 때문에 기존 비행시험 데이터를 분석해서 설계에 이용할 수 있습니다. 물론 약간의 풍동 시험이 필요하겠지만, 우주 왕복선이 사용했던 99,000시간의 시험 시간을 필요로 하지 않는다는 것은 분명합니다. 회수 시스템을 주요 추진 시스템과 독립적으로 구성했으므로 설계가 단순한 편입니다. 모든 단을 발사 지점으로 회수할 것이므로 물류 운용도 단순한 편입니다.

정교하게 제작된 항공우주 비행체들이 긴 수명을 갖는다는 것은 이미 여러 차례 증명된 사실입니다. B-52와 같은 폭격기나 보잉의 여객기는 물론, 심지어 우주 왕복선까지 모두 그들의 유효 수명인 30~50년에 동안 운용될 수 있음을 증명했습니다. 우리 발사체도 수십 년간 여러 다양한 임무를 수행할 가능성이 있습니다. 예를 들어서, 탈출 시스템을 장착한 경우에는 다섯 명의 탑승 인원을 궤도에 올리도록 구성할 수 있습니다. 탈출 시스템을 사용하지 않으면 탑승 인원을 10~20인으로 구성할 수도 있습니다. 또한 궤도상에서 연료를 다시 충전하면 20톤의 페이로드를 지구 동기 궤도에 수송한 후, 에어로브레이킹[44]을 사용해서 다시 지구 저궤도로

---

[43] 공기역학의 줄임말이며, 일반적으로 비행체의 외부 형상을 따라 흐르는 공기의 흐름이 비행체에 작용하는 힘을 결정함.

[44] 궤도상의 고도가 가장 낮은 근지점에서 대기를 통과하도록 조종해서 비행체의 고도를 전체적으로 서서히 줄여 가는 기동.

돌아올 수도 있습니다.

나중에는 초속 7.62미터에 달하는 델타V 능력을 보유한 상단을 지구 저궤도에서 재충전할 수 있을 것이고, 달 착륙에 적합하도록 개조할 경우 2.5톤의 페이로드를 달 표면에 수송하고 돌아올 수 있게 될 것입니다. 이 발사체로 지구 가까이 지나가는 소행성에 탐사선을 보낼 수도 있습니다. 화성 표면에서 재충전할 수 있게 되면 심지어 지구와 화성 간의 수송 등을 비롯해 태양계 안쪽 내행성계에서 전반적으로 활용할 수 있게 될 것입니다. 물론 이러한 가능성들에 대해서는 추가 연구가 좀 더 필요한 상황입니다.

포사이스 씨는 이 사업을 어떤 식으로 수행할지에 대해서 개괄적인 사업계획을 보여 달라고 요청하셨습니다. 물론 여러분이 자금 투자에 합의한다는 것을 전제로 말씀드리겠습니다. 저는 이 사업을 크게 두 갈래로 나누어 진행할 것을 제안합니다. 첫 번째 과제는 기존 하드웨어를 최대한 활용해 2년의 설계 및 제작 기간과 6개월의 시험 프로그램을 거쳐서 프로토타입 비행체를 제작하는 일입니다. 두 번째 과제는 첫 번째 과제를 진행하면서 양산할 비행체의 설계 작업에 착수해, 프로토타입 비행체의 비행시험을 완수하자마자 바로 제작에 돌입하는 일입니다. 사업 착수 후 5년 내에 초도 비행을 하는 것이 목표입니다. 이러한 일정이 빡빡하긴 하겠지만 가능할 것으로 생각합니다. 이 일정을 반드시 가능하게 만들기 위해서, 여러분들이 지난 한 해 동안 운영비로 제공해 주신 500억 원 가운데 일부를 떼어, RL10 엔진 제작에 들어가는 부품 중에 납품이 오래 걸릴 품목들을 먼저 구매해 놓는 데 사용했습니다.

저는 최소한 프로토타입 비행체가 조종사를 태우고 궤도에 갔다가 지구로 안전하게 돌아오는 임무를 5~20회 이내로 반복하게 만들 작정입니다. 우리는 프로토타입 비행체 한 대가 계약상의 비행안전 조건을 만족하면서도, 짧은 기간 동안 가능한 한 여러 번 비행하게 함으로써 재사용 능력을 증명해 낼 것입니다. 페이로드를 고민할 필요가 없는 상황이기 때문에 프로토타입 발사체는 충분한 중량 마진을 확보할 수 있습니다. 우린 이 프로토타입 비행체를 대상으로 설계팀, 생산팀, 비행운용과 지원을 위한 담당 팀과 시스템을 쥐어짤 뿐만 아니라, 비행체의 주요한 설계 특징들을 최적화할 수 있을 것입니다. 또한 이 프로토타입을 사용해서 양산을 시작하기 전에 넘어야 할 규정들을 미리 파악해 나갈 수 있을 것이며, 우리가 진지하게 이런 일을 하나하나 이뤄 가고 있음을 잠재적인 고객들을 대상으로 설득할 수 있을 것입니다. 이와 동시에 프로토타입의 시험비행 결과 덕분에 양산할 발사체의 설계를 조금 더 편안한 마음으로 완성할 수 있을 것입니다.

저는 프로토타입 비행 모델 3기를 제작할 것을 제안합니다. 우리는 아마도 두 번째 모델로 시험발사를 하게 될 것입니다. 세 번째 모델은 완성되지 않을 수도 있으며, 첫 번째 모델은 우리가 원하는 중량보다는 조금 더 무거울 것입니다. 시험발사에서 발사체를 잃게 될 수도 있으므로, 3기를 확보하는 것이 사업의 개연성을 보장할 수 있는 최소 수량이라고 생각합니다. 지금 시점에서 예측한 비용은 대략적인 값이기는 합니다. 처음 2년 반을 헤쳐 나가려면 1조 원의 예산이 필요할 것 같습니다. 1조 원의 예산은 양산할 발사체의 엔지니어링 작업에 필요한 1,000억 원의 비용을 포함하는 값입니다. 사업 착수 후 24개월이 지난 시점에 양산시설에 대한 사전투자승인을 받으러 이 자리에 다시 서야 할 것으로 예상하고 있습니다. 매년 8대를 생산하는 양산 속도를 갖추려면, 양산형 기체를 처음으로 제작하는 시점이 사업 착수 후 4차년도가 될 것입니다. 현 시점에서 예상하는 양산 프로그램의 비용은, 앞에서도 말씀드렸지만 양산 초기에 매년 8대의 발사체를 생산하는 속도를 기준으로 하면 2조 원이 될 것이며, 사업 착수 후 24개월 내에 이러한 비용에 대한 투자를 확정해야 합니다. 감사합니다."

　　오랫동안 우주 분야에 열광해 온 사람들이어서 그럴 것이라 예상은 했지만, 7인방은 톰에게 정말 많은 질문을 던졌다. 질문의 대부분은 비용이나 영업과 관련된 것이었으나, 기술적 질문도 많았다. 톰은 모든 질문에 능수능란하게 대처했다. 7인방과의 모임이 종료된 후, 포사이스는 톰을 보며 엄지를 척 치켜들었다.

8장

사업계획서

7인방은 톰의 발표 후 잠시 휴식 시간을 가졌다. 점심을 위해 회의장 테라스에 식사용 테이블이 마련되었고 날씨도 화창했다. 점심 메뉴는 독일 소시지였으며 이와 곁들일 차가운 맥주도 듬뿍 제공됐다. 포사이스는 위스콘신 출신의 평범한 남자였다. 사람들은 갑부라면 캐비아와 바닷가재를 즐기고 샴페인을 마실 거라 생각하지만, 날 때부터 유복했던 몇몇 부자들을 제외하면 실제로 그렇지 않았다. 이들 중 한 명을 제외하고는 모두들 상대적으로 평범한 집안 출신이었으며, 부자가 되었다고 이들의 취향이 크게 변한 것은 아니었다. 이들은 맥주를 마시고 소시지와 햄버거를 먹으며 꽤나 만족스러워했다. 7인방과 이들의 비서들은 식사 후에도 톰이 발표한 내용들을 되짚어 보느라 회의실로 줄지어 돌아가면서도 다양한 논의를 이어 나갔다.

이제 사업 계획서의 재정적 측면을 다룰 차례였다. 포사이스는 전략적으로 배부르게 먹고 맥주도 마신 점심 이후로 논의 일정을 잡은 것 같았다. 포사이스가 지난주에 회사의 재정 현황을 설명해 주었는데, 재정 계획의 정당성을 입증하는 일은 엔지니어링 설계의 합리성을 증명하는 것보다 훨씬 어려웠다. 포사이스는 톰의 기술적인 접근법을 검증하기 위해서 톰의 방식에 맹렬하게 반대했던 두 명의 저명한 항공우주 전문가에게 개연성 평가를 맡겼다. 이들 중 한 명은 날개를 부착한 우주 비행기를 열렬하게 지지했으며, 다른 한 명은 '멍청한' 대형 부스터 방식을 옹호했다. 두 사람 다 뛰어난 엔지니어였다. 이들은 각자 톰의 설계를 전체적으로 검토하기 위해 컨설턴트들로 소규모 팀을 구성했다.

톰이 제안한 저비용 우주수송 비행체를 검토한 후에도 본인들의 접근 방식을 여전히 선호하긴 했지만, 두 사람은 최신 기술로 톰의 접근 방식을 구현하는 것이 충분히 가능하다는 점은 확인해 주었다. 열차폐막의 설계와 패러글라이딩 날개의 전개 하중에 대해서는 설명 자료와 이를 보완할 시험 데이터를 추가로 요구했다. 톰이 제안한 방식의 유용성과 적절성까지는 동의하지 않았지만 기술적인 접근 방식에서는 흠을 잡지 못했다. 톰이 예상한 개발비용이 대체로 타당하다고 평가한 것은 조금 놀랍기까지 했다.

엔지니어들은 AM&M이 제공하는 자금만으로 발사체를 제작해야 했으며, 포사이스는 이 회사가 3조 원에서 많게는 5조 원까지 융통할 수 있을 것으로 봤다. 정부와 기존 항공우주 산업체는 '차세대 발사체 개발비용'으로 50조 원 또는 100조 원의 투자액을 종종 언급했다. 워낙 거액이다 보니 아주 긍정적인 사람들조차 이러한 투자액을 전부 회수할 거대 시장이 생겨날 것이란 예상을 하지 못했다. 우주 분야에 사용된 비용 모델은 대부분 군과 정부가 주도하는 우주 시스템의 개발비용을 산출하려고 만든 것이었다. 그렇다 보니 이 비용 모델은 AM&M이 필요한 것보다 훨씬 더 많은 수의 엔지니어들과 비용 구조를 가정하고 있어서, 포사이스와 톰이 선호하는 방식과는 거리가 멀었다. 포사이스는 3조 원을 들여 개발을 완성할 확률이 합리적인 수준이라고 확신했다. 결국에 가서 5조 원, 심지어 7조 원까지 비용을 쓰게 된다면 처음 3조 원을 투자한 투자가들은 수익에 대한 기대가 줄어들겠지만, 이 사업을 완성하기 위해서 그 정도 규모의 자금은 조성할 수 있을 것으로 봤다.

포사이스와 톰은 바닥에서부터 쌓아 올리는 식의 비용 산출법을 더 선호했는데, 이는 발사체를 부품 리스트로 분류하고, 기성품 가운데 구매할 품목들에 대해 상세한 견적을 받고, 기성품이 아닌 것은 기존 하드웨어를 발사체용으로 개량하는 데 들어가는 대략적인 값을 협력업체에게 요청했다. 톰이 고안한 발사체가 최신 기술을 바탕으로 했기에, 엔지니어링 팀은 1단과 2단의 엔진을 포함한 주요 구성품의 비용을 산출할 수 있었으며, 이 엔진들은 기성제품이거나 기존 엔진에서 파생될 예정이었으므로, 그 비용을 믿을 만한 수준으로 책정할 수 있었다. 톰의 발사체와 대략 동일한 중량을 갖는 비즈니스 제트기나 근거리 출퇴근용 여객기를 개발하는 데 필요한 비용에 매개변수를 곱하는 식으로 설계와 개발에 필요한 엔지니어링 작업의 비용을 산정해 냈다.

사업성을 증명하는 것은 훨씬 더 어려운 문제였다. 포사이스는 이 문제에 두 가지 핵심 쟁점이 있다고 보았다. 우선, 발사체의 구매 고객을 충분히 확보함으로써 회사를 견실한 재정적 발판 위에 세워 줄 현금 유동성을 확보해야 했다. "이 발사체를 당장에라도 구매할 고객이 있는가?"라는 질문에 단시일 내에 긍정적인 답변을 내놓을 수 있다면, 이 벤처기업이 조만간 현금 유동성을 이뤄낼 가능성이 있는 것이다. 물론 톰이 주어진 개발 일정과 예산을 상당히 잘 지켜 낸다는 것을 전제로 하면 그렇게 된다는 말이었다. 그러나 이와 같이 사업 계획서에 명백히 드러난 위험요소는 최고의 인재를 영입하고, 일정표를 제대로 기획하고, 기술적 난관을 대비해 예비 계획을 마련하고, 사소한 것들에도 세심한 주의를 기울임으로써 줄일 수 있었다.

두 번째 쟁점은 AM&M의 발사체를 활용한 수송 서비스가 새롭게 등장할 만큼 그 비용을 낮춰서 발사체에 대한 수요를 장기간 확보하도록, 발사체의 판매를 늘려 나갈 수 있는가였다. 두 쟁점 모두 해결하기 어려운 문제였다. 그러나 사업 계획서의 목적은 미래를 예측하는 것이 아니고, 회사가 사업의 기술적인 개연성과 이윤 창출의 가능성이라는 근본적인 의문에 대해서 진지하게 고민했음을 투자자들에게 드러내는 데 있다고 포사이스는 설명했다. 포사이스는 최근에 페넬로페 먼디를 AM&M의 회계 담당으로 영입해 이런 쟁점을 빈틈없이 분석하도록 했다. 거액의 자본이 들어가는 사업이 그녀의 전문 분야였다. 그녀는 포사이스, 포사이스의 재정 관리인, 그리고 세 명의 사외 컨설턴트들과 함께 7인방에게 제시할 공식 사업 계획서를 작성했다.

사업 계획서는 제일 먼저 시장의 잠재성을 다루었는데, 이 주제는 포사이스가 지난 수년간 학습해 온 것이었다. 이 사업의 초기에 포사이스가 나에게 지난 10여 년 동안 발간된 퓨트론[45] 보고서로부터 발췌한 다양한 데이터를 보여 준 적이 있다. 이 보고서는 우주발사 서비스 업계의 기존 시장과 미래 시장을 분석하고 예측해서 제시했다. 이 보고서뿐만 아니라 다른 연구들도 발사 서비스 시장이 이미 정체된 상태에 있다는 동일한 결과를 내놓고 있었다. 조사 연도에 따라 약간 기복이 있기는 했지만, 시장에 활기라곤 전혀 없는 상황이었다. 거기다가 발사비용의 절감은 비행 수요를 얼마간 증가시킬 것으로 보이는 반면, 발사 서비스를 제공하는 회사들

---

45 FUTRON. 우주항공 경쟁력 평가 전문기관.

의 수입은 오히려 떨어질 것으로 조사되었다.

　　바로 이 사실 때문에 7인방은 발사 서비스 제공 사업의 사업성을 보여 줄 계획안 따위는 없다고 진작에 결론 내렸다. 필요한 투자를 유치하기에는 현금 유동성이 너무 낮았다. 그래서 이들은 발사 서비스가 아니라 발사체를 판매하는 마케팅 전략을 세웠다. AM&M은 구매 고객들에게 유인 발사체를 이용해 우주로 가는 길을 열어 줄 것이며, 심지어는 1조 원의 절반에도 안 되는 가격으로 그렇게 해 준다는 얘기였다. 이러한 전략이 AM&M의 새로운 발사체를 활용할 시장이 새롭게 등장한다는 가정에 근거를 둔 것은 사실이었지만, 적어도 겉으로 보기에는 가능성이 있어 보였다. 어쨌든 하나의 우주 사업에 매년 1,000억 원 언저리의 예산을 책정해 온 국가라면 어떤 식으로든 AM&M의 발사체를 구매할 방법을 모색할 것이고, 이 발사체를 통해 유인 우주비행이 안겨 주는 명성과 능력을 확보하려 들 것이다. 결국 미국, 러시아, 중국이 우주를 독점하고 있는 상황에도 변화를 가져올 것이었다.

　　포사이스는 우주 프런티어를 여는 일에 깊은 관심을 보여 온 7인방이 사업에 계속해서 참여하게 하려면 "일단 만들기만 하면 고객이 찾아올 겁니다"라는 진부한 전략 이상의 무언가가 필요하다는 점을 잘 알고 있었다. 그래서 포사이스는 NASA와 군에서 은퇴한 고위 경영진들과 장성들, 전직 미국 대사들로 구성된 컨설턴트들을 고용해 전 세계의 저명한 과학자, 군 지휘관, 항공우주 산업계의 리더들을 은밀히 조사하도록 했다. 컨설턴트들은 재사용이 가능한 발사체 시스템을 매년 1,000억 원 정도의 보유 비용만으로 손에 쥔다는 아이디어가 이들 리더들에게 어떻게 받아들여지는가를 조사했다. 이들은 상세한 내용은 생략한 채로 이 아이디어에 대한 의견을 묻고 다녔다. 발사체 시스템의 개념도조차 없었고 기술적인 세부 사항도 제시하지 않았다. 포사이스는 아직까지 설계안에 대해서 수출 허가도 받지 않은 상태였다. 현시점에서 포사이스는 특정 발사체 시스템의 개연성에 대해서 평가받기를 원하지 않았으며, 구매할 수도 있겠다는 관계자들의 비공식적인 관심 표명만 확인하고 싶어 했다. 그들 대부분은 AM&M의 사업 아이디어에 관심을 보였다가 매우 회의적인 반응으로 돌아섰다. 그들 대부분은 이처럼 낮은 가격에 재사용 발사체를 손에 넣는 일이 가능하다는 것을 믿으려 하지 않았다. 그러나 포사이스는 바로 이 회의론이야말로 잠재 고객들이 이 발사체를 구매 비용이 아깝지 않은 제품으로 여길 좋은 징조라고 여겼다.

이런 비공식적인 조사는 찻잔 바닥에 남은 찻잎의 모양을 읽어 미래를 예측하는 것이나 마찬가지였기에, 포사이스와 그의 팀은 전 세계를 대상으로 AM&M의 발사체가 기관 고유 임무에 도움이 될 것으로 보이는 27개의 기관을 추가로 선별해 냈다. 이들은 이 기관들의 예산 수준과 발사체를 구매하고 운영하는 데 투입할 만한 여유 자금의 수준을 파악해 보았다. 포사이스는 판매된 하나의 발사체가 특정 횟수만큼의 발사를 보장하는 데 드는 비용을 산정하려고, 발사체 보험사 소속의 계리사를 불러오기도 했다. 계리사가 산정한 숫자들과 상용 비행기 융자 회사의 애널리스트들이 제공한 데이터를 사용해서 비교적 견실한 계획을 세워 볼 수 있었다. 만일 발사체 1기의 발사빈도가 매년 2~3회 정도로 낮으면, 발사체를 구매하고 관련 지상시설을 운영하는 데 필요한 융자 비용을 매년 1,000억 원 미만으로 유지할 수 있는 것으로 보였다. 또한 발사체 1기가 98퍼센트의 신뢰성과 1퍼센트의 손실 위험율을 갖는다고 가정할 때, 보험 계리사는 10회 이내의 비행에서 일어난 실패에 대해서 발사체를 교체해 주는 보험증권을 AM&M에게 발행하는 데 200억 원 미만이 들 것으로 예상했으며, 이는 발사체 판매 가격의 10퍼센트에 못 미치는 비용이었다.

포사이스는 이와 같은 데이터들이 발사체의 판매를 절대적으로 보장해 주는 것은 아닐지라도, 7인방을 납득시키기에는 부족함이 없을 것으로 예상했다. 7인방은 지난 30년간 등장했던 대부분의 신규 산업에 뛰어들어 돈을 벌어들인 사람들이니, 이런 정도의 불확실성쯤이야 심사숙고를 하고 난 후에 비교적 쉽게 뛰어넘을 사람들인 것이다. 그러나 발사 서비스 분야의 장기적 시장 전망에 대해 설득하기란 어려운 상황이었다. 생체공학이 세상이 처음 등장한 이래 약 25년 동안 사람들은 100조 원을 투자했고 그중 겨우 60조 원을 회수한 상태였다. 생체공학 분야는 생체공학이 언젠가는 경제성과 실용성을 갖춘 제품을 만들어 낼 것이라는 증거가 전혀 없는 상황에서도 수조 원의 투자금을 조성해 냈다. 이와는 반대로 성능이 개선된 약품이 갖는 시장성은 이미 잘 증명되어 있었다. 사람들이 불확실성을 뛰어넘어 생체공학에 투자한 것은 언젠가는 이 분야가 신약들을 만들어 낼 거라는 믿음 때문이었다. 특정 신약을 개발하면 그 약에 대한 시장이 새로 생겨난다는 믿음 때문이 아니었다.

어쩌면 광대역 광섬유 분야가 더 좋은 비교 대상일 것이다. 인터넷 시대가 도래하자 전화회사와 유선방송사들은 광대역망을 활용하는 가정용 수요가 즉각 발생하리라 믿고, 돈을 쏟아붓기 시작해서 지구 전체에 통신선을 깔았다. 이와 같은 서비스를 제공하는 기존 시장이 거의 없는 상태에서 지구 전체에 통신선을 까는데 몇백 조 원을 쓴 것이다. 어떤 의미에서는 공중파 텔레비전과 유선방송을 가정에 공급하는 광대역 서비스로 볼 수 있긴 했지만 인터넷 기반, 쌍방향 광대역 서비스 시장은 그 후로도 수년간 존재하지 않는 상태로 남아 있었다. 그리고 마침내 광대역 서비스에 대한 수요가 생기기 시작하자, 통신선을 깐다고 법석대던 회사들 가운데 많은 수가 이러한 서비스를 제공할 수 없게 되어 버렸다. 시장을 전혀 증명하지 못한 상황에서 대규모 자본 투자를 감행한 탓이었다. 포사이스는 새로운 수송 능력을 갖춘다면 사업의 미래가 밝을 것이라는 믿음이 벤처기업 AM&M의 초석이라고 생각했다. 그는 태양계 자원에 접근할 능력을 갖춘다면 회사의 미래가 밝을 수밖에 없다고 확신했다. 물론 이러한 일은 미지의 대상으로 한 걸음 나아가는 것이기도 했다. 사람들은 우주 관광, 지구 밖 천연자원 채굴 또는 태양광 발전용 위성처럼 잠재된 우주발사체 시장을 가장 떠들썩하게 옹호해 온 이들을 기껏해야 맹목적인 낙관주의자에 불과하다고 비난하거나, 최악의 경우 완전 미치광이로 취급했다. 그러나 포사이스는 크뢰머의 명제에 따라 비용을 낮춘 수송수단이 언제나 새로운 미래를 차지했던 것처럼 앞으로도 그럴 것이라는 가정을 근거로 본인의 주장을 피력할 수밖에 없었다.

7인방이 의자에 기대앉자, 페넬로페 먼디는 발표를 위해 자리에서 일어났다. 사업 계획서의 개요는 비교적 단순했다. 3조 원의 투자금을 4년에 걸쳐서 투입하고…… 발사체를 매년 4대에서 시작해서 6대, 8대, 10대, 이렇게 산술적으로 늘려가며 팔고…… 발사비용은 1킬로그램에 1,000만 원에서 시작해서, 발사비용이 1킬로그램에 40만 원으로 낮아질 때까지 첫 7년간 매 18개월마다 절반으로 줄여 나간다는 것이었다. 초기에는 이들 발사체를 연평균 2회 발사할 예정이며, 16년 차에 이르면 연평균 비행 횟수를 25회로 늘릴계획이었다.

먼디 여사는 선형적으로 늘어나는 발사체 판매 대수와 급격히 증가하는 발사 서비스 시장을 한 슬라이드에 겹쳐 보여 줌으로써 사업의 기본 개념을 요약했다. 발사 서비스 시장이 의미 있는 수준으로 형성되기까지 오랜 시간이 걸린다는 것이 핵심 포인트였다. 발사체의 양산을 시작한 후 12년이 지난 사업 16년 차까지는 발사 서비스 매출이 발사체 판매 매출을 넘지 못하는 것으로 보였다. 다음 슬라이드에서 페넬로페는 매출에 대한 가정과 포사이스와 함께 도출한 그 밖의 가정들을 근거로 16년 치 정식 추정재무제표를 만들어 제시했다. 그녀가 발표한 정식 추정재무제표는 미래를 예측한 것이라기보다는, 기본적인 가정들과 7인방의 기대치가 합리적인지 여부를 분석하고 평가하는 연습 문제의 답에 가까웠다. 사업계획서로만 보면 6년 차에나 현금 유동성이 플러스로 돌아서고 11년 차에야 원금 회수에 도달하기 때문에 무조건 낙관할 상황은 아니었다.

포사이스는 사업계획서를 고안하고 분석하는 MBA식 표준 접근법이 빠지기 쉬운 오류에 대해서 설명했다. 이 MBA식 접근법은 특정 결과물을 이뤄 낼 확률과 예상되는 모든 지출과 수입을 한꺼번에 집계한다. 그러고 나서 동일한 투자금을 다른 곳에 활용한 경우의 결과와 이 분석 결과물을 비교평가 하는 식이다. 대기업들은 각기 다른 자본 및 예산안들을 서로 비교평가 하기 위해서 내부 수익률, 현재의 총자산가치, 미래의 가치라는 개념들을 고안해 냈으며, 이러한 개념들이 의사결정 과정을 합리적으로 다룰 방법을 제시해 주는 것이다. 그러나 원래 의도대로 대규모 사업체 또는 정부 기관의 상황에 이 개념들을 적용하더라도, 상식과 판단력을 발휘해서 적용해야 한다. 일견 잘못된 투자로 보이는 것도 때로는 경쟁력을 유지하기 위한 방편으로 필요할 수 있고, 특정 산업분야의 참여자로 남으려면 때가 있는 법이다. 가끔은 불확실성이 없어 보이는 투자가 오히려 변동 없는 세상을 나타낸 정적 모델을 기준으로 삼고 있는 경우도 있다. 물론 비지니스 세계와 정부의 역사를 조사해 보면, 어떤 투자가 엄청나게 성공할 것인지 아니면 비참하게 실패할 것인지를 예측하는 방법들의 유효성에 관해서 혼재된 결과가 있어왔음을 확인할 수 있다.

페넬로페는 정식 추정재무제표를 찬찬히 짚어 나가며 사용된 숫자들의 출처를 빈틈없이 언급했다. 예를 들어서, 연간 발사체 판매 대수는 잠재 고객을 대상으로 한 조사에 근거를 두고 있었다. 발사체의 비행 빈도는 엔지니어링 관련 의견과 몬테칼로 시뮬레이션[46]으로부터 도출한 것이었다. 그리고 실제로 발사비용이 18개월

---

[46] 비행빈도를 결정하는 변수들의 범위를 설정하고 각각의 변수를 난수로 표현해서 비행빈도를 확률적으로 계산하는 과정 또는 결과를 의미함.

마다 절반으로 떨어질지 아닐지와 같은 문제들은 AM&M이 제어할 수 없는 부분이었다. 포사이스는 이를 '포사이스의 법칙'이라고 선포하고 싶어 했지만, '무어의 법칙'처럼 스스로 증명하는 예언이 될지는 당연히 알 수 없었다. 개발비용은 필요한 하드웨어와 엔지니어링 작업을 면밀하게 검토한 결과였다.

페넬로페가 개발비용 항목들을 한 줄 한 줄 읽어 나가자, 포사이스가 예측했던 대로, 넘버5가 엔지니어에게 적용한 임금체계에 이의를 제기했다. 넘버5는 자본 투자 수단을 새롭게 만들어 내거나 이를 통해 거래를 성사시켜 부를 축적했기에 큰 조직을 관리해 본 경험은 없었다. 이 넘버5가 엔지니어들에게 시장가격의 두세 배에 해당하는 임금을 지불한다는 발상에 반대하는 목소리를 낸 것이다. 기술주도의 신생기업에서는 회사가 직원들에게 사내주식을 나눠 주는 것이 표준화된 방식이며, 그런 식으로 초창기에 현금 유동성을 확보하고, 나중에 가서 직원들이 이를 현금화할 때 그리 크지 않은 주식의 실질적 가치 저하를 주주들과 나누면 그만인데, 왜 하필 창업 초기에 현금이 부족한 상황에서 엔지니어들에게 돈을 쓰는지 알고 싶어 했다. 페넬로페는 제시된 임금 체계가 이 사업을 시작할 때 필요한 재능 있는 사람들을 끌어들이고 보상하는 데 가장 유효한 방식인 이유를 세 가지로 설명했다. 첫째로, 항공우주 분야에서는 고위 경영진을 제외한 직원들에게 사내주식을 주는 것이 일반적이지 않다. 실제로는 이런 일이 매우 드물다고 할 수 있다. 그러므로 항공우주 엔지니어들 사이에는 사내주식에 대한 경험과 기대치가 존재하지 않으며, AM&M이 고용해야 할 부류의 사람들을 모집할 때 그다지 도움이 될 것으로 보이지 않는다는 것이다. 둘째로, AM&M에 들어갈 거액의 자본구조를 보면, 투자자들이 진정으로 미래 자산가치의 30퍼센트가 될 수도 있는 주식소유권을, 급여 총액을 줄여서 얻게 될 총선지불 비용의 3~4퍼센트와 맞바꾸려고 하겠느냐는 질문을 던졌다. 마지막으로, 회사가 상장을 해서 직원들이 백만장자가 되면 부작용이 나타날 수 있었다. 항공우주업계는 제품 생산 사이클이 종종 수십 년에 이르기도 하는데, 사내주식은 직원들의 조기 은퇴를 장려하는 경향이 있으므로, '회사 내의 직무 연속성'을 끊어서 진행 중인 개발 작업과 품질 개선의 노력에 도움이 되지 못한다는 것이다. 나중에 고용된 사람들은 먼저 들어와 백만장자가 된 사람들과 자신들을 비교하게 되어, 내부적으로는 사내주식 때문에 불협화음과 갈등이 생길 수 있다. 특별히, 10년, 15년 또는 20년 전에 설계된 시스템에 대한 지식 기반을 유지해 가는 것이 매우 중요할 것이므로, 이러한 조직상의 문제와 근로 의욕의 문제는 미래에 AM&M의 성과와 경쟁력을 저하시킬 수 있는 것이다. 포사이스와 페넬로페가 이러한 논쟁을 사전에 준비해 둔 것이 효과를 발휘했다. 넘버5는 의자에 푹 기대었다. 언뜻 보기에도 만족한 것처럼 보였다.

　　페넬로페는 발사시설을 개발하는 사업의 경제성에 대해서 짧게 언급하고는 발표를 마쳤다. 포사이스는 이미 발사시설을 담당할 업체를 백방으로 물색해 두었고, 대기업에 속하는 몇몇 다국적 건설사업 관리회사와도 이야기를 주고받고 있었다. 사업계획서를 보면 발사시설 자체가 엄청나게 좋은 투자처인 것으로 보이지는 않았으나, 이번 분석은 정말로 세세한 내용을 다 뺀 수준의 발사시설을 다룬 것이었다. 페넬로페의 설명에 따르면, 포사이스가 건설업체에 피력한 것이 독점권이며, 이 독점권으로 인해서 해당 업체는 관련 시설들에 관한 입찰을 딸 때 상당한 우위를 갖게 되는 것이라고 했다. 발사시설을 개발하는 사업에 들어갈 투자금은, 전 세계의 사실상 모든 주요 경제 주체들에게 어필할 만큼 가시도도 높고 명성 있는 사업을 통해 회사를 홍보하는 마케팅 비용으로도 정당화할 수 있을 만큼 적은 규모였다.

페넬로페가 물러나자, 포사이스는 자리에서 일어나 이미 발표된 내용들을 정리하고자 했다. 그는 7인방에게 애초에 무엇이 그들을 이곳에 모이게 했는지 상기시켰다. 이번 투자 기회가 최고의 이윤을 가져다줄 리 없다고 100퍼센트 확신할 수는 없겠지만, 현재 가능한 것 중에 가장 이윤이 많이 날 것 같은 투자 기회를 추구하려는 것이 그들의 의도는 아니지 않느냐고 말했다. 사실 그랬다. 그들은 가능한 한 성공 가능성을 높이고 이윤을 추구하면서 우주 프런티어를 열어 보겠다는 의지를 갖고 있었다.

"전 여러분이 대부분 거액의 자산을 우주 분야에 투자해 큰 손실을 보았다는 것을 잘 알고 있습니다. 그러나 지금 우리에겐 자본금과 이치에 맞는 영업 전략이 있고, 합리적인 발사체 설계 방안과 이런 일을 완성할 수 있는 엔지니어링 팀이 있습니다. 언제든 투자의 위험은 있기 마련입니다. 저는 테이블 위에 제가 가진 모든 카드를 올려놓았습니다. 신사 숙녀 여러분……."

그는 잠시 멈추었다가 선언했다.

"저는 투자의 첫 라운드인 이번 기회에 5,000억 원을 내놓겠습니다."

포사이스는 연설을 마친 후 점심보다는 훨씬 가벼운 저녁 식사를 제공했다. 저녁을 마치고 포사이스는 7인방의 여섯 회원 한 명 한 명과 협상을 진행했다. 다음 날 새벽 무렵, 그는 스스로 내놓기로 한 5,000억 원에 더해 다른 회원들로부터 약속받은 5,000억 원을 확보하게 되었다. 변호사들이 이를 공식화하는 데 한 달이 걸리긴 했지만, 드디어 1조 원이라는 돈이 이 사업에 확약된 것이다. 포사이스는 이 투자 금액으로 발사체 개념안의 유효성을 확인해 줄 시험발사 프로그램을 통과할 때까지 버텨 볼 생각이었다. 이제 이들은 발사체의 양산을 위해 다음 차례의 자금 조달을 추진하기 전까지 24개월이란 숨 쉴 공간을 확보한 것이다.

9장

기업의
첫 번째 난관

톰이 합류한 첫 해에 50명의 엔지니어로 출발했던 AM&M은 50명의 행정 인력을 포함해 150명으로 불어났다. 톰은 엔지니어들에게 사전에 구상해 놓은 특별한 보수 체계를 적용했다. 엔지니어의 임금 체계를 3단계로 구분한 것이다. 첫 단계는 견습생 등급인데, 이들에게는 구직에 나선 대학원 졸업생이 받는 평균 연봉에 해당하는 임금을 책정했다. 두 번째 단계는 엔지니어 등급으로, 생산성이 최고조에 이른 엔지니어가 받는 임금의 150퍼센트를 급료로 정했으며, 이는 견습생 등급의 세 배에 달했다. 세 번째 단계인 비행체 엔지니어들에게는 두 번째 등급의 두 배 또는 첫 번째 등급의 여섯 배를 주었다. 톰은 자신을 이 세 번째 등급에 포함시켰다. 연봉이 가장 높은 이 등급은 주로 고위 관리자를 위해 만든 것이긴 했지만, 그렇다고 넘을 수 없는 경계선 같은 것이 있지는 않아서, 20대 후반의 엔지니어 중 몇몇은 이미 세 번째 단계에 해당하는 연봉을 받고 있었다.

톰은 세 가지 이유를 염두에 두고 이와 같은 임금 체계를 구상했다. 첫째로, 매일 장시간 일하게 될 직원들이 금전적인 문제 때문에 부업을 하는 상황을 원하지 않았다. 둘째로, 톰은 보상 체계의 차별이 엔지니어링 조직에서 부정적이며 정치적인 분위기를 초래한다는 사실을 잘 알고 있었다. 톰은 기업들이 성과를 평가해서 임금 인상분을 정하는 과정에서 직원들의 감정을 상하게 만들고, 이를 추스르고 관리하는 데 지나치게 많은 시간을 할애한다는 사실에 주목했다. 톰의 시스템은 신입이든 중진이든 엔지니어들에게 기본적으로 동일한 연봉을 제공하는 방식이었다. 특별한 책임을 맡았거나 사업에 많은 기여를 하기 시작한 직원에게는 연봉을 다음 등급으로 올려 주는 식으로 그 성과를 인정해 주었다. 셋째로, 똑똑하고 뛰어난 직원들이 마음이 상해서 회사를 떠나는 일이 없도록 하려는 의도였다. 재사용 발사체의 개발과 생산에 엄청난 규모의 자본금이 들어가는 상황에서 포사이스와 톰은 주식 가치의 급상승을 기대하기 어렵다고 봤다. 투입할 자본금의 규모가 크다는 것은 회사 소유권의 대부분이 직원들이 아니라 투자자들에게 돌아간다는 의미였다.

직함을 강조하지 않는 AM&M의 조직문화는 21세기 초반부에 혁신을 이끌었던 기업들처럼 매우 수평적이었다. 기여한 바가 있으면, 직종에 관계없이 최고의 임금을 받을 수 있는 3등급 임금 체계가 이런 문화를 창출해 낸 것이다. 한편 AM&M은 다소 특이한 근무복 규정을 적용하고 있었다. 견습생, 엔지니어, 비행체 엔지니어라는 임금 등급에 따라 각기 조금씩 다른 근무복을 제공해서 신분증 배지와 더불어 각자의 직급이 넓은 범주에서 드러나도록 했고, 이는 비행체 엔지니어들을 사소하게나마 좀 더 대우해 주는 장치였다. 그러므로 금전적 보상과 회사 내 직급을 전면에 내걸고 성과와 기여를 닦달하지는 않지만, 적어도 이런 환경들이 직원들을 독려하는 출발점이 될 수는 있을 터였다.

톰은 모든 직원에게 이와 같은 기업문화를 주입하려고 애썼고, 직원 모두가 자신들이 설계하는 발사체에 확신을 갖고 일하기를 원했다. 톰은 직원들이 '정말로 중요한 무언가를 공동으로 추구하는, 매우 특이한 조직의 구성원'이라는 소속감을 공유하길 바랐다. 그렇게 되면 자연스럽게 사내 보안이 철저해지고 외부에 일

관련 이미지가 전달되기 때문이었다. 포사이스는 정치적 또는 조직적 핵심가치에 대해 매우 강경한 입장을 보였다. 그중 하나는 정직과 성실이었다. 발사체와 같이 위험하고 안전이 보장되지 않은 물건을 사들일 고객이 믿음이 가지 않는 기업이나 사람에게서 구매할리가 없기 때문이다. AM&M을 외부인들에게 신뢰받는 기업으로키우려면 직원들이 서로를 신뢰하는 것이 먼저였다. 또 하나의 핵심가치는 회사를 바라보는 대중의 인식과 관련이 있었다. 존 포사이스와 톰은 엔지니어링 과제라는 것은 빠져나갈 길이 있는지 확신하지 못한 채 미로 속을 달려가는 일임을 잘 알고 있었다. 엔지니어들은 설계, 제작, 시험을 통해서 하나하나 기술적인 결정을 내려가는 과정에서 극복할 수 없을 것만 같은 문제를 종종 맞닥뜨린다. 이런 경우 경험이 부족한 엔지니어는 해당 설계 방법의 문제점을 아직까지 문제가 없어 보이는 다른 설계 방법으로 대체하려는 충동을 느끼기 마련이다. 그러나 '이런 식의 바보 짓'은 격언에 나온 대로 곧 '더 바보 같은 짓'으로 이어지기 마련이고, 누군가가 나서서기술적인 결정 과정을 세세하게 확인하지 않으면 그 결과가 회사의 재정적인 파탄으로까지 치달을 수 있는 것이다. 겉보기에 막다른 골목으로 보이는 곳도 철저하게 답사하고, 가끔은 벽 하나쯤을부숴뜨려야 하는 것이다. 엔지니어들은 미로를 통과해 설계 목표를향하는 자신들만의 길을 천천히 만들어 가는 동안 후퇴가 필요할때도 있겠지만 너무 멀리까지 후퇴해서는 안 되는 것이다.

　　더욱이 하나의 신제품에 사활을 걸고 있는 신생 기업은 난해하거나 어려운 도전을 잇달아 극복하지 못하면 망할 수도 있기에, 직원들은 이러한 과정 동안 간담이 서늘해지는 경험을 하게 된다. 만약 이들 '사소한' 문제점들이 루머와 터무니없는 억측, 불만 토로, 엔지니어 간의 험담으로 확대되어 버리면, 이들 중 일부는 분명 회사 밖으로 새어 나가게 된다. 이메일과 인터넷의 시대인 오늘날에는 특히나 더 빠르게 전파될 수 있다. 특정 팀이 잘못된 접근 방식을 채택했으며, 자신들이 뭘 해야 하는지도 잘 모르면서 돈만 낭비하고 있다고 대중들이 인식하기 시작하면, 부지불식간에 고객들과 투자자들도 알게 되는 것이다. 수년 동안 엄청난 규모의 자본을 조달해야 하는 상황에서는 이런 소문과 빈정거림이 큰 피해를 입힐 수 있다. 조직이 단단하게 잘 짜여 있고, 그룹원들 모두에게 제대로 정보가 전달되며, 조직의 전반적인 접근법과 동료 그리고 경영진에 대한 믿음과 자신감이 팽배해 있는 상황이라면, 자신감과 확신에 찬 직원들의 낙관론이 투자자들과 회사 밖 세상에도 전달되기 마련인 것이다.

엔지니어들은 최적의 접근법이 무엇인지에 대해서 그리고 특정 접근법이 지닌 개연성과 제한된 예산과 일정 내에 달성해 낼 수 있는 수준에 대해서 종종 다른 견해를 보인다. 톰과 존 포사이스는 논쟁으로 사람들을 이해시키는 것은 거의 불가능에 가깝다고 봤다. 사람들은 교육을 통해서만 그들의 사고방식을 바꿀 수 있다. 정말로 그렇다. 하지만 시간이 촉박한 경우에 더 유용한 것은 권위이다. 이 권위라는 것은 엔지니어가 신뢰와 확신을 갖고 기대는 대상을 의미한다. 즉 판단을 내려야 하는 상황이 오면 특정인을 의지하도록 만드는 장치인 셈이다. 그러나 권위라는 것은 오가는 길처럼 양방향이 되어야 한다. 즉, 경영진은 엔지니어들의 전공 지식과 전문 분야에 관한 문제에서는 그들의 판단을 믿고 따라야 하는 것이다.

우주 왕복선 챌린저호의 사고는 이러한 지혜를 무시할 때 위험한 상황이 발생할 수 있음을 보여 준다. 이 비극적인 사고를 바라보는 관점이야 여럿 있지만, 돌이켜 보면 추운 날씨에 발사를 강행한 결정이 분명 심각한 위험을 초래했다. 부스터 고체 모터와 O 링의 설계를 가장 잘 파악하고 있던 엔지니어들은 이처럼 중대한 사안에 대해서 모두 한목소리를 내고 있었다.

콜럼비아호 사고도 상황은 크게 다르지 않았다. 콜럼비아호를 가장 잘 아는 엔지니어들은 단열재가 궤도선을 때리는 문제 때문에, 발사 이후 왕복선의 안전에 대해서 노심초사하고 있었다. 그러나 경영진은 이번에도 소극적인 대응에 머물렀다. 그렇다면 이 두 사고를 유발한 조직 운영상의 패착은 무엇이었을까? 혹자는 정보가 제대로 전달되지 못했기 때문에 실패한 것으로 보기도 하는데, 결국 과거의 데이터를 조금 더 분명하고 설득력 있게 제시했다면 이를 파악한 경영진이 발사를 늦췄을 것이라는 주장이다. 콜럼비아호의 경우에는 경영진이 나서서 우주비행사들에게 날개 검사를 지시했을 것이라는 얘기이다. 안전함을 증명하라고 하는 대신에 안전하지 못한 이유를 증명하라고 지시한 경영진의 태도가 실패의 원인이라는 것이다. 이해관계의 충돌을 사고의 원인으로 보는 사람도 있다. 즉, 발사 빈도에 대한 압박을 받고 있던 경영진과 안전한 참호 속에 앉아서 폭발이 일어나지 않을 것을 확인하려 들었던 엔지니어가 맞붙어 사고가 발생했다는 주장이다.

모든 주장이 진실을 약간씩 담고 있었다. 그러나 톰은 여기에 빠진 것 하나가 '토요다 팩터'라고 확신했는데, 포사이스도 이런 톰의 의견에 동의했다. 토요다 생산 시설의 경우, 가장 낮은 레벨의 조립 작업자부터 공장장까지, 그 누구라도 문제를 발견하면 코드를 뽑아서 전체 생산라인을 멈출 수 있다. 그리고 모두가 만족한 후에야 생산라인을 다시 개시할 수 있다. 여기서 핵심은 가장 하위의 작업자에게도 생산라인을 세울 권한을 주었다는 점이다.

AM&M도 이러한 방식을 도입했다. 견습생부터 수석 엔지니어까지 모두가 작업을 정지시킬 권한을 가졌다. 그리고 이러한 권한이 진정으로 개방된 정책을 만들어 냈다. 이를테면 말단 엔지니어가 최고위 경영진과 이야기를 나누고 싶을 때, 경영진이 시간을 내서 듣지 않으면 모든 작업이 멈춰 버리는 상황이 발생할 수 있는 것이다.

이 회사는 엔지니어들에게 예산을 세우고 구매를 결정할 수 있는 권한을 주었다. 이들은 협상을 통해서 자신이 책임진 사업 부분의 예산을 할당받았다. 자신이 소유한 것처럼 여기고 쓰라는 주문인 것이다. 엔지니어는 요청만 하면 계약, 협상, 구매의 법률적 측면을 도와줄 전문가들을 확보할 수 있었다.

엔지니어들이 구매 과정에서 분쟁에 휘말리지 않도록 사전에 트레이닝을 제공했는데, 이는 언제 실제로 자금을 할당하고, 언제 그렇지 않은지를 알려 주었다. 엔지니어는 관리자의 결재 없이 대금을 지불하고 직접 구매 결의서를 올릴 수 있었다. 모든 엔지니어는 자신의 판단 아래 법인 신용카드와 법인 명의 페이팔 계좌를 사용했다. 구매 관리의 원칙은 소급 적용이었다. 구매 관리자들은 보통 한 달에 한 번 엔지니어를 불러 구매 관련 서류를 검토했다.

물론 청구 금액에 이례적인 부분이 있으면 그때그때 만나기도 했다. 구매 관리자 가운데에는 나이 지긋한 여성들이 많았는데, 웃음기 없이 용건만 처리하는 분위기 때문인지, 엔지니어들은 구매 관리자들이 고교 시절 선생님과 닮았다고 얘기하곤 했다. 이들은 머리를 빗질하듯이 꼼꼼하게 지출비용을 검토했으며, 때로는 몇 달 이상을 거슬러 올라가거나 심지어는 사업이 시작한 시점으로 돌아가기도 했다. 그러나 구매 관리자에게는 지출이나 구매 자체를 막을 권한이 없었다. 그들의 직무는 엔지니어가 구매한 항목에 주의를 주거나 충분히 생각한 후에 구매를 진행했는지를 확인하는 정도였다. 이러한 체계 안에서 엔지니어는 주어진 일정과 예산 안에서 과제를 완료하고 담당한 서브시스템의 작동을 보장하는 일을 담당했다.

실질적인 투자금이 유입되고 나자, 톰은 6일제로 일하기 시작했으며, 엔지니어들도 대부분 하루에 열 시간, 열두 시간, 심지어는 열네 시간씩 일하게 되었다. 이에 발맞춰 회사는 직원 가족들을 지원하려고 노력했다. 집수리 일정을 잡고 아이를 학교에 등록시키고, 집 안의 큰 물건들을 구매하는 것까지 도와줄 개인 비서들을 제공했다. 문제가 발생할 경우에는 가족 전원이 정신과 진료 혜택을 받을 수 있었다. 회사가 영적 연대감을 장려한 것도 중요한 역할을 했다. 이 부분은 제2의 신앙부흥운동이라 불리는, 전국을 휩쓸고 있는 종교적 열병에 도움을 받은 것이었는데, 최근 들어 부흥하는 로마가톨릭교회의 영향인지 가톨릭의 색채를 띠고 있었다. 포사이스는 명목상 불가지론자인 반면, 톰은 종교에 대해 진지한 편이었다. 그러나 두 사람 모두 종교가 직원들을 더 행복하게 만드는 선한 영향력을 끼친다는 데 동의했다. 가정생활이 한층 안정되자 모두들 '자아'에 덜 집착하게 되었다. 자신과 세상을 건강한 시선으로 바라보게 된 것이다.

회사는 "아내가 당신을 믿지 못하면 누가 당신을 믿겠냐?"라는 로스 페로[47]의 격언에 바탕을 둔 방침을 정해 두었다. 직원들이 적어도 향후 5년간 매우 버거울 만큼 많은 일을 해야 될 테니, 그에 앞서 가정에 충실할 것을 독려함으로써 감정적인 혼란을 최대한 피하자는 생각이었다. 이 방침의 목적은 1~2년 이내에 스컹크워크가 달성했던 빈틈없는 업무 환경을 만들어 내는 데 있었다. 톰은 포사이스의 예상을 훌쩍 뛰어넘을 정도로 모든 일을 잘 처리하고 있었다. 톰이 회사 운영의 첫 번째 난관을 극복하고 직원들의 재능을 최대한 끌어낼 조직을 만드는 일에 성공하자 포사이스는 크게 고무되었다.

AM&M은 단결되고 잘 통합된 조직으로 발전해 나가기 위해서 IBM이 사용했던 방법을 따라 하기도 했는데, 그러다 보니 회사에 얼마간의 격식이 생겨났다. 즉, 위험한 데다가 신뢰성마저 낮은 것으로 인식되는 제품을 판매하려면, 영업사원, 엔지니어, 서비스 직원 할 것 없이 회사 전체가 차분하고 보수적인 인상을 줘야 하는 것이다. IBM은 최고의 컴퓨터를 내놓은 적은 없지만, 신뢰도가 가장 높은 서비스 조직을 갖고 있었기에 시장을 석권할 수 있었다. 톰은 우주 운항용 재사용 발사체를 판매하려면, 시장이 완전히 신뢰할 만한 서비스 조직 또한 갖춰야 한다고 강력하게 주장했다.

---

[47] Ross Perot. 자수성가한 미국의 억만장자 기업가.

앞으로 AM&M이 성공하면 여기저기서 경쟁자들이 달려들 것이므로, (경쟁자들보다 10년은 앞서가고 있긴 하지만) AM&M 발사체를 뒷받침할 든든한 조직을 만들겠다는 것이 포사이스의 전략이었다. 이러한 조직은 매우 보수적이면서 모험을 기피하는 NASA와 공군에 발사체를 팔 수 있을 것이다. 가능하면 육군과 해군에도, 그리고 동맹국의 유사 기관들에도, 심지어 규정 담당 정부기관에도 발사체를 팔 수 있을 것이다.

존 포사이스가 규정상의 난관들을 인식하지 못한 것은 결코 아니었다. 과거에도 한 번의 비행을 위해 발사 허가를 받는 과정에서 문을 닫고 만 로켓 벤처들이 있었다. 그러나 포사이스는 새로운 분야를 선도하는 기업들 대부분이 본인들이 만들어 낸 규정으로 정부와의 협의를 성공적으로 이끌어 내고, 이 규정들을 통해 선두주자의 이점을 확보하면, 뒤따르는 경쟁자들에게는 이 규정이 커다란 방해물로 작용함을 잘 알고 있었다.

포사이스는 규정을 집행하는 위원들을 공략하기 위해서 두가지 목적을 두고 세부 전략을 세웠다. 첫 번째 목적은 유인 재사용 발사체의 인증을 받기 위해서, 연방항공국의 상용 우주수송을 담당하는 부국장을 설득해서 실현이 가능하고 회사가 견딜 만한 요구조건들을 설정해 내는 것이었다. 부국장은 1995년 우주 발사와 비행체 분야를 규정할 권한을 정부로부터 이임받았다. 미국에서 발사체 인증을 획득한다면, 인구밀도가 높은 지역 위를 날아가야 하는 것과 같은 기본적인 운영상의 문제들에서 전 세계로부터 승인을 받아 낼 첫 번째 단계를 통과한 것이나 다름없었다.

두 번째 목적은 발사체의 수출 허가를 받는 일이었다. 영업 목표를 달성하려면 해외 고객에게도 발사체를 판매할 수 있어야 했고, 이러한 목적을 이루려면 ITAR[48]를 관장하는 국무부의 승인을 받아 내야 하므로 이는 더 한층 힘겨운 문제였다. 기본적으로 대륙 간 탄도 미사일을 다른 나라에 팔려는 것이냐는 질문이 충분히 나올 수 있었다. 포사이스는 이 질문에 대해서 지난 100년을 통틀어 유일하게 미 대륙에서 자행된 심각한 테러 행위에 미국 국적기가 이용되었던 사실을 들며 즉각 반박했다. 연료를 꽉 채운 보잉 747이 AM&M의 발사체보다 더 위험한 것은 분명한 사실이었으며, 스타워스 방어 시스템[49]을 배치하는 첫 단계가 완료되고 나면 논란의 여지는 있겠으나 여객기보다는 이 발사체를 격추시키는 편이 더 쉬울 판이었다. 그러나 포사이스는 상용 비행기와 유사한 수준으로 ITAR와 기술 이전 문제를 해결하려면 많은 작업이 필요할 것을 알고 있었다.

2주 동안 톰은 시니어 엔지니어들과 만나면서 소과제별로 팀을 나누고 이들을 배치할 계획을 세웠다. 그는 '어거스틴 법칙'을 신봉했다. 이 법칙은 '참여 인력을 늘리다 보면 어느 순간 이들이 해내는 일의 전체량이 줄어든다'는 것인데, 그 이유를 신규 참여자가 생산성이 낮은 데다가 이들과 어울려 의사소통을 하기 위해 들어가는 시간이 이들이 기여한 효과를 상쇄해 버려서라고 설명하고 있다. 이는 분명 구성원들에게 권한을 위임하는 조직이 감당해야

---

48 International Traffic in Arms Regulations. 미국의 국제 무기 거래 규정.

49 미국의 미사일방어체계를 영화 「스타워즈」에 빗대 별들의 전쟁이라고 불렀으며, 냉전 당시 소련의 미사일로부터 미국을 방어한다는 계획임.

하는 부담이었다. 그래서 톰은 하나의 팀에 50명 이하의 엔지니어를 배치한다는 기준을 세워 두었다.

톰은 기능과 비행체 형상을 기준으로 사업부를 구성했다. 1팀에게는 프로토타입 발사체의 궤도선을 맡겼고, 2팀에게는 로켓엔진을 사용해서 착륙하는 프로토타입 1단을 맡겼다. 그리고 소수 인력으로 구성된 3팀에게는 로켓엔진 대신 제트엔진을 사용해서 착륙하는 프로토타입 1단을 맡겼다. 4팀에게는 양산용 발사체의 궤도선을 할당했으며, 5팀에게는 양산용 발사체의 1단을 맡겼다. 추후 1단과 2단의 제작 및 조립을 담당할 별도의 팀도 꾸릴 예정이었다. 프로토타입 1단의 시험발사와 그 뒤를 이어서 1단과 2단을 결합한 발사체의 시험발사를 주관할 비행시험팀도 조직할 생각이었다. 유인시스템 팀을 별도로 구성할 예정이었는데, 이들은 몇 안 되는 시험비행 조종사들과 협업해서 비행 시뮬레이터와 탈출 좌석, 우주복 등 탑승객을 위한 시스템과 장치를 설계하는 일을 담당할 예정이었다. 이 팀은 유인 우주 활동을 계획할 때 늘 등장하는 숙제인 생리현상의 처리방식을 붙잡고 씨름하는 명예로운 일을 맡게 될 것이다.

물론 팀들 간에는 인력 이동이 활발하게 일어날 터였다. 분명 핵심 설계인력의 대다수가 프로토타입 팀에서 직무를 시작하고 점증적으로 양산 팀으로 이동할 것이기 때문이었다. 이 기업의 특별한 임금체계와 수평적인 조직문화가 이러한 이동을 원활하게 만들었다. 직원들은 자신이 다른 팀으로 이동하더라도, 새로운 지역에서의 생활비에 적응해야 하는 문제를 제외한다면, 여전히 높은 급여를 안정적으로 받을 것으로 예상했기 때문에, 새로운 상사가 자신에게 주어진 직무의 진가를 인정해 주지 않을까 봐 걱정하지 않았다. 물론 매우 높은 성과를 내서 비행체 엔지니어가 되면 연봉이 더 올라갈 수도 있었다.

AM&M의 조직도

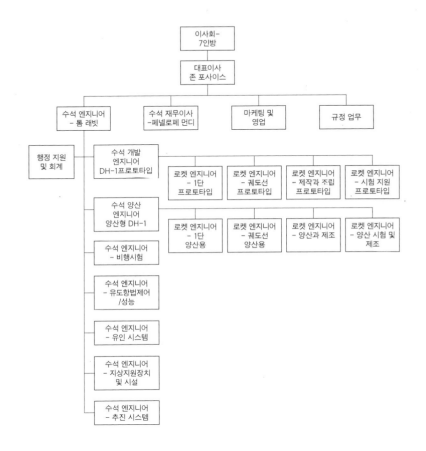

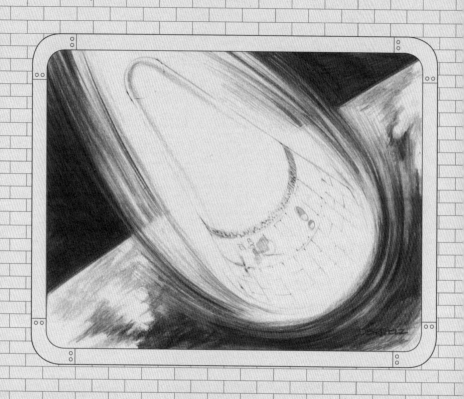

⑩장

극저온과
극고온 사이

궤도선의 기체(機體)인 추진제 탱크와 열보호장치를 설계하는 작업이 한창 진행 중이었다. 나는 톰에게 이 작업을 전반적으로 살펴볼 수 있게 해 달라고 부탁했다. 엔지니어들은 설계 실습의 일환으로 이들 구성요소의 다양한 기능을 이미 검토해 두었을 뿐만 아니라. 그 기능들을 배치하거나 조합해서 최적의 해결책을 도출할 방법까지도 마련해 둔 상태였다. 톰은 그동안 눈여겨본 대양 수송용 액화천연가스 탱크로부터 극저온 설계 기술을 빌려 오기도 했다.

궤도선의 액체수소 탱크가 기체의 가장 복잡한 구성요소였다. 이 탱크는 재진입 과정에서 탱크의 외부 표면에 작용하는 극고온 환경과 내부 표면에 작용하는 극저온 환경을 견뎌야 했다. 그래서 수소탱크 설계가 전체 설계 작업의 출발점인 셈이었다. 수소탱크의 첫 번째 기능은 연료를 누출 없이 잘 담는 것이다. 수소가스는 작은 구멍이나 틈을 통해서도 새어 나가는 것으로 악명이 높다. 비행체가 대기권에 있는 동안 이와 같은 누출이 발생하면 화재로 이어질 확률이 높다. 두 번째로, 탱크 구조물은 추진제를 터보펌프 입구로 밀어내는 압력하중을 견뎌야 한다. 비행체가 대기권을 벗어나면 수소탱크에 작용하는 압력하중이 절대압으로 2~3기압에 이르는데, 이는 대기압을 1.4~2.1기압 초과하는 수준의 높은 압력이 작용한다는 의미다. 세 번째도 구조적인 기능인데, 수소탱크는 엔진 추력을 몇몇 지지점에서 받아서 구조체로 고르게 분산시킬 뿐만 아니라 자신 위에 놓인 페이로드 탑재부와 산화제 탱크의 하중도 지지한다. 네 번째 기능은 이른바 지상운반하중을 견디는 것이다. 운반하중은 탱크를 가공해서 가지런히 보관하거나 비행을 준비하는 과정에서 발생한다. 다섯 번째 기능은 극저온 단열이다. 액체수소의 끓는점은 섭씨 영하 250도로 공기의 액화 온도보다도 55도 이상 낮다. 만약 공기가 탱크의 외부 표면에서 조금이라도 액화되기 시작하면 심각한 문제로 이어질 수 있다. 우선 응결된 공기가 탱크 표면에 재빨리 열을 전달해, 탱크 내부의 수소가 급격히 증발할 것이고 만일 액체공기가 탄화수소 계열의 물질과 접촉이라도 하게 되면 폭발이 일어날 수 있다.

탱크가 제공해야 할 여섯 번째 구조적인 기능은 긴 피로수명을 제공하는 것인데, 이는 미세한 틈이 생겨나 점점 커질 확률이 낮은 재료를 써야 가능한 일이다. 강하고 질기며 좀처럼 탄성이 저하되지 않는 재료를 사용해, 폭발에 의해 탱크 구조물이 터지기 전에 증발한 수소가 틈새로 빠져나가게 만들어야 하는 것이다. 일곱 번째는 재진입 시의 초고온 환경과 열 하중으로부터 비행체를 보호하는 기능이다. 이를 위해서 외부와 접촉하는 비행체 표면이 촉매 작용을 일으키지 않도록 처리해야 한다. 재진입 과정에서 비행체 주변의 이온화된 가스가 재결합되는 것을 방지하는 작업을 해야 하는 것이다. 재결합이 발생하면 표면에 작용하는 열 하중이 매우 증가하기 때문이다. 여덟 번째는 열 하중과 관련된 방열장치(히트싱크)로서의 기능인데, 다른 부품들이 너무 뜨거워지지 않도록 유입된 열을 탱크 구조체가 흡수해야 한다. 마지막으로, 아홉 번째는 탱크 구조체가 갖춰야 할 열 제어 기능인데, 진공 상태와 암흑과 햇빛이 빈번하게 교차하는 지구 저궤도 환경을 버틸 수 있어야 한다.

최근 수년간 이러한 다양한 기능들을 구조체별로 분리하

는 설계방식이 인기를 끌었는데, NASP도 이 설계방식에 상당한 노력을 기울였고, 이보다는 좀 덜하긴 했지만 X-33 사업[50]도 이런 방식을 사용했다. 알루미늄 탱크(또는 허니콤 복합재 탱크)가 추진제를 탑재하도록 설계하고, 별도의 외부 방호벽 구조체를 두고 그 내부에 알루미늄 탱크를 넣는 식이었다. 이 설계방식은 일반적으로 비행체의 추력 하중을 지지할 구조체, 탱크 벽면을 빳빳하게 유지하면서 내부 압력을 지지할 또 하나의 구조체, 탱크 외부 표면에 별도로 설치될 극저온 단열재 시스템, 초고온의 열공력 하중을 감당할 재진입용 구조체, 그리고 마지막으로 외곽 열차폐 시스템을 필요로 한다. 이 개념의 설계 중량이 일관되게 허용치를 초과하는 것은 그리 놀랄 일도 아니었으며, 종종 그 무게가 평방미터당 20~24킬로그램에 이르렀다. 그리고 열보호 시스템의 안쪽에 놓인 구조체는 여러 이질적인 부분들로 구성된 까닭에, 재진입 열 하중을 흡수할 히트싱크로서 기능하지 못했고 결국 열보호 시스템을 지지하는 구조체의 온도가 가파르게 상승해 버렸다.

톰은 성공한 비행체를 만들려면 가능한 많은 기능을 겸비하면서도 효율적이고 가벼운 구조체를 설계해야 한다는 점을 잘 알고 있었다. 사람들은 지금까지 등장한 재사용형 비행체 중 가장 가벼운 구조체로 미 공군이 1980년대에 설계한 해브 리전 사업[51]의 구조체를 꼽는다. 이 개념은 바깥 면에 르네41[52], 코어에 티타늄

---

50 NASA와 록히드마틴이 공동 진행한 초음속 우주 왕복 항공기 개발 프로젝트.

51 HAVE REGION. 재사용형 발사체의 핵심기술 중 구조 및 열보호장치의 개발, 우주 왕복선의 추진제 소모율을 88퍼센트로 끌어올리는 추진공급계 장치 개발을 주도한 사업.

52 Rene 41. 니켈을 주성분으로 하는 초합금.

6Al-4V, 안쪽 면에 인코넬718을 사용한 허니콤 샌드위치 구조였다. 만일 재진입 활공을 완만하게 제어해서 가열 속도를 충분히 낮게 유지할 수 있고 구조체가 초고온 상태를 견딜 수 있다면 이론적으로는 르네41만으로도 재진입 가열을 버텨 낼 수 있었다. 이러한 구조체를 '뜨거운 구조체(hot structure)'라고 하는데, 뜨거워진 기체가 무리 없이 본래 기능을 해내도록 고온용 재료들을 이용해 구조체를 설계한다는 개념이다. 허니콤 샌드위치 구조로 극저온 추진제에 필요한 단열을 제공하고 지상 작업에 필요한 구조 강성을 제공한 것이다. 추진제 탱크의 밀도가 1세제곱미터당 8킬로그램밖에 안 되는 구조체의 시제품을 제작했으며, 재진입하는 자세를 놓고 봤을 때 상부의 표면은 좀 덜 뜨거워지므로 이 부분의 중량은 1제곱미터에 7.3~12.2킬로그램 수준이었다. 비행체의 바닥면은 가장 뜨거운 부분이므로 중량의 범위가 1제곱미터에 15~20킬로그램 수준이었다.

그러나 종합적으로 놓고 봤을 때, 이 방식으로 구조체를 제작하기까지 몇 가지 난관이 남아 있었다. 우선 고온 진공 브레이징[53] 공정을 필요로 하기 때문에 이 방식으로 대형 탱크를 제작하기는 정말 어려웠다. 소형 탱크라면 안쪽과 바깥쪽의 금속 면재를 원하는 형상으로 찍어 내고, 티타늄 허니콤 코어를 원하는 형상으로 깎아 낸 다음, 브레이징용 합금 본드를 위아래 면재에 발라서 이 둘을 샌드위치로 조립하고, 조립한 구조체를 스테인리스로 만든 박막 포장재에 넣은 후에, 포장재 내부를 진공화해서 금속 면재들

---

[53] brazing. 금속재와 금속재의 접착면에 녹는점이 상대적으로 낮은 필러를 끼워 넣고 접착면 부위를 가열해서 접합시킴.

과 허니콤이 밀착하도록 힘을 가하는 공정을 사용할 수 있었다. 그러고 나서 구조체를 오븐에 넣고 브레이징에 필요한 온도로 가열했다가 식히고, 스테인리스 진공 포장재를 잘라 버리면 되었다. 대형 탱크에는 이러한 공정을 적용하기가 쉽지 않았다. 이와 유사한 구조체를 사용한 B-58 허슬러 초음속 폭격기는 또 하나의 어려움을 겪었다. 톰은 이 비행기를 개발한 엔지니어와 얘기를 나눌 기회가 있었는데, 이 엔지니어는 스테인리스 면재와 허니콤 판재를 써서 날개와 동체를 제작했다는 것이다. 이 방식으로 고온에 적합하고, 고강도의 경량화된 기체를 실제로 만들어 낸 것이다. 그러나 면재의 두께가 매우 얇았기 때문에 오염물질이 면재 사이에 놓인 허니콤으로 파고들기라도 하면 브레이징용 합금 본드를 부식시킬 가능성이 있었고, 이 때문에 이 구조체의 피로수명이 상대적으로 짧은 편이었다. 게다가 제작하기가 매우 까다로웠다.

해브 리전 사업의 구조체는 강성 조건을 만족하도록 바깥쪽 면재와 안쪽 면재로 전체 두께를 나눠서 배치하기 때문에, 구조체 전반에 걸쳐 면재 하나하나의 두께가 얇아져서 면재를 두께 방향으로 가로지르는 결함(cracking)이 발생할 가능성이 커진다. 만일 바깥쪽 면재에 결함이 발생해서 수분이 침투하면 부식이 문제가 될 수 있다. 만약 안쪽 면재에 결함이 발생하면 열적인 단락(합선)으로 작용해, 면재들 사이에 갇혀 있던 미량의 액체 또는 기체가 재진입 가열로 팽창하기 때문에, 층간 박리가 일어날 수 있다.

탄도 재진입[54]의 경우 비행체의 바닥면을 가열하는 속도가

---

54 날개 없이 항력과 중력을 이용한다.

급격히 상승하기 때문에 해브 리전 방식의 구조체를 사용하더라도 별도의 열차폐막이 필요하다. 그러나 비행체의 옆면에는 가혹한 재진입 유동이 직접 흐르지는 않기 때문에 이곳의 열 유입 속도는 상대적으로 낮은 편이다. 온도가 높아진 상태로 탱크를 운용하면 또 다른 문제가 일어날 수 있다. 탱크 내부의 잔류 추진제를 재진입 중에 반드시 배출해야 하며, 탱크의 온도가 식기 시작하는 대기권 층에 도달하고 나면 내부압력이 대기압보다 낮아질 수 있어서, 이는 탱크를 압축하거나 짓누르는 힘으로 작용할 수 있다. 그리고 재진입 전에 탱크 내부를 배출하고 나면, 내부 압력을 사용해서 재진입 하중과 착륙 하중을 더 잘 버텨 내도록 추가 강성을 제공할 수 없게 된다. 톰은 가장 가벼운 탱크를 제작해 낸 이 기법에 대해서 특별히 관심을 갖고 있었다.

록히드가 1980년대에 연구한 X-로켓 또한 허니콤 구조를 기본으로 삼았는데, 이들의 연구 결과는 이 방식으로 제작한 액체수소 탱크가 겪는 또 하나의 어려움을 잘 보여 줬다. 허니콤 탱크에서 바깥 면은 대기온도와 동일한 반면, 안쪽 면은 액체수소의 온도에 이르게 되므로, 약 260도의 온도 차이가 발생하는 셈이다. 액체수소의 매우 낮은 온도 때문에 안쪽 면재에는 수축이 일어나는 반면에 대기 온도에 노출된 바깥쪽 면재는 그대로 머물려는 성향을 갖는다. 이러한 상황으로 인해서 높은 열응력이 발생한다. 재진입 시에는 거꾸로 바깥쪽 면의 온도가 상승해서 바깥쪽 면재가 팽창하려고 하고, 내외부의 온도차가 더 크게 나타나서 한층 더 높은 열응력이 발생하게 된다. 허니콤 샌드위치와 열차폐막 사이의 열적인 접촉이 아주 좋은 편도 아니기에 허니콤 구조체가 열차폐막 안쪽에서 히트싱크 역할을 제대로 해내지 못한다. 그래서 탱크의 바깥 면에 접착 또는 체결된 열차폐막의 안쪽 면 온도가 부득이하게 높아질 수밖에 없다.

요컨대 경량 허니콤 구조체가 비행체의 특정 부위에서 그 가치를 증명하긴 했지만, 재사용에 활용할 만큼 신뢰도가 높은 대형 허니콤 탱크의 제작 기술을 확보하지는 못한 상황이었다. 허니콤 구조체의 피로수명을 예측하는 것은 어려운 문제였으며, 얼핏 보면 매우 가벼워 보일 수 있지만, 각종 설계상의 문제점을 해결하는 과정에서 중량이 늘어나기 마련이었다. 게다가 허니콤 구조체들은 집중 하중을 잘 견디지 못해서 이를 보강하고 나면 중량이 늘어났다. 복합재도 동일한 문제를 보였다.

톰은 최소한의 구조체에 비행체의 구조적인 기능들을 최대한 묶어 내는 문제에 착수했고, 당연히 히트싱크 기능을 겸할 수 있는 알루미늄 구조체를 사용하기로 결정했다.

톰은 유체를 담고, 비행 하중을 지지하고, 지상작업 하중을 받아 내는, 단일 면재로 된 알루미늄 탱크를 써서 열에 잘 견디는 매우 효율적인 경량 구조체를 설계할 수 있었다. 탱크 벽면 하나로 구조적인 기능들을 감당하는 것에는 다른 이점도 있었다. 알루미늄을 하나의 면재로 몰아서 쓰는 것이어서 면재 하나의 강성은 그만큼 올라가고 응력은 떨어지며 피로 결함의 발생이 줄어들게 되었다. 수소 탱크의 설계를 완성하려면 극저온 단열재를 탱크 내부에 적절하게 배치하는 문제와 초고온 열보호장치를 설계하는 작업이 남아 있었다.

톰은 극저온 단열의 문제가 일반적인 생각에 비해 그리 큰 문제가 아니라고 생각했다. 화물 선박들이 극저온 액화천연가스를 전 세계로 나르고 있고, 탱크에 액체수소나 액체질소나 액체산소가 담긴 화물차들이 미국의 고속도로를 늘상 횡단하고 있다. 전 세계 병원과 산업 시설에서는 극저온 유체를 저장해 두고 사용한다. 한 마디로 극저온 단열은 여러 산업 분야가 이미 잘 해결해 놓은 문제인 것이다.

그러나 우주 왕복선을 도입하기 직전까지 발사체용 극저온 단열재의 기술개발 사업을 수행했고 심지어는 도입 이후에도 지속적으로 이러한 연구를 이어 나갔는데도, 발사체용 극저온 단열이란 분야에서는 좀처럼 실용적인 개발 결과를 찾아보기 어려웠다. 소모형 발사체에는 재사용 극저온 단열재 기술을 적용할 필요가 당연히 없었고, 재사용 우주 비행체라고는 아직까지 우주 왕복선이 유일한 데다가 이 우주 왕복선조차도 재사용이 가능한 극저온 단열재를 메인탱크(외장 탱크)에 설치하지 않았다. 우주 왕복선의 소모형 외장 탱크에는 폴리우레탄 폼을 외벽에 뿌려서 단열재로 사용했으며, 이러한 방식은 2003년에 발생한 콜럼비아호 사건에서 이륙 중에 이 폼이 떨어져 나가서 궤도선에 손상을 입혔던 경우를 제외하면 그런대로 효과적이었다. 새턴 S-IVB 발사체 단은 내부 단열재를 사용했는데 이 단열재는 한 번의 비행을 잘 견뎌 냈다. 톰은 프랫앤드휘트니의 엔지니어가 들려준, 새턴 1B 사업의 사고 이야기를 기억해 냈다. 새턴 1B의 수소 탱크 내부에 설치한 단열재가 부서져 나가는 현상이 발견되자, 부서진 단열재가 엔진에 영향을 끼칠 수 있다는 우려가 제기되었다. 이에 엔지니어는 단열재료 한 양동이를 탱크에 넣고, 연소시험대에 설치된 RL10 엔진을 작동시켰다. RL10 로켓 엔진은 단열재료를 분쇄해서 가루로 만들어 버렸고 아무 문제없이 연소실에서 태워 버렸다. 이 실험은 RL10 엔진의 강건성을 증명하는 동시에 아폴로 시대에는 내부 단열재라는 기술적인 문제를 해결하지 못했음을 반증했다. 그러나 발사체의 온전한 성공을 위해서는 반드시 이 문제를 제대로 해결해야 했다.

다행스럽게도 상대적으로 적은 노력을 들여 이 문제를 공략해 볼 수 있었다. 실제로 필요한 장치라고 해 봐야 액체수소를 저장하고 다룰 장치와 알루미늄 양동이 정도였다. 장치가 갖춰지면 양동이 내부에 다양한 방식으로 안감을 대고 열 전달율을 측정하면 그만인 것이다. 톰은 폼 재료와 접착 기술을 다양하게 시험하려고 옥외 실험실을 사용해 오고 있었는데, 특히 낮은 인화성을 목표로 개발된 여객기용 솔리마이드 폼(SOLIMIDE foam)에 관심이 있었다. 극저온용 접착제를 써서 솔리마이드 폼을 탱크 벽에 부착하면 좋은 결과가 있을 것으로 보였기 때문이다. 극저온용 접착제에는 록히드에서 사용한 것으로 유명한 '블루 데스(blue death)'라는 제품이 있었다. 접착제가 균일하게 적용됐는지를 확인하려고 접착제를 파란색으로 물들여 이와 같이 불렸는데, 이 접착제가 원치 않는 곳에 들러붙게 되면, 그 대상체는 죽은 것에 다름없다는 뜻이기도 했다. 보이드[55]가 판매하는 솔리마이드 폼은 캡톤[56]을 이용해서 만든 내열성 수지(폴리이미드)인데 클로즈드셀(closed-cell) 방식과 작

[55] Boyd Corporation. 미국의 특수소재 제조사.

[56] Kapton. 듀폰이 개발한 내열성 수지로 넓은 온도 범위에서 안정적인 특성을 보여 우주 재료로 널리 사용됨.

은 구멍이 나 있는 오픈셀(open-cell) 방식이 있었다. 언뜻 보기에는 클로즈드셀 방식이 더 효과적일 것 같았다. 그러나 클로즈드셀 방식은 폼의 성형에 사용한 가스가 셀 내부에 남아 있다가 액체수소를 만나면 수축하기 때문에 단열 기능을 상당히 잃게 되었다. 구멍이 나 있는 오픈셀 방식은 이와는 달리 수소가스가 폼을 통과하게 만들어, 단열재로 매우 효과적이었다. 오픈셀 재료의 밀도는 1세제곱미터당 9.6킬로그램이었으며, 수소탱크의 안쪽 벽에 설치한 두께 5센티미터의 폼은 접착제 화합물을 포함해서 1제곱미터당 0.732킬로그램이 나갔다.

　　톰은 NASA가 재진입용 열차폐막 또는 열보호 시스템의 또 다른 문제를 항상 지나치게 과장했다고 봤다. NASA가 예전에 제작한 홍보영상들을 보면, "지금까지 알려진 어떤 재료도 재진입의 열을 버틸 수 없다"라는 전제를 먼저 내세운 다음, 아폴로호 재진입 열차폐막이 어떻게 만들어졌는지를 상세하게 기술하는 식이었다. NASA 엔지니어들은 허니콤 판재를 가져다가 비행체의 바닥면에 붙인 후 허니콤 셀들을 페놀메틸 실록산[57]으로 하나하나 채워 넣었다. 그리고 나서 모든 구멍이 채워졌는지, 혹시 기포가 있지는 않은지를 확인하기 위해서 엑스레이로 열차폐막을 촬영했다. 작업자들이 완전히 채워지지 않은 구멍을 발견하면, 그 구멍을 치과용 드릴로 파낸 후 다시 채워 넣었다. 이 열차폐막 자체는 매우 단순한 것에 불과했지만, 모든 구멍이 채워진 것을 확인하는 데 들어가는 엄청나게 고생스러운 작업이 열차폐막 기술을 고급 기술로 둔갑시킨

[57] 변기와 바닥 사이 틈을 메우는 재료.

셈이었다. 셀을 메운 재료는 재진입 과정에서 타들어가고 삭마[58]된다. 재료가 증발되고, 증발된 재료가 열을 가져가는 식이었다. 예전의 머큐리 우주선은 단순하고 무거운 해결책을 사용했다. 머큐리의 열차폐막은 열을 흡수하기만 하는 금속재 계열의 커다란 베릴륨 덩어리였다. 베릴륨은 비록 무거웠지만 효과적이었다. 1킬로그램의 베릴륨은 0.866이란 비열을 갖고 있기 때문에 재료의 강도 특성을 잃지 않은 상태에서 섭씨 538도까지 가열될 수 있다. 이는 1킬로그램당 466킬로줄에 해당하는 양이다. 전형적인 재진입 열 하중이 1제곱미터에 28,392킬로줄이므로, 4.5~11킬로그램의 베릴륨으로 만든 열차폐막은 '재진입이 불가능해 보이는 높은 온도에서' 열 하중을 흡수하고 견딜 수 있다.

중국인들은 당장 적용할 수 있으면서도 기술적인 난이도가 높지 않은, 기발한 해결책을 하나 생각해 냈다. 비행체의 외곽 형상을 잘 따라가도록 나무토막을 자른 후, 한쪽 끝의 나뭇결이 재진입 공기유동 방향을 향하도록 접착제로 붙여 가는 방식이었다. 이 나무 열차폐막이 아폴로 탐사선에 사용된 셀을 메우던 재료처럼 재진입 중에 까맣게 타서 없어지는 것이다. 우주로부터의 재진입에 사용할 열차폐막을 나무를 깎아서 만들 수 있다는 사실은 이 문제 자체가 기본적으로 극복할 수 없을 정도로 어려운 것은 아님을 확인시켜 줬고 그래서 톰은 항상 이 열차폐막 문제를 해결이 가능한 일로 여겼다. 아무튼 궤도선에 사용하려면 열보호 시스템의 재사용성이 우수하고 가벼워야 했다. 엔지니어링 팀은 이 문제에 비

---

58 물질이 고온 환경에 노출되어 표면에서부터 증발되거나, 기계적으로 깎여 나가는 등 닳아 없어지는 현상.

교연구 방법을 적용했다. 이러한 연구는 마구잡이식으로 정의한 수십 개의 개념들을 비교해 '승리자'에 해당하는 개념을 분석하고 결정하는 프로세스를 따른 것이 아니라, 특정 설계 문제의 옵션을 체계적으로 고려하려는 데 그 목적이 있었다. 이렇게 해야만 문제를 제대로 파악해서 엔지니어링을 근거로 최종적인 판단을 내릴 수 있기 때문이다.

　　톰은 재진입 환경으로부터 비행체를 보호하는 문제를 다시 한 번 전체적으로 짚어 보고자 했다. 톰은 설계 과정에서 다음 세 가지 기능을 간과한 채로 열차폐막의 설계를 진행한 사례가 너무나 자주 있었다고 시간을 들여 가며 설명해 주었다. 첫째로, 바깥 면은 재진입 과정의 고온을 견뎌야 한다. 둘째로, 비행체 내부에서는 이러한 고온을 느낄 수 없도록 내부 단열을 구성해야 한다. 마지막으로, 열이란 존재는 열차폐막을 통과해서 들어오기 마련이므로, 이를 흡수하는 히트싱크 역할을 하는 부분이 반드시 있어야 한다. 예를 들어, 우주 왕복선의 타일 재료는 타일에 작용하는 열 하중의 98퍼센트를 복사열로 다시 내놓는데, 이는 2퍼센트의 열 하중이 타일을 통과해 내부 구조체로 흘러드는 것을 의미한다. 물론 열유동은 온도와 다른 개념이다. 열 유동은 온도 차이에 의해서 발생하는데, 열은 고온부에서 저온부로 흘러가서 최종적으로는 저온부의 온도를 올린다. 주택의 단열 척도인 R이라는 수치는 얼마나 많은 양의 열이 주어진 온도 차이에서 특정 두께의 단열재를 통과하는가를 나타낸다. 예를 들면 R 값이 3.5이면 고온부와 저온부의 온도 차이가 섭씨 1도인 경우 1/3.5킬로줄의 에너지가 한 시간 동안 단열재 면적 1제곱미터를 통과해서 이동함을 의미한다.

여름에는 밖에서 새어 드는 열 때문에 에어컨을 틀어 집 안의 잉여 열을 계속 제거해 준다. 그러나 우주 왕복선에 에어컨이 있을 리 없다. 타일이 98퍼센트의 열 하중을 재복사해서 우주로 내보내면 나머지 2퍼센트는 고스란히 열차폐막을 통과해서 들어온다. 그래서 1제곱미터의 표면적에 28,392킬로줄에 해당하는 열 하중이 작용하고, 그 2퍼센트에 해당하는 568킬로줄의 열이 1제곱미터의 단열재를 통과해 들어온다. 568킬로줄이란 에너지는 우주 왕복선에 타일을 붙들어 주는 RTV[59]의 온도를 타일이 떨어져 나갈 정도로 상승시킬 수 있다. 그러나 RTV층의 밑에는 상당한 양의 알루미늄 구조체가 있어서 많은 양의 열을 흡수할 수 있다. 이 엄청난 히트싱크로 인해서 RTV와 알루미늄 구조체는 설계 상한 값인 섭씨 93도에 훨씬 미치지 못하는 온도에 머물 수 있게 된다.

우주 왕복선의 타일 한 토막을 우수한 단열재 위에 올려놓고 타일의 전면을 가열하기 시작하면 후면의 온도가 단 몇 초 내에 전면의 온도와 동일한 수준에 이르는 것을 확인할 수 있다. 타일이 온도 상승에 잘 저항하지 못하기 때문인데, 다른 말로 하면 비열 값이 낮은 것이며, 그래서 약간의 열이 타일 후면에 도달하기만 해도 후면 온도가 높아질 수 있다. 우주 왕복선의 경우 알루미늄 구조체가 많은 양의 열을 흡수하려 해서 타일의 온도가 올라가지 않는 것이다. 이처럼 비열 값이 높은 알루미늄은 우수한 히트싱크 재료이다. 톰이 피부에 와 닿는 예시를 들려 줬다. 우리는 아이스박스에 음식을 넣으면서 보통 얼음도 같이 넣는데, 이는 얼음이 녹으면

---

59 상온에서 경화 처리된 고무.

서 1킬로그램에 350킬로줄의 에너지를 흡수하기 때문이다. 아이스박스의 단열재는 열이 유입되는 속도를 늦추는 역할을 하고, 이 때문에 모든 얼음을 녹일 만큼 충분한 열이 들어오려면 시간이 상당히 걸린다. 얼음이 히트싱크 역할을 해서 얼음에 흡수된 열만큼 음식의 온도가 올라가지 않는 것이다. 얼음이나 음식과 같은 히트싱크가 내부에 없을 경우, 내부 공기나 벽면의 열 수용량이 상대적으로 크지 않으므로 내부 온도가 비교적 단시간에 외부 온도와 같아진다. 우주비행체의 열차폐막이 이와 동일한 방식으로 비행체 내부로 열이 유입되는 속도를 늦추기는 하지만, 그럼에도 열은 늘 흐르기 마련이다. 이처럼 열이란 존재는 항상 흐르기 때문에, 스스로 고온에 도달하지 않을 무언가로 열을 흡수해 버리든가 아니면 내부의 특정 부분들이 열을 흡수해서 고온에 도달해도 무방하도록 설계해야 한다.

NASA의 사업들을 돌아보면, 머큐리 우주선은 열차폐막을 히트싱크로 사용했으나, 제미니와 아폴로 계획[60]에서는 좀 더 가벼운 삭마성 열차폐막을 채택했다. 삭마성 재료는 증발-침식의 과정을 거치는데, 침식으로 떨어져 나가는 물질이 열 하중의 일부를 가져가는 방식이다. 그래서 이들은 어떤 의미에서는 열을 '견디지 못하는' 재료이지만, 우주비행체를 시원한 상태로 유지하는 것이다. 이는 실제로 중국인들이 FSH(Fanhui shi weixing) 재진입 비행체에 사용한 나무 열차폐막의 작동 원리와 동일하다. 나무가 재진입의

---

[60] 제미니 사업은 2명의 우주인을 지구 저궤도에 올려서 아폴로 계획의 장거리 우주여행에 대비하는 기술을 개발하는 것이 목표였음. 아폴로 계획은 우주비행사를 달에 착륙시켰다가 지구로 무사히 귀환시키는 것을 목표로 함.

고온을 직접 견딜 수는 없지만 서서히 침식되기 때문에 상대적으로 짧은 시간 동안 비행체가 고온 환경을 버틸 수 있는 것이다.

삭마성 재료는 '역류'라는 엔지니어링 원리를 이용한다. 산업 공정은 대부분 최소한의 열, 건조용 공기 또는 세척용 물을 사용해서 최대한 많은 양의 재료를 가열하거나 말리거나 씻어 내기를 원한다. 그 원리는 간단하다. 예를 들어, 어떤 재료를 건조하려면 재료는 컨베이어의 방향을 따라서 이동하게 하고 건조용 공기는 이와 반대 방향으로 흐르게 하는 것이다. 이렇게 하면 거의 건조된 재료가 가장 건조한 공기를 먼저 만나게 되고, 가장 축축한 재료는 수증기로 거의 포화된 공기를 접하게 된다.

톰은 또 하나의 예를 들어서 설명해 주었는데, 최소한의 물을 사용해서 매우 더러운 옷 더미를 깨끗하게 씻는 일이었다. 여러 대의 세탁기를 한 줄로 세워 놓고 더러운 옷들을 하나의 세탁기에서 다음 세탁기로 차례차례 옮기는 것이었다. 가장 더러운 물을 사용하는 세탁기로 더러운 옷들을 세탁한다. 그러고 나서 덜 더러운 물을 사용하는 세탁기로 옮기고, 이 옷들이 깨끗한 물을 사용하는 세탁기에 들어가게 될 때까지 이런 과정을 반복하는 것이다. 그동안 깨끗해진 옷들을 세척하고 난 물을 다음 단계의 세탁기로 흘려보내는데, 마지막 단계에 있는 세탁기의 더러운 물이 약간 덜 더러워질 때까지 이러한 과정을 반복하는 것이다. 깨끗한 물부터 아주 더러운 물까지, 여러 대의 세탁기에서 한정된 양의 물이 가진 세정 능력을 최대한 활용하는 방식이기 때문에, 최소한의 물을 사용해서 세탁할 수 있는 것이다. 재진입 열차폐막도 유입되는 뜨거운 대기 가스(톰에 의하면 플라즈마) 방향으로 냉각제를 이동시켜 외부로 부터의 열 유입을 최소화하도록 이러한 원칙을 활용할 수 있다.

중국인들이 사용한 나무 차폐막도 이 방식을 활용한 것이다. 가열된 나무는 바깥 면에 탄화 세라믹인 숯을 형성하고, 숯 사이 틈으로 증발한 유체들이 흘러가는 것이다. 유입된 열은 숯 표면 위에서 사방으로 멀리 퍼져 나가고, 열을 흡수한 유체들이 덜 뜨거운 쪽에서 좀 더 뜨거운 쪽을 향해 흘러가는, 바깥 방향의 유동을 만들어 내 비행체 내부를 시원하게 유지할 수 있다.

나무 1킬로그램 또는 아폴로 열차폐막인 화장실용 코킹(caulking) 재료 1킬로그램을 증발시키려면 얼마나 많은 열이 필요한지는 비교적 쉽게 결정할 수 있다. 증발시키는 데 들어간 열량 값을, 동일한 재료를 삭마 용도로 사용할 경우, 다른 말로 하면 증발된 기체가 열을 안고 흘러가도록 할 경우, 이들을 증발-침식시키는 데 들어가는 열량과 비교해 볼 수 있다. 일반적으로는 증발에 필요한 잠재 열만을 고려해 예측한 열량 값에 추가로 1킬로그램에 3~5배의 에너지가 더 들어가야 삭마가 일어난다. 다시 말하지만, 이는 역류의 법칙 때문에 가능한 일이다. 이 때문인지 과거의 재진입 비행체들은 삭마성 재료를 해결책으로 선호했다. 삭마성 재료들은 재진입 가열 문제를 다룰 경량화 방안을 제시했으며, 만일 이들이 사용했던 삭마성 재료가 탄화된 숯처럼 세라믹 표면을 형성하는 재료였다면 세라믹에 의해서 열을 더 복사해서 방출했을 것이고, 열차폐막은 그만큼 더 가벼워졌을 것이다.

미사일 탄두는 충돌 또는 폭발 시점까지 계속해서 높은 속도를 유지하며 탄도 궤적을 그리며 날아가고, 이 탄두는 엄청난 고온을 견뎌야 하기 때문에, 설계자들은 1킬로그램에 11,645킬로줄이라는 삭마 에너지를 지닌 탄소-탄소 복합재료 계열의 재료를 선호한다. 목성 대기에 진입했던 갈릴레오 탐사선은 탄소-탄소 복합재료 계열의 열차폐막을 사용했는데, 이 차폐막의 두께는 겨우 5~7.5센티미터 수준이었다.

그러나 이 해결책들은 모두 소모성 비행체를 대상으로 했다. 1960년대에는 콜룸븀(columbium)과 같은 고온용 금속 재료를 사용하는 재진입 열차폐막에 대한 연구가 활발했다. 그러나 금속재료를 사용한 열차폐막은 몇 가지 중대한 문제가 있었다. 이들은 1제곱미터당 중량이 높은 편에 속했고 고온을 견디는 수용력도 제한적이었다. 재진입 과정에서 산화제로 가득한 대기 환경을 만나면 침식이 잘 일어나는 약점도 있었다. 이러한 문제로 인해서, 재사용이 가능한 삭마성 재료를 고려하게 되었고, 삭마성 재료를 사용해서 가벼우면서도 단순한 방식의 열차폐막을 만들어 냈다.

그럼 이제 재사용이 가능하거나 교체가 가능한 삭마성 재료를 재진입용 열차폐막의 표면에 적용할 수 있도록 만들어야 했다. 예를 들어, 비행체 표면에 이 재료를 뿌리는 방식을 사용할 수도 있었다. 착륙 후에 타 버린 삭마성 재료를 긁어서 제거하고 다음 비행 전에 새로운 재료를 적용하면 되는 것이다. 최고 기록을 세웠던 X-15[61]의 비행 시 이러한 방식을 실험했으며, 이때 사용한 삭

---

[61] 노스아메리카 항공사가 개발하고 미 공군과 NASA가 고도 80킬로미터 이상에서의 우주환경을 검증하는 용도로 운용한 극초음속 실험비행기로 2018년 현재까지도 초속 2.0킬로미터라는 유인 동력비행의 최고속도를 보유하고 있음.

마성 재료는 마틴에서 개발한 MA-25S였다. 그러나 재진입 가열로 타 버린 삭마성 재료를 비행체로부터 제거할 수 없었다. 이 시도 때문인지 삭마성 재료의 교체는 불가능한 작업이라는 공감대가 생겨 버렸다. 그래서 더 이상 이런 방향의 연구가 이어지지 않았으며 삭마성 재료의 원리를 사용하는 재사용형 열차폐막을 개발하려는 움직임도 전혀 없었다.

삭마성 냉각 방식을 포기하고, 재진입의 고온으로부터 비행체를 보호하려면 세라믹 타일이나 금속 재료를 열차폐막으로 쓸 수밖에 없었다. 금속재 열차폐막은 이미 언급한 대로 무거운 데다가 수용할 수 있는 최대 온도가 높지 않은 것이 문제였다. 그래서 우주 왕복선의 설계자들은 거의 전적으로 세라믹에 집중했는데, 세라믹은 금속 재료보다 가볍고 더 높은 온도를 수용할 수 있었으며, 이론상으로는 비행과 비행 사이에 재정비가 필요하지 않았다.

우주 왕복선의 타일 재료는 많은 점에서 놀라운 기술이지만 실망스러운 부분도 적지 않았다. 타일의 침식에 대한 우려 때문에 우주 왕복선이 비바람이나 우박을 통과해서 비행하는 것을 허용하지 않는 등 운용 조건이 제한적일 수밖에 없었다. 금속 타일을 사용하면 손상 없이 비구름을 통과해서 비행할 수 있는 이점이 있었다. 또한 세라믹 타일은 상대적으로 부스러지기 쉬워서 접착제 이외의 방식으로 기체에 붙이기가 어려웠다. 실제로 톰은 항공우주 업체의 경영자가 "우린 접착제로 붙이는 일 따위는 하지 않습니다"라고 자랑스레 말하는 것을 들었는데, 이들이 접착제를 선호하지 않은 것은 접착제의 무결성을 보증하기 어려워서였다.

이와 같은 타일의 특징 때문에, 우주 왕복선은 비행과 비행 사이에 3만 시간의 수리 작업을 필요로 하게 되었다. 타일이 우주 왕복선의 최대 약점이 된 것이다. 알루미늄 지지부에 타일을 부착하는 RTV 접착제가 온전한 상태인지를 확인하기 위해서 비행마다 타일 하나하나를 확인해야 했다. 그리고 발사대에서 대기하는 동안 왕복선의 타일들이 비에 젖지 않도록 타일을 방수 처리해야 했다. 게다가 엄청난 숫자의 구멍과 수분의 통로를 타일마다 검사해서 수리해야 했다. 우주 왕복선이 타일을 재사용했다는 점은 인정하지만, 비행마다 타일들을 벗겨 내서 버리는 시스템을 채택했으면 비행과 비행 사이의 작업 시간과 비용을 줄일 수 있었을 것이다. 우주 왕복선에 쓰인 타일 재료는 재사용 발사체의 설계 작업을 시작할 때 우선 고려해 볼 만한 재료였다. 단순한 탄도 재진입 비행이라면 새롭게 개선된 타일 재료를 적용할 수 있을 것이다. 하지만 아직까지 타일의 기본적인 문제는 그대로 남아 있었다.

톰은 NASA 에임스 연구소가 새롭게 개발한 3차원 직물 덮개를 상단용 열차폐막으로 눈여겨보기 시작했다. NASA는 우주 왕복선의 공력 하중이 낮아 강성이 덜 요구되는 부위에 이 직물 덮개로 타일을 대체하려고 했다. 이 재료는 바닥층, 표면층 그리고 바닥층과 표면층 사이를 왔다 갔다 하면서 삼각형 모양의 빈 공간을 형성하는 직물층으로 구성되어 있다. 그리고 이 세 층은 한 번에 엮여 있다. 중간에 놓인 직물층에는 넥스텔440(Nextel 440)과 같이 유연성이 좋고 고온에 잘 견디는 섬유를 쓰고, 표면층에는 실리콘 카바이드 섬유를 쓴다. 그리고 직물의 작은 틈새들은 양털 모양의 석영 섬유로 채운다. 수소 탱크 아랫면을 커버하는 반구형 열차폐막은 하나의 직물로 짤 수 있을 것으로 보였으며, 이 열차폐막을, 열차폐 덮개의 바닥면에 짜 넣거나 꿰맨 넥스텔440 끈들을 이용해서 수소 탱크의 하단 중앙에 위치한 엔진 개구를 두른 후, 상단의 옆면에 체결할 수 있을 것으로 보였다. 그러고 나서 작고 전개가 가능한 두 번째 열차폐막을 사용하면 엔진 개구를 막을 수 있었다.

엔지니어들은 3차원 직물 덮개와 유사하지만 좀 더 단순한, 용광로용 고온 세라믹 덮개도 검토하고 있었다. 석영 펠트로 만든 배튼[62]을 덮개 모양으로 형성하면 주름을 잡을 수도 있었다. 금속재 체결류들을 써서 이 주름진 바닥면들을 안쪽에 놓인 열차폐막의 지지 구조체에 묶을 생각이었다.

톰은 실용적으로 보이는 이 덮개에 완전히 만족하지 못했고, 좀 더 제작이 용이하면서도 구조체의 온도를 더 낮게 유지할 대안을 계속해서 찾았다. 게다가 상단 엔진부를 둘러싼 열차폐막 안쪽에 히트싱크가 될 구조체가 없는 것이 문제였다. 톰이 이미 설명했지만 히트싱크가 없으면 열차폐막 안쪽 면의 온도가 바깥 면만큼 가파르게 상승한다. 결과적으로 많은 열이 엔진부로 복사되는 것이다. 톰은 엔진과 엔진부 안쪽 면에 물을 뿌리는 것 같은 상대적으로 간단한 방식으로 대처할 수도 있다고 생각했지만, 강건성이 더 높은 시스템을 적극적으로 찾고 있었다.

1970년대 초 보잉이 대형 발사체 연구를 하면서 제안했던 방식이 있는데, 이는 단순히 열차폐막 안쪽에 물을 뿌리고 증발된 물로 재진입에 의한 열을 흡수하는 방식이었다. 전형적인 탄도 비행

---

[62] Battens. 나무, 플라스틱, 금속재, 유리섬유 등 다양한 재료로 만든 띠처럼 가늘고 긴 재료.

체로 재진입할 경우, 총열하중이 1제곱미터당 28,392킬로줄이고, 물을 증발시키는 열량은 1킬로그램당 2,329킬로줄임을 고려하면, 1제곱미터의 열차폐막을 냉각하는 데 12.2킬로그램의 물이 필요하다. 1제곱미터당 12킬로그램이 넘는 물에 더해 열차폐막에 물을 공급할 금속재로 된 구조체와 배관류 등이 필요해지므로, 전체적으로 중량이 늘어날 수밖에 없었다. 이들이 중량을 꽤나 많이 증가시켰으나, 보잉이 고려했던 발사체들은 상당한 규모였기 때문에 물로 냉각하는 열차폐막도 실현 가능한 아이디어로 보였다. 발사체의 크기가 증가하면 전체 중량이 그 크기의 세제곱으로 증가하는 반면, 발사체의 표면적은 크기의 제곱에 비례해서 증가하기 때문에 열차폐막도 크기의 제곱으로 늘어난다. AM&M 궤도선의 중량에 100배인 4,536톤이 나가는 발사체라도, 그 표면적은 겨우 20배 정도이므로 열차폐막도 그만큼만 늘어난다. 그러므로 보잉이 사용한 열차폐막의 면적과 중량은 사실 AM&M이 제안하는 비행체에 사용할 열차폐막의 면적에 5분의 1 수준인 것이다. 물론 보잉이 사용한 탄도계수가 더 큰 것은 보잉의 발사체가 더 높은 열 하중을 겪었음을 의미하며, 여기서의 탄도계수는 1제곱미터의 열차폐막이 갖는 중량(정확히 말하면 질량)이다. 그렇지만 보잉 발사체의 열차폐막 면적이 상대적으로 좁았기 때문에 열차폐막의 중량 요구조건을 맞출 수 있었다. 그리고 이 시스템은 재사용에 적합해 보였다. 그래서 톰은 이 열차폐막을 대신할 예비 장치를 마련하려고 몇 명의 엔지니어들에게 수냉식 열차폐막을 설계하도록 주문했다. 현재의 예측대로라면 열차폐막의 중량이 670~900킬로그램이었다. 열차폐막의 중량 목표는 270킬로그램이었으므로, 시도해 보지도 않고 400~630킬로그램의 페이로드를 잃을 수는 없었다.

톰은 사실 로켓엔진의 연소실에 적용됐던 증발 냉각에 더 관심을 갖고 있었다. 1950년대에 독일인들이 재진입용으로 증발 냉각식 열차폐막을 제안했는데, 이는 기본적으로 물을 삭마재로 사용하는 것이었다. 증발 냉각을 사용하는 구조체는 어떤 재료보다 훨씬 더 높은 열 하중을 버틸 수 있기 때문에, 냉각이 정말 어려운 것으로 유명했던 극초음속 여객기용 최첨단 재료에 이 증발 냉각을 적용해 보려고 다양한 방안을 고려했다. 이름 그대로 증발 냉각은 마치 땀을 흘리는 것처럼, 표면에 수없이 작고 촘촘한 구멍들을 내고, 물과 같은 냉각수나 유체, 아니면 가스 상태의 수소를 투과시켜 비행체 표면의 경계층에서 흘러가도록 만드는 것이었다. 이러한 유체의 흐름이 비행체로부터 열을 덜어내므로, 증발 냉각의 원리도 삭마성 냉각과 크게 다르지 않았다. 하지만 구조체를 깎아 내는 것이 아니라, 단지 냉각용 유체를 소모하면 되었다. 그래서 보잉의 대형 발사체 설계는 1,054킬로줄을 흡수하기 위해 0.45킬로그램의 물을 필요로 한 반면, 증발 냉각 시스템을 잘 설계하면 6분의 1킬로그램 또는 10분의 1킬로그램의 물로 동일한 열을 흡수할 수 있었다.

그러나 증발 냉각 방식을 사용하려면 우선 열차폐막의 전체 표면에 유체를 흘려보낼 무수한 채널들을 포함한 경량 구조체를 설계해야 했다. 그보다 더 어려운 문제는 냉각에 사용할 유체를 채널들을 통해서 골고루 배분하는 작업이었다. 냉각수의 흐름이 끊기거나 냉각수가 부족하면, 열차폐막이 부분적으로 타거나 뚫려 버릴 수 있었다. 항공우주 산업 분야가 50년 가까이 재진입의 경험을 쌓았는데도, 정확히 어떤 가열 프로파일이 열차폐막에 적용될지 예측해 내는 일은 여전히 과학보다는 예술에 가까웠다. 이는 적어도 비행시험을 통해서 열 하중이 어떤 수준인지를 확인할 때까지 상당한 안전 마진을 둘 필요가 있다는 의미였다.

톰은 이 난관들을 극복해 보자는 취지로 재진입 전문가들로 소규모 팀을 구성하고 아이디어 회의를 해 왔다. 상대적으로 젊은 축에 드는 팻 니콜스가 팀을 이끌었는데, 팻은 우주 왕복선의 공정을 담당하는 협력업체에서 잠깐 일한 경험이 있고 그 전에는 미국 정부에서 인정하지 않는 비공식 개발 사업에 참여한 적도 있었다. 팻은 폭넓은 지식을 갖추었고 캘리포니아 공과대학에서 열역학 분야 석사 학위를 받았다. 팻과 그의 그룹원들은 비교적 저렴한 비용으로 시험할 수 있는 몇몇 혁신적 방법들을 고안하고, 그중 가능성이 보이는 방법에 대해서는 스케일을 키워서 프로토타입을 만들어 비행시험으로 검증할 요량이었다. 첫 번째 방법은 기본적으로 증발 개념을 이용하는 것이었다. 그들은 가열이 가장 심한 위치에 물이 충분히 도달하지 않은 때 발생하는 문제점을 완화해 보고자, 니켈과 티탄의 합금인 니티놀과 같은 형상기억 합금을 사용하는 개념을 고안했다. 이 니티놀 면재에는 1제곱미터당 수천 개의 구멍이 있는데, 이 구멍들을 플라스틱 변형으로 메워 버렸다. 이 형상기억 합금의 전이 온도가 섭씨 66~177도 사이에 오도록 제작했는데, 어떤 특정 위치에서 열차폐막의 표면 온도가 이 온도에 먼저 도달하면, 그 위치의 구멍이 열리면서 더 많은 물이 그곳으로 흐르도록 만든 것이었다. 이런 식으로 이 열차폐막은 열이 많이 발생하는 곳으로 많은 냉각제를 흘려보낼 수 있도록 구멍들을 적절히 열어주는 방식으로 유량을 스스로 조절하는 능력을 갖게 되었다.

또 다른 접근 방법은 수산화 결합 성분이 높은 화학적 합성물을 사용하는 것이었다. 지상과 진공 환경에서 화학적으로 묶여 있던 물이 재진입 가열 조건을 만나서 방출되고, 이 물이 증발 냉각이나 삭마성 냉각 메커니즘으로 작용하는 방식이다. 이 방식을 사용하면 매우 가벼운 열차폐막을 제작할 수 있을 것으로 보였다.

이 메커니즘이 주택과 사무용 건물을 화재로부터 방호하는 기본 개념이다. 방화벽을 건식 벽체나 석고로 만들고 겉면에 종이를 씌워 회반죽판을 완성한다. 학생들이나 예술가라면 다들 잘 알겠지만, 석고는 황화칼슘을 물과 섞어서 반죽하는데, 이 반죽은 딱딱하고 밀도가 높은 분필처럼 급속도록 굳어 버리는 성질을 보인다. 흥미로운 것은 이러한 과정을 거꾸로 뒤집을 수 있다는 것인데, 열을 가하는 순간 물을 방출하고 건조한 황화칼슘 가루로 돌아가는 것이다. 불에 노출된 건식 벽체는 이와 같이 물을 방출함으로써 증발 냉각 작용을 하고, 불이 벽을 뚫고 지나가는 것을 지연시킨다. 두께가 1.25~2.0센티미터인 건식 방화벽은, 화재의 규모에 따라 다르긴 하겠지만, 30분 또는 그 이상 화재를 저지할 수 있다.

팻과 그의 그룹원들은 이 개념을 사용해 재진입 열차폐막을 만들어 볼 수 있다고 생각했다. 물론 석고로 비행체의 바닥을 덮으면 벗겨져 날리기 십상인 데다 과도하게 무거워질 수 있었다. 그러나 이 회반죽 이야기에 작동 원리가 숨어 있었다. 우주의 진공 환경에서는 수산화물에 물을 단단히 붙잡아서 증발을 방지하고 있다가, 재진입 중에만 수분을 내놓을 적절한 물질을 찾아내, 이 물질을 다시 물을 뿌리거나 습한 대기 중에 비행체를 세워 두는 것만으로 손쉽게 수산화물로 되돌릴 수 있다면, 가벼우면서도 재충전과 재사용이 가능한 열차폐막을 갖게 되는 것이다. 팻은 황산마그네슘, 석고, 제올라이트(zeolite)와 같이 분자 구조 내에 물을 40퍼센트 수준까지 포함할 수 있는 재료 가운데 손쉽게 구할 수 있는 것들을 사용해서 초기 시험을 해 볼 작정이었다. 만일 기본적인 물성이 효과적인 것으로 판단되면, 팻은 화학자들에게 의뢰해서 물의 중량비가 더 높은 리튬 산화물이나 보론 수산화물과 같은 화합물질을 여럿 찾을 수 있을 것으로 확신했다.

톰은 팻과 그의 그룹원들이 물 대신 수소를 냉각제로 사용하는 방법도 살펴보기를 원했다. 로켓엔진 설계자들이라면 수소의 엄청난 냉각 능력을 익히 알고 있을 텐데, 수소는 섭씨 1도에 대해서 1킬로그램당 14.2킬로줄의 비열 값을 갖는다. 이는 수소 1킬로그램의 온도를 섭씨 1도 올리기 위해 물에 비해 거의 3.5배의 열을 흡수하고 알루미늄에 비해서는 거의 15배의 열을 흡수함을 의미한다. 비행체는 재진입을 하는 동안 1제곱미터당 28,392킬로줄의 열파동을 겪게 될 것이고, 수소를 섭씨 538도까지 가열하도록 하면 1제곱미터의 열차폐막은 0.45킬로그램 이하의 수소를 필요로 한다. 마그네슘으로 매우 가벼운 열차폐막을 제작하고, 수소를 열차폐막 내부에 설치된 채널들을 따라서 흐르도록 하면, 섭씨 538도에서도 열을 흡수할 수 있는 것이다. 수소의 저장에 큰 체적이 필요한 것이 문제였고, 게다가 이 액체수소를 비행체가 궤도에 있는 동안에도 저장하고 있어야 했다. 또 비행체가 낮은 대기층에 진입하고 나면 배출된 수소가 점화될 가능성이 있는 것도 문제였다. 수소를 그냥 배출하는 대신, 물을 사용하는 시스템처럼 형상기억합금 박막을 통해서 일정한 열이 가해지면 배출되게 하거나, 자동차에 적용할 목적으로 개발된 화학적 매체에 열을 가하면 저장된 수소가 풀려나는 현상을 이용해서, 수소를 증발 냉각제로 사용하는 방법도 있었다. 수소를 함유한 경량 화합물은 이론적으로는 수산화 기법처럼 다시 충전할 수 있으며, 수산화물에 비해서 훨씬 낮은 중량을 갖게 된다.

이들은 열을 흡수하면 상변이가 발생하는 재료를 사용해보려는 아이디어도 탐색하고 있었다. 상변이가 일어나는 소금을 열에너지를 저장하는 용도로 사용한 것은 잘 알려진 사실이다. 우주정거장의 초기 설계에서는 상변이 물질을 사용해서 태양에너지를 저장하고 지구의 그림자 구간을 통과하는 동안 이용하는 것을 고려했다. 그러나 기술적으로 위험한 부분들이 알려져 재래식이라고 할 수 있는 태양전지를 더 선호하게 되었고, 이 방식을 결국 포기했다. 팻의 그룹원들은 리튬 수소화물을 열차폐막에 사용할 후보로 고려했는데, 이 물질은 상변이 온도가 상대적으로 높은 섭씨 688도여서 1킬로그램당 2,557킬로줄의 에너지를 흡수할 수 있다. 리튬 수소화물을 두 개의 금속재 포일 사이에 넣고 섭씨 688도에서 열을 흡수하도록 만들 수 있었다. 아니면 금속재 대신 얇은 세라믹 층으로 외부 포일을 대체할 수도 있었는데, 이렇게 해서 유입되는 열의 대부분을 다시 방사시키고, 나머지 열은 리튬 수소화물로 흡수한다는 것이다.

마지막으로, 이들은 베릴륨 열차폐막에 고열로 녹인 세라믹 가루를 뿌려서 표면 처리를 하고, 그 밑에 알루미늄 탱크 벽면을 둘러싸고 있는 상변이 층을 넣는 식으로 다양한 접근법을 조합하는 것도 고려했다. 그렇지만 톰은 여전히 에임스 연구소에서 개발한 3차원 직조 덮개와 재충전이 가능한 수산화 화합물을 조합하는 것을 선호했는데, 이렇게 하면 덮개를 좀 더 낮은 온도에서 사용할 수 있다는 장점이 있었다. 이들은 물을 머금을 제올라이트를 요구조건에 맞게 만들어 내는 데 집중하고 있었다.

톰은 팀원들이 내놓은 모든 아이디어를 기꺼이 시도할 의향이 있었으며, 비교적 낮은 비용으로 시험할 수 있는 경우라면 더더욱 그러했다. 실험용 열차폐막(프로토타입 샘플)의 경우, 산소-아세틸렌 토치 또는 산소-수소 토치를 사용해서 그다지 정밀하지 않은 방식으로도 시험해 볼 수 있었으나, 재사용 삭마성 기법이나 상변화 기법들은 재진입 과정처럼 열이 적용되는 순간에 대기 압력이 낮은 조건에서만 작동한다. 재진입 과정의 최대 가열은 대기층을 99퍼센트 벗어난 환경에서만 발생한다. 그러므로 열차폐막 개념들을 제대로 시험하려면, 아크제트 엔진 시설이 필요하게 된다. 아크제트 엔진은 전기적인 아크를 사용해 고온 저압의 플라즈마를 생성하고 이를 가속시켜서 열차폐막 모델에 충돌시킬 수 있다. 그러므로 그들은 다양한 재진입 조건을 비교적 정확하게 시뮬레이션할 수 있었다. 게다가 아크제트 시설이 몇몇 정부 연구소에 있었기 때문에 이러한 시험을 수행하고 그 비용을 감당할 수 있었다. 이 실험 과제에 실제로 비행하게 될 프로토타입을 포함시켜 하나 이상의 개념을 비행시험으로 검증할 수 있게 되었다.

톰은 양산에 들어가기 전까지 열차폐막 방식을 선택할 계획이었지만, 한 가지 이상의 열차폐막 개념을 양산 비행체에 적용할 수 있도록 비행체의 설계를 충분히 유연하게 놔두고 싶어 했는데, 이는 유지보수 문제 또는 신뢰성 문제가 발생할 경우를 대비하려는 장기적인 전략이었다. 처음 도입한 시스템을 1년 정도 운용해 보고 이러한 문제점을 분명히 파악하기는 어려운 노릇이었다. 톰은 이러한 접근법을 전체 비행체의 설계철학으로 삼을 생각이었다. 실제 비행 경험을 바탕으로 비행체에 쓸 시스템을 반드시 재설계하게 될 것이고, 이때 기존에 보유해 온 비행체에 개량한 부품을 적용할 수 있어야 하는 것이다. 톰은 엔지니어들에게 열차폐막, 자세제어용 추력기, 패러글라이딩 날개, 엔진 등 사실상 기체를 제외한 모든 부분에 대해서 나중에라도 개량한 부품을 끼워 넣을 수 있도록 대비해 줄 것을 계속해서 강조했다.

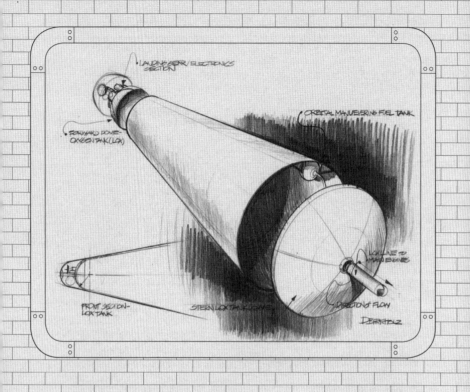

- LANDING GEAR / ELECTRONICS SECTION
- FORWARD DOME- OXYGEN TANK (LOX)
- ORBITAL MANUEVERING FUEL TANK
- LOX LINE TO MAIN ENGINES
- DIRECTIONS FLOW
- D.BARTHOLZ
- FRONT SECTION- LOX TANK
- STERN LOX TANK DOME

⑪장

추진제 탱크

열보호장치의 설계 방안은 내가 예상했던 수준 이상의 내용이었지만, 문제 자체를 좀 더 파악할 수 있는 기회가 되었고, 문제에 대한 톰의 균형 잡힌 시각도 엿볼 수 있었다. 그러나 복합재에 대한 고민은 시작조차 하지 않은 듯한 이 상황이 여전히 의문이었다. NASA와 협력업체에서 지난 10~15년간 수행한 사실상 모든 연구들이 차세대 재사용형 발사체를 위해 진일보한 복합재가 반드시 필요하다고 주장하지 않았던가. 소화 호스가 물을 쏟아내듯, 모르는 내용들이 또 한 차례 쏟아져 나올 것을 마음속으로 대비하면서, 톰이 복합재를 제외시킨 이유를 물었다. 톰도 NASA와 협력업체들이 지난 20년간 복합재 탱크에 관한 연구를 장려하고 폭넓은 연구를 수행했음을 잘 알고 있었으며, 액체산소를 다루기에 적합한 복합재 탱크를 모두가 만족할 수준으로 제작하면서부터는 이런 움직임이 더욱 활발해졌다는 데 동의했다. 그러나 장점만 보이던 복합재 탱크는 언론이 주목하지 못한 수많은 단점들로 인해서 수렁에 빠져 있었다. 무엇보다 복합재는 열전도율이나 균질성을 적절하게 갖추지 못해서, 재진입 열 하중을 흡수하는 히트싱크의 기능을 하지 못하는 것이 문제였다. 열보호장치를 학습한 이후로 이런 특성이 얼마나 중요한지는 익히 알고 있었다.

복합재의 두 번째 문제는 압력용기의 크기를 대형화하기 어렵다는 것이다. 버트 루탄이 복합재를 수작업으로 층층이 쌓아 올려, 대형 구조체를 합리적인 비용으로 제작할 수 있음을 증명해 보였는데, 루탄의 방식은 조인트를 많이 써야 하기 때문에, 압력하중이 걸리는 탱크의 경우에 이런 방식의 설계와 제작은 불확실성을 조장한다. 매우 성공적으로 사용된 제품인 부스터 고체모터용 고강도 탱크를 제작하려면 엄청나게 비싼 공작기계와 고압솥이 있어야 하는데,[63] 재사용형 극저온 구조체에 비하면 고체모터 케이스는 비교적 단순한 편에 속했다. 각종 배관을 연결하는 데 필요한 구조적인 상세 사항, 작업자를 위한 내부 접근 공간, 재사용형 극저온 단이 탱크에 요구하는 그 밖의 조건들이 복합재 구조체의 설계 및 제작 작업을 한층 더 어렵고 비싸게 만들었다. NASA와 록히드마틴의 스컹크워크가 추진했던 X-33 사업이 복합재 액체수소 탱크의 실패로 중단되었다는 것은 잘 알려진 사실이다.

비행기와 발사체를 개발하는 사업 초기에는 복합재가 금속재 구조체에 비해 중량상의 이점을 보이기는 하지만, 상세설계 단계에 이르면 복합재로 인한 중량 절감이 결국 거의 사라져 버린다. 제작 작업을 단순화하려고 하찮아 보이는 세부 사항까지 반영하고 나면 이전에 가정했던 복합재의 이점이 대부분 사라져 버리는 것이다. 비치 스타십[64]이 가장 유명한, 아니 가장 악명 높은 예시일 것이다. 이 터보프롭[65] 비행기는 복합재를 기반으로 양산해 낸 첫 비즈니스 제트기였지만 상업적으로는 오래가지 못하고 실패했다. 복합재로 만든 구조체의 중량이 증가해 항속거리가 제한되었고, 결과적으로 50대의 비행기를 제작하고 15년도 안 되어 대다수를 폐기하

63 액체 로켓 엔진과는 달리 고체모터는 고체 추진제가 담긴 탱크가 연소실로 쓰이기 때문에 탱크가 견뎌야 하는 압력이 매우 높은 편임.

64 Beech Starship. 군용이 아닌, 비즈니스 제트기로는 처음으로 복합재를 도입해서 전형적인 알루미늄 기체에 비해 경량화된 기체를 제작하는 데 성공했으나, 애초 목표 중량대비 500킬로그램 정도를 초과함.

65 turboprop. 연소가스로 구동되는 터빈이 프로펠러를 돌려서 추진력을 얻는 가스제트 엔진으로, 엔진 중량과 출력이 시속 700킬로미터 수준의 비행속도에서 최적화됨.

고 말았다.

상용 여객기들은 지난 25여 년간 점점 더 많은 복합재 구조 부품을 사용해 왔으며, 이 부품들은 주로 날개, 꼬리, 내부 인테리어에 쓰였다. 그러나 동체와 날개를 구성하는 여객기의 주요 구조체는 여전히 알루미늄에 의존하고 있었다. 복합재를 대형 구조체에 적용하는 것은 아직까지 도전적인 기술에 속했다. 복합재를 적용하는 것이 중량이나 성능 관점에서 더 나은 방법도 아니고, 유지 보수, 장기적인 피로수명, 흡열 수용력까지 고려하면 결코 더 나은 방법이 아니라는 것이다.

이런 이유로 톰은 진작부터 금속재, 그중에서도 알루미늄을 쓰기로 결정했다. 톰은 추진제 탱크의 제작 방식 중 가장 널리 쓰이는 두 방식에 대해서 설명해 주었다. 한 가지 방식은 '아이소그리드'라는 알루미늄 판재를 사용하는 것이다. 판재의 두께는 38밀리미터 정도인데, 이 알루미늄 판재의 90퍼센트 이상을 삼각형 형상으로 깎아 내, 한 번에 얇은 외피와 격자 모양의 보강재를 만들어 내는 방식이다. 아이소그리드는 효율성이 인정된 트러스 구조[66]의 삼각형 형상을 사용해서 구조체를 아주 가볍게 만들어 준다. 아이소그리드라는 용어는 판재가 등방성 재료처럼 거동한다는 사실을 주목하게 만드는데, 모든 방향으로 일정한 특성 값을 갖는다는 뜻이다.

탱크 설계자는 아이소그리드 패널을 도입하고 나서부터 설

---

[66] 직선 부재를 삼각형 형태로 배열하고 부재와 부재 간의 절점을 연결한 뼈대구조로 각 부재는 인장력과 압축력을 받도록 설계됨.

계 작업의 자유도를 갖게 되었는데, 탱크가 쿡쿡 찌르는 집중하중을 견디도록 필요한 위치에만 패널의 강성을 보강하는 식이었다. 용접이 필요한 모서리에는 재료의 강도가 떨어지는 것을 보상하기 위해서 아이소그리드 패널의 모서리 두께를 키우면 되는 것이다. 탱크에는 알루미늄 2219와 같은 고강도 항공우주용 합금을 사용하는 것이 일반적이다. 10년 전부터는 다른 알루미늄 합금들에 비해서 강도가 높으면서도 밀도는 10퍼센트 이상 낮은 알루미늄 리튬 합금을 사용하기 시작했다. 맥도넬더글러스가 최초로 쏘(Thor) IRBM 미사일에 아이소그리드 패널을 적용했으며, 나중에 가서 델타 계열의 발사체도 이를 도입했다. 록히드마틴은 우주 왕복선의 외장 탱크에도 아이소그리드 패널을 사용했다.

1960년대에 영국인들은 제너럴다이내믹스[67]의 자회사인 콘베어에서 개발한 방식을 도입해서 '블루 스트리크(Blue Streak)'라는 발사체를 제작했는데, 이들은 냉간 압연으로 만든 매우 얇은 고강도 스테인리스강을 사용해서 추진제탱크를 제작했다. 이 탱크는 '벌룬 탱크(balloon tank)'라고 불렸는데, 두께가 0.76밀리미터밖에 안 되어 아틀라스 1단과 센트루 상단 로켓의 매우 낮은 구조비를 가능하게 만들었다. 냉간 압연 스테인리스강을 사용하면 강도가 높은 면재를 만들 수 있는데, 면재의 용접이 강도를 저하시키는 것은 2000 시리즈 알루미늄 합금과 마찬가지였다. 아틀라스 발사체의 탱크 배럴을 만들려면 스테인리스강을 접합해서 용접해야 했고, 이 용접 부위는 형성된 배럴들을 실린더 형태로 용접하는 부위보다

---

[67] 미국을 대표하는 방위산업체.

최소 두 배는 강해야 했다. 스폿 용접[68]이 잘되는 스테인리스강을 사용하고, 배럴의 용접 부위에 위치한 탱크 안쪽에 스테인리스강 더블러[69]를 스폿 용접 함으로써 이 부위를 보강했다. 결과적으로 이 탱크들은 강하면서도 가벼웠다. 그러나 이름이 암시하는 것처럼 벌룬 탱크는 내부에 압력을 걸어야만 휘지 않고 잘 버틸 수 있었다. 아틀라스 발사체에 사용된 탱크들은 내부 압력을 0.2~0.35기압으로 유지해서 지상 작업 중에 구조적인 안정성을 확보했다.

비행 중 액체 추진제를 사용하는 발사체들은 1.4~3.4기압에 이르는 탱크 내부 압력으로 추진제를 엔진에 공급할 뿐만 아니라 추력 하중과 이륙 하중을 지지한다. 벌룬 탱크는 지상 하중 및 지상작업 하중까지도 압력에 의존해서 안정화하는 방식을 사용했다. 이 방식을 도입하면서 보강재와 다수의 구조적인 요소들을 설계에서 제거했기 때문에, 아틀라스 발사체의 탱크는 지금껏 제작된 것 중 가장 단순하고 가벼운 탱크에 속한다. 이런 장점이 있는데도 이 분야에 종사한 많은 사람들이 이 기술을 달가워하지 않았으며 페이퍼클립 작전[70]의 일환으로 미국에 와서 미 육군의 미사일과 NASA의 새턴 발사체 설계를 담당했던 독일 출신 엔지니어들은 특히 더 그런 반응을 보였다. 이들은 벌룬 탱크라는 개념을 받아들이지 않았다. 톰이 아틀라스 발사체 사업의 초기부터 전해져 내려오

---

68 구리 합금으로 된 두 전극 사이에 용접할 두 금속재를 두고 강한 전류를 작은 점(스폿)에 흘려보내는 방식으로 열을 발생시켜 용접하는 방식.

69 두 배로 덧댄 부위.

70 Operation Paperclip. 제2차 세계대전 후 독일 과학자들의 전범기록을 삭제하고 미국으로 빼돌린 비밀 작전.

는 재미난 일화를 하나 들려주었다. 아틀라스 개발 프로그램의 책임자였던 찰리 보사트[71] 수석 엔지니어는 3.2킬로그램이 나가는 유리섬유 망치를 늘 가까이 두고 있다가, 독일 출신의 NASA 대표단이 방문할 때마다 이 망치로 시험용 탱크를 쳐서 부숴 보라고 제안했다. 찰리는 손상이 전혀 나지 않는 것에 독일인들이 놀라는 모습을 지켜보며 즐거워했지만, 가격한 망치가 손을 떠나 제멋대로 날아갈 때, 이들이 얻어맞지 않으려고 재빨리 머리를 숙이는 모습을 보는 것을 더 좋아했다고 한다.

아틀라스 발사체가 40년간 성공적인 비행을 보여 주었음에도 벌룬 탱크에 의구심을 품은 사람들의 마음을 돌리지는 못했다. 1990년대 말에는 러시아산 RD-180 엔진을 사용하려고 아틀라스를 한참 재설계하고 있었는데, 콘베어를 흡수한 록히드마틴이 아이소그리드 방식의 알루미늄 탱크를 더 무겁고 덜 튼튼한데도 선호했기 때문에 벌룬 탱크는 중지되고 말았다.

톰은 그런 편견을 갖고 있지 않았다. 톰은 수백 번의 사이클을 유효한 상태로 버틸 수 있는 가벼운 탱크를 제작할 방법을 찾고 있었으며, 막연히 수천 번의 사이클을 희망하기도 했는데, 그가 아는 한 이런 방법은 아직까지 없었다. 그래서 제한을 두지 말자는 마음으로 이 문제에 접근하고 있었고, 면밀한 검토 끝에 구조적으로 간결하고 중량이 가벼운 벌룬 탱크 방식으로 가기로 결정했다.

비행체의 중량 배분 계획을 정하는 것은 설계의 첫 단계이

---

[71] Karel J. 'Charlie' Bossart. 벨기에 태생이며 미국에서는 찰리로 불림. 미 공군의 미사일 개발을 주도한 인물임.

며, 이 작업을 통해 탱크의 목표 중량을 설정할 수 있다. 궤도선의 이륙중량은 45톤이며, 그중 5,443킬로그램을 엔진, 구조체, 각종 서브시스템에, 2,268킬로그램을 페이로드에, 37톤을 액체산소 및 액체수소에 배분했다. 6 대 1의 혼합비를 가정하고 얼리지 볼륨[72]을 5퍼센트로 설정하면, 액체수소 탱크는 79세제곱미터의 체적이 필요하며 액체산소 탱크는 40세제곱미터의 체적이 필요했다. 센토루 스테이지와 셔틀의 외부 탱크를 중심으로 다양한 기존 탱크의 매개변수를 분석한 결과, 추진제 중량의 대략 3퍼센트 정도가 탱크 중량에 해당한다는 것을 알게 되었으며, 이를 궤도선에 적용하면 탱크 중량이 1,134킬로그램이며, 이러한 무게는 현재 기술로도 충분히 해결할 수 있다는 결론을 내렸다. 궤도선 구조체의 중량 배분 계획은 2,994킬로그램인데, 이는 추력지지부와 페이로드 탑재 공간을 포함한 값이었다. 톰은 소모형 발사체 탱크의 최소 예측중량을 기준으로 1.5배에 해당하는 값을 재사용형 발사체의 중량으로 취했으며, 외피의 최소 두께를 2.54밀리미터로 설정했는데, 이 값은 1제곱미터당 6.8킬로그램에 해당함을 고려하면, 두 추진제 탱크의 중량은 1,996킬로그램 수준이었다. 최소 두께를 사용하더라도, 피로로 인한 균열을 방지하고 재진입 가열을 흡수할 히트싱크로 기능할 수 있어야 했다. 1제곱미터에 6.8킬로그램인 알루미늄을 사용하고, 온도 상승을 섭씨 93도까지 허용하면, 알루미늄의 비열 값이

---

[72] 추진공급계는 탱크 내부에 가스를 불어넣어서 추진제탱크에 탑재된 추진제를 엔진 입구 쪽으로 밀어내는 기능을 하는데, 이때 탱크 내부에 추진제가 채워지지 않은 공간을 일부 확보해 두고 가압가스를 밀어 넣어야 안정적으로 추진제를 엔진으로 밀어 줄 수 있음. 여기서 얼리지 볼륨은 추진제가 충전된 상태에서 가압공간이 차지하는 체적을 의미함.

섭씨 1도당 0.9줄퍼그램(J/g)이므로, 히트싱크 수용력은 최소한 탱크 표면적을 기준으로 1제곱미터당 567킬로줄이 넘을 것으로 예상했다. 재진입 동안 발사체의 무게중심을 바닥 쪽에 가깝게 유지하는 것이 중요했기 때문에 산화제 탱크의 상부를 약간 더 얇게 만들 작정이었다. 단면적이 줄어든 원뿔대 상부에는 비교적 낮은 응력이 작용해서 좀 더 얇은 두께를 사용할 수 있었다.

다음 단계는 탱크의 재료를 선정하는 작업이었다. 일반적으로 항공우주 분야의 설계 방침은 고강도 합금을 사용해서 탱크를 제작한 후, 제작된 탱크를 압력시험으로 인증하고, 이 시험을 통과한 탱크로 한 차례 비행하는 것을 허용하고 있다. 이는 수많은 압력 및 극저온 사이클을 견뎌야 하는 재사용형 탱크를 요구하는 톰의 방침과 전혀 달랐다. 강도 값은 톰이 생각하는 주요 설계 기준이 아니었고, 오히려 응력과 부식에 의해서 발생한 균열을 얼마나 잘 견디느냐가 더 중요했다. 그래서 톰은 해수용 보트와 극저온 저장 탱크에 보편적으로 사용되는 알루미늄 합금을 참조해서, 그중 연성이 좋고 동시에 내부식성(耐腐蝕性)이 좋은 재료를 선별해 냈다.

7인방이 사업을 다음 단계로 추진할 조짐이 보이자마자, 톰은 500톤에 이르는 5083 H116 알루미늄 합금을 두께가 3.2밀리미터가 되도록 특별주문을 했다. 5083 H116은 강도와 피로강도가 높으며 내부식성이 뛰어난 데다 용접성까지 갖춘 우수한 합금이다. 그러나 톰이 가능한 한 가장 가벼운 탱크를 원했기 때문에, 재료를 딱 필요한 만큼만 사용해야 하는 상황이었고, 최상의 특성 값을 변동 없이 제공할 수 있는 견실한 재료를 사용해야만 했다. 얼마 전부터 톰과 함께 작업해 온 금속재료 전문가가 원재료의 순도를 엄격히 관리하면 합금의 일반적인 특성 값을 10퍼센트까지 올릴 수 있고, 특성 값이 항상 일정하게 나오도록 공정을 개선할 수 있다고 알려 주었다. 그래서 톰은 전자제품에 사용되는 순도가 매우 높은 알루미늄을 기본 재료로 선정했다. 그리고 나서 기계가공실에 특별 라인을 설치해 두고, 두께 변동폭이 ±10퍼센트인 판재를 하나하나 화학적으로 깎아 내서 기준 두께인 2.5밀리미터에서 ±1퍼센트의 변동폭을 갖도록 만들었다. 이들은 합금 재료를 철저하게 관리함으로써 항복 강도를 221메가파스칼로, 극한강도를 310메가파스칼로 끌어 올렸을 뿐만 아니라, 신율 특성 값[73]을 10퍼센트에서 15퍼센트 이상으로 끌어 올렸다. 이러한 공정 때문에 재료비 자체는 1킬로그램당 5,000원에서 5만 원으로 올라갔으나, 궤도선 하나가 3톤 미만의 알루미늄을 사용하므로, 비행체 전체 비용의 0.1퍼센트가 더 드는 것이었다. 톰이 알기로는, 재료의 특성이 떨어지기 전에 10~20퍼센트 정도 늘어난다는 얘기는, 제작 중 발생한 결함들이 대부분 한 차례씩 소성 변형[74]을 겪고, 하중과 응력을 재분배하기 때문에 재료에 균열이 발생하지 않고 압력용기의 경우에는 파열이 발생하지 않는다는 것을 의미했다. 하중 사이클[75]을 겪는 동안 재료가 매번 항복 강도에 도달하지 않도록 하는 것이 수명이 긴 탱크를 제작하는 비법이었다.

톰은 나를 재료실로 데려갔고, 수석 금속공학자 소어 싱벨

---

[73] 인장시험으로 측정하는 재료의 연성 정도를 나타냄.

[74] 재료의 탄성한계를 넘는 하중이 부과됐다가 제거될 때 재료에 남는 영구 변형.

[75] 하중의 부과와 제거가 반복되는 순환.

드에게 고응력이 걸리는 알루미늄 압력용기를 설계할 때 재료와 관련된 문제들을 자세하게 설명해 줄 것을 부탁했다. 소어는 설명에 앞서, 풍선의 표면이 모든 방향으로 늘어나는 것처럼 평면 응력 상태에 놓인 얇은 판재도 평면의 두 방향 또는 한 방향으로 늘어난다고 알려 줬다. 그러나 표면에 위치한 재료가 이처럼 늘어나면 내부에 위치한 재료는 압축력을 받는다. 그러므로 두께에 따라 다르긴 하지만, 판재 내부에 3축 응력이 작용하거나 모든 응력 평면에 힘이 작용할 수 있다. 재료의 연성은 3축 응력 상태에서 낮아지고, 이는 균열의 생성과 전파로 이어질 수 있기에 이 특성을 파악하는 것은 중요한 문제이다. 모든 구조체에는 제자된 순간부터 작은 결함이나 균열이 있어서, 수명을 다하기 전에 이 결함이나 균열이 성장한다. 구조체의 파단[76]이 발생할 때까지 균열의 성장을 연구하는 분야가 파열역학(fracture mechanics)이다. 재료의 갑작스러운 파열이 큰 재앙으로 이어지는 비행기, 잠수함, 핵 원자로, 재사용 발사체 등에서는 파열역학을 특히 중요하게 다룬다. 강도 조건을 만족시키는 것은 안전하고 성공적인 구조체를 설계하기 위해 필요한 여러 요인 중 하나인 것이다. 파열 인성은 재사용 구조체의 매우 중요한 특성이다. 파열 인성은 균열의 전파와 파열에 저항하는 재료의 성질을 나타내는 것이므로 높은 하중을 견뎌야 하는 재사용 구조체에서는 특히 더 중요하다.

사람들은 유리가 철강을 뛰어넘는 인장강도(引張强度)를 보인다는 사실을 잘 인지하지 못한다. 그러나 자동차 앞유리에 돌이

---

76 破斷. 재료가 둘 이상으로 깨어지거나 나누어지는 일.

날아와 부딪치는 상황을 경험해 본 사람이라면 일단 유리에 약간의 균열이 발생하고 나면 이 균열이 작은 응력에도 창 전체로 퍼질 수 있음을 알고 있다. 부스러지는 방식으로 파괴되는 유리의 성질은 구조재료로 적합하지 않은데, 이는 유리가 깨지기 전에 전혀 늘어나지 않는 편임을 의미한다. 게다가 구조체의 일부가 매우 높은 응력집중을 받는 경로는 작은 구멍, 균열, 긁힌 자국 등으로 수없이 많다. 평면응력 상태를 보이는 압력용기의 한 벽면에 벽면을 관통하는 작은 구멍 하나를 내면, 구멍 바로 옆에 위치한 재료는 구멍에서 멀리 떨어진 재료에 비해서 2배의 응력을 받게 된다. 작은 균열이라도 그 끝에는 거의 무한대의 응력집중이 발생한다. 이것이 유리에 일어나는 현상의 본질이다.

그러나 연성이 높은 금속재는 응력이 집중된 위치에서 좀 떨어진 부분들도 이 하중의 일부를 감당할 수 있다. 이러한 특성 때문에 우리는 강도 값을 대폭 잃지 않고 강철판이나 연성이 높은 면재들에 구멍을 뚫을 수 있는 것이다. 구멍 주변의 재료가 구멍 자리에 놓였던 재료가 지지했을 하중을 대신 받아 내는 것이다. 알루미늄을 포함한 대부분의 금속재는 응력 수준과 균열의 크기와 모양에 따라, 균열이 자라기도 하고 자라지 않기도 한다.

일반적으로 구조체가 반복되는 하중 사이클을 겪으면 기존에 발생한 균열들이 성장하게 된다. 주변에 부식성 물질이 있으면 이런 상황을 더 악화시킬 수 있는데, 이 부식성 물질은 균열이 발생한 자리에 놓인 구조체의 성분 가운데 화학적으로 더 활발하고 응력이 높은 부분을 적극적으로 공격한다. 알루미늄도 일단 일정 크기의 균열이 생성되면, 합금 종류와 응력의 크기에 따라 차이는 있지만, 균열이 급속도로 성장하거나 경우에 따라서는 순식간에 성장할 수 있다. 압력용기의 경우에는 결국 폭발적인 파열이 발생한다. 이런 문제가 가벼운 알루미늄 탱크를 설계하는 데 장애가 되는 셈이다. 파열역학을 사용하면 균열의 성장 여부를 균열의 크기와 압력 사이클 값으로 예측할 수 있다. 보다 단순한 해결책으로는, 제작 이후 탱크를 면밀히 검사해서 특정 크기를 넘는 균열이 없는 것을 확인하는 방법이 있다. 최소한 이러한 해결책은 소모형 발사체에 적용이 가능하다. 그러고 나서 비행 중에 겪을 하중보다 훨씬 더 높은 수준의 압력하중을 이 탱크에 걸 때 파열이 관찰되지 않으면, 탱크 내 균열들이 임계 크기보다 작은 것이므로 특정 사이클에 대해서 탱크의 사용을 인증할 수 있다.

톰의 설계 기준은, 재사용 발사체용 탱크는 균열이 임계 크기 이상으로 성장해서 재앙 수준의 파열로 이어지기 전에 새어 나가기 시작해야 한다는 것이다. 그래서 신율이 15~20퍼센트에 이를 정도로 연성이 높아서, 파열 전까지 많이 늘어날 수 있고 내부식성이 좋은 알루미늄 합금 5083 H116을 탱크 재료로 선정한 것이다. 알루미늄이 이미 존재하는 균열을 따라 갈라지거나 찢어지는 특성은 합금의 연성, 재료 내부에 작용하는 응력 수준에 따라 달라질 뿐만 아니라, 재료의 두께에 따라서도 달라진다. 알루미늄 호일처럼 두께가 매우 얇은 알루미늄은 쉽게 찢어지고, 두께가 25.4밀리미터 이상인 판재는 부스러지고 파열되는 경향이 있다. 알루미늄은 그 두께가 2.5~6.2밀리미터 사이일 때 가장 질긴 성질을 보이는데, 이는 우연히도 궤도선의 추진제 탱크에 아주 적절한 범위이다.

소어는 벌룬 탱크라는 개념과 순도가 매우 높은 5083 H116 알루미늄 합금의 비축 이외에도, 수명이 긴 가벼운 탱크를 만들 또 하나의 비밀 병기를 숨겨 두고 있었다. AM&M은 다량의 알루미늄 판재를 한 무더기씩 구매하고 있어서, 소어의 기술자들은 특정 무더기의 알루미늄으로 구조실험용 쿠폰과 샘플을 잔뜩 만들어서 실제 특성 값을 철저하게 시험할 예정이었다. 그러면 항복 강도와 극한 강도, 연성, 임계 균열의 크기, 노치에 대한 민감도 그리고 심지어는 열팽창계수와 같은 재료 특성을 측정해서, 설계 분석에는 핸드북 값이 아니라 실제의 엔지니어링 값을 사용할 수 있게 된다. 결국 10배 이상의 가격을 지불하면서까지 알루미늄을 구매한 것은 더 좋은 재료 특성 값을 확보해서 사용하기 위함이었다.

이제 벌룬 탱크의 장점을 최대한 살려 볼 작정이었다. 압력으로 탱크를 안정화시키면 탱크에 작용하는 하중은 대부분이 인장력이며, 이 조건을 컴퓨터 모델로 만들고 분석하는 작업은 쉬운 일에 속했다. 정확한 분석이 가능하면 설계자는 안전계수를 최소화해서 매우 가벼운 구조체를 설계할 수 있다(나중에 더 논의하겠지만 안전계수는 사실 불확실성 계수로 부르는 편이 더 적절하다). 또한 액체산소 탱크와 수소 탱크 사이에 놓인, 원뿔대 모양의 탱크연결부도 벌룬 탱크로 만들 예정이었다. 탱크연결부 구조체에도 추진제 탱크와 마찬가지로 인장력을 거는 것이다. 첫 비행 1분 동안 페이로드와 승무원을 태울 탱크연결부는 대기압보다 0.3바(bar)만큼 높은 압력으로 유지할 것이고, 그동안 발사대에서 받은 하중에 비해서 4배 이상의 하중을 겪게 된다. 이 시점 이후로는 해수면 압력인 1.0바(bar)로 낮출 것인데, 고고도에서는 이 값으로도 구조체를 인장력하에 둘 수 있다. 탱크연결부는 발사대에서 액체산소 탱크를 지지해야 하며, 내부압을 사용해서 발사하중을 지지하면 훨씬 더 가벼운 구조체로 만들 수 있었다.

　　소어는 마찰교반 용접이란 기술을 적용할 생각이었는데, 마찰교반 용접은 독특한 회전 도구로 용접할 부위를 따라가면서 아래로 누르는 힘을 주어 마찰열을 가하는 기술이다. 이 마찰열은 재료를 녹이지 않은 상태에서 소성화해 물러지게 만들고, 또한 이 마찰열을 두 판재의 연결선을 따라 이동하도록 만들어서, 소성화된 금속을 도구의 전방 날에서 후방 날 쪽으로 이동시킨다. 그 결과 두 판재 사이에는 고체 상태의 접합이 발생하고 용접이 이루어진다. 교반 용접은 용융온도에 도달하지 않기 때문에, 일반적인 용접과는 달리 알루미늄 재료의 특성을 약화시키지 않는다. 이와 동시에 이 공정을 사용함으로써 용접에 의해 흔히 발생하는 균열, 불순물의 함유, 작은 구멍 등의 결함을 피할 수 있다.

　　탱크 제작에 사용할 알루미늄 패널을 100퍼센트 전량 열유동 기법으로 검사하고 나서 두께가 설계 값 2.54밀리미터의 1퍼센트 이내에 들도록 화학적으로 깎아 낼 예정이었다. 각종 판재들을 압연과 스피닝(회전 성형)으로 만들어 조합한 후 전부 마찰교반 용접으로 탱크를 만든다는 것이 소어의 계획이었다. 그 후 초음파 영상을 사용해 탱크의 두께 프로파일을 전체적으로 생성하고 컴퓨터에 저장한 뒤, 균열 검사를 목적으로 열 분산 검사를 수행할 예정이었다. '스트레스 포토닉스'라는 위스콘신 주에 위치한 중소기업이 이와 같은 열 분산 검사 기법을 개발했는데, 기본적으로 검사할 재료에 적외선 광선을 비추는 작업이다. 재료 표면에 미세한 균열이 조금이라도 있으면 재료를 통과하는 열 유동을 방해하게 될 것이고, 그래서 이 미세 균열이 예상된 열 확산 패턴을 뒤틀어 놓는다. 이 시스템으로 매우 미세한 사이즈의 균열도 감지할 수 있게 된다. 탱크 표면에 발견된 모든 균열은 교반 용접으로 수리할 수 있다.

마지막으로, 탱크에서 군더더기에 해당하는 부분을 선별해서 제거하여 필요 없는 중량을 제거할 계획이었다. 소어는 켐밀링[77]으로 탱크를 화학적으로 깎아 내는 여러 방법에 대해 고민 중이었다. 켐밀링은 알루미늄을 매우 정밀하게 깎아 내기 위해서 알칼리성 용액을 사용하는 공정인데, 소어는 이 공정을 전통적인 기계가공이 적용되기 어렵거나 기계가공을 하면 표면이 너무 거칠어질 위치에 적용할 계획이었다. 알칼리성 용액으로 제거하지 않을 부분을 보호하기 위해서 매스킹 재료 또는 '레지스트'를 사용한다. 지금 시점에서 가장 유력시되는 방법은 로봇 기반 시스템을 사용해서 필요한 곳에 레지스트 층을 깔고, 이어서 레지스트 층이 없는 곳이면 어디든지 깎아 내는 켐밀링을 사용하는 것이었다. 탱크의 중량이 최소가 되도록 내부를 정밀하게 깎아 내고, 이 공정을 0.0125밀리미터의 정밀도로 깎는 작업을 반복할 생각이었다.

구조 그룹은 설계 및 제작을 지원하기 위해서 비행체를 대상으로 상세 유한요소 해석 모델을 개발하고 있었다. 톰은 유한요소 해석이 응력 수준을 예측하는 설계 도구로서 유용하기는 하지만, 해석 결과들은 실제 탱크를 다룬 것이라기보다는 구조체의 모

---

[77] 화학처리가공(Chemical milling)의 약칭.

델을 분석한 것이므로, 이 결과에 너무 지나치게 의존하지 않도록 주의를 기울여야 한다고 설명해 주었다. 그의 설명에 따르면 유한요소 해석은 실제 하드웨어를 놓고 하중 시험을 수행해서, 실험 데이터와 해석 결과의 상관관계를 파악하거나 실험 데이터의 의미를 분석할 때 가장 유용했다.

컴퓨터상에 분석 모델을 만들고 난 후, 양산 탱크와 동일한 두께를 갖는 서브스케일 탱크를 제작했다. 이 서브스케일 탱크에는 응력집중을 발생시키는 각종 다양한 세부 특징들을 구현했는데, 사람이 드나드는 작업창, 추진제 라인과 가압 라인 설치용 부속품들, 데이터선과 통신선 보호용 파이프, 브래킷과 보강재 등이 포함됐다. 서브스케일 탱크로 시험하려면, 실물 크기의 탱크에서 나타날 응력을 재현하도록 가압해야 한다. 4 대 1 축소형 탱크에 대해서는 내부압을 실물 탱크에 적용할 값의 4배로 올려야 한다. 또 10 대 1 탱크에 대해서는 10배의 압력을 걸어야 한다. 필드 전체를 대상으로 하는 광탄성 기법을 써서 서브스케일 시험의 데이터를 측정하는데, 이 기법 역시 스트레스 포토닉스가 개발한 것이었다.

서브스케일 모델들이 파열될 때까지 압력을 올려 가는 것이 마지막 시험이었다. 이를 통해 극한 하중을 검증할 수 있고 과도한 응력집중이 나타나는 세부 특징들을 골라낼 수 있었다. 산화제 탱크의 하부 돔과 수소 탱크의 상부 및 하부 돔을 구형체로 설계하지 않았기 때문에, 인장 하중 이외에도 압축 하중이 국부적으로 발생했고, 따라서 이들의 강성을 약간 올릴 필요가 있었다. 탱크 벽면을 일부분 더 두껍게 만들어 강성을 키웠으며, 인터탱크[78]를 향하는 두 돔들의 외부면에 일련의 리브 보강재[79]를 용접해서 강성을 높였다. 이 리브 보강재는 페이로드를 잡아 주고 지지하는 레일의 마운트 기능까지 해서 두 가지 역할을 하는 셈이다. 중량을 낮추려고 애쓰고 있던 구조 그룹 엔지니어들에게 이 보강재의 설계는 처음부터 골칫덩어리였다. 그러나 서브스케일 모델을 사용해서 여러 시험을 거치고 나자, 실물 크기의 탱크에 도전할 자신감을 얻게 되었다.

소어의 또 다른 걱정거리는 피로수명이었다. 알루미늄이란 재료는 충분한 하중 사이클을 받으면 궁극적으로 부서진다. 비행기는 의도된 사용 수명이 30~40년이나 되므로, 피로도는 설계의 주요 쟁점이 된다. 위대한 비행기 DC-3의 설계자들은 알루미늄이라는 새로운 재료에 대해서 확신하지 못했고, 그래서 요즘 적용하는 값들보다 훨씬 낮은 허용응력을 사용했다. 결과적으로 DC-3는 구조체의 수명이 거의 무한대에 이르고 있는데, 이 때문에 DC-3가 양산 라인을 처음으로 통과하고 70년 이상이 흐른 지금도 미국에서만 여전히 150대의 DC-3가 날아다니고 있는 것이다. 오늘날의 비행기들은 이처럼 과도한 여유를 누릴 형편이 되지 못한다. 요즘에는 비행기들의 피로수명을 높은 신뢰도로 예측하고자 동체에 수차례 가압 사이클을 가하여 피로 파괴에 대한 철저한 시험을 수행한다. 균열 발생의 조짐을 철저하게 검사해서 아무런 조짐도 발견할 수 없으면, 재인증을 통해서 기체의 서비스 수명을 연장해 주기도

---

[78] 연료탱크와 산화제탱크를 이어 주는 구조체. 탱크연결부로도 불림.

[79] 돔과 인터탱크 벽면이 생성한 삼각형 모양의 공간을, 돔의 원주 방향으로 일정한 간격을 두고 얇은 판재를 용접해서 보강함.

한다.

  소어는 궤도선의 서브스케일 탱크를 시험하고자 탱크에 물을 채웠다 비우는 시험을 반복하고 있었다. 지금까지 수천 번의 사이클을 반복했지만 균열이 전혀 나타나지 않았다. 그러나 재사용 발사체가 요구하는 수준으로 탱크 수명을 보장하려면, 압력 하중과 열 하중을 조합한 좀 더 복잡한 하중으로 시험을 수행할 필요가 있었다. 상대적으로 짧은 사이클 내에 이러한 실험을 해내고자, 실제 기체에는 단열재가 없는 액체산소 탱크를 액체질소 연무를 사용해서 냉각시켰다. 실제 기체에 단열재가 있는 액체수소 탱크에 대해서는, 수소 탱크의 실제 운용 온도를 맞추기 위해서 단열재 없이 액체질소를 사용해서 시험을 수행했다. 결과적으로 상대적으로 적은 양의 액체질소를 사용해 탱크를 냉각할 수 있었다. 탱크를 냉각한 후, 적외선 열 램프를 사용해서 예상 재진입 온도로 탱크의 온도를 끌어 올렸고, 이어서 착륙 시의 하중을 기계적으로 적용했다. 이와 같은 실험을 운용하는 동안, 가스를 사용해서 탱크를 가압해야 하는 상황이었기 때문에, 폭발하면 날아가도록 설계된 지붕이 달린 강화 콘크리트 구조물을 구축해야만 했다. 이 시험 사이클을 한 번 돌리는 데는 두 시간이 조금 넘게 걸렸다. 이는 하루에 12번의 비행을 시뮬레이션 할 수 있다는 의미였다. 만일 실험장비가 고장 나지만 않으면 서너 달 내에 1,000번의 실험도 가능했다. 소어는 주로 4 대 1 또는 10 대 1 탱크를 써서, 비행체 내에서 구조체를 관통하거나 구조체와 연결되는 모든 요소의 설계를 검증하려고 했다. 서브스케일 시험은 실제로 실험 시간과 비용을 낮춰 주었다.

이처럼 철저한 실험을 통해서 안전계수 1.0에 근접한, 신뢰도가 매우 높은 비행체를 제작하는 것을 목표로 하고 있었다. 엔지니어들은 안전계수 1.0을 안전계수가 없는 것으로 봤다. 소어는 안전계수라는 개념을 좀 더 명쾌하게 설명해 주었다. 엔지니어링으로 제작한 장치를 대상으로 계산한 응력은 불완전할 수밖에 없다는 것이다. 방정식들은 물리적인 현상을 이상화한 모델을 근간으로 하고 있고, 이미 논의한 것처럼, 미세한 균열, 결정 구조상의 불완전성, 가정한 형상에서 살짝 벗어난 오차 등이 재료 내에 응력을 예상을 벗어나는 수준으로 끌어 올릴 수 있다. 그래서 대부분의 구조체에는 재료 특성 값에 대한 불확실성과 하중의 불확실성을 보상하는 안전계수를 적용한다. 안전계수가 2인 경우를 예로 들면, 재료가 견딜 수 있는 최대 응력 값을 반으로 나눠서 설계 작업에서 허용할 최대 값으로 사용하는 것이다.

톰은 신참 엔지니어에 얽힌 고전적인 얘기를 하나 들려주었는데, 이 엔지니어는 자동차 조립 공장에서 사용할 치구[80]를 설계하라는 지시를 받았고, 설계를 마치고 나서 필요한 강도보다 5~10배의 강도를 갖는 재료를 사용하라는 주문을 받게 되었다. 이 엔지니어는 주어진 일을 완료했지만, 이 작업 전체가 엉터리라고 생각하고 있었다. 그런데 어느 날 지게차가 치구를 들이받는 사건이 일어났고, 과도하게 설계된 치구는 아무런 손상을 입지 않았다. 하지만 궤도선의 경우에는 과도한 설계를 고려할 수조차 없다. 구조체의 중량이 1킬로그램 늘어날 때마다 페이로드의 무게가 1킬로그램씩

---

[80] 제작 공정에 따라 자동차 등의 조립 대상체를 잡아 주는 구조물.

줄어들기 때문에, 조심하지 않으면 페이로드 전체가 쉽게 증발해 버릴 수 있는 것이다. 소어와 구조 그룹장 존 패터슨과 그룹원들이 최선을 다해서 실제 값을 맞추려 했지만 컴퓨터를 사용해서 구조체와 하중을 모델링 하고 분석하는 것만으로는 충분하지 않았다.

다시 말하지만, 튼튼하면서도 가벼운 비행체의 제작은 많은 부분 재료의 연성에 달려 있다. 실제로 알루미늄이나 다른 금속재들은 늘어나면 더 강해지는 성질이 있다. 특별히 주문한 순도 높은 알루미늄 합금 5083 H116을 선정한 덕분에, 소어는 특정 수준의 신장이 가져올 강도의 증가분을 정확하게 예측할 수 있었다. 이러한 강도 값과 광범위한 시험 프로그램이 있었기에, 톰은 전통적인 의미에서는 안전계수를 전혀 갖지 못했을 설계안들을 승인할 수 있었다. 강도 값이 낮은 편인 5083은 예상보다 높은 응력이 작용하면, 재료가 늘어나면서 증가된 강도 때문에 마진을 확보할 정도로 충분한 연성을 갖고 있었다. 탱크 재료를 소성화해서 안전 여유를 확보하는 것이었다.

비행용 구조체는 항복이 발생할 때까지 실험을 하게 된다. 항복은 응력집중 부위에서 먼저 발생하는데, 하중을 제거하면 이 부위는 압축력을 받게 되고, 구조물은 전체적으로 매 차례의 하중 사이클에서 소성 한계를 거치게 만드는 응력집중으로부터 풀려날 수 있게 된다. 지게차가 비행체를 치게 되는 것과 같은 예상하지 못한 응력이 발생하게 되면, 물질의 연성으로 인해서 한 차례의 소성 변형이 발생할 것이고, 연성을 좀 잃기는 하겠지만 이 부위의 강도 값이 증가한다.

소어는 양산할 비행체의 일상화된 비행 운용을 지원하기 위해서, 상세한 검사 일정을 마련하고 주기적으로 과압을 거는 압력 실험도 계획하고 있었는데, 이 시험들로 주어진 비행 횟수에 대한 탱크의 완결성을 보장할 생각이었다. 시간이 지나 경험이 쌓이면 당연히 주요 검사와 실험 주기를 늘릴 수 있을 것으로 생각했다.

소어는 철, 강철 또는 자성을 띤 재료를 써서 만든 물체에 전자기장 파동 또는 신호를 가해 초음파 신호를 얻는 비파괴 검사 기술도 고려하고 있었다. 20세기 초에는 이 기법을 사용해 수중 음파 탐지기에서 초음파를 생성했다. 1990년대에는 센서를 물리적으로 연결하지 않고도 석유 파이프라인, 가스 파이프라인, 스팀 파이프를 검사하는 새로운 기술이 등장했다. 파이프의 원주 방향을 코일로 둘러싸고, 증폭 효용용 자석을 몇 개 더해서, 파이프를 따라 30미터를 흐르는 초음파 파동을 만들어 낸 것이다. 그러면 이 코일은 미세한 부식과 같은 파이프에 있을 법한 결함을 반사된 초음파 파동에서 읽어 낸다.

물론 AM&M은 알루미늄 탱크를 사용했고, 자성이 없는 재료에 이러한 검사 기술을 적용할 수는 없다. 그러나 탱크 내부에 니켈 막을 원주 방향으로 한 바퀴 빙 둘러 코팅하고 탱크 외부에 간단한 코일과 유도 자석을 설치하면, 탱크 전체를 대상으로 초음파 검사를 수행할 수 있었다. 2.3킬로그램 미만의 니켈로도 탱크 내부를 전부 커버할 수 있으며, 컴퓨터 하드디스크용 플래터를 제작하는 작업과 동일한 방식으로 니켈 소재를 탱크 안쪽 벽면에 증착시킬 수 있다.[81] 이와 같은 단순한 시험으로도 탱크 전체를 대상으로

부식에 의해서 손상이나 균열이 발생했는지를 철저하게 확인할 수 있는 것이다. 이와 같은 실험을 비행 이후 매번 수행하거나, 아니면 비행 이전에 수행하자는 것이 소어의 아이디어였다.

81 탱크 안쪽 벽면에 기체 상태의 니켈 입자로 막을 입힌다는 뜻임.

12장

재사용을 위해
넘어야 할 산들!

존 포사이스는 변호사이자 상용 여객기 인증 절차의 베테랑인 딕 스테판과 상당 기간을 함께 일해 왔다. 둘은 공동으로 연방항공국(FAA)의 상용 우주수송 담당 부청장실(관청 부호로는 AST)과 접촉해 왔다. 정치적으로 임명된 관료들뿐만 아니라 관련 규칙을 입안하고 발사허가요구서의 검토를 담당하는 기술직들을 포함해서 AST의 주요 공무원들과 친분을 쌓아 둔 것이다. 포사이스는 주요 투자금에 대한 확약을 앞두고, AST 관료들의 개인 성향을 파악하고 우주수송 규정에 관해서 AST가 취하고 있는 기본적인 입장과 방향성을 이해하고자 했다.

AST는 아직까지 상업적으로 운용될 궤도 비행용 유인 재사용형 발사체의 인증을 고려해 본 적이 없었다. 하지만 몇몇 엑스프라이즈 참가자들이 고도 100킬로미터의 유인 준궤도 비행을 목적으로 지원 서류를 제출한 적은 있었다. 포사이스는 실제로 이 관료 조직을 시험하고 관련 규정을 파악할 요량으로 중개인을 거쳐서 엑스프라이즈 참가팀 중 한 팀에게 50억 원을 제공했었다. 포사이스가 7인방을 모을 당시에는 그때의 경험을 토대로 관련 규정으로 인한 불확실성은 낮은 편이라고 판단했다. 운이 따르려고 그러는지, 이제 제작에 들어가는 7인방의 시험발사체는 엑스프라이즈에 참가한 비행체가 그린 궤적과 매우 유사한 궤적을 갖고 있었고, 우주여행을 목적으로 개발에 들어간 준궤도 비행체들을 관리하려고 제정한 규정과 관련 제도를 고스란히 이용할 수 있을 것으로 보였다.

아직까지 준궤도 우주여행이 새로운 시장으로 성장할 것이라는 전망이 증명되지는 못했지만, 로켓엔진을 사용해서 90킬로미터가 넘는 고도에 유인 발사체를 올린 선례가 생긴 것이다. 그러므로 1단 프로토타입의 발사허가는 이 준궤도 비행체의 사례를 아주 벗어난 상황은 아니었다. 그러나 궤도선인 2단은 민간 비행체로는 새로운 영역을 시도하는 것이었다. 포사이스는 AST가 크게 힘 안 들이고도 최근에 만든 준궤도 규정과 이미 잘 확립되어 있는 소모성 2단형 발사체에 관한 규정을 합리적으로 잘 엮어서 관련 규정을 만들어 줄 것으로 기대했다.

투자금이 들어왔을 때, 포사이스는 스테판을 이미 정식으로 고용한 상태였고 곧바로 AST와의 작업에 들어갈 것을 주문했다. 비행체 설계를 진행하면서 정부의 규정 입안 담당자가 본인들도 이 과정에 참여하고 있다고 느끼게 만들면, AM&M이 취하고 있는 기술적인 접근법들을 더 잘 받아들이게 된다는 것이 포사이스의 견해였다. 신산업의 규정을 담당하는 정부기관이 그 분야의 옹호자로 나서는 것은 늘 있는 일이었다. 이 산업 분야가 없으면 관련 정부기관이 존재할 이유도 없어지므로 이들은 결국 어느 정도 공생하는 사이였다. 또한 규정 담당 정부기관은 보통 해당 분야나 관련 분야에 종사했던 사람들로 꾸려지기 마련이므로 늘 그렇듯이 '회전문' 현상이 나타나서, 관료들도 언젠가는 본인들이 감독하고 있는 산업 분야에서 일할 수도 있는 것이다. 그래서 포사이스는 관료의 자부심에 상처를 내는 일만 잘 피한다면, 규정 때문에 심각한 문제가 발생하는 일을 없을 거라고 예상했다. 비행체를 양산하기에 앞서 프로토타입을 비행할 수 있으면, 미국과 국외에서의 상업적 양산과 운용을 궁극적인 목표로 두고 시험발사체라는 범주 안에서 관련 규정을 만들 확실한 기회를 갖게 되는 것이었다.

그 첫 단계는 AST 내부에 만연한 다소 회의적인 분위기를 바꾸는 작업이었다. 상용 발사체 분야에는 자금이 떨어져서 아무 것도 이뤄 내지 못한 굵직한 스타트업이 한둘이 아니었다. 금방 포기하고 떨어져 나간 스타트업까지 포함하면 그 수가 엄청나게 많았다. 거기에 NASA와 군이 추진했으나, 파워포인트 단계를 넘지 못한 발사체 사업이 워낙 많다 보니, 이런 회의적인 분위기가 조성된 것이다. 처음엔 아주 호의적이었던 담당 공무원들조차도 얼마간 시간이 지나면, 사무실에 찾아온 기업가들도 정부와 군처럼 아무것도 이뤄 내지 못할 것이라고 판단하게 된다. 상황이 이런데도 포사이스는 투자자들이 약속한 상당 수준의 자금을 신용을 얻는 용노로 사용하려 하지 않았다.

포사이스는 AM&M의 평판을 매우 조심스럽게 관리하기로 작정했다. 잠재 고객이나 담당 공무원이나 협력업체가 AM&M에 대한 이야기를 듣게 될 때마다 회사와 비행체의 가치가 반드시 상승할 것이란 인상을 확실히 심어 주기 위해서는 수단과 방법을 가리지 않는다는 것이 포사이스가 세운 전략 중 하나였다. 이는 대중의 기대치나 기업 이미지를 과대 포장하는 행위를 가능한 한 피하겠다는 것이었다. 포사이스는 사람들이 AM&M의 진정성과 실행력을 초반에 과소평가하도록 놔두는 것이 최선이라고 생각했다. AM&M의 발전상을 지켜보면서, 사람들은 이 기업이 약속한 것을 반드시 해내는 능력이 있음을 점차 확신하게 될 터였다. 이러한 과정을 통해서 사람들의 관심이 늘어나면 좋겠다는 것이 포사이스의 바람이었다.

여러 인생살이를 날카로운 눈으로 관찰해 온 포사이스는, 사람들이 일단 어느 대상에 대해서 확고한 의견을 갖게 되면 이를 되돌리기란 매우 어렵다는 것을 잘 알고 있었다. 처음에는 일부러 기대치를 낮게 가져가고, 무엇보다 기대치가 커지는 상황을 철저하게 억눌러서, 대중들에게 알려질 정도로 기업에 대한 부정적인 시선이 형성되는 것을 막으려고 했다.

　　포사이스는 처음에는 그저 AM&M을 궁금해하던 사람들이 점차 이 기업이 하는 일에 진정으로 관심을 갖게 되길 바랐다. 이들이 흥미를 느끼도록 만든 후 실질적인 성과를 보여 주기 시작하면, 사람들은 살짝 놀랄 것이고, 그다음에 어떤 일이 벌어질 것인가에 대해 얼마간의 기대감을 갖게 될 것이었다. 결국에는 걷잡을 수 없이 열광할 것이고, 프로토타입이 궤도 비행을 마치고 나면 아마도 사람들의 기대치가 하늘을 찌르게 될 것이었다. 회사가 추가 자본금을 확보하기 위한 마케팅에 나서려고 할 즈음에 이러한 상황을 맞는 편이 그 전에 관심을 끄는 것보다 나았다. 포사이스는 모든 새로운 분야가 어느 시점에 가서는 늘 겪게 마련인 '활황과 불황'을 피하기 위해 '열광'이란 버블이 확대되는 것을 막고자 했다.

　　초기에 이 발사체를 구매한 고객들은 틀림없이 발사체의 성능을 과도하게 선전해서 많은 자금을 끌어들이겠지만, 결국 현금의 흐름이 개선되어 파산을 한두 해 늦출 수 있을 뿐이었다. 이런 상황은 광대역 통신망에 대한 대중의 기대감에 불을 지폈던 '닷컴' 버블과 매우 흡사했는데, 나중에 가서 광대역 통신망이 결국 등장하긴 했다. 단지 대부분의 사업 참여자들에게 그 시기가 너무 늦게 찾아왔을 뿐이었다.

포사이스는 본인들이 이미 충분한 투자를 유치했으며 언젠가는 큰돈을 벌 수 있다고 AST의 공무원들을 설득하기보다는 이 회사가 확실한 기술력을 보유한 진정성 있는 기업임을 인식시키는 편이 훨씬 더 중요하다고 생각했다. 이런 방식으로 기술적인 사항을 근거로 담당 공무원과 조용히 관계를 다져 가고, AM&M과 7인방이 창출하려는 산업 분야에 도움이 될 규정의 체계적 토대를 마련하려고 했다. 이는 최소한 담당 공무원들이 걸어야 할 모험적인 요소를 낮춰 주는 것이기도 하다. 관료들은 사업의 모험적인 요소가 크다고 판단될 때, 분명한 결정이 필요한 순간에 용기를 잃고 결정을 내리지 못하게 된다. 때로는 불가능할 정도로 높은 기준을 세우고 그 뒤에 숨어서 방어적인 자세를 취하기도 한다. 관료들은 잘못에 대한 비난을 분산시키고자 결정 과정에 필요하지도 않은 정부 기관을 잔뜩 끌어들일 것이고, 이는 일의 진척을 더디게 만들어 이 과정에서 기업들은 결국 '몽키 렌치'를 던지며 기권하게 된다. AST의 공무원들이 상용 우주수송 관련 규정의 틀을 마련하는 동안, AM&M의 비행체를 추상적인 대상으로 여기는 편이 더 유리할 수 있었다. 처음엔 AM&M의 비행체가 그저 가능성 있고 흥미로운 개념에 불과하겠지만, 상용화된 유인 우주비행의 규정을 마련하는 일이야말로 AST가 존재하는 진정한 이유인지라 AST가 이 새로운 산업 분야의 규정을 더듬더듬 발전시켜 가는 동안, AM&M의 비행체는 이들에게 성공 여부에 관계없이 유용한 연습의 기회를 제공하는 대상인 것이다.

포사이스는 규제로 인한 난관들을 예상해 보다가, 땅에 있는 사람들과 탑승객들 모두를 대상으로 하는 비행 안전의 관점에서 톰의 비행체가 지닌 독보적인 장점을 발견하고는 크게 반색했다. 이제 DH-1으로 명명된 AM&M의 발사체는 예비 설계가 진행 중인 NASA의 재사용 발사체의 개념보다 우수했다. 유인 우주수송 시스템에서 여전히 최고봉인 우주 왕복선과 아예 비교도 안 될 정도였다. NASA가 새로운 비행체에 투입한 예산은 2조 원 정도였는데, 이는 1단 극초음속 구간의 풍동 시험을 하기에도 벅찬 금액이었다. 포사이스와 톰은 그 비행체에 1~2조 원이 더 투입된 후, NASA의 다른 차세대 사업들과 마찬가지로 개념 자체가 조용히 사라져 버릴 것이라고 자신했다. 두 사람은 NASA가 진행하고 있는 비행체 설계안을 AM&M 발사체의 비행 안전 특성과 비교할 '허수아비 같은 존재'로 쓸 생각이었다. DH-1 발사체는 1단과 2단에 조종사, 궤도선 승무원, 탑승객 전원을 위한 탈출석을 모두 갖출 계획이었다.

톰이 1단에 '팝업 부스터'[82]라는 이름을 붙이긴 했지만, 1단의 가장 격한 탈출 조건은 고도 24킬로미터에서 시속 4,000킬로미터의 바람을 향해 탈출해야 했던 SR-71의 환경보다 혹독하지 않았다. DH-1 발사체가 수직 방향으로 그리는 궤적은 고도 10.5킬로미터에서 초음속을 살짝 넘는 속도로 움직이며, 이때 공력에 의한 동압이 최대가 된다. 최대 동압(Max-Q)은 대략 29킬로파스칼(kPa) 수준이었다. 이 조건들은 초음속 전투기 조종사들이 탈출 중에 겪는 환경과 대략 비슷한 수준이었다. DH-1이 대기권을 벗어나 상승하

---

[82] pop-up booster. 야구장에서 높게 뜬 내야 플라이를 쳐 올리는 듯한 부스터.

면 공기에 의한 압력이 당연히 줄게 되는데, 이는 동압이 속도의 제곱에 비례해서 증가하는 반면 대기압은 고도에 따라 로그함수로 떨어지기 때문이다. 그래서 제대로 된 우주복을 필요로 한다는 점을 제외한다면 고도가 증가하면서 탈출 조건이 대부분 개선된다.

미그 전투기 29S용 탈출석을 경량화한 러시아산 K-36D-3.5A를 기반으로 1단과 2단에 설치할 탈출장치를 제작했다. K-36D-3.5A의 설계는 모듈화되어 있어서 AM&M 발사체용으로 개조하기가 용이했다. 탈출석의 기본 중량이 71킬로그램이었는데, 여기에 낙하산 멜빵, 산소 공급량, 비상용 키트 등을 추가해야 했다.

1단 조종석은 유압식 출입창 뒤에 위치한 유압 플랫폼 위에 장착했다. 유압식 완충장치는 조종사와 탈출석이 창을 통과해서 발사체 밖으로 나갈 때 필요한 345바(bar)의 압력을 제공했다. 그러고 나면 탈출석에 장착된 로켓이 작동해서 조종사는 빠른 속도로 발사체를 벗어나게 된다. 탈출석에서 분리된 조종사가 고고도의 희박한 대기를 통과해서 낙하하는 동안 회전하게 될 수도 있어서, 조종사의 자세를 안정화시켜 회전속도가 증가하는 것을 방지해야 했다. 이때 조종사에게 작용하는 공력은 회전을 유발할 만큼은 되지만, 대기밀도가 낮다 보니 낙하산병과 스카이다이버가 으레 하는 것처럼 몸을 움직여 스스로 자세를 조정할 수는 없었다. AM&M은 자세 안정화를 위해 두 종류의 시스템을 도입했다. 첫 번째 시스템은 크기가 매우 작은, 냉가스 3축 자세제어 시스템(ACS)인데, 기본적으로 우주선의 방향조종용 자세제어계를 작고 간단하게 만든 것이라고 보면 된다. 이 시스템은 조종사가 우주를 향해서 날아가는 첫 5분 동안과 그 뒤를 이어서 발사장을 향해서 수직으로 낙하하는 동안 조종사의 자세를 제어해 주었다. 공력이 증가해서 냉가스 시스템으로는 더 이상 조종사의 자세를 바꿀 수 없게 되면, 이 지점 이후의 낙하구간에서는 두 번째 자세안정화 시스템을 사용했다. 이 시스템은 드로그 낙하산[83]을 고도 30킬로미터에서 펼치는데, 이 낙하산은 2.4킬로미터 지점에서 스스로 풀려 나가면서 패러글라이딩 날개를 전개할 때까지 사용되었다. 조종사는 이런 방식으로 발사장에 정확하게 착륙할 수 있었다. 드로그 낙하산을 전개하는 시점에서 조종사, 진공용 우주복, 산소 시스템의 총무게는 113~136킬로그램 정도였다. 만일 조종사가 의식을 잃거나 부상을 입으면 추가적인 백업 기능을 제공하려고 900미터 상공에서 비상용 예비 낙하산을 고도계를 사용해서 전개하도록 되어 있었다. 모든 것이 순조로울 경우 조종사는 예비 낙하산을 1,500미터 상공에서 직접 해제할 것이나, 만일 하강의 마지막 부분에서 패러글라이딩 날개에 문제가 발생하면 예비 낙하산을 수동으로 전개할 수도 있었다.

궤도선의 옆면에 탈출구를 내기 위한 목적으로 선형 화약을 터뜨리고, 곧이어 열린 틈을 통해서 탈출석을 밖으로 토해냈다. 궤도선 조종사가 1단과 2단의 분리 이전에 궤도선을 탈출해서 귀환하는 과정은 1단에서 사용한 탈출 시퀀스와 동일하다. 그러나 단분리 이후 조종사가 궤도선을 탈출해서 대기권으로 돌아오려면 다소 맹렬한 재진입을 견뎌야 했다. 다행히 주위 환경이 나아져 조종

---

[83] 조종사가 사용하는 소형 낙하산으로 주낙하산 또는 패러글라이딩 날개를 드로그에 걸린 항력으로 펼침.

사는 공력 효과가 거의 무의미한 진공 상태의 우주로 탈출하게 되었다. 그러므로 일단 궤도선의 엔진을 점화하고 나면, 탈출 시퀀스를 수정해서 34킬로그램의 재진입 패키지를 조종석에 추가해서 탈출 시 가져가도록 만들고, 탈출 속도를 낮춰서 우주선에서 빠져나오는 과정을 좀 더 부드럽게 만들었다. 공기압 장치를 이용해서 재진입 패키지를 조종석 뒷면의 뚫린 공간에 연결하면 자동으로 조종사용 낙하산 멜빵에도 부착되는 방식이었다. 조종사가 탈출을 개시했을 때, 발사체에 탑재된 항행 컴퓨터가 탈출 초기 조건을 위치와 속도 벡터로 환산해서 재진입용 패키지에 넣어 주었다. 이후 이러한 정보는 패키지를 배치할 타이밍을 결정하는 데 사용되었다. 궤도선을 빠져나온 후 조종사로부터 조종석을 분리해 버리고 냉가스 장치로 조종사의 비행 방향을 제어하는 방식은, 햇빛에 의한 가열을 최소화하려고 조종사를 천천히 그리고 안전하게 스핀 상태로 유도한다는 점을 제외하면, 대기권에서 탈출할 때와 동일했다.

AM&M은 1950년대에 착안된 탄도 귀환선을 재진입용 패키지로 사용할 예정이었는데, 우주에서 페이로드를 회수하기 위해서 이 장치를 실제로 활용한 것은 1990년대 러시아에서였다. AM&M의 재진입 장치는 넥스텔440 섬유로 만든 대형 디스크인데, 그 테두리에 꿰매어 넣은 스테인리스강 스프링을 이용해서 디스크를 전개한다. 디스크 구조물과 조종사의 조합이 보유한 낮은 탄도 계수로 인해서 열 하중이 이 직물의 수용한계를 넘지 않게 된다. 반구형의 스펀지 같은 재질의 덮개를 전개해서 진공용 우주복을 입은 조종사와 디스크 사이의 공간을 덮어 준다. 물과 알코올 혼합물을 머금은 스펀지 덮개는 이들의 증발로 재진입 열 하중을 흡수해서, 조종사들이 안락하게 느끼는 섭씨 24도를 유지할 수 있다. 초기에는 조종사의 가슴에 설치된 냉가스 자세제어 장치를 써서 디스크와 조종사의 방향 전환을 수행한다. 일단 공력 하중을 받기 시작하면, 조종사는 디스크 모서리에 비해서 앞쪽으로 밀려날 것이고, 이러한 형상의 변화가 전체 시스템에 공력 안정성을 제공하는 역할을 한다. 이제 이 시스템은 마치 배드민턴 셔틀콕처럼 보일 것이고 그래서 탄도 비행이 요구하는 작은 단면적을 갖게 된다. 구조물이 대기권에 돌입하면 공력 하중이 비교적 낮은 지점에서 먼저 가열속도가 최대에 이른다. 최대 g 하중 조건인 최대 동압에 도달하면, 조종사의 관성력이 장치의 형상을 더욱 변형시켜, 단면적이 줄어들고 항력이 감소해서, 대기권을 좀 더 수월하게 통과할 수 있게 된다. 형상의 뭉뚝함이 줄어들면서 낮아진 저항은 동하중을 전반적으로 낮출 것이고, 하중이 고루 분포되면서, 조종사가 겪게 될 최대 하중이 9~10g에서 6g를 살짝 넘기는 수준으로 감소한다. 일단 조종사가 고도 30킬로미터 이하로 내려오면, 전개된 드로그 낙하산이 조종사를 디스크로부터 떼어 놓는 방향으로 끌어 올린다. 조종사는 1단 시스템처럼 패러글라이딩 날개를 사용해서 착륙을 제어할 수 있다.

이와 같이 비행체의 1단과 2단은 비행구간에 관계없이 탑승인원이 살아남을 수 있는 비행중단 모드를 갖추었다. 임의의 비행구간에서 비행중단 모드를 갖추는 것은 보스토크호[84] 이후에 등장한 모든 유인 우주발사체의 설계 목적이기는 하지만, 필요한 하드

---

[84] Vostok. 구소련이 발사한 세계 최초의 1인승 우주선.

웨어의 중량이 우주 왕복선용으로는 너무 무거운 것으로 밝혀졌으며, 우주선의 비용과 중량에 미치는 영향이 워낙 커서인지 NASA조차도 최근에 고려했던 우주선의 개념에 이러한 중단시스템을 포함시키지 않았다. 포사이스는 48시간 이내에 궤도에 도달하는 DH-1의 능력을 이용하면, 고장이 난 궤도상의 비행체로부터 탑승인원을 구하거나 부상을 입은 승무원이나 탑승객을 구조하는 궤도인명 서비스가 나오리라고 예상했다. 적도에 위치한 발사장에 준비된 채로 비행체를 걸어 놓고 2~4시간 이내에 우주와 랑데부를 하게 될 날이 반드시 올 것이었다. 그리고 이러한 임무를 미국의 해안경비대[85]가 맡으면 딱 좋을 것 같았다.

1단과 2단의 탱크에는 폭약으로 작동하는 추진제 배출기능을 갖추었으며, 배출기능을 이용해 궤적상 대부분의 비행구간에서 추진제를 버리고 각 단을 회수하도록 만들었다. 그런데 폭약이 알루미늄 탱크 벽면에 불을 붙이고 발사체를 파괴할 가능성을 무시할 수 없으므로, 액체산소탱크에 이런 방식을 적용하는 것은 문제가 될 수 있었다. 그러나 이미 언급한 대로 이런 종류는 축소 모델로 시험해 볼 수 있는 문제였다. 엔지니어들은 폭약이 설치된 반대편인 탱크 내부에 코팅 처리를 함으로써 탱크의 발화를 피할 수 있을 것으로 예상했다.

1단에는 5개의 주엔진과 4개의 자세제어용 보조 엔진이 사용됐는데, 주엔진은 그 무게에 비해 추력이 높았으므로, 엔진 하나

---

[85] 평화로운 시기에 해상에서의 인명구조와 화물수송에 관련된 규정을 집행하는 기관이므로 그 역할을 우주로 확대하자는 의도임.

가 고장 나더라도 계획한 궤적대로 비행할 수 있었고, 엔진 두 개가 나가도 대부분의 궤적을 비행할 수 있었다. 궤도선은 6개의 RL10 엔진을 사용하거나, 아니면 2개의 RL60 엔진을 사용하게 될 텐데, 1단 구간으로부터 수직상승 속도가 높기 때문에, 하나의 엔진을 추진제가 소진될 때까지 연소하거나 궤적상의 임의의 점에서 재진입할 수도 있었다. 이러한 비행능력도 엔진 하나가 고장 난 상태에서 약간 느린 속도로 목적지까지 갈 수 있는 비행기의 유연함에는 미치지 못했다. 1단이든 2단이든, 연소 초기에 DH-1의 엔진이 중지되면 궤도 달성은 실패로 돌아갔다.

물론 로켓엔진 발사체에서 엔진의 '조기 중단'은 폭발에 의한 와해를 완곡하게 표현한 것에 불과하다. 그러나 DH-1은 이 문제와 관련해서도 안전의 성패를 가를 몇몇 장점을 보유하고 있었다. 그중 하나로, 1단과 2단의 양산 로켓엔진에는 프랫앤드휘트니가 RL10용으로 개발한 엑스팬더 사이클 방식[86]을 적용할 예정이었다.

터보펌프를 사용해서 로켓엔진에 추진제를 공급하는 데는 기본적으로 세 가지 방식이 있다. 엔진이 추진제 펌프를 구동하는 연소 사이클이 세 종류라는 얘기이다. 이 펌프는 로켓엔진의 연소실로 산화제와 연료를 밀어 넣는 기능을 담당하고, 연소실에서는 두 추진제가 하나의 고압 연소가스를 형성해서, 연소실 밖으로 나온 가스가 로켓 노즐을 통과해서 흘러나감으로써 추력을 만들어내고 궤도나 지정된 목적지로 발사체를 밀어 준다.

---

[86] 팽창식 사이클로 불리는 액체로켓의 동작 사이클이며, 고온의 연소실과 노즐 주변의 냉각 채널을 거치며 기화된 연료로 터보펌프를 구동하는 방식.

우주 왕복선 주엔진의 터보펌프는 1킬로그램에 220마력 (hp)이란 믿기 어려울 정도의 엄청난 파워를 다루기도 하는데, 결국 로켓엔진용 터보펌프는 높은 응력이 걸리는 장치인 셈이다. 터보펌프는 이러한 기능을 감당하기 위해서 작동유체인 추진제들로부터 필요한 에너지를 추출하는데, 이는 고에너지를 보유한 다량의 추진제가 이미 존재하는 상황을 이용하는 것이기도 하다.

가장 오래된 엔진 사이클은 새턴 5호의 엔진이 사용했던 가스 발생기 사이클이다. 이 사이클은 별도의 연소실(가스 발생기)에서 대략 2~3퍼센트의 연료를 약간의 산화제와 연소시켜서 연료를 나량 함유하고 온도는 비교적 낮은, 가스 유동을 생성하는데, 이어서 이 가스 유동은 하나 이상의 터빈을 돌려서 펌프를 구동하고 추진제들을 주연소실로 공급한다. 터빈을 구동한 가스는 엔진 밖으로 배출된다. 연소가스의 유동이 펌프, 분사기, 주연소실 등 엔진의 다른 구성품과 독립되어 있어서 이 사이클은 비교적 단순한 편에 속한다. 이 사이클의 변종들 중에는 주엔진에 쓰이는 추진제가 아닌 별도의 추진제를 써서, 주엔진과 완전히 독립적으로 작동하는 가스 발생기도 있었다. V-2 로켓은 단일추진제[87]인 과산화수소의 화학적 반응을 촉진시켜서 터빈을 구동할 고압의 유동을 생성했다.

그러나 이 가스 발생기 사이클에는 몇 가지 문제가 있다. 엔진의 성능을 개선하려고 연소실의 압력을 올리면, 추진제를 더

---

[87] Monopropellant. 단일 성분으로 구성된 추진제로 연료와 산화제의 역할을 하는 물질을 동시에 지닌 형태.

높은 압력으로 연소실에 밀어 넣는 데 필요한 에너지를 추가로 생성하기 위해 보다 많은 추진제를 가스 발생기에서 소모해야만 한다. 비행체 밖으로 버려지는 가스 발생기의 배기가스가 추력에 기여하는 부분은 거의 없다. 그래서 연소실의 압력을 높여 엔진의 효율을 높이려고 하면 가스 발생기가 더 많은 추진제를 필요로 하기 때문에, 어느 수준 이상의 연소압은 엔진 전체의 효율을 떨어뜨리기 시작한다. 결과적으로 이 사이클의 합리적인 연소압은 최대 103바(bar)를 넘지 않는 것이 일반적이다.

주엔진의 추진제를 공동으로 사용하는 가스 발생기에는 몇 가지 문젯거리가 있다. 엔진에서 뭔가가 꼬여서 가스 발생기로 공급되는 연료가 줄어들거나 산화제가 늘어나면, 가스 발생기의 온도가 상승한다. 이 상승된 온도는 다시 터빈의 회전속도를 증가시킬 것이고, 이로 인해서 산화제의 유동량이 늘어나면서 연소가스의 온도를 더욱 올리게 되며, 과도한 가열과 과도한 회전속도는 터빈을 파괴할 때까지 문제를 점점 더 악화시킬 수 있다.

연소기 벽면을 둘러싼 냉각 채널 중 한두 곳이 타 버려서 연소기에 구멍이 나는 문제처럼 재앙은 아닌 상황이 엔진의 고장으로 이어질 수 있다. 처음에는 더 많은 양의 연료가 이 구멍을 통해서 연소기로 흘러들 것이다. 그러면 흘러든 연료가 연소기 내부를 냉각시켜 벽면의 손상이 더 확대되는 것을 방지해 준다. 그러나 가스 발생기 엔진의 경우, 엔진의 연소실로 유입되는 연료와 그 압력이 떨어지는 상황이 되면서 결국 가스 발생기의 혼합비를 정상치에서 벗어나도록 만들어 버리고 엔진을 급속도로 와해시키고 만다.

또 하나의 엔진 사이클로 다단연소 사이클이 있는데, 러시아는 처음부터 대부분의 엔진에 이 방식을 적용했으며 우주 왕복선도 이 사이클을 주엔진에 사용했다. 미국 방식에서는 연료 전체와 산화제의 일부를 예연소기로 보내서 연소가스를 생성하고, 터빈을 돌리고 나온 연소가스를 주엔진의 연소실로 투입해서 나머지 산화제와 함께 연소시켜 추력을 발생시킨다. 러시아식의 경우에는 예연소기에서 산화제 전체를 약간의 연료와 함께 연소시키고, 산화제를 다량 함유한 연소 부산물로 터빈을 구동한 후 연소실로 쏟아붓는다. 다단연소 사이클은 결국엔 모든 추진제를 연소실로 보내기 때문에, 엔진 성능에 영향을 주지 않으면서도 펌프를 구동하는 데 필요한 에너지를 추진제에서 뽑아낼 수 있다는 장점을 갖는다. 이는 연소압이 훨씬 더 높은 엔진을 설계해서 높은 성능과 비추력(Isp) 값을 갖도록 제작할 수 있음을 의미한다. 1단 엔진은 해수면 조건에서 연소가스를 배출해야 하고, 엔진 뒤쪽의 대기압력이 노즐의 확대비를 마냥 키울 수 없게 제한하므로, 연소압을 올릴 수 있는 다단연소 사이클의 장점이 더욱 부각된다.

그러나 다단연소 사이클 엔진에도 문젯거리는 있었다. 초기에는 로켓엔진이 가야 할 미래처럼 보였던 고성능 다단연소 엔진들이 어느 수준 이상으로는 기술적 강건성을 확보하지 못한 것으로 밝혀진 것이다. 우주 왕복선의 주엔진도 오랜 세월 수많은 걱정거리들을 낳았다. 예를 들어, 우주 왕복선의 주엔진이 엄청난 운용 연소압인 220바(bar)를 달성하려면, 산화제의 압력을 510바(bar)까지, 수소의 압력을 448바(bar)까지 끌어 올려야 했다. 다단연소 엔진으로 이 압력을 달성하려면, 예연소기에서 수소와 약간의 산소를 함께 연소한 후, 산화제용 터빈과 수소용 터빈을 거치고 나온 고온고압의 배출가스를 연소실에 쏟아부어야 한다. 작동유체인 산소와 수소가 워낙 고온고압인 상태라서, 이는 터빈 블레이드에 균열을 유발하는 원인이 되며 베어링을 닳게 만든다. 또한 산화제용 분사기 튜브들이 분사기의 입구 쪽에서 고속으로 이동하는 고온고압의 터빈 배출가스에 노출된다. 다단연소 엔진은 과열에 민감한 특성을 보인다. 액체산소나 수소를 예연소기로 분사하는 과정에서 비정상 상황이 발생하면 터빈 블레이드의 일부가 지나치게 과열되는 현상이 나타난다. 만일 블레이드 하나를 잃으면, 극히 높은 연소 압력과 터빈 매니폴드[88]의 압력으로 인해서 엔진 전체가 급격히 와해되므로, 폭발을 막을 수 없게 된다.

다른 한편으로는 우주 왕복선의 주엔진이 비행 중에 실패한 일은 한 번도 없었다. 그러나 우주 왕복선이 어떤 식으로 작동하는지 알고 있던 사람들은, 1980년대 초반 내내, 그리고 챌린저호의 사고가 있기 직전까지, 우주 왕복선을 발사할 때마다 주엔진이 폭발할까 봐 매번 숨을 죽였다. 초창기 엔진의 평균 수명은 기껏해야 3~4회였다. 프랫앤드휘트니가 다단 연소용 파워헤드(powerhead)를 업그레이드하면서 여러모로 재설계 작업을 했고, 콜럼비아호의 사고 이후에는 경미한 개선들을 추가해서 우주 왕복선 주엔진의 신뢰성과 내구성을 어느 정도 개선했다. 우주 왕복선을 재사용 발사체로 분류한다면, 이 엔진들도 재사용 엔진으로 볼 수 있다. 유지보수, 정밀검사, 재조립을 거쳐야만 이 엔진들을 재사용

---

88 터빈 블레이드를 회전시키는 연소가스가 들어오고 나가는 통로 및 블레이드 주변 공간을 의미함.

할 수 있었으므로, 이러한 방식이 비용 측면에서 효과적이지 못했다. 이들은 1년에 1~2회 정도 비행하기에 적당한 엔진이었다.

톰은 우주 왕복선의 주엔진에 들어간 엔지니어링을 경외시하긴 했지만, AM&M은 매년 3회가 아니라 300회를 비행할 재사용 발사체를 계획하고 있었으므로, 훨씬 더 튼튼한 엔진이 필요하다는 결론을 오래전부터 내려놓고 있었다. 톰은 DH-1 상단용으로 RL10 엔진을 고려했기에, 우주 사업 초기에 사실상 처음으로 개발에 성공했던 이 액체수소-액체산소 엔진에 적용된 엔진 사이클을 다시 들여다보고 있었다. 이 사이클은 터빈을 구동할 동력을 연소 없이 추진제의 팽창으로부터 만들어 내기 때문에 엑스팬더 사이클로 불린다. 수소 가스는 정말 놀라운 성질을 갖고 있다. 수소는 분자량이 낮아서 큰 온도 변화 없이도 많은 에너지를 흡수할 수 있다. 엑스팬더 사이클 엔진은 액체수소 연료를 연소실과 종 모양의 확장 노즐에 있는 좁은 튜브 또는 채널로 흘려보내서 엔진을 냉각시킨다. 벽면으로부터 열을 흡수한 액체수소는 기체가 되고, 이 수소가스는 터보펌프용 터빈을 구동시킨다. 엔진의 냉각 채널을 통과하고 나온 수소는 보통 상온 이하의 온도를 갖는다. 사실 수소는 RL10 노즐의 안쪽 면에서 물이 응결되어 뚝뚝 떨어지게 만들 정도로 엔진 연소실을 차갑게 유지할 수 있는데, 엔진이 작동하는 동안에도 그러하다. 그러므로 이 터보펌프 장치는 상온이나 그 미만의 온도에서 작동하는 것이다. 연소기에만 고온의 기체가 존재하므로, 터빈을 구동하는 유체가 터빈을 과도하게 가열하거나 터빈의 속도를 과도하게 올릴 가능성은 전혀 없는 것이다. 그래서 엑스팬더 사이클은 본질적으로 저응력 로켓 엔진이며, 높은 신뢰성과 뛰어난 재사용성을 자랑한다.

RL10 엔진의 연소실 압력은 41바(bar)이며, 액체수소용 터보펌프는 수소의 압력을 117바(bar)까지 끌어 올린다. 고압의 수소는 냉각 채널을 흐른 후 터빈을 통과해서 엔진의 분사기에 도달하는데, 이곳에서 고속의 수소가스는 유입되는 액체산소의 유동을 매우 효과적으로 뚫고 들어가서 산소와 혼합하기 때문에 99퍼센트 이상의 연소 효율을 낼 수 있다. 수소용 터빈에 연결된 기어 배열을 통해서 터보펌프를 구동해서 액체산소를 62바(bar)로 가압하고 연소기에 공급한다. 수소에 비하면 액체산소는 압력이 상대적으로 낮고 밀도는 높아서, 산소의 체적 유량은 수소 유량의 3분의 1보다 살짝 많은 정도이다. 산화제용 터보펌프를 구동하는 데 필요한 동력은 수소용 펌프를 구동하는 데 필요한 동력의 6분의 1(2분의 1 수준의 압력×3분의 1 수준의 체적 유량)밖에 되지 않으므로, 기어 배열을 이용해서 필요한 동력을 효율적으로 전달할 수 있다. 또한 엑스팬더 사이클은 넓은 범위의 운용조건을 다룰 수 있다는 장점이 있다. RL10 엔진을 개조해서 본래 설계추력의 10~100퍼센트의 범위 내에서 운용할 수 있게 되었는데, 이 특징이 비행과 비행체의 활용도 측면에서 상당한 유연성을 제공할 수 있다.

당장 구입이 가능한 RL10A3-3A 엔진은 7.5톤의 추력을 낼 수 있으며 유지보수 작업 없이 30분 이상 운용되기도 했다. 프랫앤드휘트니는 RL10 엔진이 베어링과 기어 배열에 유지보수를 필요로 하기까지 25회 비행할 수 있을 것으로 내다봤고, 기어 배열을 다시 제작할 필요가 생길 때까지는 100회 정도 비행할 수 있을 것으로 자신했다. 현재까지 설계된 엔진의 최대 수명은 130회인데, 이는 종 모양 노즐에 가해지는 극저온 사이클을 고려한 값이다. 톰은 프랫 앤드휘트니와 다각도로 논의한 끝에, 냉각 채널을 만들 때 브레이징 방식의 튜브를 쓰기보다는 기계 가공으로 깎아서 제작하고, 액체산소용 펌프를 직접 작동시킬 별도의 터빈을 도입하여, 한층 더 재사용성이 좋아진 엔진을 문제없이 재설계할 수 있다고 확신하게 되었다. 혼합비 제어를 위해서 수소 펌프와 산소 펌프의 연결을 유지하는 용도로만 기어 배열을 사용하면 되는 것이다. 이 방식으로 제작한 엔진은 정밀검사 전에 100회의 비행을 해내야 하며, 총예상 수명은 500회에 가까워야 했다.

다행스럽게도 엑스팬더 사이클은 내구성이 좋다는 것 외에도 본질적으로 더 안전했다. 특별히 액체산소와 액체수소 펌프들을 기어 배열로 함께 걸어 둔 점 때문에 이와 같은 안전성을 확보할 수 있었다. 두 펌프를 함께 걸어 둔다는 것은, 기본적으로 연소실이 산화제를 다량으로 함유하는 상황(산화제 과다)이 절대로 일어날 수 없다는 의미인데, 산화제 과다는 산화작용이나 과도한 가열로 연소실이 파괴되는 원인을 제공할 수 있다. 또한 엔진 연소기의 무결 상태와 펌프로 공급되는 동력 사이에 직접적인 상관관계가 있다. 만약 냉각 채널에서 단 한 군데라도 새기 시작하면, 수소는 연소기로 흘러가 그 위치 주변을 좀 더 냉각시킨다. 그렇게 되면 터빈에 공급되는 수소의 압력이 낮아져, 두 추진제의 유량이 감소되면서 엔진이 더 낮은 압력에서 작동하도록 만드는 원인이 되기 때문에, 엔진이 운용 범위를 벗어나 작동하게 된다. 1990년대 말에 30년이 넘는 비행 기록을 지닌 RL10 엔진이 비행 중에 처음이자 마지막으로 고장 났는데, 연소기 구조를 지지하는 재킷에 브레이징을 적용하지 않은 것이 그 원인이었다. 연료가 흘러가는 튜브를 땜질하는 대신 기계적으로 깎아 낸 채널들을 사용하도록 설계를 업데이트하면서, 연소실과 통합된 구조 재킷을 제작할 수 있었다.

물론 어떤 엔지니어링 장치든 단점은 있기 마련이다. 엑스 팬더 사이클 엔진의 경우, 추력을 계속 키우다 보면 수소가 연소실 벽면으로부터 흡수해야 할 열원이 터빈을 구동할 만큼 충분치 않게 되는 설계 지점이 있다. 엔진의 크기를 키워도, 추력발생용 연소기로부터 얻을 수 있는 열원은 추력의 2/3제곱에 비례해서 증가한다. 프랫앤드휘트니는 터빈의 배출가스가 열교환기를 거치도록 만들었다. 그 결과 냉각 채널로 들어가기 전에 액체수소를 미리 가열함으로써 엑스팬더 사이클 엔진의 추력 범위를 45톤으로 키울 수 있었다. 이제는 91톤의 추력을 내는 엔진도 가능해 보였다. 엑스팬더 사이클을 사용하는 프랫앤드휘트니의 최신 엔진인 RL60이 설계 중인 DH-1의 주엔진 후보로 떠올랐다. 엑스팬더 사이클은 다른 연료를 사용해서도 구현할 수 있는데, 프랫앤드휘트니는 추력 45톤의 액체산소-메탄 엔진을 1단용으로 고려하고 있었다.

규제의 측면에서 주요 관심사는 공공의 안전이기 마련인데, DH-1은 이런 부분에서 더할 나위 없이 훌륭했다. DH-1의 로켓엔진은 현재까지 나와 있는 사이클 방식 중에서 가장 안전하고 신뢰도가 높은 사이클을 적용할 예정이었다. 게다가 1단 형상과 수직으로 상승하는 궤적으로 인해서 탑승원의 탈출을 비행구간 내내 제공할 수 있으며, 1단과 2단의 여러 엔진 가운데 어느 하나가 고장 나더라도 계획한 궤도를 문제없이 달성할 수 있었다. 심지어 비행경로상의 대부분의 지점에서 엔진이 전부 고장 나도 피해 없이 발사체를 회수할 수 있었다. 그리고 비행 동안 발사장 상공을 벗어나지 않는 1단은 비행체가 사람이 거주하는 다운레인지에 위험요인으로 작용하지 않음을 의미했다.

주거지역 위를 비행하는 2단 비행이 유일하게 남은 불안한 부분인데, 이 부분의 불확실성은 2단이 제어를 잃은 채로 지상에 추락할 확률에 달려 있었다. 물론 추진제를 가득 채운 2단의 중량이 기껏해야 50톤이므로 대부분의 여객기보다 훨씬 가벼운 편이었고, 수소연료는 충돌이 일어나자마자 급속도로 흩어지는 성향이 있었다. 결론적으로, 궤도선이 지상으로 추락할 때 발생할 최대 피해 규모는 매일 수천 번 주거지역 위를 날라 다니는 중형 비즈니스 제트기로 인한 피해 수준과 대략 동일했다.

결국 주거지역을 통과하는 DH-1의 비행 허가는 실제 비행 이력의 통계적 분석 결과로부터 결정되므로, 이러한 분석이 가능하려면 DH-1의 신뢰도가 적어도 비즈니스 제트기나 여객기의 신뢰도와 대등한 수준에 도달할 때까지 많은 비행을 필요로 했다.

그러나 이 비행체의 독특한 궤적이 지표상의 특정 위치에 대한 위험률을 떨어뜨리는 요인이 되었다. 예를 들어, 궤도선의 엔진이 연소 시작 직후 작동을 멈춘 데 더해 추진제를 쏟아 버릴 수 없는 상황이라면, DH-1이 땅으로 추락하기까지 250초가 걸린다. 엔진 추력이 순간적으로 궤도선을 가속하여 궤도선의 낙하점이 지상에서 훨씬 먼 거리를 가로지르게 된다는 의미다. 추력이 단 1초만 작용해도 궤도선은 초속 9.8미터 이상의 수평방향 속도로 가속되므로, 순간 낙하점이 추락 전 250초 동안 다운레인지 방향으로 2.4킬로미터를 이동한다. 비행기는 보통 지상에 훨씬 가까이 날아가므로, 비행기의 순간 낙하지점은 1초의 동력비행에 대해 240미터를 이동한다. 이에 비해서 DH-1은 1초의 추력비행에 대해 2.4킬로미터를 이동하는 순간 낙하점을 갖는 것이다. 10초간 추력이 작용할 경우에는 순간 낙하점이 초당 24킬로미터를 넘는 속도로 다운레인지 방향으로 이동한다.

특정 지역 위를 날아가는 비행체가 그 지역에 추락할 확률을 결정하려는 관점에서 보면, 사실 궤도선이 비행기보다 10~100배나 빠르기 때문에, 특정 지상시설이 궤도선의 추락에 노출되는 시간은 비행기보다 수십 분의 1에서 수백 분의 1에 이를 만큼 짧기 때문에, 지상시설에 추락할 위험이 훨씬 낮은 편이다.

일반적인 발사체는 발사장 인근에 추락할 위험이 훨씬 크며, 이러한 사실은 주요 도시에서 멀리 떨어진 곳에서만 쏘아 올릴 수 있음을 의미한다. 그러나 DH-1의 궤적은 인근 인구 밀집지역을 너무나도 빠른 속도로 지나가기 때문에, 이 지역에 대한 위험부담이 발사장에서 수천 킬로미터 떨어진 지역에 대한 위험부담보다 크지 않다. 통상적인 비행의 지상경로는 대부분 인구 저밀지역 위를 지나가게 되므로 이런 지역에서의 충돌 가능성은 인구 밀집지역을 통과하는 동안 궤도선이 야기하는 위험보다 덜 중요해진다. 딕 스테판이 보기에, 만일 DH-1의 신뢰도가 그들이 목표로 하는 최소 수치인 0.999에 도달했음을 보일 수 있다면, 비즈니스 제트기에 버금가는 위험도를 갖게 되는 것이었다.

딕 스테판은 상용 여객기의 운항에 견줄 만한 고고도 비행과 관련된 안전성을 확보할 시스템의 신뢰도 목표를 AST와의 사전 조율을 통해서 도출하기를 희망했으며, 일단 비행체의 신뢰도에 대한 통계 데이터를 얻고 나면, 주거지역 위를 지나도 좋다는 발사 허가가 떨어질 것으로 내다봤다. 물론 이 통계 데이터를 손해보험의 잠재적인 배상 책임금을 추정하는 용도로도 사용할 수 있었다. 보험 손해사정사와 예비 협상을 해 본 결과, 일단 비행 데이터만 충분히 손에 넣게 되면 인구 밀집지역을 지나가는 비행조차도 비행당 100만 원 미만의 책임보험 부담금을 지불하면 되는 것으로 파악되었다.

그래서 DH-1의 설계를 진행하면서 AST의 담당 공무원들에게 개인교습을 제공하고 이들을 설계 및 비행안전 분석 작업에 포함시켰다. 포사이스와 스테판은 앞날을 내다보고 규정의 틀을 마련하는 데 엄청난 공을 들였다. 비행체의 안전을 평가하는 논리적이며 합리적인 과정을 제시해 보려고 했고, 발사장의 제한 사항을 메이저급 공항보다 번거롭지 않거나 심지어는 덜 번거롭게 만들어서, 비행체를 어디서든지 발사할 수 있는 법률적 제도의 초석을 깔겠다는 것이었다. 포사이스와 스테판은 일단 미국이 이 규정들을 수용하고 나면 세계적인 표준이 될 것으로 자신했다. 이는 포사이스와 7인방의 투자액이 수익을 낼 만큼 비행체 판매 시장을 키우는 데 있어 매우 중요한 작업이었다. 심지어 인구밀도가 높고 땅으로만 둘러싸인 나라들도 우주에 갈 수 있게 되는 것이므로, 포사이스와 스테판은 우주수송 능력의 보유라는 국가적 위신이 비행체의 판매를 촉진하기를 바랐다.

13장

가솔린, 알코올,
케로신, 메탄

나는 프로토타입 1단에 사용할 추진제와 양산 발사체용 추진제가 다르리란 것은 이미 들어서 알고 있었지만, 톰의 집무실에 들러서 이 사실을 확인해 보고 싶었다. 농도 98퍼센트의 과산화수소와 액체메탄을 혼합비 15 대 1로 섞어서 프로토타입 발사체의 추진제로 적용하기로 결정한 이유를 설명하려는 톰에게 질문을 던졌다.

"왜 액체산소와 액체메탄을 섞어서 사용하지 않나요? 그러니까 제가 이해한 바로는 이 조합이 양산용 1단의 베이스라인일 텐데요, 아닌가요? 그리고 사실, 메탄 대신 케로신을 사용하지 않는 이유가 궁금했어요. 보통 탄화수소 계열 중에는 케로신이 가장 인기 있는 연료인 것으로 알고 있는데요."

톰이 대답했다. "좋은 질문이고요. 제대로 된 답변을 받을 만한 가치 있는 질문이기도 합니다. 로켓용 추진제를 개발한 이야기는 사실 꽤 매력적이기도 하니, 역사적인 전후 사정을 알아 두는 것도 좋을 것 같습니다. 그리고 이러한 결정이 중요하다는 것을 이해해 주었으면 합니다. 그런 의미에서, 저 아래 화학 추진제를 담당하는 피터와 이야기 해 보는 게 좋겠어요."

톰이 피터 나카무라의 사무실 문을 두드렸을 때 피터는 책상에 앉아 기술 논문을 열심히 들여다보고 있었다. 서로 인사를 하고 나자 톰이 말했다.

"피터, 여기 우리의 연대기 기자가 로켓 추진제의 역사적 배경을 알고 싶어 하는데, 당신이 이 분야 전문가니까……."

피터는 우리를 손님용 의자에 앉힌 후, 자신도 의자에 앉았다. 피터는 로켓 추진의 기본을 되짚어 주기 시작했다.

피터가 설명을 시작했다. "로켓 추진에서 가장 중요한 건, 잘 설계된 엔진으로 특정 추진제 조합을 연소해 배출가스의 속도를 얻는 것입니다. 뉴턴의 제3법칙에 따르면 모든 작용에는 반드시 동일한 크기의 반작용이 있습니다. 연소가스가 로켓 엔진을 더 빠른 속도로 떠날수록 추진제 1킬로그램마다 더 높은 추력을 발생시킬 수 있는 겁니다. 이 배출 속도를 중력가속도로 나눈 값이 '초'를 단위로 하는 비추력(Isp)입니다."

로켓 방정식에 관한 논의를 한 차례 거쳐서 그런지 관련 용어가 어느 정도 친숙하게 느껴졌다. 이제는 로켓 방정식이 발사체 설계의 핵심이라는 것 정도는 배워서 알고 있었다.

피터는 계속해서 설명을 이어 나갔다. 로켓이 얼마나 빨리 날 수 있는가를 결정하는 요소에는 두 가지가 있는데, 하나는 배출되는 가스의 속도이며 또 다른 하나는 연소의 시작 지점과 종료 지점 사이의 중량 비율이라는 것이다. 그러므로 로켓 추진제의 다음 두 가지 성질은 발사체의 성능을 결정하는 중요한 요소가 된다. 하나는 추진제가 생성할 수 있는 비추력 또는 배출 속도이고, 또 다른 하나는 추진제 탱크에 얼마나 많은 양의 추진제를 채울 수 있는지를 결정하는 추진제 밀도이다. 응용 분야에 따라 비용, 독성, 엔진 냉각제로서의 적합성, 사용의 편의성 등도 고려할 필요가 있다. 그러나 기본적으로 비추력 값과 밀도 값이 엔진의 성능을 좌우한다.

연소가스의 배출 속도는 연소 온도를 가스의 분자량으로

나눈 값의 제곱근에 비례한다. 그러므로 좋은 추진제 조합은 고온의 화염으로 높은 연소 에너지를 내놓아야 하며, 연소 생성물의 분자량은 낮아야 한다. 만일 화염의 온도를 두 배로 올리면, 배출 속도는 2의 제곱근만큼 증가하며, 이는 속도가 40퍼센트 정도 증가함을 의미한다. 연소 생성물의 분자량을 반으로 줄여도 동일한 정도로 속도가 올라간다.

러시아의 우주 개척자 콘스탄틴 치올콥스키는, 누군가가 액체 추진제 로켓엔진을 만들거나 연소하거나 비행하기 훨씬 이전에, 로켓엔진에 사용하기에 실용적이며 가장 효과적인 추진제가 액체산소와 액체수소의 조합이라고 결정해 놓았다. 이 조합을 이용하면 1킬로그램당 16,070킬로줄이라는 높은 연소 에너지를 낼 수 있으며, 연소 생성물은 수증기이므로 그 분자량이 18로 낮은 편이다. 그러나 섭씨 영하 253도의 액체수소를 만들고 보관하고 사용하려면 어려운 점이 너무 많았기 때문에 초창기 로켓 개발자들은 이 조합을 기피했다. 이들은 액체수소보다 끓는점과 밀도가 더 높고 상대적으로 가격이 저렴하며 다루기도 훨씬 수월한 액체산소를 탄화수소 계열 연료와 조합해서 사용했다.

미국에서는 최초로 액체 로켓을 만들어 날린 로버트 고다드가 가솔린을 추진제로 사용한 반면, 독일은 알코올을 선택했다. 독일인들이 사용한 조합은 알코올에 물을 타서 화염의 온도를 낮추고 연소 가스의 분자량 또한 줄였기 때문에, 이들의 로켓 엔진은 성능상으로는 비교적 적은 손실을 겪으면서도 낮은 온도에서 작동하는 이점이 있었다. V-2 로켓에 사용할 엔진 연소실의 냉각 기술

(film dump)이 결정된 상황에서, 연소 온도를 낮출 필요가 있었던 것이다. 고다드도 액체산소와 가솔린이 지나치게 높은 온도에서 연소한다는 점을 알고 있었고, 연소 온도를 낮추고자 연소실에 물을 분사하는 방법을 찾으려고 노력했지만 성공하지 못했다.

피터는 존 클라크가 쓴 재미있고 교육적인 『점화』라는 책을 빌려 주기도 했는데, 이 책은 군용으로 쓰기에 적합한 추진제를 찾아 헤매던 사람들의 이야기를 담고 있다. 우선 상온에서 저장이 가능한 추진제 조합을 찾아내는 것이 목적이었으며, 전시 상황에서는 더 넓은 범위의 운용 온도가 필요했으므로 추진제의 저장성 역시 중요한 성질이었다. 또한 자동으로 점화되는 성질을 갖춘 추진제 조합을 선호했다. '하이퍼골릭(hypergolic)'이라는 단어의 어원은 독일어인데, 이는 특정 추진제 조합이 만나는 순간 발화하는 성질을 의미한다. 이러한 특성 덕에 점화기가 필요하지 않으므로 그만큼 설계가 단순해지고 미사일의 신뢰성이 올라가는 것이다. 질산은 산화제로 훌륭한 것으로 알려져 있는데, 붉은 연기를 내는 종류(RFNA. 적연질산)가 특히 그러했다. 이 산화제에 포함된 용융 사산화질소가 적갈색 연기의 원인이다. 그러나 질산은 접촉하는 대부분의 물질을 부식시킨다. 하지만 다행스럽게도 질산에 플루오린화수소산을 약간 녹여 주면 이러한 부식성이 크게 줄어든다는 것이 발견되었다. 질산은 케로신과도 하이퍼골릭의 성질을 갖고 있으나, 하이드라진[89]과 연소하면 더 좋은 성능을 낸다. 그러나 군용으로 쓰기에 하이드라진은 너무나 높은 온도에서 얼어붙는다. 결국에는

---

[89] 또는 히드라진, 로켓연료로 사용되는 액체 화학물질(N_2H_4).

에어로자인50[90]이라는 조합을 개발하게 되었는데, 이는 50퍼센트 UDMH[91]와 50퍼센트 하이드라진으로 구성되었는데, 어느점은 충분히 낮고 밀도가 높고 저장성도 좋다. 타이탄 미사일과 초창기 우주발사체의 1단들은 사산화질소를 산화제로 사용하고 에어로자인50을 연료로 사용했다.

　　제2차 세계대전 이후에 제작된 최초의 미사일은 액체산소와 케로신을 사용했는데, 레드스톤, 타이탄 I, 아틀라스 미사일이 이들을 추진제 조합으로 선정하면서 짧은 기간에 널리 쓰이게 되었다. 이 조합은 성능이 좋은 편이고, 극저온의 액체산소를 포함하고 있으며, 두 추진제 모두 손쉽게 구할 수 있었다. 그러나 케로신은 가솔린과 마찬가지로 다양한 탄화수소 계열을 혼합해서 구성한 것이다. 랜턴이나 가열기에서 케로신을 사용한다면야 추진제의 혼합 구성을 정확하게 파악하는 것이 중요한 사안은 아니었다. 그러나 로켓엔진에 케로신을 사용할 때에는 밀도와 코킹 온도라는 두 가지 중요한 특징이 변동하는 것이 문제가 되었다. 실제로 입수한 케로신 배치[92]마다 이 값들이 다르게 나타난 것이다. 밀도의 변동이 문제가 되는 이유는 탱크를 가득 채우더라도 예상했던 추진제 중량을 항상 탑재할 수 없을 수도 있기 때문이었다. 중량으로 얼마나 많은 양의 추진제를 탑재하는가는 로켓의 성능에 영향을 미쳤다.

　　코킹은 케로신의 온도가 특정 값에 도달하면 발생하는 현

---

90 A-50. 미국 에어로젯에서 타이탄 미사일용으로 1950년에 개발한 액체로켓용 혼합 연료.

91 비대칭디메틸히드라진.

92 정유사는 하나의 배관에 다양한 석유제품군을 순서대로 흘려보내는 경우가 많으며, 특정 시간 때에 함께 흘러 나간 케로신을 묶어서 배치로 표현함.

상인데, 케로신의 온도가 올라가면 케로신이 접촉한 곳에 타르와 비슷한 찌꺼기가 침전물처럼 생성된다. 이 부분이 문제가 된 것은 대부분의 로켓엔진이 연소기를 냉각하기 위해 케로신과 같은 연료를 연소기 벽면에 위치한 냉각 채널 또는 튜브로 통과시키기 때문이다. 그러니까 케로신은 연료이면서 냉각제인데, 케로신의 온도가 너무 올라가면 냉각용 튜브의 뜨거운 벽면에 탄소 침전물이 쌓이는 것이다. 이러한 침전물은 연소기 벽면의 열전도율을 낮추므로, 로켓 연소기 벽면에 구멍이 뚫리면서 그곳으로 유입된 연료가 연소되는 현상이 발생할 수 있다. 상용 케로신이 가진 또 하나의 문제점은 황을 포함하고 있다는 것인데, 이는 부식 문제를 일으킬 수 있다.

일반 케로신의 이러한 문제점을 해결하고자, 코킹 온도가 더 높고 배치마다 밀도가 일정한 로켓용 연료가 등장했다. 이 연료는 재치 있게도 'RP-1(Rocket Propellant-1)'으로 불렸다. 다만 이제는 이 연료를 손쉽게 구할 수 없고, 가격도 예전만큼 싸지 않은 것이 흠이라면 흠이었다. 지금까지 개발된 대형 엔진들은 대부분 케로신을 사용하도록 설계되었고, 다양한 종류의 탄화수소 계열의 연료들을 고려하고 시험했지만, 그 어떤 것도 RP-1을 대체하지 못했다.

코킹 문제가 끈질기게 따라다니는 데다 RP-1의 비용이 더 올랐다는 얘기가 돌았으므로 톰은 재사용 발사체의 엔진에 케로신을 사용하는 것이 적절하지 않다고 판단한 것 같았다. 피터와 엔진 설계 그룹의 구성원들과 함께 철저한 검토를 완료한 후, 톰은 1단에 액화천연가스로 알려진 액체메탄을 사용하기로 결정했다. 액체메탄은 저렴하고 쉽게 구할 수 있으며, 정제하기도 수월해 배치와 배치 간의 밀도를 매우 일정하게 유지할 수 있다. 메탄은 코킹 온도가 매우 높은 편이어서 훌륭한 냉각제이고, 분자량이 충분히 낮기 때문에 매우 훌륭한 수준의 비추력(Isp)을 낼 수 있다. 이들은 잠시 암모니아를 후보로 고려했었다. 암모니아에는 코킹 문제가 전혀 없었으므로 냉각제로 더 우수했고 가격은 메탄과 유사했다. 암모니아는 로켓 엔진 유인 비행기 X-15에 쓰여 199회에 걸친 비행을 하면서 아무런 문제를 일으키지 않았지만, 독성 때문에 최종 선정 평가에서 좌절되었고 실패한 후보에 그치고 말았다.

메탄과 암모니아는 엑스팬더 사이클 엔진의 터빈을 구동하기에 적합한 '작동' 유체다. 그러나 펌프를 구동할 정도로 메탄을 충분히 가열하려면, 엔진 연소기의 길이를 최적값보다 더 늘려야 하고, 터빈을 빠져나온 배출가스로부터 열을 회수하기 위해서 열교환기를 사용해야 한다. 그래서 추진제 탱크를 빠져나온 메탄은 먼저 열교환기를 거치며 따뜻하게 데워지고 이어서 엔진 연소실을 냉각한다. 이처럼 가열된 메탄은 이제 섭씨 650도의 온도를 갖게 되고, 터빈에서 팽창하면서 메탄 펌프를 구동시키고 또 다른 터빈으로 들어가 산화제 펌프를 구동시킨다. 두 펌프는 기어로 함께 연결되는데, 서로 동력을 전달하지는 않으며, 두 추진제 사이의 혼합비를 일정한 값으로 유지하는 기능을 한다. 메탄에는 코킹이라는 위험요소가 없기 때문에, 터보펌프를 구동할 충분한 에너지를 갖도록 메탄을 가열할 수 있는 것이다. 메탄의 밀도는 케로신의 40퍼센트인데, 더 높은 혼합비(산화제와 메탄의 비율)를 사용하면 추진제 조합의 평균 밀도가 케로신과 액체산소의 평균 밀도보다 훨씬 더 낮은 것도 아니다.

피터는 액체산소와 액화천연가스를 양산 1단에 적용하기로 선정한 것은 비용 때문이라고 설명했다. 액체산소는 1킬로그램에 60원이었으며, 액화천연가스의 가격은 1킬로그램에 400원밖에 나가지 않는다. 이는 1단 추진제의 비용이 총 1,000만 원밖에 되지 않음을 의미했다. 톰은 프랫앤드휘트니에 추력이 54톤인 1단용 엑스팬더 사이클 엔진을 개발하라고 이미 주문해 둔 상태였다. 액체메탄은 행성을 오가는 궤도선의 임무에 유용할 것으로 보이는데, 특히 화성에서의 연료 재충전에 요긴하게 쓰일 두 가지 특징이 있었다. 액체메탄은 액체수소보다 밀도가 6배나 높으며, 우주에서 장시간 저장하기도 훨씬 쉽다. 그래서 톰은 메탄을 이용하면 최대 추력이 약간 떨어지는 것을 알면서도, 프랫앤드휘트니에 RL60 엔진을 개조해서 액체산소와 수소 또는 액체산소와 메탄을 사용할 수 있는 엔진을 만들도록 요청했다.

그러나 톰과 존 포사이스는 새 엔진을 기다리며 프로토타입 1단의 발사 일정을 뒤로 미루기는커녕 오히려 조금 앞당기기로 결정해 놓았다. 이러한 결정이 문제가 되고 있었다. 피터의 설명에 따르면, 그들이 필요로 하는 추력 범위 내에서 재사용이 가능한 적합한 엔진을 찾지 못한 것이었다. 그래서 이들은 프로토타입에 대해서는 신뢰할 만하고 비용을 감당할 수 있는 범위에서 단기적인 해결책을 생각해 내야 했다. 피터의 설명에 따르면, 어떤 추진제 조합을 이 엔진에 사용할지를 분명하게 결정할 수 없었던 모양이다. 양산 발사체용 추진제 조합을 선정한 요인이 프로토타입 사업과 딱 맞아떨어지는 것은 아니었으므로, 프로토타입 팀은 이런 관점 아래 이용이 가능한 추진제들을 조사하기 시작했다.

특정 추진제들의 조합에 익숙해진 데다 이들 추진제를 대상으로 하는 개발 경험과 그간 쌓아 온 장치와 인프라 구조가 있어서인지, 어느 정도 시간이 흐르고 나자 로켓 산업에는 고려해 볼 가치가 있는 추진제 조합은 한두 종류뿐이라는 공감대가 형성되어 있었다. 케로신/RP-1과 액체산소 조합이 오랫동안 사용되어 온 것은 이러한 현상을 보여 주는 대표적인 사례이다. 로켓 산업에서 꾸준히 사용되고 있는 또 하나로는 하이드라진/모노메틸-하이드라진과 사산화질소의 조합이 있다. 이 조합들은 밀도도 높고 부식성이 낮으며 비추력(Isp)이 320초에 이르는 장점이 있다. 이들은 우주 왕복선 궤도선의 자세제어 엔진 및 추력기 시스템뿐만 아니라 소모형 발사체, 무인 우주선, 일반 위성에도 널리 쓰였다. 또 하이드라진은 단일추진제로도 쓰였는데, 이는 별도로 산화제를 필요로 하지 않는다는 의미이다. 하나의 추진제만 고려하면 되므로 엔진 시스템의 설계가 매우 단순해지는 장점이 있다. 그러나 우주 왕복선 시스템을 더 안전하게 처리하는 데 들어가는 비용과 시간이 늘어나기 때문에, 21세기 이후로는 독성이 낮은 추진제를 추력기 시스템 및 궤도 내 자세제어 시스템에 사용하려는 경향이 있다.

독성이 낮은 추진제로는 과산화수소가 있다. X-15가 과산화수소를 사용했고, 머큐리 유인 우주선의 자세제어 추력기 시스템에도 사용했다. 인기 있는 추진제는 아니었다. 과산화수소는 잠수함이나 해군함에 탑재되어 어뢰를 구동시키고 응급상황에서 전기를 만들어 내는 용도로 오랫동안 사용되어 왔으며 비교적 안전한 편이다. 촉매를 써서 과산화수소를 고온의 증기와 가스 상태의 산소로 분리할 수 있기 때문에, 단일추진제로 사용할 수 있다. 과산화수소를 탄화수소 계열 연료나 그 밖의 연료와 화학적으로 연소시키면 성능이 더 좋아지며, 이때의 비추력(Isp)은 하이드라진과 사산화질소의 조합보다 약간 떨어지는 수준이다.

프로토타입 1단에 사용될 과산화수소는 그 밀도가 충분히 높아서 탱크의 중량 배분 계획 내에서 1단에 가압식 엔진을 운용할 수 있다는 장점이 있을 뿐만 아니라, 과산화수소를 탑재한 탱크를 가압하기 위해서 스스로 가압가스를 생성할 수 있다.

그러나 산업계에서 1970년 이후로 과산화수소로 로켓용 추진제를 더 이상 만들지 않는다는 것이 과산화수소의 문제점 중 하나다. 과산화수소는 여전히 세척과 살균 등에 사용되는 산업 자재이며, 해로운 성분을 남기지 않는 특성이 있어서 특별히 식품 분야에서 다양하게 활용되고 있다. 또 종이펄프를 표백하는 용도로도 널리 쓰인다. 수백만 톤의 과산화수소가 생산되고 소비되는데, 물로 희석시킨 과산화수소의 농도는 30, 50, 70퍼센트 수준이며, 과산화수소의 비용은 1킬로그램에 대략 2,000원이다. 로켓용 추진제로 사용하려면 농도가 90퍼센트 이상이어야 한다.

제작 방법에도 문제가 있었다. 1960년대로 돌아가면 과산화수소는 황산 또는 산성 암모늄 황산염의 물 용액을 전기분해해서 과산화 황산염을 형성하고, 이어서 가수분해 공정을 적용해서 만들었다. 비용이 덜 드는 공정을 개발하기도 했는데, 탄화수소가 포함된 유기화합물을 수소로 처리하고, 이를 산화시켜서 과산화수소를 만들고 탄화수소로부터 분리해 내는 방식이었다. 이러한 공정은 전기분해 방식이 아니므로 그 비용이 훨씬 낮았으나, 최종 생성물이 탄화수소로 살짝 오염되는 단점이 있었다.

　　탄화수소와 과산화수소가 섞인 혼합물은 안정성이 떨어지는데, 순간적으로 물과 산소로 분리되는 경향이 있기 때문이다. 이러한 문제를 극복하기 위해 다양한 첨가물을 추가하면 혼합물을 안정화시킬 수 있다. 그러나 추진제 담당 엔지니어들이 보기에 이들 첨가물은 촉매대[93]를 오염시키는 원인일 뿐이었다. 이와 같은 방법으로 안정화시킨 혼합물은 추진제로 쓰기에 적합한 98~99퍼센트의 고농도 과산화수소를 생성하는 작업을 어렵게 만들기 때문이다. 반면에 고농도 과산화수소는 탄화수소라는 오염원이 없는 경우 본질적으로 안정화용 첨가제가 없어도 상당히 안정적인 특성을 보인다. 지난 몇 년 전부터 무독성 로켓 추진제인 과산화수소에 대한 관심이 부활했으며, 비록 가격이 1킬로그램에 거의 2만 원에 이르긴 하지만, 농도가 98퍼센트인 과산화수소를 다시 구할 수 있게 되었다.

　　그렇지만 프로토타입의 시험발사는 제한된 양의 과산화수소가 필요하기 때문에 연료에 들어가는 비용이 그리 높은 편이 아

---

[93] Catalytic beds. 과산화수소를 단일추진제로 사용하는 추력기의 경우 은과 같은 촉매를 다양한 형태로 구성해 두고 과산화수소를 촉매대를 향해서 주입하면 수증기와 산소가 생성되어 노즐을 통해 배출됨. 촉매대의 오염은 화학반응을 저하시킬 수 있음.

니었다. 톰은 TRW[94]와 계약을 맺고 달 탐사 모듈의 하강용 엔진[95]
으로 쓰였던 TRW의 유명한 엔진을 기초로 하여 추력 49톤에 삭마
식 냉각을 사용하는, 과산화수소-프로판 엔진을 만드는 일을 맡겼
다. TRW는 이 엔진의 개발을 순조롭게 진행하고 있었으며, 15개의
엔진을 만들려면 300억 원의 비용이 들 것으로 추정했다. 각각의
엔진은 10회 사용할 수 있도록 설계되었다.

프로토타입 1단뿐만 아니라 양산 발사체 1단의 버니어 착
륙 엔진의 단일추진제로 과산화수소를 사용할 수 있다. 단일추진
제 엔진은 원하는 추력 수준에 도달할 때까지 단 하나의 밸브를 열
어 주면 되므로 스로틀링[96] 자체를 단순화시켜 주며, 여기에 쓰이
는 촉매대는 점화의 신뢰도를 매우 높여 준다. 과산화수소로 소형
터빈을 돌려서 1단 주엔진과 착륙용 엔진의 추력방향제어용 유압
구동기에 동력을 전달할 수도 있다. 이와 같은 사항들과 과산화수
소의 본질적으로 안전한 성질은 재사용성과 신뢰성을 낮추지 않고
도 1단의 개발 비용을 낮게 유지하도록 해 주었다.

4.5톤의 추력을 내는 촉매 점화식 과산화수소 엔진은 당장
구매할 수 있는 것이었으므로, 이들을 시험발사용 버니어 엔진으로
사용할 계획이었다. 프로토타입 발사체는 상승에 필요한 4,763킬로
그램의 과산화수소를 엔진에 제공하고, 착륙에 필요한 4,536킬로그

---

94 미국의 항공우주기업으로 미 공군의 ICBM 개발을 주도함.

95 LEMDE(Lunar Excursion Module Descent Engine). 핀틀 인젝터를 도입해서 가볍고 추
력조절이 가능한 엔진을 만들어 낸 것은 아폴로 사업의 최대 성과 중 하나이며, 스페이스엑스
에서 이 기술을 사용하고 있음.

96 추진제의 연소율을 조절해서 엔진이 생성하는 추력을 낮추는 기능을 의미함.

램의 과산화수소를 탑재할 추진제 탱크를 갖고 있어서, 총 9,299킬로그램의 추진제를 탑재할 수 있었다. 경량화된 시험용 1단은 건조 중량이 11.3톤이고 연료를 꽉 채우면 중량이 20.5톤이었는데, 이 1단의 추진기관은 초당 762미터라는 '델타V' 능력을 제공할 수 있었다. 이는 발사체를 고도 300~400미터에 올려서 착륙 기술을 개발하고 비행제어 및 착륙 시스템의 버그를 잡아내기에 충분했다. 덕분에 주엔진의 개발을 기다리지 않고도 사업을 시작한 지 1년 만에 유효한 시험발사를 진행할 수 있었다. 과산화수소만을 사용해 신뢰성과 안전성이 높은 추진 시스템은 AM&M이 첫 유인 발사체에 대한 발사 허가를 받는 데 도움이 될 것으로 보였다.

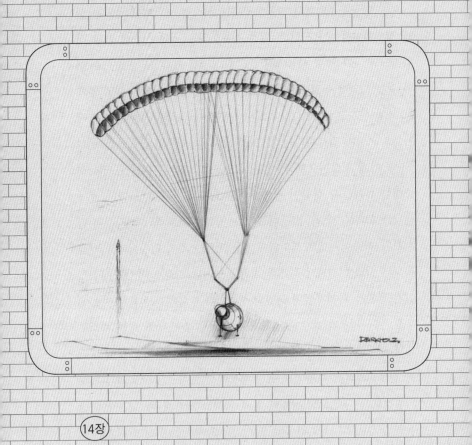

(14장)

설계 검토회의

항공우주업계와 방위산업계는 시스템 공학이 적용되는 설계 검토회의를 중요시한다. 설계 검토회의는 거대 시스템 개발 사업의 주관자가 특정 시점까지의 진행 상황을 육해공군 또는 NASA와 같은 고객에게 보고하는 발표의 장이다. 거대 사업은 사업 자체가 복잡하고 그 기간이 길다 보니 수년간 실질적인 진척이 없을 때가 있다. 설계 검토회의는 협력업체들이 주어진 업무 목표를 달성할 수 있게 지속적으로 독려하고, 기술적인 면과 사업적인 면에서 중대한 문제들을 샅샅이 찾아내려는 의도로 만든 제도이다. 보통은 검토회의를 세 번 정도 하는데, 예비설계 검토회의, 제작설계 검토회의, 최종설계 검토회의의 순서를 따르는 것이 일반적이다. 가끔은 검토회의를 경쟁자에 대한 적의를 드러낼 기회로 여기는 사람도 있지만, 모든 관계자들이 사업의 성공이라는 동일한 목표를 마음에 두고 있는 경우가 대부분이다. 대규모 군수업체, 국회 또는 행정부 내의 경쟁관계에 있는 파벌 세력들이 종종 특정 사업을 없앨 의도로 검토회의의 결과를 이용했기 때문에 검토회의가 다툼의 장으로 비치기도 한다. 검토위원들이 설계가 어느 단계에 와 있는가에 관심을 두기보다 자신들의 지적 능력이나 자부심을 세상에 보이는 데 더 관심을 두게 되면, 설계 검토회의는 위원들이 서로 한 수 위임을 과시하려는 토론의 장이 되고 만다. 사업을 발주한 고객 기관도 아니면서 설계 검토회의를 통해서 자신들의 영향력을 행사하려고 고의성 질문을 던지거나 시스템 요구조건을 만족하는 것과는 별 상관도 없는 기능을 추가하도록 요구하기도 한다.

AM&M에는 설계 검토회의의 결과를 보고할 고객이 없었다. 투자자들은 당연히 비행체 설계의 진도를 체크하고 자본금이 어떤 속도로 소모되는지를 면밀히 들여다보고 있었다. 그러나 투자자들은 공학 전문가도 아니고 톰과 그룹원들의 기술적 판단을 의심할 정도의 지식을 갖춘 것도 아니므로, 포사이스는 투자자들의 질문에 바로바로 답을 제공하도록 조치해 놓았다. 투자자들은 종종 제조시설을 돌아다녔고 정기적으로 성과 보고서를 받았으며, 이 회사의 인력과 조직에 대해서도 이미 잘 파악하고 있었다. 미래에는 DH-1을 구매한 고객들이 여객기 운항사들처럼 설계의 특정 방향과 요구조건을 설정하는 일에 관여하게 되겠지만, 앞으로도 고객들이 엔지니어링 작업을 감독하는 데 관여할 일은 절대로 없을 터였다. 톰이 전적으로 설계를 책임지고 있다는 사실은 아무도 의심하지 않았다. 포사이스는 세부 설계의 결정 경위에 대해서 질문하거나 특정 엔지니어의 능력에 대해서 물어볼 정도로 톰과 수석 엔지니어들을 신뢰했다. 그렇지만 회사 내 분위기는 가족적이었는데, 정말로 저비용 재사용 우주비행체를 제작하고 이를 판매함으로써 성공적인 사업을 만들어 가자는 한 가지 목표를 두고, 모두가 한 방향으로 가기로 뜻을 모았다는 의미에서 가족적이었다.

물론 모든 가정이 그렇듯이 논쟁은 늘 있기 마련이며, 엔지니어들은 대부분 호전적이지는 않으나 때로는 매우 고집스러웠다. 톰은 설계 책임자로서 이들을 중재하거나 경우에 따라 오히려 논쟁을 장려하기도 했다. 대부분 관련된 엔지니어들끼리 문제를 해결했고, 그렇지 못할 경우에만 좌장 격인 톰이 주저하지 않고 최종 결정을 내려 줬다. 그러나 톰은 엔지니어들에게 사업 전체의 종합적인 목표에 부합되는 논리적인 방침을 따라 주기를 부드럽게 권하는 편이었다. 엔지니어들은 그들의 두뇌와 직무 능력 때문에 고용된 것이었고, 엔지니어 한 사람 한 사람은 본인이 맡은 일에 대한 권한과 책임을 상당히 진지하게 여겼다. 이 때문에 엔지니어들은 자연스럽게 동료들의 판단과 의견도 진지하게 받아들였다. 소규모 레드스톤 병기고가 그랬던 것처럼, 케이프커내버럴에 위치한 공장이 시험대, 실험실, 엔지니어 사무실을 단 하나의 건물에 갖고 있는 것은 여러모로 효과를 발휘했다. 시험과 제작 과정에서 발견된 문제들을 실험실에서 바로 해결해 볼 수 있었고, 엔지니어들도 이 문제를 즉시 들여다볼 수 있었다. 톰은 휴렛팩커드가 이룬 위업 중 하나를 본떠, 엔지니어들에게 과제나 작업의 종류에 관계없이 설계도면, 스케치, 모델을 사무실에 장식해 놓게 했다. 다른 사람들이 우연히 지나가거나 의도적으로 접근해서 이런 장식품들을 살펴보고 갖고 놀다가 긍정적이든 부정적이든 피드백을 제공하는 전통을 제도화하고자 했던 것이다.

이러한 분위기는 엔지니어 개개인이 직접적으로 참여하지 않는 시스템에 대해서도 꽤 익숙해지도록 만들어 주었다. 관심 범위가 넓고 능력이 되는 사람은 자신의 업무를 감당하는 한, 사업의 다른 부분을 검토하고, 이해하고, 심지어는 바른 방향으로 살짝 미는 데 자유롭게 관여할 수 있었다. 두 종류의 컴퓨터 모델을 주요 도구로 사용해서 엔지니어링 작업을 관리했는데, 하나는 프로토타입 발사체용 모델이었고 또 하나는 양산 발사체용 모델이었다. 이들은 하나의 공용 데이터베이스에 저장되었으며, 엔지니어는 본인이 맡은 책임에 따라 설계 변경을 수행할 수 있었다. 이 체계 관리 시스템에는 운용 엔지니어들과 사서들도 포함되었는데, 이들은 설계 변경을 검토하고, 작업일지를 확인하고, 설계 변경 이력을 추적하며, 필요할 경우 다른 엔지니어들에게 그들이 작업하는 시스템에 영향을 주는 설계 변경이 발생했음을 알려 주는 역할도 했다. 특정 영역의 설계를 변경할 권한이 없는 사람조차도 합리적인 설명을 제공하고 본인의 제안을 담당 엔지니어들과 논의할 의사만 있으면 설계 변경을 제안해 볼 수 있었다.

물론 어느 시점에 도달하면 설계를 고정시켜야 했으며, 톰은 프로토타입의 경우에는 사업 승인으로부터 1년 후를 그 시점으로 정한다고 이미 선언해 두었다. 그때까지는 비행용 특수 하드웨어, 구동기, 비행제어용 소프트웨어 및 지상 핸들링 장치들과 같은 양산 발사체용 하드웨어의 발주를 시작해야 했고, 발사 허가에 필요한 기본 자료인 비행시험 계획서를 준비해야 했다. 1년이 지난 시점에서 1단, 2단의 중량 배분 계획이 상세한 수준으로 결정되었다. 발사체 1단 중량의 70퍼센트는 하드웨어를 통해서 실측했거나, 제작용 CAD 모델을 써서 계산한 값이었다. 나머지 30퍼센트는 엔지니어가 추정한 값을 바탕으로 했는데, 추정값의 정확도는 엔지니어의 경험과 설계의 성숙도에 따라서 달라질 수 있었다. 2단 중량은 1단만큼 상세하지 못했는데, 2단 설계에 들인 작업 시간이 적어서 그런 것은 아니었다. 2단의 성능은 중량 증가분에 대해서 대단히 민감하게 반응하기 때문에, 2단에 요구되는 정확도가 1단에 비해서 높다는 의미에서 중량 추정이 상세하지 않다는 뜻이었다. 모든 엔지니어링 그룹은 중량 배분 계획을 배정받았으며, 톰은 1,814킬로그램의 페이로드 설계 중량을 꽉 움켜쥐고 있었다. 그러나 톰은 시험발사가 다가오면 1,814킬로그램의 대부분을 잃게 될 것으로 예상하고 있었다. 톰은 시스템에 중량을 더 주면 많은 문제를 해결할 수 있다고 생각했으며, 만일 첫 번째 비행이 너무 지체되려고 하면 망설이지 않고 필요한 만큼 중량을 풀어 2년 반이 지나기 전에 반드시 비행시험을 개시할 생각이었다.

새로운 우주발사체의 신빙성을 판단하는 시각에는 늘 격차가 있기 마련이다. 컴퓨터 시뮬레이션 결과물을 내놓고 쿵 소리 나게 대형 구조체들을 공장 바닥에 내려놓은들 이 구조물들이 공장 바닥을 뜨지 못하고 있는 상황에서는, 빠른 시일 내에 이 발사체의 판매가 개시될 거라는 확신을 줄 수 없는 법이다. 포사이스는 궤도비행에 성공하고 궤도선을 회수하는 것이 사업의 가장 중요한 목표임을 초반부터 분명히 못 박아 두었는데, 회사에 필요한 추가 자본을 마련하는 데 가장 중요하다는 의미였다. 민간기업들만 발사체개발에 엄청난 규모의 돈을 쏟아붓고도 시험발사 단계에도 이르지 못한 사태를 겪은 것이 아니었다. 정부가 추진한 사업들도 어떤 형태로든 비행에 가까이 가는 모습을 보여 주지 못하면 중단되고 말았다. 자본시장도 국회도 어느 시점까지 비행을 보여 주지 않으면 추가 자금을 제공하지 않았다.

포사이스의 사업 전략도 발사체에 대한 전략과 크게 다르지 않았다. 포사이스에게는 저비용이라는 단 한 가지 목표만 있을 뿐이었다. 정지천이궤도로 9톤을 올릴 수 있는가와 같은 문제는 그의 고민거리가 아니었다. 또한 탑재물의 목표 중량에서 50퍼센트 또는 40퍼센트, 심지어 20퍼센트만 벗어나도 시장성을 완전히 잃게 되는 상황에서 저고도 극궤도에 1.8톤을 올릴 수 있는가도 아니었다. 자동으로 탑재물을 전개할 수 있는가도, 기존 탑재물 또는 이미 설계가 끝난 탑재물을 올리기에 편리한가도, 횡방향으로 벗어났다가 돌아올 수 있는 한계값을 충분히 확보하고 있는가도, 궤도에 머물 지속성이 좋은가도 아니었다. 이런 문제들은 하나도 중요하지 않았다. 발사체의 단가가 낮을 것, 한 번의 비행에 들어가는 비용이 낮을 것, 이 특징들을 실제로 증명할 것, 이것들이야말로 발사체의 판매를 결정하는 필수조건이었다. 이를 증명할 유일한 방법은 시험 비행으로 전체적인 설계의 개연성을 증명하고, 궤도로의 유도 비행, 회수 비행, 궤도선의 반복적인 재비행을 보여 주는 것뿐이었다. 이것이 포사이스의 최우선 목표였다.

그리고 이 목표를 달성하기 위해서라면 처음 5~10회의 비행에서 1단을 버릴 수밖에 없는 상황에 이를 경우에는 그렇게라도 할 생각이었다. 톰은 1단 담당 엔지니어들에게 우발사고에 대한 대안을 계획해 놓도록 지시했는데, 엔지니어들이 1단에 추진제를 추가로 탑재하는 것을 용인하려는 의도였다. 추력대중량비가 높은 편이었기 때문에, 1단을 수정하면 거의 45톤의 과산화수소와 프로판을 추가로 탑재할 수 있었다. DH-1 발사체를 증가된 추진제를 사용해서 전통적인 궤도투입 궤적으로 비행시킬 경우, 궤도선의 설계 탑재 중량을 두 배 이상으로 키울 수 있었다. 그러나 이 경우에 1단의 다운레인지 방향으로 속도가 현저하게 증가해서 물에 떨어지기 때문에 결국 1단을 잃게 된다. 그러나 프로토타입 1단의 추정 가격은 '겨우' 100억 원이므로, 톰은 비행용 1단 3기를 주문해 놓았고, 3기를 추가로 더 주문해야 하는 사태에 대비해 개발 리드 타임[97]이

---

[97] 주문일로부터 납품일까지의 시간.

긴 품목들도 미리 주문해 놓았다. AM&M은 어떤 식으로든 궤도선을 궤도에 올려야만 했다. 만에 하나 1단을 회수하는 비행을 수행하지 못하더라도, 톰은 처음 양산한 발사체로 유용한 탑재 중량을 확보하고 나면 상황이 나아질 것으로 확신했다. 막다른 길로 가는 것보다는 차라리 천천히 가더라도 돌아가는 편이 더 나은 법이었다.

현재로서는 양산 발사체가 수용할 만한 성능을 낼 수 있을지 분명하게 알 수 없었다. 지금 시점에서는 한 달에 한 번 '유용한' 탑재중량을 궤도에 올린다는 단기 목표가 있을 뿐이었다. 톰은 2,270킬로그램을 희망했지만 실제로는 907킬로그램 정도만 올려도 성공이었다. 결국 우주 왕복선도 첫 비행에서 설계했던 탑재중량의 절반 이하를 탑재했었다. 톰은 AM&M이 성공한다면 이는 더 나은 기술을 갖췄거나 기술적으로 엄청난 진전을 이뤄서가 아니라고 생각했다.

사실 DH-1 발사체나 이와 유사한 발사체는 1960년대 중반 기술로도 제작할 수 있었다. 40년 이상이 지난 지금, 특별히 전자부품 등 많은 것들의 제작이 훨씬 수월해졌다. 그러나 AM&M의 성공의 열쇠는 기술에 있지 않았다. 과거와 크게 다른 점이라고 하면 이제는 목표가 변한 것이었다. 이들의 목표는 극초음속 공기흡입식 추진체를 발전시킨다거나 색다른 복합재료 기술을 만들어 내는 등 어떤 특정 기술을 개선시키는 데 있지 않았다. 이들의 목표는 재사용 발사체를 가급적 싸고 단순하게 만들어서, 경쟁이 치열한 환경 속에서도 신뢰성 있게 운용할 수 있음을 증명하고, 새로운 시장이 창출될 정도로 발사비용을 끌어내릴 발사 서비스 업체에 자신들의 발사체를 판매하는 것이었다. 또한 DH-1 발사체와 후속 모델들에 대한 수요가 늘어날 경우를 대비해야 했다. 존 포사이스는 초기 시장이 다른 모든 기술적인 혁신들과 마찬가지로 믿음, 희망, 소문 등에 의해서 가동될 것이라는 점을 강조했다. 그러나 AM&M의 장기적인 성공은 진정한 의미의 재사용성과 저비용을 달성하는가에 달려 있었다.

그 첫 단계로 프로토타입의 시험발사를 성공시켜야 했다. 톰은 프로토타입의 설계가 완료되었음을 선언하기에 앞서 내부 검토회의를 열었다. 이 검토회의는 하드웨어 구매와 제작에 관한 주요 발주를 시작하기 전에, 가능한 한 모두가 최신 설계결과를 인지하고 있도록 다양한 발사체 부품과 서브시스템에 대해서 하루 종일 강의하고 발표하는 자리였다. 그리고 엔지니어가 대비할 수 있는 모든 사항을 고려했음을 확인해 주는 일종의 체크 리스트 역할도 했다. 또한 설계문제 관련 해결 방안과 의사 결정이 내부적 일관성과 실행 가능성이라는 기준 아래 이루어졌음을 함께 확인하는 기회이기도 했다.

물론 일부 하드웨어는 이미 계약이 이루어져 있었다. 적어도 엔진의 경우에는 사업 승인이 공식화되기 전에 계약이 체결됐다. 1단 시험발사체용 엔진에 대한 요구조건은 사업 승인 후 3개월이 지난 시점에 이미 동결된 상태였고, 조종실의 기본적인 배치와 합리적인 수준의 데스크탑용 비행 시뮬레이터는 6개월이 지난 시점에 이미 결론이 난 상태였다. 그리고 엔지니어들이 상세 설계를 검토할 때 들여다볼 실질적인 대상을 갖추려고 일찌감치 1단 기체와 2단 기체를 제작해 격납고에 전시해 두었다. 격납고에 전시된 궤도선(2단) 중 하나는 곧 입고될 예정인, 패러글라이더가 달린 낙하시험비행용 프로토타입과 그 중량이 매우 유사했다. 사실 검토회의는 설계를 결정해 온 여러 시점들 중 하나일 뿐이었다. 사업 승인 1년 후에 일괄적으로 설계를 동결한 것은 아니었다.

　　검토회의의 첫 대상은 1단 프로토타입이었다. 2단과는 달리 1단의 추진제 탱크들은 구조체의 역할을 통합해서 감당하지 않았다. 오히려 고강도 7000 시리즈 알루미늄으로 프레임을 제작하고 그 위에 다양한 추진제 탱크들을 장착했다. 내압에 의한 탄성 변형은 탱크의 길이를 늘어나게 하는데, 이와 같은 장착 방식은 기체 전체가 아니라 마운팅 프레임[98]에서 탱크의 변형을 수용하도록 해 주었다. 이 방식은 메인 엔진과 착륙용 엔진에 별도의 추진제 탱크를 지정하는 작업을 편리하게 해 주었다. 또 이로 인해서 비교적 단순한 설계를 엔진 마운트에 적용하고 사중화된 유압 구동기를 사용할 수 있었다.

　　발사 직전까지는 127밀리미터의 직경을 갖는 4개의 강철 기둥이 발사체를 지지하고, 이 기둥들 위에는 충전이 안 된 충격 흡수장치가 놓였다. 발사대에 고정된 이 기둥 세트는 다시 4개의 '발사대 지지구조' 안으로 미끄러져 들어갔다. 이 지지구조는 수직 방향으로 4.6미터의 길이를 갖는 직경 152밀리미터의 튜브로 그 상부에는 뚜껑이 있으며, 1단의 축 방향 중심선에 대해서 대칭을 이루도록 설치되었다. 메인 엔진의 점화가 이루어지자마자, 발사체는

---

98 탱크를 올려놓은 프레임 구조체.

4개의 기둥을 따라 4.6미터만큼 비행할 것이며, 초속 7.6미터의 속도에 이른 후 자유롭게 날아갈 터였다. 단 1.25초 만에 발사체가 기둥을 벗어나 올라가는데, 이후 0.5초 이내에 엔진이 정지될 경우, 충격 흡수장치는 발사체가 기둥을 벗어나자마자 가스를 충전해 두고 있다가, 발사체가 초속 4.6미터에 이르는 속도로 내려앉더라도 발사체의 중량을 흡수할 수 있었다.

이와 같은 발사 시스템을 사용함으로써 최대 추력에서 발사체를 붙들고 있다가 갑작스럽게 풀어 버리면서 발생하는 높은 동하중을 제거할 수 있었다. 일반적인 발사체의 경우, 전단판이나 파이로 볼트[99]가 추력이 증가하는 동안 발사체를 아래로 붙들고 있으며, 발사체는 발사대를 위로 끌어당기고 있다. 발사체를 갑자기 풀어 주면, 고정장치가 엔진 추력을 더 이상 버티지 않으므로 결과적으로 높은 수준의 과도 하중이 발생하는데, 이 하중은 발사체 구조체의 설계하중이 될 수도 있다. 1960년대 영국이 추진했던 블루 스트리크(Blue Streak) 발사체 사업은 이 동적 현상이 구조체의 중량에 미치는 영향을 잘 기록하고 있다. 발사대 자체는 '밀크 스툴'[100] 타입이 될 것이고, 이는 V-2에 사용된 것과 매우 유사한 형태였다. 이러한 타입의 발사대는 조립된 부분체를 용접해서 제작할 수 있으며, 발사대를 볼트로 체결할 튼튼한 콘크리트 토대만 있으면 되었다. 음향하중 억제용 물 분사 시스템 또한 발사대에 설치될 예정이었다.

---

[99] pyro bolt. 전기신호로 활성화되는 폭약이 장착된 볼트로, 폭약에 의해 볼트가 두 조각으로 분리된다.

[100] 형상이 마치 착유용 의자처럼 생겼다는 의미이다.

대형 로켓은 음향하중이 꽤 높을 수 있으며, 이 하중은 엔진을 빠져나온 음파가 발사대 및 주변 지역에 의해서 발사체로 다시 반사되면서 생성된다. 음향하중은 이륙 직후 최대에 도달하는데, 이때 발사체는 여전히 지면에 가까이 있는 상태이다. 1단의 추력대중량비가 비교적 높고 그에 따라서 음향 하중도 높으므로, 톰은 소규모로 팀을 구성해서 물 분사 음향억제 시스템의 설계에 착수하도록 했다. 이 시스템은 짧은 시간 동안 발사체 옆에서 발사체를 따라가면서 실제로 비행을 하게 될 터였다.

나는 발사체 주변에 물을 분사하면 소음이 왜 줄어드는지 언뜻 이해가 가지 않았다. 엔지니어 중 한 분이 나서서 설명해 주었다. 작은 물방울이 공기 중을 떠돌면 소리의 속도가 초당 61미터로 바뀌는데, 이 음속은 보통 건조한 공기 중에서 소리의 속도가 초속 305미터인 것과 비교가 된다. 이와 같은 음향 임피던스[101]의 변화는 광학 효과와도 비슷한 결과를 보이는데, 굴절률이 크게 달라지면 내부 반사율이 빛을 사로잡는 현상과 유사하다. 공기와 물방울이 섞여 밀도가 높은 혼합물을 음파가 잘 떠나지 못하면 소리도 갇히게 된다. 그러므로 만일 물 분사기를 발사체에 싣고 갈 수만 있으면, 발사로부터 발생하는 음향 에너지를 현저하게 줄일 수 있다. 1단에 음향 억제용으로 물을 싣는 것은 중량 관점에서 매우 불리한 조건일 수밖에 없다. 그러나 톰의 동료 엔지니어 한 명이 고압의 호스를 1단에 연결할 획기적인 방안을 생각해 냈다. 증기 구동식 캐터

---

101 impedance. 음파에 의해서 생성된 압력 변화량. 음압이 음파의 흐름을 저항하는 정도를 나타내는 양.

펄트[102] 구조물이 발사체의 한쪽 면에 자리 잡은 이 호스를 지지하는데, 이 캐터펄트 구조물은 처음 91~152미터의 비행 동안 발사체와 함께 상승했다. 이 정도로도 소음 및 음향 하중을 충분히 크게 줄일 수 있었다.

이를 첫 시험비행에 적용한다는 것은 물론 너무 무모한 생각이었기에, 톰은 시험비행 이후에 이 시스템의 개연성을 시험할 요량으로 약간의 자금을 이미 확보해 두었다. 물론 시험비행을 마치고도 비행이 가능한 1단이 남게 된다면 그렇게 할 생각이었다. 이 장치가 제대로 작동한다면, 페이로드 탑재 공간에 넣은 91킬로그램이 넘는 음향 차단제를 제거할 수 있었다.

프로토타입 1단은 7.6미터의 직경과 9.1미터의 높이(엔진 노즐을 포함하고, 전개된 랜딩기어를 포함하지 않는 형상)를 갖는데, X 자로 배치된 다섯 개의 프로판-과산화수소 가압식 엔진을 써서 이륙하게 되었다. 중앙 엔진은 고정하고 나머지 바깥쪽에 놓인 4기의 엔진들은 기체 밖으로 12도까지 김발링 할 수 있었는데, 이는 엔지니어링 용어로 각각의 엔진이 1자유도를 갖게 됨을 의미했다. 엔진 제어를 위한 동력은 사중화된[103] 유압 구동기로부터 얻도록 설계했다. 4기의 버니어 엔진들을 각각의 추력지지 구조물 위에 올렸는데, 이 지지 구조물은 발사체의 테두리 바로 안쪽에 자리 잡고 있었다. 버니어 엔진은 항공기용으로 개발된 제품이었고, 사중화된 이축 전기유압 구동기로 제어했다.

---

102 catapult. 중압기 등을 이용해서 대상체를 공중으로 쏘아 올리는 사출장치.

103 하나만 있어도 충분하나 세 개를 추가로 장착하는 방식.

전기 동력은 이중화된 납산 배터리로 제공하고 이를 백업할 작은 규모의 열 배터리도 갖추었다. 1단의 설계 비행 시간이 500초 미만이어서, 32볼트로 공급된 직류를 400헤르츠 비행기용 인버터로 전환하는 전원 버스에 대해서 총전력요구조건인 평균부하 20킬로와트와 최대부하 100킬로와트의 부하를 충족하고도, 전원 및 분배 시스템의 총중량이 227킬로그램 아래로 떨어졌고 총전력량은 시간당 3킬로와트 미만이었다.

엔지니어 중 한 명이 전기 동력을 제공하는 기본 시스템을 과산화수소로 구동하는 터빈으로 교체할 수 있다고 제안한 상태였는데, 이 터빈 시스템의 중량은 과산화수소 추진제와 저장 시스템을 포함해서 대략 91킬로그램이었다. 그러나 전체적인 시스템의 신뢰도, 비용, 복잡도라는 측면에서, 그리고 1단이 상대적으로 중량증가에 둔감한 편이라는 측면에서(특히나 프로토타입의 경우는 더 그러했으므로) 톰은 배터리 시스템을 고수하기로 이미 결정한 상태였다.

추진제 탱크 시스템은 중앙에 위치한 하나의 프로판 탱크와 이를 대칭으로 둘러싼 네 개의 과산화수소 탱크들로 이루어졌다. 프로판 탱크는 더 높은 압력 수두[104]를 제공하려고 그 상부에 대형 돔 모양의 공간을 갖고 있었다. 중앙 엔진에 설치된 열교환기를 통해서 프로판 일부를 증발시키고, 증발된 프로판을 직경이 102밀리미터인 관을 통해 추진제 탱크의 상부로 보내서 프로판 탱크를 가압할 예정이었다. 과산화수소 탱크는 압력 조절이 가능한 고압의 과산화수소 공급원을 별도로 두고 있다가 전용 촉매대를 통과시켜

서 탱크를 가압하는 용도의 산소를 만들어 냈다. 가압 시스템용으로는 농도 70퍼센트의 과산화수소를 선택했는데, 이는 가압가스의 온도를 섭씨 204도 이하로 유지하기 위해서였다.

프로토타입 2단은 4개의 지지 기둥을 이용해서 1단 위에 올렸는데, 이 기둥들은 엔진실의 중앙 부분에 위치한 주엔진 지지 구조에 연결되었다. 짝지워진 1단과 2단의 강성을 꽃잎처럼 배열된 장치를 써서 향상시킬 생각이었으므로 이 장치를 1단의 상부 가장자리에 설치했다. 1단 비행구간에서는 이 꽃잎들이 궤도선의 하부를 감싸 안아서 2단 수소탱크의 옆면에 내부 방향의 압축 하중을 가하게 되었다. 삼중화된 가스 매니폴드에 공통으로 연결된 공기 피스톤 배열을 써서 이 꽃잎들의 접촉을 유지했다. 꽃잎들은 그라파이트[105] 복합재 패널로 만들었는데, 그 길이가 대략 1.2미터였으며, 이들이 상단 탱크와 접촉하는 부분은 테플론 소재를 써서 코팅했다. 얼음이나 응축된 공기로 인해서 상단이 꽃잎에 얼어붙지 않도록 꽃잎을 가열하기도 했다. 단 분리 시점에는 스프링 하중에 의해서 꽃잎들이 바깥쪽으로 전개되어 열리고 그 위치에서 고정되는데, 이런 모습이 정말 꽃이 핀 것처럼 보였다. 전개된 채로 남아 있던 패널들은 1단 하강 구간에서 공력 저항을 30퍼센트 정도 증가시키게 되며, 압력중심을 무게중심의 뒤쪽(하강 모드에서 실제로는 위쪽)으로 충분히 이동시켜 자세안정화에 기여한다.

착륙에 필요한 과산화수소 4,990킬로그램과 주엔진이 정지된 후 발사체가 상승하여 단 분리가 이루어지는 고도 30킬로미

---

[105] graphite. 탄소섬유의 또다른 이름.

터에서 61킬로미터 사이에서 자세제어에 필요한 680킬로그램을 더해서 버니어 엔진용 과산화수소 탱크의 크기를 정했다. 버니어 엔진을 정지한 후 대기권으로 재진입하기 전까지 220초의 무추력 비행구간 동안에는 두 개의 독립된 과산화수소 자세제어 시스템을 사용했으며, 대기권 재진입 후에는 공력만으로도 발사체를 충분히 안정화시킬 수 있었다.

버니어 엔진을 1단에 장착하기로 했으므로, 톰은 1단의 수직 착륙을 4개의 버니어 엔진을 사용하는 로켓 추력 방식으로 수행하기로 결정했다. 버니어 엔진은 촉매대를 사용해서 점화하는 과산화수소 계열의 엔진이었으므로, 이들은 마지막 결정적인 착륙 순간에도 재빠르게 점화될 수 있었고, 점화 자체의 신뢰성도 높았으며, 스로틀링이 용이했다. 격납고 보관용 1단 발사체 중 하나에 자세 안정화용 소형 드로그 낙하산을 추가해서 낙하 시험을 수행하고 축소형 풍동 시험의 결과들을 검증한 상태였으며, 이 결과들은 대략 고도 1,524미터에서 초속 152미터의 최종 속도를 보였다. 이는 발사체가 하강 속도 초속 152미터에 도달했을 때 공력 저항이 중력에 의해 발사체에 가해지는 힘과 동일함을 의미하는데, 다시 말하면, 이 힘은 중량 18톤에 해당된다. 그러므로 발사체의 속도는 엔진을 재점화할 때까지 계속해서 일정한 값을 유지하게 된다.

위쪽 방향으로 추력을 내는 버니어 엔진을 이용해서 1단의 속력을 늦추면, 공력 저항이 속도의 제곱에 비례해서 떨어진다. 그럼에도 공력 저항은 발사체의 속도를 지속적으로 늦춰 준다. 4개의 버니어 엔진들은 최대 추력이 27톤이며, 이와 같은 추력은 착륙용 연소시점에는 1.5에 이르는 추력대중량비를 제공하고, 1단의 중량이 14톤에 가까이 되는 착륙 시점에는 2.0에 이르는 추력대중량비를 제공한다. 항력을 고려하면 발사체를 멈추기까지 20초밖에 걸리지 않는다. 터치다운 직전 10초간의 호버링[106]에 필요한 충분한 양까지 포함해서, 착륙에 필요한 추진제중량의 최대 값을 계산할 수 있다. 최대 추력 27톤을 비추력 160초로 나누면, 초당 170킬로그램의 추진제를 30초 동안 소모하는 것이며, 추진제중량은 5.1톤이 된다. 발사체는 4개의 전개식 충격흡수용 착륙장치를 써서 패드 위에 앉게 될 것인데, 이 착륙장치는 1단 주변에서 밖으로 전개되는 방향으로 설치되었다.

첫 시험발사에서는 1단 주엔진들을 중량이 동일한 더미 엔진[107]으로 대체하고 버니어 엔진만으로 비행을 수행할 예정이었다. 그렇게 해서 착륙장치를 철저하게 시험하고 조종사들도 마지막 착륙구간을 연습할 수 있었다. 버니어 엔진만으로 유인 시험비행을 마치고 난 후, 주엔진을 부착한 상태로 또 한 차례 비행시험을 수행할 계획이었다. 그 후, 예정된 1단의 비행 프로파일에 따라서 비행시험을 수행할 예정이었다. 이때 2단에는 더미 질량이 실릴 예정이었다. 이들 시험용 발사체들은 전체적으로 중량이 덜 나가기 때문에 이에 맞게 주엔진의 추력을 낮춰야 했다. 시험 1단의 델타V가 초속 0.9킬로미터를 초과하지 않도록 유지해야 하는데, 그렇게 하지 않으면 재진입 과열 설계의 기준 값을 넘어 버렸다.

---

[106] 지상으로부터 일정한 높이와 고정된 위치에 떠 있는 비행.

[107] 중량만 동일할 뿐 엔진의 기능은 전혀 갖고 있지 않으며, 보통 더미 질량으로 표현함.

프로토타입 궤도선의 성능은 중량에 훨씬 민감하기 때문에, 프로토타입이라도 1단에 비해 양산 발사체의 형상에 좀 더 가깝게 만들어야 했다. 실제 비행 중량에 가깝도록 3세트의 구조체를 제작했는데, 그중 세 번째 구조체는 잠시 접어 두었다가, 나머지 둘 중 하나를 비행시험 중에 잃게 될 경우에만 조립할 계획이었다. 롤 공정을 거친 여러 부분체들을 마찰교반 용접으로 조립해서 수소탱크와 산화제 탱크를 제작한 후, 단연결부 구조체에 통합시켰다. 엔진의 기본사양을 RL10 엔진 6기에서 개량형 RL60 엔진 2기로 바꾸기는 했으나 엔진 자체는 기성품이나 다름없었다. 비행으로 검증된 RL60 엔진의 중량을 낮추고 성능을 높인 버전이었다. 프랫앤드휘트니는 현재의 양산 라인에서 6개를 동시에 밀어낼 수 있었는데, 이는 사업이 취소되었거나, 한 번의 발사사고로 인해서 나머지 두 번의 다른 비행시험도 어쩔 수 없이 연기되어 버린 다른 발사체 사업의 지연으로 인한 결과였다.

톰은 재진입용 열보호 시스템에 대해서는 매우 보수적인 접근법을 선택했다. 처음 제작한 발사체에는 세라믹 재질의 덮개로 구성된 680킬로그램의 열차폐막을 사용했는데, 이 차폐막은 특수 섬유에 1제곱미터당 7.3킬로그램의 수화물(Hydration)을 머금은, 회사 소유의 화합물을 채워서 만들어 냈다. 두 번째 프로토타입에는 덮개 재료가 1제곱미터당 2.4킬로그램의 물을 머금도록 개선해서 적용할 예정이었다. 이와 같은 열보호 시스템은 기체의 표면 온도를 섭씨 816도 이하로 유지해 줄 것이고, 세라믹 자체만으로는 섭씨 1,482도까지 견딜 수 있었다. 첫 비행시험에서는 우산처럼 생긴 열차폐 덮개를 펼쳐서 엔진의 열린 부분을 막고 엔진실을 보호할 작정이었다. 두 번째 비행시험에서는 똘똘 말린 금속재가 링 모양으로 펼쳐지는 덮개를 사용할 예정이었는데, 다 펼쳐지고 난 덮개를 네 줄기의 세라믹 로프를 이용해서 발사체 바닥면 쪽으로 바짝 당길 계획이었다. 엔진실을 뚫고 들어온 뜨거운 기체로 인한 손상을 방지하기 위해, 두 비행체에 물 분사장치를 설치할 계획이었는데, 이 장치를 사용하면 재진입 과열이 피크로 치닫는 동안 엔진실을 물안개로 계속해서 채울 수 있다. 복합재를 적용해서 가볍게 만든 증기배출용 탱크는 배열된 분사 노즐들을 통해서 탱크에 탑재된 34킬로그램의 물을 배출했다.

바닥의 열차폐막보다 전방부에 놓인 비행체의 외벽은 얇은 노멕스[108] 덮개로 덮었으며, 필요에 따라서는 덮개 밑에 수화물 또는 물을 머금은 화합물로 채워진 가벼운 수정 부직포를 깔기도 했다. 각 위치의 수화물은 비행체를 따라 예측한 열 하중에 따라서 맞춤형으로 제작했다. 이 시스템은 덮개, 부직포, 수화물을 포함하면 1제곱미터당 2.4킬로그램이라는 평균 중량을 보였으며, 전체적으로는 원뿔 모양의 비행체 옆면에 쓰이는 열차폐막 용도로 181킬로그램에서 227킬로그램 사이의 중량이 들어갔다. 궤도에서의 전원 시스템을 구성하는 태양전지가 페이로드 공간을 링 모양으로 감싸고 있었고, 이 태양전지의 후면에는 위상변화로 작동하는 히트싱크를 달았으며, 이 히트싱크는 1제곱미터당 2.4킬로그램인 리튬 수화물을 녹여서 580킬로줄의 에너지를 흡수할 수 있었다. 얇은 세라믹 덮개를 깔아서 페이로드 탑재실의 벽면으로부터 히트싱크

---

108 nomex. 듀폰에서 개발한 화염차단용 아라미드 섬유.

를 열적으로 분리시켰다.

착륙 시스템은 이중화된 패러글라이더로 구성했는데, 이 둘을 비행체의 중심선을 기준으로 단연결부의 왼쪽과 오른쪽에 하나씩 설치했다. 패러글라이더는 전동식 문이 달린 별도의 공간에 실려 있었는데, 이 문은 밖으로 열리는 방식으로 작동했다. 조종사들이 손으로 끈을 당겨서 열 수도 있었다. 백업 시스템으로 화포 전개식 라운드 낙하산[109]이 비행체의 노즈 부분[110]에 추가되었다. 패러글라이더에는 각각 하나의 드로그 낙하산이 있었으며, 자세제어용 추력기가 무력화되는 고도 30킬로미터에서 드로그 하나를 전개해서 베이스가 아래를 향하는 자세로 비행체를 안정화할 계획이었다. 고도 9킬로미터에 이르면 또 하나의 드로그 케이블을 풀어 비행체의 자세가 수평이 되도록 패러글라이더를 전개할 예정이었다. 첫 번째 패러글라이더의 전개가 실패로 돌아갈 경우에는 이 패러글라이더를 잘려 나가게 하고, 두 번째 패러글라이더를 전개할 수 있었다. 만일 두 번째 패러글라이더에도 문제가 있으면 이 또한 폭약식 구동기로 잘라 버리고 조종사가 둥근 모양의 낙하산을 전개시킬 수 있었다. 이 낙하산은 고도가 61미터까지 낮아진 상태에서도 전개할 수 있었다. 이도 저도 어려우면 탈출 장치를 이용해서 긴급 탈출을 감행할 수 있었다.

바퀴가 두 개 달린 주착륙장치를 한 쌍으로 구성할 예정이

[109] 폭약을 터트려 전개되어 항력을 발생하는 돔 형상의 낙하산으로 우주선의 재진입에 사용됨.

[110] nose. 기체의 선두부.

었는데, 이 착륙장치들은 수소 탱크의 옆면이 바닥과 연결되는 위치에서, 수소 탱크 구조체와 연결되는 한 쌍의 원통 모양 공간으로 쑥 들어갔다. 이 공간은 착륙 자세에서 비행체의 바닥면이 되는 위치에서 0.3미터 위쪽에 있으며 서로 4.3미터 정도 떨어져 있었다. 재진입 동안에는 착륙장치가 들어가 있는 공간을 베릴륨으로 만든 히트싱크 문으로 보호했다. 앞쪽의 착륙장치는 비행체의 맨 위에 놓인 에폭시-그라파이트 노즈 콘 안에 실리는데, 압축공기를 사용하는 버팀목을 앞쪽으로 이동하면 착륙장치가 착륙 위치로 내려가게 되었다.

이후 6개월간 실물 모형 궤도선을 사용해서, 착륙 시스템의 낙하와 전개 과정을 시험할 예정이었다. 그 후 프로토타입 사업이 시작될 것이고 18개월 내에 최종 설계를 결정하게 될 것이었다. 궤도 비행을 별도의 문제로 치면, 이번 비행시험이 궤도선의 유일한 비행시험 시리즈였다. 비행시험의 위험도는 충분히 낮아 보였다. 톰은 새로운 비행체의 비행 범위는 비행시험을 통해 점진적으로 확장해 나가야 한다고 믿는 편이었지만, 낙하 시험과 궤도 비행을 위해서 최대 추력을 사용해야 하는 비행시험 사이에 합리적인 옵션은 없었다. 연료가 완전히 채워지지 않은 궤도선을 준궤도 비행으로부터 회수하려면 오히려 더욱 혹독한 재진입 조건들을 견뎌야 할 수 있었다. 톰은 비행 중 위급상황이 발생해서 재진입하더라도 이런 혹독한 조건을 잘 견디도록 비행체가 설계된 것은 알고 있었고, 시뮬레이션 결과와 궤도 비행의 시험 결과에 의지해서 준궤도에서의 탈출 모드를 검증할 작정이었다.

15장

유도, 항법,
자세제어

톰에게 비행시험 계획을 듣고 나자, 나는 열의에 찬 나머지 스스로 비행에 나서고 싶어졌다. 비행 시뮬레이터와 1단 조종석을 상세하게 모사한 실물 모형이 엔지니어링 실험실 뒤쪽 한편에 마련되어 있었으므로, '비행'을 시도해 볼 생각이었다. 담당 엔지니어인 렌 도노반이 나를 실물 모형으로 데려다주었다. 전혀 예상하지 못한, 제트전투기 조종석 덮개 같은 것이 눈에 띄기에 렌에게 물었다.

렌이 대답했다. "생각하신 것이 맞습니다. 이건 실제로 러시아산 미그 29S에서 나온 조종실 덮개입니다. 무난하게 잘 작동할 상용품을 프로토타입에 적용한 것입니다. 이 덮개에는 투하 기능이 이미 들어 있고 약간의 수정을 거치면 동일 비행기에서 가져온 탈출용 조종석과도 수월하게 통합할 수 있습니다. 이 덮개와 탈출용 조종석은 비교적 단순하고 신뢰성이 매우 높은 데다 가격까지 적당합니다." 렌이 덮개를 뒤쪽으로 미끄러뜨리자 안쪽을 자세히 볼 수 있었다. 조종사가 발사체 밖을 내다보면 바로 땅을 내려다볼 수 있게 해 주는 대신에, 등을 땅 쪽에 대고 눕는 자세로 조종석이 설치됐다.

내가 물었다. "이렇게 하면 조종사가 발사체를 착륙시키는 것이 더 어려워지지 않을까요? 제가 기억하기로는, 로터리 로톤 ATV[111]에서는 조종사가 똑바로 앉았는데요."

렌이 대답했다. "처음에는 조종사의 배가 땅을 향하도록 설치할 생각이었는데, 그러려면 이 자세를 위해서 탈출용 조종석을

---

[111] 로터리 로켓이 1990년대에 내놓은 1단 재사용형 유인우주선의 개념으로 비행으로 검증되지 못했다.

새로 개발해야 했기에 그 아이디어를 일찌감치 버렸습니다. 수직으로 착륙하는 발사체는 이 자세가 더 자연스러울 것입니다. 제 생각이긴 하지만…… 우리가 고안한 방식도 멋지게 잘 작동하는 것을 곧 보여 드리겠습니다. 아무튼 로켓 조종사들은 이륙 시에 등을 바닥에 기댄 채 앉아야 합니다. 아시겠지만, 이 비행체는 상당히 높은 추력대중량비를 갖습니다." 이렇게 말하며 렌은 나에게 안쪽으로 들어가 보라는 몸짓을 했다.

조종석에 오르며 보니 앞쪽에 세 개의 LCD 모니터가 놓여 있었고, 그 오른쪽에는 관절로 이어진 망원경처럼 보이는 물건이 있었다. 오른쪽에는 스위치들이 달린 패널과 조이스틱이 놓여 있었다. LCD 모니터 아래에는 맞춤형 키보드가 놓여 있었다. 왼쪽에는 조이스틱이 하나 더 있었다.

렌의 설명을 들으며 조종석에 앉았다. "1단 궤적은 '곧장 위로, 곧장 아래로'이니, 조종사는 등 뒤에 있는 착륙 패드 외에는 다른 어떤 것도 신경 쓸 필요가 없습니다. 적어도 이곳 케이프커내버럴에서는 방향 조종도 필요 없고, 다른 비행체와의 충돌도 걱정할 필요가 없는 겁니다. 중앙 화면은 삼중화된 비디오카메라 시스템을 써서 발사체 바로 아래쪽을 비춰 줍니다."

렌이 망원경처럼 생긴 장치를 가리키며 말했다. "이 광학 시스템을 사용해서 아래쪽을 내려다볼 수 있습니다. 그런데 모두 어떻게 작동하는지 보려면 비행을 해 보면 됩니다! 자, 안전벨트를 착용해 주세요."

그러고는 덮개를 열어 둔 채로, 렌이 손을 뻗어서 몇몇 키들을 쳐 넣자 시스템이 리셋되었고, 화면에서는 30초 카운트다운이 시작되었다.

렌이 말했다. "처음에는 조종간을 가운데 그냥 놔두고 만지지 마세요. 어느 정도 고도에 올라가야, 착륙 패드 바로 위에서 패드와 멀어지는 방향으로 떠내려가는 것을 볼 수 있습니다. 그러고 나서 추력방향 제어 시스템으로 발사체의 위치를 바로잡기 위해서 조이스틱을 사용할 겁니다."

카운트다운이 0에 도달했을 때, 좌석이 덜거덕거려서 조금 놀랐다. 비행 구간을 구분할 목적으로 적은 양이지만 가짜 움직임을 넣은 거라고 렌이 설명해 줬다. 화면을 보고 있으니 발사체 아래로 '땅'이 급속도로 작아지고 멀어져 갔다. 평범한 발사체에 설치된 웹 카메라로 봤던 것보다 훨씬 더 빠르게 느껴졌다. 심지어 우주 왕복선보다도 빠른 것 같았다.

렌이 망원경처럼 생긴 장치를 가리키면서 말했다. "관측 기계를 통해서 한번 보세요."

장치를 눈앞으로 당겨 땅처럼 생긴 이미지가 멀찍이 물러나는 것을 지켜봤다. 그제야 착륙 지점이 마치 거대한 과녁의 중심점처럼 생겼음을 볼 수 있었다. 과녁을 이루는 고리는 각기 다른 색으로 되어 있었으며, 각각의 고리 위에 표시해 둔 숫자가 두드러져 보였다. 곧이어 과녁 전체가 한눈에 들어왔다. 렌은 과녁의 직경이 기껏해야 800미터라고 말해 줬다. 그러고 보니 과녁의 중심점을 빙 둘러싼 주홍색의 점들로부터 바깥쪽 방향으로 퍼져 나가는 밝은 빛줄기가 눈에 들어왔다.

이 빛줄기가 뭔지 묻자 렌이 대답해 주었다. "그것들은 평행 레이저 광선이고요, 각각 1.6킬로미터, 3.2킬로미터, 4.8킬로미터 떨어져 있는 발사체를 겨냥하고 있습니다. 현재 위치를 확인해 보세요."

화면 중앙에 있던 십자 표시가 중심에서 멀어져 가고 있었다. 난 조이스틱을 향해서 손을 뻗었고 몇 번의 작은 움직임으로 아주 약간 지나쳤다가 돌아오기는 했지만 십자 표시를 중앙으로 다시 가져올 수 있었다. 접안렌즈를 통해서 다시 보니 과녁의 중심점이 십자로 표시된 중심에 머물러 있기보다는, 오히려 십자 표시들 위에 겹쳐진 타원 모양의 발광 물체를 따라서 움직이고 있는 것을 발견했다.

"과녁의 중심이 왜 움직이나요?" 내가 물었다.

"본인 밑에서 지구가 돌고 있음을 잊지 마세요. 기본적으로 똑바로 올라갔다 똑바로 내려오는 궤적에 불과하지만, 착륙 지점을 향해서 조금 되돌아 날아와야만 합니다. 카메라와 화면 시스템은 십자 표시를 과녁의 중심에 유지함으로써 방향을 조종하게 해 주려고 얼마 안 되는 이 '궤적'을 보정해서 보여 주는 겁니다. 그런데 광학 시스템은 그렇지 않은 거죠."

나머지 비행 구간 동안, 중앙 화면을 응시하면서 때때로 조이스틱을 써서 조금씩 위치를 조절했다. 최대 공기압 또는 '최대 동압(Max-Q)'을 통과하는 동안 조종석이 살짝 덜커덕거렸고, 소음 레벨(데모용으로 이미 아주 낮춰진 상태라고 렌이 미리 설명해 줬다)이 두드러지게 떨어지기 시작했다. 시뮬레이터는 상승 구간에서 대기가 희박해져 가는 것을 반영해서 소음 레벨에 변화를 줬으며, 구조체를 통해서 전달되는 엔진 소음의 변화를 나타내려고 음조를 조절했다. 고도계가 30킬로미터 눈금을 가리켰을 때, 주엔진의 정지에 맞춰 조종석이 덜커덕거렸다. 내가 '양산 발사체의 궤적'으로 비행하고 있었기 때문에, 이는 32톤 남짓의 추력이 사라진 것을 의미했다. 고도계는 계속해서 상승하고 있음을 나타냈지만, 버니어 엔진이 제공하는 1 미만의 추력대중량비로 인해서 속도가 점차적으로 떨어지고 있었다. 고도가 61킬로미터에 이르자 1단과 2단을 분리할 시점이 되었다. 다시 한 번 조종석을 통해서 분리 이벤트를 느꼈으며, 왼쪽 화면에서는 시뮬레이션상의 궤도선이 분리되어 멀어져 가고 있었다. 그리고 나서 조종석은 버니어 엔진이 정지되었음을 알리며 또 한 차례 덜커덕거렸고, 엔진 소음이 잠잠해졌다.

시뮬레이션상의 1단은 계속해서 상승했는데 대략 107킬로미터까지 관성비행이 이어졌다. 단 분리 고도를 지나고 나면 추력기 제어 시스템(RCS)에 대한 응답성이 좋아져서, 앞서 사용했던 오른쪽 조이스틱으로 이 시스템을 제어할 수 있었다. 발사체에 공력이 별로 작용하지 않는 상태라 제어가 한층 더 수월했다. 십자 표시를 과녁의 중심에 유지하기 위해서 조이스틱을 정말로 조금만 움직이면 그만이었다. 얼마 지나지 않아 하강하기 시작했는데, 오른쪽 화면에는 어깨 너머로 지구의 테두리가 눈에 들어왔다. 시뮬레이션이었을 뿐이지만 그래도 꽤 멋졌다. 고도 43킬로미터에 내려오자 발사체를 타고 넘는 공기의 나지막한 휘파람 소리가 들릴 정도가 되었고 추력기 제어 시스템의 반응이 느려졌다. 내가 '이제 어떻게 해요?'라는 표정으로 렌을 쳐다보자, 그는 메인 패널에 있는 스위치 하나를 가리켰다. "거기 '드로그'라고 표시된 스위치를 젖히세요." 그렇게 하자 찰칵 소리가 크게 났다. 왼쪽 화면에는 1단 위에 펼쳐진 드로그 낙하산이 있었고, 이 드로그는 낙하 시의 자세를 안정화시켰다.

중앙 화면에는 4.8킬로미터 레이저 광선들이 원형 레이다 화면의 가장자리에서 빛나고 있었고, 이는 고도가 15킬로미터임을 나타냈다. 난 고도계를 흘긋 보았고 고도계도 15를 가리키고 있었다. 렌은 화면의 오른쪽 하단 코너를 가리켰는데, 숫자 하나가 급격하게 증가하고 있었다.

렌이 말했다. "그 숫자는 과녁의 중심으로부터 벗어날 것으로 예상되는 거리입니다. 왼쪽 조이스틱을 잡으세요. 드로그를 비행해야 합니다."

모니터 화면의 중앙점과 지상 과녁의 중심점 사이에 선이 하나 나타났다. 내가 얼마나 멀리 떨어져 있는지를 시각적으로 보여 주는 것이었다. 왼쪽 조이스틱을 써서 드로그의 케이블을 제어해, 떠다니던 것을 멈추고 천천히 돌아와 과녁의 중심에 다시 놓이도록 자세를 조정할 수 있었다. 이때 경고음이 울리기 시작했는데, 이는 1단이 고도 3.7킬로미터 아래로 내려왔음을 알리는 것이며, 중앙 화면은 2.3킬로미터에서 점화될 착륙용 엔진의 카운트다운을 시작했다.

렌이 말했다. "오른손을 스로틀에 가져가세요. 일단 착륙용 엔진이 점화되면, 30초 조금 넘게 연료를 사용할 수 있어요. 실제로 완벽한 착지를 위해서 필요한 것은 단 20초 정도입니다."

1.6킬로미터 레이저 광선이 고도 2.3킬로미터에 도달했다고 표시하자마자, 조종석은 다시 한 번 덜커덕거렸고 착륙용 엔진에서 웅 소리가 들려왔다. 그 즉시 하강 속도가 줄어들기 시작했다. 어린 시절 '달 착륙선'을 흉내 내곤 했는데, 너무 빨리 너무 많은 양의 속도를 잃지 않는 것이 비결이었으며, 그렇지 않으면 지상에서 한참 떨어져 있는 동안 연료를 다 소진해 버리게 되었다. 그러나 달 착륙선을 갖고 놀던 것은 정말 오래전이었다. 난 초속 30미터의 낙하 속도로 '제어하에서 땅속으로 떨어짐'이라는 메시지와 함께 비행을 종료했고, 덕분에 충돌 직전에 탈출석이 전개된다는 경고를 받았다.

화면이 사라지고 난 후 나는 망원경을 가리키며 렌에게 물었다. "이건 전혀 필요 없는 것 같네요. 백업 시스템인가요?"

렌이 투덜대며 말했다. "네, 백업이 맞습니다. 진실을 말씀드리면, 톰이 강력하게 주장하긴 했지만 저도 처음에는 시대착오적인 어이없는 물건에 불과하다고 생각했습니다. 그런데 얼마 후, 조종사들이 망원경을 정말 좋아하는 것을 알게 되었습니다. 1단을 약간 더 도전적으로 비행해 볼 기회를 제공해서인지, 아니면 광학기계식 백업 시스템을 제어용으로 갖는다는 생각 자체를 좋아해서인지는 저도 잘 모르겠어요."

"정확히 어떻게 작동하는 건가요?" 내가 물었다.

렌이 설명을 시작했다. "음, 기본적으로 망원경입니다. 그리고 발사체 바로 아래쪽의 조망을 제공합니다. 발사체가 따라가야 할 '찌그러진 타원' 모양의 정상 경로가 접안렌즈 내에 비칩니다. 이미 보셨겠지만, 눈금 표시는 비행 전 구간의 다양한 고도에서 발사체가 있어야 할 위치를 나타냅니다. 고도는 기계식으로 계산하는데요, 두 개의 기계식 지시기 또는 바늘을 과녁 위에 있는 육상지표 옆으로 가져갑니다. 여섯 단계의 조절 범위가 있고요, 안쪽 고리들과 가장 바깥쪽 전등 사이에 과녁의 고리에 대해서 하나씩 있는 셈입니다. 일단 범위를 선정하고, 왼편에 있는 손잡이 스위치를 빙빙 돌리면 기계식/디지털 장치로부터 고도를 미터 단위로 얻을 수 있습니다. 그러고 나서 가장 가까이에 놓인 눈금 표시로부터 그 값을 확인할 수 있는데, 이 눈금은 과녁의 중앙에 놓여 있어야 합니다. 그렇지 않으면, 조이스틱을 써서 있어야 할 위치로 발사체를 다시 가져오면 됩니다. 내려올 때도 동일한 방식으로 사용할 수 있습니다."

렌의 설명에 따르면, 날씨에 상관없이 발사체를 운용하기 위해 짙게 낀 안개나 구름을 뚫고 적외선 레이저를 사용할 수 있도록 적외선 변환기를 광학 조립체에 더할 수도 있었다. 또 하나의 선택사항으로, 화면기반 시스템은 레이다 시스템과 함께 적외선 카메라를 사용해서 영상을 얻을 수도 있는데, 과녁의 중심점으로부터 바깥쪽을 향하는 방사선들을 따라서 자리 잡은 코너 반사경들을 써서 거리를 제공하는 방식이었다.

"하필 왜 순수 기계식 시스템을 포함했나요? 엔진을 제어하려면 어쨌든 상당히 정교한 컴퓨터가 필요하지 않나요? 그런다고 더 높은 신뢰도를 얻게 되기라도 하나요?" 내가 렌에게 물었다.

렌은 뭔가 설명하려다가 다시 생각해 보고는 이렇게 말했다. "유도, 항법, 제어(GNC) 담당자들과 얘기해서 1단과 2단의 발사체 제어 시스템의 배후에 있는 설계철학에 대해서 제대로 된 설명을 듣는 것이 좋겠네요."

나는 '비행'을 시켜 준 렌에게 감사 인사를 하고 엔지니어링 빌딩 4층에 있는 유도항법제어 그룹을 만나러 나섰다. 최근 들어 내가 하는 유일한 운동인 '계단 오르기'를 하면서, 이 사람들이 맨 위층에 있는 것이 적절하다는 생각을 했다. 엔진 폭발 사고는 로켓엔진을 로켓과학의 심장부로 인식하게 만드는 데 기여했다. 이처럼 경외심을 불러일으키는 로켓엔진이지만 매일 사용하는 난로, 펌프, 자동차 엔진과 같은 장치들과 어느 정도 관련 있어서인지, 실제로는 그 안에 들어간 엔지니어링을 제대로 파악하지도 못하지만 적어도 이해할 수 있는 대상으로 여기게 된다. 심지어 제트엔진마저 그렇게 느껴진다. 하지만 유도, 항법, 제어는 낯설기만 했다.

신문이나 방송의 해설자들은 우주비행의 유도와 항법은 엄청나게 먼 거리에 있는 저격수가 라이플총을 들고 이동하면서 움직이는 10센트 동전을 맞히는 것에 가깝다고 설명하곤 한다. 하지만 이러한 표현은 이것이 얼마나 어려운 문제인지에 대해 잘 알려 주지도 못하거니와, 평범한 사람들이 이해할 만한 내용인지조차 알려 주지 못한다. 살짝 숨이 찬 채로 4층에 도달해서 복도를 따라서 '유도, 항법, 제어'라고 쓰여 있는 사무실 앞으로 갔다.

유도항법제어 그룹에는 팀 핸스맨 그룹장, 필 키플러, 존 카넬로스, 폴 레스턴, 이렇게 단 네 명이 있었다. AM&M이 벌이고 있는 업무의 규모에 맞게, 모든 팀의 규모가 작았고, 직원들은 매일 오랜 시간 일했으며, 협력업체들을 통해 그들의 요구조건에 맞는 하드웨어를 제작하고 소프트웨어를 작성했다.

　실제로는 이 4명 중 3명만 공식적인 유도항법제어 설계자였다. 그룹장인 팀은 폴을 '성능인(performance man)'으로 소개했다. 폴은 군살 하나 없이 건강해 보였는데, 그래도 그룹에서 나이가 가장 많아 보이는 사람인 것은 분명했다. 폴에게 '성능인'이 무슨 뜻이냐고 묻자, 폴이 웃으면서 대답했다. "저는 이 친구들이 일을 망치려고 할 때, 잘못된 방향임을 일깨워 줍니다."

　팀이 말했다. "폴은 그런 식으로 본인을 정의하길 즐깁니다. 맞아요, 폴은 우리가 바른 길에서 벗어나지 않도록 해 줍니다. 우리와 협력업체들이 잘못된 방향으로 나아가지 않도록 전체적인 문제를 직관적으로 잘 이해해서 알려 주고, 처음부터 솎아 내야 할 답들은 빨리 솎아 내는 것이 폴이 맡은 임무입니다. '성능인'은 그냥 말장난입니다."

　얘기를 나눠 보니 폴이 독립적인 성향의 사람인 것을 느낄 수 있었다. 폴의 얘기에 따르면, 문제가 생길 때마다 궤적 설계, 비행 제어에서 시작해서 발사체 성능분석까지 모든 국면을 다루기 위해서 본인이 미리 작성해 놓은 컴퓨터 프로그램을 써서 다른 시도를 하기 전에 혼자 힘으로 해결하는 걸 즐기는 것 같았다. 어떤 기술 분야에서든 잘못된 문제를 놓고 정답을 찾으려 하는 위험은 늘 있기 마련인데, 전문가가 상정한 문제가 실제 문제와 완전히 동떨어져 있기 때문이었다. 폴은 무엇이 적절한 문제인지를 알았으며 해결 방안도 대략 파악하고 있었다. 유도, 항법, 제어가 무엇인지에 대해서 모든 면을 아우르는 직관적인 통찰력과 이해를 갖춘 폴이야말로, 그룹장인 팀과 구성원들이 정확히 무엇을 하고 있는지 그리고 DH-1 발사체가 어떻게 비행할 예정인지에 대해서 설명해 줄 적임자임을 알게 되었다. 다른 세 명은 더할 나위 없이 행복해하면서 하루 종일 수학적인 내용, 해밀턴 동역학,[112] 복소수 평면에서 홀과 폴 주위를 돌아가며 적분하기,[113] 그 밖의 더 심오한 것들에 탐닉하고 있었지만, 내가 절대로 이해하지 못할 내용들이었다. 폴에게 일반인이 이해할 수 있게 유도, 항법, 제어를 소개해 달라고 부탁했다.

폴이 설명을 시작했다. "요약하자면, 지금 어디에 있는지를 알고 어디로 가길 원하는지를 아는 것, 이것이 항법입니다. 지금 있는 곳에서 가고자 하는 곳으로 어떻게 갈지를 파악하는 것, 이것이 유도입니다. 그곳으로 데려가기 위해서 발사체를 조종하는 것이 제어입니다."

나는 질문을 이어 나갔다. "간단하네요. 하지만 내용은 좀 더 복잡하다고 들었는데요. 로켓이 어떻게 그런 일들을 해내나요?"

폴은 먼저 항법에 대해서 설명해 주었다. 목적지에 도달하려면 현재 위치를 알아야 한다. 로켓이나 미사일은 보통 관성 플랫폼[114]이라는 것을 사용해 현재의 위치를 결정한다. 초기의 관성 플랫폼은 동심 김발에 매달린 세 개의 플랫폼으로 구성되어 있었고, 이 플랫폼은 세 개의 직교 좌표축을 기준으로 회전했다. 플랫폼이

---

[112] 아일랜드의 수학자 윌리엄 로언 해밀턴이 라그랑주 역학을 바탕으로 도입한 해석 역학 이론.

[113] 제어이론의 기본이 되는 경로적분법.

[114] 비행체의 회전운동에 관계없이 좌표계의 방향을 일정하게 유지하는 시스템.

관성 좌표계와 항상 동일한 방향을 유지하도록 각 축에 설치된 서보모터[115]를 회전시키는 방식이었다. 여기서 관성 좌표계란 멀리 떨어진 별들을 상대로 고정되어 있는 좌표 시스템을 말한다. 이 플랫폼에는 세 개의 가속도계가 설치되는데, 가속도계는 기본적으로 진동 제거용 댐퍼[116]가 달린 질량 스프링 시스템이며, 세 개의 좌표축 방향으로 가속도를 계속해서 측정한다. 이 가속도 값들을 한 번 적분하면 각 방향의 속도를 얻게 되며, 이 속도 값들을 적분하면 주어진 시간 동안 각 방향으로 이동한 거리를 얻게 된다. 그래서 세 개의 가속도계에서 나온 출력 값은, 얼마나 빨리 가고 있는지를 말해 줄 뿐만 아니라, 운동의 시작 지점을 기준으로 현재 위치를 알려 준다.

목적지에 도달하려면 현재 위치 외에 현재 방향도 알아야한다. 각속도 센서를 사용하면 현재 방향을 알 수 있다. 가장 간단한 형태는 스핀하는 자이로스코프 또는 각속도 자이로[117]를 사용하는 것이다. 자이로스코프는 자체적인 각운동량으로 인해서 세차운동[118]을 하게 된다. 말하자면 발사체가 회전하면, 그 각속도를 유발한 토크[119]가 자이로스코프의 회전축에 수직방향으로 가해져서, 자이로스코프의 회전축이 본래의 회전축에 대해서 돌아가는 현상이다. 자이로스코프 회전축의 운동이 발사체의 회전 각속도에 비례

115 servomotor. 모터의 위치, 속도, 토크 등을 제어구동부로 작동하는 시스템.

116 가속도계의 진동을 감쇠시키는 완충기.

117 비행체가 각 축에 대해서 회전하는 각속도를 측정함.

118 회전하는 물체의 회전축이 바뀌는 것을 의미함.

119 또는 회전력. 물체를 회전시키는 효력을 나타내는 물리량.

해서 연결된 스프링을 당기는 식이다.

각속도 자이로의 출력 값은 관성 플랫폼의 방향을 고정하는 데 쓰인다. 각속도 자이로의 출력 값을 적분하면 관성 좌표계에 대한 발사체의 자세를 얻게 되며, 이는 처음 방향에 대한 상대적인 방향을 의미한다. 1세대 탄도미사일의 경우, 탄두를 나르는 정확성은 매우 복잡한 전기기계 장치인 관성 플랫폼을 얼마나 정교하게 제작할 수 있는지에 달려 있었으며, 이는 확실히 최고의 비밀에 해당하는 물건이었다. 그러나 요즘에는 이른바 '스트랩다운' 플랫폼이 이를 대체했는데, 이 경우에는 가속계들과 각속도 센서들을 포함한 모든 센서들이 반도체 부품이며, 안정화 기능이 필요한 플랫폼을 더 이상 요구하지 않도록, 마이크로프로세서를 사용해서 센서로 측정되어 엉켜 있는 값을 각 축에 대해서 풀어 준다.

고(高)정밀도의 기계식 유도 플랫폼이 필요 없어지면서, 항법의 정확도는 수직 상승했고 중량도 극적으로 감소했다. 톰은 DH-1 발사체가 필요로 하는 기술이 1960년대 중반 이후로 이미 가용한 상태였다는 입장을 고수했지만, 관성항법 시스템은 훨씬 가벼워지고 훨씬 저렴해지고 훨씬 더 정확해졌다는 것이 폴의 의견이었다. 물론 이는 긍정적인 일이었다. 그러나 시스템의 정확도가 개선됐지만, 관성항법 시스템은 설치된 위치에서의 가속도와 회전운동을 뱉어 낼 뿐, 발사체의 가속도와 회전운동을 직접 내놓는 것은 아니라는 문제는 여전히 남아 있었다.

로켓과 미사일은 횡방향으로 떨며 날아가는데, 이 운동의 주파수는 종종 4헤르츠[120] 또는 심지어 2헤르츠까지 내려간다.

이는 항법 패키지가 설치된 위치가 발사체 전체와는 다른 가속도와 각속도로 움직이는 것을 의미한다. 하나의 해결책이라면, 발사체 구조의 배치로 인해서 발사체의 여러 위치들이 무게 중심에 대해서 휘거나 구부러지는 동안, 유독 움직임이 거의 없는 곳이 있으면 이를 찾아내는 것이다. 그러나 발사체는 중량의 대부분인 추진제를 엔진을 통해서 배출하기 때문에 그 중량 특성이 끊임없이 변하고, 공기역학적인 양력과 항력도 속도가 증가하고 대기층이 얇아지는 동안 계속해서 달라진다. 이 때문에 그러한 장소가 있다고 쳐도 그 위치가 어디인지를 정확하게 예측하기란 어려운 법이다.

유연한[121] 액체 추진제 탱크의 조합체에 두 개의 딱딱한 고체 로켓 부스터들을 매단 타이탄 34B나, 벤딩 모드와 고유진동수를 각각 갖는 네 개의 주요 구조체 엘리먼트를 핀으로 연결한 우주왕복선과 같은 복잡한 발사체의 경우, 이런 위치를 찾는 것은 훨씬 더 까다로운 문제가 된다. 더 실질적인 해결책은 구조체의 여러 위치에 관성 플랫폼을 설치하고, 첫 비행에서 살아남는다는 가정 아래, 수학적 모델과 비행 데이터를 조합해서 발사체의 평균 운동을 모든 플랫폼의 데이터로부터 결정해 내는 것이다.

"어쨌든 자세제어의 영역으로 들어가 버렸네요, 이에 대해서는 잠시 후에 설명하겠습니다." 폴이 말했다.

과거에는 관성항법 시스템들을 사용하더라도 궤도의 정확

---

120 Hz. 1초간 반복되는 횟수.

121 실린더 반지름을 두께로 나눈 값을 비교하면 유연성을 상대적으로 비교해볼 수 있는데 맥주캔의 두 배 수준임.

성을 최대한 향상시키려고, 우주발사체나 미사일로 올려진 재진입용 비행체가 별이 보이는 우주에 도달하고 나면, '천체 항법'이라는 첨단기술을 사용하기 위해서 별을 관측하거나 업데이트했다. 천체항법은 그 전까지 관성항법 시스템이 결정했던 발사체의 자세 또는 방향을 업데이트할 수 있는 매우 정확한 방법을 제공했다. 하지만 이제는 관성 플랫폼의 정확도가 향상되었기 때문에, 관성항법만으로도 궤도투입 정도는 해낼 수 있는 것이다. 게다가 GPS가 발사체의 속도와 고도를 측정하려는 용도로 만들어진 것은 아니지만, 간단한 개조를 거친 GPS는 지구 저궤도로의 정밀한 투입에 필요한 항법상의 업데이트를 매우 정확하게 제공할 수 있다.

일단 현재 위치를 파악하고 나면, 목적지가 어디인지를 알 필요가 있다. 궤도투입을 목적으로 하는 비행의 최종 목표는 궤도에서 지구 주위를 안정적으로 계속 돌게 만들어 줄 고도와 속도를 확보하는 일이다. 물론 우주 정거장, 연료 재충전소, 다른 우주선과 접선하려면 문제가 좀 더 복잡해진다. 특정 시각에 특정 목적지에 도달하길 원한다면, 이로 인해서 훨씬 더 복잡한 문제들이 생긴다. 그러므로 미래의 다양한 시점에 어느 위치에 있게 될지를 정확히 예측할 필요가 있다. 우주 공간에서 발사체나 목적지의 위치를 시간의 함수로 알아내려면 궤도역학을 적용해야 한다. 케플러와 뉴턴은 300여 년 전, 우주 공간에서 현재 위치와 속도, 그리고 태양이나 행성 주변을 도는 물체의 궤도를 기술하는 '궤도 엘리먼트'가 주어질 경우, 이 물체가 미래에 있을 위치를 예측하는 방정식을 전개해서 궤도역학이라는 분야를 만들어 냈다. 그러나 실제 문제에서는 하나 이상의 만유인력을 고려해야만 하고, 궤도 중심에 놓인 행성의 밀도가 균일하지 않으며, 그 형상이 완벽한 구형체가 아니라는 사실을 고려해야 하며, 대기저항(궤도에 도달해서도 존재하기 때문에), 태양풍, 자기장, 광압과 같이, 중력 효과를 제외한 섭동들도 고려해야 하므로, 목표물이 며칠 또는 심지어 몇 시간이 지난 후 어디에 있을지를 파악하는 것은 매우 까다로운 일이다.

해결 방안이라면 케플러의 궤도를 시작으로 해서 여기에 기타 요인들에 의한 작은 섭동이나 조종을 끊임없이 더해 가는 방법이 있다. 현대 컴퓨터의 기술력으로는 이 모든 것들을 고려할 수 있으며, 신뢰할 만한 수준의 궤도 예측을 몇 시간, 며칠, 몇 주가 지난 미래로까지 확장시킬 수 있다. 그러나 태양의 흑점이 활발해지면 태양풍의 영향으로 인한 대기의 상승과 하강이 발생해서, 지구 저궤도에 있는 비행체나 비행체의 목적지를 대상으로 하는 궤도 예측의 정확성이 어느 정도 제한된다. 다른 행성, 달 또는 소행성으로 비행하는 경우 이 요인들 중 일부는 중요하지 않게 되지만, 지구 이외의 물체들로 인한 영향이 각 상황에 따라 중요해질 수 있다.

이 시점에서 나는 폴의 설명을 끊었다. "물론 DH-1 발사체가 달, 소행성, 행성으로 항행할 건 아니지 않습니까?" 엔지니어들이 그런 얘기를 나누는 것을 들은 적은 있지만 심각하게 받아들이지 않았던 것이다.

그러나 폴은 의외의 대답을 내놓았다. "일부 개조된 DH-1 발사체가 그와 같은 응용 분야에 사용될 가능성은 매우 높습니다. 일단 궤도에 오르면 모든 곳으로 가는 중간 지점에 간 것이라고 말한 것이 하인라인이었던가요?"

"어째서 그런가요?" 내가 물었다. 궤도에 도달하는 목표는 가능해 보였으나, DH-1 발사체로 행성을 왕복하는 것은 좀 무리인 것 같아 보였다.

"왜냐하면 우선 궤도에 도달하려면 발사체의 성능은 초속 7.6킬로미터라는 속도 증가량을 갖춰야 하는데, 궤도상에서 연료를 재충전하게 되면, 기본적으로 이 델타V보다 훨씬 적은 값으로도 태양계의 어디든지 갈 수 있기 때문입니다."

폴의 설명에 따르면, 관련 대상의 궤도 엘리먼트를 모두 포함하게 되면, 지구 저궤도에서의 운용에 필요한 기본적인 관성 시스템과 항법 알고리듬을 태양계 전체로 확대해서 사용하도록 손쉽게 개조할 수 있다고 했다. 결국 궤도를 정말로 정확하게 예측하려면, 태양, 달, 금성, 화성, 목성의 위치와 만유인력 효과들을 고려할 필요가 있다는 것이다. 그런데 이들의 위치를 이미 추적하고 있는 상태라면, 나머지 행성들과 그 위성들, 그리고 주요 소행성들을 추적하는 것은 그리 큰 문제가 되지 못한다. 폴에 의하면, 팀 핸스맨의 그룹원들은 소규모 소프트웨어 업체와 함께 행성 간 항법에 사용할 효율적인 알고리듬을 개발하고 있으며, 이 알고리듬은 특별히 구성된 12개의 병렬 프로세서와 마이크로소프트 윈도우 최신 버전이 깔린 싱글 인텔 프로세서의 지시에 따라 돌아가도록 구현되었다.

폴은 이야기를 이어 나갔다. "이제 유도를 설명할 차례인데요, 이는 현재 위치에서 목표 위치로 이동하는 데 있어 최적의 길을 파악하는 방법입니다. 결국 궤적을 설계하는 일인데요. 궤적은 지상에서 궤도로 가는 경로이고, 하나의 지구 궤도에서 다른 지구 궤도로 가는 경로일 수 있고, 아니면 태양 주변을 도는 지구 궤도에서 다른 행성의 궤도로 가는 경로일 수도 있습니다."

궤도 비행이 시작된 초창기에는 대형 컴퓨터로 궤적을 계산하는 데도 시간이 많이 걸렸다고 폴은 알려 주었다. 당시에는 비행체에 탑재된 컴퓨터로 궤적을 계산할 수 없었다. 그래서 궤적을 미리 계산해서 발사체의 유도컴퓨터에 계산된 궤적을 적재했다. 그러고 나서 발사체의 제어 시스템은 종착 지점에 도달할 때까지 그 경로를 따라가도록 방향을 조정했다.

이 접근법에는 두 가지 문제가 있었다. 첫째로, 돌풍이나 비정상적인 추력과 같이 진로를 벗어나게 만드는 예상치 못한 상황이 발생해 설정된 경로로 다시 돌아올 수 없을 정도로 멀리 벗어나게 되면 목적지에 도달하지 못하게 되었다. 둘째로, 가장 효율적인 방법이 아니었다. 일단 원하는 경로에서 벗어나면, 새로운 위치에서 목적지로 가는 최적의 길을 새로 계산하는 것이 더 효율적일 텐데, 과거에는 비행체에 탑재된 컴퓨터로 이런 일을 수행할 수 없었다.

폴이 설명을 이어 나갔다. "다행스럽게도 맞춤형 프로세서가 들어간 컴퓨터를 행성 간 항법 문제를 다루기 위한 용도로 개발해서 사용하면 실시간으로 현재 위치와 가고 싶은 위치 사이에서 최적의 경로를 끊임없이 계산해 낼 수 있습니다. 그래서 DH-1 발사체의 유도 컴퓨터는 날아가면서 그 궤적을 조정하거나 최적화할 예정입니다."

폴의 목소리에 힘이 좀 들어갔다. "이제 재미있는 부분을 얘기해 봅시다! 항법과 유도, 이 둘은 그냥 수학입니다. 이제 이 녀

석의 방향을 어떻게 조종할지를 생각해야 합니다! 그것이 제어입니다. 그리고 이것이야말로 진짜 엔지니어들의 영역입니다."

폴은 사실상 모든 미사일과 발사체는 공기역학적으로 볼 때 본질적으로 불안정하며 버트 루탄이 개발한 스페이스십원 비행체 정도가 이 법칙을 증명하는 데 있어서 예외라고 알려 줬다. 이는 엔진 추력 벡터의 방향을 끊임없이 조절하면서 발사체를 비행하지 않으면, 발사체가 뒤집어엎어지게 되고 공력으로 인해서 발사체가 갈가리 찢겨 나간다는 의미였다.

"비행기 조종사에게 조종간에서 손을 떼지 말라고 요구하는 것과 같은 건가요?" 내가 넌지시 물었다.

폴이 설명을 이어 나갔다. "로켓의 경우 더 나은 비유는…… 거꾸로 세운 빗자루의 균형을 손가락 끝으로 잡아 보려고 노력하는 것에 가깝습니다. 차이점이 있다면, 로켓은 안정적으로 자세를 유지하고 발사체를 제어하기 위해서, 발사체의 받음각을 0도로 유지할 필요가 있다는 겁니다. 이는 빗자루를 그냥 수직으로 유지하는 것이 아니라, 발사체의 머리 부분이 상대 바람을 바로 향하도록 조종하는 것을 의미합니다. 진공에서는 추력 벡터가 무게 중심을 통과해서 지나가는 한, 회전 모멘트를 전혀 받지 않게 되니 발사체가 회전하지 않습니다. 그러나 대기를 통과하는 동안에는 손가락 끝에 세운 빗자루라는 비유가 상당히 적절한 것 같습니다."

폴은 좀 더 상세한 설명을 덧붙였다. "손가락을 가만히 두면 빗자루는 그 즉시 넘어질 것입니다. 그러나 손가락을 끊임없이 조종하면 빗자루를 대략 수직으로 유지할 수 있습니다. 로켓은 계속해서 구부러졌다 펴졌다 하기 때문에 이 문제가 더 복잡해집니다. 이는 마치 빗자루의 손잡이가 정말 길고 가늘어서, 근처에 있는 누군가가 볼륨을 엄청 높여 록 음악을 베이스로 연주함으로써, 빗자루가 기타 줄처럼 진동하는 것과 같습니다. 이제 여러분은 빗자루가 어떤 주어진 순간에 있을 것 같은 위치에 따라서 손가락을 움직이는 것이 아니라, 빗자루가 진동하면서 평균적으로 위치할 곳을 예상해서 손가락을 움직여야 합니다. 빗자루가 떨어지지 못하도록 손가락을 움직일 수 있는 시간, 즉 발사체가 제어 상태를 벗어나 구르지 않도록 로켓 엔진을 흔들 시간이 얼마나 주어지는가가 이러한 문제를 더욱 흥미롭게 만듭니다. 자세를 교란하는 요소들은 대개 0.1~0.2초 단위로 작용하기 때문에 조종 시간도 이런 수준이 되어야 합니다. 실제 상황은 이보다 더 심각합니다. 음악에 맞춰서 제때 손가락을 움직여야지, 아니면 진동이 격렬하게 증폭되어 빗자루가 결국 절반으로 부러질 것입니다."

더더욱 적절한 비유는 손가락을 빗자루 바닥에 놓는 대신, 빗자루의 바닥을 누르고 있는 스프링 아래에 대고 있는 상황이라고 했다.

이쯤에서 폴의 설명을 중단시켰다. 내 입에서 절로 신음 소리가 났다. "회전운동을 하는 사람이 알려지지 않은 먼 거리에서 회전하는 10센트 동전을 향해 총을 쏘는 것과 같다는 설명을 들었을 때 느꼈던 감정이 되살아난 것 같습니다. 이런 설명이 로켓 제어 시스템에 어떻게 적용되는지 알려 주실 수 있나요?"

폴은 잠시 멈췄다가 설명을 이어 나갔다. "오케이. 제어 시스템의 기본적인 임무는 발사체의 현재 위치와 나아가는 방향을 현재 있어야 할 위치와 나아가야 할 방향과 비교해서 오차 신호를 계산하고, 이를 받아서 증폭한 후, 증폭된 신호를 사용해서 발사체의 방향을 조종해 줄 구동기를 가동시키는 것입니다. 이 구동기가 엔진을 회전시켜서 추력 벡터를 움직이게 됩니다. 발사체의 벤딩 주파수[122]를 자극하지 않도록, 제어 시스템은 유도와 항법 플랫폼의 출력을 주파수 영역에서 살펴본 후, 발사체가 진동하는 것으로 알려진 주파수들을 필터로 걸러 내거나 무시해 버립니다. 만일 발사체가 뚜렷하게 나타나는 저주파수 대역의 진동 모드를 서너 개 갖고 있으면, 발사체를 제어하기 위해서 이들을 걸러 낸 후에도 여전히 충분한 제어용 대역폭을 확보할 수 있습니다. 만약 주파수가 너무 낮거나 진동 모드의 개수가 너무 많으면, 진동을 멈추기 위해 능동 제어 시스템을 사용해야 합니다. 물론 엔진 자체의 중량 특성뿐만 아니라 구동기와 엔진 마운트의 동특성 및 유연성까지 고려해야 합니다.

구동 속도, 민감도, 강성을 갖춘 구동기를 적절하게 설계하려면, 제어 알고리듬뿐만 아니라 정밀도가 높은 중량 특성 모델, 전기체 공력 모델, 구조 모델 등이 필요합니다. 다행스럽게도 복잡한 시스템의 자동제어는 많은 산업 분야에서 응용되고 있는 성숙한 분야에 속합니다. DH-1 발사체의 제어 시스템을 설계하고 제작할 때 사용할 컴퓨터 프로그램들을 여러 업체로부터 구매할 수 있습니다."

---

[122] 유연한 발사체의 동특성 중 하나로 특정 주파수 영역에서 발사체의 굽힘모드가 나타남.

설명을 마친 폴은 의자에 기대앉았다.

내가 폴에게 물었다. "이러한 모든 관점에서 볼 때…… 전기적인 동력원 없이 발사체를 궤도로 보낼 수 있나요? 성능 좋은 컴퓨터가 늘 작동해야 할 것 같은데요." 설계 검토회의에서 이 부분에 대해 듣기는 했지만 상세한 사항을 들은 것은 아니었다.

폴이 말했다. "글쎄요, 제어라는 기본적인 문제로 돌아가려면, 고다드의 로켓과 심지어 V-2 로켓조차도 발사체의 비행경로를 제어하기 위해 단순한 자이로스코프를 사용했다는 것을 기억해야 합니다. 만일 로켓의 강성이 충분히 높고 궤적이 단순하다면, 로켓의 운동에 반응하는 자이로스코프의 움직임을 직접 증폭해서 제어에 사용할 수 있습니다. 물론 단순한 유도 시스템을 기용한 V-2 로켓은 이 때문에 정확하지 못한 것으로 악명이 높았습니다. 그러나 DH-1 발사체의 1단은 끝까지 수직으로 상승해서 비행하고, 2단은 궤도에 이를 때까지 거의 수평으로 비행하기에, 이와 같은 궤적은 이미 단순해질 대로 단순해진 것입니다. 발사체의 궤도 투입은 발사체의 공기역학적 불안정성을 극복하고, 1단을 연료가 소진될 때까지 똑바로 위로 쏘아 올리고 나서, 궤도선을 지표면과 평행하고, 커다란 원 모양을 그리는 경로를 따라서 비행시키는 것만큼이나 단순한 작업입니다. 비행 시뮬레이터를 약간 경험해 보고, 일단 대기권을 빠져나와 한두 차례 별자리를 업데이트하고, 그러면 짜잔 하고 궤도에 도달하게 됩니다.

여기서 문제는 어떤 인간도 0.1초마다 반복되는 불안정성을 미리 간파해 낼 수 없다는 점입니다. 그리고 헬리콥터의 불안정성을 극복해 낸 시코르스키의 발견이 로켓에서는 있을 수 없습니다. 이 이야기를 들어 본 적 있나요? 1930년대 말에서 1940년대 초로 돌아가 보면, 미국 정부는 축소된 헬리콥터 모델이 불안정성을 보이는 것을 발견하고 헬리콥터가 불가능한 기술이라는 결론을 내렸습니다. 그러나 이고르 시코르스키[123]가 실물 크기의 헬리콥터 모델을 제작해, 헬리콥터라는 놈이 확실히 불안정하기는 하지만, 불안정성이 5~6초마다 반복되는 현상임을 발견했지요. 이 정도라면 숙련된 조종사에게는 충분한 시간이 될 수 있었습니다. 새로운 무언가를 제작하고자 한다면, 아무 상관도 없는 문제를 푸느라 시간을 낭비하지 않도록 실물 크기로 제작하는 편이 더 낫다는 것을 알 수 있습니다. 이런 이유로 프로토타입을 설계하면서 기본적으로 양산 발사체와 동일한 중량, 추력, 크기를 갖도록 했습니다."

폴은 설명을 이어 나갔다. "거듭 말씀드리지만, 제대로 만든 우주발사체는 결코 조종사에 의해 제어되지 않습니다. 하지만 전기를 쓰지 않고 유체공학을 사용해서 제어하는 방식이 있습니다. 유체공학은 1960년대에 개발되었는데, 한때는 여러 산업 분야에서 컴퓨터 제어기를 몰아내 버릴 것처럼 보였습니다. 그렇게 되지는 않았지요, 가스 유동 분야에서 여전히 활용되고 있으니까요. 유체공학은 마이크로 유동을 사용해서 마치 트랜지스터처럼 스위치와 증폭기의 기능을 수행한다는 아이디어에 기반을 두고 있습니다. 게인 증폭기[124]에는 제한된 수준의 필터 기능을 넣을 수도 있습니다. 각

---

[123] Igor Sikorsky. 러시아 출신 미국인으로 항공분야의 선구자.

[124] 특정 시스템의 입력신호 대비 출력신호를 일정 비율로 키우는 장치.

속도 센서와 가속도계용으로 가스 유동을 사용하기도 합니다. 유
체공학을 구현하는 '회로'를 제작하는 일은 집적화된 회로를 실리
콘에 그려 내는 작업과 매우 유사합니다. 여러 층의 스테인리스스
틸에 에칭 작업을 해서 다양한 컴포넌트를 만들어 내고 그들 사이
의 채널을 그려 냅니다. 그러고 나서 이 스테인리스스틸 층을 쌓아
올려 브레이징 처리를 하면, 마이크로 유동장치가 완성됩니다.

발사체의 경우에도, 유도 항법 플랫폼의 기능을 수행하는
마이크로 유동장치를 만들 수 있으며, 이 장치를 공압식 구동기
와 함께 사용해서 엔진 김발링을 담당하는 유압 구동기를 가동할
수 있습니다. 그래서 우리는 실제로 그렇게 했습니다. 1단은 삼중화
된 스트랩다운 관성 플랫폼과 삼중화된 유도컴퓨터를 갖추고 있는
데, 이 플랫폼과 온보드 컴퓨터는 발사체 1단, 2단과 지상점검 장치
에 깔려 있는 이더넷[125] 기반의 네트워크를 사용했습니다. 삼중화된
유도 컴퓨터가 삼중화된 구동기 세트를 가동시키는 셈입니다. 그런
데 네 번째 구동기 세트는 유체공학 플랫폼으로 제어됩니다. 번개
를 맞은 경우처럼 전력을 완전히 잃더라도 발사체의 자세를 계속해
서 제어할 수 있는 것입니다.

1단과 마찬가지로 궤도선도 세 개의 관성 플랫폼과 하나의
유체공학 플랫폼을 갖고 있습니다. 실제로 DH-1은 궤도선이 상대
적으로 땅딸막한 형상이어서, 유체공학 유도 플랫폼을 사용하기가
수월했습니다. 이러한 형상을 가진 데다 추진제 탱크와 탑재 공간
을 모두 가압하기 때문에 궤도선이 상당히 딱딱해졌고, 그래서 유

---

125 컴퓨터 네트워크 LAN에 활용되는 기술 규격.

체공학 플랫폼은 별도의 필터링을 필요로 하지 않았습니다. 어떤 발사체든 가장 문제가 되는 부분은 가장 유연한 단 연결부인데, 우리 발사체의 상황도 크게 다르지 않습니다. 단 연결부를 더 딱딱하게 만들려고 담당 그룹의 존이 '단 연결 꽃잎 구조체'라는 아이디어를 고안해 냈습니다. 꽃잎 구조체들은 단 분리 시점까지 그 자리에 잠겨 있습니다. 수소 탱크를 채우고 가압하면, 탱크 직경이 12밀리미터 정도 늘어나면서 그 벽면이 꽃잎 구조체를 더 세게 압박하게 됩니다. 상당히 멋진 아이디어인데, '얼마나 딱딱하게 만들어 줘야 하는가?'라는 구조 그룹의 이해와 '얼마나 더 딱딱하게 만들 수 있는가?'라는 유도항법제어 그룹의 존과 팀 그룹장의 관심이 상충하면서, 생각 이상으로 논쟁이 불거져 버리기도 했습니다."

폴이 설명을 마친 후, 나는 약간 멍한 상태가 되었다. 여전히 유도, 항법, 제어 관련 내용은 제대로 이해하기 어려웠지만, 최소한 AM&M 유도항법제어 그룹은 그들의 업무를 잘 알고 있다고 확신하게 됐다. 폴과 그룹원들이 시간을 할애해 준 것에 대해서 감사 인사를 하고, 궤도선을 내 손으로 직접 '비행'해 보려고 다시 아래층으로 향했다.

궤도선 시뮬레이터를 담당하고 있는 것은 필 코헨이었다. 2단의 조종실이 1단과 매우 유사했기 때문에, 필이 자리를 잡아 주고 지시 사항을 전달하고 나자, 나는 곧바로 궤도로 비행해 볼 수 있었다. 물론 이번 비행이 첫 번째 비행보다 더 길었으며, 1단 비행 구간인 처음 140초 동안에는 그냥 화면을 응시하면서 앉아 있었다. 필은 단 분리 이후, 우주항행에 기준으로 쓰이는 별과 수평선을 사용해서 별자리를 업데이트하는 과정을 하나하나 알려 줬고, 난 별어려움 없이 적절한 궤도에 발사체를 올릴 수 있었다. 필의 지적에따르면, 내가 발사체의 자세를 광학적인 방법으로 제어했지만, 실제로는 온보드 컴퓨터가 광학적 관찰로부터 얻어진 자세 정보를 이용해서 발사체의 자세를 조종한 것이라고 했다. 모든 컴퓨터의 전원이나가는 일이 생기더라도 수평선과 이 별들을 이용해서 발사체의 자세를 계속해서 조절할 필요가 있었다. 필은 특정 별의 이미지가 접안렌즈에 어떤 식으로 나타날지를 보여 줬는데, 거기에는 조종사를대략적인 궤도로 안내해 줄 꺾자 표시가 그려져 있었다. 필은 GPS기능과 음성인식 기능을 갖춘 디지털 장치 하나를 손에 쥔 채로 보여 줬다. 이 PDA의 프로그램은 스스로 발사체의 위치를 결정한 후,발사체의 자세명령을 읽어 줄 수 있었다. 아주 멋져 보이기는 했지만, 만일 100만 원짜리 PDA를 구입해서 궤도로 유도해 줄 발사체의 자세명령을 제공하는 프로그래밍이 있다면, 그냥 차라리 온보드 컴퓨터를 사용하지 않는 이유가 뭔지 궁금했고, 굳이 수동 백업시스템을 추가한 이유도 궁금했다.

필은 엔지니어링 팀 전체에 깔린 톰의 설계철학을 언급하는것으로 설명을 대신했다. 발사체의 기본 기능을 극단적으로 단순하게 만들어 내면 PDA로 구현된 것처럼 새롭게 개발된 기술을 발사체와 통합하기가 수월해진다는 것이다. AM&M은 1단과 2단의 제어아키텍처에 비행체의 자세를 수동으로 제어하는 기능을 포함시켰다. 이 광학기계식 시스템은 전체 궤적에 걸쳐서 발사체의 안전을 보장할 제어 성능을 제공했다. 만일 이러한 수동 백업 시스템을 갖추고 있지 않았다면, 설령 PDA처럼 바로 꽂아서 쓸 수 있는 100만 원짜리 컴퓨터가 있더라도, 이 장치를 2500억 원이 나가는 우주비행체에 손으로 삽입하게 놔두지 않았을 것이다. 이와는 반대로 확고한 백업 시스템을 갖추고 있다면, 수동 시스템의 정확성을 대폭 개선하기 위해서 PDA처럼 아주 단순한 장치를 사용해도 안심이 되는 법이다. 필이 언급한 것처럼, 우주 공간에서 수동 자세제어 시스템을 사용해서 발사체의 방향을 수정할 수 있으며 궤도에서 빠져나올 목적으로 엔진을 재점화할 수도 있었다. 휴대용 장치, 지상국과의 라디오 통신, 미리 계산되어 발사 운용 매뉴얼에 나와 있는 숫자표들로부터 약간의 도움을 받으면, 이 모든 것이 가능해졌다.

"궤도를 벗어나 착륙 비행에 도전해 봐도 될까요? 저는 그동안 패러글라이더를 꼭 한 번 조종해 보고 싶었습니다."

"죄송합니다만, 오늘은 어려울 것 같습니다. 패러글라이딩 비행시험 팀이 이제 막 새로운 데이터를 보내왔거든요. 그리고 우리는 현재 착륙 과정을 모사하는 시뮬레이터에서 몇 가지 버그를 솎아 내는 작업을 하고 있습니다. 다음 주에 다시 오시면 좋겠습니다. 그때쯤이면 우리가 셔터를 올리고 시뮬레이터를 운영하고 있을 겁니다."

필에게 그렇게 하겠다고 말하고 태워 준 것에 대해서도 감사를 표했다. 바쁜 하루를 보냈으나, 정말로 재미있었고 많이 배우기도 했다. 나 같은 사람도 DH-1의 조종사가 될 수 있겠다는 생각을 했다. 이제 승무원 시스템 그룹에서 무슨 일을 벌이고 있는지 확인할 차례였다.

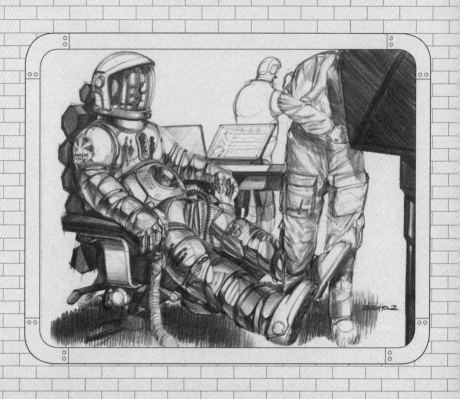

 16장

우주복

승무원 시스템 그룹을 담당하는 찰리 라이슨을 만나러 가
는 길에 여러 사무실을 지나치게 되었다. 그중 한 곳에 있던 물건이
내 눈을 사로잡았다. 우주복인 것 같았다. 잠시 멈춰 서서 사무실
안쪽을 들여다보았다. 그 방에는 시험비행 조종사 세 명이 있었고
고참 조종사인 제이크 힐은 전에 만난 적이 있었다. 다른 두 명은 최
근 들어 합류한 사람들이었다. 그리고 내가 알아보지 못한 네 번째
인물이 있었고 그들 사이에 아주 근사한 우주복이 놓여 있었다.

　　　제이크가 나를 알아보고 말했다. "들어오시죠. 한번 구경할
만합니다!"

　　　난 주저하지 않고 방으로 들어섰다. 제이크가 소개해 준 네
번째 사람은 AM&M의 우주복 사업을 담당하는 밥 맥닐리였다. 밥
은 캐나다 브리티시컬럼비아 주 밴쿠버에 있는 누잇코(Nuytco) 연
구소에서 17년간 하이테크 심해용 잠수복을 연구했다. 잠시 후 잠
수복과 이 새로운 우주복 사이에 공통점이 많다는 점을 알게 되었
다. 제이크는 신참 조종사인 에리카 필립스와 보리스 표도로프를
소개해 주었다. 인사를 마치자마자 모두들 우주복에 집중했다.

　　　밥은 본인이 AM&M에서 만든 첫 작품인 이 우주복을 조
종사들에게 보여 주려 한 모양이었다. 우주복은 그 표면이 매끄럽
고 빛나는 데다 세련되기까지 해서, 스노모빌 복장을 부풀린 것 같
은 NASA의 우주복과는 현저하게 달랐다. 딱딱해 보이는 바깥 표
면을 살짝 두드려 보았다.

　　　내가 말했다. "지금껏 봐 온 NASA나 러시아의 우주복과는
사뭇 다릅니다. 이 바깥 표면을 덮을 천으로 만든 외피가 별도로

있나요? 다른 것들처럼 말입니다."

밥이 대답했다. "아니요, 그게 전부입니다. 이건…… 일종의 딱딱한 우주복입니다. NASA나 러시아의 우주복들은 바깥쪽의 섬유 소재에 다양한 안감을 덧댄, 여러 층의 부드러운 소재로 구성되어 있습니다. 요즘 나온 NASA의 우주복은 토르소라고 불리는 딱딱한 부위를 갖고 있기는 합니다만, NASA 우주복은 여전히 부드러운 소재를 사용한 우주복에 가깝습니다. 우리는 이 플라스틱 겉면 위에 아무것도 씌우지 않습니다."

"플라스틱이라고요?" 나는 살짝 놀라서 되물었다. 우주복에 알루미늄이나 복합재를 적용했거나 그도 아니면 유리섬유를 썼을 거라고 생각하던 차였다.

"어떤 종류의 플라스틱인가요? 우주복에 대해서 전반적으로 알려 줄 수 있나요? 시간이 되시나요?"

제이크가 먼저 대답했다. "저희는 이제 회의에 가 봐야 합니다. 밥, 보여 주셔서 감사합니다." 나머지 두 조종사도 밥에게 감사 인사를 건넸다.

그들이 떠나자 밥이 말했다. "좋습니다. 제 사무실로 건너갑시다. 이제 우주복 조립도 끝냈으니 저도 숨 좀 돌려야죠. 먼저 커피 한 잔 챙기고요."

손에 머그잔을 쥔 채로 들어선 밥의 사무실은 잔뜩 어질러져 있었다. 우주복 부품, 정체불명의 하드웨어, 그리고 보고서와 기술논문 더미 들이 사무실 곳곳에 널브러져 있었다. 의자에 앉으려면 헬멧을 치워야 했다. 사무실 벽면에는 1930년대 와일리 포스트[126]가 입었을 법한 '벅 로저스'[127] 느낌의 고고도 장비부터, 조금 전에 봤던 우주복과 매우 유사하게 생긴 세련된 해저용 잠수복에 이르기까지, 다양한 압력복과 잠수복 사진들이 걸려 있었다.

밥이 이야기를 시작했다. "우주복의 설계를 결정짓는 것은 두 가지입니다. 하나는 우주 환경이고 나머지 하나는 우주선의 선실 환경입니다."

내가 물었다. "선실 환경이 우주복에 어떤 영향을 주나요? 언뜻 생각하기에 선실 환경은 상당히 안락할 것 같은데요. 승무원들은 지상과 매우 흡사한 공기로 숨을 쉴 테고, 그러다가 밖으로 나갈 일이 있을 때만 우주복을 입으면 되는 것 아닌가요?"

"맞습니다. 그러나 지구에서도 해수면에 있는 경우와 산꼭대기에 있는 경우가 다르듯이, 우주선 내에서도 압력 조건이 상당히 다른 공기를 접하게 될 수 있습니다. 사실 우주선의 내부압력과 선실 내의 대기 조성은 비행체와 우주복의 설계에 큰 영향을 줍니다. 우리는 그동안 내부압력과 대기 조성을 다양하게 조합해서 사용해 왔습니다."

밥은 커피 한 모금을 들이켜고는 말했다. "그러면 우주복의 역사부터 시작해 볼까요?"

유인 비행은 항상 신비로운 우주의 일부로 여겨졌다. 사나

---

[126] 세계일주 비행과 고고도 비행으로 유명한 미국의 파일럿.

[127] 공상과학 만화의 주인공.

운 데다 냉혹하기까지 한 우주 환경에서 사람을 생존하게 도와주고, 그 가운데 안락함마저 제공한다는 사실은 기본적으로 흥미진진할 수밖에 없는 것이다. NASA는 이에 필요한 기술적 난관들을 다소 과장되게 선전해 왔다. 그러나 1980년대에 이르러 유인 우주 사업에 관한 정보가 러시아 밖으로 나왔고, 미국인들은 미르[128]를 통해 그다지 정교하지 않은 유인 우주 시스템이 잘 작동하는 것을 보게 되었다. NASA는 아폴로 우주선에 탑재된 액화가스로 호흡용 공기를 제공했고 우주 왕복선도 이러한 관행을 이어 나갔다. 러시아의 우주선은 우주인들이 내뱉은 수분과 이산화탄소에 반응하는 과산화 화합물을 사용해서 선실 대기를 보충해 줄 산소를 자동으로 생성해 냈다. 이는 정말이지 최고로 간단한 시스템이었다. 그러나 소유스 12호의 비행 도중 불행한 사고가 있었다. 재진입 구간에서 배출구가 우발적으로 열려 버렸고 우주인들이 질식해서 사망한 것이다. 소유스 우주선에는 빠져나간 가스를 대체할 산소가 저장되어 있지 않았다. 미국은 자신들의 재진입 캡슐이 충분한 가스를 저장하고 있어서 기압이 새는 상황에서도 치명적이지 않음을 증명해 보였다.

미국인들도 생명유지 시스템에서 몇 차례 비극적인 실수를 저질렀다. NASA의 유인 프로그램인 아폴로 1호의 지상 시험 중에 화재가 발생하여 세 명의 우주인이 목숨을 잃은 사건이 있었다. 전기로 인한 화재가 산소로 가득 찬 우주선 내부에 걷잡을 수 없이 순식간에 번져 버린 것이었다. 아폴로 계획 이전에는 순수 질소

---

128 Mir. 구소련의 우주 정거장.

가스로 머큐리 우주선을 가압했고 호흡용 산소는 우주복에 별도로 제공했다. 동일한 시스템이 X-15 비행기에도 사용되었다. 그러나 머큐리 사업에서 시험하던 중에 선실 내의 불활성 질소가 우주복 공기 재순환 루프로 새어 드는 사고가 발생했고, 이 재순환 루프는 우주인이 내뱉은 이산화탄소를 흡수하는 회선이었다. 우주복 내의 산소는 이산화탄소를 제거하는 과정에서 흡수장치에 함께 흡수되고 우주인이 소모한 산소를 보상할 새로운 산소가 우주복에 추가된다. 그러나 시험 도중, 회선으로 새어 든 질소가 산소를 천천히 압도하기 시작했다. 생명유지 시스템은 우주복 내부의 기체 압력을 모니터링 해서 작동했다. 우주인의 대사 활동에 의해서 산소가 이산화탄소로 전환되면 우주복 내에는 산소가 감소해서 압력이 줄어들 것이고, 압력 유지를 위해서 산소가 자동으로 추가되는 식으로 작동했다. 그러나 새어 든 질소 때문에 우주복 내의 압력이 올라가서 대체용 산소가 자동으로 추가되는 것을 막아 버렸다. 이러한 현상이 오래 지속됐더라면 치명적인 상황이 발생할 뻔했다. 당시에는 실시간으로 대기 조성을 읽어 낼 우주선용 센서가 없었다. 그래서 지상 시험에서 선실 내 질소가스를 순전히 산소로 교체하는 방안을 고안해 낸 것이었다. 이는 분명 위험을 감수하고 내린 결정이었을 테니, 냉전시대가 낳은 우주 사업의 급박함이라는 문맥으로 이해할 수밖에 없겠다. 그런데 이 설계철학이 폐쇄된 환경을 순전히 산소로 채우는 방안의 잠재된 위험을 검토하지도 않고 프로토타입 캡슐뿐만 아니라 아폴로 계획으로 이어진 것이다.

아폴로 1호의 화재 이후, NASA는 지상 운용 시 질소 60퍼센트, 산소 40퍼센트인 혼합 가스를 쓰기로 방침을 바꿨다. 질소를 추가해서 발화성을 상당히 낮췄고, 인화성 재료들을 꼼꼼하게 제거해서 우주선의 화재 위험을 현저하게 낮출 수 있었다. 그러나 비행 운용 시에는 여전히 산소로 선실을 채웠다. 대신 선실 압력을 0.34바(bar)라는 낮은 값으로 유지했다. 이러한 압력 수준에서는 순수 산소도 정상적인 공기와 유사한 발화성을 보인다.

"왜 이처럼 낮은 압력의 산소를 사용해야 했나요? 해수면의 대기압을 사용하면 될 텐데요." 내가 물었다.

밥이 대답했다. "그것은 우주선의 내부 환경이 우주복의 설계에 영향을 주기 때문입니다. 초기 우주복은 상대적으로 낮은 압력에서만 사용될 수 있었습니다. 우주복 내부의 압력이 올라가면, 우주복은 풍선처럼 딱딱하게 굳어지고, 팔과 다리는 똑바로 펴진 상태를 유지할 수밖에 없어서, 우주인들은 움직이는 것조차 어려워했습니다. 그렇겠죠?"

"그러니까 선실에는 해수면 압력을 적용하고 우주복에는 낮은 압력을 사용하면 되지 않나요?"

"글쎄요, '잠수병(bends)'이라고 들어 본 적 있나요?"

"네, 그건 잠수부들이 깊은 곳에서 너무 빨리 올라오면 겪게 되는 것인데, 아……무슨 말씀을 하려는지 알 것 같습니다."

"제대로 알고 계시네요. 압력이 높은 선실에 있다가 압력이 낮은 우주복으로 갈아입게 되면, 이는 마치 잠수부가 해수면보다 훨씬 아래에 있다가 수표면으로 올라오는 것과 같은 일입니다. 잠수부가 물속의 높은 압력 속에서 호흡을 하면 높은 압력의 질소가

몸속 세포와 체액 속으로 녹아 들어갑니다. 질소는 몸에서 소모되지 않기에 잠수부가 물 밖으로 올라올 때까지 누적됩니다. 그러고 나서 압력이 낮아지면 용해되어 있던 질소가 빠져나와 기포를 형성하고 '잠수병'을 일으키는 불쾌감, 고통, 몸 내부의 문제점들을 유발하는 것입니다.

만일 선실 대기를 산소와 질소로 구성하면 질소가 어느 정도 몸 안에 녹게 됩니다. 그리고 '잠수부가 수면으로 올라가듯' 우주인이 압력이 낮은 우주복으로 갈아입으면 질소가 버블 형태로 전환되는 겁니다. NASA의 우주복이 0.3바(bar)의 압력을 사용하기 때문에 NASA는 우주복과의 압력 차를 최소화하기 위해서 아폴로 캡슐과 스카이랩의 선실압을 가능한 한 낮게 유지한 것입니다. 러시아인들은 우주선에서 해수면 대기 조건을 사용해 왔으며 미국에 비하면 우주복 내부 압력도 상당히 높은 편이었습니다. 그렇지만 이들이 우주복에 사용한 압력도 선실압보다는 낮았습니다. 러시아인들은 선체 밖에서의 활동(EVA) 이전에 산소를 미리 들이마시는 규칙을 따랐는데, 이는 우주인의 체세포로부터 질소를 제거해서 '잠수병'을 방지하려는 의도였습니다. '미국에 비해' 우주복 내의 압력이 높기 때문에, 러시아 우주복을 착용한 우주인들은 선체 밖에서 제한된 임무만을 수행할 수 있었습니다. 이 때문에 러시아에서 처음으로 우주 유영에 나선 레오노프는 치명적인 사고를 당할 뻔했습니다. 내부압이 높고 딱딱한 우주복을 사용한 데다 보스토크 2호[129] 전체를 재가압할 공기를 충분히 가져가지 않아서, 레오노

---

[129] 원서에는 소유스 캡슐로 나와 있으나 이는 잘못된 정보로 보임.

프는 전개형 소형 기밀실에 들어가야 했고 우주선 안으로 돌아가는 것이 사실상 불가능해졌습니다. 이후로 러시아인들은 이런 문제점들을 많이 개선했습니다.

우주 왕복선의 경우 NASA는 마지막에 가서 해수면과 동일한 선실 압력을 받아들였습니다. 그러나 해수면 압력이 적용된 우주복을 입은 우주인들은 진공 환경에서 피로감에 시달릴 수밖에 없습니다. 높은 압력으로 채워진 부드러운 소재의 우주복을 입으면, 움직일 때마다 우주복에 대항해서 싸워야 하는 것입니다. 예를 들어서, 팔을 굽히려고 하면 우주복의 체적을 줄여야만 하는데, 이는 우주복 안에서 우주인이 압력을 극복하는 일을 해야 함을 의미합니다. 내부 압력이 높으면 높을수록 더 많은 노력이 필요하게 됩니다. 이 우주복을 입은 상태에서 물리적인 활동에 나서면 빨리 지쳐 버립니다. NASA도 우주인들이 미리 산소를 대대적으로 마시도록 하는 타협안을 내놓았습니다. EVA 직전에는 선실의 압력을 중간 정도로 낮춰서 우주인들이 낮은 압력의 우주복을 입고도 그럭저럭 버텨 내도록 만들기도 했습니다. 이 둘은 준비시간이 긴 방법에 속합니다. 그리고 선실 압력이 낮아지면 우주 왕복선에 설치된 전자탑재물과 전자 관련 시스템의 온도를 유지하는 냉각 작업이 그만큼 어려워집니다. 그러나 국제 우주 정거장에도 이와 동일한 방식이 사용되고 있습니다."

"그렇지만 DH-1에는 동일한 방식을 적용하지 않았죠, 그렇죠?" 내가 물었다. 지금까지 경험해 본 AM&M은 표준화된 우주 시스템의 설계 방안 또는 운용상의 관행을 자세히 들여다보다가, 다른 접근법이 더 합리적인 것으로 판단하면 도입을 주저하지 않는 경향을 보여 왔던 것이다.

밥이 재빨리 받아쳤다. "절대 아니죠. 일상적이고 상업적인 발사체의 운용을 위해서라면 '잠수병'의 가능성을 제거해야 하고 미리 산소를 들이마셔야 하는 과정도 없애야 합니다. 우리 승무원들과 고객들은 NASA의 우주복이 제공하는 것보다 훨씬 좋은 활동성과 보호 기능을 원할 것입니다. 게다가 NASA의 우주복들은 터무니없이 비쌉니다. 그렇죠?"

밥은 계속해서 NASA와 러시아인들이 과거 40년 동안 사용해 왔고 최근에는 중국인들조차도 사용하는 표준화된 우주복을 대체할 몇 가지 흥미로운 방안을 소개했다. 존 포사이스는 대체 방안들뿐만 아니라 현재의 우주복이 지닌 문제점들도 잘 알고 있었기에, 톰에게 요청해 승무원 시스템 그룹으로 하여금 과거의 우주복을 출발점에서부터 다시 재조사하도록 했다. 그중 두 부류가 혁신적인 개념에 속했고 가능성도 있어 보였다. 하나는 발명가의 이름을 내건 웹 우주복(Webb suit)이었다. 몇몇 공상과학소설에 등장하기는 했지만, 너무나 급진적인 개념이어서 NASA를 위시한 어떤 기관도 웹 우주복을 진지하게 고려한 적이 없었다. 반면에 웹 우주복은 상상할 수 있는 개념들 중에 가장 단순하고 저렴했다. 웹 우주복은 축소판 '우주선'으로 몸을 둘러싸는 대신에 우주 환경에 적합한 옷 한 벌을 걸친다는 개념이었다.

남극 기지의 직원들은 위험을 무릅쓰고 섭씨 영하 73도의 환경에서 작업하지만 축소판 '생활공간'을 몸에 입지는 않는다. 그

대신 스티로폼으로 된 안감이 들어간 부츠와 두꺼운 다운재킷을 입는다. 이들에게 가장 중요한 문제는 추위를 견디는 것이다. 반면 우주에서는 압력이 없는 상황을 견디는 것이 가장 중요한 문제다. 숨 쉴 공기만 없는 상황이라면 스쿠버 장비와 유사한 우주복으로도 충분할 것이다. 이런 점을 통찰해 낸 웹 우주복은 옷이 피부를 조이도록 설계해서 신체의 내부 압력과 균형을 이루도록 만들었다. 머리와 목을 덮는 헬멧은 고무 개스킷[130]을 써서 헬멧 부분만 따로 밀봉했고 상당히 정교한 컵을 써서 생식기를 덮었다. 신체의 나머지 부위는 엄청 꽉 쪼이는 양말과 같은 옷으로 대여섯 번 감쌌다. 웹 우주복은 심지어 기밀성이 없는 외피를 사용했는데, 사실 이 점에서 진가가 드러났다. 이 덕분에 피부에 맺힌 땀이 외피를 통과해 진공 환경으로 증발해 나가면서 착용자에게 냉각 기능을 제공할 수 있었다. 우주인은 일을 하면 할수록 땀을 더 흘릴 것이고 증발된 땀이 몸을 적절하게 식혀 주는 것이다. 태양의 복사열로부터 우주인을 보호해야 하는 경우에는 냉각기능을 저해하지 않는 바깥 덮개를 우주복 위에 씌울 수 있었다.

웹 우주복은 정교한 컵을 사용하긴 했지만 여전히 남성 사타구니를 불편하게 조였다. 이 우주복도 산소 함량이 높고 압력이 낮은 공기로 호흡해야만 실용적이었기 때문에 다른 저압 우주복처럼 대대적으로 산소를 들이쉬는 호흡을 필요로 했다. 그게 아니면 우주선 선실에도 산소-헬륨 대기를 써서 압력을 낮출 필요가 있었는데, 이 산소-헬륨 대기는 사람들이 말할 때마다 우스운 소리

---

130 gasket. 가스 누출을 방지하는 패킹.

를 만들어 냈다. 웹 우주복의 가격은 1960년대 말 물가로 한 벌에 1000만 원 미만이었으며 이를 현재 가치로 환산하면 6,000만 원 수준인 셈이다. 이 저렴한 가격 때문에라도 웹의 우주복은 다시 조사해 볼 필요가 있었다. 우주 관광을 정말로 가능한 일로 만들 생각이라면 더욱 그러했다.

또 하나의 흥미로운 접근 방식으로 비쿠칼 우주복(Vykukal spacesuit)이 있었다. 1960년대에 NASA 에임스 연구소에서 일했던 허버트 '빅' 비쿠칼이 아폴로 20호와 그 후속 모델을 위해서 유연한 관절이 없는, 딱딱한 소재의 우주복을 개발했다. 초창기 아폴로 우주복도 부드러운 소재로 된 우주복들이 좀 전에 겪었던 기술적인 문제들 때문에 고전했다. 우주인들이 항상 내부 압력을 극복하면서 움직여야 했기 때문에 달 탐사용으로 이상적이지 않았다. 게다가 이 우주복은 내압복, 테플론으로 짜인 보호용 외피, 그리고 안쪽의 수냉식 레이어 등 여러 층으로 되어 있어서 입고 벗기가 쉽지 않았다. 하나하나 수작업으로 만들어야 했으므로 우주복 가격이 수십 억 원에 달했다. 밥이 얘기해 주기론, 누군가가 우주복 사업이 지출한 총비용을 제작된 우주복의 숫자로 나눠서 NASA 우주복 하나에 들어간 실제 비용을 계산했는데, 그 값이 500억 원 이상이라고 했다.

비쿠칼의 딱딱한 우주복은, 밥의 전 직장 상사이자 누잇코 연구소의 창업자인 필 누잇코에 의해서 처음 고안된 심해용 잠수복 기술을 기반으로 했다. 이 잠수복은 주변을 둘러싼 물의 압력이 30기압까지 올라가더라도, 다이버들이 잠수복 안에서는 대기압에서 작업을 하게 해 줘서 '잠수병'의 위험이 전혀 없었다. 이처럼 외부 압력이 엄청난 상황에서 체적이 변하는 우주복을 사용할 수는 없다. 아니면 바깥의 압력이 잠수사들을 뭉개 버리기 때문이다. 그래서 잠수복의 소재는 딱딱해야 했으며 누잇코는 착용자가 팔다리를 움직일 수 있는 방법을 고안해야 했다. 그는 회전운동과 굽힘운동을 허용하기 위해서 회전용 관절들을 연달아 배치하는 방법을 생각해 냈다. 이 회전용 관절들을 팔과 다리를 따라 일정한 각을 이루도록 연결했는데, 각 관절의 절반은 두꺼운 쐐기 단면으로, 나머지 절반은 얇은 쐐기 단면으로 구성했다. 착용자가 팔 한쪽을 굽히면, 얇은 단면끼리 모이도록 관절들이 회전하면서 잠수복의 팔 부분이 굽은 모양을 하게 된다. 우리는 스토브 파이프나 배관 작업에서 이와 유사한 관절을 흔히 볼 수 있는데, 여러 관절을 선별적으로 회전하면 사실상 모든 각도로 회전할 수 있게 된다. 딱딱한 잠수복을 입고 팔굽혀펴기를 하는 동영상을 보면 구부리는 동작을 가능하게 하는 유연한 관절과 관련된 신비한 운동학 외에도, 딱딱한 잠수복의 유연성에 절로 감탄하게 된다.

　심해 잠수복이 31바(bar)라는 압력차를 견뎌야 하는 것에 비하면, 딱딱한 우주복에 작용하는 1바(bar)의 압력차는 아무것도 아니다. 비쿠칼은 유리섬유로 아폴로용 우주복의 후속 모델을 제작했다. 물론 아폴로 프로그램이 17호에서 중단되면서 비쿠칼의 우주복은 사용되지 않았다. 1980년대 초반 비쿠칼은 지구 동기 궤도에서 방사선의 차폐막 기능을 제공할 알루미늄으로 된 프로토타입 우주복을 제작했다. NASA의 우주복은 최근 들어 딱딱한 토르소를 갖췄을 뿐만 아니라 어느 정도 회전이 가능한 관절들도 갖추고 있으나, 전반적으로 보면 비쿠칼의 우주복이 잘 받아들여진 것은 아니었다. NASA의 승무원 시스템을 담당하는 기관에서 틀에 박힌 우주복을 잘 확립해 둔 상태여서, 새로운 접근 방식을 받아들일 동기가 별로 없었던 것이다.

밥과 그룹원들이 개발하고 있는 AM&M의 우주복은 비쿠칼의 개념에 바탕을 두고 있으며 0.7바(bar)의 내부 압력을 사용했다. 이 내부 압력은 1바(bar)의 선실에서 우주복으로 갈아입어도 '잠수병'의 가능성이 없을 만큼 충분히 높다. 그러나 밥이 사용한 제작 기술은 비쿠칼 방식과 현저하게 달랐다. 밥은 중공 성형 기술을 플라스틱 우주복용으로 개량하는 아이디어를 냈다. 중공 성형 기술은 보온병과 쓰레기통처럼 속이 빈 플라스틱 소비재를 만드는 데 폭넓게 사용된다. 밥이 선별한 플라스틱 소재는 2리터 소다 페트병과 유사했다.

이 소다 병들은 실제로 질긴 플라스틱인 폴리에틸렌테레프탈레이트(PET)를 써서 만드는데, 여기에 탄산음료로부터 이산화탄소가 빠져나가는 것을 방지하는 폴리비닐알코올(PVA) 층을 흩뿌려 준다. 잘 섞이지 않는 두 플라스틱을 혼합하는 과정인 것이다. 중공 성형을 거치면 PET와 PVA는 '얇은 판'으로 불리는 층으로 분리된다. 2.2바(bar)의 압력차도 쉽게 견디는 2리터들이 페트병의 무게는 그 안에 담긴 소다의 1퍼센트도 되지 않는다. 플라스틱 소재의 비용이 상대적으로 덜 중요한 우주복의 경우, 재료 특성이 훨씬 더 좋은 혼합물을 선정해서 강도를 높이고 구멍이 잘 뚫리지 않도록 만들며 자외선에도 대한 내구성도 키울 수 있었다.

분절된 관절을 밀봉할 합성고무를 형성하는 작업에는 사출성형을 써서 중공 성형을 보완했다. 우주복처럼 속이 빈 부속품을 주로 사용할 경우에는 보통 낮은 압력을 틀에 가하는 중공 성형이 사출 성형에 비해 상당히 저렴한 편이다. 다행히 전체 성형틀에서 매우 제한된, 밀봉 부위에만 사출 성형이 적용되었고, 전체 성형틀에 들어가는 비용은 한 피스당 평균 5,000만 원이었다. AM&M은 우주복을 모듈화 방식으로 설계하고, 알루미늄 링들을 써서 관절들을 함께 잡아 주도록 다양한 플라스틱 조각들을 조합했기 때문에, 우주인의 키가 152~188센티미터이면 우주복을 알맞게 재단할 수 있었다. 이 우주복을 제작하려면 전체적으로는 70개의 피스에 대한 성형틀을 제작해야 했다. 성형틀을 만드는 데 들어간 비용은 50억 원이었으며, 이는 NASA의 우주복 제작 비용을 많이 초과하는 것도 아니었다. 다른 부품들과 서브시스템에 들어간 비용을 포함하고, 밥이 몇몇 에임스 출신과 다이빙 업계 동료들의 도움을 받아서 내부적으로 진행한 설계 작업의 비용까지 포함하면, 적은 생산량에도 불구하고 우주복 한 벌에 들어간 비용은 고작 5,000만 원 이하였다.

밥이 사용한 플라스틱 혼합물은 크리스탈처럼 투명한 부품들을 만들어 냈다. 아마추어 망원경 제작사가 알루미늄 증기 증착 기술을 입수하기 어려웠던 시절에 거울을 코팅하기 위해서 사용했던 것과 매우 유사한 화학적인 공정을 사용해서 플라스틱 내부를 은 재질로 코팅했다. 은 소재를 보호하고 광택을 유지하기 위해서 은 소재 위에 내구성이 높고, 잘 긁히지 않는 페인트를 발랐다. 그 결과 복도를 걸어가던 내 눈을 사로잡을 만큼 훌륭한 은빛 우주복이 탄생했던 것이다.

우주복의 껍데기는 인공위성에서 사용하는 기본 방열 패널과 유사한 역할을 했다. 은 코팅은 우주복 내부를 가열하는 주요 원인인 태양 복사열을 반사하는 기능을 하고, 은 위에 놓인 얇은 플라스틱 벽은 깊숙한 파장대까지 적외선을 커버하는 방열기 역할도 하기 때문에 체열을 품지 않고 배출하는 기능을 했다. 두 기능을 종합하면 AM&M의 우주복은 지구 궤도에서 시간당 400BTU(약 117와트)를 능동 냉각 시스템 없이 뱉어 낼 수 있었다. 우주인의 물리적 활동량이 최소 수준 이상으로 올라가면, 방열 요구조건이 4배 또는 그 이상으로 증가할 수 있다. 추가적으로 열을 방출하기 위해서 아폴로 우주복에 사용했던 것과 유사한 냉각 시스템을 이미 포함시킨 상태였다.

우주복의 냉각에는 기본적으로 두 가지 방식이 있다. 우주복을 통해서 건조한 공기를 억지로 흘려보내서 우주인의 땀을 증발시키고, 물의 증발 잠열로 초과된 열을 제거하는 것이 첫 번째 방식이다. 우주인의 발 쪽에서 불어넣은 공기는 우주인의 몸을 지나서 우주복 밖으로 버려지기 전까지 위로 흘러간다. 제미니 계획에서 실제로 이 냉각 방식을 사용했는데, 호흡에 필요한 것보다 훨씬 많은 양의 공기를 흘려보내야 하기 때문에 중량 관점에서 가장 효율적인 방식은 아니다. 그러나 가장 단순한 해결책인 것은 분명하다.

두 번째 방식은 물 증발기를 진공 상태인 우주에 직접 노출해서 사용하는 것으로 좀 더 효율적이다. 제미니 우주선이 이 방식의 냉각기를 선실 공기용으로 사용했으며, 냉각 회선을 순회하는 물의 온도에 따라서 증발기에 달린 진공 포트를 열어 주는 바이메탈[131] 밸브를 갖고 있었다. 그런데 이 밸브가 열리거나 닫힌 위치에서 고정되어 버리기라도 하면, 그 결과로 과도한 냉각이 발생하거나 냉각기능이 전체적으로 무너질 수 있는 것이 이 방식의 문제점이었다. 아폴로 계획의 경우 단순히 미세한 구멍이 포함된 니켈 판재 시스템을 사용했다. 냉각제 루프 내의 물이 니켈 판재로 구성된 증발기를 통과하도록 순환시켰다. 이때 판재를 통과한 물이 진공을 향해서 넓게 퍼지며 증발하다가 얼어붙어서 판재의 구멍을 막게 된다. 냉각회선 내의 따뜻한 물이 니켈 판재를 가열하면 마치 드라이아이스가 고체에서 기체로 바로 가는 것처럼 얼음이 승화되면서 니켈 판재로부터 열을 흡수하게 되고, 이 니켈 판재는 냉각 회선의 물에서 열을 흡수하는 것이다. 니켈 판재의 구멍이 열리면 얼기 시작할 때까지 더 많은 물이 구멍으로 흘러 나가는 것이다. 그래서 다공성 니켈 판재를 사용한 아폴로 우주복은 매우 단순하지만 스스로 냉각을 조절할 수 있었다.

AM&M은 우주인의 호흡이 펌프 역할을 해서 냉각회선의 체크밸브 시스템을 통과해서 물을 순환시키도록, 수냉식의 적용 범위를 흉부를 덮은 조끼로 제한함으로써 더 단순한 우주복을 만들었다. 냉각수가 가슴 위에 놓인 다공성 니켈 판재를 통해서 순환하는 것이었다. 우주인이 열심히 일할수록 그리고 숨을 빨리 쉴수록 물은 냉각판을 통해서 더 빠르게 순환되었다. 밥은 아폴로 우주선에 왜 니켈 판재를 사용했는지 확실히는 몰랐지만, 원자폭탄을 개

[131] 열팽창률이 다른 두 금속을 접합해서 만든 기기.

발하는 사업에서 파생된 기술일 것으로 추측했다. 원자폭탄을 개발하는 사업에는 기체 확산 공정으로 우라늄의 농도를 올리는 과정이 있었고, 이때 다공성 니켈 튜브들을 끝도 없이 길게 늘어뜨려 사용했다. 이러한 과정에서 다공성 니켈 판재를 정확하게 설계하고 제작하는 경험을 축적했음이 틀림없었다. 발이나 사지에서 땀을 제거하도록 공기 유동량을 증가시켜서 안락함을 추가로 제공하기로 했다. 그러나 가슴에 채운 증발기만으로도 냉각 요구조건을 커버할 수 있었다.

호흡용 공기 시스템을 단순하게 설계하고자 스쿠버 장비처럼 압축공기를 순환시키고 버리도록 만들었다. 장시간에 걸친 선외 활동을 지원하기 위해서 재순환 팬, 추가 냉각수 5.4킬로그램, 산소 1.4킬로그램, 잉여 이산화탄소를 흡수할 화학적 용기를 담고 있는 백팩을 개발하고 있었다. 일반적인 노동 강도에서 사람은 0.9킬로그램의 산소를 매일 소비하게 되며, 0.7킬로그램의 리튬 수산화물로 흡수할 수 있는 이산화탄소를 생산해 낸다. 물 1.0킬로그램은 우주복의 기본적인 냉각 능력을 보완해 줄 2,110킬로줄의 냉각 수용력을 제공할 수 있다. 백팩의 중량이 11킬로그램 미만이 될 것으로 예상했는데, 이 백팩을 사용하면 우주인은 8시간 동안 쾌적한 환경을 유지할 수 있고, 좀 덜 쾌적한 환경에서라면 24시간까지 생명을 유지할 수 있었다.

이륙 시와 비행체 내에서 우주복을 입고 있는 동안에는, 비행체의 공압라인에 지선을 댄 엄빌리칼[132]을 통해서 공기를 공급받

---

132 umbilical. 비행체의 산소, 전원, 통신 라인을 우주복에 연결하는 장치.

았는데, 이 고압의 공압라인은 승무원 선실/페이로드 탑재 공간과 냉가스 추력기 시스템에도 공기를 공급했다. DH-1의 페이로드 공간을 이륙시점부터 1.4바(bar)로 가압하고 고도가 4.5킬로미터에 도달하면 해수면 압력으로 낮추고 궤도에 도달할 때까지 이 압력을 유지한다. 전체 격실의 대기를 우주로 배출시키고 나서 페이로드 탑재 공간의 문을 열어서 수동으로 페이로드를 전개한다. 페이로드를 전개하고 문을 닫은 후 승무원/페이로드용 공간을 재가압한다. 31세제곱미터에 달하는 이 공간을 공기로 채우려면 50킬로그램의 공기가 필요하다. 조종사는 공급된 공기를 스쿠버다이빙의 개루프 방식[133]으로만 사용하기 때문에, 공급된 공기의 대부분은 선실 밖으로 버려지게 되고 공급량의 5퍼센트만 실제로 사용된다. 조종사는 체류시간당 평균 2.3킬로그램의 공기를 필요로 하며 24시간 동안 궤도에 체류하려면 추가로 55킬로그램을 필요로 한다. 탈출할 경우에 대비해서 조종사의 좌석에는 15분 분량의 고압 공기를 별도로 저장하고 있다.

고압가스를 사용해야 생명유지 시스템과 자세제어용 추력기 시스템의 간결함과 신뢰도를 달성할 수 있었다. 실제로 두 시스템은 동일한 저장 탱크로부터 고압가스를 공급받았다. AM&M의 우주선은 두 종류의 추력기 시스템을 갖고 있었는데, 하나는 소형 냉가스 추력기 세트이고 또 다른 하나는 과산화수소/프로판 추력기였다. 공기를 사용하는 냉가스 시스템의 비추력(Isp)은 70초였고, 비추력이 200초인 과산화수소/프로판 시스템은 재진입 과정에서 우

---

[133] open-loop. 우주인의 날숨이 모두 밖으로 배출되는 방식.

주선 전체의 자세제어를 보장할 만큼 큰 추력을 제공했다. 밥은 우주복 얘기에서 잠시 벗어나, 중량을 크게 늘리지 않고도 고압가스 시스템이 가능하도록 만들어 준 기술에 대해서 잠시 설명해 줬다.

탱크 소재의 강도 값이 고압가스 탱크의 중량을 결정한다. 그라파이트나 케블라와 같은 엔지니어링으로 만들어 낸 '슈퍼 섬유'들을 이용하면 가장 튼튼한 용기들을 만들 수 있다. 그러나 고압가스는 합성수지 모체에 섬유들을 넣은 복합재의 벽면을 통과해서 새어 나간다. 알루미늄을 써서 극도로 가벼운 탱크를 제작하고 그 위에 고강도 섬유를 감는 방법이 있다. 그러나 섬유의 강도를 활용하고 섬유가 하중을 지탱하게 만들려면, 섬유에 탄성 변형이 일어나야 하는데, 결과적으로 섬유가 늘어나면 내부의 알루미늄 라이너는 소성 변형을 겪는다. 가스탱크를 채웠다 비울 때마다 내부 라이너가 소성 변형을 겪게 되는 것이다. 결국 피로수명이 짧아져 버린다. 한 번 쓰고 버릴 경우에는 이런 방식의 탱크도 쓸 만하다. 세계일주 비행을 달성한 버트 루탄은 보이저호의 산소 시스템에 이 기술을 적용했으나, 이 탱크들은 다시 사용되지 않았다.

스테인리스스틸이나 티타늄 같은 강도가 더 높은 재료를 쓰는 것이 해결책인데, 탱크를 처음 가압하면 소재에 소성 변형이 일어나고 압력을 제거하면 소재에 압축 하중이 작용하게 된다. 그래서 이들 금속재는 인장 방향의 탄성 범위만 활용되는 대신, 압축부터 인장까지 전 범위가 활용되는 것이다. 고강도 스테인리스스틸로 만든 가스탱크가 첫 충전 중에 극저온 항복을 겪게 되면, 1킬로그램당 248세제곱미터-킬로파스칼이라는 성능지수를 갖는데, 이와 같은 탱크는 여러 사이클을 거치도록 재사용할 수 있다. 그러나 탱크 강도의 절반 정도가 복합재에서 나오는 것은 문제가 될 수 있다. 만일 라이너를 너무 얇게 만든 상황에서, 탱크 압력을 제거하면 라이너에 좌굴이 발생하게 된다.

록히드마틴은 복합재에 금속 라이너를 접착시켜서 좌굴 문제를 개선했는데, 탱크에서 압력을 제거할 때 얇은 벽으로 된 라이너에 좌굴이 나타나지 않도록 충분한 강도를 확보해야 했다. AM&M은 추진제 탱크를 검사하는 데 활용했던 기술을 이번에는 고압 탱크에 접목시켰다. 단순한 전기적 회로를 이용해서, 저압 사이클 동안 라이너의 벽에 초음파 펄스를 생성하고 이를 이용해서 앞서 발생한 좌굴을 찾아내는 기술이다. 간단하지만 신뢰도가 높은 이 기술을 활용해서 고압가스 탱크를 유인 시스템에도 안전하게 사용할 수 있다. 성능지수가 대략 500인 탱크를 제작할 수도 있다. 실제로 이러한 성능지수는 1킬로그램의 고압공기당 0.2킬로그램의 탱크 중량으로 환산된다. AM&M의 궤도선에는 한 개의 고압가스 저장 탱크가 있으며, 탱크의 중량은 45킬로그램에 불과하지만 142세제곱미터의 공기를 690바(bar)의 압력에 담을 수 있다. 이 중량은 138바(bar)의 공기를 냉가스 추력기 제어 시스템에 공급하는 고압용 조절기와 0.7바(bar) 또는 1.0바(bar)의 공기를 우주복과 승무원 선실 및 페이로드 격실에 공급하는 저압용 조절기를 각각 포함한 값이다.

정상적인 미션의 경우에는 생명유지 시스템이 48시간을 버티도록 설계했으며, 선실을 감압해서 페이로드 격실의 문을 열게 해 주고, 페이로드 전개 후에는 선실을 재가압할 수 있도록 선실의 2배에 해당하는 공기를 저장하고 있었다. 여기에 선실 체적만큼의 공기를 예비로 저장해 둘 계획이었다. 31세제곱미터의 체적을 채운 선실 공기는 6.5세제곱미터의 산소를 포함한다. 공기 순환 시스템은 재충전이 가능한 제습 용기와 이산화탄소 제거를 위한 리튬-수산화물 용기를 포함하는데, 이들은 선실 내부의 공기를 상당히 쾌적하게 유지할 수 있다. 제습기를 진공에 노출시키고 제습기에 달린 전기 히터로 살짝 가열하면 재충전이 가능한 것이다. 이산화탄소를 제거하는 성능을 고려하고, 한 사람이 매시간 평균적으로 사용하는 0.03세제곱미터의 산소를 고려하면, 2인 1조의 승무원은 고압 공급 라인에서 추가로 공기를 받지 않아도 어림잡아 하루 반 동안 선실 내의 산소로 버틸 수 있다. 대략 산소의 3분의 1을 소모해야 뭔가 달라진 것을 감지할 수 있는 수준이다. 평범한 사무실 건물에서 환기시스템으로 배출되는 공기의 1퍼센트 중 절반만이 이산화탄소이며, 이 값이 3~5퍼센트 사이에 이를 때까지 호흡곤란은 나타나지 않는다. 이산화탄소 2퍼센트를 합리적인 기준 값으로 설정하고, 조종사는 한 명만 탑승한 것으로 가정하면, DH-1의 공기 정화 시스템은 5시간까지 꺼 둬도 아무런 문제가 없었다.

심각한 위기 상황에서는 리튬-수산화물 용기를 이용해서 선실을 산소로 채워서 3일을 버틸 수 있는데, 조종사는 당연히 불쾌감을 좀 느낄 것이고 정신적인 기민함도 떨어질 것이다. 리튬-수산화물 용기를 충분히 탑재하고 3회전이 가능한 선실 공기를 이용하면, 궤도상에서 최대 8일까지 버틸 수 있다. 생명유지 시스템의 8일이라는 성능은, 좌초된 비행체가 위치한 궤도 경사각보다 낮은 위도에 놓인 발사장에서 80~90퍼센트의 신뢰도로 4일 내에 구출 임무를 수행한다는 예비 물류계획에 그 근거를 두고 있었다. 미래에는 운용에 투입된 비행체의 숫자가 충분히 늘어날 것이고, 미국 해안경비대 또는 미 공군 같은 기관이 적어도 하나의 비행체를 적도상의 발사장에 항상 경계 태세로 유지했다가 구출 요구에 몇 시간 내로 반응할 것임이 분명했다.

31세제곱미터의 공기는 해수면 압력에서의 중량이 50킬로그램 수준이다. 중량이 결정적인 임무의 경우 비행체의 대기를 헬륨-산소로 채워서 운용할 수 있으며, 이를 통해서 27킬로그램을 줄일 수 있다. 운용 중에 페이로드 격실을 비웠다가 가압하는 전형적인 임무는 선실 체적의 3배에 해당하는 공기를 싣고 가야 하기 때문에, 전체적으로 77킬로그램 이상을 절약하는 셈이다. 먼 미래에는 대부분의 비행체가 우주 정거장과 도킹하게 될 것이고 펌프질로 남은 공기를 우주 정거장에 보낼 수도 있을 것이다. 1킬로그램당 22만 원이라고 가정하면 50킬로그램의 공기는 궤도상에서 1,100만 원의 가치를 갖게 되는 것이다.

음식물로는 접이식 물병, 타 먹는 가루 음료, 막대 모양 과자와 그래놀라, 과일, 샌드위치가 있었다. 공기를 회수하는 흡입구 위에 표면에 구멍이 나 있는 테이블을 올려서 식사 중에 음식물 부스러기들이 우주선 내부의 구석까지 퍼져 나가지 않도록 했다. 그러나 표준 궤도 비행은 하루에 불과하므로 음식이 주된 걱정거리는 아니었다.

그러나 미래의 불확실성에 대비해서 뭔가 색다른 것을 준비해 둘 필요는 있었다. 포사이스는 남극 탐험가들이 눈썰매로 싣고 다니던 배급량에 늘 관심을 갖고 있었다. 무게가 매우 결정적인 상황이었기 때문에 이들은 배급품을 주로 지방과 건조된 육류로 구성했다. 우주에서도 긴급 상황에서는 이와 유사한 배급품이 필요할 것이다. 물과 공기는 비교적 간단하게 재생할 수도 있으나, 먹거리는 당분간 가져갈 수밖에 없는 것이다. 중량 측면에서는 지방이나 기름이 가장 효율적인 식재료이다. 1킬로그램의 오일은 8,000킬로칼로리를 내는 반면, 1킬로그램의 전분이나 사탕은 3,000킬로칼로리를 낸다. 북극과 남극 탐험가들은 지방에 크게 의존한 식단 때문에 치질이란 직업병을 걱정할 수밖에 없었다. 그래서 승무원 시스템 그룹은 오일 함유량이 높으면서도, 장기적인 건강을 위해서 우주인의 영양학적 필요성을 충족하는 충분한 섬유질, 무기질, 기타 첨가물 등이 포함된 배급품을 개발해 왔다. 최소한 입에 맞으면서도, 포장을 포함해도 무게가 340그램 미만이고, 2,200킬로칼로리를 충족하는 하루 치 배급품을 개발하는 것이 이들의 목표였다. 이 배급품들을 페이로드의 균형을 잡기 위한 무게 추로 사용할 수도 있었다. 그리고 경량화된 배급품은 낮은 비용으로 궤도에 올릴 수 있었다.

　　유인 시스템은 당연히 화장실이 필요하다. NASA가 우주 왕복선에 화장실을 넣는 과정에서 직면했던 문제점들을 들어 알고 있었기에, 나도 누구나 하는 그 질문을 할 수밖에 없었다. "DH-1의 승무원들과 승객들은 우주에서 어떻게 화장실을 가나요?"

　　밥이 대답했다. "짧게 답하자면…… 약간 불편할 것입니다.

사실 지상에서는 중력 때문에 화장실 작동이 손쉬운 편입니다. 그렇죠? 중력이 있어 오물을 오물통에 손쉽게 보낼 수 있고, 오물이 물통 밖으로 나가지 않도록 할 수 있습니다."

밥의 얘기를 들어 보니, 오물 제거에 얽힌 우주 활동의 과거사가 그리 아름답지만은 않았다. 첫 우주비행의 카운트다운 상태에 들어간 앨런 셰퍼드가 대기 시간이 길어지는 바람에 우주복에 오줌을 쌀 수밖에 없었던 일, 아폴로 우주선에서는 엉덩이에 접착제로 붙이는 배변용 플라스틱 봉지를 써야 했던 일, 그리고 우주 왕복선의 악명 높은 변기에 이르기까지…… 이런 이야기들을 듣고 나니 우주 관광을 갈 희망에 부풀어 있다가 상당히 당혹스러운 기분이 들었다.

밥은 NASA가 우주 왕복선의 변기를 처음 설계했을 때 일화를 들려주었는데, 말 그대로 '똥이 분쇄기 팬을 친' 이야기였다. 우주 왕복선의 변기는 고체 오물을 분쇄시켜서 변기의 벽면으로 보내는 방식으로 작동했는데, 이 벽면에 오물을 모아 두고 건조했다. 불행하게도 다음번 사용자가 변기를 사용하자 배설물이 분쇄기의 팬을 치면서 팬에 얼어붙어 있던 건조된 약간의 물질을 변기 밖으로 토해 냈다. 우주선 선실의 높은 습도 덕분에 배설물은 우주선 내부 표면에 전체적으로 깔려 버렸다. 정말 좋지 않은 상황이었다! 흡착성이 매우 좋은 기저귀 같은 소재를 변기에 추가해서 이 소재로 공기를 여과하여 오물을 수거함으로써 이러한 상황을 극복할 수 있었다.

오줌은 제거용 튜브와 오줌 봉지를 사용하면 비교적 간단하게 해결할 수 있어서, 다루기 쉬운 문제에 속했다. 머큐리의 준궤도 비행과 앨런 셰퍼드가 겪은 불쾌한 경험 이후로, 우주복에 제거용 튜브와 오줌 봉지를 갖추게 되었다. 이후에 등장한 우주복 모델과 AM&M의 우주복 모델은 요실금을 앓는 성인들이 사용하는 것과 유사한 초흡착 기저귀로 튜브와 봉지 시스템을 대체했다. 이와같은 변화가 남녀 우주인들 간 평등을 강요하기 위한 조치처럼 보일 수도 있지만 사실은 소변 봉지가 뜯어질 가능성을 제거하려는 의도로 이루어진 것이었다. 결과적으로 오줌을 헬멧에 묻힌 채 선실로 돌아가는 상황만은 막아 냈다.

DH-1 발사체의 변기는 간결함 그 자체였다. 이 변기도 초강력 흡착제 기저귀를 사용했고, 거기에 냄새 제거용 목탄을 함께두었으며, 올바른 방향으로 오물을 보내기 위해서 공기순환 시스템의 진공 부위에 변기를 연결했다. 사용한 기저귀는 매번 돌돌 말아서, 아기용 기저귀를 봉지에 넣듯 밀봉했다. 미래에는 비행 시간이늘어날 것이므로 분명 더욱 경량화된 해결책이 필요할 것으로 보이지만, 현재로서는 이 시스템이 간결하고 효과적이었다. 비용도 저렴한 편이었다. 개발 비용이 1억 원에 훨씬 못 미쳤다.

밥이 결론을 내렸다. "그러니 이제 아시겠지만, 초창기 시절에 비하면 상황이 많이 좋아진 겁니다. 집에 있는 화장실만큼이야쾌적하지 않지만 우주여행을 가려고 하면 아주 불쾌하지 않은 선에서 화장실을 이용할 수 있는 것입니다."

나는 살짝 확신이 없는 어조로 대답했다. "아주 나쁜 상황은 아닌 것 같네요."

17장

발사체의 판매

시뮬레이터에 탑승해 보고, 밥 맥닐리를 만나 우주복과 승무원 시스템에 대한 이야기를 들은 다음에는 포사이스와 톰이 사전에 접촉해 온 정부 관료, 항공우주 기업 경영인, 제작사 대표, 공군 장성, 우주열광자 단체 등을 방문하는 자리에 동행했는데, 2주간 말 그대로 지구를 한 바퀴 돌았다. 이것이 포사이스식 마케팅 전략의 1단계였다. 비행 하드웨어가 없는 상황에서 사람들은 AM&M을 잘 믿지 못했다. 포사이스도 구매 계약서에 서명할 사람이 금세 나타나리라 예상하진 않았다. 그러나 포사이스는 믿음의 씨앗이라도 심어 둘 작정이었다. AM&M에게는 흥미로운 발표 자료와 매력적인 이야깃거리와 화려한 파워포인트 슬라이드가 있었다. 공군 장성들, 정부 관료들, 입법기관 의원들과 행정부서 공무원들, 제작사 대표들, 항공우주 기업의 경영인들은 돈이 들지 않는 한 이들의 이야기를 귀담아들을 의지가 있어 보였다. 포사이스의 의도는 AM&M이 목표를 달성했을 때, 관련 업계 종사자들이 이러한 성공을 뒤에서 뒷받침하고 있는 공학기술을 신뢰할 수 있도록 미리부터 AM&M의 기술적 접근법을 공유하려는 것이었다. 신뢰를 얻으려면 말을 삼가고 다소 보수적으로 접근하며 약속한 바를 반드시 지켜야 했다.

포사이스는 다음번 경제성장의 중요한 견인차 역할을 우주 산업 분야가 해낼 것이라는 공감대를 점증적으로 형성해 나가는 한편, AM&M과 DH-1 발사체가 대중에게 우호적으로 인식되게 만들 계획이었다. 뒤처지지 않으려면 인기 절정의 우주라는 마차에 올라타야만 한다고 모두들 공감하길 바랐다. 철도에서부터 개인 컴퓨터, 하드디스크 그리고 인터넷에 이르는 신산업들이 이런 심리 덕분에 투자금을 끌어들일 수 있었으며, 포사이스도 미래 고객들이 발사체의 구매 계약을 진행할 자금을 내놓을 즈음에는 사람들 사이에 이런 공감대가 형성되어 있기를 희망했다. 우주 분야의 신산업에 발을 담그려는 이들에게 DH-1 발사체의 구매는 기본 중 기본으로 여겨져야 할 텐데, 우주산업이 수년간 지글지글 소리만 나고 먹을 게 없는 스테이크와 비슷한 처지에 놓여 있는 것이 문제였다. 포사이스는 우주산업의 성장 사이클이 다른 신산업 분야와 유사할 것으로 봤다. 사람들의 기대치가 높아지고 웅성거림이 늘어나면 투자금을 유입할 수 있게 될 것이고, 이는 공급 물량의 급속한 증가로 이어질 것이며 마침내는 장기적인 성장을 주도할 회사가 나머지 기업들을 정리해서 통합할 것이다. 우주 사업이 앞으로 수십년 동안 수익성이 있을 수도 있고 그렇지 못할 수도 있다. 그러나 대부분의 참여자들이 수익성을 갖지 못하는 상황이어도 신산업은 고성장의 기회를 제공하기 때문에 경제적인 차원에서 나름 중요할 수 있다. 수많은 사람들이 광대역 통신 분야처럼 거금을 잃을 수도 있는 것이다.

포사이스는 줄타기 곡예를 하는 마음으로 발표 자료를 만들고 있었다. 이 벤처기업이 성공을 거두게 되면 항공우주 산업 전체가 거꾸로 뒤집힐 것이고, 정부와 계약을 맺고 진행 중인 기존 사업이 취소되어 수조 원에 이르는 세금이 낭비되는 결과를 초래할 수 있는 것이다. 사람들이 발표 자료에 적힌 내용이 실현 가능성이 높다고 보기 시작하면, 항공우주 종사자 중 일부는 정치적, 경제적, 법적 조치를 취하거나 아니면 단순히 경쟁을 해 보고 싶어 할 수도 있는데, 이러한 상황이 AM&M에게 이로울 리 없는 것이다. 항공우주 산업 분야의 마케팅 전문가는 수조 원이 걸려 있는 상황에서 대기업들이 마치 덩치 큰 소년처럼 거칠게 나올 거라고 포사이스에게 조언했다. 만일 AM&M의 사업이 성공한다면, 그래서 우주 사업에 나서는 기업이 늘어나고 자금도 새로 유입된다면, 지금껏 낭비한 것으로 치부되던 세금이 오히려 소소하게 보이게 될 거라고 포사이스는 확신했다. 오늘의 주전 선수가 내일도 선발로 뛰게 될지는 보장할 수 없는 법이다. 포사이스의 경험에 의하면, 사람들은 상대가 그들에게 무엇을 가져다줄지를 생각하기보다는 상대방에게 무엇을 빼앗길지에 대해 더 우려한다.

그래서 존 포사이스는 사람들이 관심을 보일 내용으로 발표 자료를 채웠다. AM&M의 연속적인 성공과 그 가치를 인정받기 위해 필요한 기초를 깔아 놓고, 기존 시스템과 기관들에 미칠 부정적인 영향은 축소해서 보여 주었으며, '높으신 분들'이 제안된 개념을 믿고 싶지 않아 해도 개념 자체를 퇴짜 놓을 수는 없도록 지나치게 세세한 부분은 포함시키지 않았다. 항공우주 경영진들과 정부 관료들은 대체로 보수적이다. 지금껏 수많은 기업들이 월가, 산업계, 정부기관 앞에서 새로운 설계라는 '페달'을 밟아 가며 열심히 '퍼레이드'를 펼쳤기 때문에, 새로운 발사체 기업이 나타나 참가 명단에 이름을 올리고 대단한 결과를 만들어 낼 거라고 쉽사리 믿지 못했다. 포사이스는 DH-1의 성공을 적대시하는 사람들의 근시안적 비전이야말로 성공의 개연성과 그로부터 흘러나올 결과들을 제대로 간파하지 못하도록 만들 것이라고 내심 기대하고 있었다. 이들은 AM&M과 DH-1의 성공이 이미 증명되어서 싸움 자체를 가치 없게 만들기 전까지는 방해 전략을 활발하게 펼칠 만한 동기를 찾지 못할 터였다.

포사이스와 톰은 이번 여정에서 정부기관, 공군, 항공우주 산업체를 대상으로 기대치를 높이고 관심을 키우러 다녔고, 도움이 될 만한 국제 기업과 제휴를 맺는 작업에도 노력을 기울였다. 시간이 흘러 일본, 중국, 인도, 프랑스, 영국 등에 발사체를 팔 때쯤 되면, 이 국가들은 자국 내에서 이미 발사체 개발에 상당한 투자가 이루어졌음을 알고 성공에 대한 위험부담을 느끼게 될 것이었다.

판에 박힌 관점으로 보면 분명 우스꽝스러워 보이는 AM&M 발사체의 특징이 '잠자는 거인들'을 깨우지 않으려는 포사이스의 전략에는 도움이 되었다. 일단 페이로드 수용 능력이 낮은 편이었다. 기존의 주요 페이로드 중 어떤 것도 궤도에 올릴 수 없었으며 첨단 기술이라고 하기에도 부족한 부분이 많았다. 고도로 정교한 부품과 시스템을 갖춘 고성능 극초음속 비행기나 우주 왕복선과 같이 수십 년 전에 개발된 시스템과 비교해도, DH-1은 작고 단순해 보였고, 심지어 '원시적'인 시스템으로까지 보였다.

2조 원 이상의 예산을 받은 NASA의 2단형 유익(有翼) 발사체는 예비설계 단계로 접어들고 있었다. 이 비행체의 1단은 유익 궤도선을 발사하기 위해서 대기를 급상승해서 빠져나오기 전에 마하수 6으로 비행할 예정이었다. 이 비행체에는 새로운 기술들이 넘쳐났으며 NASA는 저비용, 고신뢰성, 안전성의 강화를 약속하고 있었다. 아음속 풍동에서 극초음속 풍동에 이르기까지 미국의 모든 주요 풍동시설이 이 사업에 쓰이고 있었고, 모든 항공우주 대기업 및 연구기관, 많은 중소기업이 이 사업에 참여하고 있었다. AM&M이 우주에서의 작업 방식을 완전히 바꿔 놓을 재사용 발사체를 성공적으로 제작할 것인지를 진지하게 고민하느라 많은 시간을 보내는 사람은 없었다.

포사이스는 최근 들어 NASA가 진행한 계약과 개발 프로젝트는 지금까지 서너 차례에 걸쳐 재앙적 수준으로 실패한 차세대 발사체 개발 사업의 전철을 따를 것이라고 봤다. 이들 중 가장 터무니없는 프로젝트는 의심할 것도 없이 1980년대 중반에 등장한 NASP 프로젝트였다. NASP 프로젝트는 제대로 된 실물 모형조차 만들지 못하고 3조 원을 써 버렸다. 이러한 일은 다음과 같은 과정으로 일어나는 것으로 보였다. 몇몇 기술을 개발하고, 그 과정에서 한두 가지의 장애물을 만나면 사업에 더 이상 돈을 낭비하지 않기로 결정하고, 다른 옵션들을 고려하기 위해서 프로젝트에서 손을 뗀다. 포사이스는 이들이 손을 떼는 단계에 이를 때 본인의 DH-1 발사체를 데뷔시켜서, 특이하면서 미래지향적인 2세대, 3세대 또는 4세대 재사용 발사체에 대한 탐색 연구를 종식시켜 버리려 했다. 톰은 NASA의 최신 시도가 몇몇 흥미로운 기술을 개발해 낼 것으로 봤다. AM&M은 본인들의 전략에 맞는 정도로만 이러한 기술을 자유롭게 주워 담으면 그만이었다.

나와 존 포사이스는 프랑크푸르트 공항 바에서 두 번이나 지연된 비행 편을 기다리고 있었다. 칵테일을 손에 든 채로, NASA에서 개발 중인 발사체가 《에비에이션 위크》 최신판 표지에 실린 것에 대해 이야기를 나누었다. AM&M 사람들은 이 사업이 저비용 재사용형 실용 발사체를 개발하지 못할 것으로 확신했는지는 몰라도, 난 무슨 이유로 NASA가 과거에 했던 일들을 더 이상 하지 않는지 궁금해졌다. 새로운 발사체가 얼마나 훌륭한지, 얼마나 싸게 만들 수 있는지, 어떻게 사람들이 NASA가 개발한 발사체를 기다렸다가 구매하거나 날릴 수 있는지 같은 장밋빛 이야기가 들려오지 않았던 것이다.

존 포사이스는 말했다. "음⋯⋯. 아마도 다시 그렇게 해 보려고 노력할 것입니다. 그러나 사람들은 쉽사리 NASA를 믿으려 하지 않을 것입니다. NASA가 놀라운 기술적 업적들을 달성해 낼 능력을 지닌 것에 대해선 의심하는 사람이 드문 반면, 국제 우주 정거장의 과도한 비용은 여전히 논란거리가 되고 있어요. 우주 발사체 관련 물품을 구매해 본 사람이라면 누구나 당연하게 여길 텐데, NASA 또는 NASA의 협력업체가 뭔가를 제삼자에게 판매하는 일 자체는 거의 불가능에 가깝지요. 이런 상황은 우리에게 유리하게 작용할 것입니다."

이번 여정을 우리와 함께한 크리스 톰발이 돌아와 비행 편이 방금 또다시 지연되었음을 알려 주었다. 그래서 우리는 한 잔 더 하기로 했다.

술을 받아 들고는 내가 물었다. "그렇겠죠, NASA는 비행체를 판매할 수 없을 겁니다. 하지만 협력업체들이 비행체를 판매할 수 없다고 보시는 이유는 뭔가요? 그들도 결국 민간기업인데요."

톰이 목소리를 높였다. "정부 계약은 비용 지불을 원칙으로 합니다. 바로 이 점이 장애가 될 것입니다. 이것이 제가 첫 직장에서 처음으로 배운 항공우주 산업의 특징입니다. 나이 드신 선배님에게 항공우주의 구매 시스템에 대해서 설명을 들었는데, 얼핏 듣기에도 이 조달 시스템은 너무나 많은 사람을 필요로 하는 것처럼 보였습니다. 그러다 보니 비용이 필요 이상으로 높아졌지요. 그 선배님은 저를 한쪽으로 데려가, 제2차 세계대전 동안 몇몇 항공기 제작업체들과 방위산업체들이 어떻게 큰 이윤을 남겼는지에 대해서 알려 줬습니다. 일반 대중과 국회는 나중에 이러한 일을 용납하기 어려워했고 그래서 그 이후로 정부는 물건에 대해 합리적인 비용에 '적은' 이윤을 더해서 지불하고 그 이상은 지불할 수 없도록 결정해 버린 것입니다."

대부분의 경우 군의 조달 정책이 항공우주 구매 시스템에 깊이 뿌리내리고 있기 때문이라며 톰은 설명을 이어 나갔다. 기업들이 이윤을 추구하기 위해서 비용을 조정한 것이 문제가 되었다. 이윤 조정을 의도했던 구매 시스템이 실제 비용을 낮추는 데 가장 효율적인 이윤 추구라는 수단을 제거해 버린 셈이었다. 비용에 이익을 추가하는 시스템에서는, 기업이 제작 대상의 비용을 두 배로 늘리면 이윤도 두 배로 키울 수 있기 때문이다. 방위산업에서는 특히 이 방법을 적용하기가 수월했다. 단지 다양한 요구조건과 규정, 예비 품목, 정부와 일을 하다 보면 저절로 따라오는 과도한 서류 작업 등을 저항 없이 받아들이기만 하면 되는 것이다. 물론 정부도 중요한 일을 서둘러 할 필요가 있을 때에는 스컹크워크와 같은 조직을 활용했는데, 누가 보수를 잘 받았다느니, 어떤 회사가 엄청난 이윤을 냈다느니 하는 이야기들을 비밀에 부친 상태에서 대중의 눈을 피해 진행했다. 스컹크워크는 상대적으로 낮은 비용으로 놀랄 만한 업적을 이뤄 냈다. 그러나 1990년대 후반에 이르자, 스컹크워크가 모회사의 '통상적'인 사업부에 흡수되어 버렸다. 그 후로 정부는 항상 무언가의 비용을 지불했지 실제 가치를 지불해 본 적이 없었다.

　　노스롭[134]의 CEO가 젊은 톰에게 이 구매 시스템이 갖는 또하나의 문제점을 설명해 주었는데, 1980년대 이 회사는 경전투기 F-20을 미 공군과 동맹 국가의 공군에 팔려고 했었다. 신제품을 개발해서 정부에 팔려고 하면 정부는 제품 한 개에 들어간 비용을 지불하려고 한다. 그러나 양산 라인에서 처음으로 생산된 전투기에는 1,000억 원의 비용이 들어가는 반면에 100번째 전투기에는 150억 원이 들어갔다. 정부는 처음에는 1,000억 원을 지불하고 나중에는 대당 150억 원을 지불하는 방법을 만족스럽게 여겼다. 그러나 해외 고객들이 200억 원의 가치가 있는 비행기에 1,000억 원을 지불하려 들지 않는 것은 당연한 일이었다.

　　처음 생산된 전투기의 가치가 1,000억 원이 될 리는 절대 없다. 단지 비용이 1000억 원이었을 뿐. 그러나 대부분의 신상품은 이와 같은 특징을 가진다. 조립 라인을 처음으로 빠져나온 자동차는 100번째 또는 100만 번째 차에 비해서 그 비용이 훨씬 높다. 이 때문에 최고급 스포츠카는 가족용 세단에 비해서 10배 또는 20배의 비용을 들여서 제작해야 하는 것이다. 노스롭이 경전투기 F-20을 해외에 팔고 싶어 했을 때, 이들은 그 비행기의 값어치에 해당하는 가격을 요구할 수 있을 뿐이었다. 그러나 만일 미국 정부가 이 비행기를 사려고 한다면(새로운 경전투기를 세상에 내놓으려면 반드시 미 공군에 팔아야 하기에), 정부는 규정 때문에 다른 누군가는 200억 원

---

[134] Northrop. 미국의 대표적인 항공우주 및 방산업체.

에 사고 있는 품목을 1,000억 원을 지불해야 살 수 있는 것이다. 이것이 그 유명한 소설 『캐치-22』에 등장하는 모순이다. 이미 성숙한 제품을 생산하는 사업은 제품 가치 이하의 비용으로 생산이 가능하기 때문에, 비용을 기반으로 하는 구매 시스템이 효과적일 수 있다. 그래서 미국 정부는 동일한 경전투기에 대한 시장 가격에 맞추거나 그 이상의 가격에 제품을 구매해서 기업에 합리적인 이윤을 보장해 줄 수 있었다. 그러나 새로운 구매 시스템하에서는 해외 또는 심지어 미국의 다른 정부기관에 정부의 주요 고객이 지불하고 있는 것보다 낮은 가격에 팔 수 없었다! 육해공군의 장성들이나 국회의원들은 이런 행위를 용납하지 못하니까! NASA가 새로운 재사용 발사체를 만들어 내고 이 발사체의 가격대가 괜찮다고 해도, 한동안 실제 가치의 몇 배에 해당하는 비용이 들어갈 것이다. 게다가 만약 4~5기 이하로 발사체를 제작한다면, 이와 같은 고비용 구조가 계속될 수 있다. 판매 가격을 소요된 비용에 비해 현저히 낮게 책정한다면, 현재 정부의 조달 환경에서 이러한 발사체를 판매하는 것은 그저 불가능한 일이었다.

NASA가 처음 생산한 비행체, 심지어는 다섯 번째 또는 열 번째 비행체를 그 가치에 비해서 낮은 비용으로 만든다고 주장해도 아무도 믿지 못할 것이다. 그리고 기술적으로 정교한 2단형 극초음속 유익 발사체는 5개를 만들건, 100개를 만들건 관계없이 본질적으로 상당 수준의 기초 인프라를 필요로 할 것이기 때문에, 제품 하나에 들어가는 비용이 올라가기 마련이다. 30년간 상용 서비스를 제공한 초음속 여객기 콩코드는 22대의 비행기를 개발하고 제작하기 위해 지금의 가치로 70조 원을 쏟아부었는데, 들어간 비용에 비해서는 큰 가치를 창출하지 못했다. NASA와 협력업체들은 뭔가를 경쟁력 있는 가격에 제공할 수 있을 것으로 보이지 않았다. 사실 상상조차 하기 어려운 상황이었다. 일본인들이 소형 유익 재진입 비행체를 소모형 발사체 1단에 올려 쏘려는 시도를 수행하기 일보 직전이고, 프랑스와 중국도 비슷한 비행체를 준비 중이며, 러시아도 그다지 많이 뒤처져 있지 않은 상태인데, 이런 방법으로 얻을 경제적 이득은 전혀 없어 보였다. 유익 재진입 비행체를 소모성 1단 위에 올려서 쏘는 것은 유인 우주비행을 매우 제한할 뿐만 아니라 유용한 탑재량을 4분의 1 또는 7분의 1 수준으로 줄여 버리기 때문이다.

포사이스도 처음 생산된 DH-1의 비용이 고객들이 지불할 의사가 있는 가격보다 낮을 것으로 예상하지 않았다. 그의 설명에 의하면 바로 이런 점 때문에 미국 정부에 발사체를 판매하기 위해서 완전히 독립된 별도의 회사를 설립하겠다는 것이다. 정부는 제품 카탈로그에 나와 있는 가격으로 구매하는 시스템을 사용하고 있다. 정부의 사양에 맞춰서 제품을 제작하거나 수정할 때 조달 관련 법규를 따라야 하는 것이다. AM&M은 군납/관납 업체들과 일정 거리 이상을 둔 덕분에, 연방정부의 조달 규정(FAR)에 얽맬 필요가 없었다. 포사이스가 설립할 이 두 번째 회사가 AM&M으로부터 발사체를 구매할 것이고 그러고 나서 정부가 원하는 대로 발사체를 수정하든지, 특수 장비를 추가하든지, 군의 요구조건에 맞추는 등의 작업을 수행한다는 것이다. 맞춤 작업을 완료한 이 독립 법인은 발사체, 추가된 장치들, FAR을 준수하는 데 필요한 부가적인 서류들을 정부에 팔면 되는 것이다. 이 기업이 AM&M의 자회사일 필요도 없었다. 포사이스는 연방정부에 DH-1을 되파는 작업에 참여하려는 모든 기업에 발사체를 팔 생각이었다. 궤도상 응급 구출, 궤도상 쓰레기 제거, 지구정지 궤도상의 교통관제 등과 같이 유용하고 흥미로운 일들이 여럿 있었지만, 발사체의 구매를 지지할 충분한 수입원이 될 것 같아 보이지 않았으므로, 이러한 기능은 정부가 담당하는 것이 타당할 것이었다. 정부가 나서서 이런 기능을 하면 모두가 만족할 것으로 보였다. 그러므로 포사이스는 미국 정부에 한두 대 이상의 발사체를 팔려고 했다. 그러나 AM&M은 미국 정부에도 다른 모두에게 팔고 있는 것과 동일한 가격으로 판매할 예정이었다. 존 포사이스는 이로 인한 이윤이 정부가 합리적이라고 여기는 수준의 이윤을 훨씬 넘어서게 될 것으로 희망하고 있었다.

착륙용 엔진

해외 전시회에 참가하고 돌아온 포사이스와 톰은 잠깐 쉬고 나서 캘리포니아 모하비 사막으로 날아갔다. 톰이 꾸려 놓은 소규모 팀이 그곳에서 1단 착륙용 제트엔진을 개발하는 중이었다. 로켓엔진이 장착된 DC-X 발사체가 수직착륙에 성공한 것은 오래전 일이었고 그 이후 등장한 일본의 RVT 사업[135]도 이 방식을 적용했으므로, AM&M의 1단 프로토타입도 기술 성숙도가 높고 구매가 가능한 로켓엔진을 착륙 방식의 베이스라인으로 삼고 있었다. 이제 1단 회수 비행의 신뢰성을 좀 더 보강해 줄 제트엔진의 개발에 나선 것이었다.

1단 프로토타입은 추력 구간과 무추력 구간을 거쳐 고도 105킬로미터에 도달했다가 다시 내려오는 길에 예상치 못한 바람을 만나더라도 예정된 궤적에서 횡방향으로 1.6킬로미터를 벗어나지 말아야 로켓엔진을 써서 발사 지점으로 돌아올 수 있다. 이러한 특성 때문에 온화하고 바람의 변동이 없는 기간에만 발사체를 운용할 수 있다. 궤적 담당자는 케이프커내버럴의 날씨가 연중 20퍼센트 정도의 기간 동안 이런 조건을 만족한다고 분석했고, 계절에 따라 좀 달라지긴 하겠으나, 전 세계적으로는 연중 30~40퍼센트 기간이 이 발사 조건을 만족한다고 예측했다. 로켓엔진을 사용하면 연중 20~40퍼센트에 해당하는 기간 동안에도 착륙 지점을 벗어날 확률이 3~5퍼센트였기 때문에, 발사 운용을 발사 안전 반경이 넓거나 인구 밀도가 낮은 장소로 제한해야 했고 직경 5~8킬로미터의 넓은 착륙 패드를 필요로 했다.

---

[135] Reusable Vehicle Testing. 일본의 재사용 발사체 연구 개발 사업.

그런데 흡기식 제트엔진이 달린 발사체의 비행 시뮬레이션을 돌려 보면, 대부분의 발사장에서 바람 상태에 관계없이 발사체를 운용할 수 있고 높은 회수 확률을 확보할 수 있었다. 이 때문에 포사이스는 터보팬 엔진이 장착된 착륙 시스템의 개발에 관심을 갖고 있었다. 하지만 발사체를 궤도에 올리는 목표에 집중하고 있었기 때문에 지금 당장 효율과 운용의 편리함을 쥐어짜려 하지는 않았고, 앞으로도 당분간은 로켓엔진을 착륙장치로 사용할 계획이었다. 로켓엔진을 착륙장치로 사용한다고 해서 발사체 판매에 문제가 될 리는 없었지만, 장기적으로 발사 빈도를 높여 비용을 1킬로그램당 40만 원 이하로 내리려면 제트엔진처럼 운용성이 높은 착륙 시스템이 필요했다.

두 가지 방식은 엔진 연소의 지속 시간에서 차이를 보였다. 지속 시간이 길면 길수록 원하는 착륙 지점으로 돌아올 확률도 그만큼 증가했다. DH-1 발사체는 남아 있는 추진제로 약 30초 동안 착륙용 로켓엔진의 추력을 확보할 수 있었다. 발사체가 내려오다가 바람이 불어 예상 경로를 지나치게 벗어나게 되면, 30초 동안 추력을 내뿜어도 착륙 지점으로 돌아올 수 없었다. 엔진 연소의 지속 시간은 매초 소모되는 추진제 중량 중 1킬로그램의 추진제가 생성하는 추력 값이며, 추진제와 엔진의 조합이 만들어 내는 비추력(Isp)으로 볼 수도 있다. 과산화수소 단일추진제 엔진의 비추력은 160초이며, 재점화용 액체산소-메탄 엔진의 비추력은 해수면 기준으로 280초였다. 그런데 흡기식 엔진은 4,000초 정도의 성능은 쉽게 달성할 수 있고, 적절한 바이패스 비율을 갖춘다면 이 성능이 10,000~15,000초에 이를 수 있었다. 그래서 DH-1의 과산화수소

로켓엔진을 30초 동안 운용할 추진제 중량을 탑재한 흡기식 엔진은 20~60분 동안 추력을 낼 수 있으며, 연료를 절반만 채우더라도 10분간 연소를 지속할 수 있었다. 심지어 추진제를 16분의 1만 실은 경우에도 착륙이 가능해 보였다. 발사체는 제트엔진의 지속 시간에 힘입어 목표 지점을 16~32킬로미터 벗어나고도 착륙 지점으로 날아올 수 있었다. 제트엔진을 이용하면 바람이 계속해서 초속 18미터로 불거나 돌풍의 속도가 초속 26미터에 이르러도 발사 운용이 가능했다. 케이프커내버럴은 연중 90퍼센트에 해당하는 기간 동안 발사 운용을 할 수 있고, 대부분의 발사장은 95퍼센트의 기간 동안 바람 조건을 만족했다.

흡기식 엔진은 추력대중량비(TWR)가 낮은 것이 단점인데, 비행을 하려면 로켓엔진과 동일한 수준의 최대 추력을 내야 하므로, 추력대중량비가 낮은 만큼 엔진이 무거워진다. AM&M 모하비 팀은 개발비용과 발사체의 중량을 종합적으로 고려해서, 비추력이 8,000초, 추력대중량비가 15인 제트엔진 정도면 단기간에 개발해 볼 만하다고 생각했다. 이들은 프랫앤드휘트니에 기존 엔진을 개량한 고성능 버전을 요청했으나, 납품까지 꼬박 3~4년이 걸릴 것으로 보였다. 여기에 들어갈 개발 비용이 제한된 AM&M의 상황이 문제였다. AM&M과 프랫앤드휘트니는 엔진의 개발비용을 30 대 70의 비율로 나누기로 합의했다.

톰은 착륙과 발사 운용 면에서 흡기식 제트엔진의 강점을 인지하고 나서, 해발고도가 높은 지점에 발사장을 짓는 아이디어의 득실을 다시 한 번 따져 보았다. 발사장을 적도에 위치한 페루 안데스 산맥의 해수면 기준 고도 5.1킬로미터에 건설하면 이론상으로 유리한 부분이 있었다. 고도 5.1킬로미터에서는 대기밀도가 절반으로 떨어지므로 항력에 의한 손실이 그만큼 줄어들고, 노즐 후방의 압력이 낮아지니 1단 엔진의 비추력도 그만큼 올라간다. 엔진의 성능을 높여 사용할 수 있는 것이다. 이와 같이 높은 고도에서 발사체를 운용하면 로켓엔진을 쓰는 착륙장치의 성능을 개선할 수 있으나 흡기식 착륙장치는 떨어진 밀도 때문에 그 효과가 반대로 나타날 수 있다.

톰은 다음번 인터뷰에서 성능분석 그룹이 만들어 낸 숫자들을 하나하나 설명해 주었다. 고고도 발사장을 가정하고 로켓엔진을 착륙장치로 사용하는 발사체를 최적화하면, 이 고고도 운용은 페이로드 중량을 10퍼센트 미만으로 늘려 준다. 그러나 발사 운용을 이처럼 외진 곳에서 하면 물류비용을 감당할 수 있을지 의심스러웠다. 물론 해발고도가 1.5킬로미터인 콜로라도 주 덴버에 발사장을 지으면 얼마간 이득이 있을 것이다. 그러나 굳이 DH-1의 발사장을 덴버에 건설해야만 할 정도로 이득이 큰 편은 아니었다. 더구나 흡기식 착륙장치의 경우에는 고고도에서 발사 운용을 하면 확실히 손해가 난다. 덴버에서 운용을 하면 물 분사기를 써서라도 착륙용 제트엔진의 추력을 끌어 올려야 한다.

현재 설계 단계에서, 모하비에 가져다 놓은 프로토타입 1단은 양산용 발사체와 동일한 수준의 중량 특성 값과 추력을 갖고 있어서 실험 항공기 면허로 이 시험발사체를 운용할 수 있었다. 시험발사체와 양산용 발사체의 차이점은 제트엔진의 무게가 3배이고 제트엔진의 연료 소모율이 실운용 DH-1 발사체가 요구하는 수준의 2배라는 것뿐이었다. 모하비 팀은 보잉737용 엔진(5.7톤으로 추력을 낮춘 프랫앤드휘트니의 JT8D-15 터보팬 엔진)으로 개발되었으나 사용되지 않고 있던 것들을 시험발사체용으로 접수했는데, 소음경감 3단계 규격을 통과하지 못해서 장기간 먼지를 뒤집어쓴 채 방치되어 있었기 때문에 저렴한 값에 사 올 수 있었다. 처음에 시험비행 조종사는 점진적으로 짧게 점프했다 착륙하기를 몇 번 하더니, 13.5킬로미터로 '급상승'하는 시험에도 도전했는데, 이때 4개의 엔진 중 2개는 점화된 상태를 유지했고 나머지 2개는 꺼 놓고 있다가 내려오면서 재점화했다. 이들은 재점화 과정에서 약간의 어려움을 겪었다. 모하비 팀은 이 엔진 하나를 고고도 시험장치에서 돌려 보고 난 후, 고도 10.5킬로미터에서 TEB[136]를 분사하면 재점화의 신뢰도가 올라가는 것을 확인했다.

이들은 이 분사 방식을 사용해 1단을 고도 15킬로미터의 연소 정지 시점까지 날아 올렸으며, 이어서 엔진 4기를 고도 7.5~9.0킬로미터에서 재점화하는 데 성공했다.

엔진 재점화 시스템에 발생한 문제점들은 비행시험을 통해서 해결했으며, 그동안 신규 시스템에 늘 있기 마련인 비행제어 시스템의 버그 또한 잡아낼 수 있었다. 아폴로 계획에서 개발된 착륙용 제트엔진이 달린 달 착륙 훈련기는 수직 착륙용 비행제어 시스템에 숨어 있던 결함 때문에 위험한 훈련기라는 오명을 입었었다.

한편 모하비 팀원들은 비행시험을 통해서 발사체의 지상 운용 및 유지보수와 관련된 유용한 경험들을 쌓아 가고 있었다.

---

136 Tri-Ethyl-Borane. 액체상태의 자연발화성 탄화보론 화합물.

19장

우주수송

케이프커내버럴로 돌아온 나는 수화물실과 선실이 제대로 구현된 궤도선의 실물 모형을 구경하러 갔다. 스스로를 물류 엔지니어라고 소개한 제니퍼 패터슨은 수화물 지원 시스템을 책임지고 있었는데, 실물 모형을 보여 줄 준비가 되었노라고 전화로 알려왔다. 그곳에 도착해 현장에 있는 제니퍼와 인사를 나누었다. 그녀는 고등학교를 졸업하고 미 공군에 입대했으며 엔지니어링 학위를 따러 학교로 돌아가기에 앞서 걸프전에 참전해 C-141[137]의 수송을 담당했다. 제니퍼는 궤도선의 내부를 궁금해하는 나를 실물 모형으로 안내했다.

제니퍼가 말했다. "꽤 멋지지요? 비행체의 나머지 부분은 이 선실과 수화물과 승객을 우주로 보냈다가 다시 데려오는 일을 할 뿐입니다. 우리는 수화물과 승무원용 장치의 기능과 인터페이스를 점검하고 승무원을 훈련시키는 용도로 이 실물 모형을 사용할 예정입니다."

내가 말했다. "이미 비행 시뮬레이터를 타 보았는데요. 이 실물 모형도 동일한 기능을 갖고 있나요?"

"아니요, 비행제어 시스템을 여기에 다시 반복할 이유는 전혀 없습니다. 이곳은 승무원이 수화물용 장치와 생명지원 장치를 잘 다루도록 훈련하는 장소입니다. 또한 지상팀들이 장치의 설치 방법을 익히고 다양한 임무에 대해서 궤도선 내부를 어떻게 꾸릴지에 대해서도 훈련할 예정입니다." 제니퍼가 대답했다.

---

[137] 미 공군의 전략 수송기.

제니퍼가 수화물실의 출입문이라고 설명해 준 1.8미터×1.8미터의 열린 공간을 통해서 내부를 들여다보게 되었다. 내부 공간은 대충 반구형인 위쪽의 산화제 탱크와 아래쪽의 수소 탱크가 두 탱크 사이의 원뿔대 모양의 수화물실을 도려내고 있어서 마치 이중 오목렌즈처럼 보였다. 스트링거 보강재[138]나 격벽조차 없었는데, 내부 벽면이 매끄러워 보여서 조금 놀라웠다. 톰이 탱크와 수화물실의 설계에 대해서 들려준 얘기를 떠올렸다. 위쪽에 놓인 산화제 탱크가 완전히 충전되더라도 그 하중을 지지할 수 있도록, 수화물실의 벽면도 탱크 제작에 사용된 2.54밀리미터 알루미늄 판재를 써서 만들었다는 얘기였다. 발사 시에는 노미날 대기압보다 조금 높은 압력을 수화물실에 걸어서 벽면에 인장력을 유지할 것이고, 이 인장력이 1단 비행 구간 동안 발생하는 비행 하중을 버티도록 도울 거라고 했다.

수화물실 한가운데에 기둥이 하나 있었는데, 이 기둥 속에 산화제를 '아래로 내려 보내는 파이프'와 이를 둘러싼 단열재, 그리고 배출배관과 가압배관 라인들이 들어 있다고 제니퍼가 설명해 줬다. 이 기둥은 수소 탱크 중앙을 통과해서 엔진실로 이어졌다. 보강 링들이 화물실 공간을 빙 둘러 이중화된 원형 레일로 된 선로를 형성하고 있는 부위를 제외하면, 수소 탱크돔의 표면은 조각조각으로 누빈 단열 피복제로 덮여 있었다. 산화제 탱크에도 이와 유사한 단열 피복제와 한 쌍의 보강 링이 달려 있었다. 산화제 탱크의 보강 링은 수화물실 내부의 위쪽 공간에 또 하나의 선로를 제공했다. 탱

---

[138] 스킨-스트링거 구조로 불리는 세미 모노코크 구조양식에서 얇은 벽면의 굽힘 강성을 보강하는 역할을 하는 구조부재를 의미함.

크돔의 실제 형상은 3축 간 비율이 1.414 대 2 대 2인 준타원체여서, 알루미늄 링들을 지정된 위치에 용접해서 강성을 보강할 필요가 있었다. 이 알루미늄 링에는 복합재 소재로 만든 링 모양의 가벼운 단열재를 접착했는데, 이 단열재는 수화물실에서 수소 탱크로 가는 열 유동을 최소화하는 기능을 했다.

격자 모양의 번쩍거리는 구조물이 시선을 끌었는데, 격자의 깊이가 대략 6.4센티미터 정도로 보였다. 이 구조물은 수화물실의 벽면이 탱크 외벽과 만나는 곳으로부터 수소 탱크돔 방향으로 반지름의 3분의 1 정도에 해당하는 지점까지 뻗어 나온 일종의 갑판이었다.

"저 갑판, 물건이네요. 참 멋져요." 내가 말했다.

미소를 머금은 제니퍼가 고개를 흔들며 말했다. "네, 사실 금으로 도금한 겁니다. 우주선에서 늘 보던 물건은 아니죠. 솔직히 너무 번지르르한 것 같아요, 그런데 포사이스 씨는 마치 저비용 재사용 발사체가 발하는 매력만으로는 부족하기라도 한 듯이, 궤도선이 더 멋져 보이길 원하셨어요! 잠재 고객들이 혹하도록 궤도선을 가능한 한 매력적으로 만들어야 한다는 생각에 푹 빠진 거죠. 장치의 형상과 적합성을 점검하고 승무원을 훈련하는 것 이외에도 이 실물 모형을 마케팅 도구로 활용할 생각인 겁니다. 하지만 금도금 없이도 이미 충분히 멋집니다. 베릴륨 소재로 된 윗면을 마그네슘 소재인 아래쪽 부위에 브레이징으로 접합했기 때문에, 결과적으로는 강성과 강도가 매우 높으면서도 대단히 가벼운 갑판을 만들 수 있었습니다. 지상에서 발을 디디고 걸어 다닐 수 있어서 여러모로 도움이 됩니다. 궤도에 오른 다음에는 이 갑판에 물건을 부착할 수 있습니다."

이 격자 갑판 바로 밑에는 수소 탱크돔과 수화물실 외벽이 대략 삼각형 단면을 갖는 토로이드[139] 형태를 이룬 협소한 공간이 있었다. 바로 이 공간에 압축공기용 탱크, 과산화수소 탱크, 물 보관 용기, 그리고 다른 소모용 공급품이 장착된다고 제니퍼가 알려 줬다.

수화물 출입구의 반대편인 선실의 안쪽 끝에는 탈출용 조종석이 있었는데, 조종석은 기다란 창 쪽으로 뻗어 있는 레일 위에 놓여 있었고, 착륙 모드에 들어가고 나면 이 창이 선실의 천장이 되는 것임을 알 수 있었다. 조종사가 발사 시에는 등을 지상 쪽으로 두고 앉지만, 착륙 시에는 똑바른 자세로 앉게 되는 것이다. 궤도선이 원뿔 모양을 하고 있는 덕분에, 이 창을 통하면 바로 바깥이나 위쪽 방향뿐만 아니라 전진 방향의 시야도 확보할 수 있다. 초기 양산 발사체에는 조종실 바로 위에만 창을 설치할 것이고, 또 하나의 작은 창을 수화물실 출입문과 비상용 탈출구의 뚜껑에 설치할 예정이었다. 그러나 궤도선의 방향을 전환하는 중요한 기동 중에는 시야를 추가로 확보하기 위해서, 수화물실 위쪽 바깥 둘레에 소형 디지털 비디오카메라를 20도 간격으로 장착할 계획이었다. 조종사는 이 카메라들이 제공하는 영상을 재빠르게 전환해서 볼 수 있으며, 랑데부, 도킹, 착륙 중에 이 영상들을 모니터들에 파노라마식으로 띄울 수도 있었다.

---

[139] toroid. 도넛 모양의 형상.

수화물실에 압력이 걸린 동안에는 페이로드용 출입문을 열 수 없으므로, 좀 더 작은 규모의 비상탈출용 뚜껑을 대형 출입문과 조종석에서 원주 방향으로 90도 튼 지점에 설치해 두고 있었다. 파이로를 써서 가압 환경에서도 뚜껑을 열 수 있는 것이다. 폭발물을 터트려서 조종석과 인접한 벽면에 구멍을 내고, 이를 통해서 조종석과 조종사가 밖으로 나갈 탈출로를 확보할 수 있었다.

추진제 탱크돔 위에는 두 개의 원형 트랙이 있어서 조종석, 탈출용 레일, 제어용 콘솔 등을 여기에 설치하고 제거하기가 수월했다. 이러한 기술 덕분에 조종석과 승객석을 추가하는 작업이 편리해졌다고 제니퍼가 알려 줬다. 수화물실에는 총 5개의 탈출용 좌석을 수용하는 것을 목표로 했다. 승객용 탈출석을 설치할 지점 옆에는 페인트로 링을 그려 놓았다. 여기에 폭발로 탈출구를 낼 파이로가 접착제로 장착될 예정임을 표시하는 것이었다. DH-1 발사체가 안전성과 신뢰성을 비행 기록으로 증명해 내어 탈출용 좌석을 떳떳하게 제거할 수 있게 되면, 총 20개의 승무원 및 승객용 좌석을 설치할 수 있을 터였다. 소규모 관망용 창이 최대 5개까지 추가될 수 있도록 수화물실을 설계했으며, 승객들에게 공간을 확보해 줄 요량으로 원주 방향으로 대칭이 되는 곳에 수화물실을 배치했다.

존 포사이스가 주문한 '눈을 사로잡는 매력'을 위해 여기저기에 설치된 호화로운 장치들이 보였다. 값비싼 금속으로 도금하고 방화 처리된 나무와 가죽으로 아주 얇게 도장 처리를 하여, 선실 내부는 중량 패널티를 최소화하면서도 마치 쥘 베른의 우주선, 호화 요트, 고가의 비지니스 제트기를 섞은 것 같은 외양을 갖추게 되었다고 제니퍼가 알려 줬다. 포사이스는 미적 감각이 있고 본인이 뭘 좋아하는지도 잘 알고 있었다. 세세한 부분까지 신경 써서 만든 고품질의 제품임을 전달할 수 있는, 미래지향적이며 동시에 복고풍을 띤 외관을 만들어 낼 산업 디자이너를 공들여 찾느라 오랜 시간을 보낸 모양이었다.

포사이스가 제니퍼에게 이렇게 얘기했던 모양이다. "우리의 판매 목표를 달성하려면, 다양한 부류의 많은 사람들에게 동기를 부여해서 현금을 잔뜩 들고 오도록 만들어야 하는데, 승무원용 선실 내부가 정말 멋져 보여서 손해 볼 일은 없습니다."

포사이스는 이 산업 디자이너에게 럭셔리 자동차 회사와 협업하여 궤도선의 디자인적인 특징들을 일부 짜 넣은 최고급 세단을 제작해 달라고 주문했다. 자동차 광고에 궤도선을 등장시켜 진일보한 우주비행체의 이미지를 전달하려는 의도였다. 그리고 DH-1 발사체의 판매원과 구매자에게 이 럭셔리 자동차를 사은품으로 제공할 수도 있었다.

궤도선은 승객뿐만 아니라 화물도 수용하도록 설계되었으며, 아마도 얼마간은 화물을 위주로 실어 나르게 될 거라고 제니퍼가 언급했다. 그녀는 각종 페이로드용 인터페이스와 지원 시스템들을 가리키며 실물 모형 내부를 자세히 설명하기 시작했다. 수화물실의 출입구를 통과하기에 적합하고, 양쪽 추진제 탱크돔 위에 설치된 레일이나 원형 트랙 위로 미끄러뜨려 넣기 쉽도록 설계된 쐐기 모양의 화물 컨테이너들이 주요 구성요소였다. 질량의 균형을 확보하는 차원에서 특정 임무용 컨테이너들을 궤도선의 중심축에 대칭을 이루도록 배치할 때 이 컨테이너들을 레일이나 트랙 위에서 손쉽게 움직여 제자리를 잡아 줄 수 있어서 편리했다. 대형 레일의 안쪽에는 직경이 더 작은 두 번째 레일 세트가 산화제 관통 배관을 둘러싸고 있었다. 이 두 번째 레일 세트에 소형 화물용 컨테이너들을 장착할 예정인데, 이 컨테이너는 물이나 과산화수소처럼 별도의 통에 담겨 있으며 밀도가 높은 페이로드를 수용할 수 있다고 제니퍼가 설명해 줬다. 실물 모형에 있던 컨테이너는 비행기용 컨테이너와 크게 달라 보이지 않았다. 혹시 컨테이너가 불필요한 중량을 더하는 것은 아니냐고 제니퍼에게 물었다.

제니퍼가 설명을 시작했다. "기본적으로는 페이로드의 설치 비용을 줄이겠다는 것입니다. 고객들이 표준 컨테이너에 수화물을 채워 넣도록 함으로써 비용을 줄인다는 뜻이죠. 고객이 채워 넣은 컨테이너를 하나하나 살펴보고 그 중량 특성을 결정하는 작업을 수행합니다. 그러고 나서 발사 및 비행 중단 시점에 발생하는 최대 하중의 3배나 되는 하중을 이 컨테이너에 가할 것입니다. 하중시험에서 탑재된 수화물이 컨테이너의 위치를 바꾼다거나 컨테이너를 손상시키지만 않으면, 질량, 3축에 대한 관성 모멘트,[140] 수화물이 담긴 컨테이너의 질량 중심과 중량 특성을 우리가 자체 개발한 소프트웨어에 넘기게 되고, 이 프로그램은 수화물을 탑재한 컨테이너들의 관성 특성을 다른 모든 컨테이너와 통합해서 각 컨테이너를 놓을 최적의 위치를 찾아냅니다. 발사체의 전체적인 균형, 안정성과 제어라는 관점에서 최적이라는 뜻입니다. 이제 컨테이너들을 트랙

---

[140] 물체가 각 좌표축에 대한 회전운동을 유지하려 드는 정도를 나타내는 물리량.

을 따라 지정된 위치에 가져다 놓으면 됩니다."

제니퍼는 페이로드용 레일 위에 새겨 있는 표시를 보여 줬는데, 이들은 컨테이너의 잠금장치에 있는 위치 표시와 일치하고 있어서, 각 컨테이너를 적절한 위치에 놓는 작업을 수월하게 만들어 주었다.

나는 우주 왕복선에 수화물을 싣는 작업이 시간이 오래 걸리는 데다 비용도 상당히 든다는 점을 기억해 내고 제니퍼에게 물었다. "단순한 작업인 것처럼 들리는데요. 정말로 그게 전부인가요?"

제니퍼가 대답했다. "네, 거의 그렇습니다. 잠재적으로 위험할 여지가 있는 물질이나 장치들에 대해서는 몇 가지 제한 사항과 요구조건을 추가로 적용해야 하지만, 우리가 해야 할 일은 페이로드와 컨테이너가 서로를 잘 지지하는지를 확인하고 이들을 어디에 놓을지를 정하는 것이 전부입니다. 그리고 저비용 우주수송을 위해서는 반드시 이런 식으로 작업이 이루어져야 합니다. 그래서 조금 아까 질문하신 부분에 대해서 답을 드리자면…… 컨테이너로 인해 중량이 어느 정도 늘어나는 것은 사실입니다. 하지만 컨테이너를 사용하게 되면 수화물 목록을 작성하는 작업이 항공기에 실린 화물을 처리하듯 아주 단순해집니다."

그러나 제니퍼가 지적했던 것처럼, 대륙횡단 비행의 경우 항공수송 운임이 화물 1킬로그램에 2,000원 수준인 반면, 궤도로의 수송비용은 한동안 1킬로그램에 20만 원 수준이 될 거라서, 가능한 한 가벼운 수화물 컨테이너를 사용해야 할 것으로 보였다. 결과적으로, AM&M은 탄소 계열의 고성능 복합재를 베릴륨 스킨으로 양면을 감싼 샌드위치 구조체로 컨테이너를 설계했다.

"물론 컨테이너에 넣을 수 없는, 인공위성처럼 레일에 직접 부착해야 하는 특수 목적의 페이로드도 더러 있을 것입니다. 그 규모에 따라 달라지긴 하겠지만, 기체의 중심축에 대해서 적절한 균형을 유지하도록 이러한 페이로드들을 두 조각으로 나눠야 할 수도 있습니다."

"그러면 궤도상에서 페이로드들을 어떻게 전개하나요?" 내가 물었다.

제니퍼가 궤도선의 대형 출입구로 나를 데려가며 말했다. "조종사는 먼저 선실을 감압하고 나서, 여기 보이는 것처럼 중간에서 갈라지고 외벽에 대해서는 위와 아래로 접히는 페이로드 출입문을 열 것입니다. 그러고는 페이로드 컨테이너의 클램프를 벗겨내 출입구 방향의 레일을 따라 컨테이너를 끌고 간 후, 컨테이너를 열어서 내용물을 꺼내고, 그리고 만약에 컨테이너에 실린 페이로드가 스스로 작동하는 단순한 위성 또는 우주선인 경우에는, 페이로드가 발사체로부터 멀리 떨어지는 방향의 속도를 갖도록 출입문 밖으로 확실히 밀어 주면 됩니다. 그 밖의 요구조건이 더 많은 위성의 경우에는 경량 트러스 구조체를 세워서 출입문 틀에 부착할 수 있습니다. 이 트러스 구조체는 최대 4.5미터까지 밖으로 확장될 수 있습니다. 더 정밀하게 전개할 필요가 있는 페이로드는 이 트러스를 사용해서 내보낼 수 있습니다. 이때 고객사의 페이로드가 나아가길 원하는 방향으로 궤도선의 자세를 맞춰 줍니다. 필요하면 베어링 위에 놓인 스핀 테이블을 트러스 위에 장착한 후, 조종사가 소형 크랭크를 수동으로 돌려서 우주선을 회전시킬 수 있습니다. 그러고 나서 우주선을 살짝 앞으로 밀어 주기 위해서 스핀 테이블 전체를 전방을 향해 미끄러뜨려 줍니다. 조립이 필요한 페이로드에 대해서는 트러스 구조체를 작업 공간으로 사용할 수 있습니다. 한 번에 발사할 수 없을 정도의 크기이거나 망가지기 쉬운 우주선들을 이런 작업을 통해서 궤도상에서 조립할 수 있게 될 것입니다. 예를 들어서, 대형 안테나가 필요하면, 트러스 구조의 맨 가장자리에 우주선을 먼저 미끄러뜨려 가져다 두면, 트러스 구조에 안테나를 세우고 우주선의 다른 부분들을 부착할 충분한 공간을 확보할 수 있는 겁니다. 미래에는 수화물을 우주 정거장, 궤도상에 놓인 다른 DH-1 비행체, 궤도상에 있는 다른 우주선 등으로 수송하게 될 것입니다. 궤도선을 다른 비행체에 결합하는 용도로도 이 트러스 구조체를 사용할 수 있을 겁니다."

선실을 구경하는 동안, 레일에 부착된 두 개의 우주선 실물 모형을 발견했다. 내가 물었다. "이건 누구 소유의 위성인가요?"

제니퍼가 대답했다. "이 두 위성을 탑재할 고객의 설계 작업을 돕고 있습니다. 위성설계 그룹에 가서 얘기를 나눠 보시는 편이 좋겠습니다."

"AM&M에 위성설계 그룹이 있는지조차 몰랐습니다. 다들 DH-1 발사체를 설계하는 데 바빠서, 위성 제작까지 신경 쓰고 있을 거라고는 생각해 보지 못했어요."

"위성설계 그룹이 직접 위성을 제작하지는 않습니다. 중소위성 업체들과 협업을 하는 것에 더 가깝습니다. 그리고 위성설계 그룹이라야 세 명 정도가 있을 뿐입니다. 이건 인공위성 제작 분야에서 꽤 오랫동안 돈을 번 AM&M의 투자자 중 한 분이 생각해 낸 아이디어입니다. 프로토타입 비행시험 사업의 후반부 동안 그리고 처음 생산된 양산 발사체의 비행시험 사업을 하는 동안, 위성에 올릴 탑재물이 있든 없든 발사할 수 있는 표준화된 위성을 설계해 놓자는 제안이었습니다. 이와 같은 표준화된 위성이 얼마간이라도 수입원이 될 것이고 저비용 인공위성 제작 사업에 활기를 불어넣을 거란 취지였습니다. 이들은 심지어 우주선의 상단 시스템 또는 추진 모듈에 대한 작업도 병행하고 있는데요, 이 상단 시스템은 우주선 기체를 태양계에 어디로든 보낼 수 있도록 만들 예정입니다."

다음 날 아침, 위성설계 그룹의 사무실을 찾아가 그룹장인 데이브 모턴과 이야기를 나누었다. 데이브는 졸업한 지 2년 정도 됐으며 스탠퍼드 대학에서 소형 위성 연구 그룹을 이끌었다. 그는 표준화된 기체에 실릴 만한 기기들과 페이로드들에 대해서 들려주었다.

"제니퍼가 얘기한 상단 시스템은 뭔가요?" 내가 물었다.

데이브가 대답했다. "그거요…… 우리가 내부적으로 작업하고 있는 특별한 물건입니다. 아주 멋집니다. 제 입으로 그렇게 말해도 되는지는 모르겠지만요. 작업장에 한번 오시면 상단을 보여 드리겠습니다."

기본적으로 상단은 453킬로그램에서 907킬로그램의 추진제를 채울 수 있는 1단형 고체 모터 로켓으로 구성되어 있었고, 성능을 높이거나 페이로드를 키우기 위해서 단을 두 개 쌓을 수도 있었다. 그 위에 액체연료를 사용하는 탑재체용 버스 조합체를 올리면 우주선이 완성되었다. 이 버스 조합체에는 프로판과 과산화수소를 연소해서 445뉴턴(N)의 추력을 내는 엔진이 2기 장착되어 있었다. 고체 모터 상단은 6퍼센트에 못 미치는 훌륭한 구조비를 갖고 있었다. 데이브는 버스 조합체용 추진 시스템을 설명하면서 좀 더 흥분하는 모습을 보였다.

버스 조합체용 추진 시스템이 상당히 독창적인 엔지니어링 작품인 것은 맞지만 그렇다고 대단한 첨단 기술을 요하는 제품은 아니었다. 먼저 헬륨가스를 사용해서 과산화수소 탱크를 14바(bar)로 가압하는데, 이때 헬륨가스는 탱크 체적의 20퍼센트를 차지하게 된다. 추진 시스템을 운용하는 동안, 이 압력이 30퍼센트 정도 떨어지고 나면, 기다란 은색 바늘이 과산화수소와 친화성이 있는 덧테쇠[141]를 통과해서 탱크 안으로 자동적으로 들어가게 되고, 이는 마치 약병에 주사기를 찔러 끼우는 것과 유사한 작업이다. 은색 바늘이 촉매로 작용해서 과산화수소를 수증기와 산소로 분해하고, 탱크의 내부압력이 14바(bar)로 다시 차오르면 바늘이 자동으로 회수돼서 화학반응이 멈추는 것이다. 프로판 탱크에는 증기압을 14바(bar)로 올리기 위해서 전기히터가 장착되었다. 버스 조합체는 액체 로켓 추진 시스템을 사용해서 280초라는 상당히 인상적인 진공 비추력(Isp)을 보유하고 있었으며 구조비는 10퍼센트 미만이었다.

발사 시에는 고체모터와 액체로켓으로 구성된 상단의 자세를 회전을 통해서 안정화시키고, 버스 조합체에 장착된 과산화수

---

[141] grommet. 구멍에 덧댄 링 모양의 보강재.

소 엔진을 어느 순간 점화해서, 상단의 회전축이 목표 비행 방향을 나타내는 벡터 주위로 콘 형상을 그리도록 상단의 자세를 유도하고 나서 상단의 회전축이 그리는 콘의 각도가 점차 줄어들도록 비행 방향을 제어한다. 모듈화된 상단에서 과산화수소, 프로판, 고체 로켓 추진제를 조절함으로써, 상단의 추진제 중량을 680킬로그램까지 낮추거나 2,268킬로그램까지 올릴 수 있는 기능을 갖추었다. 상단의 중량비와 엔진 성능을 이용하면 중량이 454킬로그램에 이르는 버스 조합체와 페이로드를 화성 궤도로 보낼 충분한 델타V를 제공할 수 있고, 아니면 45~91킬로그램을 목성으로 보낼 충분한 델타V를 제공할 수 있었다.

나는 감탄한 나머지 큰 소리로 말했다. "화성과 목성이라고요! 와……!" 잠시 생각을 가다듬고 다시 물었다. "그런데 그다지 큰 우주선은 아니네요. 특히 목성으로 보내는 것은…… 그렇지 않나요?"

데이브가 대답했다. "맞아요. NASA나 ESA[142]의 탐사선을 기준으로 보면 완전 작은 규모죠. 그러나 이들 위에도 유용한 하드웨어를 꽤나 채워 넣을 수 있습니다."

유용한 하드웨어에 대한 데이브의 이야기에 매료되고 말았다. 기기용 버스 조합체의 기본 형상은 직경 9센티미터의 퀘스타[143] 망원경을 기반으로 하는 광학 시스템을 포함하고 있는데, 이 시스템은 항법용으로 넓은 우주 공간을 조망하는 모드와 초점 비율이

[142] The European Space Agency. 유럽 우주국.

[143] Questar. 미국의 정밀 광학장치 제작업체.

f/18인 렌즈를 써서 행성을 조망하는 모드 사이를 전환하며 사용될 수 있었으며, 그 초점면에는 HDTV급 해상도를 갖는 센서가 있었다. 0.25TB의 저전력 RAM과 10TB의 듀얼 HDD를 장착하고, 방사선으로 경화된 CPU와 광학 시스템을 묶어서 플랫폼 위에 설치하는데, 열분해를 거친 그라파이트와 네오디뮴-붕화물로 된 슈퍼마그넷을 사용함으로써 추력이 없는 구간에서는 자기장으로 이 플랫폼을 공중에 띄울 수도 있다.

레이저 통신 시스템이 앞서 언급된 9센티미터 망원경을 사용해서 고속으로 데이터를 전송한다면, 마이크로파 통신 시스템은 소형 접시안테나를 사용해서 저속으로 데이터를 전송할 예정이었다. 태양 집광기로 고효율 태양전지 모듈을 비춰서 전력을 생성하는데, 목성 궤도에서는 최대 50와트 수준의 에너지를 제공하고, 지구 주변 궤도에서는 1킬로와트 수준의 에너지를 공급할 수 있었다. 팽창식 대형 태양 집광기를 사용하면 명왕성과 이를 넘어선 공간에서도 1~2와트 수준의 에너지를 우주선에 공급할 수 있다. 이 우주선들을 군집해서 발사하려는 것이 아이디어였다. 소형 위성 제조사가 조립 라인에서 1년에 20~30기를 대량 생산하면, 1대당 10억 원으로 제작이 가능할 것으로 예상했다. 상단의 제작비용은 주로 1~2기의 고체 모터, 과산화수소/프로판 엔진, 유도 시스템 등에 들어갔다. 정확한 비용은 형상에 따라 달라지겠으나, 5억 원 미만이 될 것으로 예상하고 있었다. 매년 10~30기의 우주선을 발사하게 되면 언젠가는 위성, 행성, 수많은 흥미로운 소행성 들을 조사할 탐사선으로 태양계를 채울 수 있을 것이다.

우주선의 기억장치 용량을 키우면 많은 양의 데이터를 오랜 시간 동안 수집할 수 있게 되고, 고속 전송용 레이다 통신 시스템은 이 데이터를 짧은 시간에 전송하도록 해 준다. 데이브와 그룹원들은 데이터를 아주 잘 압축해 낼 기술을 이미 구현해 놓았다. 이들은 '가상의 천구'에 해당하는 데이터베이스를 고안했으며 수집된 새로운 데이터를 이 데이터베이스에 매핑시켜서, 소행성, 위성, 행성에 대해서 해상도가 올라간 지도를 차차 만들 생각이었다. 또한 데이터를 레이어로 관리해서 최상의 데이터만 저장되도록 만들었다. 그러고 나서 데이터베이스의 프랙탈 모델[144]을 다운로드 받거나 아니면 고해상도로 보길 원하는 지역을 무작위로 선정하는 방식으로 데이터베이스를 검색할 수도 있게 된다. '가상의 천구'를 사용해서 지정된 종류의 특색을 검색할 수도 있었다. 빅 데이터를 자율적으로 수집하고, 수집된 데이터의 극히 일부인 부분 집합을 써서 일일이 열거된 검색을 수행할 수 있게끔 데이터를 통합하는 것이다.

데이브와 우주선의 특징에 대해서 즐겁게 얘기를 나누는 가운데 작업실 한편에 놓인 공기부양 테이블이 눈에 들어왔는데, 그 위에 크기가 배구공만 한 소형 우주선 같은 물건이 놓여 있다. 우리는 그리로 걸어갔고 데이브가 공기부양 테이블의 전원을 켠 후, 리모트 컨트롤용 조이스틱을 내 손에 쥐여 줬다. "윌슨입니다. 인사하세요." 마치 개나 고양이를 소개하는 듯한 말투였다.

"윌슨이라고요?" 나는 눈썹을 치키며 물었다.

---

144 fractal model. 복잡한 형상을 자기유사성을 갖는 기하학적 구조를 통해 저장한 모델.

"그게요…… 보시다시피 배구공만 한 크기입니다. 윌슨[145]에서 만든 배구공처럼 말이지요. 아시겠죠?" 데이브는 껄껄 웃었다. "윌슨을 잡고 돌려 보세요."

이 작은 미니 위성의 둘레에 장착된 초미니 추력기에서 펄스 형태로 공기를 분출해서 공기부양 테이블의 이곳저곳으로 위성을 몰고 다닐 수 있었다. 그러고 나서 데이브가 홈버튼을 누르라고 말했고, 윌슨은 휙 이동해서 도킹 포트에 접속하더니 공기를 재충전하기 시작했다. 윌슨을 승무원실 외벽의 남는 공간에 장착해서 상단과 함께 궤도로 올릴 것이라고 데이브가 설명해 줬다. 이 미니 위성에 다중 스펙트럼을 갖는 카메라와 마이크로파 송수신기가 있어서, 궤도상에서 궤도선의 외부를 검사한다는 것이다. 이 미니 위성은 마이크로파 송수신기를 써서 열차폐막 내의 물 함유량을 측정할 수 있는데, 이를 통해 재진입의 적합 여부를 판단할 수 있게 된다. 데이브는 스탠퍼드 대학에서 유사한 미니 우주선을 개발했다고 말했다.

DH-1 궤도선과의 충돌로 인해서 발생할 수 있는 손상을 최소화하기 위해서, 윌슨의 설계 중량을 2.3킬로그램으로 묶어 두었으며, 거기에 압착이 가능한 25밀리미터 폼으로 이 미니 위성을 휘감아 놓았다. 궤도선의 외부를 검사할 수 있는 윌슨의 능력이 궤도선을 손상시킬 위험성보다 훨씬 중요했다.

나는 작업실을 떠날 채비를 하다 공기부양 테이블 옆의 찬장에 전시된 하드웨어 프로토타입들을 둘러보았는데, 이들은 엔지

---

[145] 미국의 스포츠 용품 제조사.

니어링 작업의 '우승컵'과 같은 존재들이었다. 그중 하나가 눈에 띄기에 집어 들고는 데이브에게 물었다. "이건 뭔가요?"

　　데이브는 일반적인 우주선은 매우 복잡한 도킹 장치가 필요하다고 설명해 주었다. 배를 부두에 댈 때에는 단순히 선박용 고리와 밧줄을 사용해서 연결할 위치로 배의 자세를 조정하기만 하면 그만이다. 반면에 우주선은 도킹 준비 단계에서 막대기나 밧줄을 써서 우주선의 자세를 조정하기 전에 먼저 승무원실을 감압해야 하기 때문에, 이러한 방식을 사용하기는 어렵다. 데이브의 동료 엔지니어가, 고진공 장치에 쓰이는 진공실을 관통하는 튜브 주변에 회전이 가능한 진공 밀봉을 형성하는 기술을 근거로 새로운 아이디어 하나를 제안했다. 이 장치들은 베어링 내에 자석을 두고 자성을 띤 유체를 머금도록 했으며, 회전축에 달린 베어링을 공압으로 밀봉했다. 데이브는 내가 건넸던 신기하게 생긴 하드웨어를 뒤집어서 카메라 셔터에 있는 조리개처럼 보이는 메커니즘을 보여 줬다. 이 메커니즘은 일반적인 카메라의 조리개보다 좀 더 두꺼워 보였고, 데이브가 알려 준 바에 따르면, 셔터 날개는 네오디뮴-철-보론 자석이었다. 조리개의 개구부는 피스톤에 연결되어 있어서 레버를 작동시켜서 구경을 확대하면, 자성을 띤 유체가 조리개로 형성된 둘레로 더 많이 흘러 들어간다. 조리개가 닫히면 피스톤은 잉여 자성 유체를 조리개의 안쪽 직경에서 제거하는 역할을 한다. 이런 식으로 선실을 감압하지 않고도 막대기, 케이블, 통신선 등이 승무원실 벽을 뚫고 통과할 수 있으며, 선실 내부에서 밖에 있는 물체나 우주선을 조작할 수 있게 되는 것이다.

이 메커니즘은 아주 흥미로웠는데, 4.5킬로그램밖에 나가지 않는 포트를 한 개 마련하면 DH-1 궤도선을 다른 우주선과 연결하거나, 궤도상에서 공기, 전력, 추진제, 데이터 등을 공급하는 과정을 매우 단순화할 수 있겠다는 생각이 들었다. 데이브는 좀 더 큰 모델을 시험하고 있다고 했는데, 이 모델을 사용하면 우주인들은 마치 글로브 박스에서 장갑이 달린 토시를 꺼내 쓰듯이 본인들의 팔을 우주선 벽을 통과시킬 수 있게 된다. 데이브는 이 장치를 사용해 인공위성을 전개하는 방법과 걸쇠를 잠그는 방법을 묘사해 줬다. 오늘도 나는 AM&M의 엔지니어들이 폭 넓은 분야에서 끊임없이 혁신적인 아이디어를 추구하고 있는 것에 감탄했다.

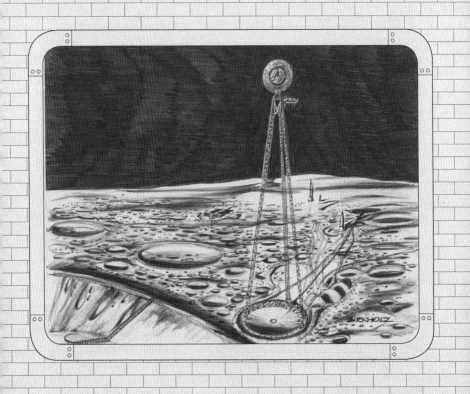

20장

달

존 포사이스는 '외부 업체에 직접 투자하지 않는다'는 원칙을 세워 두고 있었다. 다만 특정 제품이나 기술을 개발하기 위해 협력업체를 장려하거나 도울 필요가 있을 때는 가끔 기술적인 도움을 위주로 제공했고, 드물게는 소규모 계약을 통해서 지원하기도 했다. 포사이스도 이들 잠재 고객들이 성장하길 바랐다. 업체나 개인에 현금을 직접 제공하지는 않았지만, 회사 내에 연구와 분석 용도의 자금을 충분히 마련해 놓고 협력업체들이 제안하는 개념이나 프로젝트를 기술적으로 지원한 것이다. 이와 같은 연구와 분석은 DH-1의 개조나 특정 임무에 필요한 물류 전략을 짚어 보는 것을 포함했다. 예비 고객들의 모금 활동을 도우면 이들이 나중에 가서 DH-1 발사체를 구매하게 될 거라는 생각이었다. 뉴질랜드 출신 알렉산더 크렘폰이 제안한 과제는 그중에서도 가장 야심찬 것에 속했다. 크렘폰은 에베레스트 산 정상을 일곱 번 정복하면서 그만의 명성을 쌓은 사람인데, 산악 지대와 해양 환경에 모두 노련한 탐험가인 크렘폰이 이번에는 달에 가고 싶어 했다.

크렘폰은 여러 나라가 참여하는 달 횡단 탐험을 계획하고 있었는데, 각기 다른 나라에서 온 12명의 남녀로 구성된 탐험대를 이끌고 달의 극지점을 출발해서 또 다른 극지점을 통과해 다시 출발점으로 돌아오는 여정으로 달을 한 바퀴 돌 계획이었다. 최근에 크렘폰이 상당히 잘 짜인 계획을 들고 AM&M을 접촉해 왔다. 크렘폰은 9,600킬로미터에 이르는 달의 둘레를 6대의 대형 카라반에 나눠 타고 하루에 대략 32킬로미터를 이동해서 1년 이내에 완주할 계획이었다. 애초에 크렘폰은 연료 전지를 동력원으로 사용하는 카라반을 새롭게 설계하고자 했는데, 프레드 클레멘스가 이끄는 AM&M의 엔지니어들과 오랫동안 토론을 하고 나서는, 플러그를 꼽아 충전하는 하이브리드 엔진과 알루미늄 차체로 구성된 일본산 SUV를 사용하기로 마음을 바꾸었다. 물론 이 SUV를 달에서 쓸 수 있게 개조한다는 전제하에서였다. 프레드는 지난 40여 년간 폭넓은 산업 분야에서 다양한 엔지니어링 업무를 경험했으며, AM&M에서는 DH-1 발사체의 수요를 창출하는 데 도움이 될 만한 과제를 발굴해서 지원하는 업무를 맡고 있었다.

내가 프레드를 만나러 간 것은 지난번 포사이스와의 만남에서 크렘폰의 탐험에 대해서 알게 되었기 때문이다. 상용 SUV를 월면차(moonbuggy)로 사용한다는 아이디어는 매우 흥미롭지만 살짝 의심스럽기도 했다. 프레드는 이 SUV의 동력장치가 왜 달에서 사용하기에 이상적인가에 대해서 설명해 주고, 달 탐험에 대한 이야기를 풀어놓기 시작했다.

프레드가 이야기를 꺼내자마자 나는 말을 끊을 수밖에 없었다. "저는 SUV의 엔진을 진공 상태에서 작동하는 뭔가로 교체할 거라고 막연히 생각하고 있었는데요. 양산된 차에 달려 나온 엔진을 그대로 사용한다는 건가요?"

프레드가 미소 지으며 대답했다. "아…… 당연히 어느 정도 맞춤형 개조를 진행해야 할 겁니다. 하지만 개조가 필요한 부분을 조사해 봤는데 엔진은 바꿀 필요가 없어 보였어요. 하이브리드 차량이 어떤 식으로 작동하는지부터 얘기해 볼까 합니다."

내가 어렴풋하게 알고 있던 것들을 프레드는 확실하게 정리해 줬다. 하이브리드 차량은 두 개의 동력장치를 갖고 있다. 배터리

팩으로 돌리는 전기 모터와 가솔린을 쓰는 소형 내연기관을 갖고 있는 것이다. 소형 엔진으로 순항 속도를 유지하는 데 필요한 20마력 수준의 동력을 모두 제공할 수 있지만, 가속하거나 언덕을 오를 때 필요한 동력을 전부 이 엔진으로 감당할 필요는 없다는 것이다. 이러한 상황에서는 전기 모터를 추가적인 동력원으로 사용하면 된다. 하이브리드 방식에서는 내연기관을 요구되는 동력 전 범위에서 작동시키는 대신 효율이 가장 높은 범위에서만 작동시킨다. 또한 내연기관을 사용해서 배터리를 충전할 수 있다. 전기 모터를 후진 방향으로 돌리면 차를 정지시키는 기능을 하게 되고, 이때 모터가 발전기로 역할을 바꿔 배터리를 충전한다.

상용 SUV를 단순한 개조 작업을 통해 달에서 쓸 만한 차량으로 바꿔 놓을 수 있다는 것이 프레드의 설명이었다. 첫 단계는 엔진의 크랭크케이스를 Mobil 1 합성 오일로 채우는 것인데 가장 쉬운 작업이기도 했다. 이 윤활유는 자동차 엔진용으로 만들어졌지만, 고진공 오일로도 제격이어서 실제로 진공 펌프에도 종종 사용되고 있었다. 이 오일은 표준온도에서 고진공 환경에 노출되더라도 증발이 전혀 일어나지 않을 만큼 증기압이 낮다. 두 번째 단계는 공학적인 기술을 조금 더 필요로 했는데, 평범한 휠과 타이어를 아폴로 월면차에 사용된 것과 유사한 와이어 휠로 교체하는 작업이었다. 그다음 작업은 스프링과 충격 흡수장치를 달에서 사용하기에 적절한 부품으로 교체하는 것인데, 달에서는 차량의 질량을 늘리더라도 중량이 줄어드는 셈이기 때문에 이러한 작업이 필요했다.

다음에는 엔진을 개조했다. 연소에 필요한 산소를 제공하는 대기가 없는 상황에서 가솔린 엔진을 작동시키려면 이런 작업이 반드시 필요했는데, 산소와 프로판의 혼합물을 태우기 위해 작동유체인 이산화탄소를 적절하게 희석시키도록 연소제어용 전기적 모듈을 다시 프로그래밍하기만 하면 되었다. 그리고 연료 탱크를 액체산소 탱크와 프로판 탱크로 교체했다. 엔진이 진공에서 작동하도록 개조하기 위해 필요한 작업은 이것이 전부였다. 기본적으로 냉각제는 에틸렌글리콜과 물의 혼합물인데, 이 냉각수를 차량의 왼편과 오른편에 설치된 두 개의 라디에이터 중 하나로 흘려보낸다. 탐험 경로가 주로 북쪽 방향이나 남쪽 방향을 향해 차량의 한쪽이 늘 그늘에 놓이게 되므로 엔진에서 발생한 열을 잘 방출시킬 수 있다. 엔진이 작동하지 않는 동안 달의 암흑 속에서 냉각제가 얼어 버리지 않도록 냉각제를 소형 히터로 데우고 소형 펌프를 써서 순환시킨다. 열복사는 온도의 4제곱에 비례하므로 아주 적은 양의 전력을 써서 섭씨 영하 40도의 환경에서 냉각제가 어는 것을 방지할 수 있다. 연소 가스는 별도의 라디에이터를 통과해서 흘러가는 동안 물로 응축되며, 필터를 거치고 나면 마시기에 적절한 물과 이산화탄소가 만들어진다. 대부분의 이산화탄소는 이온교환 기둥을 통과하면서 흡수되고, 흡수되지 않은 이산화탄소는 엔진으로 보내 산소와 프로판을 희석시키는 용도로 사용한다.

지구에서는 배터리만으로 32킬로미터를 운행할 수 있도록 SUV용 리튬폴리머 배터리의 크기를 정했는데, 이 배터리를 사용하면 달 환경에서도 유사한 운행 거리를 갖게 된다. 지구에서 쓰기에는 내연기관과 전기 모터의 출력이 약간 부족했으나, 달에서는 충분하고도 남는 상황이었다. 달에서 쓰기에는 이들 동력장치의 중량이 최적 값보다 높은 편이었지만, 프로판 엔진을 조금 덜 사용하고 전기 모터를 최대 출력 이하에서만 작동시키면, 효율 손실을 막을 수 있었다. 즉 다른 용도에 사용될 여분의 전력을 늘 확보할 수 있었다. 발전기의 수용 능력에 과부하를 걸지 않고도 전력 버스를 사용해서 부속장치들을 추가로 작동시킬 수 있는 것이다. 연료 소모를 최소화하기 위해서 차량의 엔진 덮개를 가벼운 고효율 태양전지로 덮었으며, 뒷좌석과 화물칸의 지붕 위에 실은 휴대용 태양전지 모듈은 대충이나마 태양을 따라가도록 차량의 한쪽에서 다른 한쪽으로 옮겨 실을 수 있다. 달에서 낮이 지속되는 동안에는 태양전지들이 지구 시간으로 하루에 32킬로미터를 이동하는 데 필요한 에너지를 거의 대부분 제공할 수 있었다.

이 SUV는 지구상에서 리터당 17킬로미터의 연비를 갖고 있으며, 이는 1킬로그램의 연료로 대략 25킬로미터를 갈 수 있음을 의미한다고 프레드가 말해 줬다. 달에서는 당연히 연료 이외에도 산소를 추가로 수송해야 했다. 지구에서보다 훨씬 높은 질량을 갖는 화물들을 이 차량에 잔뜩 싣고, 무른 토양으로 덮인 달의 들판을 제대로 횡단해 낼 작정이었다.

프레드는 앞서 기술한 조건을 전부 고려해서 계산했고, 달 표면에서는 산화제/프로판 조합으로 1킬로그램에 5.3킬로미터를 이동할 수 있다는 결론을 도출했다. 태양 에너지를 받을 수 있는 상황에서는 연료를 필요로 하지 않으므로, 각 차량이 0~6킬로그램 사이의 연료를 매일 사용하게 된다. 탐험대 12명에게는 생명유지용품이 매일 1인당 2.3킬로그램씩 필요하다. 이온 교환기로 이산화탄소를 제거해서 호흡용 공기를 정화시키고, 마실 물의 대부분은 엔진 배기가스를 응결해서 제공한다. 그래서 탐험대는 하루에 27~59킬로그램 사이의 소비재를 필요로 할 것이고, 이 중량에는 스페어타이어를 비롯한 다른 부수적인 품목들이 포함되어 있다.

　차량 3대의 뒷좌석과 화물칸에는 가벼운 숙소 모듈을 설치할 예정이었다. 나머지 3대의 차량은 보급품을 끌고 가는 용도로만 사용할 생각이었다. 양산 차량은 지구에서 363킬로그램의 페이로드를 수용할 수 있었다. 프레드는 달의 환경에 대한 동역학적 시뮬레이션을 수행해서, 이 차량이 최대 적재 시 전진 속도가 시간당 32킬로미터인 경우에 대해서 1,814킬로그램의 페이로드를 안전하게 수송할 수 있음을 보여 줬다. 6대의 차량에 각각 1,814킬로그램이 나가는 페이로드를 실으면 10,884킬로그램의 페이로드를 실어 나르는 셈이었다. 액체산소와 프로판의 저장 용기와 주거 모듈을 포함한 고정장치의 중량은 2,722킬로그램으로 추정되었으므로, 소비재 용도로는 8,162킬로그램이 남게 된다. 이러한 중량에 맞춰 5~6개월 간 트래킹하기에 충분한 소비재를 실을 수 있었다. 각 차량의 기본 중량은 907킬로그램이었으므로 5,442킬로그램을 추가해서, 탐험의 처음 절반을 커버할 16,326킬로그램의 중량을 달로 보낼 수 있어야 했다. 나머지 절반을 탐험하기 위해서 9,075킬로그램의 추가 보급품들을 북극에 착륙시켜 둘 예정이었다. 그러므로 탐험대는 총 25,401킬로그램을 달에 가져가야 했다.

　"DH-1의 페이로드 수용 능력은 지구 저궤도에 대해서 2,268킬로그램 정도인 것으로 아는데…… 어떻게 25,401킬로그램을 달 표면으로 실어 나를 수 있나요?" 내가 물었다.

프레드가 대답했다. "궤도선에 페이로드와 연료를 최대 적재량까지 탑재하면, 궤도에 가까스로 도달할 수 있는 초속 7.7킬로미터의 델타V를 갖게 됩니다. 지구 저궤도에서 달 표면까지 가는 데 필요한 델타V는 대략 초속 5.5킬로미터입니다. 이 델타V를 다시 지구 저궤도에서 달 궤도와 만나는 전이궤도로 가는 데 필요한 초속 3.1킬로미터와 달 궤도에서 달 표면으로 내려가는 데 필요한 초속 2.4킬로미터로 나눌 수 있습니다. 지구 대기권에서 에어로브레이킹을 사용하는 조건을 적용하면 달 표면에서 지구로 귀환할 때 초속 2.4킬로미터의 델타V가 추가로 필요합니다. 그러면 총델타V가 초속 7.9킬로미터에 이르게 됩니다. 그래서 궤도선을 지구 저궤도에서 재충전하면 달 표면에 도달하는 비행과 귀환 비행을 가까스로 해낼 수 있습니다. 말하자면 궤도선은 450~900킬로그램을 달 표면에 수송하고 페이로드 탑재 공간을 비워 둔 채로 지구 궤도로 귀환할 수 있는 거죠.

그런데…… 성능분석 담당자, 비행체 엔지니어와 함께 차근차근 되짚어 본 후, 15.9톤을 달 표면까지 실어 나르고 지구 저궤도로 귀환할 수 있는 수송선의 개념을 생각해 냈습니다." 프레드는 잠시 얘기를 멈췄다.

난 휘익 하고 휘파람 소리를 내고 말았다. "정말 멋집니다. 비행체를 새로 개발하나요?"

프레드는 만족스러운 눈빛이었다. "사실은…… 궤도선 한 쌍을 가져다가 노즈끼리 연결하는 방식을 고안해 낸 겁니다. 기본적으로 궤도선 둘을 엮어서 2단형 비행체를 만들어 내는 겁니다. 그중 하나는 달 궤도선으로 사용하고요. 페이로드 공간이 차지하는 길이를 지구 궤도선의 표준 모델보다 자그마치 6.1미터 늘리면서도 건조중량을 7.7톤 미만으로 유지하기 때문에 달 궤도선을 지구 저궤도에 올릴 수 있습니다. 물론 페이로드를 전혀 탑재하지 않은 상태로 올린다는 얘기입니다. 우리는 고도 278킬로미터에 위치한 재충전소에 지구 궤도선과 달 궤도선을 올릴 예정입니다. 이들을 연결시켜서 추진제를 재충전한 후 1,850킬로미터에 조금 못 미치는 고도로 쏘아 보낼 작정입니다. 즉 궤도선이 '1단'이 되어 초속 1.8킬로미터의 델타V를 달 궤도선에 제공하는 방식입니다. 이 방식을 사용하면 달 궤도선은 수화물 15.9톤을 달 표면까지 수송한 후 지구 저궤도로 돌아올 수 있는 겁니다. 귀환 시에는 지구 저궤도에 놓인 재충전소와 랑데부 하기 위해서 달 궤도선의 속도를 낮출 필요가 있는데요. 에어로브레이킹을 사용해서 지구 저궤도에 적합한 속도로 낮출 생각입니다. 재충전소는 달 궤도선의 본부가 될 것이고요. 달 궤도선은 앞으로 있을 수송에 대비해서 우주에 머물게 됩니다."

AM&M이 비용 문제를 늘 강조해 왔기에 나는 이 점에 대해서 물었다. "그래서 1킬로그램당 얼마의 비용을 들여야 달에 갈 수 있는 건가요?"

프레드는 관련 비용을 상세하게 파악하고 있었다. "2단으로 구성된 달 수송 시스템을 사용하면, 재충전용 추진제와 기타 각종 하드웨어들을 포함해서 지구 저궤도로 수송한 물량의 대략 17퍼센트를 달 표면으로 보낼 수 있습니다. 지구 저궤도로의 수송비용이 페이로드 1킬로그램당 45만 원 이하로 내려오면, 달에 가는 비용은 1킬로그램당 270만 원 수준이 됩니다. 물론 달 궤도선을 개발하기 위해서는 추가 자금을 투입해야 합니다. 페이로드용 탑재 공간의 길이가 늘어났고, 지구로 귀환할 때 에어로브레이킹을 사용하려면 더 무거운 열차폐막이 필요한 데다 달 착륙 목적으로도 어느 정도 맞춤형 개조가 필요합니다. 다행히 열차폐막이 훨씬 더 무거워지는 상황은 아닙니다. 지구 저궤도에서 궤도속도를 유지하던 표준 궤도선이 대기권으로 재진입할 때 에어로브레이킹을 통해 잃는 에너지나 달 수송선이 지구에 재진입할 때 잃게 되는 에너지가 거의 동일한 수준이기 때문입니다. 달 수송선의 경우에 과열 속도가 좀 더 높긴 하지만 대신 과열 시간이 짧아서 유사한 총열량을 받게 됩니다. 지구 궤도선과 달 수송선에 적용된 재충전식 물-삭마성 열차폐막 방식의 경우에는 총열량이 중량을 결정하는 주요 인자입니다."

나는 머릿속으로 대충 계산해 봤다. 1킬로그램당 270만 원이고 달 표면으로 수송할 보급품이 25.4톤이니까, 700억 원 언저리의 비용이 드는 것이다. "대강 1,000억 원 미만의 비용으로 크렘폰의 탐험대를 달로 수송할 수 있다는 말씀이군요! 그런데 NASA는 맨날 수천억 원이 훌쩍 넘는 비용을 이야기하네요."

프레드가 끼어들었다. "그것 말고 다른 비용도 고려해야 합니다. 심우주[146]에서의 운용과 관련된 비용, 달 수송선의 개조 비용에 대한 추가 할부 상환금, 물류비용 등이 더 들어갈 겁니다. 전체적으로는 총비용이 2,000~3,000억 원에 이를 것으로 추산하고 있

---

146 深宇宙. 지구 궤도를 벗어난 우주공간.

습니다. 그러나 만일 지구 궤도로의 수송비용을 1킬로그램당 45만 원보다 훨씬 낮출 수 있으면 달 수송에 들어갈 비용을 상당히 줄일 수 있습니다. 2,500억 원이라는 비용이 보수적으로 책정한 값일 수는 있지만, 현시점에서는 적절해 보입니다."

"여기를 보시면 우리는 표준 궤도선을 또 한 차례 개조해야 합니다." 프레드가 보여 준 도면에는 또 하나의 DH-1 궤도선이 그려져 있었는데, 중량이 0.9톤인 월면차 SUV 한 대를 지구 저궤도에 올려서 달 수송선으로 옮겨 싣는 용도로 개조된 궤도선이었다. 페이로드 탑재 공간의 길이를 1.2미터 늘리면 산화제를 아래쪽의 엔진으로 공급하는 주배관의 길이도 늘어나게 된다. 산화제 주배관을 수화물실의 외벽을 향하도록 그 방향을 틀어서 연장하고, 수화물실의 벽면을 따라서 아래로 내린 후 수소 탱크의 중앙으로 다시 가져오는, 말하자면 알파벳 U 자 모양으로 개조하는 작업이 필요한 것이다. 산화제 탱크 바로 아래에는 산화제의 유출을 방지하기 위해서 유압관 분리밸브를 설치했다고 프레드가 알려 줬다. 산화제 탱크돔과 수소 탱크돔에 설치된 페이로드 지지 링에 요람 모양의 가벼운 받침대를 얹어서, 그 위에 월면차를 탑재했다가, 분리 밸브를 사용해서 산화제 탱크 전체를 열어젖혀서 월면차를 수화물실 밖으로 꺼내는 작업에 필요한 접근성을 확보할 수 있는 것이다.

프레드가 문득 물었다. "그나저나 현재 진행 중인 달 수도원 프로젝트에 대해서도 알고 있나요?"

"네, 존 포사이스 씨가 지난번에 말씀해 주셨어요. 흥미로운 개념입니다. '달에서 하고 싶은 일 열 가지' 따위에서 흔히 보던 내용은 분명 아니었으니까요. 꽤나 진지한 프로젝트로 이해하고 있습니다."

"정말 진지합니다. 투자자 넘버3는 1조 원을 투자하려고 합니다. 진지하지 않고서야 누가 그런 돈을 투자하겠습니까? 저도 최근 들어 이 일에 상당한 시간을 할애하고 있습니다. 마침 넘버3와 스키피오 신부님이 회의 차 목요일에 오실 예정입니다. 함께 만나 봐도 좋을 것 같네요." 프레드가 제안했다.

"네, 그럼요. 그런데 그분들이 불편해하지 않을까요?" '달 수도사'라는 말이 머릿속을 맴돌았다. 이분을 만날 필요가 있을지 확신은 없었지만 한편으로는 정말 궁금하기도 했다.

"그렇지는 않겠지만, 넘버3에게 확인해 보세요. 쉬쉬하는 극비 사항도 아니지만 그렇다고 크게 선전하고 다니는 것도 아니니까요."

프레드의 사무실에서 나온 후, 먼저 포사이스에게 전화를 걸었다. 포사이스는 뒷이야기를 좀 더 들려줬다. 사실 넘버3는 달의 남극에 수도원을 세우고 싶어서 AM&M을 후원하게 된 것이고, 이 프로젝트도 10년 전부터 진행되어 왔음을 알게 되었다. 포사이스는 그날 저녁 넘버3를 만날 예정이며, 이때 수도원에 대해서 더 알고 싶어 하는 내 의사를 전달하겠노라고 말했다. 다음 날 아침 넘버3가 직접 전화를 걸어와 회의에 초대해 줬다.

목요일 아침, 프레드 사무실의 복도 맞은편에 있는 회의실로 찾아갔다. 넘버3의 옆자리에 앉고 보니 스키피오 신부와 테이블을 두고 마주 앉게 되었다. 나중에 가서 안 사실이지만 스키피오 신부는 개혁파 베네딕트회의 수도사였다. 아담한 체격이지만 근육질로 보였는데, 키는 약 165센티미터에 나이는 40대 후반이나 50대 초반인 것 같았고 베네딕트회 복장을 입고 있었다. 그는 말할 때 단어를 조심스럽게 골랐고, 당당한 태도는 상대방에게 확신을 주면서도 뭔가를 요구하는 듯한 느낌을 주었다. 그와 대화를 나눌 때면 그가 상대방이 하고 있는 얘기에 깊은 관심을 기울이고 있다는 것을 확신할 수 있었다.

스키피오 신부의 과거에 대해서는 넘버3가 그 전날 어느 정도 알려 주었다. 스키피오 신부는 콜로라도에 있는 광산에서 엔지니어이자 갱도 작업반장으로 일하다 종교인으로 부름을 받았다. 초기 교회의 몇몇 신부들이 이집트 사막에 가서 살라는 부름을 받았다고 믿었던 것처럼, 스키피오 신부는 달에 수도원을 세우라는 부름을 받았다고 믿고 있었다. 그는 로마에서 가톨릭 개혁 운동을 일으키기 위해 활동하던 중 넘버3와 만났다. 우연의 일치인지 아닌지 모르겠지만, 넘버3는 달에 수도원을 지을 사람을 찾고자 로마로 온 것이었고, 이미 모든 비용을 부담하기로 마음먹은 상태였다고 한다.

이것이 벌써 10여 년 전 일이었다. 이후로 넘버3와 스키피오 신부는 달에 수도원을 짓는 것을 목표로 조용하지만 열정적으로 계획을 세우고 일을 추진해 왔다. 현재 스키피오 신부가 이끄는 베네딕트회 사제단에는 종신서원을 한 6명과 자신들의 사명을 깨달아 가는 과정 중에 있는 수련 수도사 12명이 있었다. 이들이 거주하는 곳은 콜로라도의 폐광이었는데, 광맥 노출부의 측면을 수평으로 파낸 탐사용 통로였다. 값나가는 광석들이 나올 전망이 보이지 않아 버려진 곳이었다. 파쇄된 바윗덩어리 사이에 널찍한 곳에 자리 잡고 있어서 스키피오에게는 이상적인 장소였다. 운석이 낙하하면서 만들어 낸, 분화구 모양의 바윗덩어리에 통로를 뚫었던 것이다. 그래서 이 지역의 파쇄된 바위는 단층이 없는 대형 암석이었다. 스키피오 신부는 이러한 특성이 달 표면 30~60미터 아래에 있을 것으로 예상되는 환경을 잘 드러내 보여 준다고 주장했다.

스키피오 신부와 넘버3는 프레드와 만나기 한 시간 전에 나를 만나 줬고, 스키피오 신부는 그의 사제단과 콜로라도에 있는 공동체에 대해, 그리고 달에 가서 무슨 일을 할 것인지 기꺼이 들려줬다. 이들 수도사들과 수련생들은 열심히 일하고 기도하는 단순한 삶을 살았는데, 이것은 베네딕트회의 전형적인 삶의 방식이다. 이들은 기존에 있는 갱도 통로에서 새로운 통로를 분기하는 방법을 실험으로 알아내려 애쓰고 있었다. 이들은 자연 그대로의 바위에 소규모 예배당, 식당, 개인 숙소를 파냈다. 이들은 바위를 뚫고 터널을 파는 작업에서 잘 알려진 단순한 기술을 사용했다. 차량에 설치해 사용하는 광산용 착암기와 크게 다른 점이 있다면, 전기로 구동되는 거대한 드릴을 사용하려고 한다는 정도였다. 광산에서는 동력이 부족해서 좀처럼 전기식 착암기를 쓰지 않는다. 그러나 전기구동 착암기의 성능을 크게 개선한 제작사가 새 모델에 대한 시장을 확대할 의도로 수도사들과 함께 실제 현장에서 시운전을 진행하고 있었다.

스키피오 신부는 바위에 구멍을 내기 위해서 본인이 사용하는 기술을 설명해 줬다. 먼저 구멍을 내고 싶은 위치의 중앙에 직경 3.8센티미터의 구멍을 하나 뚫는다. 그런 다음 구멍의 직경이 10센티미터가 될 때까지 그 크기를 점점 늘린다. 중앙 구멍을 둘러싸도록 직경이 3.8센티미터인 구멍들을 뚫어서 배열하고, 중앙에서 멀어질수록 구멍 간 간격을 점점 넓혀 간다. 그리고 나서 바깥쪽에 놓인 구멍들에 고성능 폭발물을 채워 넣고 이들을 계획된 시퀀스대로 폭발시킨다. 바위는 압축력에는 매우 강하나 인장력에는 상당히 약해서, 고성능 폭발물을 터뜨려도 구멍 주변의 바위가 압축력을 받게 되므로 당장에 큰 효과가 나타나지는 않는다. 그러나 이 폭발로 인해서 생성된 압축파가 바위를 통해 전파된다. 비어 있는 공간과 바위의 밀도가 불연속성을 띠기 때문에, 중앙의 큰 구멍에 도달한 압축파는 구멍의 표면으로부터 반사된다. 반사된 파동이 인장 파동을 형성함과 동시에 재빨리 바위의 인장강도를 초과해 버려서, 작은 구멍 쪽을 향하는 두꺼운 바위 층을 부숴 버리면서 새로운 '자유표면'을 생성한다. 새로운 자유표면에서 반사된 압축파는 다시 또 하나의 인장파를 생성하고, 이 인장파가 압축파를 만들어 낸 근원지를 향해서 연속적으로 바위를 부숴 나간다. 대충 0.05~0.1초 정도의 지연 시간을 두고 더 바깥쪽에 있는 폭발물들을 차례로 점화시킨다. 이 구멍들로부터 발생한 압축파는 이전의 폭발로 생긴 확장된 자유표면을 만나게 되며, 연속적인 링 모양의 폭발을 통해서 원하는 크기의 구멍을 파낼 수 있다. 이 기술을 사용하면 임의의 직경을 갖는 바위를 깊이가 1~2미터가 되도록 비교적 정밀하게 파낼 수 있다.

단층 선을 만나면 구멍을 내는 작업이 좀 더 복잡해지지만,

수도사들은 작업 속도를 높이기 위해서 단층 선들을 이용하기도 했다. 이들은 주로 폭발물을 넣기 위해서 구멍을 뚫고 폭발로 생긴 조각을 제거하는 작업을 했다. 바위의 강도가 비교적 높은 편이므로 드릴로 바위에 구멍을 뚫는 것은 따분하고 힘든 일이었다. 자갈을 제거하는 것도 그저 고된 노동일 뿐이었다. 수도사들은 자신들이 생활할 실내공간에 더 말끔해 보이는 표면을 갖고 싶어 했고, 건축도면에 따라 방과 회의실을 만들려면 바위를 더 정확하게 제거해야 했다. 이런 점을 제외하면 터널을 뚫는 작업과 크게 다르지 않았다. 수도사들은 새롭게 파낸 실내공간을 꾸미기 위해 벽에 장식적인 디자인을 새기는 작업도 병행했다. 넘버3는 그들 작품의 예술성에 매우 감탄한 것으로 보였다.

수도사들은 식량을 자급자족했다. 식단은 주로 딸기 같은 몇몇 과일들과 야채들로 구성했다. 단백질은 거위알과 작은 연못에 가득한 민물고기로부터 섭취했다. 염소 한두 마리를 키워서 우유를 생산하고 얼마간의 치즈도 만들어 냈다. 수경 정원에서 잘 성장하는 야채들을 골라 열심히 길렀다. 이 수경 정원은 공동체 구성원 1인당 100제곱미터가 조금 안 되는 공간이었다. 온실 내부에 고강도 전등을 설치해서, 겨울에도 정원과 연못에서 동물들을 기를 수 있었다. 수도사들은 퇴비 생산이 가능한 변기를 사용했으며, 이 퇴비로부터 수경 정원용 화학적 사료를 보완해 주는 영양소들을 추출해 냈다. 고전력 전구를 사용하고 있어서 전체적으로 보면 딱히 경제적인 시스템이라고 하긴 어려웠다. 다양한 곡물을 동시에 재배하느라 수도사들도 어려움을 겪고 있었다. 그러나 수도사들은 식성이 까다롭지 않았고, 배부르게 먹을 음식이 있고 영양도 충분했다.

스키피오 신부가 달의 남극에 가서 마주치게 될 환경을 최대한 가깝게 흉내 낸 셈이었다. 스키피오 신부는 수도원을 섀클턴 분화구의 가장자리에 위치한 '영원한 빛의 정점'에 지을 생각이었다. 높고 탁 트인 지점이라서 항상 태양빛을 받을 수 있는 곳이다. 이 자리는 위어드, 크루이지프, 오켈이 21세기 직전에 클레멘타인 달 탐사선의 데이터로부터 파악한 장소들 가운데 하나였다. 수도사들은 능선에 있는 바위 중에 제거하기 쉬운 것들을 모조리 치운 다음 움푹 파인 곳의 중심에 140평이 살짝 넘는 온실을 건설하고 그 주위를 원형 트랙으로 둘러쌀 계획이었다. 중량이 2.3톤인 탄소섬유-강화 플라스틱 모듈을 여러 개 엮어서 온실을 제작할 예정이었다. 모듈의 구조 중량을 낮추기 위해서 온실 내부의 압력을 0.21바(bar)로 유지하고 그중 0.07바(bar)는 수증기로부터, 나머지 0.14바(bar)는 이산화탄소와 공기로부터 나오게 만들 계획이었다. 위치와 상관없이 내부 온도를 거의 일정하게 유지함으로써 수증기압을 거의 일정하게 유지하려는 것이었다. 이산화탄소의 함유량이 높은 편이어서 식용식물의 광합성 작용이 이산화탄소 때문에 제한되는 일은 없을 것이고, 웹 우주복과 유사한 우주복을 입은 수도사들은 미리 산소를 마실 필요 없이 온실 내에서 작업할 수 있을 것이었다.

공기와 이산화탄소는 수도원의 지하로부터 공급할 계획이었다. 수도사들의 거주 공간은 덴버 시의 압력 수준인 0.8바(bar)에 맞출 예정이었다. 이 공간에서 올라오는 공기 유동으로 특수하게 설계된 터빈을 돌려 온실 내 공기를 압축해서 지하 숙소로 돌려보내는 식으로 공기를 순환시킬 수 있다. 이 압축기는 터빈과 압축기 자체에서의 손실을 보상하기 위해서 전기 모터를 사용한다. 공기가 순환되면 수도사들이 내뱉은 이산화탄소가 식물에 쓰일 수 있고, 수도사들이 호흡할 공기에 산소가 재충전된다. 빛이 24시간 지속되므로 스키피오 신부는 식물의 빠른 성장과 함께 잉여 이산화탄소가 적절하게 걸러져서 제거될 것으로 기대했다. 그렇다고 하더라도, 수도사들의 생활공간 내에 있는 공기는 정상적인 경우에 비해 이산화탄소 함유량이 높다. 사람은 이산화탄소 함유량이 1~2퍼센트인 대기에 쉽게 적응할 수 있다. 고층 빌딩에서 배출되는 공기의 0.5퍼센트가 이산화탄소인 경우도 종종 있다. 충분한 시간이 주어지면 심지어 5퍼센트에 이르는 높은 수준에도 적응할 수 있다.

온실을 둘러싼 트랙 위에는 모바일 타워를 설치할 것인데, 태양빛을 거의 계속해서 받을 수 있도록 달 표면에서 90미터 정도 올라간 구조물을 세울 것이다. 타워 꼭대기에는 거울을 배열해서 유용한 가시광선과 지정된 적외선을 태양 빛의 직접 입수가 차단된 온실 쪽을 향해서 아래로 보낸다. 이때 자외선이 반사되지 않도록 거울을 설계한다. 태양광의 강도가 온대 지방 오후 시간대의 대략 3분의 1 수준이다. 거울을 사용해서 하루 24시간 내내 이런 빛을 받을 수 있게 되는 것이며 거울의 표면적은 140제곱미터이다. 타워가 달의 공전주기인 27일마다 원형트랙을 한 바퀴 돌도록 태양전지로 전기 모터를 가동한다. 이 거울이 폴리머 재질에 손상을 입히는 자외선 스펙트럼을 반사하지 않기 때문에, 탄소섬유-강화 플라스틱 모듈을 온실 재료로 사용할 수 있다.

생활공간의 대부분을 지하 터널 내에 건설한다는 계획을 처음부터 갖고 있었다. 그렇게 하면 터널 위에 놓인 바위가 마치 압력용기처럼 숨 쉴 공기를 담게 된다. 지구에서는 1미터를 파 내려갈 때마다 위에 있는 바위가 유발하는 압력하중이 0.2바(bar)씩 증가한다. 그러니까 5미터를 내려가면 압력이 1바(bar)에 이르게 된다. 달에서는 중력이 더 낮기 때문에 0.8바(bar)의 압력을 얻으려면 최소 22미터를 파 내려가야 한다. 그러나 스키피오 신부는 공기가 새어 나가는 것을 최소화하기 위해서 60미터까지 내려가서 항상 압축 하중이 걸리도록 만들 생각이었다.

스키피오 신부는 궁극적으로 경작 공간을 전부 지하로 옮길 생각이었다. 지하에서는 더 높은 압력이 유지되기 때문에 특수복장이나 호흡장치 없이도 경작을 할 수 있기 때문이다. 자연 조명을 제공하기 위해서 직경 3.6미터의 통로를 터널 아래까지 파낼 계획이었다. 이 통로의 안쪽 표면은 반사율이 매우 높은 알루미늄으로 여러 번 코팅해서, 통로를 따라 들어온 빛이 평균 10차례나 튕기고 반사되는 과정에서 입수량의 20퍼센트 미만을 잃게 된다. 통로의 바닥에는 직경이 3.9미터에 달하는 석영으로 만든 창을 설치할 것인데, 이 창은 포물선을 그리는 초승달 형상을 갖고 있으며 그 아래 놓인 경작용 공간 내의 공기로부터 압축 하중을 받게 된다. 평균 두께가 7.5센티미터인 이 창의 중량은 거의 2.3톤에 달하며, 지구에서 제작해서 달로 수송해야 하는 품목 중 하나였다. 스키피오 신부는 예비품을 확보한다는 차원에서 석영으로 만든 창 두 개를 원했다. 석영 창의 지지대는 니켈-철을 이용해 달에서 주조할 수 있지만, 개스킷은 지구에서 가져와야 한다.

모바일 타워에 설치된 거울 시스템을 280제곱미터로 확장해서, 달 표면 온실 대신 이 통로를 비추는 데 사용할 것이다. 정상적인 태양 입사량의 30배가 되도록 태양 빛을 집중시킨 후 단파 자외선과 장파 적외선을 걸러 내고, 수정으로 만든 창을 통과시켜서, 식량과 공기 재생 수용력의 핵심 요소인 곡물에 최적의 성장 조건을 제공하도록 280평의 공간으로 분산시킨다. 초순도 다중 코팅 처리를 거친 수정 창을 통과해서 들어오는 300킬로와트에 달하는 태양에너지에서 불과 1퍼센트 미만의 에너지 또는 3킬로와트를 흡수할 것으로 예상했다. 따라서 1초에 3킬로줄의 에너지를 창에서 제거해야 하며, 창의 아래쪽 면에 공기를 불어 넣으면 이 에너지를 제거할 수 있다. 정화된 공기를 냉각용으로 사용하면 창을 깨끗하게 유지하는 데 도움이 될 것이다.

처음에는 생존에 필요한 30킬로와트의 전기 동력을 거울이 달린 모바일 타워에 설치된 90제곱미터의 고효율 태양전지 모듈로 생산할 계획이었다. 달의 바위와 토양으로부터 물, 금속, 그리고 다른 유용한 재료를 추출하는 데 들어가는 추가 전력은, 태양이 항시 비치는 분화구의 가장자리에 위치한 협곡에 설치한, 또 하나의 태양전지시스템에서 끌어올 계획이었다. 이 협곡에는 100킬로와트를 생산할 수 있는 태양전지 모듈에 태양 빛을 집중시키는 반사거울들을 줄지어 설치할 작정이었다. 이 거울들이 태양전지 모듈로 들어오는 평균 입사량을 3배로 늘려 줄 것이고, 3일간은 거의 계속해서 이와 같은 입사량을 유지할 수 있고, 달의 남극 하늘 위로 태양이 천천히 '회전'함에 따라서, 이 3일의 앞뒤로 3~4일 정도는 좀 더 적은 양을 받게 된다.

달에서 가장 쉽게 구할 수 있는 건설용 재료는 수백만 년 동안 달 표면과 충돌해 온 운석에 포함된 니켈-철이다. 지표면 위로 자석을 이동하기만 해도 이 금속을 모을 수 있다. 달 표토나 토양의 0.5퍼센트가 운석에서 온 철로 구성되어 있다. 눈을 불어서 치우는 기계처럼 생긴 지표면용 채굴기계에 고강도 네오디뮴-철-보론 자석으로 만든 농기구 써레를 달아서, 달 토양의 맨 위층 10여 센티미터로부터 긁어모으는 것이다. 이 채굴기계는 니켈-철을 수집하기 위해서 작은 입자들을 체로 걸러 낸 후, 매우 고운 알갱이로 된 물질을 자석 위로 통과시키고 나머지 조각들을 버린다. 이런 방식을 사용하면 평당 8킬로그램의 니켈-철 원료를 달 토양 맨 위쪽의 5~8센티미터로부터 추출할 수 있다. 태양전지 시스템으로 구동되는 전기식 화로를 사용해서, 수도사들의 거주 공간에 설치할 압력 출입문과 터널 벽 지지구조체와 같은 주요 구조체들을 주조할 계획이다. 수도사들은 콜로라도 수도원에서 물 대신 모래를 이용해서 주조하는 기술을 실험하고 있는데, 소형 전기화로 안에는 달 먼지의 '모사품'을 넣었다. 아직 해결해야 할 '버그'들이 일부 남아 있지만, 이 시스템으로 기본적인 구조체들을 효과적으로 주조할 수 있는 것으로 보인다.

스키피오 신부가 수도원 건설 계획을 사실 위주로 설명하고 있다는 점에서 나는 매료되고 말았다. 스키피오 신부는 이 계획을 제대로 아는 것이 분명했다. 엔지니어 출신의 수도사를 만난 적이 없어서인지, 그의 기술적인 역량과 조용하면서도 진지한 태도에 깊게 감탄했다. 프레드가 회의실로 걸어 들어왔고, 나는 마지막으로 스키피오 신부에게 질문을 던졌다.

"신부님…… 정말 대단한 계획입니다." 이렇게 운을 떼운 다음 시선을 옮겨 넘버3를 잠시 바라봤다. "정말 인상 깊었습니다. 그런데 이 정도 비용을 들일 만한가요? 그러니까, 달에 수도원을 짓자면 지구에서 지을 때보다 몇 배의 비용이 들 텐데요."

"네, 말씀하신 부분이 맞습니다." 스키피오 신부가 잠시 주춤했다가 대답했다. "그러나 여기 넘버3께서 이 프로젝트를 위해서 자금을 충분히 제공해 주셨습니다. 우리는 이 프로젝트를 사명감으로 받아들였습니다. 그리고 넘버3와 저, 그리고 AM&M이 서로 만난 것 자체가 신의 섭리라고 보기에도 부족함이 없다고 생각합니다. 과거에 탐험과 확장으로 성장한 인류 역사를 보면 언제나 교회가 그 시작점부터 관여했다는 것을 알 수 있습니다. 우리는 인류가 지금의 작은 행성을 떠나 광활한 우주로 나아갈 것이고, 신이 창조한 나머지 작품들이 있는 곳에 가게 될 것이라는 사실에 추호의 의심도 없습니다. 교회 또한 반드시 가야 합니다. 그리고…… 맞습니다. 이는 돈이 필요한 일입니다. 우리에게는 형제자매들이 있는 곳에는 어디든지 가야 할 임무가 있습니다. 게다가 지구상의 성지들과 성당들이 믿음과 영성의 증거로 모두의 앞에 남아 있는 것처럼, 달에 세운 수도원과 교회는 지구의 밤하늘을 지나는 동안 모두가 볼 수 있도록 끊임없이 길을 만들어 가면서, 정말로 세상에서 빛의 역할을 감당할 것입니다."

프레드는 자리를 잡고 앉아서 스키피오 신부, 넘버3와 논의할 주제로 회의의 방향을 돌려놓았다. 그들은 달에 가는 수송비용을 업데이트하고, 큰 장치와 부품 등을 가져갈 방법을 논의하기 위해서 이 자리에 모인 것이었다. 수도원에서는 가솔린을 동력원으로 사용하는 트랙터와 선탑 적재기를, 달 극지 탐험용 하이브리드 SUV처럼, 프로판과 산화제를 사용하도록 개조할 작정이었다. 또한 이들은 2.4톤이 나가는 수정 창 두 개를 달로 가져가야 했다. 지난 번 스키피오 신부가 AM&M을 방문했을 때까지만 해도, 이들은 1단 형 궤도선을 재충전해서 450킬로그램을 달 표면에 수송하는 방안을 논의했다. 프레드는 스키피오 신부에게 크렘폰의 달 극지 탐험을 염두에 두고 고안해 낸 2단형 수송 시스템의 개념을 설명하고자 했다.

넘버3가 이 벤처회사에 상당한 금액을 투자하겠다고 약속해 놓은 상태였지만, 스키피오 신부는 물류 시스템의 세부 사항을 잘 정립하는 데 관심이 있었을 뿐만 아니라, 달 수송에 드는 비용이 정확히 얼마인지에 대해서도 큰 관심을 보였다. 수도원에는 장시간에 걸쳐서 자원을 공급해야 하기 때문에 달 탐험과는 좀 다를 수 있다. 초기 수도원에는 15~20명이 생활할 예정이어서 45톤의 물품이 필요할 것으로 추산되었다. 스키피오 신부와 수도사들은 계속해서 세부 품목을 보급품 목록에 추가해 나갔으며, 이들이 추산한 중량은 매일같이 더 정확해지고 있었다. 스키피오 신부는 최근 콜로라도에서의 실험을 근거로 1.0세제곱미터의 바위와 토양을 파내는 작업에 1.5킬로그램의 폭약이 들어간다고 예측했다. 수도원 멤버 한 명이 필요로 하는 공간을 75세제곱미터로 가정하면 총 1,500세제곱미터의 공간이 필요하게 되고, 소규모 기계공작실과 보수용 작업실을 포함하면 폭약만 2.7톤 이상 필요할 것으로 보였다. 그러나 상세 분석이 필요한 부분이 여전히 많이 남아 있었다.

프레드, 넘버3, 그리고 스키피오 신부는 물류 인프라도 갖춰야 했다. 표준 궤도선을 달 수송선으로 개조하는 데 1,500억 원이, 75톤의 추진제를 수용하게 될 지구 저궤도의 충전시설을 제작하는 데 2,000억 원이 들 것으로 보였다. 이와 같이 수송수단과 지원시설에만 3,500억 원이 들어가는 것이다. 현실적으로는 두 대의 달 수송선을 사용하는 편이 더 안전할 것이고 그래서 물류 인프라에 5,000억 원의 비용이 들게 된다. 넘버3는 AM&M이 다음번 투자금 확보를 진행하는 시기에 가격 협상을 유리한 방향으로 이끌어, 달 수송선의 비용을 30~40퍼센트 낮춰서 물류 인프라에 들어갈 비용을 4,000억 원 수준으로 내리기를 희망했다. 스키피오 신부는, 일단 DH-1을 이용한 저궤도 발사 서비스 시장이 성숙해지고 나면 달 천이궤도로 달 수송선을 밀어 줄 지구 궤도선의 추진제와 발사 서비스를 더 낮은 가격을 제시한 업체로부터 입찰 방식으로 구매할 수 있을 것으로 내다봤다. 그러므로 스키피오 신부는 달 표면에 1킬로그램을 수송하는 비용이 120만 원 수준까지 떨어질 것으로 예측했다. 그래서 넘버3가 약속해 놓은 1조 원 가운데 4,000억 원을 우주선에 쓰고 2,500억 원을 수도원을 개발하는 데 쓰고, 그리고 2,500억 원을 1킬로그램당 250만 원 선에서 최대 100톤에 이르는 인력과 물자의 수송에 쓰고 나면, 1,000억 원 정도가 예비비로 남게 된다. 이 예비비로는 초기 1~2년 동안의 긴급 상황이나 높은 수송비를 감당할 수 있다. 일단 수도원을 제대로 설립하고 나면, 정교한 제조가 필요한 품목들, 질소, 지구로부터 가져가야만 하는 몇몇 부영양소들을 제외하고는, 수도원이 거의 자급자족해야 하는 상황이었다.

나는 스키피오 신부와 넘버3, 두 사람에게 깊은 감명을 받은 채로 회의실을 빠져나왔다. 이 사람들은 본인이 원하는 바를 분명하게 알고 있었으며, 어떻게 표현해야 할지는 잘 모르겠으나, 힘을 북돋우는 강인함 같은 것이 있었다. 난 달에 수도원을 짓는 일을 더 이상 회의적으로 보지 않게 되었고, 스키피오 신부를 그저 그런 수도사쯤으로 여기지도 않게 되었다. 누군가가 나서서 달에 영주할 기지를 짓게 된다면, 그 사람이 바로 스키피오 신부일 것이라고 확신하게 되었다.

잠시 후 포사이스와 이야기를 나누게 되었는데, 그는 수도원 프로젝트가 매우 고무적인 사업이라고 했다. 사실 포사이스가 꽤나 열광적인 반응을 보였다. 달에 450킬로그램을 수송하려면 궤도선 DH-1을 지구 저궤도로 한 번 이상 올려야 한다. 90톤의 페이로드를 달로 보내려면 지구 저궤도로 200회 이상을 비행해야 하는 것이다. 재충전소를 설치하는 데 필요한 비행을 추가로 고려하고 크렘폰의 달 일주 탐험까지 포함하면, 달 수송선의 서비스를 제공하고 지원하는 데에만 연간 50~100회의 비행이 필요하게 되는 것이다. 이는 확실한 시장이 창출되는 것을 의미하며, 포사이스가 말했던 것처럼 DH-1은 이 시장에 효과적으로 대응할 수 있는 발사체였다. 다른 기업으로부터 발사 서비스를 구매하려 한다는 점이 이 두 프로젝트가 보이는 공통적인 특징이었다. 이와 같은 프로젝트는 DH-1의 고객들에게는 매력적인 시장이, 잠재 고객들에게는 발사체를 구매할 타당한 이유가 되어 줄 것이다.

달 남극에 피신처를 확보하면 과학자, 탐험가, 달에 가 보려는 관광객 들을 장려하는 파급효과까지 낳게 된다. 280평의 온실은 40명 이상을 감당할 수 있을 테고, 초기에는 15~20명으로 구성된 수도사 공동체가 거주할 것이므로, 방문객을 20명 정도까지는 수용할 수 있는 것이다. 포사이스는 수도원의 존재로 인해서 그 근처에 과학기지가 설립될 것이며 그래서 소규모이긴 하지만 달로의 이주가 시작될 것으로 예상했다. 남극 지역이 달에서 가장 매력적인 부동산이 되는 셈이다. 분화구가 만들어 낸 영원한 어둠 속에는, 비교적 풍부한 양의 수소가 태양수소[147]나 물 얼음[148]의 형태로 존재한다고 알려져 있다. 이 수소는 우주선과 지상 차량에 추진제가 될 수 있을 뿐만 아니라 마실 물과 농업용수도 제공할 수 있다. 스키피오 신부는 이 귀중한 자원을 추출하기 위해서 태양 증류기를 건설할 생각이었다.

그리고 포사이스가 지적한 것처럼, 달에 20명 이상의 방문객을 수용할 숙소를 갖춘 수도원이 생긴다는 것은 일반적인 의미에서 즐길 만한 여행지는 아닐 수 있지만, 관광객이 달에 가서 머물 곳이 생긴다는 뜻이었다. 물론 나는 달의 저중력 환경에서 돔 속을 '날아다니는' 것을 꿈꿨던 글들을 읽어 본 적이 있었다. 개척되지 않은 세계가 제공하는 자연의 경이로움도 분명 존재할 것이다. 그렇다, 사람들은 달에 가길 원할 것이다. 포사이스는 표준 궤도선 하나를 지구 저궤도에서 재충전하면 적어도 10명의 탑승자를 달 표면으로 수송했다가 데려올 수 있다고 주장했는데, 그 비용은 지구

---

[147] Solar Hydrogen. 태양풍의 영향으로 달의 표면에 생성된 수소를 머금은 분자들.
[148] Water Ice. 분화구 아래 온도가 낮은 곳에 생성된 얼음.

저궤도 비행의 15~20배가 될 것으로 봤다. 만일 저궤도 비행에 들어가는 비용이 10억 원이라면 달에 다녀오는 왕복 여행에는 200억 원 근처의 비용이 들 것이다. 즉 비행 티켓이 20억 원인 셈이다. 데니스 티토[149]는 국제 우주 정거장에서 일주일 머물기 위해 200억 원을 지불했다. 게다가 스키피오 신부는 수도원에 머물 사람들에게 방값을 요구할 생각은 없어 보였다. 머물고 싶은 만큼 머물 수 있을 것으로 보였고, 달을 왔다 갔다 하는 왕복선이 정규적으로 운행되면 특히나 더 그렇게 될 것인데, 스키피오 신부와 얘기를 나눠 봐서인지, 오래 머무는 관광객에게 스키피오 신부가 일을 시키는 상황을 상상할 수 있었다. 그러나 수도원에 머무는 것 자체가 즐길 만하고 만족감을 주는 경험이 될 거라는 인상을 강하게 받았다. 만일 왕복선을 정규적으로 운행하게 되면, 그 뒤를 이어 더 많은 편의시설과 오락시설을 갖춘 좀 더 나은 숙소가 건설될 것이다. 이런 일들이 우주수송 시장을 더욱 성장시켜서 DH-1 발사체에 대한 수요를 끌어올려 줄 것이다.

사람을 제외하면 지구로 수송할 화물량은 당분간 많지 않은 것으로 보였다. 포사이스는 스키피오 신부가 달에서 아주 적은 규모로 훌륭한 포도주를 생산해서 지구로 보낸다면 매우 색다른 제품으로 판매될 수 있다고 제안하기도 했다. 지구에서 생산한 어떤 포도주는 한 병에 1,000만 원 이상에 팔리기도 한다. 이처럼 포사이스는 행성 간 무역을 촉진할 무언가를 늘 찾고 있었다. 그러나 존 포사이스는 수요가 생길 때까지 기다릴 생각은 없었다. 달 탐험

---

149 Dennis Tito. 사비로 우주여행을 다녀온 미국인 백만장자.

과 유사한 제안들이 곧 돈벌이가 될 것이라는 기대치를 조심스럽게 키움으로써 수요를 창출하겠다는 것이 존의 의도였다.

21장

그들은
어디 있나?

프레드를 다음 날 오후에 다시 만나서 DH-1 발사체의 화성 탐험에 대해 듣기로 했다. 달 탐험에 관한 계획을 듣고 나자 화성에 대해서도 당장 알고 싶어졌다. 점심시간에 AM&M에 도착해, 프레드를 만나기 전에 간단하게 요기라도 할 겸 카페테리아에 갔다. 자리를 찾아 앉고 나서 바로 옆 테이블의 대화를 엿듣게 되었는데, 우주여행을 진지하게 여기는 직장에서나 나눌 법한 내용이었다. 그들은 페르미[150]의 질문, "그들은 어디 있나?"에 대해서 대화를 나누고 있었다

'그들'이란 외계인이나 지구 밖에 존재하는 생명체를 말한다. "우리가 우주의 유일한 생명체인가? 그게 아니라면, 그들은 왜 아직까지 방문하지 않았는가?" 모두가 궁금해하는 바였다. AM&M은 금전적인 보상과 흥미로운 프로젝트를 제시하며 유능한 인재들을 최대한 영입했다. AM&M의 직원들을 대강 두 무리로 나눌 수 있었다. 우주 '정복'이 본인의 신념이어서 주어진 일을 소명으로 받아들이는 사람들이 있었다. 좋은 직장을 원해서 이 일에 뛰어든 사람들도 있었다. 자신의 일에 대해서 정말 흥미를 느끼고 있었고 일에 대한 자부심도 갖고 있었다. 그러나 이들에게는 우주발사체를 만드는 일이 그저 직업일 뿐이어서, 핵잠수함, 상용 비행기, 슈퍼컴퓨터, 자동차를 만드는 일과 그다지 다를 것도 없었다. 흥미로운 일에 참여할 수 있어서 좋긴 했지만 신념으로 여기지는 않았다. 7인방의 대다수가 우주를 신념의 대상으로 여기고 있는 것은 확실해 보였다. 그러나 AM&M에 일하는 엔지니어와 지원 인력을 살펴보면

---

[150] Enrico Fermi. 이탈리아의 물리학자.

우주를 신념의 대상으로 여기는 사람은 소수에 불과했다.

사업을 소명으로 대하는 것은 전혀 새로운 일이 아니다. 스티브 잡스의 초창기 애플은 컴퓨터의 혜택을 대중들과 나누겠다는 '구세주적인' 신념으로 움직였다. 그리고 그 시절 애플에서 일하며 느꼈던 감정은 직원들의 마음속에 평생 각인되었을 것이다. 사업이나 직업을 신념으로 대하는 것은 그것대로 장점과 단점이 있기 마련이다. 당시 애플은 기능적인 면에서 뿐만 아니라 개인 컴퓨터가 앞으로 나아갈 방향을 예단하는 면에서도 경쟁사들보다 월등하게 앞서 있었다. 그렇지만 비전을 정해 두고 근시안적인 해결책에만 전념하다 보면 조직 전체가 현실감을 잃고 전반적인 시장이 돌아가는 상황에 어두워진다. 이전 모델인 애플II와 호환이 되도록 매킨토시를 만들었더라면 사람들이 이 기계에 그 정도로 열광하지는 않았을 것이다. 그러나 시장을 지배한 것은 이전 모델과의 호환성 그리고 확장이 쉬운 아키텍처를 선택한 인텔과 마이크로소프트였다. 마이크로소프트는 GUI[151]와 버튼이 하나뿐인 마우스에 광적으로 집착하기보다는 경쟁사들로부터 소프트웨어 분야의 아이디어를 빌려 오는 실용적인 접근법을 택했다.

존 포사이스에게 DH-1의 제작은 분명 신념에 해당하는 일이었다. 하지만 오랜 세월 사업이란 현실 세계를 충분히 겪어 온 그에게는 꿈 하나를 충실히 구현하는 것보다 성공이 더 중요했다. 엘리자베스 웨일은 『그들은 크리스토퍼 콜럼버스를 비웃었다』라는 책에서 로켓회사가 새로운 밀레니엄이 시작되던 시점에 등장했다가

---

[151] Graphical User Interface. 컴퓨터 그래픽 기능을 사용하는 인터페이스 환경.

실패한 이야기를 그려 냈다. 포사이스는 로켓을 제작하겠다는 선언이 외부에서 볼 때 합리적이지 못한 결정으로 보일 수 있다는 점을 다시 한 번 생각하게 되었다. 특히 그런 '비전'이 기업의 분위기를 지배하고 있으면 더욱 그렇게 보일 수 있는 것이다. 웨일이 제목에 암시한 것처럼 위대한 일을 해낼 사람이 그 일에 집착하는 동안 세상은 위대한 업적을 종종 비이성적인 행동쯤으로 여기는 법이다. 아이디어나 신념을 추구하는 과정에서 위인들이 실제로 비이성적인 면을 드러내기도 했다. 그동안 굳건하게 지켜 온 신념들이 진실하고 이치에 위배되지 않는다면, 그것이 종교적인 것이든 아니든, 한 개인에게는 이 신념이 이성적인 사고를 넘어서는 믿음으로 자리 잡은 것이다.

존 포사이스는 톰 래빗의 명석하고 이성적인 두뇌에 의지해서, 세상을 바꾸려는 몽상가와 성공으로 가는 초석을 단단하게 깔아 줄 현실주의자들 사이에서 AM&M이 흔들림 없이 중립적인 입장을 끝까지 버텨 내기를 희망했다. 숫자로 따지자면 현실주의자가 지배적이었으나, 그렇다고 아이디어로 무장한 몽상가들이 우세해지는 경우가 전혀 없지는 않았다. 우주시대가 도래한 이후로 몽상가와 현실주의자 둘 모두가 발전을 이뤄 냈다. 그리고 지난 20~30년간을 우주라는 프런티어를 진정으로 열어 왔느냐는 측면에서 살펴보면, 현실주의자들이 세운 기업이 몽상가들의 기업보다 현저하게 많은 발전을 만든 것도 아니었고, 어쩌면 오히려 덜 만들어 냈을 수도 있다.

현실적인 사람들과 '성공한' 몽상가들이 섞여 지내는 곳에는 관점의 교환이나 논쟁이 있기 마련이어서, 직원들 간에도 종종 흥미로운 논쟁이 터져 나왔다. 그리고 외계인의 존재라는 주제만큼 활발한 토론을 유발하는 것은 없었다. 공상과학 소설을 읽으며 성장한 사람들은, 외계인이 우주에 존재하며 언젠가 그들과 만나게 될 것이라는 아이디어가 확실하지는 않지만 매우 그럴듯하다고 생각했다. 대부분의 현실주의자들에게는, 외계의 지성적 존재 따위는 많은 시간을 할애해서 생각해 볼 대상이 아니었다. 만일 외계인이 우리 문 앞에 나타난다면, 그때 가서 어떻게 할지 고민할 필요가 있다는 것이다. 그러나 그러한 일이 있기 전에는 공상과학에 불과한 것이고, 이것은 시간여행에 대해서 골똘히 생각해 보는 것과 과거로 돌아가서 할아버지를 살해하면 무슨 일이 발생할까에 대해서 추측해 보는 것과 크게 다를 바 없는 일이었다. 열심히 생각한들 실질적인 이득이 아무것도 없고 해결할 수 있는 것도 아니었다. 그래서 외계인이 존재할 가능성을 계속해서 추측하는 사람은 딱히 다른 할 일이 없는 것으로 치부되었다.

엔지니어들이 테이블을 가득 메우고 꽤나 왕성하게 토론을 벌이고 있었다. 아마도 토론이 꼬리에 꼬리를 물고 이어지는 것 같았다. 이 대화에 끼어 보려고 자리에 앉자, 구조 그룹의 수석 금속공학자인 소어 싱벨드가 어떻게 SETI[152]라는 개념이 전체적으로 혼선을 주는지에 대해서 그의 생각을 토로하고 있었다. 얼핏 듣기에 지구와 달의 L5 지점에 대형 SETI 라디오 망원경 배열을 설치하는 사업에 자금을 대려는 투자자 넘버5를 위해서 선행 계획을 세우고

---

[152] Search for Extraterrestrial Intelligence. 외계의 지적생명탐사.

있는 전기 엔지니어 아만다 라슨이 어떤 의견을 내자 소어가 답을 하고 있는 것 같았다. 소어는 SETI 프로젝트가 '우주가 신이다'라고 믿는 범신론의 표출일 뿐이라는 의견을 내놓았다.

소어가 주장했다. "20세기 전반부에 SETI의 철학적 근거가 되는 이론을 발전시킨 것은 이단으로 지목된 피에르 테야르 드 샤르댕이라는 예수회 사제였습니다. 그는 근대주의로 불리는 20세기의 신학 브랜드를 주창했던 사람 중 하나였는데, 이들은 19세기에 등장한 철학적 아이디어인 진화론을 바탕으로 기독교 신앙을 연구하려 했습니다. 많은 사람들이 진화론이 생물을 체계화하고 분류하는 데 유용할 뿐만 아니라 새로운 철학의 토대가 된다고 믿은 것입니다.

근대주의는 20세기 중반에 공산주의와 기독교 정신을 조화시키려던 해방신학과 함께 실패했고 교회로부터 비난을 받았습니다. 드 샤르댕은 우리가 신을 향해서 진화하고 있다는 개념을 전개하는 데 많은 영향을 끼쳤는데, 이 개념에서는 화학적인 진화가 개개인이라는 지성적 존재를 낳는 생물학적 진화로 이어지고, 그러고 나서 이 개인들이 점점 더 큰 하나의 지성적 존재로 연결된다고 봅니다. 궁극에 가서는 전 세계가 하나로 단합된 지성적 존재가될 것이고, 드 샤르댕은 이를 '인지권'이라고 불렀습니다. 그러고 나서 지구의 인지권이, 다른 별들에 존재하는 지성적인 존재로 구성된, 우주에 존재하는 다른 모든 인지권과 연결될 것이고, 그래서 우주는 하나의 지성적 존재가 되고, 결국에 가서는 우주가 신이 된다는 얘기입니다. 물론 2,000여 년 전 명확한 계시에 의해서 신이 사람으로 나타났다는 기독교의 기본 원칙은 신을 향해서 우주가 진화하고 있다는 개념에 정확히 부합하지 않습니다. 그러나 드 샤르댕의 아이디어는 여전히 근대의 범신론자들이 받아들이기에 편리한 철학적 토대를 제공하고 있습니다. 더 꼬집어 말하자면, 그는 진화하고 있는 지성적 존재로서의 인간의 기능은 우주에 존재하는 다른 지성적 존재들과 연결하는 것임을 넌지시 주장하고 있는 것입니다."

아만다는 본인이 범신론자가 아니라고 강하게 부인했다. "전 다른 생명체들을 만나 그들이 어떻게 살고 있고 어떤 식으로 사고하는지를 알게 되면 정말 멋지겠다고 늘 생각해 왔습니다. 그리고 제가 지금 작업하고 있는 레이다 배열을 사용하면 1,000광년 밖에 있는 문명 세계를 엿들을 수 있을 텐데, 그러면 그들이 우리에게 아무런 메시지를 쏘아 보내지 않더라도, 말하자면 그들끼리 소통하는 과정에서 일상적으로 새어 나오는 부분을 들어 볼 수 있게 되고 이를 통해서 그들의 모든 면에 대해서 알 수 있게 되는 겁니다. 확실한 것은 행성을 보유한 별들의 목록이 계속해서 늘어나고 있다는 겁니다! 만일 그들이 그곳에 존재한다면 그리고 이미 알려진 행성계에 존재한다면, 이 프로젝트로 그들을 찾아낼 것입니다."

재진입 시스템 그룹의 조 포스버그가 불쑥 끼어들었다. "그런데 만일 그들이 이미 여기에 왔다면요?"

외계인이 이미 지구를 방문했다는 증거를 대 보라며 모두가 달려들었다. 조는 세 가지를 예로 들었는데 적어도 그중 두 가지는 그들이 지구를 방문한 것이 가까운 과거의 일임을 암시했다. 그가 예시로 고른 첫 번째 대상은 치타였다.

"치타가 유전적 다양성을 전혀 보이지 않는 것은 잘 알려진 사실입니다. 치타 두 마리를 무작위로 골라서 서로 피부이식을 해도 문제가 없을 정도로 이들의 유전자는 엄청나게 유사합니다. 그들 모두가 사실 쌍둥이나 다름없는 겁니다." 잠시 얘기를 멈춘 조는 마치 이것이 의미하는 바를 아는 사람이 있는지를 확인하려는 것처럼 보였다.

살짝 승리감에 젖은 조가 이야기를 이어 나갔다. "그것은…… 생물학적으로 불가능합니다. 치타의 개체수가 한 마리의 수컷과 한 마리의 암컷으로 줄어들더라도, 유전적인 다양성을 거의 잃지 않을 정도입니다. 다양성을 전혀 보이지 않는 상황을 설명할 유일한 방법은 엄청나게 긴 시간 동안 매우 적은 수의 치타가 존재했던 경우일 것입니다. 그런데 이 또한 통계적으로 불가능합니다. 하나의 종이 오랜 기간에 걸쳐서 매우 적은 수의 개체만 남게 되면, 자연 재해나 기후 변화로 인해서 멸종하게 될 것입니다. 치타처럼 유전적인 다양성이 전혀 없는 종을 만들어 낼 자연적인 과정이란 게 있을 수 없다는 애기입니다."

소어가 물었다. "그래서 그 이유가 뭐라는 겁니까?"

조가 대답했다. "어…… 이유가 분명하지 않요? 우주에 유사한 동식물을 공유하는 세상이 여럿 있을 것이고, 치타는 외계의 품종 프로그램이 낳은 산물입니다. 치타는 지구에서 가장 빠른 동물이기도 합니다. 그리고 유전적 다양성이 없는, 지극히 진기한 이 동물이야말로 외계인들이 지구를 방문했음을 알리는 명백한 증거로 보입니다. 외계인들이 아프리카에서 사냥 파티를 열었고, 그들의 애완동물 한두 마리가 도망친 것이죠.”

이번에는 프랭크 비탈이 목소리를 높였다. “제가 알기로
는…… 왕족들이 치타를 사육했는데, 특히 인도에서 그런 일이 있
었습니다. 외계인이 가져온 애완동물이라는 설명보다 고대의 어느
인도 문명이 치타를 동종 번식시켰다고 가정하는 편이 오히려 설득
력 있어 보입니다. 오컴의 면도날(Occam's Razor) 기억하시죠? 어떤
현상에 대한 설명들 가운데 논리적으로 가장 단순한 것일수록 진
실일 가능성이 높지요.”

조가 반박했다. “아, 제가 유전학 전문가는 아닙니다만……
합리적인 숫자의 동물을 사용해서 합리적인 시간을 제아무리 들인
들 이처럼 다양성이 없는 상황을 만들어 낼 수 없다고 생각합니다.
저는 이 정도 수준으로 다양성이 결여되는 상황은 복제를 해야만
가능할 것으로 봅니다. 그리고 우리는 지금까지 치타를 복제해 낸
일은 없다는 걸 잘 알고 있습니다. 적어도 최근까지 그런 일은 없었
습니다.”

“그렇군요. 다음 증거는 뭔가요?” 소어가 물었다.

조가 말을 이어 나갔다. “20년 전에…… 식물학자 한 분이
오스트레일리아 시드니에서 얼마 떨어지지 않은 곳에서 소규모 소
나무 숲을 발견했습니다. 울레미 소나무였죠. 화석에 남겨진 기록
으로만 보면 이 소나무는 5,000만 년 전에 멸종했어야 합니다. 그러
나 오스트레일리아의 국유림 어느 골짜기에서 40그루가 좀 안 되
는 울레미 소나무가 살아 있는 것을 발견한 겁니다. 주변에 쓰러져
죽은 통나무들을 보면, 이들이 수천 년 넘게 그곳에 있어 온 것으

로 보입니다. 그러나 고대에 속해야 하는 이 나무가 다른 어디에서
도 발견되지 않았고, 주변에는 유사한 나무 한 그루 없는 상황에서
단 하나의 장소에서만 발견되었다는 것은 믿기 어려운 일입니다."

소어가 물었다. "이 점을 어떻게 설명하시나요?"

조가 대답했다. "분명…… 어떤 다른 세계에서 성장하던 울
레미 소나무에서 나온 씨앗이 누군가의 발이나 착륙장치에 묻어 들
어온 겁니다. 그 후로 이 나무들은 그곳에서 줄곧 성장해 왔고요."

소어가 말했다. "저도 그 나무들에 대해 읽은 적이 있습니
다. 이들은 노르웨이 소나무처럼 요즘 꽃가게에서 꽤 잘나가는 상품
입니다. 이 나무는 자웅동체인 것으로 아는데요, 이는 애초에 적어
도 두 개의 씨앗들로부터 나온 두 그루의 나무가 있어야 한다는 의
미가 아닌가요? 제 생각에는 그 설명은 정말 억측인 것 같습니다."

프랭크가 말했다. "맞아요, 저도 이 나무들에 대해서 들어
봤어요. 이 나무들이 다른 어떤 곳보다 오스트레일리아에 있는 나
무들과 유전적으로 더 가까운 사이라고 들었어요. 있을 법하지 않
은 일이 일어난 경우라고 봐야죠. 확률적으로도 이런 일이 종종 일
어나잖아요. 우리가 멸종된 것으로 여겼던 은행나무도 중국인들이
수세기 동안 가꿔 왔고요."

조가 대답했다. "음……. 어쩌면 은행나무의 유전적인 다양
성을 조사해 보면, 그들 또한 하나 또는 아주 적은 수의 묘목에서
부터 시작됐다는 증거를 발견하게 될 것입니다. 그러니까 제 논점은
울레미 소나무가 지구상에서는 멸종되었으나 다른 행성에서는 그

렇지 않았다는 것입니다."

소어가 반박했다. "하지만 멸종된 것으로 여겼던 동물들이 멀쩡히 존재하고 있음을 발견하는 일이 그다지 특별하지는 않습니다. 마다가스카르 해안에서 발견된 실러캔스 물고기를 잊지 마세요. 좋습니다……. 조, 세 번째 증거는 무엇인가요?"

조가 짧게 대답했다. "고세균……."

소어가 잠시 생각해 보고 말했다. "알겠어요, 저도 고세균에 대해서 읽은 적이 있습니다. 정말로 흥미롭고 신비로운 존재더군요. 박테리아와 진핵생물 사이쯤 되는 일종의 세균이고…… 매우 적은 종들조차 배양할 수 없으며, 이들의 유전적 구성이 매우 다양한 것으로 들었습니다. 매우 다른 종류가 여럿 존재하기 때문에, 어떤 고세균은 다른 것들과 너무 달라서 마치 박테리아와 녹색 식물의 차이를 별거 아닌 것으로 보이게 만듭니다. 그러나 그들이 외계에서 왔다는 증거가 있나요? 이 행성에는 배양할 수 없는 신기한 생물의 형태가 정말 많이 존재합니다. 그러나 전 세계에 널리 퍼져 있는 토양을 고려할 때, 그들만 특별히 지구에서 비롯되지 않았다는 증거는 없어 보입니다."

조는 살짝 격앙된 채로 말했다. "어…… 알겠습니다. 제가 고세균 전문가는 아닙니다. 그러나 치타와 오스트레일리아 소나무를 생각해 보고, 인류와 유전적으로 너무 떨어져 있지 않은 생명체들이 우주를 채우고 있을 것으로 가정하고, 이들이 매우 오랜 기간 동안 아주 가끔 지구를 방문해 왔다고 보면, 고세균처럼 지구 환경을 특별히 좋아하는 것도 아니면서 여전히 안정되게 자리를 잡고 천천히 성장하는 미생물 부류들을 발견하는 것보다 더 자연스러운 일이 있겠습니까? 고세균들은 온천이나 하이드로벤트[153]와 같은 극단적인 환경을 좋아하는 것으로 보입니다."

이 이야기를 끝으로 대화가 점차 줄어들었다. 우리는 우주에 대해서 모르는 것이 정말이지 너무 많았다. 최근에 읽은 것들 중에 우주에서 암흑 물질과 암흑 에너지를 발견하려는 의도로 기획했던 실험의 실패를 다룬 논문이 떠올랐다. 현대물리학을 옹호하는 사람들은 정말이지 점점 더 스스로의 실패를 인정해야 할 것 같다. 뭐라도 이해하고 있다고 거드름 피우기에는, 우리가 해결하지 못한 질문이 너무나 많은 것이 분명하기 때문이다. 현대물리학자와 우주철학자가 수많은 노력을 쏟아부었음에도, 철학적인 측면에서 가장 중요한 '우주는 어디에서 와서 어디로 가는가?'라는 질문들이 최신의 이론에서도 그 답을 찾고 있지 못한 것이다. 생물학적인 분류와 종들의 관계를 기술하는 데 견고한 토대로 쓰이는 진화론조차도 수집된 데이터가 보이는 모순을 고려해서 50년마다 다시 쓸 필요가 있는 상황이다. 이번에는 고쳐 쓰는 일조차 실패로 끝날 것으로 보였다. 진화론을 대체할 만한 새로운 이론이 등장한 상황도 아니었다. 계속해서 입수되고 있는 유전자 정보를 모두 설명해 내는 작업을 잘 감당하지 못하는 것이 현실이었다.

그렇지만 기술적인 면에서는 분명 진전이 있었다. 오래전에 나온 데스크탑 컴퓨터는, 모두가 추구했던 안정적인 단순함이란 경지에 이르지 못했고, 개인 컴퓨터로부터 잠재된 성능을 최대한 얼

---

[153] 열수분출공(Hydrothermal Vents)의 줄임말. 뜨거운 물이 지하로부터 솟아 나오는 구멍.

으려면 다시 새로운 기능들을 필요로 하게 되어서 모두들 이러한 컴퓨터를 포기했다. 바이오 기술과 나노 기술은 연구와 창업의 온상이었다. 그러나 이러한 모든 것에도 불구하고, 세계 경제의 대부분이 막연한 불안에 정체되어 있다. 유럽과 일본에서는 이러한 상황이 인구수가 걱정될 만큼 줄어드는 인구구조 때문이라고 그 죄를 뒤집어씌울 수 있었다. 그러나 모든 인간사가 대개 그렇듯이 이러한 문제에 대한 해결 방안이 분명하지 않았다. 사회주의는 경제 이론으로는 죽은 것이나 다름없었지만, 사회주의와 공산주의의 배후를 형성한 세계관과 철학은 여전히 대중들의 생각에 큰 영향력을 미치고 있는 것이다. 그러나 모든 것을 알고 통제할 능력이 인간에게 있다는 믿음을 조금도 잃지 않았다고 주장하기는 어려워졌다. 종교적인 영역을 보면 미국에서는 제2의 신앙부흥운동이 진행 중인 것으로 보였는데, 이는 어쩌면 인간이 모든 것의 중심이 아닐 수 있다는 아이디어를 강조하고 있었다.

　　공상에서 깨어나 카페테리아를 가득 메운 AM&M의 엔지니어와 기술자들을 둘러보았다. 그리곤 이 프로젝트에 참여했던 지난 몇 달 동안 보고 들었던 모든 것들을 생각해 보았다. 저비용 우주수송이 결국 새로운 프런티어를 열게 될 것인지, 그리고 이 시대의 철학에 긍정적인 방식으로 기여하게 될 것인지, 나로서는 알 수가 없었다.

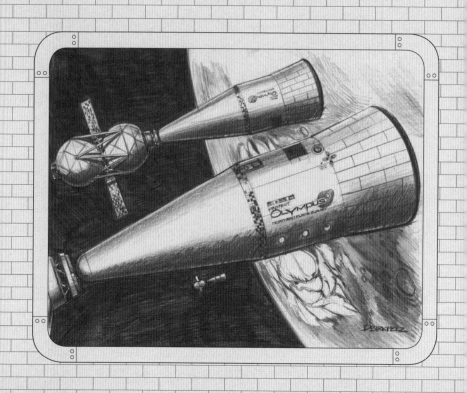

㉒장

모든 곳으로의
중간 지점

점심 식사 후 프레드의 사무실로 향했다. 가는 길에 존 포사이스와 나눈 대화를 곰곰이 생각하게 되었는데, 포사이스는 DH-1의 잠재력에 대해서 얘기했고, 말 그대로 갈 수 있는 한계까지 DH-1을 밀고 가겠다는 것이 그의 전략이었다. 지구 저궤도는 전투로 치면 절반의 승리라는 얘기를 계속해서 듣게 되었는데, 포사이스는 AM&M이 절반의 승리를 얻고 나서 무기를 갖추고 온전한 승리를 향해 나아가기를 희망했으며, 포사이스가 생각하는 온전한 승리란 태양계 전체를 인류의 활동무대로 여는 것이었다. 포사이스는 머지않아 DH-1을 개선해서 궤도에 올릴 시험비행을 단행할 것이고 엔지니어들이 정말로 멋진 접근법을 고안했다고 확신했다. 그러나 포사이스는 수천억 원 미만의 비용으로 궤도에 도달하는 재사용 우주수송 수단을 만드는 것만으로는 상황이 녹록지 않을 것임을 내다볼 정도로 사업에 밝은 사람이었다. 결국에는 현실적으로 사업성이 있어야 했다. 7년 이내에 우주시장을 '띄우지' 못하면 AM&M이 비틀거리기 시작할 것으로 예측했다. 그때까지 살아남으려면 7년 동안 평균 8대의 발사체를 매년 판매해야 하는 것이다. 7년간 매년 8대의 발사체를 팔면 56대인 것이다. 포사이스는 그 정도 기간에 그만큼의 발사체는 팔 수 있다고 확신했는데, 물론 이윤을 내는 수송수단으로 자리매김하는가는 또 다른 문제였다. 포사이스는 국가의 위신이 달린 사업, 군수업, 국제협력사업, 크게 주목받고 있는 임무와 사업 들이 충분히 있기 때문에, DH-1이 설계대로만 작동해 주면 7년간 생산라인을 유지할 만큼 충분한 수요가 있다고 믿었다.

그러나 이런 사업 전략이 포사이스의 원대한 목표에 부합

되려면 새로운 우주수송 시장이 반드시 생겨나야 했다. 50대 이상의 발사체가 연 4회를 비행하면 연간 비행 횟수는 200회가 넘는다. 1년에 12회를 비행하면 600회가 되고, 일주일에 1회씩 비행하면 2,500회가 넘는다. 결국 DH-1의 구매 고객들은 이만큼 자주 비행할 이유를 찾아내야 할 것이고, 그렇지 않고서는 시장이 금방 바닥을 드러내게 된다.

포사이스는 우주수송비용을 극적으로 낮춘다는 의미에서의 성공과 자신의 최종 목표인 태양계를 여는 일이 떼려야 뗄 수 없는 사이라고 믿었다. 우주수송 시장이 새롭게 자라나야 하는 상황에서, 포사이스는 행성 간 물류수송이 이런 시장이 되어 줄 것으로 봤다. 그러므로 프레드 클레멘스가 이끄는 AM&M의 우주물류 부서는 포사이스의 이러한 전략에 주요한 역할을 담당하고 있었다. 심우주 활동을 장려하고 촉진해서 뭔가를 이루려면 5년, 10년, 어쩌면 15년이 걸리겠지만, 포사이스는 행성 간 물류수송이 발사체 시장과 수송서비스 시장을 몰고 가는 시점이 좀 더 빨리 와 주기를 바랐다.

포사이스는 희망한 것보다 발사 서비스에 대한 수요가 느리게 성장하고 판매도 그만큼 늘지 않더라도, AM&M을 최대한 가볍게 유지하고 판매된 발사체의 유지보수와 운용지원 계약을 통해서 살아남을 예비자금을 비축하기로 결정했다. 그러나 만일 새로운 수송시장이 열리기까지 10~12년이 걸리면, AM&M이 이러한 성공을 만끽할 수는 있겠지만 이익을 거두어들이지 못할 것으로 내다봤다.

이런 점에서 전통적인 발사 서비스 기업들이 초창기에 인공위성 탑재체를 쏘아 올려 이익을 내겠다고 선언했던 방식과는 매우 달랐다. 지구를 도는 위성의 용도는 한정될 수밖에 없다. 나는 포사이스가 시작 단계에서부터 지구에서 멀리 떨어진 심우주를 들여다보고 있는 이유를 알 것 같았다. 광활한 우주로 진출해서 시장을 새롭게 개척해야만 수송 수요를 제대로 키울 수 있는 것이다. 프레드의 사무실 문을 두드렸을 때, 나는 프레드가 화성과 그 너머의 것에 대해서 어떤 전략을 짜고 있는지 듣고 싶어서 안달이 나 있었다.

안부 인사를 주고받은 후, 프레드가 집무실 한쪽 벽면을 차지하고 있는 대형 화이트보드로 걸어가는 동안 나는 책상 옆에 놓인 의자에 앉았다.

프레드가 이야기를 시작했다. "행성 간 수송에 관계된 기본적인 사항을 전체적으로 살펴보기로 합시다. 먼저 지구 궤도에서 시작합시다. 다들 이곳이 모든 곳으로 가는 중간 지점이라고 말합니다. 우리의 이야기가 시작되는 지점이기도 합니다. 왜냐하면 DH-1의 지구 궤도선, 달 궤도선, 행성 수송선이 어디론가 더 멀리 가기 전에 이곳에서 재충전을 해야 하기 때문입니다. 그래서 우리는 지구의 궤도속도 초속 7.7킬로미터에서 모든 것을 시작합니다. 이 값은 고도 180킬로미터 원 궤도에서의 궤도속도입니다. 지구 궤도를 떠나거나 탈출하려면, 비행체의 속도를 초속 10.8킬로미터로까지 올려 줘야 합니다. 이 속도에서는 지구의 만유인력이 비행체가 지구로부터 무한대의 거리에 도달해야만 비행체가 완전히 멈추도록 그 속도를 늦출 수 있습니다. 무한대의 거리는 실질적으로

160만 킬로미터입니다. 이 지점에 도달하면 지구의 만유인력이 실질적으로 0이 되는 겁니다. 이곳에서 어디론가 더 가고자 하면 속도가 0 이상 되어야 합니다. 그렇겠지요? 지구 중력의 영향이 도달하지 못하는 곳에 최종적으로 도달했을 때 약간의 속도를 갖고 있으려면 탈출 속도보다 높은 속도로 지구 궤도를 떠나야 한다는 의미입니다. 이러한 속도를 쌍곡선 궤적 초과 속도라고 합니다. 화성에 도달하려면 이때 속도가 초속 2.7킬로미터는 되어야 합니다. 이와 같은 초속 2.7킬로미터를 지구의 공전 속도에 더하면 비행체는 최소한의 에너지를 들여서 화성 궤도를 향하는 타원형 호만 천이 궤도[154]에 진입할 수 있습니다. 바깥 방향으로 지구를 벗어나는 여정에 필요한 시간은 259일입니다.

그러니까 지구 저궤도를 탈출하려면 초속 3.1킬로미터를 추가해야 합니다. 그러나 화성으로 향하기 위해서 또다시 초속 2.7킬로미터를 추가할 필요는 없습니다. 대략 초속 0.3킬로미터를 추가해서 지구 저궤도를 초속 11.1킬로미터로 떠날 수 있으면, 무한대 또는 지구에서 매우 먼 거리에서 비행체의 속도가 최소한 초속 2.7킬로미터가 된다는 뜻입니다." 프레드는 나의 '타임아웃' 신호를 보고 잠시 설명을 멈췄다.

내가 이의를 제기했다. "잠시만요, 말도 안 됩니다. 도대체 어떻게 속도를 얻는다는 얘기인가요?"

"대부분의 사람들이 처음 듣고 이해하기 어려워하는 개념

---

[154] 우주선을 저고도 원궤도에서 고고도 원궤도로 보내거나 반대로 내려 보내는 타원궤도로, 비교적 짧은 시간에 적은 에너지로 궤도를 변경하는 방법으로 알려져 있음.

이긴 합니다. 두세 번 들어도 마찬가지일 수 있고요. 그러나 알고 보면 사실 매우 간단하게 설명되는 부분입니다. 행성들이 중력이라는 우물 안에 갇혀 있다는 비유는 들어 보셨을 겁니다. 그렇죠? 하나의 평면 위에 깊이 함몰된 바닥에는 태양이 자리 잡고 있고, 이 태양 우물을 빠져나온 경사선의 다양한 위치에 행성들이 중력이라는 자신들의 좀 더 작은 우물에 빠져 있고요. 예를 들어서 지구의 중력 우물에서 벗어나려면, 우물의 깊이를 벗어날 특정량의 에너지가 필요한 것입니다. 고도 180킬로미터에서 탈출 속도 10.8킬로미터는 그 궤도에서 지구의 중력 우물로부터 탈출하는 데 필요한 에너지를 나타냅니다. 이 궤도에서의 운동에너지는 궤도 속도의 제곱에 비례하고, 지구의 중력 우물에서 탈출하는 데 필요한 위치에너지는 초속 10.8킬로미터의 제곱에 비례하는 값인 겁니다. 그래서 만일 우주선이 탈출 속도보다 큰 속도를 갖게 되면, 우주선이 지구로부터 충분히 떨어진 거리에 도달할 때, 다시 말하지만 일반적으로 160만 킬로미터로 여겨지는 거리에 도달할 때, 우주선은 중력 우물에서의 전체 에너지와 동등한 위치에너지를 얻은 상태가 될 것이고, 이동에 필요한 에너지는 운동에너지로부터 나오게 됩니다. 그래서 지구 저궤도를 초속 11.1킬로미터로 빠져나오면, 어째서 초속 0.3킬로미터가 아니라 초속 2.7킬로미터를 갖게 되겠습니까?"

난 좀 망설이다가 대답했다. "속도가 아니라 에너지를 빼야 해서가 아닌가요?"

"정답입니다!" 프레드가 외쳤다. "11.1의 제곱에서 10.8의 제곱을 빼고, 그러고 나서 결과 값의 제곱근을 취하면 초속 2.7킬로미터가 됩니다. 궤도역학을 논의할 때 한 물체의 속도가 증가하면, 물체의 에너지는 속도의 제곱에 비례해서 증가한다는 중요한 사실을 기억할 필요가 있습니다.

시속 160킬로미터로 달리는 자동차는 시속 80킬로미터로 달리는 차보다 4배의 에너지를 갖게 됩니다. 우리 우주선의 경우, 초속 0.3킬로미터란 추가 속도는 이미 높은 속도로 움직이고 있는 비행체에 이 값을 더하는 것이므로 훨씬 더 많은 에너지가 추가되는 것을 의미합니다. 그러므로 화성행 수송선은 탈출 속도에 도달하기 위한 초속 3.1킬로미터와 초속 0.3킬로미터라는 델타V를 추가로 필요로 합니다. 사실 소수 둘째 자리에서 반올림을 적용하면 3.6킬로미터입니다. 이 값을 궤도 속도인 초속 7.7킬로미터에 더하면 델타V 요구조건이 초속 11.3킬로미터가 됩니다. 그리고 이러한 속도는 궤도선의 델타V 성능보다 낮으며, 이는 우리가 상당량의 탑재물을 화성에 보낼 수 있다는 것을 의미하는데, 특히 달에 가는 비행에 사용하는 방식으로 또 하나의 궤도선을 부스터용으로 사용한다면 더욱 그럴 수 있습니다."

"탑재물이 어느 정도 수준인가요? 달에 보내는 17.5톤보다야 좀 적겠지요, 제 생각에는 그런데요."

"음…… 65톤 수준입니다." 프레드는 대수롭지 않다는 투로 대답했다.

"농담이시겠죠! 어떻게 달보다 4배나 되는 탑재물을 화성에 보낼 수가 있어요?" 내가 외쳤다.

"어…… 달 수송선은 지구 궤도로 다시 돌아오는 비행 또한 수행한다는 걸 잊지 마세요. 물론 화성용 수송선도 회수하는 경우를 얘기하고 있긴 합니다. 그러나 이 값이 전부 페이로드라는 뜻은 아닙니다. 실제로 45톤은 화성에 착륙했다가 지구로의 귀환을 시작할 때 사용할 추진제입니다. 그러나 65톤은 화성에서 소규모 탐험을 진행하기에 충분합니다."

프레드는 '행성 수송선'이 달 궤도선과 마찬가지로 기본 궤도선의 화물칸을 연장한 버전이 될 것임을 설명해 나갔다. 행성 수송선은 표준 모델보다 그 길이가 6미터 정도 길어질 것이었고, 화성에서 사용할 착륙장치가 추가될 것이었다. 건조 중량은 8.5톤이고, 그래서 추진제를 채우지 않은 상태로만 지구 저궤도에 올릴 수 있다. RL60 엔진 두 개를 사용하던 표준 모델에서 하나의 엔진으로 전환하는 것이 주요 차이인데, 확장형 노즐을 갖는 이 엔진은 468초라는 인상적인 비추력(Isp) 값을 보유하게 될 것이다. 두 개의 엔진을 사용하는 표준 궤도선의 엔진 노즐은 짧은 편이었으며, 그래서 노즐이 열차폐막의 외형선 밖으로 돌출되지 않는다. 화성에서 또는 지구로 돌아와서 에어로브레이킹을 할 경우, 확장된 노즐 구간을 접어 넣어야 한다. 비추력 값을 올리기는 했지만, 행성 수송선을 지구 저궤도에 투입하려면 DH-1의 1단에 추진제를 좀 더 실어야 할 것이다. 그러나 행성 수송선은 단 한 차례만 지구 저궤도에 투입되는 것이고, 그 이후로는 달 궤도선과 마찬가지로 궤도상의 재충전소를 기지로 사용될 것이다.

궤도에서 재충전된 행성 수송선의 총중량은 비행체 50톤에

65톤의 탑재물을 더한 값이다. 탑재물의 대부분이 추진제이므로, 행성 수송선의 앞쪽 끝에 전개형 구형 탱크를 한 쌍 추가할 계획이었다. 그러고 나면, 달 궤도선과 마찬가지로, 행성 수송선도 DH-1 궤도선으로부터 부스트를 얻게 된다. 궤도선은 초속 1.3킬로미터라는 델타V를 제공할 수 있었다. 화성 수송선은 확장 노즐이 달린 RL60 엔진 1기를 사용하고, 탑재한 41톤의 추진제를 사용해서 화성 궤도로의 천이에 필요한 초속 11.3킬로미터를 만들어 낸다.

또한 수송선이 지구 밖으로 향하는 9개월 동안 그리고 화성에 머무는 13개월 동안 고성능 RL60 엔진용 추진제를 저장하고 있어야 하므로, 지구 저궤도나 달에서 사용하는 액체산소/액체수소의 조합보다 저장성이 좋은 추진제를 사용하도록 구성할 계획이었다. 액체산소와 메탄을 추진제 조합으로 선택했는데, 이들을 추가된 구형 탱크 모듈에 실어 둘 계획이었다. 둘 모두 극저온 추진제이긴 하지만 액체수소보다 장기보관이 훨씬 수월하다. 이러한 조합으로 360초라는 매우 괜찮은 비추력을 제공할 수 있다.

화성에서 에어로브레이킹을 하기 전에, 화성 수송선은 탱크 모듈로부터 32.5톤을 끌어다 쓸 것이다. 화성 궤도에는 12.5톤의 추진제와 5톤의 배급품들을 탱크 모듈에 남겨 둔다. 화성 수송선은 12.5톤의 추진제를 사용해서 착륙에 필요한 초속 0.9킬로미터의 델타V를 사용해서 화성 표면 착륙할 것이고, 그러고 나면 화성 궤도로 돌아올 때 사용할 20톤의 추진제가 수송선에 남게 된다. 수송선에는 10여 톤의 배급품을 실어서 400일간의 체류에 필요한 물품들을 탑재할 계획이다. 화성 표면에서의 체류를 끝낸 화성 수송선은 20톤의 추진제를 사용해서 화성 궤도로 돌아올 것이고, 이때 10톤의 건조 중량을 궤도로 가져올 수 있다. 거기서 기다리고 있던 12.5톤의 추진제로 재충전을 하고 지구로 돌아오기 위한 5톤의 배급품을 싣고 나면, 화성 수송선을 지구 귀환 천이궤도로 발사할 것이고, 지구에 귀환하면 지구 저궤도로 진입하기 위해서 에어로브레이킹을 사용할 것이다.

"화성 표면에서 충전하는 방안은 어떤가요? 몇몇 사람들이 화성으로 실어 날라야 하는 추진제 양을 줄이려고 화성에서 추진제를 만드는 방안을 들여다봤다고 들었습니다." 내가 물었다.

프레드가 대답했다. "아…… 맞습니다. 화성에서 연료를 충전하는 것도 당연히 가능합니다. 로버트 주브린과 화성 협회 멤버들이 화성에서 추진제를 만들 방안에 대해서 이것저것 검토해서 여러 옵션들을 만들어 냈습니다. 화성의 대기는 주로 이산화탄소로 구성되어 있고, 이 이산화탄소를 액체산소와 액체일산화탄소로 분해할 수 있습니다. 만일 RL60 엔진을 개조해서 이들 추진제 조합을 사용하면 260초의 비추력을 낼 수 있습니다. 그러나 이러한 성능은 소규모 탑재물을 화성 궤도에 올리거나 좀 더 규모가 큰 탑재물을 화성 주변의 준궤도로 탄도 비행을 시키기에 충분한 정도이지, 지구 귀환용으로는 충분하지 않을 겁니다. 우리가 기본으로 채택한 액체산소와 메탄을 사용해도 화성 표면에서 지구로 직접 귀환하는 것이 가까스로 가능한 정도입니다. 합리적인 수준의 페이로드를 탑재한 상태에서 지구에 귀환하려면, 화성 궤도에 비축된 연료를 얻기 위해서 적어도 몇 번을 이동해야 할 것입니다."

"화성의 물에서 액체수소와 액체산소를 만들면 어떨까요? 그러면 성능이 분명 충분할 텐데요, 그렇지 않나요?" 내가 물었다.

프레드가 대답했다. "당연히 그렇습니다."이 추진제 조합을 사용하면 화성 표면에서 지구로 직접 귀환할 수 있습니다. 화성 저 궤도에서는 탈출 속도가 초속 2.3킬로미터인 반면 화성 표면에서의 탈출 속도는 초속 5.6킬로미터입니다. 그러나 중력이 훨씬 낮고 대기도 옅으며, 추력대중량비가 높은 편이기 때문에 중력손실과 항력손실이 매우 낮습니다. 지구로 직접 귀환하는 데 필요한 델타V는 초속 5.9킬로미터입니다. 만일 화성행 수송선을 액체산소와 액체수소로 끝까지 충전하면, 화성 표면에서 지구천이궤도로 15톤을 직접 올릴 수 있게 됩니다. 이는 6.5톤의 탑재량을 지구로 귀환할 수 있는 것이어서, 3~7명의 승무원을 감당하기에 충분합니다.

우리도 화성에 물이 많다고 들어 알고 있습니다. 양극점에 얼어붙은 물이 많은 것이 확실합니다. 그리고 많은 과학자들이 표면 아래에도 물이 풍부할 것으로 예상하고 있습니다. 사실 우주지질학자들과도 이야기를 나눠 봤는데요, 그리 깊지 않은 우물을 파서 표면으로 물을 끌어 올릴 수 있는 지역을 골라낼 수 있다는 데에 자신의 목숨 아니면 명성이라도 걸겠다는 분들이 여럿 있었습니다. 그러나 액체산소와 액체수소를 이용하려면 전기분해용 동력원이 많이 필요할 겁니다. 화성에서 이와 같은 동력원을 얻으려면 원자로를 이용하는 것이 가장 좋은 방법입니다."

물론 우주용 원자로 전력시스템은 여러 차례 NASA와 국방 우주 사업의 연구 주제였다. 그리고 러시아인들은 상당수의 우주용 원자로를 실제로 제작해서 우주에서 비행하기까지 했으며, 당시에는 상당히 비효율적인 열전기 전환기술이 사용됐다. 프레드는 AM&M이 벡텔[155]과의 소규모 계약을 맺고 100킬로와트급 기냉식 원자로를 개발하고 있다며 이야기를 이어 나갔다. 벡텔의 분석에 의하면, 노심 중량이 0.5톤인 적절한 원자로를 개발할 수 있고, 2퍼센트의 연료를 태워서 100킬로와트의 전력을 1세기 동안 공급할 수 있으며, 1,000억 원 정도의 비용이 들어간다. 이 원자로를 에어 리서치가 개발한 터빈과 조합할 계획이었는데, 에어 리서치는 벡텔이 설계한 원자로와 본인들이 개발한 가스터빈 중 하나를 조합하는 연구를 1980년대에 진행했다. 가스 다이내믹, 포일 베어링을 사용한 설계였기 때문에, 일단 압축기와 터빈이 실려 있는 회전축이 운전속도에 도달하면, 회전축과 베어링 사이에는 물리적인 접촉이 없어지고, 그래서 닳아 해지는 것을 실질적으로 막을 수 있게 된다. 전력은 회전축 자체에 올려진 영구자석으로 생성한다. 작동가스로 아르곤을 사용할 것이고 아르곤은 화성 대기에서 구할 수 있는 물질이다. 압축기 로터가 아르곤 가스를 압축해서, 기냉식 원자로에 보내고, 비교적 저온으로 가열된 가스는 터빈을 통해서 팽창하게 된다. 화성 본연의 저온환경으로 인해서 이 시스템에는 비교적 가벼운 열교환기를 사용할 수 있다. 연료와 열교환기를 포함한 시스템의 총중량이 5톤 미만인 것으로 추정되었다.

원자로는 규제가 가장 큰 걱정거리였다. 원자력 발전이 재기할 태세를 갖춘 것으로 보이기는 했지만, 여전히 환경운동가들의

---

[155] Bechtel. 미국의 종합건설업체.

반대와 그 결과로 나타난 규제상의 난관들에 부딪히기 십상이었다. 그러나 화성 시스템에 관한 프레드의 계획은 연료가 충전되지 않은 원자로를 미국 내에서 조달하고 연료 요소는 러시아에서 구매하는 것이었다. 이들을 화성에서 조립할 때까지 함께 모으지 않는다는 것이다. 프레드는 오염되지 않은 화성에서 원자로를 사용하는 아이디어 자체에 대해서 강렬한 반대가 있을 것으로 예상하긴 했지만, 현재까지는 화성에서 원자로를 사용하는 것에 대한 규제가 없기 때문에 규제를 피해서 작업할 수 있을 것으로 생각했다. 물론 프레드와 AM&M의 엔지니어들은 가능한 한 안전한 시스템을 약속하고 있었다. 원자로에 쓰이는 연료는 원자로가 켜지기 전까지 방사능을 전혀 내지 않는다. 기냉식 원자로의 설계에 들어갈 농축 우라늄 연료봉을 세라믹 코팅으로 밀봉할 것이고, 이 안에 방사능을 띠는 모든 부산물들을 담을 예정이었다. 원자로 자체의 신뢰성을 높이기 위해 단순하고 강건하게 설계할 예정이기 때문에, 장시간 사용하는 동안에도 반응도를 요구수준으로 유지하도록 제어기를 조절하는 서비스 정도만 이따금 필요할 뿐이다. 액체일산화탄소용 대형 탱크를 설치하면 안정성을 더 확보할 수 있는데, 화성 대기가 워낙 옅어서 대류에 의한 냉각은 아주 미약할 것이고, 만일 재앙에 가까운 사고가 발생해서 작동가스의 순환이 멈춰버리면, 원자로를 급속 냉각하는 용도로 일산화탄소를 사용할 수 있는 것이다.

이와 같은 전력원을 사용할 수 있게 되면, 화성의 대기자원과 풍부한 물을 사용해서 추진제를 생산하게 될 것이고, 지구와 화성 사이의 이동이 지구와 달을 오가는 것보다 덜 어려운 문제가 될 것이다. 프레드가 이미 지적한 대로, 실제로 화성 착륙이 요구하는 에너지가 달 착륙에 비해 적은 편인데, 화성에는 대기가 있어서 에어로브레이킹이 가능하기 때문이다. 물론 달까지 가는 데 4일이 소요되는 반면 화성에 도달하는 데는 거의 9개월이 걸린다. 그래서 당연히 승무원이 소비할 물품들을 더 많이 비축해야 한다.

지구 저궤도 발사비용이 1킬로그램당 40만 원 이하로 떨어지면, 화성행 페이로드의 비용은 1킬로그램당 240만 원 수준이 될 것이다. 화성 탐험에는 지구 궤도에 150톤을 올리는 비용인 600억 원과 화성 수송선을 특수하게 꾸미는 비용인 2,000억 원을 합한 비용이 들게 된다. 그리고 나서는 탱크 모듈, 배급품들, 궤도 내 재충전 비용, 지구 저궤도에서 델타V를 더해 줄 궤도선 사용료 등이 추가로 들어간다. 프레드는 이러한 품목에 500억 원이 추가로 들어갈 것으로 추정했다. 화성을 3~7명의 사람이 950여 일 동안 왕복하는 임무에 들어가는 총비용은 3,000억 원이 될 것으로 보였다. 재충전 및 재보급용 궤도 비행의 총횟수는 50회 근처가 될 것인데, 이는 DH-1 발사체 시장과 발사 서비스 시장을 형성하는데 도움이 될 것이다.

만일 저궤도로의 발사비용이 1킬로그램당 200만 원 선에서 더 떨어지지 않는다 하더라도, 이 임무에 들어갈 비용이 1조 원의 절반을 넘지 않게 된다. 프레드는 자신과 존 포사이스가 이와 같은 화성 탐험을 후원할 국가를 찾는 일에 대해서 논의해 오고 있다고 말해 줬는데, 이들의 희망사항은 적어도 6개국이 국가적 위신 차원에서 참여를 결단하는 상황이었다. 이 국가들을 티나지 않게 뒤에서 지원하고 이들 사이에 탐험에 대한 경쟁심을 불어넣다

보면, 그 과정에서 하나 이상의 탐험대가 생겨날 수도 있는 것이다.

지구 궤도선인 DH-1을 갖고 달과 화성을 탐험하겠다고 이처럼 서둘러 나서는 모습을 보며 좀 의심쩍은 마음이 드는 것은 어쩔 수 없었다. 반면, 프레드는 이러한 탐험이 가능해 보이도록 만드는 설득력이 있었다. AM&M에서 일하는 사람들은 하나같이 경험이 풍부하고 기술적으로 뛰어나다는 것을 새삼 깨달았다. 이러한 제안들을 쉽게 믿을 수는 없었지만, 그렇다고 불가능하다고 반박하기도 어려웠다.

내가 물었다. "행성 수송선이 감당할 만한 다른 임무들이 또 있나요? 아니면 화성이 지금 시점에서의 한계인가요?"

"소행성을 대상으로 하는 임무를 문의해 온 기관이 있었는데요, 언뜻 보기에도 진지해 보였습니다." 프레드가 대답했다.

오랜 세월 동안 우주열광자들이 소행성에 대해서 지대한 관심을 가져왔다는 것은 잘 알고 있었다. 적어도 1960년대 중반에 댄드리지 콜이 『우주 속 섬』[156]이라는 작품을 낸 이후로는, 하늘에 금광 즉 1,000조 원의 값어치가 나가는 귀중한 금속이 매장된 소행성이 있다는 얘기가 종종 등장해 온 것이다.

1980년대 초만 해도 달과 소행성의 자원을 활용하겠다는 제안들이 제법 등장했다. 많은 운석들에 귀중한 금속재가 들어 있었고 특별히 백금 계열의 금속이 많이 있었다. 니켈, 철, 물과 같은 보편적인 재료를 지구 저궤도에서 사용이 가능하도록 제공할 수만 있으면

---

[156] 소행성에 매장된 엄청난 가치의 자원을 채굴한다는 스토리.

소행성의 자원을 잘 활용할 수 있는 가능성이 높아질 것이었다.

"어느 소행성인가요? 큰 것들인가요, 아니면 지구 근방에 있는 것들인가요?"

"지금 현재로는, 화성의 트로이 소행성군이 그 대상입니다" 예상치 않은 답변이 돌아왔다.

"트로이 소행성군은 무엇이고 어디에 있나요?" 내가 물었다.

프레드는 화이트보드에 스케치를 했다. "이들은 화성과 태양의 L4와 L5 지점들을 차지하고 있는 작은 천체들입니다." 프레드는 화성 궤도를 나타내는 아크선 위에 두 개의 큰 점을 그렸고, 하나는 화성의 60도 앞에 그리고 다른 하나는 화성의 60도 뒤에 있었다. "지구와 달 사이의 L5 및 다른 라그랑주 점들에 대해서는 친숙하실 것으로 생각합니다."

난 프레드에게 우주 식민지가 될 잠재적인 지점들로 알고 있다고 말했다. 1970년대에 제러드 오닐[157]에 의해서 널리 알려진 대로 말이다.

"화성과 태양의 경우처럼 우주 공간에 놓인 두 천체는 모두 5개의 라그랑주 점들을 갖게 되며, 그중 셋은 불안정하고 둘은 안정적입니다. 작은 물체가 이 점들에 들어가면 그 위치에 머물려는 경향이 있다는 것을 의미합니다. L4와 L5가 안정적인 지점인 것입니다. 지금으로서는 12개의 화성 트로이 소행성들이 알려져 있습

---

[157] Gerard O'Neill. NASA 에임스 연구소에서 우주 식민지의 건설 가능성을 연구한 미국 물리학자.

니다. 이들은 태양-목성 사이의 시스템에서 처음 발견된 소행성을 호메로스의 트로이 전쟁에 대한 이야기인 『일리아스』에 나오는 영웅의 이름을 본떠서 '아킬레스'라고 명명했기에 이러한 별명을 갖게 되었습니다. 아무튼 이들은 방황하다가 그곳에 들어와서 갇힌 소행성들입니다. 이들 소행성에 도달하려면 화성으로 가는 것과 동일한 속도가 필요하게 됩니다. 에어로브레이킹을 위해서 화성을 플라이바이[158] 한다면, 랑데부에 필요한 속도변화를 초속 0.15~0.3킬로미터 수준으로 낮출 수 있습니다. 이는 우주선이 지구 궤도를 65톤의 페이로드를 싣고 떠난다면, 약 90퍼센트의 페이로드를 화성의 트로이 소행성에 수송할 수 있음을 의미합니다. 더구나, 지구로 귀환할 시점이 되었을 때 화성을 플라이바이 하면, 초속 0.6~0.9킬로미터의 델타V만 있으면 됩니다. 왕복에 수년이 걸릴 정도로 여정이 긴 것이 단점입니다. 그렇지만 트로이 소행성으로 가는 수송비용이 지구 저궤도로의 수송비용에 비해 3~4배 정도밖에 되지 않습니다. 그리고 거듭 말씀드리지만 표준 행성 수송선을 사용할 수 있습니다."

난 의문을 품게 되었다. "그럼…… 지구 근처의 소행성은 어떤가요? 아니면, 소규모 소행성을 지구 궤도로 옮기자는 제안을 읽었는데, 그건 어떤가요?"

프레드가 대답했다. "몇몇 흥미로운 제안들이 있었습니다. 1982 DB는 거의 10년에 1회꼴로 초속 0.3킬로미터 이하의 낮은 속

---

[158] Flyby. 천체를 근접 통과하는 것. 접근하는 행성의 중력을 이용해서 궤적이나 속도를 바꾸는 경우에는 '스윙바이'라는 표현을 사용함.

도로 지구로 돌아오는데, 이 소행성에 로프 인양 시스템을 걸어서 작은 페이로드를 발사하겠다는 제안이 있었습니다. 만일 그렇게 할 수 있으면, 그리고 이 페이로드 패키지가 충분히 작아서 대기를 통과해서 에어로브레이킹 하면서 비행하는 것이 지구인들에게 위협만 되지 않는다면, 지구 궤도로 1킬로그램을 수송하는 비용을 2,000~4,000원 수준으로 낮출 겁니다."

"로프 인양 시스템이라니 무슨 뜻인가요?" 내가 장난스럽게 물었다.

프레드가 대답했다. "스키 리프트 같은 것이죠." 어리둥절해 하는 내 모습을 보고는 계속해서 설명을 이어 나갔다. "두 개의 도르래에 케이블을 거는 식으로 구성할 것이고요, 그중 하나를 전기 모터로 구동하는 겁니다. 스키 타는 사람들을 슬로프 위로 끌어 주는 대신에, 탑재물을 가져와서 똑바른 경로로 가속시켜서 탈출 속도에까지 이르게 만들고 그 끝에서 투척시키는 것입니다."

내가 말했다. "그런 건 처음 들어 봅니다. 그러나 아주 작은 소행성에서 이런 시스템이 어떻게 작동할지 짐작할 수 있을 것 같은데요. 만유인력이라고 할 것도 없는 경우겠지요."

"소행성을 지구 궤도로 가져오는 아이디어에 관해서는…… 전 이런 시도가 상당히 멍청한 짓이라고 봅니다. 이 계획을 실행에 옮기는 것을 상상할 수도 없습니다. 잘못된 계산이 불러올 피해가 너무나 크기 때문입니다. 런던 로이드조차도 아주 작은 소행성이 지구에 충돌하는 것에 의해서 세계적인 재앙이 발생하는 일에 대해서 보험 증권을 팔지 않을 겁니다. 그 가능성이 얼마나 낮은지와는 관계없이 그럴 겁니다. 그러나 어떤 식으로 50만 톤급의 대형 페이로드들을 지구로 다시 보낼 수 있는지는 알 것 같습니다."

"AM&M도 동일한 문제에 직면하지 않을까요?"

프레드가 자세히 설명해 줬다. "탑재물 수송선이 500톤보다 가벼운 구조체로 되어 있으면, 에어로브레이킹 동안 재앙적인 사건이 일어날 경우 구조체를 설계할 때 이들이 작고 위협적이지 않은 파편들로 나누어지도록 만들 수 있습니다. 대규모 '우주 바지선'을 에어로브레이킹 하는 것은 경제적으로 가능한 일이고 구조재료, 물, 탄화수소와 같은 폭발성 물질들을 지구 궤도로 옮기는 안전한 방법이 될 것입니다.

예를 들면, 지구 궤도에서 물의 가치는 앞으로 한동안 1킬로그램당 20만 원 수준은 될 겁니다. 사실 조금 전에 언급했던 회사가 제안하고 있는 일이기도 합니다. 이들은 소행성 중 하나로 가서, 니켈을 충분히 캐낸 후 그들이 보유한 니켈 증착기술을 이용해서 비행이 가능한 바지선을 제작하고 이 바지선을 물로 채우려고 합니다. 발사 윈도우[159]만 맞으면, 로프 인양 시스템을 사용해서 지구로 향하는 여정을 시작할 수 있는 겁니다. 물론 바지선은 지구 탈출 속도보다 높은 속도로 지구에 도착할 것인데, 이 속도는 초속 10.8킬로미터보다 훨씬 높을 것이지만, 물을 포함하고 있는 대형 금속용기이니 에어로브레이킹으로 인해서 발생하는 많은 양의 열을 흡수할 수 있을 겁니다. 가장 격렬한 진입 프로파일도 중량이

---

[159] 미션에 따라 발사가 가능한 시간대가 정해짐. 예를 들어 화성 탐사 미션의 경우 26개월마다 2주간의 발사 윈도우가 열림.

250톤이고 1만 톤의 물을 수송하는 뿔이 둘 달린 굽은 모양의 비행체에 실린 물의 온도를 거의 올리지 못할 것입니다. 만일 이 비행체가 186제곱미터의 표면적을 갖고 있고 단위 면적이 10,550킬로줄(kJ)의 열 하중을 접하더라도, 물의 온도는 섭씨 20도 정도밖에 올라가지 않을 것입니다. 그렇게 하면 1만 톤의 물을 지구 저궤도에 가져올 수 있고, 이는 시가로 2조 원의 가치가 나가므로 상당히 많은 금액이라고 생각합니다. 그리고 비워진 바지선은 당연히 우주 정거장이나 소규모 우주 서식지로 바꾸기에 좋은 대상이 될 겁니다."

"흥미로운 개념이군요." 내가 수긍했다. "그러나 화성 궤도가 DH-1이나 거기서 파생되어 나온 발사체들의 임무를 제한하는 경계 지점인 것으로 들립니다."

프레드는 그의 골동품 격인 41-CX 계산기를 집어 들었는데, 이 계산기는 지구, 달은 물론, 주요 행성들을 포함해 태양계의 어디로든 갈 수 있는 궤도천이용 속도를 계산하도록 프로그래밍 되어 있었다.

"음…… 우린 초속 9킬로미터의 쌍곡선 궤적 초과 속도만 낼 수 있으면 목성에 도달할 수 있습니다. 지구 저궤도에서 초속 9킬로미터의 제곱에 10.8킬로미터의 제곱을 더해서 제곱근을 취하면 초속 14.1킬로미터가 나옵니다. 그러니까 지구 저궤도에서의 지구 탈출 속도에 초속 3.3킬로미터를 추가함으로써 지구에서 무한대만큼 떨어진 곳에서 초속 9킬로미터의 속도를 얻게 되는 겁니다. 물론, 기본형 궤도선을 지구 저궤도에서 재충전하면, 궤도 속도를 초속 7.5킬로미터만큼 넘어서는 속도로 가속해서, 총속도가 거의 초속 15킬로미터에 이를 수 있고, 이는 비행체를 손쉽게 목성까지 데려다줄 겁니다. 물론 아주 작은 우주선을 타고 장시간 여행을 해야 합니다. 누군가가 목성에 갈 준비가 될 때쯤이면, 사람들이 더 적절한 뭔가를 생각해 내겠지요. 그러나 달, 화성, 소행성들만 해도 할 일이 엄청 많습니다. 그리고 일단 우리가 적절한 비용으로 그리고 신뢰할 만한 방법으로 지구 저궤도에 갈 능력을 갖추고 나면, 우리는 지구 저궤도와 달과 화성에 지원 인프라를 세울 것이고, 다른 곳에 가는 것도 그리 어렵지 않게 될 것입니다."

프레드는 태양계 내를 효율적으로 휘젓고 다닐 수 있는 핵심 비결을 간단하게 정리해 줬다. "첫 번째 비결은 당연히 재충전에 있습니다." 프레드는 내가 생각해 보지 못한 방법을 하나 꺼내어 놓았는데, 그것은 증가된 속도가 초속 4.5킬로미터를 넘기 전에 재충전을 수행하는 편이 바람직하다는 얘기였다.

프레드가 설명했다. "이유는…… 목표 속도를 상대적으로 낮추면, 질량비가 훨씬 더 낮아져서 더 많은 페이로드를 올릴 수 있기 때문입니다. 그럼에도 임무에 따라서는 화학 추진제를 사용해서 속도를 초속 7.5킬로미터로, 심지어 9.0킬로미터까지 증가시킨 이후에도 유리한 방향으로 재충전을 수행할 수 있습니다. 두 번째 비결은 에어로브레이킹인데요. 진입하려는 행성에 대기가 있으면, 이 대기를 이용해서 비행체의 속도를 타깃 행성의 공전 속도로 낮출 수 있어서, 행성궤도 진입에 필요한 추진제의 대부분을 제거할 수 있게 됩니다.

세 번째 비결은 우주 탐사선에 종종 사용하는 것이기도 한

데요, 비행체의 궤적을 조절해서 이용하기에 편리한 행성 옆으로 가까이 스윙바이 하도록 만드는 비행 기술입니다. 이 기술을 이용하면 추진제를 전혀 소모하지 않아도 비행체의 경로를 굽히거나 돌릴 수 있습니다. 또한 이 스윙바이를 이용해서 속도를 높이거나 줄일 수도 있습니다. 이 부분은 아마도 직관적이지 않을 겁니다. 그렇지만 우주선은 행성이 태양 주위를 공전하는 궤도 속도보다 더 빠르거나 느리게 행성에 접근하는 것이 일반적이기 때문에, 이 방법을 써서 우주선의 속도를 조절할 수 있는 겁니다.

이러한 속도의 차이는 행성 자체에 가까이 도달할 때 우주선이 행성보다 더 빨리 가고 있건, 더 천천히 가고 있건 관계없이 똑같아 보입니다. 예를 들어 우주선이 궤도 속도를 초속 6.2킬로미터만큼 초과한 속도로 지구 궤도를 벗어난다면, 쌍곡선 궤적의 잉여 속도는 초속 8.8킬로미터에 이를 것입니다.

목성으로의 천이타원궤도를 따라가면, 목성의 태양 공전속도보다 초속 5.4킬로미터만큼 느린 속도로 목성 궤도에 도달할 것입니다. 그러나 이제 목성을 사용해서 우주선의 방향을 바꿀 수 있고 그래서 초속 5.4킬로미터만큼 느린 것은 이제 초속 5.4킬로미터만큼 빠른 것이 되고, 우주선을 토성, 천왕성 또는 그 이상으로 보낼 수 있게 됩니다. 아니면 초속 5.4킬로미터를 취해서 이미 느린 우주선의 속도에서 빼 주면 태양으로 쭉 떨어지게 됩니다. 목성은 가장 육중한 행성이며 이러한 종류의 기동에 가장 유용합니다. 하지만 인내심을 갖고 여러 번 통과를 한다면 금성, 지구, 화성 또는 심지어 달을 사용해서도 속도를 키우거나 줄일 수도 있습니다.

또 하나의 비결은 에드워드 벨브루노[160] 박사가 발견한 것인데, 시간이 걸리기는 하지만, 우주선이 대상 행성의 중력권으로 진입하는 지점을 잘 선택하기만 하면, 행성을 기준으로 0이라는 쌍곡선궤적 초과속도로 대상 행성에 접근하는 것이 항상 가능하다는 것입니다. 이는 에어브레이킹이나 로켓 스러스팅[161]으로 제거해야 할 잉여 속도는 궤도속도의 약 41퍼센트[162]에 해당하는 값임을 의미합니다.

마지막으로, 비행체의 속도가 높은 상태에서 속도를 더해야 유리하다는 걸 기억할 필요가 있습니다. 이 때문에 지구 저궤도의 초속 7.7킬로미터에서 시작해서 초속 0.3킬로미터만 추가해도 초속 2.7킬로미터의 쌍곡선 궤적 초과 속도를 얻게 되는 것입니다. 그러므로 우주선의 속도를 높이거나 낮추고 싶으면, 우주선이 지구에 가장 가까이 있는 지점, 즉 궤도 속도가 가장 높을 때 속도를 바꾸는 것이 제일 좋습니다. 예를 들어서, 화성의 위성 포보스 또는 데이모스와 랑데부를 하길 원하면, 화성 탈출 속도인 초속 5.4킬로미터로 화성에 접근합니다. 그리고 나서 우주선을 포보스 또는 데이모스를 가로지르는 타원궤도에 넣기 위해서는 약간의 연료를 화성 대기권의 고층부 근처에서 태우면 되는데, 더 좋은 방법은 에어로브레이킹을 사용하는 것입니다. 그러면 목표로 하는 위성의 궤도에 진입하기 위해 초속 600미터 정도만 필요합니다. 또는, 사용할 수

---

160 Edward Belbruno. 지구에 외계 생명체가 유입되었다고 주장하는 수학자이자 천체과학자이자 예술가.

161 rocket thrusting. 엔진을 재점화해서 원하는 방향으로 추력을 가하는 것.

162 탈출속도는 1.414 곱하기 궤도속도임.

있는 추진제가 지구와 달 시스템의 L4 또는 L5 지점에 있는 경우라면, 우주선을 지구 탈출 속도에 가까운 속도로 가속한 후, 이 두 지점 중 한 곳으로 이어질 궤도에 진입하는 방법도 있습니다. 그러면 이 천이궤도가 우주선을 지구 주변의 근지점으로 데려올 때, 우주선의 엔진을 연소해서 초속 3킬로미터만큼 속도를 추가로 올리면 거의 초속 9킬로미터의 쌍곡선 궤적 초과 속도를 갖게 됩니다."

프레드는 스키피오 신부가 소개해 준 흥미로운 개념 하나를 설명했는데, 수도원의 수사들 중 한 명이 사막에서의 움막보다 한 걸음 더 나아간 궁극의 은둔자로서 살려고, 태양계를 벗어나는 편도 여행에 대해서 연구 중이라는 얘기였다. 이 젊은 수사는, 초저칼로리 식단으로 20대 후반 또는 30대 초반의 사람이 생명을 연명하는 데에 하루에 0.75킬로그램의 배급품만 있으면 충분하다고 파악했다. 발사일 기준으로 100년이라는 기대수명을 가정하면 25여 톤의 배급품을 필요로 하게 된다. 우주선에는 정상적인 지구 중력의 10퍼센트를 제공하도록 회전하는 객실을 설치할 것이고, 이 객실을 자성을 띤 유체로 만들어 낸 진공 밀봉을 써서 우주선의 고정된 부분에 연결할 것이다. 고정된 쪽에는 최고급 천체 망원경과 100미터급 전파망원경을 올릴 예정이다. 기본이 되는 우주선은 원뿔 형상을 갖는 열차폐막과 태양열을 이용하는 수소로켓을 포함했다. 우주선의 건조 중량, 배급품, 그 밖의 장치들은 대략 50톤이 나갔다.

지구 저궤도에서 금성과 랑데부 하도록 발사하고 지구-금성 맞교환 또는 플라이바이를 이용해서, 우주선은 7~8년 내에 목성에 다가갈 수 있다. 목성에서는, 우주선의 속도를 낮춰서 우주선이 대양을 향해서 태양 반지름의 20배 안쪽으로 들어오도록 할 것이다. 우주선이 태양에 접근할 때에는 우주선의 원뿔 형상의 날카로운 부분이 태양을 향해 재진입하고 있는 대규모 천체처럼 보일 것이다. 태양의 중력장에 깊이 들어와서, 우주선은 초속 9킬로미터만큼의 속도 증가를 얻기 위해서 엔진을 점화할 것이다. 수소는 섭씨 2,760도 수준으로 가열할 수 있는데, 세라믹도 이런 고온은 가까스로 견딜 수 있다. 이 정도 온도에서는 뜨거운 수소가 분해될 것이고, 태양열 로켓의 연소실 압력은 1.0바(bar)밖에 안 되지만 1,400초의 비추력을 낼 수 있다. 태양에 매우 가까우므로, 초당 0.5~1킬로그램의 수소는 비교적 손쉽게 가열할 수 있고 엔진은 65.5톤의 수소를 우주선이 태양에 가장 가까이 접근한 24시간 동안 소비할 것이다. 태양의 중력장 깊숙한 곳에서 더해진 초속 9킬로미터는 우주선을 태양계 밖으로 초속 45킬로미터가 넘는 속도로 몰고 갈 것이고, 이때의 속도는 거의 1년에 10천문 유니트(AU)를 보일 것이다. 100~1,000천문 유니트(AU) 사이의 거리에 이르면, 수천 광년 떨어진 물체와의 거리를 매우 정확히 결정하는 측정이 가능해진다.

프레드에 의하면, 이런 임무는 소행성의 물을 지구 저궤도에서 1킬로그램당 2,000~4,000원에 구할 수 있을 때까지 기다려야만 그 비용을 감당할 수 있다고 한다. 그러나 심지어 1킬로그램당 40만 원이라고 해도 이런 임무에는 1,000억 원 이하의 비용이 들어갈 것이며, 이는 NASA의 저비용 행성 탐사에 들어가는 발사비용보다도 낮다. 이 일을 해낼 또 다른 방법을 프레드가 제안했는데,

목성의 구름 상층부로 돌진해서 초속 6킬로미터를 추가하기 위해서 로켓 추진을 사용해서 초속 22.5킬로미터를 만들어 낸다는 것이다. 태양열 수소 로켓을 사용하기에는 태양에 충분히 가깝지 않은 상황이고 무거운 원자로 로켓을 사용하지 않으므로, 화학추진제를 사용해서 초속 6킬로미터를 얻으려면 3.5가 넘는 중량비를 필요로 하게 된다. 태양 근처에서 초속 9킬로미터를 얻는 태양열 로켓을 쓸 경우, 중량비가 2보다 조금 낮아도 충분하다. 그렇지만 태양의 활동이 최소가 되는 기간 동안 태양 반지름의 20배가 되는 거리에서 살아남는 것보다는 목성의 복사선 벨트들로부터 살아남는 것이 더 쉬울 수 있다.

AM&M은 잠재 고객들과 다른 우주열광자들이 이전에 궁리해 놓은 몇몇 개념을 철저하게 분석했다. 프레드가 나를 위해 요약해 준 몇몇 시나리오들은 가설이 잔뜩 들어간 내용이거나 적어도 먼 미래에만 해당될 것 같은 내용이었다. 예를 들자면, 소행성의 물이나 암모니아를 달 극지점들의 어두운 분화구로 보내서 충돌시키는 착륙을 감행한다는 것이다. 그럼에도 나는 얼마나 많은 일들이 향후 일 년 내에 일어날 가능성이 있는지 감을 잡을 수 있었다.

프레드와 대화를 나눈 지 얼마 안 돼서 주변에 위치한 예비 고객들을 방문하는 포사이스와 톰을 다시 따라나섰다. 포사이스가 현실과 동떨어진 개념들을 적절히 사용해서 각기 다른 고객들의 흥미를 북돋우는 과정을 흥미롭게 지켜봤다. 예를 들어, 1만 톤이 넘는 우주비행체를 에어로브레이킹을 통해 지구 저궤도로 가져올 수 있다는 전망을 내놓자 우리가 만난 공군 장교들이 눈에 띄게 동요했다. 이러한 가능성으로 인해서, 이들은 1960년대 초 이후로 추구해 온 '우주라는 높은 지대의 장악'이란 임무를 새로운 시각으로 들여다보게 되었다. 우주수송비용이 충분히 낮아져서 태양계를 열어 줄 정도가 되면, 적어도 누군가가 나서서 달로 이어지는 우주 공간에서의 치안을 담당하는 것이 바람직한 일이다. 포사이스는 이런 종류의 생각에 익숙하지 않은 사람들에게 『달은 무자비한 밤의 여왕』이라는 하인라인의 책을 나눠 주기까지 했다. 포사이스는 저비용 우주수송 기술이 낳을 파급 효과를 공군이 더 심각하게 검토하게 만들 자극제를 제공하고 싶어 했다. 지구동기궤도에 공군 본부를 설치하는 주제나, 내태양계의 교통관제 및 감시에 필요한 레이다. 라이다, 통신 시스템과 같은 주제로 소규모 연구 계약들이 맺어졌다. 포사이스는 DH-1 발사체가 유인 우주활동을 일상적인 것으로 만들고 패러다임의 전환을 일으키기에 충분한 정도로 우주수송의 비용을 낮춤으로써, 인류가 아직까지 꿈꿔 보지 못한 새로운 기회들을 무수히 열어 줄 것이라고 그 어느 때보다 확신하는 모습이었다. 그러나 포사이스는 전체적으로 과도하게 부풀려진 주장을 피하고자 했으며, 미래지향적인 달에서의 임무나 화성에서의 임무를 살짝 보수적으로 얘기하려고 했다. 포사이스는 AM&M이 일요 신문 부록에 실리는 것은 피하려고 했으나,《에비에이션 위크》,《스페이스 뉴스》,《에어로스페이스 아메리카》, 그 밖의 다양한 기술 잡지에는 상대적으로 톤을 낮춘 기사를 지속적으로 내고 있었다.

포사이스와 톰은 자신들이 고안한 우주수송 시스템이 작동하는 방법과 이 시스템이 필요로 하는 기술에 대해서 그 진가를 인정받고 사람들의 이해도를 높이려는 본연의 의도로부터 벗어나지 않으려고 했다.

DH-1과 같은 발사체가 항공우주 분야에 미칠 간접적인 영향은 업계의 대기업들이 갖고 있는 태도와 경험에서 너무나 동떨어져 있었다. 대기업들은 당면한 변화를 우려할 만큼 변화 자체를 분명하게 이해하지 못했고, 그래서인지 조직적인 방해공작을 펼치지도 않았다. NASA는 마하수 6으로 비행하는 극초음속 발사체에 대한 예비설계 검토회의를 최근에 마쳤다. 그러나 중량목표와 성능목표를 만족하지 못하기가 쉬울 것이라는 예측이 점점 더 명백해져가고 있었고, 그래서인지 관리자들은 언제라도 닥쳐올 사업 취소라는 악몽에 사람들의 이목이 쏠리는 것을 막을 무언가를 찾기 시작한 것으로 보였다. 내년 정도가 프로토타입의 시험발사를 시작하기에 이상적인 시기인 것처럼 보였다.

시험발사체

투자금 약정 후 2년이 흘렀고, 사업의 첫 이정표인 1단 프로토타입의 비행 날짜가 빠른 속도로 다가오고 있었다. 1단 1~3호기 중 일부는 제작이 완료된 상태였고 일부는 제작 중이었다. 이번 시험발사에는 1호기가 사용될 예정이었고, 6개월 후의 궤도 비행에 대비해서 케이프커내버럴에서는 2호기의 점검 및 시험이 진행되고 있었다. 3호기는 유사시에만 완성될 백업이었다.

우주비행의 상용화를 지지하는 FAA의 AST를 위시한 정부기관들이, 생명을 앗아 갈 가능성이 있는 민간 유인궤도 비행을 처음으로 승인하면서 얼마간 망설이는 것은 자연스러운 일이었다. 이들은 우주시대에 접어들고 나서 우주인이 사망할 때마다 대중들의 따가운 시선을 견뎌야 했다. 이번 시험발사는 엄밀한 의미에서 우주비행에 속하긴 했지만, 실제로는 엑스프라이즈 참가자들과 뒤이어 등장한 준궤도 발사체들이 화염으로 그려 놓은 길을 따라가는 것일 뿐 궤도로 가는 것은 아니었다. 규정의 관점에서는 이번 비행시험이 유인 재사용발사체를 시험하는 것이라고 보기에는 이색적인 실험비행기의 초도 비행에 더 가까웠으므로, 비행 허가가 사소한 문제로 다소 지체되었을 뿐 큰 문제없이 발급되었다. 고장 난 엔진 하나를 달고도 임무 완성이 가능한 DH-1의 비행 능력은 허가를 받는 데 분명 도움이 되었다. 이 발사체는 심지어 엔진 두 개가 꺼진 상태에서도 추진제를 전부 소진할 때까지 공중에 떠 있거나 잔류 추진제를 버리고 연착륙할 수 있었다. 더미 2단을 1단 위에 올려 비행하기로 결정한 것은 다음번 비행시험에서 실제 궤도선이 궤도진입에 실패할 확률을 낮추려는 의도였고, 규정적인 측면에서 첫 궤도 비행에 대한 허가를 점진적으로 끌어내려는 의도이기도 했다.

2단형 발사체에서 1단 위에 2단을 올리지 않은 채로 비행에 나서면 무게중심이 있어야 할 곳에 있지 않아서 문제가 된다. 발사체 각 단의 비행제어 시스템은 해당 단이 연소되는 동안에만 제어성을 보장할 수 있어서, 1단 시스템은 상위 단들이 자신 위에 실린 상태에서만 제어성을 보장할 수 있는 것이다. 만일 발사체의 압력중심은 그대로인데 무게중심만 엔진 쪽으로 가까이 내려오면, 자세가 불안정해져 1단에 설치된 추력방향제어 시스템이 제어를 감당할 수 없게 된다. 전기체 시험방식을 옹호하는 사람들은 단별 점증적 시험이 전기체로 발사하면 생기지도 않을 문제를 만들어 낸다고 주장한다. 점증적 시험 때문에 해결할 필요도 없는 문제들을 해결하느라 시간과 노력을 낭비하게 된다는 것이다. 그래서 DH-1 프로토타입의 경우에도 자세안정성 마진을 확보하려면 1단 위에 더미 궤도선을 올릴 수밖에 없었다. 알루미늄 원뿔 구조물인 더미 궤도선은 실제 궤도선과 그 형상이 거의 동일했다. 비행시험용 더미 궤도선에 물을 채워 넣어서 그 중량을 27톤으로 만들었다. 이번 비행시험에서는 1단, 2단 조합체를 기본 프로파일을 따라서 60킬로미터까지 올려 보낸 후, 더미 궤도선을 스프링으로 분리, 방출하고 1단을 발사 지점으로 회수할 계획이었다. 이번 비행시험은 뉴멕시코 주 화이트샌즈 미사일 시험장에서 진행했다. 궤도선이야 궤도를 돌아 지구상 어느 곳에든 내릴 수 있지만, 1단은 그럴 수 없으므로, 고객이 원하는 발사장으로 1단을 수송해야 했다. 4개의 부분체로 분할된 1단은 철도나 배를 이용해서 수송하거나 비행기로도 수송할 수 있었다. 이번에는 화이트샌즈까지 철도로 1단과 2단을 수송했다.

화이트샌즈 같은 외진 장소에서도 27톤의 물체를 60킬로미터 상공에서 떨어뜨리는 작업은 정말 주의를 요한다. 이런 고도에서 낙하한 더미 궤도선은 엄청난 피해를 입힐 수 있다. 특히나 수직 비행 프로파일을 사용하면 불안할 정도로 발사 지점에 가까이 내려올 가능성이 있는 것이다. 이번 비행시험에서는 바람을 예측해서 더미가 바람을 타고 다운레인지 방향으로 멀리 날아가도록 궤적을 설계했다. 그러나 미사일 시험장을 벗어나 날아가는 사태를 막기 위해서 주낙하산을 장착하지 않았고, 대신 드로그 낙하산을 전개해서 약간의 안정성과 항력을 제공할 계획이었다. 낙하지점에서의 피해 가능성을 낮추기 위해 단 분리 이후 폭약으로 탱크 바닥에 틈을 내서 물을 배출할 예정이었다. 그런데 탱크에서 물이 재빠르게 빠져나오려면 일종의 가압장치가 필요했다. 더미 궤도선에 기계장치, 드로그 낙하산, 가압장치까지 설치하고 나자, 일회용치고는 비용이 많이 들어서 점점 걸리적거리는 존재가 되어 갔다. 누군가가 탱크를 탄산수로 채우자는 근사한 아이디어를 생각해 냈다. 컴퓨터로 얼른 모델링을 해 보니 대충 0.7바(bar)의 압력을 생성하면 탱크 밖으로 물을 밀어낼 수 있었다. 탄산수가 흘러나오면 탱크의 내부압력이 내려가고, 이 때문에 좀 더 많은 이산화탄소가 탄산수를 빠져나와 내부압력이 대강 일정하게 유지되는 것이다.

과대포장 하지 않고 홍보활동을 하겠다는 AM&M의 전략에 보조를 맞춰, 이번 비행시험에는 소수의 공군 관계자와 NASA의 고위 인사, 개인 자격의 잠재 고객 몇 명, 극소수의 해외 대표단을 초대했다. 이에 비하면 AST 대표단은 상당한 규모였다. 포사이스가 언론사를 초대하지 않아 의외였는데, 이는 사실상 언론의 출입을 금지한 거나 다름없었다. 포사이스는 비행시험에서 사고가 발생하더라도 그날 밤 뉴스에 바로 보도되는 상황을 피하고자 했다.

발사 예정일이 되었다. 나는 화이트샌즈의 미사일 기지에 조금 일찍 도착했고 크리스 톰밭이 기지 입구까지 마중 나와 주었다. 크리스에 의하면 발사 준비가 일정대로 진행되어, 그날 오후면 발사가 진행될 것이 확실해 보였다. 그런데 '확실'이란 단어는 처음 비행할 발사체와는 좀처럼 어울리지 않는다. 우주 왕복선 콜럼비아호는 처음 비행할 때까지 거의 2년에 달하는 준비 기간을 필요로 했는데, 그중 105일을 발사대에서 보냈다. DH-1 발사체의 1단은 4개월 전에 발사장에 입고됐고, 수차례의 수류 시험 및 연소 시험이 포함된 각종 시험과 검사를 거쳤다. 마지막 두 달은 착륙 시스템을 시험하는 데 매진했는데, 고도 1,500미터로 짧게 도약했다가 내리는 시험을 반복했다. 며칠 전에는 주엔진의 점화와 연소를 위시한 비행전 최종시험을 마쳤다. 이번 비행시험에서 1단은 84초간 추력 비행을 하고 이어서 40초간 저추력 비행을 하고 난 후, 엔진을 끈 상태에서 100초간 무추력 비행을 해서 원지점에 도달했다가 부드럽게 대기권으로 재진입할 예정이었다. 이륙에서 착륙까지 예상 비행시간은 10분 미만이었다.

아침나절에 대화를 나눴던 비행시험 엔지니어들이 바람을 예측해 보고 발사가 가능할 것 같다고 알려 줬다. 분리된 더미 궤도선을 발사장에서 저만치 떠내려가게 하려면 다운레인지 쪽으로 부는 바람이 필요했다. 조그마한 관람석 한 켠에는 강화 콘크리트 벙커가 두 곳 설치되었다. 고위 관료들은 60초 이내에 이곳으로 대피하는 훈련을 이미 한두 번 치른 상태였다. 이 60초 동안 더미 궤도선의 드로그 낙하산이 펼쳐졌는지, 탱크로부터 물이 배출되었는지, 예정대로 다운레인지로 떠내려가고 있는지 등등을 여유 있게 판단할 수 있었다. 발사 지점은 관람석에서 업레인지[163] 방향으로 2.4킬로미터 떨어진 위치에 있었다. 오후 늦게 발사가 이루어질 모양이었고, 정오가 되자 기온이 올라 건조하고 뜨거워졌다. 모두들 차가운 생수와 무알코올 음료수를 잔뜩 마시며 최종 카운트다운을 기다리고 있었다.

발사 한 시간 전, 수석 조종사인 제이크 힐을 발사 지점에 데려다주는 차에 동승했다. 제이크는 발사체 주변을 돌아다니며 구석구석을 살펴봤고 지상팀과 한참 논의하고 나서 조종석에 올랐다. 발사체가 너무나 단출해서 사람 하나를 태우는 작업이 일종의 스턴트 행사처럼 보일 정도였다. 사람들의 이목을 끈다는 면에서는 일종의 스턴트이기도 했다. DH-1 발사체에는 규정상의 각종 난관과 주거지 근처에서 비행허가를 받아야 하는 어려움이 여전히 남아 있었으므로, 포사이스는 1단, 2단이 모두 유인비행을 한다는 사실을 강조해서 마치 비행기와 같은 처분을 받길 원했다. 그러니 호버링과 착륙용으로 탑재된 추진제의 마진이 겨우 15~20초인 상황에서, 숙련된 비행사를 태우기로 한 것은 합리적인 결정이었다.

비행시험용 1단도 본 발사체처럼 발사정비 타워나 엄빌리칼 타워[164]를 필요로 하지 않았다. 옆에 타워가 있으면 발사체가 가

---

[163] uprange. 발사체가 날아갈 방향의 정반대편을 의미함.

[164] 비행기와는 달리 발사체는 추진제 충전, 가압가스/질소가스 충전, 통신, 전원 등 대부분의 기능을 발사 직전까지 지상에서 지원받아야 함. 기립된 발사체와 지상 간의 인터페이스가 엄빌리칼이며, 엄빌리칼 타워는 이러한 기능을 발사체 각단에 제공하기 위해서 세워진 빌딩임.

끔 이 타워 쪽으로 날아가 문제가 된다고 크리스가 설명해 줬다. 유체공급라인, 지상전원, 신호접속 장치가 모두 발사체의 바닥면에 연결되었다. 이번 비행시험에는 궤도선 대신 더미를 사용하고 있지만, 실제 궤도선은 필요한 것들을 1단으로부터 공급받는다.

'T-30'분. 지원인력 대부분이 2.4킬로미터를 운전해서 관람석으로 돌아왔다. 발사통제센터는 관람석 옆에 있는 벙커 중 한 곳에 자리 잡고 있었다. 조종사는 모든 장치가 완비된 비행체를 스스로 점검하고 외부 도움 없이 비행에 나설 수 있었다. 방송센터이기도 한 발사통제센터에서 진행상황을 고위 관료들에게 안내했다. 규정 단속 위원과 정부 관료들에게 모든 것이 통제되고 있다는 긍정적인 느낌을 심어 주려고 두 센터를 일부러 같은 장소에 둔 것이었다.

'T-15'분. 관람석에서는 비디오 화면을 통해 지상지원팀을 지켜보고 있었다. 이들은 조종석 덮개가 밀봉되고 나서 탈출석이 활성화됐는지 그리고 '비행 전에 제거하시오'라는 태그가 달린 넌플라이트 품목들이 전부 제거됐는지를 확인하기 위해서 마지막으로 비행체를 신속하게 둘러보는 중이었다. 그러고 나서 지상지원팀은 차를 몰고 발사통제센터로 돌아왔다.

'T-5'분이 되었다. 경적 소리가 울렸다. 1단은 똑바로 올라갔다 똑바로 내려올 것이고 더미 단이 떠내려갈 예상거리가 16킬로미터 미만이므로, 이번 비행을 위해 미사일 시험장 소유의 64×64 평방미터만 소개해도 충분하다고 크리스가 알려 주었다. 게다가 시험장 주변에는 소를 방목하는 목장이 한두 개 있는 정도여서, 유사시에 약간의 비용만으로 소개될 수 있었다.

조종사 제이크와 통제센터가 확성기를 통해서 사람들에게 이따금씩 알려 오는 소리를 빼면 관람석은 고요했다.

통제센터: 온보드 전원으로 전환. 확인 바람.

제이크: 로저. 시스템, 문제없음.

통제센터: 고맙다. 1분.

제이크: 엔진공급계 프라이밍[165] 완료. 점화준비 표시등 들어옴.

통제센터: 30초.

'T-1'초. 자동점화 시퀀스가 밸브를 열고 5개의 엔진을 점화했다. 1초 후, 발사체는 4개의 기둥을 떠나서 날아올랐다.

제이크: 상태양호 표시등 들어옴. 그리고 위로 상승한다…….

발사체는 225톤이 넘는 추력을 사용해서 놀랄 만큼 빠른 속도로 상승했다. 엔진의 굉음이 발사대로부터 2.4킬로미터 떨어져 있던 우리에게 도달하는 데 7초가 걸렸다. 이 7초 동안 발사체는 이미 105미터를 올라갔다. 탄소 성분을 품은 과산화수소와 프로판의 연소 가스는 밝은 노란색을 띠었으며, 주엔진이 고도 30킬로미터 근처나 이륙 후 84초 만에 정지될 때까지 두꺼운 비행운이 발사

---

[165] priming. 점화 직전에 추진제를 엔진 배관망에 흘리는 과정.

체의 뒤를 따라 올라갔다.

> 통제센터: 15,000미터. 그라운드 트랙은 어떤가?
>
> 제이크: 로저. 15,000미터 확인. 살짝 왼편으로 떠내려갔
> 음…… 정상으로 돌려놓음…….
>
> 통제센터: 21,000미터. 좋아 보임.

관람석에 앉은 이들은 발사체가 자신들을 향해서 날아오고 있다고 느꼈다. 발사체가 수직으로만 상승해서 발사 지점을 멀리 벗어나지 않는다는 건 다들 알고 있었다. 그러나 발사체가 머리 바로 위까지 떠내려올 수도 있지 않을까 하는 생각이 들어서인지 몇몇 사람들은 대피소 쪽을 흘긋 바라보았다. 함께 앉아 있었던 AM&M의 직원들은 이것이 착시현상에 불과하다고 안심시켰다. 이 발사체는 똑바로 수직 상승하기 때문에, 발사체의 고도가 증가하면서 발사 지점과 관람석 간의 거리는 무시할 만한 수준이 되고, 결과적으로 마치 머리 위에 있는 것처럼 보인다는 것이다. 여러 번 얘기를 듣고 나서도 다들 겁에 질려 있었다.

> 제이크: 버니어 엔진 준비 표시등 켜짐…… 주엔진 정지까지
> 3초, 2초, 1초…… 그리고 엔진정지 완료. 버니어 엔진은……
> 켜진 상태임.
>
> 관제센터: 정확히 예정대로임.

다행히 자이로 안정화 기능이 있는 10배율 쌍안경을 챙겨 왔고, 발사체가 천천히 저추력 코스팅을 이어 나가는 동안, 4개의 저추력 버니어 엔진이 만든 비행운을 선명하게 볼 수 있었다.

통제센터: 곧 54,000미터에 도달함.

제이크: 알았음. 분리시스템 활성화 진행 중…… 녹색 표시등 들어옴. 20초 후 분리…….

통제센터: 우리도 보고 있고…… 여기서 보기에도 좋아 보임.

제이크: 살짝 삐뚤어져서 빠짐…… 오케이, 분리가 잘되었다. 버니어 엔진 꺼짐.

더미 2단이 분리되는 것과 이어서 버니어 엔진이 잠시 켜지는 것도 지켜봤는데, 이는 1단과 더미 2단 사이의 거리를 벌려 놓는 용도였다. 1단과 2단은 고도 64킬로미터에 있으며 잠시 후 물이 더미 2단으로부터 배출될 것이라고 AM&M 직원들이 말해 줬는데, 나는 천천히 스물까지 세면서 기다렸지만 10배율 쌍안경으로는 1단과 2단을 구분하기 어려웠다. 갑자기 구름이 발사체를 집어삼켰고, 이 구름이 60킬로미터의 옅은 대기 때문에 천천히 벗겨져 나갔다. 1단과 더미 2단의 거리는 계속해서 벌어지고 있었고 쌍안경으로는 이들이 매우 천천히 움직이는 것처럼 보였다. 1단과 더미 2단은 고도 96킬로미터, 다운레인지 3.2킬로미터에 있었고, 확성기에서 표적 추적 레이다로 추정한 상단의 낙하지점이 다운레인지 6.4킬로미터로 예상된다는 안내가 흘러나왔지만, 1단과 2단은 여전히 우리 머리 바로 위에 있는 것처럼 보였다. 더미 2단에는 냉가스 자세제어 시스템을 설치해서 내려오는 동안 구르는 것을 방지했다.

제이크: 여기 전망이 상당히 멋지다…… 90,000미터…… 추력 기 제어 시스템은…… 10도 롤……[166]

통제센터: 거의 정상에 도달했을 텐데…… 그라운드 트랙은?

제이크: 타원궤도 내에 있음. 수직 방향 속도가 0에 접근하고 있음…… 102킬로미터에서 상승을 멈췄음.

제이크는 이번 비행에서 이제 고도 80킬로미터를 넘어섰고, 이로써 엄선된 집단에게만 주어지는 우주비행사라는 견장을 달게 되었다.

통제센터: 오케이, 97.5킬로미터. 하강 진행 중.

제이크: 알았음. 아래로 귀환하는 중……살짝 오른쪽으로 치우침…….

통제센터: 더미 2단, 다운레인지 방향으로 6.4킬로미터 이상 떨어져 낙하 중임. 방해가 되지 않을 것임.

제이크: 알았음. 과수[167] 압력은 57바(bar).

대기권에 재진입한 1단은 불길이 번지는 비행운을 만들지

---

[166] 발사체가 기체 축을 기준으로 10도 회전했음.

[167] 과산화수소의 줄임말.

않았다. 궤도 속도나 그 이상의 속도로 대기권으로 돌아오는 재진입은 보통 뜨겁고, 다루기 어려운 환경을 만들어 낸다. 이번처럼 초속 900미터로 진입한 조건은 SR-71의 비행 환경과 유사한 정도였다. 그러나 쌍안경으로는 발사체에 나타난 변화를 볼 수 없었다. 크리스는 정체온도가 800도 이하라고 알려 줬는데, 사실 열 하중의 펄스가 아주 짧고 온도도 낮은 편이어서, 1단에서 가장 얇고 경량화된 컴포넌트들만 과열의 위험에 노출되고 있었다. 그리고 1단 설계팀은 재진입 환경을 고려해서 발사체에 바람이 부딪치는 쪽에는, 열보호장치가 없는 얇은 금속 판재들을 두지 않았다.

관제센터: 45,000미터. 드로그 장전 확인 바람.

제이크: 긍정적임. 드로그 장전 확인. ……버피팅[168] ……추력기 제어 시스템이 꺼져 감…….

제이크는 고도 36,000미터에서 드로그 낙하산을 펼쳤고, 드로그에 달린 4개의 섬유유리 끈으로 자세를 제어했으며, 좀 더 제한된 수준이지만 비행방향도 제어했다. 더미 궤도선도 조금 전에 드로그를 전개했으며, 밀도가 늘어나자 제이크의 1단은 드로그 시스템의 제어기능을 이용해서 더미 궤도선으로부터 상당한 거리를 확보했다. 더미 궤도선은 분명 우리로부터 멀어져 다운레인지로 가고 있었고, 제이크의 1단은 발사 지점으로 돌아가며 하강하는 중이었다. 이들이 관람석 위에 떨어지지 않을 것이 분명해지자 사람들

---

[168] 난기류에 의해서 기체가 불규칙적으로 흔들림.

사이에 긴장감이 확연히 낮아졌다.

1단은 절반쯤 내려올 때까지 계속해서 커지는 것처럼 보였다. 크리스는 착륙용 엔진들이 머지않아 점화될 것이라고 알려 줬다.

제이크: ⋯⋯3,600미터 도달, 알람 울림⋯⋯ 버니어 엔진 준비 표시등 들어옴. 과수 압력은 58바(bar).
관제센터: 항로는 어떤가? 바람은 초속 2.6미터, 변동 없음.
제이크: ⋯⋯예정된 위치에 정확히 도달함⋯⋯ 버니어 점화 3초, 2초, 1초⋯⋯ 오케이⋯⋯. 자⋯⋯ 켜짐⋯⋯.

착륙용 버니어 엔진이 점화되는 것을 보자마자 사람들이 안도의 한숨을 내뱉었다. 과산화수소 추력기는 1,200도의 산소와 증기를 만들어 내므로 발사체가 내려오는 동안 밖으로 분출되는 증기가 잘 보이지 않았다.

제이크: ⋯⋯수직방향 속도 0⋯⋯ 살짝 오른쪽으로 벗어남⋯⋯ 과수 낮음 표시등 방금 들어옴⋯⋯ 그리고 랜딩.

1단은 점화 후 30초 이내에 착륙용 패드 위 9미터 높이에서 호버링 하고 있었고, 이내 곧 완벽한 자세로 재빨리 착륙했다. 1단에는 10초를 버틸 추진제가 남아 있었다.

관제센터: 제이크, 훌륭하다! 구조대가 곧 도달할 것이다.

AM&M 사람들은 차에 나눠 타고 제이크가 있는 곳으로 우르르 출발했고, 이들은 저마다 손에 샴페인 병을 들고 있었다. VIP와 손님들에게도 약간의 샴페인이 제공됐다. 난 존 포사이스와 톰에게 다가가 진심으로 축하해 주었다. 이들은 이번 시험비행이 중요한 시금석이긴 하지만 이제 시작에 불과하다고 했다. 겸손해서 그런 것인지 아니면 그저 진실을 말한 것인지는 알 수 없었다. 1990년대 초, DC-X가 발사장으로 돌아와 착륙하면서 사람들에게 깊은 인상을 심어 줬다. 그런데 이 DC-X 발사체조차도 완전히 새로운 지평을 연 건 아니었다. 이 착륙 기술은 모두가 가능하다고 생각했던 일에 속했다. 그래도 생각에 그치지 않고 실제로 성취하면 흥분되기 마련이다. 그런 의미에서 다음번 궤도 비행은 좀 더 흥분되는 이벤트가 될 것이 틀림없었다.

24장

멈춰 버린
조립 라인

나는 시험발사를 보러 화이트샌즈에 간 김에 텍사스에 있는 여동생 집에 들러 일주일을 보내고 AM&M의 플로리다 비행시험 운용센터로 돌아왔다. 하루 이틀은 일을 접고 여동생 가족과 시간을 보내며 이메일만 한두 번 확인했다. 그래서 그다음 주 월요일 톰의 사무실에 걸어 들어갔을 때, 톰이 마치 성난 악어의 탈을 목까지 뒤집어쓴 것처럼 머리끝까지 화가 나 있어서 깜짝 놀랐다. 언론사를 시험발사에 초대하지 않은 것이 불리하게 작용했는지 헐뜯는 기사와 사설이 많이 실렸고, 이들은 AM&M이 CIA를 위해 일하고 있거나, 새로운 초강력 무기를 개발하는 프로그램의 일환이거나, 아니면 다른 나라가 꾸민 음모일 수도 있다고 넌지시 흘린 것이다. 이 음모론은 도대체 왜 나온 것인지 알 수 없었다. 7인방 중 한 명이 외국에서 태어나기는 했다. 포사이스는 피해를 최소화하느라 이리 뛰고 저리 뛰고 있었다. 톰은 이보다 훨씬 더 심각하고 위급한 문제가 두 가지나 터지는 바람에 고민이 이만저만이 아니었다.

재진입 공기역학자 중 한 명인 크리스 톰발이 비행안전 엔지니어 두 명과 합의해서 플러그를 뽑아 버렸고, 사업 전체를 토요타 자동차 공장처럼 정지시켜 버린 것이다. 곧이어 시험비행 조종사들도 이들에 동참했다. 분명하게 드러난 비행 안전상의 두 가지 문제에 적절하게 대처하지 못한 결과였다. 첫 번째 문제는 재진입 시 엔진과 엔진실을 덮는 전개식 열차폐막에 있었다. 현재의 설계는 마치 우산을 펴듯이 열차폐막 블랭킷의 원주를 잡아 주는 대형 고리를 전개하는 방식을 사용했다. 그러고는 완전히 전개된 블랭킷을 열차폐막의 바닥 쪽으로 꽉 당기는 식이었다. 이 과정에서 몇 가지 예상하지 못한 문제점이 발견되었다. 우선 블랭킷을 전개하는 메커니즘은 사용이 까다로웠다. 그리고 전개식 열차폐막이 충격 반사의 원인으로 작용해서 열차폐막의 여러 위치가 국부적으로 뜨거워지는 것이 모델링과 시험을 통해서 확인되었던 것이다. 이러한 문제 때문에 중량 패널티를 감수하고라도 열차폐막의 절반 이상을 상당히 보강해야 했다. 보강을 하더라도 맨 바깥층은 직물에 구멍이 날 정도로 여러 곳에서 타들어갈 것으로 보였다.

두 번째 문제는 궤도선 착륙장치에서 발생했다. '보일러용 판재'로 만든 시험발사체를 CH-47 치눅 헬리콥터에서 떨어뜨린 후 조종사가 직접 조종하거나 자동 제어를 사용해서 착륙시키는 시험은 이미 여러 차례 성공한 터였다. 비행체가 고도 3,600미터로부터 낙하하는 동안 패러글라이더와 착륙장치는 잘 전개되었고, 조종사와 제어기도 별 어려움 없이 가상의 활주로 방향으로 착륙비행을 잘 유도했으며, 상당히 거친 편에 드는 착륙도 일부 있긴 했지만 착륙 자체는 모두 성공적이었다. 그러나 무게에 민감한 양산 발사체용 장치에 비하면 시험발사용 착륙장치는 훨씬 더 튼튼했다. 양산 발사체용 착륙장치로는 비행시험으로 측정된 전단 하중을 견딜 수 없었다.

궤도선의 주착륙장치는 비교적 두꺼운 링 프레임에 부착됐다. 이 링 프레임은 원뿔 모양의 궤도선이 반지름이 11.4미터인 바닥의 열차폐막과 만나는 곳에 있었다. 접힌 착륙장치를 수용할 용도로 직경 125밀리미터의 튜브 두 개가 탱크 내부로 2.1미터 정도 들어가 설치되었고, 이 튜브의 끝은 탱크 내부에 매달리지 않았다. 탱크를 가로질러 엔진실에 튜브를 부착해서 굽힘 하중을 잘 견디게 만들자는 계획도 있었다. 이런 방식으로 튜브를 부착하면, 탱크가 가압될 때 엔진실에 부착된 튜브의 끝에 높은 국부 응력이 발생하고, 이러한 문제가 극저온 사이클을 거치는 동안 더 심해진다는 결론을 내리게 된 것이다. 게다가 4분의 1 크기로 제작한 시험용 탱크에서조차 50~100사이클 만에 착륙장치 부착 지점에서 피로수명으로 인한 문제가 나타났다. 시험발사체의 경우에는 피로수명이 짧아도 크게 문제가 될 것은 없으나 양산 발사체에서는 당연히 문제가 될 수 있었다.

톰과 팀원들은 설계를 진행하면서 골치 아픈 문제점들에 잘 대처해 왔는데, 이번에는 하필 중요한 시기에 두 가지 문제가 한꺼번에 터져 버린 것이었다. 처음 조달된 1조 원이 소진될 시점이 빠르게 다가오고 있었고, 존 포사이스는 궤도투입 시험비행을 성공시키기 전에 7인방에게 다시 손을 벌릴 수 있을 거라 생각하지 않았다. 그런 데다 DH-1에 나타난 주요 기술적인 문제를 해결하지 못한 상황인 것이었다. 이런 기술적인 문제 말고도, 언론사들이 1단 시험비행을 '비밀리'에 진행한 것에 대해 지나치게 흥분해 버려서, 7인방 내에서조차 깜짝 놀란 사람들이 있었으며, 회사와 발사체에 대한 신뢰를 조성하고 유지하기 위해서 DH-1 사업에 대한 대중들의 인지도를 관리하겠다던 포사이스의 전체적인 전략에 의문이 제기되는 상황이 되었다. DH-1을 구매할 고객들이 정부기관이나 자본시장으로부터 자금을 조달하려면, 반드시 차분하고 보수적인 분위기를 만들어 내야 하는 것이다.

톰은 엔지니어링 사업의 산전수전을 다 겪어 본 인물이었다. 그는 즉시 관련 분야의 엔지니어들로 팀을 구성했다. 이들은 문제를 철저하게 기술하고 내부망에 게시해서 회사의 모든 구성원들과 회사 외부의 컨설턴트들로부터 기술 정보를 모으는 일에 가장 먼저 착수했다. 모인 정보를 솎아 내서 각 문제에 대처할 최선의 방법 두세 가지를 선정한 다음, 이 방법들을 동시에 구현해 보기로 했다. 착륙장치는 기본적으로 구조적인 문제여서 겉보기에는 간단히 해결할 수 있을 것처럼 보였다. 그러나 문제를 해결하려면 착륙장치를 재설계해야 하는 것으로 드러났고, 착륙하중을 낮추기 위해서 패러글라이더와 비행체의 비행성(Flying Quality)을 개선할 필요가 있었으며, 결국 비행제어 시스템용 소프트웨어를 상당 부분 새롭게 짜고 궤도 내에서 사용하는 자세제어 시스템마저 수정해야 했다.

궤도선의 열차폐막 문제는 더 심각해 보였다. 원래는 중량을 충분히 배정한다면 당연히 해결할 수 있는 문제였다. 그러나 현재 톰은 페이로드 수용량이 900킬로그램까지 떨어진 상황이었다. 프로토타입 궤도선이 정상 설계중량을 900킬로그램 이상 초과해 버린 상태였다. 열차폐막 문제가 불거지자 궤도선 바닥을 먼저 진입시킬지 아니면 기수를 먼저 진입시킬지에 대한 논쟁이 다시 불붙을 조짐마저 보였다. 바닥을 먼저 두는 재진입은 어떤 식으로든 재진입 가열로부터 엔진을 보호할 방법을 찾아야 했다. 이와는 달리 기수를 먼저 두는 재진입은 유동이 흘러 나가는 쪽에 궤도선의 엔진을 안전하게 두고 있으므로, 엔진은 이 위치에서 열보호장치를 거의 필요로 하지 않거나 전혀 필요로 하지 않았다. 우주 왕복선은 기체에 붙은 플랩과 르네41 철사로 만든 그물 모양의 차폐막만으로도 셔틀의 메인엔진을 충분히 보호할 수 있었다. 하지만 비행체가 노즈 방향으로 재진입하면 비행체의 외부표면 전체를 열차 폐막으로 보호할 필요가 있는 데다가, 이 부분의 면적이 바닥 면적의 4배 수준이므로 열보호장치의 중량이 크게 늘어날 수밖에 없었다. 모든 열차폐용 재료들은 응결과 서리로 인해서 지상에서 어느 정도 수분을 흡수하기 마련이고, 발사체는 흡수된 수분을 상승 시에 가져가야 하므로 중량 측면에서 불리한 조건이 추가되는 꼴이었다. 추진제 탱크에 열차폐막이 많으면 많을수록 이러한 상황은 더 악화된다. 게다가 비행체가 상승하는 동안 29킬로파스칼에 이르는 최대 동압(Max-Q) 조건에서 겪게 될 공력 하중으로 인해서 바람을 직접 받는 쪽에는 유연한 세라믹 블랭킷을 설치하는 것은 현실적으로 불가능한 일이었다. 이러한 단점에도 불구하고 우주 왕복선에 적용됐던 타일을 DH-1의 해결 방안으로 도출하게 될 수도 있는 상황이었다. 발사체에 걸리는 g 하중을 낮추거나 어느 정도 횡방향으로의 이동을 허하는 차원에서 발사체에 약간의 받음각을 주게 되면, 발사체가 바로 서서 진입하지 않게 되므로 재진입 동안 추진제 탱크의 가열이 비대칭이 된다. 이 비대칭 조건이 추진제 탱크에도 온도 구배[169]를 생성해서 설계 제한 하중에 이르는 심각한 문제가 발생할 수 있는 것이다.

톰은 싸워 보지도 않고 바닥을 먼저 재진입시키는 방식의 장점들을 포기할 생각은 없었다. 구형 바닥면의 큰 반지름으로 인해서 궤도선의 압력 중심이 열차폐막의 곡률 중심에 놓이는 것은 큰 장점이며, 이렇게 되면 궤도선이 유동에 대해서 적절한 자세를

---

[169] 특정 지점 사이에서의 온도 변화율.

취하기만 하면, 궤도선은 중립적인 안정성을 갖게 되고, 상대적으로 작은 추력기로도 재진입 내내 궤도선의 자세를 제어할 수 있게 된다. 또한 g 하중을 조절하고 횡방향 이동을 위해서 약간의 받음각을 사용하면, 열차폐막의 중앙에 오던 가열 중심점을 기하학적인 중심부에서 바깥 방향으로 60퍼센트 떨어진 곳으로 이동시키게 되어서, 엔진실로부터 좀 떨어진 곳에서 가장 맹렬한 가열 지점이 나타나게 된다.

착륙장치에 문제가 나타나자 사람들은 톰이 그동안 추구해온 벌룬 탱크 방식에 대해서도 의구심을 보인 모양이었다. 압력을 걸어서 안정화해야 하는 벌룬 탱크는 국부적으로 큰 변형이 나타나기 때문에 집중하중을 잘 견디지 못하는 문제가 있었다. 그런데다가 구조체를 강화하기 위해서 특정 위치에 재료를 더하면 구조체의 피로수명을 저해하는 효과마저 나타났다. DH-1 발사체의 설계철학은, 가능한 한 구조적 보강재를 제거해서 이들로 인한 부득이한 응력집중을 피하고 피로수명을 늘리고 중량 측면에서 불리한 조건을 줄여 가겠다는 것이었다. 이와는 달리 아이소그리드 보강재를 사용했던 우주 왕복선의 외장 추진제 탱크(ET)는 부스터 고체 로켓(SRB)과 궤도선이 외장 추진제 탱크에 가하는 집중하중을 수용하도록 그리드를 국부적으로 보강했었다. 사실 외장 추진제 탱크 중량의 15퍼센트 이상이 이 보강재에 쓰였다.

엔지니어들이 기술적인 문제를 공략하는 동안, 포사이스는 거의 쉬지도 않고 한두 명의 직원을 데리고 사나흘간 외부를 돌아다녔다. 이들은 관심을 보이는 모든 신문사, 출판사와 이야기를 나누었다. 포사이스는 궤도선이 비행시험을 통과할 때까지 버틸 자금을 확보하려고 2,000억 원에 해당하는 개인자산을 팔기로 결정했으며, 이제 포사이스가 투자한 금액은 총 7,000억 원에 이르렀다. 7인방 중 다른 두 명도 각각 300억 원을 추가로 투입했는데, 이는 분담금의 비율을 유지하려는 실리적인 목적뿐만 아니라 톰과 팀원들에게 약간의 여유를 제공하려는 위로 차원이기도 했다. 이제 막 양산발사체의 설계를 시작한 데다가 비행시험 프로그램이 한창 진행 중이었으므로, AM&M의 '지출 속도'는 매달 400억 원을 찍고 있었다.

그동안 공장에서는 문제 해결을 위해 구성했던 소규모 팀을 좀 더 확대해서 소위 '호랑이' 팀들을 만들었다. 한 팀은 착륙장치 문제를, 나머지 한 팀은 열차폐 문제를 담당했다. 이들은 아이디어를 찾고 엔지니어링 직원 전체로부터 피드백을 받기 위해서 사내 업무망에 공개 토론방을 열어 두고 있었고, 이러한 시도는 차츰 열매를 맺고 있었다. 착륙장치의 중량목표는 궤도선의 건조 중량과 페이로드를 합친 무게의 1.5퍼센트에 해당했는데, 이러한 값은 비행기와 비교해도 매우 낮은 편에 속했다. 착륙장치의 중량목표는 총 113킬로그램이었고, 각 착륙장치의 전개 메커니즘, 레그, 그리고 레그 받침에는 48킬로그램이 배정되었다. '보일러 판재'로 만든 프로토타입 발사체에서 측정된 착륙 하중 조건을 양산용 착륙장치에 적용하면 파손이 발생하는 것은 틀림없어 보였다.

착륙장치의 부착 부위를 두툼하게 보강하는 것만으로 해결할 수 없는 종류의 문제였다. 그렇게 하면 부착 부위의 강성은 늘어나겠지만, 서브스케일 탱크를 시험하면서 드러난 것처럼 응력에 의한 균열이 탱크에 발생하는 상황을 더 악화시킬 수 있었다. 충분한 중량을 배정하고 프로토타입 궤도선에 대해서는 피로파괴에 관한 문제를 무시하기로 하면 지금 당장 처한 문제를 해결할 수는 있겠지만, 프로토타입 시험 프로그램의 목적 중 하나는 양산 수준만큼 상세한 정도는 아닐지라도 원칙적으로 기술적인 난제들을 근본적으로 모두 해결한 발사체를 비행하는 것이었고, 또한 양산 발사체에서 합리적인 수준의 탑재량을 달성할 수 있음을 사전에 증명해야 했다.

직원들에게 알린 지 일주일 만에 착륙장치에 대한 각종 아이디어들이 접수되었다. 수화물실에 에어백을 저장하고 있다가 궤도선의 하단부 너머로 부풀리자는 아이디어부터 레트로 로켓을 써서 착륙하중을 0으로 만들자는 아이디어까지 많은 제안이 쏟아졌다. '호랑이' 팀은 이 제안들을 '가능한' 해결책, '부분적' 해결책, '불가능한' 해결책으로 카테고리를 나누었다. 그중 '가능한' 해결책에 해당하는 접근 방법을 위주로 분석해서, 시뮬레이션을 돌리고 시험하는 작업에 시간을 할애했고, 이 작업 결과와 새로 발견한 사실들을 정기적으로 내부망에 올려서 개선 사항, 추가 제안, 비판 의견들을 추가로 모집했다.

3주가 지나자, 해결의 윤곽이 드러나기 시작했다. 착륙장치용 수납공간의 내부 끝단과 중앙 엔진실/추력지지 구조체 사이에 그라파이트/에폭시 복합재로 와인딩[170] 해서 만든 튜브 모양의 알루미늄 버팀목들을 덧붙여 지지력을 추가로 제공하고, 수납공간이 탱

---

[170] 복합재 필라멘트를 감아서 구조체를 만드는 제작 기술.

크에 부착된 지점으로부터 하중을 옮기자는 방안이었다. 이 알루미늄 버팀목들은 수소 탱크의 외부 벽과 엔진실의 내부 벽 사이에 발생하는 열 팽창과 수축을 수용할 수 있는 연결관(sleeve) 안쪽에 끼워졌다. 그리고 착륙장치용 수납공간은 탱크 외벽의 바닥 쪽에 위치한 링 프레임을 통과하게 되는데, 이 지점에 놓인 조인트에 응력을 미리 걸기 위해서 극저온 온도에서 숏피닝[171] 처리를 할 예정이었다.

기체는 착륙장치의 활주부를 중심으로 회전하려는 경향을 보였다. 이 활주부 자체는 단조한 마그네슘 발판에 융제용 테플론 패드를 올린 것에 불과했다. 고압의 헬륨 시스템을 착륙 버팀목에 추가해서 이 문제를 극복할 수 있었다. 이 시스템은 링 패턴으로 노즐들을 배치하고 착륙패드에 고압의 헬륨을 불어넣는 장치였다. 패드가 지면에 닿기 15센티미터(또는 15~25밀리초) 전에 탐침이 지면에 먼저 닿으면 헬륨가스 시스템이 작동하는 방식이었다. 이 '가스 패드'는 착륙장치가 활주로와 접촉하는 순간에 호버크래프와 같은 효과를 0.5초간 만들어 냈다. 이 장치는 착륙 순간에 수평방향의 마찰력을 줄여서 착륙장치가 부착된 부위에 작용하는 전단하중을 낮춰 줬다.

착륙하중을 더 줄여 보려고 가스구동식 경량 견인기를 패러글라이더의 케이블 라인에 추가했는데, 이 견인기는 착륙이 일어나는 순간 궤도선을 말 그대로 끌어 올려 수직방향의 낙하속도를 줄여 줬다. 육군이 공중에서 화물을 낙하시켜 배달하려고 최근에 완성한 기술이었다.

---

[171] shot-peening. 작은 금속 공을 빠른 속도로 충돌시켜 모재의 강도를 높이는 표면처리 기법.

궤도선의 노즈 부분에 장착된 과산화수소-프로판 추력기가 해수면 조건에서도 작동하도록 개조했다. 착륙하중을 줄여 줄 마지막 아이디어였다. 노즐을 둘러싼 링 내부에 적은 양의 압축공기를 주입시켜서 극초음속의 유동이 추력기 노즐 내부에서 박리되도록 했고, 이를 통해서 8에 가까운 유효 확대비를 만들어 낼 수 있었다. 또한 수화물칸에 설치된 과산화수소-프로판 추력기를 재설계해서 900킬로그램의 추력을 내도록 개조했다. 수화물칸에 설치된 추력기는 위쪽으로, 노즈 추력기는 아래쪽으로 추력을 내게 만들고 낙하산 끈을 이용한 견인 작용까지 사용하자, 착륙하중이 3분의 2로 감소되었다.

열차폐막 문제도 여러 방안을 조합해야 해결이 가능할 것으로 보였다. 열차폐막의 경우에는 프랫앤드휘트니가 보유한 엔진 시험실까지 수정해야 하므로 작업 시간이 더 늘어났다.

이론상으론 소량의 수소를 연소기 주위로 흘리기만 해도 궤도선의 엔진을 냉각할 수 있었는데, 재진입 내내 종 모양 노즐의 냉각채널을 통해서 1제곱미터에 4.9킬로그램 미만의 수소를 흘려보내기만 하면 되는 것이었다. 그러고 나서 엔진실 옆벽과 종 모양 노즐 사이의 틈을 소형 열차폐막으로 덮어 주면 되는 것이었다. 그러나 궤도선이 대기권에 진입하고 나서 수소가 분사기 쪽으로 배출되어 연소실에서 폭발이 발생하거나, 종 모양 노즐을 통해 엔진실로 누출된 수소가 바깥 공기와 섞이면서 폭발성 혼합물을 형성할 수 있다는 우려가 제기되었다.

헬륨과 같은 불활성 기체에는 이런 문제가 없는 대신 별도의 서브시스템과 배관을 갖추고 액체헬륨 또는 초임계 상태의 헬륨을 저장해야 한다. 비행마다 15킬로그램 이하의 헬륨이 필요하고 비용은 1킬로그램당 5만 원으로 저렴한 편이지만, 톰은 액체헬륨처럼 입수성이 제한된 원자재의 사용을 탐탁지 않게 여겼다. 액체헬륨은 한두 군데의 천연가스전에서만 추출되고 있고, 그 위치가 주로 미국이어서 세계적으로는 입수성이 매우 제한된 원물에 속했다. 생산량을 늘리고 비행 횟수를 늘리면 발사체에 사용되는 액체수소나 대부분의 하드웨어 컴포넌트의 가격을 낮출 수 있겠으나, 액체헬륨의 경우에는 가격이 올라갈 확률이 더 높아 보였다.

그러나 종 모양 노즐과 엔진실 사이의 틈을 덮을 열차폐막을 조합한 후, 헬륨 시스템을 개발하고 시험할 시간이 충분하지 않다는 것이 더 큰 문제였다. 이 열차폐막 덮개는 추력 벡터제어용 엔진의 짐벌링을 3도까지 수용할 수 있어야 하는데, 이는 종 모양 노즐이 정상 위치에서 10센티미터 이동하는 것을 의미했다. 종 모양 노즐을 둘러싼 열차폐막 재료는 한 방향으로 10센티미터 정도 늘어날 것이고 반대 방향으로는 10센티미터 정도 압축된 후에도 재진입에 필요한 위치로 돌아갈 수 있어야 했다. 최종 해결 방안을 도출하는 첫 단계로 이 문제를 생각해 보았다. 르네41이라는 와이어로 짠 유연한 스커트로 열차폐막과 종 모양 노즐 사이의 틈을 매우도록 설계했다. 최종 해결방안을 도출하는 두 번째 단계로 재진입 시 물을 공급해서 종 모양 노즐의 외부를 둘러싸려 했다.

엔지니어들은 재진입 동안 불활성 기체 대신 액체산소를 사용해서 엔진을 냉각하기로 최종 결정했다. 폭발할 위험이 없는 데다가 액체산소가 이미 탑재되어 있기 때문이었다. 궤도 내 방향 조종 시스템(OMS)의 일부인 소형 예비 탱크로부터 액체산소를 끌어올 계획이었다. 수소 탱크와 산소 탱크 내부에 하나씩 설치된 소형 탱크는 수소와 산소를 450킬로그램까지 보관할 수 있었다. 이 소형 탱크들을 0.7바(bar)의 붕괴 압력을 견디도록 설계했는데 허니콤을 써서 강성을 높이고 탱크 벽면에는 극저온 단열재를 씌웠다. 메인 추진제 탱크를 가득 채우고 난 후 예비 탱크에 고체 슬러시가 50퍼센트 정도로 형성될 때까지 진공상태를 유지했다. 이런 식으로 궤도상에서 OMS 추진제들을 최대 이틀까지 저장할 수 있었고, 어느 정도의 증발을 허용하면 최대 일주일까지도 저장할 수 있었다.

　　이 해결책을 적용하려면 엔진 시스템을 상당 부분 재설계해야 했다. 엔진시스템을 크게 변경하지 않으려고 액체수소용 프리밸브에 액체산소의 크로스 피드밸브를 통합시켜서 산소 주배관 내에서 아래로 이동하는 산소가 수소 공급라인으로 흘러들도록 만들었으며, 이때 필요한 퍼지용 헬륨은 페이로드 탑재 공간에 설치된 탱크로부터 공급했다. 엔진을 연소해서 궤도를 벗어나기 시작하면 연소를 종료하고, 헬륨 퍼지용 가스로 엔진의 냉각채널과 분사기 매니폴드에 남아 있는 잔류 수소를 제거하는 청소 작업을 수행한다. 그러고 나면, 재진입 동안 140킬로그램의 산소를 수소용 엔진배관과 냉각채널을 타고 흘려보내고, 이 산소는 종 모양의 팽창 노즐을 냉각시키고 분사기를 거쳐서 연소기를 빠져나간다. 연소기와 노즐을 통과한 산소가 엔진실의 나머지 공간으로 흘러 들어가서 그 주변에 열차폐 효과를 제공하게 되는 것이다.

'플러그를 뽑은 사건'의 선동자 중 하나인 크리스 톰발이 재설계 검토회의에 참석했고 그 결과에 꽤나 만족스러워했다. 크리스가 결론부에 마지막으로 언급한 사항은 내가 전혀 생각조차 하지 못한 부분이었다.

"제어 분야에서 제기된 또 다른 걱정거리가 있었는데, 다행스럽게도 문제가 아닌 것으로 밝혀졌습니다."

"그 걱정거리란 게 도대체 무엇이었나요?" 내가 물었다.

"음…… 재진입 동안 140킬로그램의 액체산소를 산화제 탱크 위쪽에 별도로 두면 발사체의 무게중심이 기수 쪽으로 상당히 이동하게 되는데요. 기수 쪽은 궤도선의 노즈 방향을 의미합니다. 그러면 안정성과 제어성에 부정적인 영향을 주게 됩니다. 그렇지만 이전에 말씀드린 것처럼, 재진입 시의 최대 가열은 Max-Q 또는 최대 동압 시점보다 훨씬 앞서서 발생합니다. 그래서 냉각용 액체산소의 대부분을 Max-Q에 도달하기 전에 소모하게 될 것이고, 제어 관점에서 결정적인 조건인 Max-Q 구간에는 궤도선의 무게중심이 우리가 원하는 위치에 있게 됩니다."

재설계를 통해서 전개식 열차폐막을 제거했고 새로운 열차폐막에는 140킬로그램이 추가로 들어갔다. 착륙장치 문제를 해결하느라 추가된 230킬로그램은 두꺼워진 착륙장치, 낙하산끈용 견인기, 추력기 제어 시스템의 수정 사항, 착륙용 추진제의 추가 탑재량을 포함했다. 그래서 '중량 요약서'에 추가된 중량은 370킬로그램이었고, 이는 프로토타입 비행체의 페이로드 탑재량을 530킬로그램으로 낮춰 버렸다. 재설계가 반영된 궤도선의 형상을 재구성하느라 6개월을 소모했다. 착륙하중이 재설계된 착륙장치의 수용 능력 이내에 확실하게 들어오게 될 때까지 공중에서 낙하된 착륙시험용 비행체를 대상으로 하는 모든 필수적인 시험을 반복해서 진행했다. 4분의 1로 축소된 탱크 모델을 재설계해서, 피로수명에 대한 시험을 수행한 결과 응력수준이 낮아진 것을 확인했다. 극저온 사이클을 200회 이상 반복해도 균열이 나타나지 않는 것도 이미 확인했으며, 기본 외피의 경우 설계 목표인 1,000회를 감당하는 것으로 보였다. 양산된 궤도선은 200~300회의 사이클을 감당할 것으로 예상됐다. 기술적 문제점들이 한꺼번에 발생하는 바람에 이들을 동시에 해결해 나간 부분은 분명 시간상으로 이득이 되기는 했다. 재설계된 착륙장치와 탱크를 구현하는 동안 추진 시스템 엔지니어들은 엔진 공급계를 수정했고, 프랫앤드휘트니와 밀착해서 이러한 설계의 유효성을 입증하기 위한 작업을 진행했다.

궤도선을 재설계하느라 6개월이 흘렀고 존 포사이스는 그동안 산업계, 정부기관, 대중을 상대로 AM&M이 제대로 된 길을 가고 있다는 확신을 심어 주려 노력했다. 특히 DH-1의 발사 서비스를 이용할 만한 기관을 더욱 집중 공략했다. 현재로서는 이들 모두가 정부기관이었으며, 이들은 양산된 DH-1을 구매할 대기자 명단에 이름을 올리는 일에는 상당한 관심을 보이면서도 아직까지 이를 공식화할 의사는 없어 보였다. 포사이스는 비행시험 프로그램이 성공적으로 완료되고 나면 이와 같은 관심이 주문으로 이어질 것으로 믿었다. 이처럼 주저하고 있는 잠재 고객이 8명이었으며 이들의 신분은 극비에 부쳐졌다. 포사이스는 잠재 고객들의 구매 계획이 관료적인 이유나 경쟁 때문에 발사체의 양산 준비가 끝나기 전에 옆길로 새는 것을 방지하고 싶어 했다. 그래서 존 포사이스는 이 고객들이 소속 기관 내에서 연대를 형성해서 구매자금을 확약할 토대를 쌓는 동안 조용히 기다릴 작정이었다. 발사체 1대를 2,500억 원에 판매하는 것은 여전히 이들의 목표였고, 발사지원 시설에도 1,000억 원이 추가로 들어갈 예정이었다. 지원시설 부문은 벡텔이라는 기업에 하도급으로 줄 계획이었으며 AM&M의 기여도를 생각해서 그중 20퍼센트를 다시 리베이트로 받기로 했다. AM&M은 1,000억 원이 넘는 지원시설을 벡텔과의 계약을 통해서 케이프커내버럴에 만들었으며, 벡텔 또한 500억 원 규모의 매칭 자금을 이 사업에 투자한 상태였다.

미국에서는 공군이 두 대의 발사체를 살 예정이었고 NASA가 한 대를 구매할 예정이었다. 별도로 마련해 둔 기업이 AM&M으로부터 발사체를 구매해서 정부기관의 요구조건과 규격서에 맞춰 장치를 설치할 것이고, 운용과 유지보수를 지원할 뿐만 아니라 모든 필수적인 문서들을 함께 제공하게 된다. 이러한 서비스를 제공하는 대가로 가격을 50퍼센트 정도 인상할 예정이었다. 동맹국들이 발사체 다섯 대를 인수할 것으로 보였는데, ESA에서 두 대, 일본에서 두 대, 호주에서 한 대를 구매할 예정이었다.

포사이스는 외국 고객을 상대로 구매 초기에 자금융자를 알선하는 팀을 마련해 두었고, AM&M은 최소 10회의 비행을 보장했다. 전 세계의 여객기를 상대로 융자를 제공하는 금융회사들은 금융 서비스로 돈을 벌 새로운 시장을 찾고 있었기에, DH-1가 판매할 8대에 대해서 융자를 제공하는 일에 상당한 관심을 보였다. 상환기간이 비교적 짧은 5년 융자였고, 첫 10회를 비행한 후 발사체를 잃게 되었을 때 남아 있는 융자금의 잔액을 갚아 주는 보험 정책을 결합시켰음에도 불구하고 구매에 들어갈 총비용이 연간 1,000억 원이 될 것으로 보였다. 비행 횟수가 매년 2~3회 정도에 머물 경우에는 페이로드 1킬로그램을 궤도에 올리는 비용을 기준으로 운용비용이 우주 왕복선보다 훨씬 더 적은 것도 아니었다. 그러나 1회 비행하는 데는 필요한 비용은 어떤 지표로 보든 10분의 1 미만이었다. DH-1이 등장함으로써 유인 우주비행이라는 리그에 참가할 분할 비용이 연간 1,000억 원에 이른 것이었고, 계산하기에 따라 연간 7~12조 원에 이르는 NASA의 유인 우주운용 예산에 비하면 매우 적은 값으로 보였다.

NASA와 미 공군은 DH-1 발사체를 그들이 진행하고 있는 다른 사업의 테스트 베드로 활용하고자 했다. 다른 고객들은 우주 수송비용을 극적으로 낮추는 일에 특별한 관심을 보이지 않았다. 그들은 주로 우주인 '클럽'에 가입해서 유인 우주비행이라는 분야의 참여자로 자리매김하고 명성을 얻고자 했다. 포사이스는 이런 상황을 긍정적으로 봤으며, 재사용 발사체를 장기 흥행하는 제품으로 만들어 최대한 많은 수의 비행체를 파는 것이 그의 사업 전략이었다. 머지않아 발사체의 유효성이 개선되고 페이로드 제작 기간이 단축될 것이고, 1회 발사비용 또한 떨어지기 시작하면, 궤도에 1킬로그램을 올리는 비용이 수직으로 떨어질 것이었다. 그러나 당장은 저비용 우주수송을 달성할 때까지 발사체의 생산을 지속할 방법을 찾아야 했다. 2년 차 그리고 3년 차에 생산한 비행체를 사 갈 고객의 명단이 아직 불분명하긴 했지만 대강이나마 윤곽을 그려 볼 수는 있었다. 한국, 대만, 브라질이 각각 한 대의 발사체를 살 예정이었고, 일본은 두세 대의 발사체를 구매하겠다는 의사를 밝혔으며, 미 공군에서는 소규모 중대를 갖출 생각이었고, NASA는 시험발사체 한 대를 더 구매할 계획이었다. 아마도 이쯤 되면 프랑스도 유인 우주비행을 향한 국제적인 참여 행렬에 빠지고 싶지 않아서, ESA의 발사체가 아닌 자신들의 '국기가 달린 우주수송기'가 필요하다고 결정할지도 모를 일이었다. 포사이스는 양산 3년 차에 이를 때까지 적대행위에 가담하지 않았거나 테러리스트들에게 피난처를 제공하지 않은 모든 국가에 이 발사체를 판매할 수 있게 하라는 국제적인 압력에 의지할 요량이었다. 이 발사체에 들어간 기술이 특별히 더 진보된 것도 아니었으며, 최소한 이론상으론 유럽 국가들, 중국, 러시아의 기술을 월등히 뛰어넘는 상황도 아니었다. 누군가 이 발사체를 미사일로 사용한다면 틀림없이 매우 비싼 미사일이 되는 것이다. 2,500억 원이라는 비용과 2.3톤이라는 탑재량 또는 탄두 중량을 고려하면 차라리 시대에 뒤떨어진 북한 미사일 몇 개를 묶어서 쏘는 편이 훨씬 나을 것이다. 911 미국대폭발테러사건이 이미 세상에 증명한 것처럼 연료를 완전히 채운 제트기보다 더 위험한 것은 별로 없지만, 여객기들은 버젓이 전 세계의 모든 나라에서 판매되고 있다.

포사이스는 국무부 및 국가정보회의와 면밀히 일할 소규모 태스크포스를 특별히 편성해 두었다. 이들은 국가기관과 합동으로 DH-1이 오용될 가능성을 차단할 아이디어를 많이 도출했는데, 비콘[172]처럼 늘 작동하는 장치를 설치해서 모든 발사체의 위치를 GPS

---

[172] 위치 정보를 주기적으로 전송하는 기기.

로 결정하고 궤도상의 국방위성들에게 지속적으로 전송하거나, 특별한 미세 공극을 궤도선의 열보호 시스템에 깊숙이 끼워 넣는 방법도 있었다. 이들은 특정 마이크로파 대역에 대해서 높은 반사율을 보이기 때문에 이 특성을 추적에 이용할 수 있었다. 사실 이 발사체는 독특한 궤적으로 인해서 도저히 놓칠 수 없는 종류의 도플러 시그니처를 모든 광학 대역에서 만들어 내기 때문에, DH-1의 발사는 다른 종류의 우주발사체나 미사일의 발사와 손쉽게 구분되었다. 이 밖의 다른 시스템은 재정적인 보호를 이유로 모든 상용 여객기들의 추적을 책임지고 있는 규제담당 국제기구로부터 빌려 왔다. 사실 대부분의 고객은 여객기와 유사한 방식으로 장기 임대를 하거나 융자를 얻을 예정이었다. 포사이스는 파키스탄, 인도, 이스라엘, 남아프리카, 여러 남미 국가들 그리고 심지어는 러시아와 중국과 같은 나라들이 다른 나라에 위험을 초래하지 않으면서도 이 발사체를 구매할 수 있게 해 줄, 신뢰할 만하고 효과적인 시스템과 절차를 만들 수 있기를 바랐다. 대부분의 국가는 자신들의 유인 우주비행 능력을 제한하지 않는 한 상당한 수의 제한조건을 감수하려고 했다. 상무부와 의회의 몇몇 저명한 의원들은 포사이스의 이런 방향에 대해서 관심과 지지를 표명하고 있었다. 이들은 DH-1이 새롭게 창출할 수조 원대의 수출시장과 그 잠재력에 대해서 관심을 보이고 있었다.

존 포사이스는 DH-1 발사체를 국제적으로 알리기 위해서 잠재 고객들을 대표하는 35개의 국가나 문화적 지역에서 '발사 심포니' 작곡 대회를 협찬했다. 이륙 10분 전부터 궤도 투입 시점까지 17분간 연주할 곡에 내건 상금은 5,000만 원이었다. 포사이스가 고용한 마케팅 컨설턴트가 이 아이디어를 제안했다. 발사체에 대한 특별 주제곡을 국가별로 만들어서 국가적인 프라이드를 나타내는 데 사용하려는 것이었다. 이 주제곡은 극적인 긴장감을 유도하고 발사 전 서서히 달아오르는 감정을 나타냈는데, T-10분에 카운트다운을 대체해서 사람들이 비행에 감정적으로 엮이도록 만들었다. 또한 작곡가들은 발사 소음을 음악적인 요소로 짜 넣었다. 이는 마치 「1812년 서곡」[173]에 등장하는 대포 소리와 같은 존재였다. 대회 참가자에게는 상승 구간 동안 페이로드 탑재실에서 들을 수 있는 소리를 시뮬레이션 한 자료와, 최근에 화이트샌즈에서 수행한 1단 비행 시험 당시 2.4~4.8킬로미터 상공에서 녹음한 고품질 음원을 제공했다.

국가별로 주제곡이 있다는 사실은 유행가라는 음악적인 영역으로 넘어가기 때문에 발사체의 인지도를 전체적으로 높여 주고, 다양한 사람들이 발사를 기대하게 만들 수 있었다. 1년에 1,000억 원이라는 국가 예산을 사용해 국가적인 프라이드와 세계의 위대한 국가들과 나란히 서게 된다는 자부심을 고취하는 일이 큰 오용은 아닐 터였다. 포사이스가 나에게 넘겨준 초기 제출물 한두 개를 훑어보고 나서는 이 컨설턴트가 대단한 일을 해냈다고 생각했다. 달의 극지방을 왕복하는 달 일주 탐험부터 각종 우주여행 프로모터들까지 여러 가지 용도로 DH-1을 사용하려는 사람들에게 주제곡이란 선례를 만들어 준 것임에는 틀림없었다. 주제곡은 사람들이 텔레비전에서 발사를 처음 봤을 때 느꼈던 흥분을 기억하게 도와

---

[173] 나폴레옹의 군대를 물리친 러시아의 영광을 노래한 차이콥스키 작곡의 웅장한 관현악곡.

주고, 심지어 그곳에 직접 있었다면 더 좋았을 거라는 기분이 들게 해 주는 역할을 할 터였다.

그러나 이러한 일은 여전히 먼 미래의 일이었다. 당장에는 궤도 비행을 성공시키는 일이 급선무였다.

발밑으로 보이는
지구

착륙장치와 엔진 열보호장치를 재설계하느라 지연된 6개월 동안 꾸준히 노력한 끝에 마침내 첫 궤도 비행의 날이 밝았다. 상승 구간의 아무 지점에서나 DH-1 발사체를 복귀시킬 수 있었지만, 톰과 팀원들은 준궤도 비행보다 궤도로 쭈욱 날아가는 쪽이 실패의 위험이 더 낮다고 한참 전부터 결론을 내려 놓았다. 그러므로 첫 시험발사부터 프로토타입 궤도선을 궤도에 올릴 작정이었다. 궤도선이 목표궤도를 네 바퀴 도는 동안 충분한 시간을 두고 재진입 전에 궤도선과 서브시스템을 검사할 수 있다. 폴 레스턴이 설명해 준 바에 의하면, 정동 쪽에서 살짝 벗어나도록 발사하면 초당 0.3~0.6미터의 속도를 손해 보긴 하지만, 특정 횟수만큼 궤도를 돌고 나서 궤도선의 지상경로가 발사 지점 바로 위를 지나가도록 만들 수 있었다. 궤도에 진입하자마자 발사중지를 선언하고 궤도를 한 바퀴 돈후 발사 지점으로 돌아오기 위해서 크로스 레인지용 날개가 필요하다는 생각은 오해의 소지가 좀 있었다. 크로스 레인지 능력이 좋을수록 착륙 가능성이 증가하는 것은 맞지만, 단순히 궤도에서 하루 정도 시간을 보내고 발사 지점으로 돌아가려는 경우라면 크로스 레인지 기능이 반드시 필요한 것도 아니었다.

날씨와 하드웨어 한두 개의 결함으로 인해서 발사가 여러 차례 연기되었고 발사체는 이제 거의 30일을 발사대 위에 서 있었다. 오늘은 모든 조건이 맞아떨어지는 것으로 보였다. 플로리다의 아름다운 아침이었고, AM&M 직원들은 살짝 긴장한 모습이었지만 대체로 파티 같은 분위기가 더 지배적이었다. 이번 발사에는 언론사들을 미리 초대했기에 전 세계에서 리포터, 방송인, 작가 들이 와 있었다. 수십 명에 달하는 예비 고객의 대표단이 참석해 AM&M으로부터 식사와 음료를 제공받았다. 발사통제센터는 확성기를 통해 상황을 이따금 업데이트해 줬고, 발사 테마곡을 연주할 소규모 오케스트라도 한 켠에 자리를 잡았다. 좀 더 기술지향적인 손님들은 비디오 모니터를 봐 가며, 발사통제팀과 지상팀 간의 라디오 통화 내용을 통해 정확히 무슨 이벤트가 언제 일어나는지를 파악하려고 통제센터 가까이에 모여들었다.

T-1시간, 조종사인 에리카 필립스가 궤도선 안으로 들어가 출입문을 닫았으며 탈출용 조종석에 앉아 안전띠를 맸다. 제이크 힐도 1단에서 동일한 작업을 수행했다.

T-30분, 사이렌이 울리고 발사체의 바닥면을 통해서 극저온 추진제가 공급되기 시작했다. 톰은 발사체 표면에 얼음이 어는 것과 관련된 위험을 줄이고자 추진제를 빠른 속도로 공급하고 나서 한 시간 이내에 발사할 것을 주장해 왔다. 단열처리가 되지 않은 액체 산소 탱크의 표면에 달라붙는 수증기의 응결량을 최소화하기 위해서 마일러 풍선으로 발사체 전체를 덮었으며, 이 풍선은 T-1분에 열선을 이용해서 찢을 예정이었다. 연료공급은 T-20분에 완료되었다.

T-10분, 관현악단이 발사 주제곡을 연주하기 시작했다.

T-2분, 주엔진을 점화해서 추력이 상승하자 긴장감이 극에 달했다.

이윽고 DH-1 발사체가 예정대로 하늘로 솟구치기 시작했다.

발사체가 마치 머리 위로 날아가는 것처럼 보이거나 어쩌면 관람석 위에 매달려 있는 것처럼 보일 수 있다고 모두에게 미리 알린 상태였다. 1단 비행시험을 경험해 봤지만 발사체가 머리 바로 위로 올라가는 듯한 느낌이 워낙 강렬해서 무시할 수가 없었다. 과산화수소-프로판을 태운 1단 엔진의 연소 생성물은 맑고 흰색을 띠는 비행운을 남겼는데, 이 비행운은 발사대에서 천공을 향해 곧장 뻗어 나간 것처럼 보였다. 주엔진을 정지한 후, 버니어 엔진을 사용하는 저추력 비행 구간이 45초간 이어졌으며, 이후 1단과 2단이 분리되었다. 궤도선이 수평선을 향해 동쪽으로 이동하는 동안, 간신히 보이는 비행운을 맨눈으로 확인하면서 궤도선을 따라갈 수 있었다.

궤도선은 기본적으로 궤도투입 시점까지 가시거리 내에 있게 된다. 궤도선은 실제로도 궤도투입 지점까지 통제센터의 무선통신용 가시영역(LOS) 내에 있었으며, 궤도선을 회수할 수 없는 상황이 발생하더라도 직진성을 갖는 극초단파 텔레메트리 시스템으로 인해서 데이터의 회수를 보장할 수 있었다. 카메라 영상을 포함한 비행시험과 관련된 모든 데이터를 궤도선에 탑재된 고속 데이터 녹화기에 저장했다. 궤도선이 궤도진입에 성공했다는 발표가 나오자 박수갈채와 환호가 터져 나왔다. 이후 모두의 눈은 돌아오는 1단에 쏠렸으며, 1단은 이제 4개의 착륙용 과산화수소 엔진을 사용해서 착륙장 쪽으로 비행방향을 조종해서 내려오고 있었다.

착륙장은 직경이 1.6킬로미터인 원형 부지였으며 그 중심에는 직경 90미터의 콘크리트 패드가 깔려 있었다. 패드의 중심부는 철을 주조해서 만든 직경 30미터짜리 육각형 타일로 포장했다. 1단 착륙장치는 타일로 된 매끄러운 표면을 사용할 수 있는 것이다. 사실 이 타일이 착륙용 로켓의 추력을 직접 견딜 수 있다는 점이 중요했다. 타일 재료는 착륙용 로켓의 직접적인 충격을 30초 동안 문제 없이 견딜 수 있었다. 깨진 콘크리트 조각이나 돌멩이가 제트 분사로 가속되어 발사체를 손상시킬 위험을 줄여 준 것이다. 콘크리트 패드에는 강철 보강 와이어를 높은 비율로 넣어서 패드가 손상되는 것을 방지했다. 이번 착륙의 경우, 제이크가 철로 포장된 부분을 놓치면서 1단이 강화 콘크리트 패드 위에 내렸다. 콘크리트나 발사체에 눈에 띄는 손상은 없었다.

관람석에서 한 차례의 환호성이 터져 나온 후, 모두들 궤도에 도달하는 첫 비행을 보려고 자리에 앉았다. 에리카가 지상팀과 공동으로 검사와 시험을 수행하고 있어서인지, 라디오에서 들려오는 소리의 대부분이 엔지니어링 용어들이었고, 이러한 대화는 에리카가 밖에 펼쳐진 광경을 설명할 때만 가끔씩 중단되었다. 모두들 텔레비전 화면에 집중하고 있었다. 포사이스는 최신식 HDTV를 준비해 뒀다가 궤도선에서 지상으로 보내온 데이터를 보여 줬으며, 손님들은 이 화면을 통해서 마치 자신들이 궤도선에 탑승한 것처럼 궤도선 아래로 지구가 움직이고 있는 모습을 볼 수 있었다. 6시간에 걸쳐 궤도 비행이 진행되는 동안 점심이 제공됐으며, 손님들은 식사 자리에서 이 시험비행이 갖는 의미에 대해서 열띤 토론을 이어 나가고 있었다. AM&M의 판매팀은 재진입이 시작될 무렵에는 이미 녹초가 되어 있었다.

재진입은 엔지니어들이 가장 걱정하는 비행 구간이었다. 엔지니어들은 자신과 동료들의 엔지니어링 작품에 자신감을 보이고 있어서, 근심하는 수준은 아니었다. 그렇지만 재진입은 실제로 해보기 전까지 완벽하게 시험하거나 시뮬레이션 할 수 없는 종류의 일이었다. 다행스럽게도 아무런 문제없이 재진입에 성공했다. 서쪽 방향을 추적하며 찍은 비디오 영상이 패러글라이더가 전개되는 시점까지 계속해서 제공되었다.

화려한 패러글라이더 아래 우아하게 매달린 궤도선이 시야로 미끄러지듯 들어오자 다시 환호성이 터져 나왔다. 조종사는 아무런 문제없이 궤도선을 매끄럽게 착륙시켰다. 이번에는 박수갈채와 환호성으로 귀가 먹먹해질 정도였는데, 램보 경기장에서 그린베이 패커스[174]가 결승전을 우승으로 이끌었을 때와 거의 맞먹는 수준이었다. 그제야 엔지니어들은 마음 놓고 파티에 합류할 수 있었고, 이 파티는 다음 날 동이 틀 무렵까지 계속되었다.

언론에서도 이번 비행을 집중해서 다뤘다. 《에비에이션 위크》, 《타임》, 《뉴스위크》의 표지를 장식했으며, 대중 인지도도 그만큼 올라갔다. 제이크와 에리카는 몇몇 텔레비전 토크쇼와 여러 라디오 토크쇼에 출연했으며, 플로리다 코코아 비치에서는 퍼레이드까지 열렸다. 존 포사이스는 자신과 마케팅 팀에게 판매기회가 조금씩 열리고 있는 상황과 그동안 닫혀 있던 몇몇 홍보 채널들이 이제 처음으로 열리기 시작한 것을 기뻐했다. 포사이스의 학회발표나 대중을 대상으로 하는 강연회에 참석하는 인원이 극적으로 늘어났다. 그러나 항공우주 업계의 주류들은 그다지 큰 감명을 받지 않은 것으로 보였다. 1조 원 정도의 비용을 들이면 소형 페이로드를 탑

---

[174] Green Bay Packers. 미국 프로 미식축구팀.

재할 유인수송선을 제작할 수 있다는 사실을 의심하는 사람은 더이상 없었다. 이번 비행이 성공했다는 사실만으로도 큰 업적을 이룬 것은 맞지만, 업계 종사자의 대다수가 딕 루탄이 보이저호를 타고 전 세계를 한 바퀴 돈 일과 크게 다르지 않다고 치부해 버린 것이다. 즉 흥미롭고 존경스럽기는 하지만 세상을 바꿀 정도의 업적은 아니라는 것이다. 물론, FAA의 AST는 그들이 관리할 수 있는 실용 유인발사체를 갖게 된 것을 기뻐했다. 해외에서의 반응은 조금 더 열광적이었는데, 평소에도 유인 우주비행을 갈망해 온 데다가, 미국, 러시아, 심지어는 중국이 유인 우주비행에 지불했던 것보다 훨씬 더 적은 비용으로 그런 능력을 살 수 있는 가능성을 보고 나자, 여러 국가가 한층 더 열광적인 관심을 보였다.

일본의 항공우주 회사들과 공동 제작에 관한 협정을 맺으려는 논의가 본격적으로 시작됐다. 포사이스는 일본과의 관계 형성을 점진적이고 참을성 있게 추진해 와서 이들이 발사체의 주고객이 될 것으로 확신했다. 미 공군이 창설한 우주군에도 이 발사체를 손에 넣고 싶어 하는 장교들이 분명 있었다. 수십 년간 유인 우주비행의 장벽에 실질적으로 가로막혀 있던 공군이 드디어 감당할 만한 비용으로 유인 우주비행을 할 수 있는, 신뢰할 만한 방법을 찾게 된 것이었다. NASA는 훨씬 더 신중한 태도를 보이고 있었지만, 거기에도 DH-1을 구매하려는 움직임이 있었다. 놀랄 일도 아니긴 한데, NASA의 유인 우주비행 센터가 관심을 보인 것이 아니고 과학 임무를 담당하는 기관들이 관심을 보였다. 재사용 발사체를 망원경이 설치된 초대형 비행기와 비슷한 비용으로 구매할 수 있는 상황이라면, 과학자들은 이러한 발사체가 어디에서 제작되었는지 따위는 중요하게 생각하지 않았다.

벤처기업은 가능한 한 이른 시기에 가능한 한 많은 자금을 확보해야 한다고 주장해 온 포사이스는 첫 궤도 비행에 성공한 바로 그날 저녁 7인방을 소집했다. 포사이스는 지금까지 벌인 마케팅 캠페인의 성과, 주요 서브시스템과 컴포넌트를 공급할 협력업체들이 투자할 의사를 밝혀 온 현금이나 현금성 자산, 일본과의 협상 상황 등을 7인방 앞에 펼쳐 놓았다. 전체적으로 볼 때, 포사이스가 7인방 또는 다른 투자자로부터 다시 한 번 2조 원의 자금을 모을 수만 있으면, 협력업체들도 5,000억 원을 투자할 의향이 있었다.

7인방 중 몇몇은 비행시험 사업이 종료될 때까지 기다리길 원했는데, 그때 가서는 실제 운용비용, 엔진과 같은 주요 아이템의 재사용성, 다음번 발사까지의 준비 시간, 그리고 최종적인 양산 발사체의 비용을 더 잘 알게 될 것이기 때문이었다. 그러나 포사이스는 비행시험 사업에 문제가 발생하거나 심지어는 발사체를 사고로 잃을 수도 있음을 잘 알고 있었고, 이러한 후퇴가 발사체를 양산 단계로 끌고 가는 데 필요한 자금을 모집하는 작업을 그만큼 더 어렵게 만들 것이라는 점도 생각하고 있었다. 포사이스는 아직까지 모든 요소를 손에 넣고 있지는 못했지만 지금 당장 자금을 모집하기로 결단했다.

포사이스가 이번 자금 모집에서 추가로 기여할 수 있는 것은 최대 3,000억 원이었고, 이는 남아 있는 전 재산의 대부분이었다. 이는 1조 7,000억 원을 7인방의 나머지 구성원들로부터 끌어내야 함을 의미했다. 지금까지는 포사이스가 7,000억 원을 투자했고 다른 여섯 명은 5,600억 원을 투자한 상태였다. 여기에 추가로 1조 7,000억 원이란 투자금을 넣으면 이들의 총자산이 현저하게 줄어들 것이고, 몇몇은 포사이스와 동일한 수준으로 약정을 해야 하는 상황이었다. 실제로 포사이스는 자산의 거의 100퍼센트를 AM&M에 투자했다. 7인방 사이에 AM&M의 프로젝트가 제대로 가고 있으며, 이 사업의 성공은 기술적인 성공 이상의 의미를 갖는다는 확신이 팽배해 있어서 다행이었다. 포사이스는 첫 궤도 비행이 성공하면 이런 분위기가 형성될 것을 알고 있었다. 우주로 가는 비용을 낮출 중요한 단계에 접어들었다고 흥분하는 분위기가 고조되어 있었다. 이들은 이번 투자가 각 개인에게 이익으로 이어질지에 대해서는 그다지 낙관적이지 않았다. 새로운 분야를 개척한 첫 번째 회사는 필연적으로 크게 손해를 보기 마련이라는 피터 드러커의 법칙이 이들의 마음에 항상 남아 있었다.

포사이스는 결국 모두를 납득시켰다. 사실 정말로 애써 설득할 필요도 없었다. 포사이스는 이들이 이 기업에 참여한 주요 동기가 이윤 추구가 아니라 새로운 프런티어를 여는 데 있었다고 상기시켰다. 그러나 포사이스는 큰 손해를 감수해야 했다. AM&M과 같은 신생 벤처기업의 관행과는 반대로, 기존 주식의 가치를 새로운 주식에 비해 절반 수준으로 낮췄으며, 이는 포사이스의 지분이 지금까지 투자된 자금의 65퍼센트로 떨어지는 것을 의미했다. 포사이스의 지분은 2조 원이 추가로 투입된 후에는 회사 주식의 30퍼센트를 조금 넘는 수준이 될 것이나, 실제 주식 점유율은 25퍼센트 이하로 떨어지게 된다. 포사이스는 자본금을 더 많이 받아들일수록 자신의 지분율이 떨어지는 것을 잘 알고 있었다. 그러므로 발사체의 양산을 목표로 사업을 진행하는 동안 후퇴하는 모습을 너무 많이 보이게 되면, 7인방이 나서서 포사이스를 경영권에서 내쫓을 수 있게 된 것이다.

포사이스가 양산에 필요한 자본금을 모으는 동안, 톰과 팀원들은 비행시험 데이터를 분석하고, 발사체 1단과 2단을 최대한 면밀하게 살펴보느라 정신없이 바빴으며, 데이터를 추가로 모아서 손상 여부를 철저하게 체크했다. 착륙 직후 열차폐막을 발사체로부터 벗겨 냈으며, 각 섹션에서의 물 손실량을 분석하려고 벗겨 낸 차폐막을 플라스틱 자루에 밀봉했다. 열보호 차폐막이 덮고 있는 궤도선의 표면과 외부에 노출된 모든 표면을 온도에 민감한 미립자가 첨가된 페인트로 코팅했는데, 알루미늄 구조체의 표면이 도달한 최대 온도에 따라 페인트 색이 달라졌다. 열 유동으로 구동되는 초미니 센서들을 열차폐막의 아래쪽과 안쪽으로 7.5센티미터 떨어진 중심 위치에 부착했다. 비행 후에는, 스마트 카드 기술이 들어간 특별한 탐침으로 이 센서들을 스캔해서 대기를 떠나는 시점에서의 가열 조건과 재진입 시점에서의 가열 조건으로 인해서 비행체에 나타난 온도의 시간 이력을 파악했다. 그래서 열차폐막의 정체점에서 가장 가까이에 위치한, 궤도선의 옆벽을 따라서 과도한 가열이 일부 나타난 사실이 착륙 직후 분명해졌다.

궤도선의 무게중심이 기체의 중심선에서 아주 살짝 벗어나 있었기 때문에 재진입 동안 매우 적은 양이지만 양력이 발생했으며, 이는 궤도선이 받는 항력의 10퍼센트에 조금 미치지 못하는 수준이었다. 양력의 크기는 작았지만, 고층 대기에서 비행경로상의 섭동을 보상할 수 있었으며, 더 중요한 사실은 양력을 이용해서 재진입 동안 5g가 살짝 넘는 정도로 하중을 제한했다는 것이다. 그러나 열차폐막 위에 나타난 열 하중은 무게중심 오프셋[175]으로 인해서 대칭이 깨져 버렸다. 최대 가열은 궤도선을 향해 바람이 불어오는 쪽에서 발생했다. 알루미늄 서브구조체의 온도는 이 지점에서 섭씨 200~240도였다. 이 온도가 알루미늄의 물성을 심각하게 저하시킬 정도로 높은 것은 아니었으나, 재진입 프로파일이 살짝 달라지면 더 높은 온도를 생성할 수 있어서 여전히 걱정거리가 되었다. 열차 폐막의 두께를 늘리고, 과열이 발생하는 지점 주위에는 수산화 충전재의 수분 함유량을 증가시킴으로써 간단하게 해결할 수 있었다. 궤도선의 옆벽 주위로 좀 더 낮은 온도의 유동이 생성되도록 추가할 물의 양을 계산했고, 열차폐막을 보강해서 열보호를 추가로 제공했다. 여기에 추가된 중량을 34킬로그램 이내로 묶어 둘 수 있었다.

1단은 삭마형 냉각 엔진을 사용했는데, 엔진 노즐목의 직경이 겨우 1.3밀리미터 늘어난 정도였으며, 프로토타입으로도 10회라는 설계 수명을 달성할 수 있을 것으로 보였다. 특별히 고안된 컴퓨터로 축방향 단면사진 촬영기구를 작동시키면, 발사체로부터 엔진을 제거하지 않은 상태에서 엔진에 대한 검사를 100퍼센트 수행할 수 있었다. 궤도선에서 RL60 엔진을 분리해 내고 프랫앤드휘트니로 돌려보내 전수 분해와 검사를 수행했다. 새로운 열차폐막과 엔진을 궤도선에 결합시켰으며, 다시 비행할 준비를 30일 내에 마쳤다.

그 후에 1단과 2단을 발사패드 위에 다시 쌓아 올렸다. 15일

---

175 무게중심이 기체축을 횡방향으로 벗어난 정도.

간 시험과 점검들을 추가로 수행했으며, AM&M은 총 45일의 재준비 기간을 거쳐서 프로토타입의 두 번째 비행에 나섰다.

두 번째 비행 이후에는 발사체를 20일 만에 준비해서 패드 위에 올렸으나, 추진 시스템 엔지니어들이 첫 번째 엔진세트에 대한 검사결과를 기다리길 원해서 추가로 30일을 패드 위에서 보냈다. 검사결과가 호의적이어서 48시간 이내에 세 번째 발사를 수행했는데, 이때에는 두 번째 비행에 사용됐던 엔진을 그대로 사용했다. 첫 발사에 사용된 엔진세트에 대한 검사결과를 근거로, 프랫앤드휘트니에서는 비행과 비행 사이에 온보드 검사를 수행한다는 전제하에 RL60 엔진을 4번의 비행에 대해서 인증할 용의가 있었다.

네 번째 비행에서는 발사체를 30일 이내에 다시 준비해서 발사했으며, 다섯 번째가 되자 이 기간이 20일로 줄어들었다. 1단 엔진의 경우 비행과 비행 사이에 성능 손실이 거의 나타나지 않았지만, 궤도선의 두 번째 엔진을 끌어내서 공급업체에 검사를 맡기는 동안 1단 엔진의 교체 작업을 수행하기로 했다. 프랫앤드휘트니로부터 돌아온 첫 번째 RL60 엔진세트를 궤도선에 다시 설치했다. 1단과 2단의 엔진을 전부 교체했는데도 다섯 번째 비행 이후 30일 만에 여섯 번째 비행을 달성할 수 있었다. 서브시스템을 책임지는 엔지니어들과 기술자들이 3교대 작업에 들어갔고, 이제 네 번의 발사를 35일이라는 기간 내에 수행했으며, 발사와 발사 사이에는 평균 12일이 좀 안 되는 준비 기간을 갖게 되었다. 착륙장치를 한 번 교체해야 했는데도 이와 같이 준비 기간을 단축시킬 수 있었으며, 여덟 번째 비행에서는 착륙장치가 착륙 시의 충격으로 파괴되었다.

준비 기간을 가장 단축한 것은 7번과 8번 발사 사이였는데, 겨우 8일 이내에 발사를 수행했다.

6개월이 채 안 되는 시간 동안 아홉 번의 비행을 성공시킨 데다, 실제 발사체의 준비과정을 비행과 비행 사이에 8일 이하로 낮추고 포사이스와 톰이 비행시험 사업의 목표로 생각했던 진정한 재사용성과 신속한 준비 기간을 증명했기 때문에, 두 사람은 만족스러워했다. 궤도선을 철저하게 검사하는 동안 비행시험을 잠시 중단하고, 추가 분해 작업을 위해서 궤도선 엔진을 프랫앤드휘트니로 다시 돌려보냈으며, 배달되어 온, 삭마형 냉각 방식의 세 번째 엔진 세트를 1단에 설치했다.

일정표에 따르면 비행시험을 3개월간 중단하고 나서 2개월마다 발사를 해야 했다. 이와 같은 일정은 엔지니어들로부터 책임을 넘겨받은 비행운용팀이 경험을 쌓는 데 도움이 될 것이고, 궁극적으로는 발사 서비스를 일상화할 기법과 프로세스를 개발하는 데 도움이 될 것이었다. 비행시험 사업의 이번 단계는 다양한 설계변경을 시험해 볼 기회를 제공하는 것이기도 했다. 시험비행을 지원하고 백업을 제공한다는 차원에서 프로토타입 궤도선 2호를 제작했다. 톰은 비행운용 예산을 연간 1,000억 원 미만으로 유지하려고 했는데, 그렇게 해야만 자원의 대부분을 양산 발사체 설계의 최종승인과 생산개시에 집중시킬 수 있었다. 비행시험 사업이 지연됐음에도 첫 9회의 발사는 대규모 투자금이 들어온 시점을 기준으로 3년 이내에 이루어졌고, 포사이스가 엔지니어링 팀을 구성한 시점을 기준으로는 거의 4년 반 만에 달성된 것이었다.

비행시험 프로그램의 성공은 기술적인 완성 이상의 의미를 지닌 사건이었다. 이 프로그램이 저비용 우주수송 시스템이 드디어 코앞에 와 있노라고 모두를 설득하지는 못했고 어쩌면 아무도 설득하지 못했을지도 모른다. 그럼에도 유인궤도 비행을 놀랄 만큼 적은 비용으로 달성할 수 있다고 증명해 보인 것만은 사실이었다. 물론 프로토타입에는 500킬로그램도 안 되는 페이로드를 탑재했고 비행에 들어간 운용비도 매번 100억 원 이상이었다. 그렇지만 과거의 유인 우주사업들과 비교하면 이러한 성공은 믿기지 않을 만큼 대단한 일이었다. 시험비행 데이터를 기초로 진행한 통계 분석은 이 발사체의 신뢰성이 98퍼센트 이상임을 보여 줬으며, 실제 비행체의 신뢰성은 더 올라갈 것으로 보였다. 톰은 0.999 이상의 신뢰성을 목표로 했다. 물론 소모형 발사체가 이미 98퍼센트의 신뢰성을 달성했고, 우주 왕복선은 99퍼센트의 신뢰성을 향해 조금씩 나아가고 있었다. DH-1 발사체의 시스템은 더 단순하므로 0.999라는 신뢰성을 달성하는 것이 불가능한 것은 아니었다. 그러나 DH-1의 신뢰성을 파악해서 알리려면 그에 앞서 수백 회의 비행을 해야 하는 것이 이와 같은 통계의 본질이었다. 그러나 DH-1의 단순한 시스템과 낮은 구입비용이 거의 모든 국가와 다양한 민간기업들, 심지어는 개인들까지도, 우주여행이라는 클럽에 참여할 수 있는 정도로 유인 우주비행에 대한 눈높이를 낮추어 줄 것으로 보였다.

9회의 비행시험을 성공적으로 완료하고 이제 투자금 약정까지 받고 나자, 포사이스는 12대의 발사체에 대한 주문서를 손에 넣었으며, 양산이 시작되기 전, 지금부터 18개월 이내에 12대의 추가 주문이 들어올 것으로 예상했다. 첫 발사체와 여덟 번째 발사체는 회사 내에서 개발 비행시험용으로 확보됐는데, 이는 AM&M이 거의 3년 치 생산주문을 받은 것을 의미했다. 공군과 NASA에서 들어온 주문이 전체 주문의 3분의 1에 미치지 못했다. 민간기업이 두 대를 주문했으며 공개를 원하지 않는 개인이 나머지 한 대를 주문했다. 나머지는 일본, 독일, 영국, 이탈리아, 스페인의 항공우주 정부 기관들이 주문한 것이었다.

시험비행 조종사와 승무원 지원 시스템을 담당했던 엔지니어들은 고객사의 조종사와 승무원을 훈련시킬 우주비행 훈련 학교를 구성하는 작업을 지난 한 해 동안 진행해 왔다. 비행시험 사업이 종료되고 나서 이 학교가 영업을 시작했고, 다양한 고객 기관들로부터 40명 이상의 학생이 등록을 했다. 비행운용/지원 그룹은 우주비행 훈련 학교와 더불어, 지상 요원들, 유지보수 및 지원 인력을 위한 자매 학교를 열었는데, 초기 등록 인원이 무려 100명 이상이었다.

고객들만 AM&M과 DH-1 발사체에 관심을 보인 것은 아니었다. 드디어 월가에서도 새로운 우주산업에 투자할 조짐이 보였다. 포사이스는 언젠가 닥칠 문제들이 발생하기 전에 자금을 수중에 확보하고자 했으며, 대규모 준비자금을 마련해서 이 사업이 계속 굴러가는 것을 한층 더 보장할 수 있으면 자신의 주식 보유율을 조금 더 희생할 용의가 있었다. 포사이스는 증권인수인과 함께 AM&M의 주식을 공매하는 작업에 즉시 들어갔다. 주식의 공매를 준비하는 3개월 동안에는 사고의 가능성 때문에 시험비행을 전혀 수행하지 않았다. 그러나 넘버3는 달 수도원 사업을 추진할 융자를 얻으려고 그가 보유한 주식을 증권인수인에게 내놓았다. 넘버3는 보유한 주식이 팔린다는 전제하에 두 대의 달 수송선을 주문해 놓았으며, 총가격이 2,400억 원 정도였다. 또한 넘버3는 AM&M과 펫 밴 혼이 소유한 회사 사이에 맺은 상호조약에 서명했다. 펫 밴 혼은 우주에 대한 열정을 가진 억만장자였고, 포사이스는 펫 밴 혼을 7인방으로 끌어들이지는 못했다. 그는 궤도상에 재충전소를 짓는 일에 관심을 보이고 있었다.

증권인수인은, 넘버3가 AM&M으로부터 발사체를 구매하고 달 수송선과 수도원에 들어갈 엔지니어링 비용을 대기 위한 목적으로 자신의 지분을 넘기는 것임을 분명히 밝혔으며, 주식의 매매는 아무런 문제없이 이루어졌다. 총 5조 원이 모금되었고, 이는 회사의 30퍼센트 보유분에 해당했다. 이 값은 AM&M에게는 4조 원을, 넘버3에게는 1조 원을 의미했다. 그들이 보유한 주식의 가치가 서류상으로 거의 5배 증가한 것으로 나타났고, 7인방은 상당히 기뻐했다. 포사이스가 우발사고에 대비해서 추가로 현금을 모으기 위해서 더 많은 보유분을 팔자고 한 것에 대해서는 다들 그리 달가워하지 않았다.

포사이스는 한참 전부터 공을 들여 사내 영업팀을 구성해 놓았는데, 영업팀은 이제 5명의 베테랑 영업맨들로 불어나 있었다. 그들은 대부분 상용과 군용 대형 비행기 시장에서 경력을 쌓은 사람들이었다. 이들은 발사체를 구매하는 데 관심을 보였거나 관심이 있을 만한 전 세계의 각종 국가 법인, 국제적 법인, 영리 법인과의 거래를 성사시키기 위해서, 이들을 방문하고 그동안 포사이스가 진행해 온 영업 활동을 점차로 인계받고 있었다. DH-1 발사체의 양산화는 다음 18개월에 걸쳐서 꾸준한 진척을 보이고 있었고, 발사체를 구매해서 운영하는 데 관심을 보였었던 우주 기업들이 소규모 자본금을 확보하기 시작했다. 알렉산더 크렘폰은 달 횡단 탐험을 계획하는 기간과 하드웨어 개발 기간에 필요한 투자금을 상당 부분 모아 두었다. 그러나 이러한 일들이 결실을 이루려면 시간이 걸리는 법이며, DH-1의 구매 요구서를 내기도 전에 이 회사들이 계획을 접을 수도 있었다.

한편 FAA의 AST는 5회의 비행에 대한 발사허가서를 묶어서 한 번에 교부할 의사를 표시하는 수준으로 발전해 있었다. 6개월이라는 기간 동안 9회의 시험비행에 대해서 발사허가서를 처리하느라 모두들 여러 면에서 지쳐 있었다. AST는 DH-1 발사체를 아직까지 상용 재사용 발사체로 허가해 줄 생각은 없어 보였으며, 제안된 표준들을 계속해서 연구하면서 밑그림을 그리고 있었다. 이와 같은 중요한 시기에 포사이스는 자신이 밑그림을 그리는 과정에 깊게 관여하고 있는 사실에 만족스러워했으며, 일을 서둘러 추진하려는 의도는 없어 보였다. AST가 자발적으로 나서서 실험 및 시험 목적의 발사허가서를 묶음으로 제공한 것이 분명했으며 당분간은 현재의 발사허가서로도 충분해 보였다. DH-1 발사체를 구매해서 일상적으로 사용하는 고객들이 점점 많아지고 다양해짐에 따라서, 많은 수의 대형 이익집단이 불어넣는 압력을 견뎌야 할 것이었다. 비행기록이 늘어나고 비행과 비행 사이에 다음번 비행을 준비하는 과정이 일상화됨에 따라서, AST가 이 발사체들의 일상적인 운용을 손쉽게 승인할 수 있을 것으로 보였다.

승객을 태운 비행은 아직까지 먼 미래의 일에 불과했지만, 포사이스는 발사체 구매에 관심을 보이는 기관에서 파견한 조종사나 시운전을 원하는 개인 고객들에게도 주저 없이 부조종석을 제공했다. 그래서 이들을 '임무 전문가'로 고용해야 했고, 포사이스는 당연히 이들에게 비용을 청구할 수 없었다. 그럼에도 비행시험이 다시 개시된 다음 달, AM&M은 공군 대령 한 명과 《에비에이션 위크》의 편집자 한 명에게 비행 기회를 제공했다. AST는 이를 반대하지 않았다.

26장

투자, 제조, 영업

AM&M은 양산시설용 부지를 물색하는 데 시간을 허비하지 않았다. 플로리다 비행시험 운용센터 주변에 양산시설을 둘 요량으로 프로토타입용 기존 제작시설 부근에 부지를 매입했다. 플로리다 주정부가 나서서 새로운 시설에 들어갈 비용의 절반 이상을 부담했다. 이곳에 새 공장을 설계해 매년 12대의 발사체를 양산할 예정이었다. 제작에 6개월이 소요되는 양산 초기에 연간 8대를 생산하려면, 발사체를 한 번에 4대씩 제작할 공간이 필요했다. 제작시설은 2,800평 미만이었고, 환경 제어 기능을 갖춘 1,100평 규모의 궤도선용 추진제 탱크 저장시설이 별도로 마련됐다. 궤도선용 추진제 탱크는 일본에서 6기씩 실어 올 예정이었다. 4대의 발사체를 동시에 제작하려면 1단과 2단 기체 8개를 한 번에 다룰 수 있어야 했다. 달 수송선 한 대를 제외하면 지금까지 들어온 주문은 전부 1단과 2단이었다. 포사이스는 DH-1의 시장이 확대되면 1단 생산량이 궤도선(2단)의 50퍼센트 미만으로 떨어질 것으로 전망했다.

두 번째 투자금이 들어오자 AM&M의 시설 책임자인 찰리 루벤은 공사업자에게 밤낮으로 콘크리트를 쏟아붓게 했고, 9회 차 시험비행이 끝날 무렵에는 양산시설의 외벽을 완성했다. 톰은 기업 공개용 현장실사가 진행되는 다운타임[176]에 양산시설을 직접 보여주었다. 무엇보다 1단과 2단의 양산라인이 완전히 분리되어 있는 점이 놀라웠다. 엔지니어링 사무실을 거치지 않고는 1단 라인에서 2단 라인으로 갈 수조차 없었다. 두 양산 라인을 분리하는 벽에 설치된 커다란 출입문은 잠겨 있었다.

---

176 고장, 수리, 심사 등의 이유로 공장 운용이 정지된 기간.

나는 왜 이렇게 생산라인이 분리됐는지 톰에게 물었다.

"전 뉴햄프셔 주에 있는 협력업체로부터 부품을 구매했었는데요. 이 회사는 같은 시설에서 자이로스코프와 자세제어용 구동기를 바로 옆에 놓고 제작했습니다. 자이로가 고정밀도를 요하는 하이테크 제품인 반면, 구동기에 요구되는 정밀도는 상대적으로 낮은 편입니다. 시간이 지나자 한 명의 관리자와 감독관이 두 제품의 제작 라인을 동시에 운용하려 들었고, 결과적으로 자이로의 품질이 떨어지거나 구동기의 가격이 올라가는 일이 발생했습니다."

톰은 잠시 멈추었다가 여전히 궁금증이 풀리지 않은 내 얼굴을 보고는 설명을 이어 나갔다.

"하나의 표준이 제작시설에 설치된 라인들을 평정하는 경향이 있기 때문입니다. 제품의 복잡도나 요구되는 품질 수준이 다양하기 때문에, 이러한 표준이 모든 제품에 합리적일 수는 없습니다."

내가 다시 물었다. "그럼, 1단과 궤도선은 동일한 수준의 정교함을 필요로 하지 않나요? 둘 다 유인 발사체이고 안전과 신뢰성 측면에서 동일한 요구조건을 갖고 있을 텐데요."

"맞습니다, 틀림없는 사실입니다. 그러나 중량의 중요성이 거의 20 대 1 수준으로 다릅니다."

"무슨 말씀인지 알 것 같습니다." 잠시 생각을 해 보고 내가 대답했다.

톰이 설명을 이어 나갔다. "궤도선의 경우에는 중량 1킬로그램을 덜어 내면 양산 발사체의 가격을 2,000만 원 올려도 무방하다는 얘기를 기억하시죠? 우리의 페이로드 탑재 목표는 여전히 2.3톤이고, 궤도선의 중량을 1킬로그램 줄이면 탑재량을 1킬로그램 늘릴 수 있습니다. 그러므로 궤도선 제작에 참여하는 작업자의 머릿속에 이 사실이 항상 각인되어 있어야 합니다. 접착제, 체결류, 커넥터, 전선과 케이블, 코팅과 마감재를 선정해서 궤도선에 조립할 때마다, 비용을 감수하고라도 중량을 줄일 수 있으면 괜찮다는 생각으로 이 작업에 임해야 합니다. 1단은 이와는 좀 다른데요, 중량이 늘더라도 비용절감 효과를 볼 수 있으면, 중량을 추가해서 대부분의 문제들을 해결하면 됩니다. 1단은 여객기와 대등한 기술 수준을 요구하기 때문에 중량에 대한 민감도도 여객기와 유사합니다. 1단과 2단의 양산 라인과 작업자를 분리하거나 그게 어려우면 최상위 감독관이라도 따로 두어, 궤도선에 불필요한 중량이 추가되는 것을 막고 1단에 불필요한 비용이 추가되는 상황을 막으려고 합니다."

톰은 두 라인 사이의 출입문을 잠가 둘 생각임을 분명히 했다.

투어가 끝나고, 톰은 제작 책임자인 오스카 마티네즈 수석 엔지니어에게 나를 소개했다. 오스카는 엔지니어 직함을 갖고 있지만 부품업체 및 주협력업체와의 활동을 조율하는 역할도 겸하고 있었다. 이들 업체에는 1단과 2단 엔진을 담당하는 프랫앤휘트니, 유체공학 시스템과 제어용 구동기를 담당하는 개럿 에어 리서치(Garret Air Research), 패러글라이더와 드로그 시스템을 담당하는 파이오니어 에어로스페이스(Pioneer Aerospace) 등이 포함되어 있었다. 궤도선 탱크와 구조체를 담당한 미츠비시 중공업(Mitsubishi

Heavy Industries)은 유일한 해외 협력업체였다. 발사시설과 지상 핸들링 장치를 담당하는 벡텔과도 면밀히 일해 오고 있었다.

오스카는 발사체를 제작하면서 겪었던 난관들을 하나하나 짚어 가며 알려 주었다. 제작 공정의 관리가 궤도선의 많은 부분을 결정짓는데, 추진제 탱크는 특히 그런 영향에 민감했다. 바로 이 때문에 추진제 탱크의 하도급 계약에서 미츠비시 중공업을 절대적인 강자로 인식하게 된 것이었다. 이 일본 기업은 어려운 산업 공정을 적용해서 일관된 결과를 매우 지속적이고 책임감 있게 달성해 온 것으로 유명했다. DH-1 궤도선의 추진제 탱크는 네 가지 기술적인 난관을 극복해야 했다. 첫째로, 궤도선은 일반적인 수준 이상의 순도를 알루미늄과 합금 원소에 요구했다. 둘째로, 외벽 두께의 공차를 탱크 전체에 대해서 ±0.025밀리미터로 지정해 놓았다. 셋째로, 전체적인 치수를 1.25밀리미터 이내로 맞출 것을 요구했다. 이렇게 해야만 제작된 발사체들 사이에서 일관된 질량 특성과 공력 특성을 얻을 수 있기 때문이었다. 그러나 탄성한계의 100퍼센트에 해당하는 하중이 탱크에 걸린 상태에서, 치수의 불균일 때문에 응력 집중이 발생하면 극저온 유체를 채운 탱크에 국부적으로 항복이 발생할 수 있다. 이 때문에 치수의 전체적인 정밀도가 더욱 중요하게 된다. 너무 작아서 발견되지는 않으나 실제로는 존재하는 균열들에 압축력이 작용할 것이고, 어떤 형태로든 응력 집중이 일어난 곳에는 압축력이 작용하게 된다. 이와 같이 탄성한계에 다다른 발사체는 그 길이가 좀 늘어나기 마련이며, 상단의 전체적인 치수에 대한 공차를 엄격히 관리해야만 이와 같은 길이 변화가 생산된 발사체들 간에 균일하게 나타나도록 만들 수 있다. 처음 제작된 3대의 프로토타입 기체는 길이가 변하면서 전체적인 치수와 질량 특성이 달라졌기 때문인지 동일한 특성을 보이지 않았다. 톰은 예비하중을 받은 기체가 동일한 변형을 보이도록 양산형 탱크의 제작 공정을 철저하게 관리하고자 했다.

넷째로, 극저온 단열재의 설치는 기술적으로 어려운 작업이었다. 오픈셀(open-cell)인 폴리이미드 폼 블록을 수소 탱크의 내부 벽면에 접착하는 방식으로 단열재를 설치했다. 신뢰성이 매우 높은 극저온 접착제를 고르고 연구실에서 1,000번 이상의 사이클을 가해서 작은 샘플에 층간 갈라짐이 없는 것을 먼저 확인했다. 그러나 탱크를 실제 크기로 확장하고 나자 이 공정에도 개선할 부분이 발견되었다. 단열재의 많은 부분이 6번의 사이클 만에 찢어져서 교체를 해야 했다. 그 밖에도 용접 부위의 98퍼센트 이상에 마찰교반 방식을 적용했는데, 이 용접 기술 자체가 아직까지 완벽하지 않았고, 이 기술을 적용하는 공정도 이제 막 완성 단계에 접어들었으므로, 교반 용접의 적용에 세심한 주의가 필요했다. 정확히 탄성 한계에 해당하는 스트레인이나 하중을 적용하고 난 후, 열유동 기술로 탱크를 검사해서 0.05센티미터보다 작은 균열들을 찾아냈다. 그러고 나서 양압 기능이 달린 컨테이너에 탱크를 실어서 케이프커내버럴에 있는 조립공장으로 보냈다.

조립이 완료된 탱크 조합체의 중량은 2.7톤이었으며, 미츠비시 중공업은 공장을 짓고 순도 높은 알루미늄 캐스팅 시설과 롤링 시설을 만들기 위해 3,000억 원 이상을 투자한 상태였다. 알루미늄 가격은 보통 1킬로그램당 4,000~6,000원 선이었고 DH-1 발사체가 사용한 해양용 특수 알루미늄 합금도 그보다 비싸지는 않았다. 완성된 탱크의 비용은 1킬로그램당 200만 원을 웃돌았다. 그러나 톰과 오스카는 탱크 가격이 그 정도면 싼 거라고 생각했다. 처음 100개는 순도가 높은 해양용 합금을 이용해서 제작할 예정이었다. 톰은 탱크의 일련번호가 100번을 넘어서고 나서는, 해양용 합금과 동일하거나 좀 더 우수한 구조적 특성과 열적 특성을 보이면서도, 밀도가 10퍼센트나 낮은 알루미늄-리튬 합금으로 대체할 계획이었다. 현재까지 알루미늄-리튬 합금은 시험공장에서 사용할 수량 정도만 구할 수 있었고, 1~2년 안에는 오스카가 원하는 만큼 준비되지 않을 것으로 보였다. 밀도가 낮은 이 합금을 사용하면 탑재량에서 대강 270킬로그램의 이득을 예상할 수 있었다. AM&M은 알루미늄-리튬 탱크를 개당 120억 원에 구매하기로 이미 계약한 상태였다.

　궤도선의 주요 컴포넌트들에 들어간 비용은 다음과 같다. RL60 엔진 2개로 구성된 엔진 시스템은 한 세트의 가격이 120억 원이었다. 냉가스 RCS와 궤도 조정용 과산화수소 시스템의 가격은 거의 10억 원이었다. 소프트웨어를 제외한 비행용 컴퓨터와 에비오닉스 수트[177]에 1억 5,000만 원이 들어갔다. 패러글라이더와 관련 시스템들의 가격은 현재 2억 5,000만 원 선이었으나, 1~2년 내에 스펙트라(Spectra) 또는 쿠벤(Cuben) 같은 고강도 섬유로 전환하면 그 가격이 5배 정도 증가할 것으로 봤다. 새로운 고강도 섬유를 사용하면 중량이 50퍼센트 줄어들고 유효수명이 5~20회 이상 늘어

---

[177] avionics suite. 비행용 전자장비 시스템.

날 것으로 예상했다. 궤도선마다 탈출용 조종석을 하나씩 장착하는 것을 표준으로 정했다. 대부분의 구매 요구서는 두세 개의 탈출용 조종석을 요구하고 있었지만, 비행 경험을 더 쌓기 전까지 현재 시점에서 입수할 수 있는 최대 수량은 하나에 불과했다. 설치된 탈출석의 가격은 2억 5,000만 원이었다. 열차폐막은 5억 원 미만으로 구현할 수 있었으나 열차폐막이 몇 번이나 비행을 버틸지는 아직 미지수였다. 그래서 현재 시점에서 궤도선 1기를 제작하는 데 드는 한계비용은 500억 원 미만이었으며 협력업체의 한계비용은 이보다 훨씬 더 낮았다. 모든 DH-1 발사체는 1단에 9개의 엔진을 갖고 있었고 엔진 하나의 평균 가격은 10억 원이었다. 궤도선에 비하면 기술 요구수준이 낮기 때문에, 1단 알루미늄 탱크와 구조체에 에비오닉스와 탈출용 조종석의 비용을 포함해도 50억 원 미만이 들어갔다. 그래서 완성된 DH-1 발사체의 한계비용은 약 650억 원이었다.

매년 8대의 발사체를 생산해서 대당 2,500억 원이라는 가격으로 판매하면 AM&M은 개발비용과 고정비용을 고려하기 전에 상당한 한계수익을 낼 수 있었다. 그러나 포사이스는 대부분의 이익을 발사체의 품질과 성능 개선에 재투자하기 바빴다. 목표 탑재량은 여전히 2.3톤이었고 개선된 재료를 패러글라이더에 적용해 비행시험으로 인증하고 나면 그 목표에 도달할 것으로 보였다. 이는 탈출용 조종석을 하나만 설치하고 속도 증분[178]이 초속 60미터인 궤도 조정용 추진제를 탑재한 경우를 기준으로 계산한 값이었다. 궤도 조정용 탱크를 꽉 채우고 나일론으로 만든 패러글라이더를

---

178 추진 시스템의 성능 지표.

사용하고 탈출용 조정석을 하나 더 추가하면, 페이로드 탑재량이 1.4톤 수준으로 떨어진다. 하지만 지금까지는 탑재 수용 능력에 대해서 우려를 표시한 고객이 없었다. 고객들은 저렴해 보이는 가격에 재사용 유인 우주발사체 시스템을 구매할 수 있다며 만족해하고 있었다. 이들은 DH-1 발사체의 유효수명이 길다는 사실을 믿기 어려워했으며, DH-1 발사체를 유인 우주 노선 운용과 재사용 발사체에 관한 경험을 얻게 해 줄 대상 정도로만 여겼다.

　　이런 상황 속에서 포사이스는 빠른 시일 내에 DH-1 발사체의 가치를 높이는 작업에 주력하고 있었다. 1단 구조물의 강건성이 탁월하게 우수한 덕분에, 번개나 윈드 쉬어[179] 같은 위험 요인들이 포함된 대기권 내에서 문제없이 운용될 수 있었다. 페이로드 탑재량이 1단의 중량에 그다지 민감하게 반응하지 않는 데다, 1단 구조물의 강건성이 매우 우수한 편이므로, 1단을 개조해서 대형 궤도선을 쏘아 올리는 임무를 설계해 볼 수 있었다. 추진제 탱크를 옆에 매달도록 개조해서 추력대중량비를 1.15까지 떨어뜨릴 수도 있었다. DH-1 고유의 수직 발사 궤적을 사용하는 대신 전통적인 다운레인지 궤적[180]을 적용하면 개조된 1단으로 4.5톤이 탑재된 궤도선을 발사할 수 있는 것이다. 또한, 건조중량이 10톤 정도인 개량형 2단을 발사할 수도 있었다.

　　추진제 탱크를 옆에 매달도록 개조해서 우주 정거장이나 재충전소를 모듈로 나누어 발사할 수도 있었다. 궤도선의 전방부에

---

[179] 바람의 방향이나 속도가 고도에 따라 급격하게 변하는 현상.

[180] 발사체는 대략 포물선 궤적을 그리며 위성을 궤도에 투입함.

이러한 모듈을 올리면 그만인 것이다. 이와 같이 쌓아 올린 발사체가 고도 24킬로미터 미만에서 아음속[181]을 유지하도록 궤적을 설계하면 항력과 최대 동압을 크게 낮출 수 있다. 이런 궤적을 따라가면 페이로드 격실에 부착된 전방 링에 지지 플랜지를 묶고, 그 위에 상대적으로 가벼운 섹션들을 올릴 수 있게 된다.

처음 생산된 16개의 1단에는 착륙용 과산화수소 로켓엔진을 장착할 예정이었다. 로켓엔진 대신 4개 또는 6개의 제트엔진을 수용할 수 있도록 기본 기체를 설계했다. 프랫앤드휘트니는 AM&M의 간곡한 부탁으로 이 제트엔진을 개발하고 있었는데, 러시아에서 착륙 시스템용으로 설계한 제트엔진인 Kolesov RD36V-35FV를 기본으로 했다. 추력대중량비가 거의 15에 이를 정도로 시스템이 단순하고 성능이 우수한 엔진이었다. 중량이 1.4톤이고 추력대중량비가 원래 목표인 최대 15에 가까운, 착륙 시스템용 제트엔진이 곧 등장할 것으로 보였다. 그러나 착륙 시점에는 기본 사양인 15톤의 추력에 물 분사를 더해서 대략 22.5톤 수준으로 높일 예정이었다. 엔진 마운트, 흡기부 출입문, 2.3톤의 연료 무게를 더하자, 완성된 제트엔진의 중량은 총 5톤에 가까워졌고, 이는 로켓엔진에 추진제 중량을 더한 값과 매우 가까웠다. 그러나 이 시스템의 최대 장점은 1초에 8킬로그램의 연료를 써서 1,000여 초 동안 조종과 호버링을 가능하게 해 주는 추력의 정상 상태를 유지할 수 있다는 점이었다. 물 분사 기능은 50초를 버틸 수 있었다. 로켓엔진으로 확보한 10초에 비하면 엄청난 발전이었다.

---

[181] 마하수 0.8 이하를 의미함.

엔지니어들이 이러한 과제에 집중하고 있는 동안, 바깥세상은 서서히 반응하기 시작한 정도였다. 대중매체와 우주열광자들은 DH-1의 성공 가능성을 점치는 글로 지면을 메우고 있었지만, 소모형 발사체 시장이 무너지거나, 차일피일 미뤄 온 공식 은퇴일 이전에 우주 왕복선의 비행이 금지될 조짐 따위는 없었다. 양산 발사체의 첫 납품까지는 1년 남짓 남아 있었고, 업계 전문가들은 DH-1의 낮은 탑재량에 회의적인 반응을 보이고 있었다. 정지궤도 위성으로 대표되는 군용 또는 민간용 우주시스템의 관점에서 보면 2.3톤의 탑재량이 대단치 않은 것은 사실이었다. 현재까지 발표된 AM&M의 발사와 운용 관련 비용을 봐서도 별로 특별할 게 없었다. 그리고 포사이스조차도 소모형 발사체가 5년은, 어쩌면 10년 넘게 살아남을 것으로 생각하고 있었다. 우선 발사비용이 얼마나 빨리 큰 폭으로 떨어지느냐라는 문제가 있었다. 그리고 대형 통신위성이나 군용 위성들을 모듈로 나누어 발사해서 궤도에서 조립 및 재충전 한 후, 정지궤도로 올려 보내는 것을 지원할 기반시설을 구축하는 데도 시간이 걸릴 것으로 보였다. 그리고 포사이스가 5년이나 10년으로 예상한다는 얘기는 업계의 대기업들이 틀림없이 15년이나 20년으로 보고 있다는 뜻이었다. 그래서 대기업들은 국가적 안보에 관한 협력을 제외하면 공동으로 DH-1의 개발을 방해하거나 DH-1의 수출을 막으려고 하지 않았다. AM&M은 전쟁을 하고 있거나 테러리스트를 지원하는 정부를 제외한 모든 국가에 발사체 판매 시장을 열 요량으로, 각종 장애물을 뛰어넘고 최대한 연대를 형성해 확신을 심어 주기 위해서, 국가 안보국, 국무부, 상무부 그리고 FAA/AST와 면밀하게 공조해 오고 있었다.

이러한 상황이야말로 존 포사이스가 희망하던 바였다. 항공우주 업계의 잠자는 거인들은 아직 한두 해 정도 잠이 든 상태로 남아 있을 것으로 보였다. NASA는 발사체 한 대를 구매하기로 약정한 상태였지만 국제 우주 정거장과 호환이 되도록 만들 생각은 아니었다. 그러나 NASA 내부에서는 DH-1을 발사 준비 상태로 유지하고 있다가 우주 왕복선이나 우주 정거장의 구출용 비행체로 써먹자는 움직임도 있었다. 그러나 이러한 움직임이 구체화된 것은 아니었다. AM&M 발사체의 등장으로 NASA가 진행하고 있던 '서드 존'이라는 발사체 사업에 대한 관심이 일부 희석되었다. 이 사업은 실용 하드웨어를 만들어 내지 못했던 다른 개발 사업들과 점점 유사한 행태를 보이고 있었다. NASA는 마하수 6을 내는 1단 플랫폼에 대한 투자금이 최대치에 도달하지 않았는데도 예산이 바닥나기 시작한 것을 이미 느끼고 있었다. 이와 함께 사업상의 문제점들도 서서히 드러나고 있었다. 그럼에도 항공우주 대기업들은 이 사업의 새로운 기술과 최신 극초음속 시스템을 연구하느라 분주했다. NASA와 대기업은 DH-1이 진부하고 대수롭지 않다고 생각했고, 당연히 위협적인 존재로도 보지 않았다.

몇몇 의원들과 군 관계자들은 포사이스가 이처럼 공들여 키우고 있는 우주 개척이란 개념을 어렴풋이나마 이해한 것처럼 보였다. 포사이스는 우주 활동의 패러다임을 바꿔 보고 싶어 했다. 그러나 사람들은 대부분 이러한 혁신이 다가오고 있다고 느끼면서도 스스로 나서려 하지는 않았다. AM&M은 사업 지원금을 확보하고 정치적인 연대를 형성해 나갔다. 또한 이 지원금은 미국 전역의 회사, 연구센터, 대학으로 흘러가고 있었는데, 급진적인 변화를 가져올 가능성을 점치고 있으면서도 우주발사체의 운용 방향에 관한 논쟁을 유발하려는 의도는 드러내지 않으려 했다.

발사 서비스 시장의 하위 기업 대여섯 곳이 파산하거나 문을 닫았는데, 몇몇 기업은 이윤을 전혀 내지 못했고 또 몇몇은 첫 발사에도 성공하지 못했다. DH-1의 발사시장 진입이 이 기업들을 망하게 한 주요 원인인지는 분명하지 않았지만, AM&M의 발사체가 소형 페이로드를 저궤도에 올리는 임무를 포함해서 우주로의 접근을 좀 더 일상적인 것으로 만든 상황이 이들 중소기업의 존재 이유를 일부 침식했다고는 볼 수 있겠다. 이들은 자금이 떨어졌거나 아니면 자금이 떨어지기 1~2년 전에 사업을 접기로 선언했다. 그런데 DH-1을 구매하겠다고 나선 소규모 발사 서비스 업체들 가운데 적어도 한 곳은 자신의 기존 고객에게 서비스를 제공하려는 것으로 보였다.

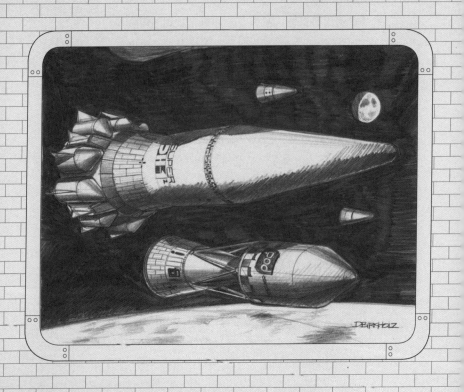

27장

개선의 여지

성능분석 담당 폴 레스턴과 이야기를 나눈 후로 시간이 제법 흘렀다. 가장 최근에는 톰이 진행 중인 성능개선 작업에 대해서 들어 볼 기회가 있었는데, 난 그 자리에서 프로토타입 발사체의 탑재중량이 0에 너무 가까이 간 상황에 대해서 우려를 표했었다. 처음 양산할 발사체가 현재까지 목표로 잡고 있는, 1.4톤의 페이로드는 우주수송비용을 급격히 떨어뜨리기에 턱없이 부족해 보였다. 톰은 성능개선 프로그램에 대해서는 폴과 이야기를 나눠 보라고 제안했다. 발사체를 들여다보면서 성능을 향상시키는 편이 더 이득인지 아니면 중량을 줄이는 방향이 더 이득인지를 결정하는 것이 폴에게 주어진 임무였다.

물론 궤도선에서 1킬로그램을 감량하면 페이로드를 1킬로그램 더 탑재할 수 있다. 그러나 엔진성능, 잔류 추진제의 관리, 패러글라이더의 사이즈를 늘리는 것과 양력을 더 잘 내는 복잡한 형상을 도입하는 것 사이의 트레이드오프, 착륙 제어용 소프트웨어 등등이 성능상에 미묘한 차이를 만들어 낸다고 폴이 설명해 주었다. 폴은, 톰과 엔지니어들이 비용 대비 성능상의 이득을 기준으로 특정 품목의 변경을 추진할지 말지를 결정할 수 있도록 점증적 개선안들에 대해서 현금 가치를 매기는 업무를 담당하고 있었다. 이 작업을 하려면 지구 저궤도로 1킬로그램을 올리는 일의 실제 가치가 얼마인지를 결정하거나, 적어도 추정은 할 수 있어야 했다. 우주수송비용은 실제로 지난 10년간 서서히 내려오고 있었고, 특정 기준으로는 현재 저궤도에 올리는 비용이 1킬로그램에 660만 원 수준이었다. 물론 포사이스는 AM&M의 1세대 우주수송선에 대해서 1킬로그램에 44만 원이라는 수송비용을 단기 목표로 못 박아 둔 상태였다. 그러므로 개선안들의 현금 가치를 매기는 첫 번째 변수인 1킬로그램당 가격이 10배 이상 큰 폭으로 달라질 수 있는 상태였다.

폴은 하나의 발사체가 수명을 다할 때까지 비행하는 횟수와 연간 비행하는 횟수도 사용했는데, 이들은 불확실성을 상당히 내포한 값이었다. 하나의 발사체가 수명을 다할 때까지 비행하는 횟수는, 발사체 구매 비용의 분할 상환에 영향을 줄 뿐만 아니라 특정 성능개선 작업과 중량 절감이 가져올 혜택을 누릴 비행 횟수를 결정짓는다. AM&M은 현재 10회의 성공적인 비행을 보장하고 있었으며, 단기적으로는 하나의 발사체가 1년에 2~5회 비행할 것으로 예상했다. DH-1 기본 기체의 설계목표는 최소 1,000회였다. 현재는 엔진 분해와 정밀 검사 없이 10회까지 비행할 수 있도록 인증을 받은 상태였으나, 우주선에 장착된 엔진 세트는 100회 이상을 연소할 수 있도록 설계된 것이라 기본적으로 정밀 검사 사이에 25회 정도를 비행할 수 있을 것으로 보였다. 엔진을 수백 번 어쩌면 수천 회까지 사용하는 것을 막을 만큼 결정적인 방해요소는 없어 보였다. 다만 지금 시점에서 AM&M은 엔진의 수명을 정확하게 추정할 운용 경험을 갖추지 못했다. 엔진에 비하면 열차폐 시스템을 운용해 본 경험은 더 부족해서 여러 차례 사용할 수 있을지조차 알 수 없었다. 실험실에서 수행한 시험 결과와 시뮬레이션 결과는 고무적인 성능을 보여 주고 있었지만, AM&M은 실제 데이터를 확보해야만 확신을 가지게 될 것이었다. 에비오닉스 시스템은 수십 년 동안 버틸 수 있을 것으로 보이나, 상용 비행기처럼 대충 10~15년마다 교체해야 할 것으로 추정할 수 있었다. 새로운 세대의 컴퓨터, 계기장치, 화면출력장치의 잇따른 진화로 인해서 얼마간 시간이 지나면 기존의 시스템을 유지하는 것이 비용 면에서 효과적이지 않기 마련이었다.

단기적으로 보면 연간 비행 횟수가 총비행 횟수보다 더 중요한데, 초기에 투입할 자금의 규모를 고려하면 더욱 그러했다. 폴은 이러한 점들을 공식에 반영해서, 성능개선 프로젝트에 들어갈 투자금에 대한 이익환수를 보장할 합리적인 비행 횟수를 하나의 비행체가 1년간 비행할 것으로 예상되는 횟수의 다섯 배로 설정했다. 운용의 관점에서는 DH-1을 하루에 1회 이상 발사할 수 있는 것이 분명했다. 그러나 가까운 미래에 DH-1을 매년 6회 이상 발사할 수 있을 것 같지 않았다. 그래서 폴이 공식에 사용한 두 번째 변수인 연간 비행 횟수는 거의 100배나 변동할 가능성이 있었다. 그러나 1킬로그램당 궤도수송비용과 예상되는 연간 비행 횟수는 서로를 어느 정도 보상하는 관계에 있었다. 발사체의 연간 비행 횟수가 2~3회로 떨어지면, 1킬로그램의 페이로드를 궤도에 올리는 비용이 200만 원에서 400만 원으로 올라갈 것이다. 반면에 발사체의 연간 비행 횟수가 100회까지 올라가면, 포사이스가 목표로 하는 1킬로그램당 40만 원과 유사한 값을 달성한 것이었다.

DH-1은 약속했던 대로 우주수송 능력을 끝내 주게 성장시켰다. AM&M이 향후 5년에 걸쳐서 연간 8대의 발사체를 생산하면, 그리고 그때까지 각각의 발사체가 매년 12회씩 비행할 수 있다면, 이는 매번 2.3톤의 페이로드를 480회 올리거나 연간 1,100톤 이상의 페이로드를 궤도에 올리는 수준이 될 것이다. 폭넓은 범주의 수화물을 페이로드로 본다면, 이 값은 지금 현재 궤도에 올리고 있는 연간 발사중량의 4배 이상이다. 그래서 만일 AM&M이 다음 5년간 이와 같은 낮은 생산성에서도 그럭저럭 살아남을 수 있다면, 발사량을 4배로 성장시킬 수 있는 것이다. 시장이 이러한 우주수송 능력을 흡수하는 방향으로 확장될 것이냐는 AM&M이 통제할 수 없는 요인들로 결정된다. 사실 포사이스는 이보다 훨씬 더 큰 성장을 희망하고 있었다.

엔지니어링의 의사결정은 큰 그림에서 바라보는 시각을 늘 필요로 하는데, 비용과 경제성까지 고려하게 되면 더욱 그렇다. 반복적으로 드는 비용과 일회성 개발 비용의 한계 값을 생각해 내서, 보수적이면서도 동시에 DH-1의 지속적인 개량을 계획하는 데 유용할 지침을 제공한다는 것이 폴의 접근방식이었다. 그래서 1킬로그램당 200만 원에 10회를 비행하든 1킬로그램당 20만 원에 100회를 비행하든, 페이로드를 1킬로그램 늘리는 것의 가치가 2,000만 원 수준임을 합리적으로 예상할 수 있었다. 그다음으로, 미래의 모든 DH-1이 1킬로그램의 페이로드를 추가로 궤도에 수송할 수 있도록 설계와 생산 공정을 변경하는 작업은 DH-1 1대를 변경하는 데 들어간 비용의 10배가 되는 가치를 발휘한다는 것이 폴의 예상이다. 그래서 AM&M은 비용을 추가해서 1킬로그램 이상 페이로드 수송 능력을 올릴 수 있으면 2,000만 원을 기꺼이 추가로 지불해야 하고, 만일 발사체 설계를 개선해서 뒤따라올 모든 발사체가 1킬로그램의 페이로드 수송 능력을 더 갖게 된다면 2억 원을 일회성 개발비용으로 기꺼이 지불해야 한다. 예를 들어, 기존 구동기를 1킬로그램이 덜 나가는 모델로 대체할 수 있다면, AM&M은 더 가벼운 구동기를 제공하는 쪽에 2,000만 원을 더 지불할 의사가 있어야 한다. 또는 구조체 부품을 다시 설계해서 중량을 1킬로그램 줄일 수 있다면, AM&M은 엔지니어링 작업 및 개발 비용에 2억 원을 기꺼이 더 내놓아야 한다. 물론 모델 교체 과정에서 일회성 비용이 일부 발생하는 것이 일반적이며, 재설계 또한 반복되는 비용을 일부 증가시킬 수 있다. 그러나 폴이 제시한 숫자는 보수적인 값이기 때문에, 충분한 마진을 갖고 중량절감 또는 성능개선에 들어가는 일회성 비용과 반복되는 비용을 감당할 수 있었다.

물론 특정 서브시스템의 중량을 줄이면 그 효과가 더 크게 나타날 수 있다. 예를 들어, 두 개의 엔진이 설치되어 있을 때 하나의 엔진에서 1킬로그램을 제거하면 대략 2킬로그램의 페이로드를 추가로 제공할 수 있다. 그러므로 엔진 하나의 무게를 363킬로그램에서 318킬로그램으로 줄일 수 있으면 200억 원의 투자를 정당화할 수 있으며, 각각의 엔진 가격이 10억 원 정도 상승하는 것을 합리화할 수 있다. 12개의 추력기를 사용하는 냉가스 추력기시스템의 경우에는 추력기 하나의 무게를 0.45킬로그램 줄일 수 있으면, 엔지니어링과 개발 작업에 0.45킬로그램당 10억 원 이상을 투자하는 것과 추력기의 대당 가격을 1,000만 원 정도 올리는 것을 정당화할 수 있어서, 추가로 들어가는 구매 비용이 총 1억 2,000만 원이 될 것이었다.

발사체의 성능을 개선해서 페이로드의 수송 능력을 올리는 방법도 있다. 엔진 비추력을 1초 향상하면 페이로드 성능이 32킬로그램 올라간다는 것이 폴의 설명이다. 또 자세조종에 의한 손실을 줄여서, 궤도 속도를 내는 데 필요한 델타V를 초속 0.3미터

만큼 낮추면 페이로드가 0.45킬로그램 늘어나고, 거꾸로 페이로드가 0.45킬로그램 늘어나면 추진기관에 요구되는 속도가 초속 0.3미터만큼 늘어난다. 이러한 숫자들은 더 높은 고도에 올릴 페이로드의 중량을 머릿속에서 재빨리 계산할 때 편리하다.

엔진을 경량화하고 성능을 개선해서 생산하려면 3~4년의 개발 시간이 들어간다. 다른 서브시스템은 훨씬 더 빨리 개발하고 구현할 수 있다. 그러나 이와 같은 개선 사항을 생산라인에서 구체화하는 문제로 오스카 마티네즈와 얘기를 나눴는데, 안전이 최우선인 제품을 제작할 때에는 형상 관리가 매우 중요하다는 것이 그의 주장이었다. 바꿔 말하자면 변경 과정에 참여한 모두가 정확히 어느 버전을 제작해야 하는지를 항상 인지해야 한다는 것이다. 그러고 나야 훈련과 절차를 통해서 주어진 주요 공정, 작업 절차, 설계 내역서를 친숙하게 다룰 수 있게 되는 법이다. 그러나 설계를 변경하거나 부품을 대체하면 새로운 요구조건이나 잠재된 실패 모드를 유발할 수 있어서, 변경 사항을 파악하고, 문서화해서 유포하고, 작업자를 훈련시킬 필요가 있다. 각 부품의 업그레이드는 지정된 마일스톤하에서만 진행하도록 해서 DH-1의 생산공정을 확실히 관리하려는 것이다. 이와 같이 보수적인 접근법으로 양산 발사체를 수정하거나 업그레이드하게 되면 발사체의 일관성과 안정성을 확보하는 데 도움이 된다. 일단 특정 변경을 승인해서 구현하고 나면, 미래에 생산할 양산 발사체의 표준이 되는 것이다. 앞으로 생산할 모든 양산 발사체에 적용할 사항이 아니고서는, 구조체와 핵심 서브시스템의 주요 변경을 양산 라인에서 절대로 구현하지 않을 것이었다.

오스카는 달 수송선과 같이 특별히 길이가 늘어난 버전들은 거의 완성된 양산 발사체를 가져다가 새로운 페이로드 탑재 공간, 달 착륙 랜딩기어 그리고 다른 특별한 장치들을 별도의 라인에서 조립해서 완성시킬 계획이라고 설명해 줬다. 이런 방식은 생산 현장에서 혼동과 오류가 발생할 가능성을 최대한 줄여 준다. 오스카는 이 방식이 제2차 세계대전 중에 비행기를 생산하는 일에도 관행적으로 쓰였다고 말해 줬다. 일단 비행기 공장이 양산에 돌입한 상태이면 그 공장에서 생산되는 제품의 설계를 변경할 수 없으므로 비행기들을 두 번째 공장으로 보내 거기에서 최신 업그레이드를 거쳐 제품을 완성시키는 식이었다. 이런 방식으로 진행하면 기존 공장과 작업자들의 생산성과 경험을 손상하지 않았고, 업그레이드 사항을 생산라인에 통합하는 동안 생산을 멈출 필요도 없었다. 이 접근방식은 추가적으로 엔지니어링 팀원들과 부품 공급업체들로 하여금 어떻게 하면 업그레이드 대상을 기존 비행기에 손쉽게 반영할 수 있나라는 관점에서 설계 변경을 생각하도록 만들어 주었다. 물론 포사이스의 예상대로, 공군과 NASA는 이미 기본 DH-1에 대한 변경 사항을 구매 요구조건에 구체적으로 명시하고 있었다. 조금이라도 설계가 변경되면 무조건 카탈로그에 나오는 제품이 아닌 것으로 보는 것이 정부가 보여 온 구매상의 문제였고, 이러한 규정 때문에 정부는 시장가격이 아니라 실제 비용을 지불하려고 들었다. 포사이스는 실제 비용을 확인하는 데 필요한 회계장부상의 상세한 비용 정보를 정부에게 제공할 의사가 전혀 없었다. 포사이스는 이 정보를 회사의 매우 귀중한 비밀로 여겼다. AM&M이 기본적으로 동일한 발사체를 다른 고객들에게 더 낮거나 높은 가격에 판매하면 다른 문제가 생길 수 있었다.

항공우주 대기업을 설득해 별도의 조인트 벤처기업을 세운 것도 하나의 해결책이었다. 그 벤처기업이 카탈로그에 나오는 가격으로 표준 DH-1 발사체를 AM&M으로부터 구매해서, 공군이나 NASA가 요구하는 상세 내역서 수준을 만족하도록 발사체의 개조를 진행했다. 그러고 나서 발사체와 개조 작업에 대한 비용을 철저하게 나열한 계산서를 정부에 청구했고, 이 청구서에는 정부에서 정의한 합리적인 수준의 이윤을 포함시켰다.

사실 포사이스는 DH-1 발사체를 대부분 이런 식으로 정부에 판매하기를 원했다. 포사이스는 공군 내에서 우주방위정책을 새로 단장하는 데 힘쓰고 있는 여러 열정적인 장성들과 꽤 오랫동안 교감해 왔다. 공군 소유의 우주자산에 적대행위가 발발할 시 사용할 무기를 개발해서 비축해 놓긴 하지만 평상시에는 무기를 쓰지 않는 강하고 독점적인 우주에서의 존재로 자리매김한다는 아이디어를 이들에게 부지불식간에 불어넣으려는 것이 포사이스의 접근법이었다. 이러한 접근법의 측면에서 보면 포사이스는 외관상으로는 이미 성공한 것으로 보였고, 공군은 어쩌면 이미 그런 방향으로 나아가고 있는 것일 수도 있었다. 국회의 지지를 받은 몇몇 고위 장성은 '우주를 무장시킨다'는 국제 사회의 비난과 반대를 감수하면서까지, 우주에서 중요한 역할을 차지하려는 계획하에 이 프로그램을 활발하게 추진하고자 했다. 이들의 목표는 순찰구역을 도는 우호적인 경찰처럼 자연스레 우주에 가 있는 것이었는데, 늘 근처에 있지만 해를 끼치지 않으며 위협적이지 않은 존재로 보이려는 의도가 숨겨져 있었다. 물론 포사이스는 무기 경쟁이 아닌 다른 새로운 경쟁이 우주에서 등장하길 희망하고 있었다. 포사이스는 무기 경쟁은 절대로 안 된다고 생각했으며, 우주에 참여한 국가가 존재감, 상업성, 우주 탐사 등에서 성과를 내는 데 주력하기를 바랐다. 우주 교통관제와 정보 수집에 참여하기 위한 목적으로 사용하는 것은 좋지만 군사적인 주도권을 잡으려는 것은 전적으로 반대했다. 포사이스는 DH-1의 등장으로 미국이 우주의 군사화에 한 걸음 앞장서 나가는 것으로 보이는 것을 원하지 않았다. 그는 개인이나 국가가 DH-1을 통해 우주에서 번창하는 안전한 인프라를 만들어 내는 데 참여하고, 더 나아가 계속해서 새로운 우주 프런티어를 열어 주길 바랐다.

어떤 결과가 나올지는 그저 지켜볼 따름이었다. 포사이스의 비전이 현실이 될 것이냐, 아니면 우주를 꿈꿨던 많은 이들의 비전처럼 퇴색해 버릴 것이냐? 오직 시간만이 그 답을 줄 수 있을 터였다.

우리가
우주라 부르는 곳

10년이란 세월이 흘러 나는 다시 AM&M의 연대기를 작성하는 일에 관여하게 됐다. 단편 책자 몇 권과 영화 시나리오 등, 존 포사이스가 발사체의 광고와 관련된 일들을 맡기는 바람에 AM&M의 이야기를 따라가지 못할 정도로 세월이 정신없이 흘러 버린 것이다. 이 일들을 마무리할 무렵 DH-1 발사체는 양산에 들어간 지 1년이 지난 상태였고, 포사이스가 우주수송 사업에 관한 기존 가설들을 뒤집은 것이 분명해 보였다. 언젠가부터 사람들은 우주 사업으로 돈을 벌 수 있는가를 묻지 않게 되었고, "저…… 어떻게 하면 참여할 수 있나요?"라고 문의하기 시작했다. 양산이 시작되고 5년이 지나자 AM&M은 그동안 거의 100대에 달하는 발사체를 수주했고 이미 60대 이상을 인도했다. 그러고 나서 전 세계적인 경기불황이 찾아왔고 DH-1 발사체를 연이어 세 차례 유실하는 사건도 있었다. 이제 우주 사업의 거품이 터져 버린 것이다.

AM&M이 1990년대에 잘나갔던 하이테크 기업들처럼 현금을 예비비로 많이 보유한 것은 천만다행이었다. 톰과 오스카는 5년 만에 양산 비용을 3분의 1로 줄였고, 침체기 동안 발사체의 판매 가격을 거의 절반 수준으로 낮춰 놓았다. 그럼에도 거품이 터지고 나자 발사체의 판매가 매년 24대라는 최고점에서 16대 미만으로 곤두박질쳐서 수주 잔고가 증발해 버렸다. 우주수송량을 급속도로 키우려는 포사이스의 전략이 현실화될 만큼 발사체가 충분히 판매된 상태였으나, 경기침체에 직면한 발사 서비스 기업들은 수지가 맞지 않는 수송을 떠맡느라 버둥거리고 있었다.

경기가 나빠지기 전에 AM&M, 넘버3, 펫 밴 혼, 세 사람은 지구 저궤도에 추진제 재충전소를 지으려고 합작회사를 수립했다. 이들은 2조 원 이상을 모아서 에콰도르의 고도 1.5킬로미터 지대에 적도 발사장을 건설했다. 그곳의 기후는 꽤 좋은 편에 속했고, 기본 산업 인프라도 잘 갖춰진 편이었다. 이들은 DH-1의 탱커 버전(급유기)인 DH-2 발사체를 3대 구매해 뒀으며, 궤도상의 격납고와 재충전소를 모듈로 나눠서 발사하려는 계약을 이미 체결한 상태였다. 그리고 250톤이 넘는 액체산소, 액체수소, 과산화수소, 액체메탄을 장기적으로 보관하도록 재충전소를 설계했다. 활황기 동안에는 여기에 들어갈 자금을 비교적 손쉽게 손에 넣을 수 있었으나, 궤도 재충전의 수요가 그만큼 빨리 따라오지 못한 상황에서 거품이 터지자 이 합작회사는 파산했다.

넘버3는 파산한 회사의 자산을 그 가치에 비해서 푼돈 수준의 가격으로 구매했으며, 동시에 이 기업의 주요 고객이 될 준비를 마쳤다. 넘버3와 스키피오 신부가 드디어 달의 남극에 수도원을 건설할 준비를 끝낸 것이다. 달 탐험을 계획해 온 알렉산더 크렘폰 또한 경기가 좋을 때 상당한 현금을 모금했다. 크렘폰은 수도원 사업과 달 극지점 횡단 탐험, 둘 모두의 토대를 쌓기 위해서라도 자신이 달에 돌아갈 첫 번째 사람이 되어야 한다고 넘버3를 설득했다. 그러나 크렘폰은 정부 주도의 우주비행 시대에는 상상조차 할 수 없었던 대담한 책략을 써서 자신의 우주선을 달이 아니라 화성을 향해 발사했다.

크렘폰이 추가로 주문한 우주선 개조용 품목들에 대해 의문을 품지 않은 것은 달에서의 운용을 연장하고 우발적인 사건에 대비하는 차원에서 추진제 수용 능력을 추가해야 한다는, 정말로 그럴듯한 이유를 댔기 때문이었다. 크렘폰은 당연히 출발 전까지 비행 계획을 수정하지 않았는데, 유인 화성 탐사가 가져올 오염이란 문제와 규정을 두고 여전히 논쟁 중이었던 UN 우주위원회는 이 소식에 격분했다. 그러나 전 세계의 대중들은 3명의 우주인이 참여한 화성 탐사를 열광적으로 지지했고, 크렘폰과 동료들이 256일 후 화성에 착륙할 때가 되자, UN으로서는 탐험이 만들어 낸 새로운 사실들을 근거로 착륙허가를 소급해서 내줄 수밖에 없었다.

크렘폰은 그로부터 2년이 지난 후 화성에서 의기양양하게 귀환했고 달 극지점 횡단 탐험에 필요한 자금을 별 문제없이 모을 수 있었다. 크렘폰의 우주여행은 우주탐험 분야에 극적인 효과를 불어넣었으며 이와 유사한 도전들을 자극했다. 크렘폰이 성공적으로 지구에 돌아오기도 전에, 유럽 5개국과 러시아와 중국은 이미 화성에 기지를 두기로 결정한 상태였다. 이와 같은 결정이 화성 탐험 활동이란 물결로 이어졌으며, 이들의 화성 탐험은 크렘폰이 달 극지 횡단 탐험을 성공적으로 완료한 후 1년이 지나서 시작됐다.

이에 우주 붐이 다시 불기 시작했다. 이후 2년 만에 DH-1의 주문량이 70대를 넘어섰고, 이 주문에는 궤도에서의 재충전 서비스에 필요한 3대의 급유선도 포함되어 있었다. 달에는 지난 2년간 매년 6회씩 보급품을 수송했고, 사람들은 이 보급선을 타고 가 달에 하루를 머물거나 최소 2개월간 체류해야 했다. 수화물은 주로 수도원, 공군의 소규모 연구 기지, 국제과학 기지로 보내는 보급품들이었다. 달의 남극 기지에서는 과학 탐험대를 결성해 실제로 실행에 옮기는 사례가 계속 증가하고 있었다. 어쩌면 가장 놀랄 만한 변화는, 모험을 즐기는 휴가의 '끝판왕' 격인, 수도원 체류가 포함된 달 여행 상품의 등장이었는데, 비용은 1인당 20억 원 수준이었다. 수도원의 숙박 시설은 스파르타 군대의 막사를 연상시켰지만 원하는 만큼 무료로 체류할 수 있었다. 하지만 체류 기간이 어느 정도 경과한 후에는 수도사들이 방문객들에게 가벼운 정원 일이나 접시 닦는 일을 시켰으며 여행을 온 백만장자들은 이런 일을 하면서 마음의 여유를 찾기도 했다. 수도사들은 체류비를 받지 않았지만 손님들은 지구에 귀환하고 나며 으레 넉넉한 후원금을 내놓았다.

가장 최근에 집계해 본 바로는 250대 이상의 DH-1 발사체가 만들어졌으며 이들 대다수가 여전히 운용되고 있었다. DH-1 1기의 연평균 활용도는 25회에 육박하고 있었다. DH-1의 주요 수요처는 12개국 이상이 지구 저궤도상에 배열해 놓은 전진기지들이며, 지구정지 궤도에 놓인 우주 정거장들도 그 숫자가 점차 늘어나는 추세였다. 이들은 과학 실험용 플랫폼, 연구용 플랫폼, 군용 통제센터 및 관제센터, 내태양계 전체를 담당하는 우주교통 관제센터를 포함했다. 화성으로 가는 비행 횟수가 급속도로 늘어난 데다 접근성이 좋은 소행성으로 가는 교통량도 놀라울 정도로 늘어남에 따라 우주교통 관제의 기능이 매우 중요해졌다. 여섯 곳 이상의 기업과 개인들이 소행성 탐험에 필요한 위험부담금을 모으는 일을 해냈는데, 이들은 가치가 1,000조 원에 이르는 광물자원과 수자원을 여러 소행성 무리로부터 개발할 채굴권을 주장하려고 했다. 미국과 러시아의 기업협회는 250킬로와트~2.5메가와트급의 출력을 갖는 원자력 발전소를 제작하고 있었는데, 이 발전소를 달, 화성, 소행성으로 수송해서 필요한 전력을 공급하려는 것이었다.

행성 수송선의 교통량이 증가함에 따라 재충전용 급유기 1대의 비행 횟수가 연간 250회를 넘어섰다. 지구 저궤도에 1킬로그램을 올리는 비용이 개별 포장이 필요 없는 재충전소용 추진제와 같은 수화물의 경우에는 20만 원 미만이었다. 요약하자면 연간 궤도 비행이 6,000회를 넘어서는 수준으로 늘어났고 이들은 15,000톤 이상의 페이로드를 우주로 수송했다. 발사체의 유실은 3,000번의 비행에 한 번꼴로 발생했으며, 1,000번에 한 번꼴이었던 것에 비하면 운용 개시 후 5년 만에 눈에 띄게 개선되었다. 강대국의 공군과 대표적인 항공우주 기관들이 참여하고 FAA/AST가 의장직을 맡은 국제 우주수송 안전 위원회는 이러한 유실을 전부 철저하게 조사해 실패의 원인을 하나하나 제거해 나가고 있었다.

　오랫동안 저비용 우주수송 시장의 블루오션으로 불려 온 우주관광업은 경기에 따라서 매년 10퍼센트에서 30퍼센트 정도 성장하고 있지만, 여전히 전체 발사 수요의 10퍼센트 미만을 차지하고 있었다. 우주관광이 수송시장의 주요 성장요인이 될 것이라는 믿음은 아직까지도 널리 퍼져 있었다. 미국발 궤도여행은 여전히 탈출용 승객석을 갖추도록 하는 규정을 따르고 있었다. 과거에 탈출장치가 발사 실패 시의 생존율을 두 배로 높여 줬던 것이다. 탈출장치에 대한 규정 때문에 DH-1은 1회에 5명의 승객만 수용할 수 있어서, 궤도여행 승선권의 가격을 2억 원에 묶어 두고 있었다. 발사 서비스 기업은 이 값에 표를 팔고도 간신히 수지를 맞추는 수준에서 운용비용을 감당하고 있었고, 자본비용까지 비용으로 포함하면 아직까지 궤도여행 상품을 실제 비용에 비해서 낮은 가격에 팔고 있는 것이었다. 아시아에서는 20명까지 승객을 태울 수 있어서 궤도 비행은 5,000만 원이면 갈 수 있는 여행 상품이었다. 궤도상에서 일주일을 체류하려면 5,000만 원을 추가로 지불하고 비글로 에어로스페이스가 지구 저궤도에 지어 놓은 스파르타식 호텔 두 곳 중 한 곳을 이용하면 됐다. 더 호화로운 숙박시설을 세울 다양한 계획들이 진행되고 있으나 아직까지는 자금 조달 계획이 구체화되지 않았다.
　현시점에서 우주수송의 연간 시장규모는 대략 6조 원 수준이다. 우주 페이로드 시장은 100조 원 수준이며, 제조 및 지상운용을 포함한 전체 산업분야는 500조 원 언저리라는 의견도 일부 있다. 현재 매년 30~40대의 궤도선과 15~20대의 1단을 생산하고 있는 AM&M은 발사체 판매소득액이 연간 4~5조 원에 이른다. 지상시설을 제외하고 스페어 부품을 판매한 소득액만 1.5조 원에 이르고 있다. 발사체와 스페어 부품의 가격이 운항으로 벌어들인 소득과 같거나 더 높기 때문에, 한두 곳 이상의 발사 서비스 기업들은 돈을 전혀 벌고 있지 못한 것으로 보이기도 한다. 그러나 이러한 해석에는 오해의 소지가 좀 있다. 육해공군과 다양한 정부 기관을 포함하는 다수의 DH-1 운용자가 이윤을 내려고 노력하고 있지 않기 때문이다. 게다가 발사체는 초기에 자금이 많이 들어가는 아이템이어서, 원금 회수까지 5~7년이 걸릴 수 있다.

DH-1 발사체의 가격은 지금까지 계속해서 떨어져 왔다. 현재 표준 궤도선은 1,000억 원 미만에 팔리고 있으며 1단은 600억 원 미만이다. 1단 하나로 최소한 둘이나 셋의 궤도선을 보조할 수 있다. 발사체의 성능 또한 상당히 개선되었는데, 엔진의 성능이 좋아진 것이 주된 이유고 건조 중량도 일부 줄어들었다. 가장 최신 모델인 DH-1-700은 3.5톤에 조금 못 미치는 중량을 고도 270킬로미터에 위치한 재충전소로 올릴 수 있으며, 거의 3.0톤을 우주 정거장의 대표 고도인 720킬로미터에 올릴 수 있다.

AM&M은 2년 후 초대형 발사체인 DH-3를 생산할 예정이다. DH-3는 5개의 RL60 엔진을 궤도선에 사용하고, 1단에는 6개의 로켓추진 엔진을 업그레이드해서 10톤을 지구 저궤도로 올릴 수 있다. 이 궤도선은 프랫앤휘트니가 공군과 NASA의 자금과 지원을 받아서 개발해 시험 초기 단계에 있는 고추력 신엔진 3기를 수용할 수 있도록 설계하고 있었다. 그렇다고 하더라도 당장 DH-1의 생산을 멈추려는 것은 아니었다. 포사이스는 많은 항공우주 비행체들이 50년이 넘는 유효수명을 보여 왔음을 잘 알고 있었고, AM&M이 DH-1을 계속해서 생산하고 가격을 점증적으로 낮춰 가기만 하면, 당분간 이 사업 분야에 자금을 새로 투자할 사람은 없을 거라 생각했다. 그러나 포사이스는, 유럽인들이 상용 비행기 시장에 뛰어들려고 에어버스를 만들었던 것처럼, 결국 러시아, 중국 그리고 어쩌면 인도가 국가의 위신이란 명목으로 그렇게 할 수도 있겠다고 생각했다. 하지만 AM&M과 제대로 경쟁하려면 앞으로 최소한 10년이나 15년이 걸릴 것으로 보였다. AM&M은 출발선상에서 우위를 차지했으며, 궤도수송에서부터 급유선 그리고 특화된 심우주선에 이르기까지 전 범위를 이미 감당하고 있었다.

발사 횟수가 이제 매년 6,000회를 넘길 정도로 급격히 성장하자 결국 지구 대기권과 지구 저궤도, 이 두 곳에서의 환경오염에 대한 우려가 제기되었다. 굳이 비교하자면 DH-1은 발사 시마다 우주 왕복선이 소모하는 추진제의 20분의 1 정도를 연소에 사용한다. DH-1의 1단은 상대적으로 미립자를 적게 생성하는 산소와 메탄을 사용한다. 우주 왕복선용 고체 로켓 모터는 암모늄 과염소산염, 수산기 말기 폴리부타디엔 알루미늄 파우더를 사용하는데, 이들은 산소/메탄 조합의 특성과는 달리 환경 오염원이고 화학적으로도 위험하다. 그래서 DH-1을 발사할 때마다 우주 왕복선이 만드는 오염원의 1퍼센트 정도를 생성하며, 연간 6,000회를 비행하면 그 영향이 셔틀을 60회 발사한 것과 대등해진다. 우주수송비용이 계속해서 떨어짐에 따라서, AM&M의 경제학자들은 발사 횟수가 최소한 10배는 증가할 것이라고 예측했다. 물론 우주관광업이 현재와 같은 속도로 계속해서 성장하고, 소행성의 자원을 사용할 수 있게 되어서 우주에서 각종 산업 활동이 생겨나게 된다면, 매년 15만 톤을 궤도에 올리는 것도 불가능한 일은 아닌 것이다. 지금부터 5년 내에 소행성에서 물을 끌어와 지구 저궤도에서 사용하게 될 것으로 예측하고 있으며, 그렇게 되면 더 이상 지구로부터 추진제를 쏘아 올릴 필요가 없어진다. 먼 미래에는 분명 사람을 우주로 나르는 일이 수송시장을 주도할 것이다.

궤도선의 배출가스가 포함하고 있는, 화학적으로 유리된 수소는 주요 오염원이다. 그런데 연소 생성물인 수증기도 오염원이 될 수 있다는 것은 좀 놀라운 일이다. 궤도선의 비행 궤적에 의하면 수소와 수증기는 거의 대부분 고도 64킬로미터 이상에서 방출된다. 궤도선의 추진제가 거의 대부분 대기권보다 위쪽에서 소모되기 때문에, 비교적 적은 양의 수소만 저고도로 내려온다. 저고도의 자연적인 수소 함유량은 100만 분의 1 수준이며, 중량으로는 수소 2억 톤에 해당된다. DH-1 발사체 한 대는 혼합비 6 대 1로 연소를 수행하므로 결과적으로 1.2톤의 수소를 유리해서 방출하는 것이다. 이 1.2톤의 40퍼센트 정도만 저고도 대기권으로 내려오는 것이다. 그래서 연간 60,000회의 발사를 가정하면, 연간 총합이 500킬로그램 곱하기 60,000회의 발사이므로, 100만 분의 0.006만큼 수소가 초과되는 것이다. 이는 그리 중요해 보이지 않는다.

대기 상층부에 배출된 수소가 오히려 더 우려되는 상황이다. 성층권과 중간권은 자연적으로 3,300만 톤의 수소를 포함하고 있다. 비행 횟수가 연간 6만 회에 이르면 상층부 전체 수소량의 1~2퍼센트 정도가 방출되는 것이다. 그러나 열을 받은 수소 분자들이 결국 중력장을 탈출하는 속도에 도달할 것이고 상층부 대기를 벗어나서 빠져나가게 된다. 고도 134킬로미터 이상의 대기권에서 빠져나가는 수소의 총량이 연간 10만 톤에 이른다. 연간 6만 회를 비행하면 실제로 이 값의 절반 정도를 고고도에 버리는 것과 같으므로 환경에 중대한 영향을 끼친다. 포사이스는 상층부에 늘어난 수소가 미치는 영향을 철저하게 조사하도록 몇몇 대학에 연구자금을 댄 상태였다.

수증기로 인한 문제는 고고도 제트기에 의해서도 발생했던 것이라 이미 많은 관심을 받았다. 상용 비행기는 4,000만 톤의 물을, 평균

10.5킬로미터의 저고도 대기권에 배출했다. DH-1이 6만 회를 비행하면 250만 톤의 물을 1단 비행 구간에서 방출하게 될 것이다. 그래서 DH-1은 비행운으로 구름의 형성이 자극되는 저고도 성층권에서 상용 비행기가 내놓는 수증기량의 1퍼센트 미만을 생성할 것이다.

하지만 오염원에 대한 대책이 요구되면, 산화제를 증가시켜서 궤도선 엔진의 혼합비를 높이고 유리되는 수소의 양을 줄일 수 있다. 실제로 기존 발사체에 장착이 가능한 2세대 엔진을 9 대 1에 이르는 혼합비에서도 작동하도록 설계하고 있는 것이다. 이렇게 하면, 엔진의 비추력이 낮아지기는 하나, 추진제의 평균 밀도가 올라가기 때문에, 엔진의 추력대중량비(TWR)가 올라간다. 전체적으로 추진제를 더 탑재한 데다 추력도 올라가기 때문에, 궤도선의 성능이 6 대 1의 혼합비를 사용하는 RL60 모델보다 살짝 개선되는 것이다. 혼합비를 조절하면 궤도선의 총중량이 어느 정도 증가되기는 하나, 이와 같은 중량의 증가는 추진제 탑재량과 1단의 추력을 아주 조금만 늘려도 충분히 보상할 수 있다. 심우주 운용의 경우에는 총추진제량을 최소화하기 위해서, 행성간 수송선에 계속해서 6 대 1의 혼합비를 사용할 예정이다.

DH-1은 고고도 대기권에 최소한의 미립자 물질을 주입시킨다. 1단은 추진제의 대부분을 고도 18킬로미터 이하에서 소모하며 이 고도에서 동일 수준의 추력을 내는 제트기보다도 미립자 물질을 덜 생성한다. 1단은 84톤의 추진제를 소모하는데 이 중 17.5톤이 메탄이며, 메탄의 탄소 함유량은 제트기 연료의 절반 수준이다.

미래에 가서 우주발사체가 지나치게 많은 양의 미립자를 고고도 대기에 버리는 것으로 판단되면, 버니어 엔진을 수소를 쓰도록 개량해서 추력을 높이고, 주엔진을 고도 24킬로미터에서 정지시킴으로써 탄화수소계열의 연료를 제거할 수 있다. 구형 RL10 디자인을 바탕으로 하는 기존 버니어 엔진조차도 혼합비가 좀 더 높은 액체산소/액체수소를 연소하도록 개조할 수 있다. 늘어난 액체수소용 탱크 용량을 수용하려면 표준 모델의 형상을 확장할 필요가 있다. 이 부분을 제외하면 1단 형상에 미치는 영향은 거의 없다.

우주수송이 크게 성장하자 궤도 쓰레기 문제가 불거졌다. 지난 10년 동안 심각한 충돌 사건이 셀 수 없이 발생했으며, 이 중 몇몇은 수화물실이나 추진제 탱크의 압력 손실을 초래했다. 사망 사고가 일어나지 않은 것은 그나마 다행이었다. 그러나 궤도 쓰레기는 여전히 심각한 문제다. 지구 저궤도 우주 시설의 절반 이상을 쓰레기 방어벽 안에 들여놓은 상태였다. 방문하는 궤도선이 최대한 짧은 시간 동안 우주쓰레기 환경에 노출되도록 방어벽을 설치한 격납고에 궤도선을 연결하는 것이 언젠가부터 기본 정책이 되어 있었다. 포사이스는 오래전부터 지구 저궤도에서 우주쓰레기를 원천적으로 통제하는 엄격한 규제의 초석이 될 국제 조약의 초안을 쓰고 통과시키는 일에 적극적으로 참여해 왔다.

지구 저궤도 위성들은 이제 탈궤도 시스템을 갖춰야 한다. 고도 640킬로미터 이하에서는 대기로 인한 저항이 상당하므로, 공기저항을 증가시켜 1년 이내에 우주선을 잡아 내리는 팽창식 대형 디스크처럼 단순한 장치로도 탈궤도 시스템을 갖출 수 있다. 고체모터의 그레인[182]으로 알루미늄이나 다른 금속을 사용하면 알루미늄 산화물의 작은 미립자들이 모여서 궤도에서 위험할 정도로 커다란 조각을 형성할 수 있기에 일찍부터 사용이 금지되었다. 우주선의 겉표면이 벗겨져 떨어지지 않아야 하므로 금속재가 재료로 선호되고 있었다. 금속재를 사용하지 않을 경우에는 우주 환경의 자외선과 유리된 산소에 반복적으로 노출되면서, 코팅이나 덮개 재료의 특성이 떨어지기 때문에, 벗겨진 조

---

182 단면 모양에 따라 추력 특성이 달라지는 고체 추진제.

각들이 해체되기 전에, 그 표면을 정기적으로 벗겨 내야만 한다. 궤도 상에서 사용할 공구와 소형 장치가 혹시라도 개방된 화물칸이나 출입문을 빠져나와 표류하게 되면, 이들을 즉시 회수할 수 있도록 감지용 레이저 송수신기를 이들 안에 짜 넣어야 한다. 또한 공기 필터를 사용해서 선실 내의 쓰레기를 우주선의 표면 위나 내부에 수집하는데, 감압이 조금만 발생해도 미립자들이 필터로부터 떨어져 나와 우주로 표류할 수 있다. 그래서 진공에 노출되는 필터가 감압 이전에 자신의 주위를 차단할 덮개를 반드시 갖추도록 하는 규정이 생겼다.

소형 위성들이 저궤도에 지나치게 몰리는 것을 억제하는 규정 또한 공표되었는데, 이와 같은 정체 현상은 충돌로 이어질 수 있고, 그 결과로 발생한 쓰레기는 연쇄반응을 촉발할 수 있기 때문이다. 처음에는 소형 위성 제작업체들이 이러한 조처에 격렬하게 반대했으나, 그들이 지구 저궤도를 넘어서는 기회를 엿보기 시작하면서부터 이러한 규제는 더 이상 문제가 되지 않았다. 각 궤도에 대해서 고도별로 우주선의 숫자를 제한했고, 그 결과 저궤도에는 대형 우주 플랫폼과 우주 정거장들의 숫자가 늘어났다. 이 대형 시설들은 독립적으로 비행하던 페이로드를 수용할 수 있었다. 미국의 해안경비대는 궤도상의 위험요소를 감시하는 용도로 플랫폼을 설치해, 기능적으로 사망한 것이나 다름없는 우주선을 궤도에서 제거할 수 있는 발사체를 조달하려고 계획 중에 있다.

빈 추진제 탱크가 폭파하는 위험은 탱크를 가능한 한 빨리 잡아 내릴 수 있는 전자기식 제동용 밧줄이 등장하면서 크게 줄어들었다. 탱크에 남은 추진제를 제대로 배출하라는 규정이 생긴 것도 한몫했다. 그러나 더욱 중요한 사실은 DH-1이 도입되고 10년이 지나자 소모형 발사체는 거의 자취를 감췄다는 것이다. 여전히 사용되는 소모형 발사체들은 주로 대형 발사체인 데다 발사비용이 높았기 때문에 우주선의 개발이나 생산이 이미 진척되어서 DH-1과 호환할 수 없는 경우에 주로 사용됐다. 우주선의 전개라든가 그 밖에 쓰레기가 방출되는 운용 등을 충분히 낮은 고도에서 수행함으로써, 대기의 저항이 이 쓰레기들을 가능한 빨리 끌어 내리도록 하는 것이 업계의 관행이 되었다.

지난 10년간 우주에는 많은 일이 일어났다. 지구 저궤도에서뿐만 아니라, 달, 화성, 소행성에서도 많은 일들이 벌어졌다. 인류의 우주활동이 DH-1이 처음으로 등장했을 당시 전문가나 예언가가 감히 예측하지 못한 정도로 성장해 있었다.

그러나 존 포사이스에게는 시작에 불과했다.

화성으로의 이주

몇 달 후 나는 AM&M에 돌아왔다. 베네딕트회 수도사와 달 수도원에 대한 책을 쓰느라 두어 달 동안 콜로라도 주에 있는 그들의 숙소에서 지낸 것이다. 넘버3에게 달 수도원을 다녀올 왕복승차권을 부탁해 두었다. 달 수도원에 6개월간 머물 요량으로 다음번 물자 보급선을 타기 전에 존 포사이스와 얘기를 나누고 싶어서 그의 집무실에 들렀다. 포사이스의 사무실이 거의 비어 있는 상태여서 몹시 놀랐다. 지난 10년간 AM&M에서 받은 기념품과 상패들이 자취를 감췄고 달랑 논문 한두 개만 책상에 놓여 있었다.

한두 해 전부터 포사이스가 AM&M의 일상적인 운용에 예선만큼 적극적으로 참여해 오지 않은 것은 알고 있었지만, 회사 내 보직을 대부분 포기하고 플리머스 재단이라는 새로운 기업의 설립에 전념한다는 선언은 가히 충격적이었다. 물론 플리머스라는 정체불명의 이름을 내건 것은 전형적인 포사이스 스타일이었다. 잠깐 대화를 나눠 보고 그가 하려는 일을 분명하게 알게 됐다. 그는 우주수송비용의 극적인 절감을 이끌어 낸 경제적 엔진을 창출해 낸 것에 만족하지 못했고 사람의 활동이 동반된 진정한 의미의 우주 프런티어를 열고 싶어 했다.

포사이스는 AM&M을 설립해 인류가 우주에서 다양한 시도를 할 수 있는 길을 터 주었다. 아직까지 우주수송 분야에서 돈을 벌고 있는 기업은 손에 꼽을 정도였다. 그러나 신산업 분야가 수십 년 동안 그런 상황인 경우는 흔하다. 그래도 저비용과 활용 빈도라는 경제적인 선순환 구조가 초저비용과 활용 빈도의 확대를 이끌고 있는 긍정적인 상황인 것이다. 추진제와 같은 소모품의 수송비용은 1킬로그램당 20만 원 언저리였고, 궤도왕복 승차권은 5,000만 원 미만으로 구할 수 있었다. 달 왕복 여객선을 정규 운항하고 있지는 않았지만, 화물 수송선을 정규 운항해서 수도원과 극지방 기지에 보급품을 공급하고 있었다. 수도 사들과 기지국 직원들이 화물 수송선의 제한된 승객용 공간을 대부분 사용했으나, 개중에는 아주 부유한 여행객들도 더러 있었다. 왕복 승차권을 포함한 여행비용이 10억 원 수준이라는 소문이 돌았다.

포사이스가 이번에 집중하고 있는 대상은 화성이며, 지구와 표면적이 동일한 이 행성에는 대기 중에 이산화탄소와 질소의 공급원이 풍부하고 물을 끌어 올릴 수 있는 후보지가 여럿 있다. 스키피오 신부가 달에서 펼친 선구자적인 활동으로 인해서, 포사이스는 화성에 갈 지원자만 선발하면 이들의 장기체류를 지원할 기술은 이미 갖춘 것이나 다름없다고 설명해 줬다. 화성을 지구인이 거주하기에 적합하게 바꿀 수 있는지, 아니면 화성 탐사를 하다 보면 언젠가 그렇게 될 것인지는 이미 논란거리가 아니라는 얘기였다.

포사이스는 화성이 남극처럼 과학탐구나 환경연구를 위한 보호구역으로만 쓰이는 상황은 막아야 한다고 강조했다. 포사이스는 강대국들이 나서서 '유명한' 화성기지를 한두 곳에 세우고 인류의 활동을 이들로 제한하고 나면 20~30명, 어쩌면 100~200명의 사람들이 방문했다가 잠시 머물 거처가 될 뿐이라고 생각했다. 포사이스는 집을 짓고 거주할 이주민들을 화성으로 실어 나르려고 했다. 그리고 늘 그렇듯이, 심지어 이런 일을 하면서도 돈을 벌 궁리를 하고 있었다.

포사이스의 계획에 등장하는 이주민의 삶은 초창기 미국 개척자들이 견뎌 냈던 역경보다 훨씬 더 혹독해서, 처음 들었을 때에는 이들이 노예 계약서에라도 서명했나 싶을 정도였다. 실제로 그가 기술한 화성 이주민용 우주선은 '노예선'이란 단어를 떠올리게 만들었다. 그러나 포사이스의 얘기를 끝까지 듣고 나니 상황을 좀 더 이해할 수 있었다.

AM&M의 주식 가치가 마이크로소프트나 인터넷 회사처럼 경이로운 수준으로 고공행진하지는 않았다. 그렇지만 포사이스는 주식 보유분을 상당히 유지한 채로 20조 원 이상의 자금을 그럭저럭 꺼내 쓸 수 있었다. 포사이스는 빌 게이츠처럼 주식을 비영리 회사에 먼저 주고 나서 이 회사가 주식을 팔도록 해서, 세금 추징을 피해 가면서 현금을 마련했다. 비영리 회사가 AM&M 대표의 주식을 판매했다고 해서 AM&M 대표가 회사의 성장 가능성과 미래를 비관적으로 보고 있다는 소문이 돌지는 않았다. AM&M의 7인방 중 넘버2와 넘버6도 플리머스 재단에 투자하기로 해서 동원 가능한 자금이 대략 30조 원이 될 것으로 보였다.

사람 한 명을 화성에 보내고 1년간 지원하는 데 50억 원이 필요할 것으로 예측하고 있어 30조 원이면 6,000명을 화성에 보낼 수 있는 것이다. 그러나 재단의 자금을 전부 교통비로 사용해 버리면 식민지를 개발할 자금이 전혀 남지 않는다. 그러므로 포사이스로서는 수천 명이 화성에 이주해서 완전히 신세계를 개척하고 신문명의 인프라를 구축할 수 있을 정도로 수지타산이 들어맞는 계획을 절실히 필요로 했다. 플리머스 재단이 비영리 회사이긴 하지만 자신의 자본금을 기반으로 해서 가능한 한 많은 수입을 창출해 낼 작정이었다.

포사이스는 AM&M 기획 전문가의 도움을 받아서 사람 한 명을 화성에 보내는 데 들어갈 최소비용을 조사했다. 효율이 98퍼센트에 달하는 전기화학 방식을 사용해서 산소와 이산화탄소와 물을 재생해서 자급할 수 있으면, 이주민들의 체중과 필요한 식량을 고려해서 수송비용을 계산할 수 있다. 필요한 식량은 화성으로 가는 동안 먹을 분량, 화성에 설치할 100제곱미터급 온실의 중량, 그리고 온실을 건설하고 첫 수확이 있기까지 필요한 6개월 치 음식을 포함했다. 물론 식민지가 일단 완성되면 온실 재료와 초기 식량을 화성에서 공급받을 수 있으므로 지구로부터 이 품목들을 실어 갈 필요가 없어지고 수송비용도 크게 떨어진다.

AM&M의 엔지니어들은 영양 전문가의 자문을 받아서 고지방 성분 500그램이 함유된 1일 식단을 계획했다. 이 식단은 신체 활동량이 적은 이동 기간 동안 이주민이 필요로 하는 3,200∼3,600킬로칼로리를 제공할 것으로 봤다. 또한 재생을 시작하기 위해서 사람마다 11.4리터의 물을 적재할 필요가 있었다. 체중 75킬로그램을 이주민 한 명의 평균 중량으로 설정하고, 옷을 포함한 개인 용품에는 13킬로그램을, 물에는 13킬로그램을, 비행 중 식량에는 135킬로그램을, 그리고 6개월 치 음식물, 온실재료 및 기타 장치들에는 500킬로그램을 배정했다. 초창기 이주민 한 사람은 750킬로그램이 필요할 것이고 다음번에 이주해 온 사람들을 화성에서 생산해서 먹일 수 있게 되면 필요한 중량이 250킬로그램 정도로 떨어진다. 아직까지는 화성 수송용 추진제를 지구로부터 쏘아 올려야 했고 페이로드 1킬로그램을 화성에 보내려면 지구 저궤도에 추진제 3킬로그램을 먼저 올려놔야 하므로, 사업 초기에는 한 사람에 3톤을 지구 저궤도에 올려야 한다. 식량과 다른 배급품들을 화성에서 입수할 수 있으면 이 중량이 1톤으로 떨어진다.

비용을 최소화하기 위해서는 궤도순환 우주선의 왕복 운행이 끝날 무렵에 이심율이 높은 타원궤도로 돌입해야 한다. 이주민 한 명에 필요한 500킬로그램을 뭉쳐서 보낼 수도 있다. AM&M의 선행 연구팀이 포사이스에게 설계해 준 궤도순환 우주선은 30미터의 직경을 갖는 구형체이고, 생활공간이 정말로 비좁다. 승객들은 한 명씩 객실에서 나와서 하루에 1시간 운동을 하고, 식사와 개인위생을 위해 1시간을 사용하게 된다. 우주선을 회전시켜서 대부분의 공간이 화성에서와 동일한 중력을 받도록 할 것이다. 엔지니어들이 계산한 대로라면, 원자력 발전 시스템을 이중화해서 총 2.5메가와트를 생산할 수 있고, 이 정도면 공기와 물의 재생, 조명, 공기 조절 그리고 인터넷 접근성 등을 이주민 전원에게 제공하고도 남는다.

지구 저궤도로 1킬로그램을 수송하는 데 30만 원이 든다고 가정하면 편도 승차권의 가격이 초창기에 9억 원에 이를 것이고, 화성 식민지가 자리를 잡은 후에는 3억 원으로 떨어질 것으로 보였다. 지구에는 연소득이 5억 원 이상인 사람들이 많으며 미국의 동부와 서부 해안 지역은 더욱 그러하다. 플리머스 재단의 기획팀은 이주 후 첫 10년 동안 이주민 1명이 매년 50킬로그램의 페이로드를 지구로부터 가져와야 할 것이라고 봤다. 화성 표면까지의 수송비용을 1킬로그램에 120만 원으로 가정하면 연간 6,000만 원의 비용이 든다는 뜻이다. 화성 이주민 1명이 마련해야 하는 수송비용인 3억 원에 대한 융자상환금은 연간 1,500만 원 수준이었다. 그래서 화성 이주민들은, 화성에서 인프라 스트럭처와 경제를 개발하고 지탱하는 데 필요한 경제활동 이외에 7,500만 원이라는 부가가치를 만들어 내야 한다. 세율을 50퍼센트로 가정하면 1명의 생산성이 1억 5,000만 원을 넘겨야 하는 것이다.

화성 수송선 1호에 탑승한 인원 전체를 지원하려면 연간 5,000억 원의 비용이 필요할 것이고, 포사이스는 이주민들이 국립 화성연구단지에서 다양한 일을 함으로써 이 비용의 일부를 충당할 거라고 봤다. 궤도상에 있는 우주인이 1시간 동안 일한 것에 대해서 가치를 정확하게 매기기는 어려운 일이다. 이들은 화성기지 내 시설을 설계하고 제작하고 다양한 과학 프로그램을 지원할 수 있고, 화성에 거주하는 숙련도와 신뢰를 갖춘 전문가에게 일당 5,000만 원을 지불하는 것은 싼 축에 속한다는 것이 포사이스의 생각이었다. 그리고 '티베트에서 등산객들의 포터로 활약하는 셰르파들처럼' 기술적으로 훈련된 사람들에게 합리적인 수준의 일당을 지불할 의사가 있는 민간 탐험대들도 조만간 등장할 것으로 보였다.

개조된 지상용 수송차량, 원자력 발전소, 온실용 재료, 6개월 치 식량, 화학반응식 공기 재생 장치, 액체수소, 액체메탄, 액체산소, 다이너마이트에 이르기까지 모든 것을 생산해 낼 소규모 화학제품 공장, 그리고 삽, 곡괭이, 드릴, 가늠자, 대장간이나 제작소에 필요한 모든 것과 수동식 연장들을 화성 표면에 미리 배치해 둘 계획이다. 행정 직원 100명 정도가 온실을 세우는 데 필요한 훈련과 사용법을 이주민들에게 안내할 것이고, 이 온실은 우주선을 처음 빠져나온 개척자들의 생활공간으로도 사용될 예정이다.

화성순환 우주선은 초속 9킬로미터의 델타V를 갖는데 이 값의 40퍼센트 정도가 이심율이 높은 지구타원 궤도로 진입하는 데 사용된다. 지구보다 작은 행성인 화성의 중량 '우물'이 그리 깊지 않아서 화성을 돌아서 나가는 '스윙바이'로 얻어지는 추진력이 작으므로, 화성에서 지구로 돌아오는 편이 더 큰 속도를 필요로 한다. 그러나 탑재 공간이 거의 빈 상태로 지구에 귀환하는 수송선의 중량은 화성행 수송선의 3분의 1까지 낮아질 수 있다. 에너지 소모가 최소인 천이궤도를 사용하면 지구로부터 화성에 갔다가 다시 돌아오는 왕복여행은 꼬박 3년이 걸리고, 지구와 화성이 귀환 시점에 나란하게 놓일 때까지 1년을 추가로 기다려야 한다. 수송선 하나로 5,000명을 4년마다 화성으로 보낼 수 있는 것이며, 이는 평균 잡아서 연간 1,250명을 이주시킨다는 뜻이다. 대부분이 가임 연령대에 속한 화성 이주민들의 인구 성장률을 2퍼센트로 보는 것은 꽤 보수적인 가정에 속한다. 어쨌든 2퍼센트라는 인구 성장률을 가정하고 수송선 하나를 보내서 화성으로 이주를 시작하면, 1세기가 지날 무렵에 100만 명 이상이 화성에 거주하게 되는 것이다. 포사이스의 의도는 사비를 털어 지속 가능한 식민지를 건설하려는 것이었다.

이 모두가 상당히 터무니없고 비현실적인 계획으로 보이긴 했다. 그런데 스키피오 신부도 화성에 수도원을 설립하기 위해 이 사업에 곧 합류할 예정이라고 포사이스가 알려 줬다. 존 포사이스가 이뤄 낸 성과로 세계경제가 지속적으로 성장해 온 사실을 고려한다면 이와 같은 목표를 달성할 가능성이 전혀 없다고 무시해 버릴 수 없는 노릇이었다.

오비터(ORBITER)는 우주비행의 물리 법칙이 반영된 시뮬레이션 프로그램이다. 무료로 다운로드 받을 수 있으며 윈도우가 설치된 개인용 컴퓨터에서 실행할 수 있다. 오비터에서는 여러 종류의 가상 우주선을 제어해서 실제 비행 상황을 경험해 볼 수 있다. 오비터에는 행성의 운동, 만유인력, 우주 공간의 궤적, 대기권 비행 모델 등이 반영되어 있어, 지상 발사와 궤도 투입 임무, 행성 탐사 임무 등 우주비행 영역에 빠짐 없이 적용할 수 있다. 마틴 슈바이처가 개발한 초기 버전은 2000년도에 공개되었고, 최신 버전(100830)은 2010년도에 공개되었다. 오비터에는 실존 비행체의 컴퓨터 모델, 상상 속의 우주선, 우주 정거장 등 많은 모델이 들어 있다. 오비터 커뮤니티의 회원들은 AM&M의 DH-1 발사체를 포함해서 다수의 우주선 모델을 추가 품목으로 내려 받을 수 있다. 이 모델을 사용하면 여러분도 오비터 환경에서 DH-1 발사체를 날려 볼 수 있으며, 책에 기술된 대부분의 비행을 재현할 수 있다.

앤디 맥소리가 DH-1 발사체용 추가 품목을 처음으로 개발했고, 마크 페이튼이 최근에 더 정교한 버전을 만들어 냈다. 브루스 어빙은 홍보, 테스트, 문서 작업을 도왔다.

오비터는 다음 사이트에서 내려 받을 수 있다.

http://orbit.medphys.ucl.ac.uk/index.html

그리고 DH-1 모델은 다음 사이트에서 추가 품목으로 내려 받을 수 있다. http://orbithangar.com/searchid.php?ID=2193

마크 페이튼이 로켓 컴퍼니의 우주발사체 DH-1을 오비터 추가 품목으로 개발했다. 이 추가 품목은 오비터 사이트에서 다음과 같이 찾을 수 있다(검색: Virtual Space Flight DH-1). 오비터 개발자는 DH-1 RLV(Reusable Launch Vehicle)에 관한 정보를 온라인상에 올려놓았다. 이 정보는 다음과 같이 찾을 수 있다(검색: Orbiter Notes DH-1). 다음 링크를 클릭하면 DH-1의 이미지를 온라인 사진 공유 프로그램 '플리커 (flick)'에서 자동으로 넘겨 가며 볼 수 있다. http://www.flickr.com/photos/flyingsinger/105921811/in/photostream/

양산형 DH-1 발사체의 분석을 위한 기본 특징				
DH-1 매개변수	2단을 제외한 1단	RL10A-4엔진 6기를 사용한 2단	RL-60 엔진 2기를 사용한 2단	RL-60 1기를 이용한 행성수송선
이륙중량	94801 kg	44906 kg	44906 kg	46720 kg - 98429 kg
해수면 비추력	260 s			
진공 비추력	310 s	444 s	444 s	465 s
연소종료시 중량	18144 kg	7711 kg	7711 kg	9525 kg
페이로드 포함	w/o payload	8165 kg	8165 kg	61235 kg
혼합비	LOX:CH₄ 4:1	LOX:H₂ 6:1	LOX:H₂ 6:1	LOX:H₂ 6:1
연료중량	15422 kg	5307 kg	5307 kg	5307 kg
연료 체적	36.8 m³	78.6 m³	78.6 m³	78.6 m³
산화제 중량	61235 kg	31888 kg	31888 kg	31888 kg
산화제 체적	56.6 m³	39.6 m³	39.6 m³	39.6 m³
추력대중량비	1.6	1.35	1.3	0.6-0.3
페이로드 탑재공간		31.1 m³	31.1 m³	113.3 m³
페이로드 중량	44906 kg	2268 kg	2268 kg	18144 kg
총 엔진중량	2722 kg	1007 kg	1007 kg	499 kg
유인시스템 유도항법제어 중량	907 kg	454 kg	454 kg	2268 - 9072 kg
구조/탱크	4536 kg	2994 kg	2994 kg	3629 kg
추력기	454 kg	227 kg	227 kg	227 kg
잔류추진제	454 kg	181 kg	181 kg	181 kg
회수장치 시스템	9072 kg	680 kg	680 kg	Rocket Landing
DH-1 단 중량 Dry 중량+잔류량	9072 kg	5543 kg	5543 kg	5543 kg
재진입 바닥 열유입량	1703 kJ/m²	28391 kJ/m²	28391 kJ/m²	11357 -56783 kJ/m²
열차페막의 반지름/중량		9.8 m	9.8 m	9.8 m
		318 kg	318 kg	454 kg
단의 길이	9.1m	13.4 m	13.4 m	19.5 m
콘 각도	none	11.5°	11.5°	11.5° / 4.3m Cyl.
기체 직경	7.6 m	6.1 m	6.1 m	6.1 m

감사의 말씀

소설 『로켓 컴퍼니』는 저비용 우주수송 시대를 여는 방법에 대해 논의하고, 이러한 논의를 장려하고자 하는 목적에서 쓰였다. 소설이라는 형식을 빌리기는 했지만, 현업에서 직접 습득한 작가들의 경험과 저비용 우주수송을 이루고자 했던 다양한 시도와 참여자들의 발자취를 수년간 따라다니면서 얻게 된 교훈을 세상과 공유하고 싶었다. 뭔가를 생략했거나 틀리게 기술한 부분이 있다면 이는 전적으로 작가들의 책임이다. 원고를 타이핑해 준 데이비드 P. J. 스티넌(David P. J. Stiennon), 호비스페이스(HobbySpace.com)에 초기 버전을 연재해 준 클라크 린지(Clark Lindsey), 그리고 본문의 여러 부분에 대해 지도와 조언을 아끼지 않은 아래의 여러분들께 특별히 감사의 말씀을 전하고 싶다.

프랫앤드휘트니 우주 추진기술 사업부의 데니스 하스(Pratt & Whitney Space Propulsion, Dennis Haas), 콘스탄스 닐슨(Constance Nielsen), 로버트 스톡먼(Robert Stockman), 밥 스코필드(Bob Schofield), 존 러틀리지(John Routledge), 크리스토퍼 홀(Christopher D. Hall), 딕 모리스(Dick Morris), 캐시 파머(Cathy Palmer), 밥 위트(Bob Witt), 위니 회어(Wini Hoerr). 마지막으로, 그간 함께 일했거나 상사로 모셨던 다음 분들에게서 많은 도움을 받았음을 언급하고 싶다. 개리 허드슨(Gary C. Hudson), 맥스웰 헌터 2세(Maxwell W. Hunter II), 리 런스퍼드(Lee Lunsford), 에

릭 로슨(Eric F. Laursen), 톰 브로즈(Tom Brosz), 제임스 그로트(James R. Grote), 폴 브리든보(Paul Bridenbaugh).

우주시대를 여는
로켓 기업의 등장

    이 소설은 흔히 접하기 어려운 항공우주 기업의 내부 스토리를 연대기 작가의 균형 잡힌 시각으로 전달한다. 자동차나 여객기처럼 로켓을 판매할 가능성을 보고 로켓 컴퍼니를 세우기로 결단한 주인공 포사이스는 기업을 설립하는 과정에서 조직 경영, 홍보 전략, 마케팅 전략, 규제 대처 방안 등에서도 탁월함을 보여 준다. 로켓 컴퍼니 AM&M의 사업계획서와 경영원칙을 뒷받침하는 기술적인 논의와 각 기술 분야에 대한 묘사는 자칫 어렵게 느껴질 만큼 상세하다. 이 때문에 소설이란 장르를 통해서만 이 이야기를 제대로 전달할 수 있는 것 같다. 과학자들은 자연현상의 근본 원리를 설명해 줄 이론에 관심을 두고 있고 공학자들은 이론보다는 당면한 문제를 해결해 줄 실질적 방법을 모색하는 데 관심을 갖고 있는 반면, 등장인물, 사회적 상황, 감정적 흐름 등 대상 전체를 고루 관찰하고 묘사해 낼 의지와 끈기를 갖고 있는 것은 소설가들뿐이기 때문이다.

    현재 맹활약 중인 스페이스엑스(SpaceX), 블루 오리진(Blue Origin), 로켓랩(Rocket Lab) 등 현실 세계의 '로켓 컴퍼니'는 이 소설에 등장하는 각종 난제들을 극복하느라 최선을 다하고 있을 것이다. 소설 『로켓 컴퍼니』를 읽고 나면 최근 들어 언론에 자주 등장하는 민간기업의 '우주 러시'라는 흐름을 오래전부터 세세하게 예견해 놓은 작가의 능력에 감탄하게 되고 아직까지 현실화되지 않은 부분에 대해서는 과연 정말 그렇게 될까 하는 기대감을 갖게 된다. 역자처럼 로켓 개발에 참여한 당사자들조차도 쉽게 접하기 어려운 사업기획 단계의 우화도 담고 있어 매우 흥미롭다. 기술적 논문이나 공학서로는 결코 배울 수 없는 로켓 기업의 생리를 간접적으로나마 경험할 수 있게 해 준 작가에게 이 자리를 빌려 감사의 말씀을 전한다.

2018년 5월 21일

이기주

로켓 컴퍼니

1판 1쇄 찍음 2018년 10월 12일
1판 1쇄 펴냄 2018년 10월 19일

지은이 | 패트릭 J. G. 스티넌, 데이비드 M. 호어
삽화 | 더그 버콜즈
옮긴이 | 이기주
발행인 | 박근섭
편집인 | 김준혁
펴낸곳 | 황금가지

출판등록 | 2009. 10. 8 (제2009-000273호)
주소 | 06027 서울 강남구 도산대로 1길 62 강남출판문화센터 5층
전화 | 영업부 515-2000 편집부 3446-8774 **팩시밀리** 515-2007
홈페이지 | www.goldenbough.co.kr

도서 파본 등의 이유로 반송이 필요할 경우에는 구매처에서 교환하시고
출판사 교환이 필요할 경우에는 아래 주소로 반송 사유를 적어 도서와 함께 보내주세요.
06027 서울 강남구 도산대로 1길 62 강남출판문화센터 6층 민음인 마케팅부

ⓒ ㈜민음인, 2018. Printed in Seoul, Korea
ISBN 979-11-5888-462-8 03840

㈜민음인은 민음사 출판 그룹의 자회사입니다.
황금가지는 ㈜민음인의 픽션 전문 출간 브랜드입니다.